Con licencia de impresión
concedida a Debolsillo
de 4.600 ejemplares,
de los cuales este es el

0514

Año de 2019

El asedio

Arturo Pérez-Reverte nació en Cartagena, España, en 1951. Fue reportero de guerra durante veintiún años. Con más de veinte millones de lectores en todo el mundo, muchas de sus novelas han sido llevadas al cine y la televisión. Hoy comparte su vida entre la literatura, el mar y la navegación. Es miembro de la Real Academia Española.

Para más información, visita la página web del autor:
www.perezreverte.com

También puedes seguir a Arturo Pérez-Reverte en Facebook y Twitter:
f Arturo Pérez-Reverte
@perezreverte

ARTURO PÉREZ-REVERTE

El asedio

EDICIÓN LIMITADA Y NUMERADA

DEBOLS!LLO

Primera edición con esta presentación: noviembre de 2019

© 2010, Arturo Pérez-Reverte
© 2015, 2019, Penguin Random House Grupo Editorial, S.A.U.
Travessera de Gràcia, 47-49. 08021 Barcelona

Printed in Spain – Impreso en España

ISBN: 978-84-663-5001-3
Depósito legal: B-17.616-2019

Impreso en Black Print CPI Ibérica
Sant Andreu de la Barca (Barcelona)

P 3 5 0 0 1 3

Penguin
Random House
Grupo Editorial

El Asedio

PLANO DE LA BAHÍA
DE CÁDIZ

1. *Rota*
2. *Santa Catalina*
3. *El Puerto de Santa María*
4. *La Cabezuela*
5. *Puerto Real*
6. *La Carraca*
7. *La Isla*
8. *Chiclana*
9. *Sancti Petri*
10. *Puntales*
11. *Cádiz*
12. *San Sebastián*
13. *Río San Pedro*

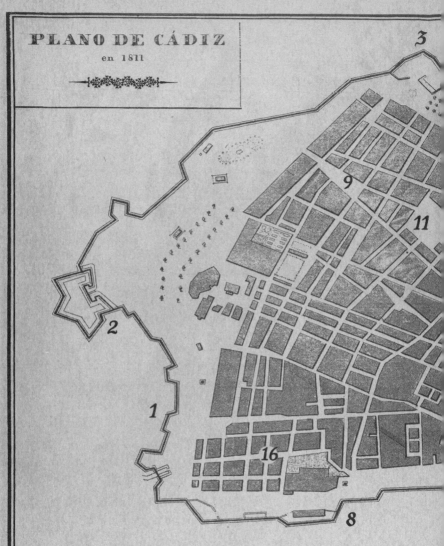

PLANO DE CÁDIZ
en 1811

1. *La Caleta*
2. *Santa Catalina*
3. *La Candelaria*
4. *San Felipe*
5. *Puerta de Mar*
6. *Muelle*
7. *Puerta de Tierra*
8. *Capuchinos*
9. *Mentidero*
10. *Alameda*
11. *San Antonio*
12. *San Francisco*
13. *Aduana*
14. *San Juan de Dios*
15. *Cárcel Real*
16. *La Viña*

A José Manuel Sánchez Ron,
amicus usque ad aras.

Si se trata de penetrar en los misterios de la naturaleza, es muy importante saber si es por impulsión o atracción que los cuerpos celestes actúan los unos sobre los otros; si es alguna materia sutil e invisible la que opera sobre los cuerpos impulsándolos unos sobre otros, o si están dotados de una cualidad escondida y oculta gracias a la cual se atraen mutuamente.

Leonard Euler
Cartas a una princesa alemana. 1772

Todo puede suceder si lo maquina un dios.
Sófocles
Ayax

1

Al decimosexto golpe, el hombre atado sobre la mesa se desmaya. Su piel se ha vuelto amarilla, casi traslúcida, y la cabeza cuelga inmóvil en el borde del tablero. La luz del candil de aceite colgado en la pared insinúa surcos de lágrimas en sus mejillas sucias y un hilo de sangre que gotea de la nariz. El que lo golpeaba se queda quieto un instante, indeciso, el vergajo en una mano y la otra quitándose de las cejas el sudor que también le empapa la camisa. Después se vuelve hacia un tercero que está de pie a su espalda, en penumbra, apoyado en la puerta. El del vergajo tiene ahora la mirada de un perro de presa que se disculpara ante su amo. Un mastín grande, brutal y torpe.

Con el silencio se oye de nuevo, a través de los postigos cerrados, el Atlántico batiendo afuera, en la playa. Nadie ha dicho nada desde que los gritos cesaron. En el rostro del hombre que está en la puerta brilla, avivada dos veces, la brasa de un cigarro.

—No ha sido él —dice al fin.

Todos tenemos un punto de ruptura, piensa. Pero no lo expresa en voz alta. No ante su estólido auditorio. Los hombres se quiebran por el punto exacto si se les sabe llevar a él. Todo es cuestión de finura en el matiz. De saber cuándo parar, y cómo. Un gramo más en la balanza, y todo se va al diablo. Se rompe. Trabajo perdido, en suma. Tiempo, esfuerzo. Palos de ciego mientras el verdadero objetivo se aleja. Sudor inútil, como el del esbirro que sigue enjugándose las cejas con el vergajo en la otra mano, atento a la orden de seguir o no.

—Aquí está todo el atún vendido.

El otro lo mira obtuso, sin comprender. Cadalso, se llama. Buen nombre para su oficio. Con el cigarro entre los dientes, el hombre de la puerta se acerca a la mesa, e inclinándose un poco observa al que está sin sentido: barba de una semana, costras de suciedad en el cuello, en las manos y entre los verdugones violáceos que le cruzan el torso. Tres golpes de más, calcula. Tal vez cuatro. Al duodécimo todo resultaba evidente; pero era preciso asegurarse. Nadie reclamará nada, en este caso. Se trata de un mendigo habitual del arrecife. Uno de los muchos despojos que la guerra y el cerco francés han traído a la ciudad, del mismo modo que el mar arroja restos a la arena de una playa.

—No fue él quien lo hizo.

Parpadea el del vergajo, intentando asimilar aquello. Casi es posible observar la información abriéndose paso, despacio, por los estrechos vericuetos de su cerebro.

—Si usted me lo permite, yo podría...

—No seas imbécil. Te digo que éste no ha sido.

Todavía lo observa un poco más, muy de cerca. Los ojos se ven entreabiertos, vidriosos y fijos. Pero sabe que no está muerto. Rogelio Tizón ha visto suficientes cadáveres en su vida profesional, y reconoce los síntomas. El mendigo respira tenuemente, y una vena, hinchada por la postura del cuello, late despacio. Al inclinarse, el comisario advierte el olor del cuerpo que tiene delante: humedad agria sobre la piel sucia, orín derramado en la mesa bajo los golpes. Sudor de miedo que ahora se enfría con la palidez del desmayo, tan diferente al otro sudor cercano, la transpiración animal del hombre del vergajo. Con disgusto, Tizón chupa el cigarro y deja escapar una larga bocanada de humo que le llena las fosas nasales, borrándolo todo. Luego se incorpora y camina hacia la puerta.

—Cuando se despierte, dale unas monedas. Y adviértele: como vaya quejándose de esto por ahí, lo desollamos en serio... Como a un conejo.

Deja caer al suelo el chicote del cigarro y lo aplasta con la punta de una bota. Después coge de una silla el sombrero redondo de media copa, el bastón y el redingote gris, empuja la puerta y sale afuera, a la luz cegadora de la playa, con Cádiz desplegada en la distancia tras la Puerta de Tierra, blanca como las velas de un barco sobre los muros de piedra arrancada al mar.

Zumbido de moscas. Llegan pronto este año, al reclamo de la carne muerta. El cuerpo de la muchacha sigue allí, en la orilla atlántica del arrecife, al otro lado de una duna en cuya cresta el viento de levante deshace flecos de arena. Arrodillada junto al cadáver, la mujer que Tizón ha hecho venir de la ciudad trajina entre sus muslos. Es una conocida partera, confidente habitual. La llaman tía Perejil y en otros tiempos fue puta en la Merced. Tizón se fía más de ella y de su propio instinto que del médico al que suele recurrir la policía: un carnicero borracho, incompetente y venal. Así que la trae a ella para asuntos como éste. Dos en tres meses. O cuatro, contando una tabernera apuñalada por su marido y el asesinato, por celos, de la dueña de una pensión a manos de un estudiante. Pero ésas resultaron ser otra clase de historias: claras desde el principio, crímenes pasionales de toda la vida. Rutina. Lo de las muchachas es otra cosa. Una historia singular. Más siniestra.

—Nada —dice la tía Perejil cuando la sombra de Tizón la advierte de su presencia—. Sigue tan entera como su madre la parió.

El comisario se queda mirando el rostro amordazado de la joven muerta, entre el cabello desordenado y sucio de arena. Catorce o quince años, flaquita, poca cosa. El sol de la mañana le ennegrece la piel e hincha un poco las facciones, pero eso no es nada comparado con el espectáculo que ofrece su espalda: destrozada a latigazos hasta descubrir los huesos, que blanquean entre carne desgarrada y coágulos de sangre.

—Igual que la otra —añade la comadre.

Ha bajado la falda sobre las piernas de la muchacha y se incorpora, sacudiéndose la arena. Después coge la toquilla de la muerta, que estaba tirada cerca, y le cubre la espalda, ahuyentando el enjambre de moscas posado en ella. Es una prenda de bayeta parda, tan modesta como el resto de la ropa. La chica ha sido identificada como sirvienta de un ventorrillo situado junto al camino del arrecife, a medio trecho entre la Puerta de Tierra y la Cortadura. Salió ayer por la tarde, a pie y todavía con luz, camino de la ciudad para visitar a su madre enferma.

—¿Qué hay del mendigo, señor comisario?

Tizón se encoge de hombros mientras la tía Perejil lo mira inquisitiva. Es mujerona grande, robusta, más estragada de vida que de años. Conserva pocos dientes. Raíces grises asoman bajo el tinte que oscurece las crenchas grasientas del pelo, recogidas en un pañuelo negro. Lleva un manojo de medallas y escapularios al cuello y un rosario colgado de un cordoncito en la cintura.

—¿Tampoco ha sido él?... Pues gritaba como si lo fuera.

El comisario mira a la partera con dureza y ésta aparta la vista.

—Ten la boca cerrada, no sea que también grites tú.

La tía Perejil recoge trapo. Conoce a Tizón desde hace tiempo, suficiente para saber cuándo no está de humor para confianzas. Y hoy no lo está.

—Perdone, don Rogelio. Hablaba en broma.

—Pues las bromas se las gastas a la puerca de tu madre, si te la topas en el infierno —Tizón mete dos dedos en un bolsillo del chaleco y saca un duro de plata, arrojándoselo—. Largo de aquí.

Al marcharse la mujer, el comisario mira alrededor por enésima vez en lo que va de día. El levante borró las huellas de la noche. De cualquier manera, las idas y venidas desde que un arriero encontró el cadáver y dio aviso en la venta cercana, han terminado por embarullar lo que pudiera haber quedado. Durante un rato permanece inmóvil, atento a cualquier indicio que se le haya podido escapar, y al cabo desiste, desalentado. Sólo una huella prolongada, un ancho surco en uno de los lados de la duna, donde crecen unos pequeños arbustos, llama un poco su atención; así que camina hasta allí y se pone en cuclillas para estudiarlo mejor. Por un instante, en esa postura, tiene la sensación de que ya ocurrió otra vez. De haberse visto a sí mismo, antes, viviendo aquella situación.

Comprobando huellas en la arena. Su cabeza, sin embargo, se niega a establecer con claridad el recuerdo. Quizá sólo sea uno de esos sueños raros que luego se parecen a la vida real, o aquella otra certeza inexplicable, fugacísima, de que lo que a uno le sucede ya le ha sucedido antes. El caso es que acaba por incorporarse sin llegar a conclusión alguna, ni sobre la sensación experimentada ni sobre la huella misma: un surco que puede haber sido hecho por un animal, por un cuerpo arrastrado, por el viento.

Cuando pasa junto al cadáver, de regreso, el levante que revoca al pie de la duna ha removido la falda de la muchacha muerta, descubriendo una pierna desnuda hasta la corva. Tizón no es hombre de ternuras. Consecuente con su áspero oficio, y también con ciertos ángulos esquinados de su carácter, considera desde hace tiempo que un cadáver es sólo un trozo de carne que se pudre, lo mismo al sol que a la sombra. Material de trabajo, complicaciones, papeleo, pesquisas, explicaciones a la superioridad. Nada que a Rogelio Tizón Peñasco, comisario de Barrios, Vagos y Transeúntes, con cincuenta y tres años cumplidos —treinta y dos de servicio como perro viejo y callejero—, lo desasosiegue más allá de lo cotidiano. Pero esta vez el encallecido policía no puede esquivar un vago sentimiento de pudor. Así que, con la contera del bastón, devuelve el vuelo de la falda a su sitio y amontona un poco de arena sobre él para impedir que se alce de nuevo. Al hacerlo, descubre semienterrado un fragmento de metal retorcido y reluciente, en forma de tirabuzón. Se agacha, lo coge y lo sopesa en la mano, reconociéndolo en el acto. Es uno de los trozos de metralla que se desprenden de las bombas francesas al estallar. Los hay por toda Cádiz. Éste vino volando, sin duda, desde el patio de la venta del Cojo, donde una de esas bombas cayó hace poco.

Tira al suelo el fragmento y camina hasta la tapia encalada de la venta, donde aguarda un grupo de curiosos mantenido a distancia por dos soldados y un cabo que el oficial de la garita de San José mandó a media mañana a petición de Tizón, seguro de que un par de uniformes a la vista imponen más respeto. Son criados y mozas de los ventorros cercanos, muleros, conductores de calesas y tartanas con sus pasajeros, algún pescador, mujeres y chiquillos del lugar. Delante de todos ellos, algo adelantado en uso del doble privilegio que le confiere ser propietario de la venta y haber dado aviso a la autoridad tras el hallazgo del cadáver, está Paco el Cojo.

—Dicen que no ha sido el de ahí dentro —comenta el ventero cuando Tizón llega a su altura.

—Dicen bien.

El mendigo rondaba hace tiempo el lugar, y la gente de los ventorrillos lo señaló al aparecer la chica muerta. Fue el mismo Cojo quien lo encañonó con una escopeta de caza, reteniéndolo hasta la llegada de los policías y sin permitir que lo maltrataran mucho: apenas unas bofetadas y culatazos. Ahora la decepción es visible en los rostros de todos; en especial los muchachos, que ya no tienen a quién arrojar las piedras con que se habían provisto los bolsillos.

—¿Está usted seguro, señor comisario?

Tizón no se molesta en contestar. Contempla la parte de tapia destruida por el impacto de artillería francés. Pensativo.

—¿Cuándo cayó la bomba, camarada?

Paco el Cojo se pone a su lado: los pulgares metidos en la faja, respetuoso y con cierta prevención. También él conoce al comisario, y sabe que lo de *camarada* es una simple fórmula que puede volverse peligrosa en boca de alguien como él. Por lo demás, el Cojo no ha renqueado nunca, pero sí su abuelo; y en Cádiz los apodos se heredan con más certeza que el dinero. También los oficios. El Cojo tiene las patillas blancas y un pasado marinero y contrabandista de dominio público, sin excluir el presente. Tizón sabe que el sótano de la venta está abarrotado de géneros de Gibraltar, y que las noches de mar tranquila y viento razonable, a oscuras, la playa se anima con siluetas de botes y sombras que van y vienen alijando fardos. Hasta ganado meten, a veces. De cualquier modo, mientras el Cojo siga pagando lo que corresponde a aduaneros, militares y policías —incluido el propio Tizón— por mirar hacia otra parte, lo que en aquella playa se trajine seguirá sin traer problemas a nadie. Otra cosa sería que el ventero se pasara de listo o ambicioso, sisando de sus obligaciones, o que contrabandease para el enemigo, como hacen algunos en la ciudad y fuera de ella. Pero de eso no hay constancia. Y a fin de cuentas, desde el castillo de San Sebastián al puente de Zuazo, allí todo el mundo se trata de antiguo. Incluso con la guerra y el asedio sigue valiendo lo de vive y deja vivir. Eso incluye a los franceses, que llevan tiempo sin atacar en serio y se limitan a tirar de lejos, como para llenar el expediente.

—La bomba cayó ayer por la mañana, sobre las ocho —explica el ventero, indicando la bahía hacia el este—. Salió de allí enfrente, de la Cabezuela. Mi mujer estaba tendiendo ropa y vio el fogonazo. Luego vino el estampido, y al momento reventó ahí detrás.

—¿Hizo daño?

—Muy poco: ese trozo de tapia, el palomar y algunas gallinas... Más grande fue el susto, claro. A mi mujer le dio un soponcio. Treinta pasos más cerca y no lo contamos.

Tizón se hurga entre los dientes con una uña —tiene un colmillo de oro en el lado izquierdo de la boca— mientras mira hacia la lengua de mar de una milla de anchura que en ese lugar separa el arrecife —éste forma península con la ciudad de Cádiz, con playas abiertas al Atlántico a un lado, y a la bahía, el puerto, las salinas y la isla de León por el otro— de la tierra firme ocupada por los franceses. El viento de levante mantiene limpio el aire, permitiendo distinguir a simple vista las fortificaciones imperiales situadas junto al caño del Trocadero: Fuerte Luis a la derecha, a la izquierda los muros medio arruinados de Matagorda, y algo más arriba, y atrás, la batería fortificada de la Cabezuela.

—¿Han caído más bombas por esta parte?

El Cojo niega con la cabeza. Luego señala hacia el mismo arrecife, a uno y otro lado de la venta.

—Algo cae por la parte de la Aguada, y mucho en Puntales: allí les llueve a diario y viven como topos... Aquí es la primera vez.

Asiente Tizón, distraído. Sigue mirando hacia las líneas francesas con los párpados entornados a causa del sol que reverbera en la tapia blanca, en el agua y las dunas. Calculando una trayectoria y comparándola con otras. Es algo en lo que nunca había pensado. Sabe poco de asuntos militares y bombas, y tampoco está seguro de que se trate de eso. Sólo una corazonada, o sensación vaga. Un desasosiego particular, incómodo, que se mezcla con la certeza de haber vivido aquello antes, de un modo u otro. Como una jugada sobre un tablero —la ciudad— que ya se hubiera ejecutado sin que Tizón reparase en ella. Dos peones, en suma, con el de hoy. Dos piezas comidas. Dos muchachas.

Puede haber relación, concluye. Él mismo, sentado ante una mesa del café del Correo, ha presenciado combinaciones más complejas. Incluso las ejecutó en persona, tras idearlas, o les hizo frente al desarrollarlas un adversario. Intuiciones como relámpagos. Visión súbita, inesperada. Una plácida disposición de piezas, un juego apacible; y de pronto, agazapada tras un caballo, un alfil o un peón cualquiera, la Amenaza y su Evidencia: el cadáver al pie de la duna, espolvoreado por la arena que arrastra el viento. Y planeando sobre todo ello como una sombra negra, ese vago recuerdo de algo visto o vivido, él mismo arrodillado ante las huellas, reflexionando. Si sólo pudiera recordar, se dice, sería suficiente. De pronto siente la urgencia de regresar tras los muros de la ciudad para hacer las indagaciones oportunas. De enrocarse mientras piensa. Pero antes, sin decir palabra, regresa junto al cadáver, busca en la arena el tirabuzón metálico y se lo mete en el bolsillo.

A la misma hora, tres cuartos de legua al este de la venta del Cojo, Simón Desfosseux, capitán adjunto al estado mayor de artillería de la 2.ª división del Primer Cuerpo del ejército imperial, soñoliento y sin afeitar, maldice entre dientes mientras numera y archiva la carta que acaba de recibir de la Fundición de Sevilla. Según informa el supervisor de la fábrica de cañones andaluza, coronel Fronchard, los defectos de tres obuses de 9 pulgadas recibidos por las tropas que asedian Cádiz —el metal se agrieta a los pocos disparos— se deben a un sabotaje realizado en su proceso de fundición: una deliberada aleación incorrecta, que termina produciendo fracturas de las que en jerga artillera son conocidas como escarabajos y cavernas. Dos operarios y un capataz, españoles, fueron fusilados por Fronchard hace cuatro días, al descubrirse el hecho; pero eso no le sirve de consuelo al capitán Desfosseux. Tenía puestas ciertas esperanzas en los obuses ahora inutilizados. Y lo que es más grave: esas expectativas eran compartidas por el mariscal Víctor y demás mandos superiores, que ahora lo apremian para que solucione un problema que no está en su mano solucionar.

—¡Batidor!

—A la orden.

—Avise al teniente Bertoldi. Estaré arriba, en la torre.

Apartando la manta vieja que cubre la entrada de su barraca, el capitán Desfosseux sale al exterior, sube por la escala de madera que conduce a la parte superior del puesto de observación y se queda mirando la ciudad lejana a través de una tronera. Lo hace con la cabeza descubierta bajo el sol, cruzadas las manos a la espalda sobre los faldones de la casaca azul índigo con vueltas rojas. Que el observatorio, dotado de varios telescopios y de un modernísimo micrómetro Rochon con doble prisma de cristal de roca, esté situado en una ligera elevación entre el fuerte artillado de la Cabezuela y el caño del Trocadero, no es casual en absoluto. Fue Desfosseux quien eligió la ubicación tras minucioso estudio del terreno. Desde allí puede abarcar todo el paisaje de Cádiz y su bahía hasta la isla de León; y con ayuda de catalejos, el puente de Zuazo y el camino de Chiclana. Son sus dominios, en cierto modo. Teóricos, al menos: el espacio de agua y tierra puesto bajo su jurisdicción por los dioses de la guerra y el Mando imperial. Un ámbito donde la autoridad de mariscales y generales puede plegarse, en ocasiones, a la suya. Un particular campo de batalla hecho de problemas, ensayos e incertidumbres —también insomnios— donde no se lucha con trincheras, movimientos tácticos o ataques finales a la bayoneta, sino mediante cálculos hechos sobre hojas de papel, parábolas, trayectorias, ángulos y fórmulas matemáticas. Una de las muchas paradojas de la compleja guerra de España es que tan singular combate, donde cuenta más la composición porcentual de una libra de pólvora o la velocidad de combustión de un estopín que el coraje de diez regimientos, se encuentra confiado, en la bahía de Cádiz, a un oscuro capitán de artillería.

Desde tierra, el conjunto enemigo es inexpugnable. Hasta donde Simón Desfosseux sabe, nadie ha osado decírselo al emperador con esas palabras; pero el término es exacto. La ciudad sólo está unida al continente por un estrecho arrecife de piedra y arena que se extiende casi dos leguas. Los defensores, además, han fortificado diversos puntos de ese paso único, cruzando enfilaciones de diversas baterías y fuertes dispuestos con inteligencia, que además se apoyan en dos lugares bien fortificados: la Puerta de Tierra, guarnecida con ciento cincuenta bocas de fuego, donde empieza la ciudad propiamente dicha, y la Cortadura, situada a medio arrecife y todavía en fase de construcción. Al extremo de todo eso, en la unión del istmo con tierra firme, se encuentra la isla de León, protegida por salinas y canales. A ello hay que sumar los barcos de guerra ingleses y españoles fondeados en la bahía, y las fuerzas sutiles de pequeñas lanchas cañoneras que actúan en playas y caños. Tan formidable despliegue convertiría en suicida cualquier ataque francés por tierra; de modo que los compatriotas de Desfosseux se limitan a una guerra de posiciones a lo largo de la línea, en espera de tiempos mejores o de un vuelco en la situación de la Península. Mientras llega ese momento, la orden es apretar el cerco intensificando los bombardeos sobre objetivos militares y civiles: sistema sobre el que los mandos franceses y el gobierno del rey José albergan pocas ilusiones. La imposibilidad de bloquear el puerto deja abierta a Cádiz su puerta principal, que es el mar. Barcos de diversas banderas van y vienen ante la mirada impotente de los artilleros imperiales, la ciudad sigue comerciando con los puertos españoles rebeldes y con medio mundo, y se da la triste contradicción de que viven mejor abastecidos los sitiados que los sitiadores.

Para el capitán Desfosseux, sin embargo, todo eso es relativo. O le importa poco. El resultado general del asedio a Cádiz, incluso el curso de la guerra de España, pesan menos en la balanza de sus sentimientos que el trabajo que realiza allí. Éste absorbe toda su imaginación y su talento. La guerra, a la que se dedica en serio desde hace poco tiempo —antes era profesor de Física en la escuela de Artillería de Metz—, consiste para él en la aplicación práctica de teorías científicas a las que, de un modo u otro, ahora de uniforme como antes de paisano, dedica la vida. Su arma, le gusta decir, es la tabla de cálculo y su pólvora la trigonometría. La ciudad y el espacio circundante que se extiende ante sus ojos no son objetivo a conquistar, sino desafío técnico. Esto último ya no lo dice en voz alta —le costaría un consejo de guerra—, pero lo piensa. La contienda privada de Simón Desfosseux no es un problema de insurrección nacional sino un problema de balística, donde el enemigo no son los españoles sino los obstáculos interpuestos por la ley de la gravedad, el rozamiento y temperatura del aire, la condición de los fluidos elásticos, la velocidad inicial y la parábola descrita por un objeto móvil —en este caso, una bomba— antes de alcanzar, o no, el punto al que intenta llegar con la adecuada eficacia. De mala gana, pero aceptando órdenes superiores, Desfosseux hizo amago de explicárselo hace un par de días a una comisión de visitantes españoles y franceses venidos de Madrid para comprobar la marcha del asedio.

Sonríe malicioso al recordar. Los comisionados vinieron en carruajes civiles desde El Puerto de Santa María, traqueteando por el camino que discurre a lo largo del río San Pedro: cuatro españoles y dos franceses, sedientos, cansados, con ganas de acabar aquello y temerosos de que el enemigo les diese la bienvenida con un cañonazo desde el fuerte de Puntales. Bajaron de los coches sacudiéndose el polvo de levitas, chaquetas y sombreros, mientras echaban ojeadas aprensivas alrededor, procurando sin demasiado éxito aparentar continente intrépido. Los españoles eran cargos oficiales del gobierno josefino; y los franceses, un secretario de la casa real y un jefe de escuadrón llamado Orsini, ayuda de campo del mariscal Víctor, que oficiaba de guía para los visitantes. Explicación sucinta del asunto, sugirió éste. Que los caballeros comprendan la importancia de la artillería en el asedio, y puedan contar en Madrid que las cosas, para hacerlas bien, deben hacerse despacio. Chi va piano, va lontano, añadió —además de corso, el edecán Orsini resultó ser un guasón—. Chi va forte, va a la morte. Etcétera. De manera que Desfosseux, captado el mensaje, se puso a ello. El problema, dijo recurriendo al profesor despierto bajo su uniforme, es similar al que se plantea al arrojar una piedra con la mano. Si no hubiera gravedad, la piedra seguiría una línea recta; pero la hay. Por eso los proyectiles empujados por la fuerza expansiva de la pólvora no siguen una trayectoria recta, sino parabólica, resultado del movimiento horizontal con velocidad constante que se les comunica en el momento de soltarlos, y de un movimiento vertical de caída libre que aumenta en proporción al tiempo que el proyectil está en el aire. ¿Me siguen? —era evidente que lo seguían a duras penas; pero, al ver asentir a un comisionado, Desfosseux resolvió incrementar la dosis—. La cuestión, caballeros, es conseguir la fuerza necesaria para que la piedra llegue lejos mientras reducimos al mínimo posible el tiempo que se encuentra en el aire. Porque el problema de nuestras piedras, señores, es que son bombas con mechas de retardo que tienen un tiempo límite para estallar, lleguen o no a su objetivo. Como dificultades añadidas tenemos el rozamiento del aire, el desvío por efecto del viento y todo lo demás: ejes verticales, distancias que aumentan con el cuadrado de los números enteros de acuerdo con la ley de la caída libre, etcétera. ¿Todavía me siguen? —comprobó con satisfacción que ya no lo seguía nadie—. En fin, ya saben. Cosas así.

—Pero ¿las bombas llegan a Cádiz o no llegan? —quiso saber uno de los españoles, resumiendo el sentir general.

—En eso estamos, caballeros —Desfosseux miraba de reojo al ayudante Orsini, que había sacado un reloj del bolsillo y consultaba la hora—. En eso estamos.

Pegando un ojo al visor del micrómetro, el capitán de artillería contempla a Cádiz amurallada y blanca, resplandeciente entre las aguas verdiazules de la bahía. Cercana e inalcanzable —quizá otro hombre añadiría *como una mujer hermosa*, pero Simón Desfosseux no es de ésos—. En realidad, las bombas francesas llegan a diversos puntos de las líneas enemigas, incluida Cádiz; pero al límite de su alcance, y con frecuencia sin estallar siquiera. Ni los trabajos teóricos del capitán ni la aplicación y competencia de los veteranos artilleros imperiales han conseguido, hasta ahora, que las bombas sobrepasen las 2.250 toesas; distancia que, como máximo, permite llegar a las murallas de levante y la parte contigua de la ciudad, pero no más lejos. Y aun así, la mayor parte de esas bombas quedan inertes al haberse apagado la mecha de la espoleta durante el largo trayecto: una media de veinticinco segundos en el aire, entre disparo e impacto. Mientras que el ideal técnico acariciado por Desfosseux, el tormento que lo mantiene despierto de noche, haciendo cálculos a la luz de una vela, y el resto del día envuelto en una pesadilla de logaritmos, sería una bomba cuyo retardo fuese más allá de los cuarenta y cinco segundos, disparada por una pieza de artillería que permitiese sobrepasar las 3.000 toesas. Clavado en la pared de su barraca, junto a mapas, diagramas, tablas y hojas de cálculo, el capitán tiene un mapa de Cádiz donde registra los lugares de caída de las bombas: un punto rojo para las que estallan y un punto negro para las que caen apagadas. La cantidad de puntos rojos es desoladoramente escasa, agrupada además, como todos los puntos negros, en la parte oriental de la ciudad.

—A sus órdenes, mi capitán.

El teniente Bertoldi acaba de subir a la atalaya. Desfosseux, que sigue mirando por el micrómetro y mueve la ruedecilla de cobre calculando altura y distancia de las torres de la iglesia del Carmen, se aparta del visor y mira a su ayudante.

—Malas noticias de Sevilla —dice—. A alguien se le fue la mano con el estaño al fundir los obuses de a nueve.

Bertoldi arruga la nariz. Es un italiano pequeño, barrigón, de patillas rubias y expresión alegre. Piamontés, con cinco años de servicio en la artillería imperial. En torno a Cádiz, los sitiadores no hablan sólo la lengua francesa. Hay allí italianos, polacos y alemanes, entre otros. Sin contar las tropas auxiliares españolas que prestaron juramento al rey José.

—¿Accidente o sabotaje?

—El coronel Fronchard dice que es sabotaje. Pero ya conoce al individuo... No me fío.

Sonríe a medias Bertoldi, lo que suele dar un aire juvenil y simpático a su rostro. A Desfosseux le cae bien el ayudante, a pesar de su afición excesiva al vino de Jerez y a las *señoritas* de El Puerto de Santa María. Llevan juntos desde que cruzaron los Pirineos hace un año, después del desastre de Bailén. A veces, cuando a Bertoldi se le va la mano con la botella, lo tutea por descuido, amistoso. Desfosseux nunca lo reconviene por ello.

—Yo tampoco, mi capitán. Al director español de la fundición, el coronel Sánchez, no le permiten acercarse a los hornos... Todo lo vigila Fronchard directamente.

—Pues se ha quitado la responsabilidad de encima por la vía rápida. El lunes hizo fusilar a tres operarios españoles.

Se acentúa la sonrisa de Bertoldi, que hace ademán de sacudirse las manos.

—Asunto resuelto, entonces.

—Exacto —asiente Desfosseux, cáustico—. Y nosotros, sin los obuses.

Bertoldi alza un dedo objetor.

—Cuidado. Todavía tenemos a Fanfán.

—Sí. Pero no es suficiente.

Mientras habla, el capitán echa un vistazo por la tronera lateral hacia un reducto cercano, protegido por cestones y taludes de tierra, donde hay un enorme cilindro de bronce inclinado cuarenta y cinco grados y cubierto por una lona: Fanfán, para los amigos. Se trata —el nombre se lo puso Bertoldi regándolo con manzanilla de Sanlúcar— del prototipo de un obús mortero Villantroys-Ruty de 10 pulgadas, capaz de poner bombas de 80 libras de peso en las murallas orientales de Cádiz, pero ni una toesa más allá, de momento. Eso, con viento a favor. Cuando sopla poniente, los proyectiles sólo asustan a los peces de la bahía. Sobre el papel, los obuses fundidos en Sevilla se habrían beneficiado de las pruebas y cálculos efectuados con Fanfán. Ahora no hay modo de comprobarlo, al menos durante cierto tiempo.

—Confiemos en él —propone Bertoldi, resignado.

Desfosseux mueve la cabeza.

—Confío, ya lo sabe. Pero Fanfán tiene sus límites... Y yo también.

El teniente lo observa, y Desfosseux sabe que le está calibrando las ojeras. Su mentón mal afeitado tampoco ayuda mucho, se teme. A su imagen marcial.

—Debería dormir un poco más.

—Y usted —una mueca cómplice suaviza el tono severo de Desfosseux— debería ocuparse de sus asuntos.

—El asunto me compete, mi capitán. Tendré que vérmelas directamente con el coronel Fronchard, si usted enferma... Antes de que eso ocurra, me paso al enemigo. Nadando. Ya sabe que en Cádiz viven mejor que nosotros.

—Voy a hacer que lo fusilen, Bertoldi. Personalmente. Después bailaré sobre su tumba.

En el fondo, Desfosseux sabe que el revés de Sevilla no cambia mucho las cosas. El tiempo que lleva frente a Cádiz le permite concluir que, por las especiales condiciones del asedio, ni cañones convencionales ni obuses sirven para batir la plaza de modo conveniente. Él mismo, tras estudiar situaciones similares como el asedio de Gibraltar de 1782, es partidario de utilizar morteros de grueso calibre; pero ningún superior comparte la idea. El único al que tras muchos esfuerzos había logrado convencer, el comandante de la artillería, general Alexandre Hureau, barón de Senarmont, ya no está allí para apoyarlo. Distinguido en Marengo, Friedland y Somosierra, el general estaba demasiado seguro de sí mismo y despreciaba a los españoles —*manolos* los llamaba, como todos los franceses— hasta el extremo de que, durante una inspección a la batería Villatte, situada en el frente de la isla de León por el lado de Chiclana, se empeñó en probar unos nuevos afustes en compañía del coronel Dejermon, el capitán Pindonell, jefe de la batería, y el propio Simón Desfosseux, adscrito a la comitiva. El general exigió que los siete cañones del puesto hicieran fuego contra las líneas españolas, concretamente en dirección a la batería de Gallineras; y al argumentar Pindonell que eso atraería el fuego enemigo, que allí era potente, el general, que se las daba de artillero bravo, se quitó el sombrero y dijo que exactamente en él iba a recoger cada granada de Manolo que llegara.

—Así que dispare de una vez y no discuta —ordenó.

Pindonell, obediente, ordenó fuego. Y lo cierto es que Hureau erró el cálculo del sombrero por sólo unas pulgadas: el primer cañonazo que vino como respuesta reventó entre él, Pindonell y el coronel Dejermon, llevándoselos a todos por delante. Desfosseux se salvó porque se encontraba algo más lejos, buscando un lugar discreto donde orinar, junto a unos cestones llenos de tierra que amortiguaron los efectos. Los tres muertos fueron enterrados en la ermita chiclanera de Santa Ana, y con el barón de Senarmont bajó a la tumba la esperanza del capitán Desfosseux de que Cádiz fuese batida con morteros. Dejándole, al menos, el consuelo de poder contarlo.

—Una paloma —apunta el teniente Bertoldi.

Desfosseux escruta el cielo en la dirección que indica su ayudante. Es cierto. Volando en línea recta desde Cádiz, el ave acaba de cruzar la bahía, pasa de largo sobre el discreto palomar dispuesto junto a la barraca de los artilleros y sobrevuela la costa en dirección a Puerto Real.

—No es de las nuestras.

Los dos militares se miran, y luego el ayudante aparta la vista con una sonrisa de inteligencia. Bertoldi es el único con quien Desfosseux comparte secretos profesionales. Uno de ellos es que sin palomas mensajeras sería imposible poner puntos rojos y negros en el mapa de Cádiz.

Los barcos de los cuadros enmarcados en las paredes y los modelos a escala protegidos por vitrinas parecen navegar en la penumbra del pequeño gabinete amueblado de caoba, alrededor de la mujer que escribe en su mesa de trabajo, en el rectángulo iluminado por un estrecho rayo de sol que entra por las cortinas casi cerradas de una ventana. Esa mujer se llama Lolita Palma y tiene treinta y dos años: edad en la que cualquier gaditana medianamente lúcida ha perdido toda esperanza de casarse. En cualquier caso, el matrimonio no es, desde hace tiempo, una de sus principales preocupaciones; ni siquiera forma parte de ellas. Son otras cosas las que la inquietan. La hora de la marea en segunda alta, por ejemplo. O las andanzas de un falucho corsario francés que suele operar entre Rota y la ensenada de Sanlúcar. Todo eso tiene que ver hoy con la arribada inminente que un empleado de la casa, de guardia en el mirador situado en la terraza, sigue con un telescopio desde que la torre Tavira anunció velas hacia poniente: un barco con toda la lona arriba, embocando la bahía dos millas al sur de los bajos de Rota. Podría tratarse del *Marco Bruto*, bergantín de 280 toneladas y cuatro cañones: dos semanas de retraso en viaje de vuelta de Veracruz y La Habana con carga prevista de café, cacao, palo de tinte y caudales por valor de 15.300 pesos, inscrito su nombre en la inquietante cuádruple columna que registra las incidencias de los barcos vinculados al comercio de la ciudad: *retrasados*, *sin noticias*, *desaparecidos*, *perdidos*. A veces, seguido el nombre puesto en una de las dos últimas columnas por un comentario definitivo e inapelable: *con toda su tripulación*.

Lolita Palma inclina la cabeza sobre la hoja de papel en la que escribe una carta en inglés, deteniéndose a consultar las cifras anotadas en una de las páginas de un grueso libro de cambios, pesos y medidas comerciales que tiene abierto sobre la mesa junto al tintero, un cubilete de plata con un manojo de plumas bien cortadas, la salvadera y útiles de lacrar. Trabaja apoyándose sobre una carpeta de cuero que perteneció a su padre, que conserva las iniciales *TP:* Tomás Palma. La carta, encabezada por la razón social de la familia —Palma e Hijos, constituida ante escribano en Cádiz el año 1754—, está dirigida a un corresponsal en los Estados Unidos de América, y en ella se enumeran ciertas irregularidades en un cargamento de 1.210 fanegas de harina que tardó cuarenta y cinco días en hacer la travesía de Baltimore a Cádiz en las bodegas de la goleta *Nueva Soledad,* llegada a puerto hace una semana, y cuya carga ha sido ya reexpedida en otros buques para las costas de Valencia y Murcia, donde el hambre aprieta y la harina se cotiza a precio de oro molido.

En cuanto a los barcos que decoran el gabinete, cada uno tiene nombre propio y Lolita Palma los conoce todos: algunos sólo de oídas, pues se vendieron, desguazaron o perdieron en el mar antes de que ella naciera. De otros pisó las cubiertas siendo niña en compañía de sus hermanos, vio las velas desplegadas por la bahía en viaje de ida o vuelta, escuchó los nombres sonoros, devotos y a menudo enigmáticos —*El Birroño, Bella Mercedes, Amor de Dios*—, en innumerables conversaciones familiares: éste viene retrasado, aquél tuvo temporal del noroeste, al otro le dio caza un corsario entre Azores y San Vicente. Todo ello con referencias a puertos y cargamentos: cobre de Veracruz, tabaco de Filadelfia, cueros de Montevideo, algodón de La Guaira... Nombres de lugares lejanos, tan habituales en esta casa como puedan serlo la calle Nueva, la iglesia de San Francisco o la Alameda de la ciudad. Cartas de corresponsales, consignatarios y asociados llenan gruesos legajos que se archivan en el despacho principal de la casa, situado en la oficina de la planta baja, junto al almacén. Puertos y naves: palabras vinculadas a la esperanza o la incertidumbre desde que Lolita Palma tiene memoria. Sabe que de esos barcos, de su fortuna en las singladuras, de su carácter ante calmas y temporales, de su intrepidez marinera y la viveza de sus tripulaciones para esquivar peligros de mar y tierra, depende desde hace tres generaciones la prosperidad de los Palma. Incluso uno de ellos —*Joven Dolores*— lleva su nombre. O lo llevó, hasta hace poco. Un barco afortunado, por otra parte. Tras una rentable vida de travesías, primero para un comerciante carbonero inglés y luego para los Palma, rinde ahora su vejez marinera pacíficamente amarrado, ya sin nombre ni bandera, en un desguace cercano a la punta de la Clica, junto al caño de la Carraca, sin haber sido nunca víctima de la furia del mar ni de la codicia de piratas, corsarios o pabellones enemigos, ni ensombrecer hogar alguno con lutos de viudas o huérfanos.

Junto a la puerta del gabinete, un reloj-barómetro inglés de pie de nogal da tres graves campanadas que casi al mismo tiempo repiten, más argentinos y lejanos, otros relojes de la casa. Lolita Palma, que acaba de concluir su carta, espolvorea la tinta de las últimas líneas y la deja secar. Al cabo, ayudándose de una plegadera, dobla en cuatro solapas la hoja de papel —que es valenciano, blanco y grueso, de extrema calidad— y, tras escribir la dirección en el envés, enciende un fósforo mixto y lacra los pliegues con cuidado. Lo hace despacio, tan minuciosamente como ejecuta todos los actos de su vida. Luego coloca la carta en una bandeja de madera taraceada con hueso de ballena y se pone en pie entre el roce de la bata de casa —seda china traída de Filipinas, oscura y suavemente estampada— que le llega hasta los pies, calzados con chinelas de raso. Al levantarse, pisa un ejemplar del *Diario Mercantil* que ha caído al suelo, sobre la estera de Chiclana. Lo recoge y pone sobre otros que hay en una mesita de servicio: *El Redactor General*, *El Conciso*, alguno extranjero, inglés o portugués, con fecha atrasada.

Canta una criada joven abajo, regando los helechos y geranios del patio en torno al brocal de mármol del aljibe. Tiene buena voz. La canción —copla de moda en Cádiz, romance imaginario de una marquesa y un contrabandista patriota— suena más clara y precisa cuando Lolita Palma abandona el gabinete, recorre dos de los cuatro lados de la galería acristalada del piso principal y sube por la escalera de mármol blanco dos plantas más, hasta la azotea. Allí es intenso el contraste con la penumbra del interior. El sol de la tarde reverbera en los muretes encalados de la terraza y calienta las baldosas de barro cocido, con la ciudad extendiéndose alrededor a modo de laboriosa colmena blanca incrustada en el mar. La puerta de la torre situada en un ángulo está abierta; y tras subir otra escalera más estrecha, de caracol y con peldaños de madera, Lolita Palma se encuentra en lo alto del mirador, semejante al que tienen muchas casas de Cádiz; sobre todo, aquellas cuya actividad familiar —consignatarios, armadores, comerciantes— se relaciona con el puerto y la navegación. Desde esas torres es posible reconocer las embarcaciones que vienen de arribada; y, a medida que se acercan, distinguir con ayuda de largavistas las señales izadas en los penoles de sus vergas: códigos privados con los que cada capitán previene al propietario o correspondiente en tierra de las circunstancias del viaje y la carga que transporta. En una ciudad comercial como ésta, donde el mar es camino universal y cordón nutricio en tiempo de paz como de guerra, hay fortunas que se hacen en un golpe de suerte u oportunidad aprovechada, competidores que pueden arruinarse o enriquecerse por media hora más o menos en averiguar a quién pertenece el barco que llega y qué avisos transmiten sus banderas.

—No parece el *Marco Bruto* —dice el vigía.

Se llama Santos y es un viejo sirviente de la casa, veterano de los tiempos del abuelo Enrico, en uno de cuyos barcos lo enrolaron de pajecillo a los nueve años. Está lisiado de una mano pero todavía tiene buen ojo marinero, capaz de identificar a un capitán por su forma de bracear velas librando los bajos de las Puercas. Lolita Palma coge el telescopio de sus manos —un buen Dixey inglés, con tubo extensible de latón dorado—, lo apoya en el alféizar y estudia la embarcación lejana: aparejo de cruz, dos palos cubiertos de lona para aprovechar el poniente fresquito que lo empuja por la aleta de estribor, y también para distanciarse de otra embarcación que, en apariencia, intenta cerrarle el paso desde la punta de Rota, con dos velas latinas y un foque ciñendo el viento a rabiar.

—¿El falucho corsario? —pregunta, señalando en esa dirección.

Santos asiente mientras hace visera con la mano lisia-
da, donde faltan los dedos meñique y anular. En la muñeca, al extremo de la vieja cicatriz, se advierte un tatuaje
borroso, descolorido por el sol y el tiempo.

—Lo han visto llegar y fuerzan vela, pero no creo que
lo alcancen. Viene muy abierto de tierra.

—Puede rolar el viento.

—A esta hora, y con su permiso, doña Lolita, le esca-
searía como mucho tres cuartas. Suficiente para meterse
en la bahía. Peor lo iba a tener el otro, de proa... Yo diría
que en media hora el francés se queda atrás.

Lolita Palma mira los arrecifes de la entrada a Cádiz,
que aún no cubre la marea alta. Hacia la derecha, más
al interior, están los navíos ingleses y españoles fondeados entre el baluarte de San Felipe y la Puerta de Mar, con
las velas aferradas y las vergas bajas.

—¿Y dices que no es nuestro bergantín?

—Para mí que no —Santos mueve la cabeza sin apartar los ojos del mar—. Más polacra, parece.

Lolita Palma vuelve a mirar por el catalejo. Pese a la
buena visibilidad que proporciona el viento del oeste, no
puede distinguir banderas de señales. Pero es cierto que,
aunque la embarcación tiene velas cuadras, sus palos,
que en la distancia parecen desprovistos de cofas y crucе-
tas, no corresponden a un bergantín convencional como
el *Marco Bruto*. La decepción la hace apartar la vista, desazonada. Demasiado retraso ya, piensa. Demasiadas cosas serias en juego. La pérdida de ese barco y su carga supondría un golpe irreparable —segundo en tres meses—,
con el agravante de que, a causa del asedio francés, los
caudales de propiedad privada vienen estos días a riesgo

de particulares y armadores, y su pérdida no la cubre seguro alguno.

—Quédate aquí de todas formas. Hasta confirmarlo.

—Como usted mande, doña Lolita.

Santos la sigue llamando Lolita, igual que el resto de los viejos empleados y sirvientes de la casa. Los más jóvenes la llaman doña Dolores, o señorita. Pero entre la sociedad gaditana que la ha visto crecer sigue siendo Lolita Palma, la nieta del viejo don Enrico. La hija de Tomás Palma. Así es como sus conocidos siguen describiéndola en tertulias, reuniones y saraos, o se refieren a ella en el paseo de la Alameda, por la calle Ancha o en la misa de doce de domingos y festivos en San Francisco —sombrero en mano los caballeros, leve inclinación de cabeza con mantilla las señoras, curiosidad entre los refugiados de postín puestos al día—: niña de la mejor sociedad, excelente partido, que por circunstancias trágicas tuvo que hacerse cargo de la casa. Educación moderna, claro. Como casi todas las jóvenes de buena familia en Cádiz. Modesta y sin ostentaciones. Nada que ver, se lo aseguro, con esas zánganas de la nobleza rancia que sólo saben rellenar libretillas de baile con nombres de galanes y emperejilarse para cuando su papá las venda, con título incluido, al mejor postor. Porque en esta ciudad el dinero no lo tienen las antiguas familias de campanillas, sino el comercio. El trabajo es la única aristocracia respetada aquí, y a las muchachas las educamos como Dios manda: responsables de sus hermanos desde pequeñas, piadosas sin aspavientos, estudios prácticos y algún idioma. Nunca se sabe cuándo deberán ayudar en el negocio familiar, ocuparse de la correspondencia y cosas así; ni tampoco si una vez casadas o viudas tendrán que intervenir en asuntos de los que dependen muchas familias y bocas, prosperidad ciudadana aparte. Y mire usted. Sabemos de buena tinta que a Lolita en concreto —el abuelo fue conocido síndico de la ciudad y diputado del Común—, su padre le hizo estudiar aritmética, cambio internacional, reducción de pesos, medidas y monedas extranjeras, y contabilidad en libros dobles de comercio. Además, habla, lee y escribe inglés, y se defiende en francés. Hasta de botánica dicen que sabe, la niña. De plantas, flores y eso. Lástima que se haya quedado soltera.

Ese *lástima que se haya quedado soltera* es la coda final, pequeña revancha —malintencionada sólo hasta límites razonables— que la sociedad gaditana, de igual a igual, toma sobre las virtudes domésticas, comerciales y ciudadanas de Lolita Palma; cuya buena posición en el mundo de los negocios no se corresponde, según es bien sabido, con alegrías privadas. Recientes desgracias le han permitido aliviarse el luto sólo en fecha cercana: dos años antes de que a su padre se lo llevara la última epidemia de fiebre amarilla, el único hermano varón, esperanza natural de la empresa familiar, murió combatiendo en Bailén. Hay otra hermana menor, casada muy joven y todavía en vida de su padre con un comerciante de la ciudad. Y la madre, naturalmente. Esa madre.

Lolita Palma deja la terraza y desciende al segundo piso. Desde un cuadro colgado en un rellano de la escalera, sobre zócalo de azulejos portugueses, un joven agraciado, vestido de solapa alta y ancha corbata negra al cuello, la observa con sonrisa amable, un poco burlona. Se trata de un amigo de su padre, corresponsal en Cádiz de una importante casa comercial francesa, ahogado en el año siete al perderse la embarcación en que viajaba sobre el bajo de la Aceitera, frente al cabo Trafalgar.

Mirando el cuadro mientras baja por la escalera, Lolita Palma desliza los dedos por el pasamanos de mármol blanco con suaves vetas. Pese al tiempo transcurrido, recuerda bien. Perfectamente. Aquel joven se llamaba Miguel Manfredi, y sonreía como en el lienzo.

Abajo, la criada —se llama Mari Paz, y asiste a Lolita como doncella— ha terminado de regar las macetas. El silencio de la tarde reina en la casa de la calle del Baluarte, a un paso del corazón de la ciudad. Se trata de un edificio de cuatro plantas con sólidos muros de piedra ostionera, doble portón claveteado de bronce dorado con llamadores en forma de navío, que suele estar abierto, y una casapuerta amplia y fresca, de mármol blanco, que conduce a la reja y al patio, en torno al que se sitúan unos almacenes para mercancías delicadas y las oficinas que varios empleados ocupan en horas de trabajo. Llevan el resto de la casa siete criados: el viejo Santos, una sirvienta, una esclava negra, una cocinera, la joven Mari Paz, un mayordomo y un cochero.

—¿Cómo te encuentras, mamá?

—Igual.

Alcoba con luz suave, fresca en verano y templada en invierno. Crucifijo de marfil sobre la cama de hierro guarnecida de laca blanca, ventanal con balcón de reja y celosía abierto a la calle; y en él, cintas de helechos, geranios, albahaca en las macetas. Un tocador con espejo, otro espejo grande de cuerpo entero, un armario de luna. Mucho espejo y mucha caoba, todo muy gaditano. Tan clásico. Un cuadro con la Virgen del Rosario sobre una librería baja, también de caoba, con los diecisiete tomos en octavo de la colección completa de *El correo de las damas*. Dieciséis, en realidad. El decimoséptimo volumen se encuentra abierto sobre la colcha, en el regazo de la mujer que, incorporada sobre almohadones, inclina un poco la mejilla para que la bese su hija. Huele al aceite de Macasar que se aplica en las manos y a los polvos de franchipán que le blanquean la cara.

—Has tardado mucho en venir a verme. Llevo despierta un buen rato.

—Tenía trabajo, mamá.

—Tú siempre tienes trabajo.

Lolita Palma acerca una silla y se sienta junto a su madre, luego de arreglarle los almohadones. Paciente. Por un momento piensa en su infancia, cuando soñaba con recorrer el mundo a bordo de aquellos barcos de velas blancas que se iban despacio por la bahía. Después piensa en el bergantín, la polacra, o lo que sea. La embarcación desconocida que en ese momento navega desde poniente con toda la lona arriba, tensa la jarcia, esquivando la caza del corsario.

Agarrado a un obenque de mesana, Pepe Lobo observa los movimientos del falucho que intenta cortarle el paso hacia la bahía. Lo mismo hacen sus diecinueve hombres, agrupados al pie de los palos y en la proa, bajo la sombra de la mucha lona desplegada arriba. De no ser porque el capitán de la polacra —salida de Lisboa hace cinco días con bacalao, queso y manteca— conoce del mar lo caprichoso de sus tretas y favores, estaría más tranquilo de lo que está. El francés todavía se encuentra lejos, y la *Risueña* navega bien, con marejada y viento fresquito a un largo por estribor, en un bordo que la llevará, si no se tuercen las cosas, a librar las Puercas bajo el amparo de los cañones de los baluartes de Santa Catalina y la Candelaria.

—Llegaremos de sobra, capitán —dice el segundo.

Es un individuo cetrino, de piel grasienta. Gorro de lana y barba de una semana. De vez en cuando se vuelve a vigilar, suspicaz, a los dos timoneles que manejan la rueda.

—Llegaremos —insiste entre dientes, como si rezara.

Pepe Lobo levanta a medias una mano, prudente.

—Déjelo estar, piloto. Hasta que pasa el rabo, todo es toro.

Escupe el otro al mar, desabrido. Con mal talante.

—No soy supersticioso.

—Yo sí. De manera que cierre su cochina boca.

Una pausa breve. Tensa. Agua corriendo a lo largo del casco. Sonido de viento en la jarcia y crujir de mástiles y obenques en las cabezadas de la embarcación, cuando ésta machetea la mareta. El capitán sigue mirando en dirección al corsario. El segundo lo mira a él.

—Usted me maltrata. No estoy dispuesto a consentir...

—He dicho que cierre la boca. O se la cierro yo.

—¿Me está amenazando, señor?

—Evidentemente.

Mientras habla con naturalidad, sin apartar la vista del otro barco, Pepe Lobo desabrocha los botones dorados de su chaqueta de paño azul. Sabe que cuantos tripulantes andan cerca se dan con el codo mientras aprestan oreja y pupila, sin perderse nada.

—Es intolerable —protesta el segundo—. Daré parte al llegar a tierra. Esta gente es testigo.

Se encoge de hombros el capitán:

—Confirmarán, entonces, que le levanto la tapa de los sesos por discutir órdenes con un corsario encima.

En la faja negra que le ciñe la cintura, ahora a la vista, reluce la culata de latón y madera de una pistola. El arma no está destinada al enemigo que se acerca, sino a mantener las cosas bajo control en su propio barco. No sería la primera vez que un tripulante perdiese la cabeza en mitad de una maniobra delicada. Tampoco lo sería si, llegado el caso, él resolviera la papeleta de modo contundente. Su segundo es un tipo inquieto, atravesado y respondón, que digiere mal no hallarse al mando de la polacra. Cuatro viajes pidiendo a gritos un tratamiento que pocos tribunales navales discutirían si se administra, como es el caso, a la vista del enemigo. Con la perspectiva de perder barco, carga, y acabar prisionero, no está el paisaje para charla de viejas.

El obenque al que se agarra Pepe Lobo cambia el ritmo de vibración. Más irregular ahora. Hay un leve rumor de lona suelta arriba.

—Haga su trabajo, piloto. Flamea el juanete de mesana.

En ningún momento, mientras habla, quita los ojos del falucho: unas cien toneladas largas, casco afilado ciñendo el viento a cinco cuartas, un palo inclinado a proa y otro a popa, con velas latinas y foque tenso como un cuchillo. Lleva las drizas desnudas, sin bandera de su nación —tampoco la arbola la *Risueña*—, pero no cabe duda de que es francés. Nadie vendría de tierra con tan claras intenciones como ese perro. De ser el corsario que lleva tiempo rondando la bahía y suele agazaparse en Rota, sus cañones y tripulación le permitirían hacerse con la polacra, si logra arrimarse lo suficiente. Ésta es una embarcación mercante de 170 toneladas, armada sólo con dos piezas de 4 libras, algunos mosquetes y sables: nada serio que oponer a las dos carronadas de 12 libras y los seis cañones de a 6 que, según cuentan, artilla el otro. Cuyas andanzas, a estas alturas, son conocidas. Sus últimas presas, antes de que la *Risueña* saliera hace tres semanas para Lisboa, eran un jabeque español con buena carga, entre ella 900 quintales de pólvora, y un bergantín norteamericano despistado que navegaba cerca de tierra, capturado a los treinta y dos días de salir de Rhode Island para Cádiz con tabaco y arroz. Por lo visto, las protestas de los comerciantes de la ciudad ante la impunidad con que actúa el corsario no han cambiado la situación. Pepe Lobo sabe que los pocos buques de guerra ingleses y españoles se emplean en proteger el interior del puerto y la línea defensiva, escoltan convoyes y llevan correos y tropas. En cuanto a las cañoneras y embarcaciones de pequeño porte, son inútiles con viento y marea entrante. Eso, cuando no están ocupadas protegiendo el paso del Trocadero, vigilando de noche la bahía o agregadas a convoyes que van a Huelva, Ayamonte, Tarifa y Algeciras. Sólo un místico español, el número 38, se emplea en crucero entre la broa de Sanlúcar y la ciudad de Cádiz, con pocos resultados. Así que es fácil para el corsario hacer la descubierta por la mañana, salir una legua de la boca del puerto o ensenada donde se guarece, dar caza y volver a protegerse con su presa, cuando la tiene, con rapidez y poco riesgo, en una costa que en toda aquella extensión pertenece a los franceses. Como una araña en el centro de su red.

Pepe Lobo mira por fin hacia proa, en dirección a la ciudad: murallas pardas a lo lejos e innumerables torres sobre las casas encaladas, con el castillo de San Sebastián, el faro y su aspecto de buque varado sobre la restinga. Cuatro millas hasta las Puercas y el Diamante, calcula tras situarse con la mirada cruzando enfilaciones con la ciudad y la punta de Rota. Es una entrada sucia la de Cádiz, con mucha piedra y una vaciante peligrosa cuando baja fuerte la marea; pero el viento es favorable, y habrá pleamar cuando la polacra, sin cambiar de bordo, pase entre los bajos antes de orzar en demanda del interior de la bahía y el puerto, al amparo de las baterías y los navíos españoles e ingleses fondeados, cuyos palos pronto podrán advertirse en la distancia.

Aliados ingleses. Aunque España está en su cuarto año de guerra contra Napoleón, la palabra *aliados* referida a los británicos hace torcer el gesto al capitán de la *Risueña*: respeta a esa gente en el mar, pero los detesta como nación. De haber sido él mismo inglés, nada tendría que objetar: sería tan ladrón y arrogante como el que más, durmiendo a pierna suelta. Pero el azar que gobierna esas cosas lo hizo nacer español, en el apostadero naval de La Habana: padre gallego y contramaestre de la Real Armada, madre criolla, el mar ante los ojos y bajo los pies desde niño. Embarcado a los once años, la mayor parte de los treinta y uno que lleva a flote —paje, grumete en un ballenero, gaviero, piloto, patente de capitán con mucho trabajo y sacrificio— los ha pasado recelando de las piraterías y las tretas, siempre despiadadas, del pabellón británico.

Nunca navegó mar alguno donde aquél no anunciase amenaza. Y a los ingleses cree conocerlos bien: los juzga codiciosos, soberbios, siempre dispuestos a encontrar la excusa oportuna para violentar, cínicamente, cualquier compromiso o palabra dada. Él mismo tiene experiencia de ello. Que los vaivenes de la guerra y la política hayan dispuesto ahora a Inglaterra como aliada de la España que resiste a Napoleón, no cambia las cosas. Para él, en paz o a cañonazos, los ingleses fueron siempre el enemigo. De algún modo, todavía lo son. Dos veces ha sido su prisionero: una en un pontón de Portsmouth y la otra en Gibraltar. Y no lo olvida.

—Se está abriendo el corsario, capitán.

—Ya lo veo.

Puede más en el segundo la aprensión que el despecho. El tono ha sido casi conciliador. De reojo, Pepe Lobo lo ve mirar con inquietud la grímpola que indica la dirección del viento, y luego fijarse en él. Esperando.

—Pienso que deberíamos...—empieza el subalterno.

—Cállese.

El capitán observa las velas y luego se vuelve hacia los timoneles.

—Orza dos cuartas más... Así. Firme ahí... ¡Piloto! ¿Está ciego o sordo?... Haga cazar esa escota.

En cualquier caso, su malhumor no tiene que ver con los ingleses. Ni siquiera con el falucho que, en un último esfuerzo por acercarse a la polacra, ha abierto un poco el rumbo e intenta darles caza algo más al sudeste, confiando en un cañonazo afortunado, un cambio del viento o una mala maniobra que rompa algo en la arboladura de la *Risueña*. No es eso lo que preocupa a Pepe Lobo. Tan seguro está de que dejarán atrás al corsario, que ni siquiera ha ordenado preparar las dos piezas de a bordo: cañoncillos que, por otra parte, no servirían de nada ante un enemigo que con sólo un disparo de carronada barrería la cubierta. El temor a un combate puede desconcertar a una tripulación que ya tiene mala índole: excepto media docena de marineros expertos, el resto es basura portuaria enrolada por poco más que la comida. No sería la primera vez que a Lobo se le esconde la gente bajo cubierta en pleno zafarrancho. Eso ya le costó un barco y la ruina económica en el año 97, pontón de Portsmouth aparte. Así que todo irá hoy mejor si nadie duda y cada cual hace su trabajo. Respecto a los hombres bajo su mando, la única esperanza que alberga es fondear pronto en Cádiz y perderlos de vista.

Porque ésa es otra. El capitán de la *Risueña* sabe que rinde con ella el último viaje. Cuando se hizo a la mar hace diecinueve días, sus relaciones ya eran malas con el propietario, un armador de la calle del Consulado llamado Ignacio Ussel; y van a empeorar apenas éste, o el cliente para quien fleta el barco, comprueben el manifiesto de carga. Un viaje desgraciado con poco viento y fuerte marejada en San Vicente, una avería en el codaste que obligó a fondear día y medio al resguardo del cabo Sines y algunos problemas administrativos en Lisboa, son causa de que la polacra llegue retrasada y con la mitad del flete previsto. Es la gota que colmará el vaso. La firma Ussel, tapadera en Cádiz, como otras, de varias casas comerciales francesas —hasta hace poco, ningún extranjero podía negociar directamente con los puertos españoles de América—, tiene dificultades desde que empezó la guerra. Intentando rehacerse con las oportunidades que ésta ofrece a comerciantes con pocos escrúpulos, el señor Ussel procura el máximo beneficio al mínimo costo, en perjuicio de sus empleados: paga tarde y mal, amparándose en cualquier pretexto. Eso ha crispado en los últimos tiempos las relaciones entre el armador y el capitán de la *Risueña*. Y éste sabe que, apenas deje caer el ancla en cuatro o cinco brazas de fondo, tendrá que buscar otro barco donde ganarse la vida. Empeño difícil en una Cádiz sobrepoblada por el asedio francés, donde, pese a que navega cuanto puede flotar, incluso madera podrida, faltan embarcaciones y buenos tripulantes, sobran capitanes, y en las tabernas del puerto, donde la leva forzosa hace estragos, sólo se encuentra chusma dispuesta a enrolarse por cuatro cobres.

—¡El francés está virando!... ¡Se larga!

Vitorean en la polacra de proa a popa. Palmadas y gritos de satisfacción. Hasta el segundo se quita el gorro de lana para frotarse la frente, aliviado. Agolpándose en la banda de babor, todos observan cómo el corsario toma por avante y abandona la caza. Su foque flamea un momento sobre el largo bauprés mientras la embarcación cae a estribor, de vuelta a la ensenada de Rota. Al mostrar su través, el nuevo ángulo en que incide la luz permite observar con detalle la entena larga de la vela mayor y el casco esbelto y negro del falucho, con una bovedilla muy lanzada bajo el botalón de popa. Rápido y peligroso. Se trata, cuentan, de un mercante portugués apresado el año pasado por los franceses a la altura de Chipiona.

—Arriba un poco —ordena Pepe Lobo a los timoneles—. Leste cuarta al sudeste.

Algunos tripulantes sonríen al capitán, haciendo gestos aprobadores con la cabeza. Maldito lo que me importa, piensa éste, que me aprueben o no. A estas alturas. Apartándose de los obenques, abrocha algunos botones de su casaca, cubriendo la pistola que lleva en la faja. Luego se vuelve hacia el segundo, que no le quita ojo.

—Ice la bandera y haga ajustar ese paño... Dentro de media hora quiero a la gente lista para recoger juanetes.

Mientras los hombres tiran de las brazas adecuando vergas y velas al nuevo rumbo, y la descolorida enseña mercante de dos franjas rojas y tres amarillas asciende hasta el pico de mesana, Pepe Lobo observa la costa hacia la que se dirige el falucho corsario, que ya muestra su popa. La *Risueña* navega bien, el viento se mantiene en la dirección adecuada y no es preciso dar bordos para pasar las Puercas. Eso significa que podrán entrar en la bahía sin exponerse a los escollos de la bocana ni a los fuegos de la batería francesa del otro castillo de Santa Catalina, el situado junto a El Puerto de Santa María, que suele disparar contra los barcos cuya maniobra los arrima demasiado a tierra. El castillo se encuentra a poco más de media legua al oeste, en la amura de babor de la polacra; y más allá, al otro lado de la ensenada de Rota y la barra del río San Pedro, se distingue ya a simple vista la península del Trocadero, con sus baterías francesas orientadas hacia Cádiz. Lobo coge el catalejo del cajón de bitácora, lo despliega y recorre con el círculo de aumento la línea de la costa, de norte a sur, hasta detenerse en los fuertes: el abandonado de Matagorda, situado abajo, en la playa, Fuerte Luis y la Cabezuela, más atrás y a mayor altura, con los cañones asomando por sus troneras. En ese momento ve un silencioso fogonazo en una de ellas, y por un instante cree ver la bomba francesa, un minúsculo punto negro, describiendo una parábola sobre la bahía, en dirección a la ciudad.

Sentado en el patio de columnas del café del Correo, con las piernas estiradas bajo la mesa y la espalda hacia la pared —su forma de acomodarse en lugares públicos—, el comisario de Barrios, Vagos y Transeúntes Rogelio Tizón estudia el tablero de ajedrez que tiene delante. En la mano derecha sostiene un pocillo de café y con la otra se acaricia las patillas donde éstas se unen al bigote. La gente que salió a la calle del Rosario al oír el ruido empieza a regresar, comentando el suceso. Los jugadores de billar recuperan sus tacos y bolas de marfil, en el salón de lectura y las mesas del patio se recogen los periódicos abandonados, y cada cual ocupa su asiento, rehaciéndose los corrillos habituales entre rumor de conversaciones mientras los camareros emprenden otra ronda, cafetera en mano.

—Cayó más allá de San Agustín —dice el profesor Barrull, sentándose de nuevo—. Sin estallar, como casi siempre. Sólo el susto.

—Le toca mover, don Hipólito.

Barrull mira al policía, que no ha levantado la vista del tablero, y luego consulta la disposición de las piezas.

—Es usted tan emotivo como un lenguado frito, comisario. Admiro su sangre fría.

Tizón apura el café y deja el pocillo a un lado del tablero, junto a las piezas comidas: seis suyas y seis del otro. Equilibrio sólo aparente, en realidad. La partida no pinta bien para él.

—Me tiene acorralada la torre con ese alfil y el peón...
No es cosa de perder el tiempo con bombas.

El otro gruñe satisfecho, apreciando el cinismo del
comentario. Tiene el pelo gris abundante, rostro largo,
equino, dientes amarillos de tabaco y ojos melancólicos
tras unos lentes de acero. Aficionado al rapé de almagre,
a los calzones con medias negras —que siempre lleva arru-
gadas— y a las casacas a la antigua, dirige la Sociedad
Científica Gaditana y enseña rudimentos de latín y griego
a muchachos de la buena sociedad. También es un temible jugador de ajedrez, cuyo natural tranquilo y trato
afable suelen alterarse ante un tablero. Su juego es implacable, casi descortés de pura saña homicida. En el calor
de la refriega llega a veces a insultar a sus contrincantes,
incluido Rogelio Tizón: que el infierno lo masque, maldito sea, perro de tal y gato de cual. Lo descuartizaré antes
de la puesta del sol, palabra de honor. Le arrancaré la piel
a tiras, etcétera. Venablos elaborados, de ese jaez; Barrull
no es culto en vano. Pero el comisario lo encaja bien. Se
conocen y juegan al ajedrez desde hace diez años. Son
amigos, o casi. Más bien, casi. Al menos, en el incierto sentido que la palabra *amistad* tiene para el comisario.

—Ha movido ese sucio caballo, por lo que veo.

—No tengo otra opción.

—Sí que la tiene —el profesor ríe entre dientes—.
Pero no seré yo quien se la diga.

Tizón hace una señal al dueño del local, Paco Celis,
que vigila desde la puerta de la cocina, y aquél envía a un
camarero que rellena el pocillo del comisario y pone al lado un vaso de agua fresca. Concentrado en el juego, Barrull niega con la cabeza, alejando al mozo de la cafetera.

—Chúpese ésa —dice, avanzando un peón inesperado.

El comisario estudia el juego, incrédulo. Barrull tamborilea con los dedos sobre la mesa, impertinente, mirando a su adversario como si fuese a dispararle en el pecho a la primera oportunidad.

—Es jaque en la próxima jugada —resuelve a regañadientes Tizón.

—Y mate en la otra.

Suspira el vencido, recogiendo las piezas. Sonríe avieso el otro, dejándolo hacer. Vae Victis, dice. El gesto del comisario es adecuadamente resignado ante el regocijo del enemigo. Estoico por costumbre. Su contrincante suele destrozarlo en tres de cada cinco partidas.

—Es usted detestable, profesor.

—Llore, sí. Llore como mujer lo que no supo defender como hombre.

Termina Tizón de guardar las piezas negras y blancas dentro de la caja, semejantes a cadáveres en una fosa común esperando la paletada de cal viva. El tablero queda vacío, desierto como la arena de una playa con marea baja. La imagen de la muchacha asesinada vuelve a ocuparle el pensamiento. Metiendo dos dedos en un bolsillo, toca el plomo retorcido en tirabuzón que recogió junto al cadáver.

—Profesor...

—Diga.

Duda un poco más. Tan difícil es, concluye, concretar la sensación que lo desazona desde la venta del Cojo. Él arrodillado junto a la chica muerta. Rumor de mar cercano y huellas en la arena.

—Huellas en la arena —repite en voz alta.

Barrull ha borrado su sonrisa homicida. Vuelto a la normalidad, observa al policía con educada extrañeza.

—¿Perdón?

Todavía con los dedos dentro del bolsillo, tocando el fragmento metálico, Tizón hace un gesto ambiguo. Impotente.

—Lo cierto es que no sabría explicarlo mejor... Se trata de un jugador de ajedrez que mira un tablero vacío. Y huellas en la arena.

—Me toma el pelo —ríe el otro, ajustándose mejor los lentes—. Es un acertijo... Una adivinanza.

—En absoluto. Tablero y huellas, como digo.

—¿Y qué más?

—Nada más.

—¿Se trata de algo científico?

—No lo sé.

El profesor, que acaba de sacar del chaleco una cajita esmaltada de rapé, se detiene a medio abrirla.

—¿A qué tablero se refiere?

—Tampoco lo sé. A Cádiz, supongo. Y a la muchacha muerta en la playa.

—Mecachis, amigo mío —el otro aspira una pulgarada de tabaco molido—. Está usted misterioso esta tarde. ¿Cádiz es el tablero?

—Sí. O no... Bueno, lo es más o menos.

—Dígame cuáles son las piezas.

Tizón mira alrededor. Reflejo puntual de la vida en la ciudad asediada, el patio y las salas del establecimiento bullen de vecinos, comerciantes, ociosos, refugiados, estudiantes, clérigos, empleados, periodistas, militares y diputados de las Cortes que acaban de instalarse en Cádiz desde la isla de León. Hay veladores de mármol, mesas de madera y mimbre, sillas de rejilla, ceniceros, escupideras de cobre, unas pocas jarras de chocolate y mucho café, como es costumbre aquí: arrobas y arrobas de café molido en la cocina, servido muy caliente, que impregna el aire con su aroma, sobreponiéndose incluso al humo de tabaco que lo cubre y agrisa todo. El café del Correo lo frecuentan hombres —a las mujeres no se les permite la entrada, excepto en Carnaval— de toda procedencia y condición: alternan allí ropas raídas de emigrados sin recursos con otras a la moda, casacas viejas con disimulados remiendos, botas nuevas, suelas agujereadas, paño colorido de los voluntarios locales y vergonzantes uniformes, llenos de zurcidos, de oficiales de la Real Armada que llevan año y medio sin cobrar su paga. Unos y otros se saludan o ignoran agrupándose por afinidades, desdenes o intereses; charlan de mesa a mesa, discuten el contenido de los periódicos, juegan al billar o al ajedrez, matan el tiempo solos o en tertulia hablando de la guerra, de política, de mujeres, del precio del palo de tinte, el tabaco y el algodón, o del último libelo publicado, gracias a la reciente libertad de prensa —que muchos aplauden y no pocos denuestan—, contra Fulano, Mengano, Zutano y todo bicho viviente.

—No sé cuáles son las piezas —dice Tizón—. Ellos, imagino. Nosotros.

—¿Los franceses?

—Quizá. No descarto que tengan que ver con esto, también.

El profesor Barrull sigue confuso.

—¿Con qué?

—No sé decirle. Con lo que pasa.

—Pues claro que tienen que ver. Nos asedian ellos.

—No me refiero a eso.

Barrull lo observa ahora con atención, inclinado sobre la mesa. Al fin, con naturalidad, coge el vaso de agua que Tizón no ha tocado, y bebe despacio. Al terminar se enjuga los labios con el pañuelo que extrae de un bolsillo de la casaca, mira el tablero de ajedrez vacío y alza los ojos de nuevo. Se conocen lo suficiente para saber cuándo hablan en serio.

—Huellas en la arena —comenta, grave.

—Eso es.

—¿Puede precisar algo más?... Ayudaría un poco.

Tizón mueve inseguro la cabeza.

—Es como si tuviese que ver con usted. Algo que hizo o dijo hace tiempo. Por eso se lo cuento.

—Vaya, querido amigo... ¡En realidad no me cuenta nada!

Un nuevo estampido, lejano esta vez, interrumpe las conversaciones. La detonación, amortiguada por la distancia y los edificios interpuestos, hace vibrar ligeramente los cristales en las ventanas del café.

—Ésa fue lejos —comenta alguien—. Hacia el puerto. Y estalló.

—Puercos gabachos —apunta otro.

Ahora es menos gente la que sale a la calle a curiosear. A poco, uno de los que vuelven cuenta que la bomba ha caído en las murallas por la parte de fuera, junto a la plataforma de la Cruz. Sin víctimas ni daños.

—Veré lo que puedo recordar —promete Barrull, poco convencido.

Rogelio Tizón se despide del profesor, coge sombrero y bastón y sale a la calle, donde la luz declina y el sol llega horizontal, tiñendo de rojo las torres encaladas de las azoteas. Aún hay vecinos en los balcones, mirando hacia el lugar donde cayó la última bomba. Una mujer de mala traza y olor a vino, que lo conoce, se aparta a su paso mientras murmura entre dientes. Viejos agravios. Haciendo como que no la oye, el comisario se aleja calle arriba.

Peones blancos y negros, intuye. Ésa es la trama. Con Cádiz como tablero.

Taxidermia no sólo significa disecar, sino también crear apariencia de vida. Consciente de ello, con la cinta de medir en la mano, el hombre de la bata gris y el delantal de hule adopta las precauciones necesarias; las que prescriben la ciencia y el arte. Con letra pequeña, apretada y pulcra, anota en un cuaderno cada resultado: longitud de oreja a oreja y de la cabeza a la cola. Después, con un compás, toma la distancia del ángulo interno al externo de cada ojo y anota el color de éstos, que es marrón oscuro. Cuando al fin cierra el cuaderno, mira alrededor y comprueba que empieza a escasear la luz que entra por la puerta vidriera multicolor, semiabierta, de la escalera que conduce a la terraza. De modo que enciende un quinqué de petróleo, coloca el globo de cristal y deja la llama alta, para que ilumine bien el cadáver del perro tendido sobre la mesa de mármol.

El momento es delicado. Mucho. Un mal comienzo puede malograrlo todo. Los pelos del animal se caerán con el tiempo, o cualquier larva o huevecillo de insecto escondido en el relleno de estopa, borra o heno de mar acabará arruinando el trabajo. Son los límites del arte. Algunas de las piezas que la luz del quinqué ilumina en el gabinete se han visto afeadas por el paso del tiempo: inexactitudes en la forma natural, estragos de la luz, el polvo o la humedad, cambios de color por exceso de tártaro y cal, o por usar barnices imperfectos. Son también los límites de la ciencia. Esas obras fallidas, pecados de juventud e inexperiencia, siguen ahí, sin embargo, como testigos o recordatorios de lo peligroso que en esta clase de asuntos, como en otros, es cometer errores: músculos contraídos que desfiguran la actitud propia de cada animal, posturas poco naturales, bocas o picos mal rematados, fallos en la disposición de la armazón interior, empleo inhábil de la aguja de ensalmar... Todo cuenta entre las paredes de este gabinete, donde la guerra y la situación de la ciudad hacen difícil trabajar como es debido. Resulta cada vez más complicado obtener nuevas piezas que valgan la pena, y no queda otro remedio que arreglárselas con lo que hay. A salto de mata. Improvisando piezas y recursos.

El taxidermista se acerca a un mueble negro situado entre la puerta abierta de la escalera que lleva a la terraza, una estufa y una vitrina desde la que un lince, una lechuza y un mono tití miran el gabinete con ojos inmóviles de pasta y vidrio. Allí elige, entre otros utensilios, unas pinzas de acero y un bisturí de mango de marfil. Con ellos en la mano vuelve a la mesa y se inclina sobre el animal: un perro joven de tamaño mediano, con una mancha blanca en el pecho que se repite en la frente. Hermosos colmillos. Un buen ejemplar en cuya piel intacta no ha dejado huella el veneno que lo mató. A la luz del quinqué, con mucho cuidado y pericia, el taxidermista le extrae los ojos por medio de las pinzas, corta el nervio óptico con el bisturí, y limpia y espolvorea las cuencas vacías con una mezcla de alumbre, tanino y jabón mineral que tiene dispuesta en un mortero. Luego rellena los huecos con bolas de algodón. Al cabo, tras comprobar que todo está bien, coloca el animal boca arriba sobre la mesa, tapa todos los agujeros del cuerpo con borra, le separa las patas y, haciendo un corte desde el esternón al vientre, empieza a desollarlo.

A un lado del gabinete, bajo una percha sujeta a la pared donde hay un faisán, un halcón y un quebrantahuesos disecados, la penumbra apenas permite ver un plano de la ciudad desplegado sobre una mesa de despacho: grande, impreso, con una escala doble anotada al pie en toesas francesas y en varas castellanas. Hay sobre él un compás, reglas y cartabones. El plano está cruzado por curiosas rectas a lápiz que se abren en abanico viniendo del este, y salpicado de cruces y círculos que lo señalan como una viruela siniestra. Se diría una telaraña que se extiende sobre la ciudad, donde cada punto y marca parecen insectos atrapados, o devorados.

Anochece despacio. Mientras el taxidermista corta la piel del perro a la luz del quinqué, separándola con cuidado de la carne y los huesos, por la escalera de la terraza se oye zureo de palomas.

2

Buenos días. Cómo está usted. Buenos días. Salude a su esposa de mi parte. Buenos días. Adiós, mucho gusto. Recuerdos a su familia. Innumerables diálogos rápidos y amables, sonrisas de conocidos, alguna conversación breve interesándose por la salud de una esposa, los estudios de un hijo o los negocios de un yerno. Lolita Palma camina entre los corrillos de gente que charla o mira los escaparates de los comercios. Calle Ancha de Cádiz, a media mañana. El corazón social de la ciudad, en todo lo suyo. Oficinas, agencias, cónsules, consignatarios. Es fácil distinguir a los gaditanos de los forasteros emigrados observando su actitud y conversación: éstos, inquilinos temporales de posadas de la calle Nueva, alojamientos de la calle Flamencos Borrachos y casas del barrio del Avemaría, pasean ante las vitrinas de las tiendas caras y las puertas de los cafés; mientras los otros, ocupados en comisiones y negocios, van y vienen atareados con carteras, papeles y periódicos. Unos hablan de campañas militares, movimientos estratégicos, derrotas e improbables victorias, y otros comentan el precio del paño de Nankín, el añil o el cacao, y la posibilidad de que los cigarros habanos suban más allá de 48 reales la libra. En cuanto a los diputados de las Cortes, a estas horas no pisan la calle. Están reunidos en el oratorio de San Felipe, a pocos pasos de aquí, atestada la galería de pueblo ocioso —el asedio francés tiene a muchos de brazos cruzados en la ciudad— y cuerpo diplomático inquieto por lo que allí se cuece, con el embajador inglés mandando informes a Londres en cada barco. No será hasta pasadas las dos de la tarde cuando los constituyentes salgan y se dispersen por fondas y cafés comentando las incidencias de la sesión de hoy, despellejándose mutuamente de paso, como suelen, según ideologías, filias y fobias: clérigos, seglares, conservadores, liberales, realistas, coriáceos carcamales, airados jóvenes radicales y demás especies, cada uno con su tertulia y periódico favoritos. España y sus provincias de ultramar, en miniatura. Varias de ellas insurrectas, por cierto, aprovechando la guerra.

Lolita Palma acaba de salir del comercio de modas de la plaza de San Antonio, frente al café de Apolo. Es aquélla la tienda más elegante de la ciudad —antes llamada La Moda de París y ahora, coyunturalmente, La Moda Española—, cuyos géneros y figurines son codiciados por señoras y señoritas de la mejor sociedad gaditana. Pese a ello, la propietaria de la firma Palma e Hijos no encarga allí sus vestidos, pues una costurera y una bordadora trabajan sobre patrones sencillos que dibuja ella misma, tomando ideas de revistas francesas e inglesas. Pasa por la tienda para estar al día y adquirir telas o complementos: la doncella que la sigue tres pasos atrás lleva dos cajas de cartón muy bien envueltas con seis pares de guantes, otros tantos de medias y unos encajes para ropa blanca.

—Vaya con Dios, Lolita.

—Buenos días. Salude a su señora esposa.

La vía principal es un vaivén de rostros a menudo conocidos, de cabezas masculinas que se destocan a su paso. Calle Ancha, a fin de cuentas. Pocas mujeres a esta hora. Eso atrae más las miradas masculinas. Cortesías y sombrerazos, amables inclinaciones de cabeza. Todos los que allí importan conocen a la mujer que gestiona con prudencia y buena maña, pese a su sexo más o menos débil, la empresa del abuelo y el padre difuntos. Cádiz de toda la vida: comercio indiano, barcos, inversiones, riesgos marítimos. No como otras señoras del comercio, en su mayor parte viudas, que se limitan a ejercer de prestamistas cobrando comisiones e intereses. Ella se arriesga, juega, pierde o gana. Da trabajo y hace ganar dinero. Capital desahogado y vida intachable. Decente. Solvencia, crédito y prestigio. Millón y medio de pesos como capital, calculado a ojo. Por lo menos. Una de los nuestros, sin duda. De las doce o quince familias que cuentan. Buena cabeza situada sobre unos hombros que, según dicen, son bonitos; sin que nadie pueda alardear de saberlo a tiro fijo. Todavía casadera a los treinta y dos, aunque ya se le pase el arroz.

—Adiós. Buenos días.

Camina por el centro, erguida la barbilla. Taconeando serena. Es su calle y su ciudad. Viste de gris muy oscuro, con la simple nota de color de una mantilla de franela guarnecida con cinta de tablero azul. Bolso pequeño a juego. La mantilla, el cabello recogido en la nuca y peinado en los rizos de las sienes, además de unos zapatos de lino pasados de plata, son la única concesión que hace al paseo; el vestido es uno sencillo, cómodo, en extremo correcto, que usa para trabajar y recibir en el despacho. A estas horas suele estar allí, pero ha salido para una gestión financiera delicada: letras de cambio dudosas, adquiridas tres semanas atrás, que hace una hora negoció felizmente en la caja de San Carlos, con la comisión adecuada. Los guantes, las medias y los encajes de La Moda Española, antigua Moda de París, son una forma de celebrarlo. Discreta. Como todo cuanto piensa y hace.

—Enhorabuena por el *Marco Bruto*. He leído en el *Vigía* que llegó sin novedad.

Es su cuñado Alfonso. De la casa Solé y Asociados: paño inglés y mercancías de Gibraltar. Altanero y frío como de costumbre, levita color nuez y chaleco malva, medias de seda, bastón de caña de Indias. Sombrero que no se quita, limitándose a tocar el ala con dos dedos y levantarlo una pulgada. A Lolita Palma se le antoja tan poco simpático ahora como hace seis años, cuando se casó con su hermana Caridad. Entre ellos, las relaciones familiares sólo son llevaderas. Visitas a la madre una vez por semana, y poco más. La dote de 90.000 pesos que le concedió su difunto suegro nunca satisfizo del todo a Alfonso Solé; y tampoco agradó a los Palma el modo en que ese dinero fue invertido, con torpe criterio y escaso beneficio. Aparte algún otro desacuerdo comercial, los distancia también un contencioso sobre una finca en Puerto Real a la que Alfonso cree tener derecho por matrimonio. El asunto se planteó sobre el testamento de Tomás Palma, y anda en manos de notarios y abogados, pleitos tengas, aunque la guerra lo deje todo en suspenso.

—Llegó, gracias a Dios. Dábamos por perdida la carga.

Sabe que a Alfonso le importa poco la suerte del *Marco Bruto*: vería con indiferencia que el barco estuviese en el fondo del mar o en un puerto francés. Pero se trata de Cádiz, y las maneras cuentan. De algo hay que hablar, aunque sea brevemente, cuando dos cuñados se encuentran en la calle Ancha, a la vista de toda la ciudad. Ningún negocio se sostiene aquí sin confianza y respeto social; y también ésos los dan las formas, o los quitan.

—¿Cómo está Cari?

—Bien, gracias. Te veremos el viernes.

Se toca de nuevo Alfonso el sombrero y camina calle abajo, tras despedirse. Seco y tieso hasta la punta del bastón. Tampoco con su hermana Caridad tiene Lolita Palma relaciones cordiales. Nunca las tuvo, ni cuando eran niñas. La considera perezosa y egoísta, aficionada en exceso a vivir del esfuerzo ajeno. Ni siquiera las muertes del padre y de Francisco de Paula, el hermano, lograron acercarlas: duelo, luto y cada una por su lado. Ahora la madre es el único vínculo, aunque éste sea más formal, o social, que otra cosa; visita semanal a la casa de la calle del Baluarte, chocolate, café y merienda, sin otra conversación que una insípida charla sobre el estado del tiempo, las bombas de los franceses y las macetas de los balcones. Sólo cuando llega el primo Toño, un solterón jovial y simpático, se anima el ambiente. El matrimonio con Alfonso Solé —ambicioso y de relativos escrúpulos, padre importador de paño para los cuerpos de voluntarios locales, madre altanera y estúpida— acentúa las distancias. Ni Caridad ni su marido perdonaron nunca a Tomás Palma la negativa a permitir que el yerno interviniese en la empresa familiar, ni tampoco que zanjase los derechos de su hija menor con una simple dote y la casa de la calle Guanteros donde ahora viven los Solé: espléndida vivienda de tres plantas tasada en 350.000 reales. Con eso van que arden, decía el padre. En cuanto a mi hija Lolita, ésa tiene todo lo necesario para salir adelante. Mírenla. Lista y tenaz. Se basta sola y me fío de ella como de nadie; sabe cómo ganar dinero y sabe cómo no perderlo. Desde niña. Si un día decide casarse, no pasará el día leyendo novelas, o de cháchara en las confiterías mientras se desloma su marido. Creedme. Ella es de otra pasta.

—Siempre tan guapa, Lolita. Me alegro de verte... ¿Cómo sigue tu madre?

Emilio Sánchez Guinea tiene el sombrero en una mano y un grueso paquete de correspondencia y documentos en la otra: sexagenario, rechoncho, pelo blanco y escaso. Mirada sagaz. Viste a la inglesa, con doble cadena de reloj entre los botones y los bolsillos del chaleco, y tiene el punto apenas perceptible, un tanto fatigado, habitual entre los comerciantes de cierta edad y posición. En Cádiz, donde no existe peor inconveniencia social que el ocio injustificado, es de buen tono un levísimo toque de desaliño —corbata o corbatín ligeramente flojos, algunas arrugas en la ropa de buen corte y excelente calidad— que revela una intensa y honorable jornada laboral.

—Ya sé que ese barco llegó al fin. Un alivio para todos.

Se trata de un viejo y querido amigo, de toda confianza. Compañero de estudios del difunto Tomás Palma, asociado a la firma familiar en numerosas operaciones comerciales, también con Lolita comparte riesgos y negocios. Incluso aspiró hace algún tiempo a tenerla de nuera, casándola con su hijo Miguel, hoy asociado con él y esposo feliz de otra joven gaditana. La falta de alianza familiar nunca alteró las buenas relaciones entre las casas Palma y Sánchez Guinea. Fue don Emilio quien aconsejó a la joven en sus primeros pasos comerciales, a la muerte del padre. Todavía lo hace, cuando ésta se acoge a su opinión y experiencia.

—¿Vas a tu casa?

—A la librería de Salcedo. Quiero ver si han llegado unos encargos.

—Te acompaño.

—Tendrá cosas más importantes que hacer.

Ríe jovial el viejo comerciante.

—Cuando te veo las olvido todas. Vamos.

Le da el brazo. De camino comentan la situación general, el estado de algún asunto cuyo interés comparten. La insurrección americana complica mucho las cosas. Más, incluso, que el asedio francés. La exportación de géneros al otro lado del Atlántico ha disminuido de modo alarmante, la llegada de caudales es mínima, falta metálico, y algunos caen en la trampa de invertir en vales reales que luego resulta difícil convertir en dinero. Sin embargo, Lolita Palma logra compensar la falta de liquidez con nuevos mercados: harina y algodón de Estados Unidos, recientes exportaciones a Rusia y la buena situación de la ciudad como depósito de mercancías en tránsito se completan con prudentes inversiones en letras de cambio y riesgos marítimos; especialidad esta última de la casa Sánchez Guinea, a cuyas operaciones suele asociarse la firma Palma e Hijos mediante anticipos de capital para viajes comerciales por mar, con reembolso que incluye interés, premio o prima. Un instrumento financiero, éste, que la experiencia y sentido común de don Emilio hacen muy rentable, en una ciudad siempre necesitada de dinero en efectivo.

—Hay que hacerse a la idea, Lolita: algún día acabará la guerra, y entonces surgirán los verdaderos problemas. Cuando los mares se despejen será demasiado tarde. Nuestros compatriotas americanos se han acostumbrado a comerciar directamente con yanquis e ingleses. Y nosotros aquí, mientras tanto, regateándoles lo que pueden coger con su propia mano... El desbarajuste de España les permite comprender que no nos necesitan.

Lolita Palma camina cogida de su brazo, calle Ancha adelante. Se suceden portales amplios, buenas tiendas, casas de comercio. La platería de Bonalto tiene, como de costumbre, mucha clientela en el interior. Más corros de gente, nuevos saludos de transeúntes y conocidos. La doncella camina detrás, con los paquetes. Es la joven Mari Paz; la que canta coplas con linda voz mientras riega las macetas.

—Podremos recuperarnos, don Emilio... América es muy grande, y el idioma y la cultura no se rompen con facilidad. Siempre seguiremos allí. Y también hay nuevos mercados. Fíjese en los rusos... Si el zar declara la guerra a Francia, necesitarán de todo.

Mueve la cabeza el otro, escéptico. Son muchos años, dice. Y muchas canas. Esta ciudad ha perdido su fuerza, añade. Su razón de ser. Cuando en 1778 pusieron fin al monopolio del comercio con ultramar, se firmó la sentencia. Digan lo que digan, la autonomía de los puertos americanos es irreversible. A esos criollos ya no los sujeta nadie. Para Cádiz, las crisis sucesivas y la guerra son clavos en la tapa del ataúd.

—No sea cenizo, don Emilio.

—¿Cenizo? ¿Cuántos desastres ha vivido la ciudad?... La guerra colonial de Inglaterra acabó perjudicándonos mucho. Luego vino la nuestra con la Francia revolucionaria, seguida por la guerra con Inglaterra... Ahí fue donde nos hundimos de verdad. La paz de Amicns trajo más especulación que negocio real: acuérdate de aquellas casas francesas de toda la vida, yéndose aquí al diablo... Después tuvimos la otra guerra con los ingleses, el bloqueo y la guerra con Francia... ¿Cenizo dices, hija mía?... Hace veinticinco años que vamos de la sartén a las brasas.

Sonríe Lolita Palma, oprimiéndole dulcemente el brazo.

—No quería ofenderlo, amigo mío.

—Tú no ofendes nunca, hija. Faltaría más.

En la esquina con la calle de la Amargura, junto a la embajada británica, hay una oficina comercial y un pequeño café frecuentado por extranjeros y oficiales de marina. El barrio está lejos de la muralla oriental, donde caen las bombas, y ninguna ha llegado nunca hasta aquí. Relajados, aprovechando el buen tiempo, algunos ingleses están en la puerta, leyendo periódicos viejos en su idioma: patillas rubias, chalecos atrevidos. Un par de casacas rojas de militares.

—Fíjate en nuestros aliados —Sánchez Guinea baja la voz—. Acosando a la Regencia y a las Cortes para que levanten todas las restricciones a su libre comercio con América. Buscando su avío, como suelen, y fieles a su política de no consentir nunca un buen gobierno en ningún lugar de Europa... Con Wellington en la Península matan tres pájaros de un tiro: se aseguran Portugal, desgastan a Napoleón y de paso nos ponen en deuda para cobrársela luego. Esta alianza va a costarnos un ojo de la cara.

Lolita Palma indica el bullicio que los rodea: corrillos, paseantes, tiendas abiertas. Acaba de llegar un paquete del

Diario Mercantil al puesto de periódicos que está a mitad de la calle, y los compradores se arremolinan quitándoselos de las manos al vendedor.

—Quizás. Pero vea la ciudad... Hierve de vida, de negocios.

—Todo humo, hija mía. Forasteros que se irán en cuanto acabe el bloqueo y volvamos a ser los sesenta mil de siempre. ¿Qué harán entonces los que ahora suben los alquileres y triplican el precio de un bistec?... ¿Los que han hecho su negocio de la penuria ajena?... Esto que vemos son migajas para hoy, y hambre para mañana.

—Pero las Cortes trabajan.

Las Cortes, gruñe sin disimulo el viejo comerciante, están en otro mundo. Constitución, monarquía, Fernando VII. Nada de ello tiene que ver con el asunto. En Cádiz se anhela la libertad, por supuesto. Y el progreso de los pueblos. A fin de cuentas, el comercio se basa en eso. Pero con nuevas leyes o sin ellas, establecido si el derecho de los reyes tiene origen divino o son depositarios de una soberanía nacional, la situación será la misma: los puertos americanos en manos de otros y Cádiz en la ruina. Cuando pase el sarampión constituyente, mugirán las vacas flacas.

Ríe Lolita Palma, afectuosa. Es la suya una risa grave, sonora. Una risa joven. Sana.

—Siempre lo tuve a usted por liberal...

Sin soltarla del brazo, Sánchez Guinea se para en mitad de la calle.

—Y por Dios que lo soy —dirige furibundas miradas alrededor, cual si buscase a alguien que lo ponga en duda—. Pero de los que ofrecen trabajo y prosperidad... La simple euforia política no da de comer. Ni a mi familia, ni a nadie. Estas Cortes son todo pedir y poco dar. Fíjate en el millón de pesos que nos exigen a los comerciantes de la ciudad para el esfuerzo de guerra. ¡Después de lo que nos han sacado ya!... Mientras tanto, un consejero de Estado se embolsa cuarenta mil reales al mes, y un ministro ochenta mil.

Prosiguen camino. La librería de Salcedo está cerca, entre las varias que hay en las plazuelas de San Agustín y del Correo. Allí se demoran un poco ante los cajones y vitrinas. En la tienda de libros de Navarro hay expuestos algunos en rústica, intonsos, y dos volúmenes grandes, bellamente encuadernados, abierto uno por la página del título: *Historia de la conquista de México*, de Antonio de Solís.

—Con este panorama —prosigue Sánchez Guinea— más vale reunir dinero e invertirlo en valores seguros. Me refiero a casas, bienes inmuebles, tierras... Reservar efectivo para lo que siga estable cuando la guerra pase. El comercio como se entendía en tiempos de tu abuelo, o de tu padre y yo, no volverá nunca... Sin América, Cádiz no tiene sentido.

Lolita Palma mira el escaparate. Demasiada conversación, se dice. De todo aquello han hablado antes cien veces, y su interlocutor no es hombre que pierda el tiempo en horas de trabajo. Para don Emilio, cinco minutos sin ganancia son cinco minutos perdidos. Y llevan quince de charla.

—Usted le está dando vueltas a algo.

Por un momento teme una propuesta sobre contrabando, de las que ha rechazado tres en los últimos meses. Nada espectacular, sabe de sobra. Ni grave. El contrabando es aquí una forma de vida usual desde los primeros galeones de Indias. Otra cosa es lo que ciertos negociantes sin escrúpulos hacen desde que empezó el bloqueo, mercadeando con las zonas ocupadas por los franceses. La casa Sánchez Guinea está lejos de ensuciar su reputación con tales mañas; pero a veces, en el margen difuso que dejan la guerra y las leyes vigentes, algunas de sus mercaderías pasan por la Puerta de Mar sin pagar derechos aduaneros. A eso lo llaman en Cádiz, entre gente respetable, trabajar con la mano izquierda.

—Sea bueno y dígamelo de una vez.

El comerciante mira la vitrina, aunque ella sabe que la historia de la conquista de México lo tiene sin cuidado. Y se toma su tiempo. Creo que estás haciéndolo muy bien, apunta al cabo de un instante. Reduces gastos y lujo, Lolita. Eso es inteligente. Sabes que la prosperidad no durará siempre. Has conseguido mantener lo más difícil en esta ciudad: el crédito. Tu abuelo y tu padre estarían orgullosos. Qué digo. Lo estarán, viéndote desde el cielo. Etcétera.

—No me dore la píldora, don Emilio —ella ríe de nuevo, sin soltar su brazo—. Le ruego que vaya al grano.

Mirada del otro al suelo, entre las puntas de los zapatos bien lustrados. Nueva ojeada a los libros. Al fin la encara, resuelto.

—Estoy armando un corsario... He comprado una patente en blanco.

Al decirlo guiña un ojo con aire cómico, como si esperase un golpe. Luego la observa, inquisitivo. Ella mueve la cabeza. También lo veía venir, pues el asunto es antiguo entre ambos, muy hablado. Y sobre la patente había oído rumores. El viejo zorro. Sabe usted de sobra, apunta el gesto, que no me gusta esa clase de inversiones. No quiero mezclarme según en qué. La guerra y esa gente.

Sánchez Guinea alza una mano objetora, a medio camino entre la disculpa y la protesta amistosa.

—Son negocios, hija mía. Esa gente es la misma con la que tratas cada día en los barcos mercantes... Y la guerra te afecta como a todos.

—Detesto el pirateo —le ha soltado el brazo y sostiene el bolso con ambas manos, a la defensiva—. Hemos tenido que sufrirlo muchas veces, a nuestra costa.

Razona el otro, con argumentos. Calor sincero. De buen consejo. Un corsario no es un pirata, Lolita. Sabes que se rige por ordenanzas estrictas. Recuerda que tu querido padre pensaba de otra manera. El año seis armamos uno a medias, y nos fue de perlas. Ahora es el momento. Hay primas de captura, incentivos. Cargas enemigas a las que echar el guante. Todo legal, transparente como el cristal. Sólo es cuestión de poner capital, como haré yo. Simples negocios. Un riesgo marítimo más.

Lolita Palma observa el reflejo de ambos en la vitrina. Sabe que su interlocutor no la necesita. No de manera urgente, al menos. Es una oferta amistosa. Oportunidad casi familiar para un asunto rentable. No falta en Cádiz quien podría invertir en la empresa; pero entre otros asociados posibles, Sánchez Guinea la prefiere a ella. Chica lista, seria. Respeto y confianza. Crédito. La hija de su amigo Tomás.

—Déjeme pensarlo, don Emilio.

—Claro. Piénsatelo.

El capitán Simón Desfosseux está incómodo. Los generales no son su compañía favorita, y hoy tiene a varios cerca. O encima. Todos pendientes de sus palabras, lo que no contribuye a relajarle el ánimo: el mariscal Víctor, el jefe de estado mayor Semellé, los generales de división Ruffin, Villatte y Leval, y el jefe superior de Desfosseux, comandante de la artillería del Primer Cuerpo, general Lesueur, sucesor del difunto barón de Senarmont. Le cayeron todos a media mañana, cuando al duque de Bellune se le ocurrió darse una vuelta de inspección por el Trocadero desde su puesto de mando de Chiclana, bien escoltado de húsares del 4.º regimiento.

—La idea es cubrir la totalidad del recinto urbano —está explicando Desfosseux—. Hasta el momento ha sido imposible, pues trabajamos en el límite, haciendo frente a varios problemas. El alcance, por una parte, y la combustión de las mechas por la otra... Éste es un inconveniente serio, pues mis órdenes son poner en la ciudad bombas que estallen, de tipo granada. Para eso hace falta la espoleta de retardo; y es tanta la distancia a cubrir, que muchas bombas revientan antes de alcanzar el objetivo... Hemos diseñado una nueva espoleta cuya mecha arde más despacio y no se apaga durante el recorrido.

—¿Ya está disponible? —se interesa el general Leval, jefe de la 2.ª división, acantonada en Puerto Real.

—Lo estará en pocos días. Teóricamente supera los treinta segundos, pero no siempre es exacta. A veces la misma fricción del aire acelera la combustión de la espoleta... O la apaga.

Pausa. Los generales, cuajados de bordados hasta el cuello de las casacas, lo miran atentos, aguardando. El mariscal sentado, los otros de pie, como Desfosseux. En un caballete, un gran plano de la ciudad y otro de la bahía.

A través de las ventanas abiertas del barracón se oyen las voces de los zapadores que trabajan en la explanada de la nueva batería. Hay moscas revoloteando en un rectángulo de sol sobre las tablas del suelo, en torno a una cucaracha aplastada. En los barracones y trincheras del Trocadero las hay a miles: cucarachas y moscas. También ratas, chinches, piojos y mosquitos para equipar a todo el ejército imperial.

—Eso nos lleva a otro problema: el alcance. Se me exige una cobertura de tres mil toesas, que bastaría para cubrir casi toda el área urbana, cruzando la ciudad de parte a parte. Con los medios de que dispongo no puedo garantizar este alcance en más de dos mil trescientas toesas; teniendo en cuenta, además, que los vientos de la bahía influyen mucho en distancia y trayectoria... Eso nos permite cubrir un área que va de aquí a aquí.

Señala lugares en la zona oriental de la ciudad: la Puerta de Mar, las proximidades de la Aduana. No cita nombres porque sabe que todos conocen el mapa: llevan un año estudiándolo y mirándolo con catalejos. Su dedo índice recorre la línea exterior de las murallas sin adentrarse mucho en el trazado urbano: sólo algunas calles del barrio del Pópulo, junto a la Puerta de Tierra. Es lo que hay, confirma el dedo que se mueve despacio sobre el papel. Luego, Desfosseux retira la mano y se queda mirando a su jefe directo, el general Lesueur. Sugiriendo que el resto es cosa suya, mi general, mientras pide sin palabras permiso para irse de allí. Quitarse de en medio y volver a la regla de cálculo, el telescopio y las palomas mensajeras. A lo suyo. Pero no se va, por supuesto. Sabe que el mal rato empieza precisamente ahora.

—Los barcos enemigos fondeados en el puerto están dentro de ese alcance —pregunta el general Ruffin—. ¿Por qué no se les bate también?

François Amable Ruffin, comandante de la 1.ª división, es un individuo flaco y serio, de mirada ausente. Veterano de Austerlitz y Friedland, entre otras. Un tipo sensato, con buena fama entre la tropa. Joven para su grado, cuarenta años justos. Bravo. De los que mueren pronto y lo llevan escrito en alguna parte. A los barcos no se les bate, responde Desfosseux, porque se encuentran demasiado lejos: los ingleses un poco hacia fuera y los españoles un poco hacia dentro. Unos y otros pegados a la ciudad, por así decirlo. Nada fácil acertar a esa distancia. Son tiros de fortuna, sin precisión. A la buena de Dios. Una cosa es que las bombas caigan en la ciudad a voleo, aquí o allá, y otra alcanzar un punto preciso. Eso es imposible de garantizar. Observen el edificio de la Aduana, por ejemplo. Aquí. Donde está la Regencia insurrecta. Ni un impacto.

—Con los medios de que disponemos —concluye—, alcance extremo y precisión resultan imposibles.

Está a punto de añadir algo. Duda en hacerlo, y el general Lesueur, que ha estado escuchando en silencio con los demás, adivina la intención y enarca una ceja a modo de advertencia. No te metas en jardines, dice el aviso del comandante de la artillería. No te compliques la vida ni me la compliques a mí. Esto es una inspección de rutina. Diles lo que quieren oír, que del resto me encargo yo. Punto.

—Descartada la precisión y centrándonos en el alcance, creo que podríamos obtener mejores resultados con morteros, y no con obuses.

Lo ha dicho. Y no se arrepiente, aunque ahora Lesueur lo fulmina con la mirada.

—Eso está fuera de lugar —replica éste en tono seco—. La prueba que se hizo en noviembre con el mortero Dedòn de doce pulgadas fundido en Sevilla fue un desastre... Los proyectiles ni siquiera alcanzaron las dos mil toesas.

El mariscal Víctor se ha echado atrás en el respaldo de la silla y mira a Lesueur con autoridad. Éste es un viejo artillero que se las sabe todas: minucioso y ordenancista, de los que sólo entran cuando saben por dónde irse. El mariscal y él se conocen desde el sitio de Tolón, cuando Víctor aún se llamaba Claude Perrin y ambos bombardeaban reductos realistas y barcos españoles e ingleses en compañía de su colega el capitán Bonaparte. Dejemos explicarse al artista, dice el gesto sin palabras. A ti te tengo cerca todos los días y éste es el que sabe, o al menos así me lo venden. Para eso hemos venido. Para que me cuente. De modo que Lesueur cierra la boca y el duque de Bellune se vuelve hacia Desfosseux, invitándolo a continuar.

—Advertí en su momento que el Dedòn no era la pieza adecuada —prosigue el capitán—. Era de plancha y recámara esférica. Muy incierto en la dirección y peligroso de manejo. Las treinta libras de pólvora que necesitaba calzar eran demasiadas: no se inflamaba toda a la vez, y la menor potencia de salida reducía el alcance... Hasta los cañones convencionales lo superaban en eso.

—Una chapuza típica de Dedòn —dice el mariscal.

Ríen todos, falderos, menos Desfosseux y Ruffin, que mira absorto por la ventana como si buscara presagios particulares afuera. El general Dedòn es hombre odiado en el ejército imperial. Inteligente teórico y artillero consumado, su origen noble y sus maneras irritan a los correosos soldados salidos de la tropa con la Revolución, como es el caso del propio Víctor, que empezó de tambor hace treinta años en Grenoble, ganó el sable de honor en Marengo y reemplazó a Bernadotte en Friedland. Todos procuran desacreditar los proyectos de Dedòn y sepultar sus morteros en el olvido.

—Sin embargo, la idea básica era correcta —apunta Desfosseux, con aplomo profesional.

El silencio que viene a continuación es tan espeso que hasta el general Ruffin se vuelve a mirar al capitán, vagamente interesado. Por su parte, Lesueur ya no enarca sólo una ceja admonitoria a su subordinado. Ahora alza las dos, y los ojos lo taladran, furiosos. Prometedores.

—El problema de la combustión parcial de grandes cargas de pólvora también lo tienen otras piezas — prosigue impertérrito Desfosseux—. Por ejemplo, los obuses Villantroys, o los Ruty.

Más silencio. El duque de Bellune estudia a Desfosseux mientras entrelaza unos dedos, pensativo, en el abundante pelo gris de su cabeza leonina, que le cuida un peluquero español de Chiclana. El capitán sabe que mencionar con poco respeto esos obuses es mentar la madre a los cañoncitos mimados del asedio. Su superior, Lesueur, lleva tiempo pregonando las bondades técnicas de esas piezas. Alentando de forma estúpida, en el estado mayor, esperanzas que Desfosseux considera injustificadas.

—Hay una diferencia fundamental —dice el mariscal—. El emperador opina que el arma adecuada para batir Cádiz son los obuses... Fue él personalmente quien nos envió los diseños del coronel Villantroys.

Zumbido de moscas. Todas las miradas se clavan en Desfosseux, que traga saliva. Qué hago aquí, se pregunta. Embutido en este uniforme de cuello incómodo y manteniendo conversaciones absurdas, en vez de estar en Metz enseñando Física. Maldita sea mi estampa. En el más lejano rincón de España, jugando a soldaditos con espadones cuajados de galones que sólo esperan oír lo que les conviene. O lo que creen les conviene. Con ese cochino de Lesueur, que lo sabe tan bien como yo, pero me deja a los pies de los caballos.

—Con todo el respeto hacia el criterio del emperador, creo que Cádiz debe batirse con morteros, y no con obuses.

—Con todo el respeto —repite el mariscal, sonriente.

Su sonrisa pensativa daría escalofríos a cualquier militar. Pero el capitán Desfosseux es un civil de uniforme. Soldado accidental, mientras dure el campo de experiencias. Cádiz, de momento. Le han puesto un uniforme y hecho venir de Francia para eso. Su reino no es de este mundo.

—Excelencia, hasta los fallos en las espoletas de retardo guardan relación... Las granadas que tiran los obuses obligan a unas mechas inadecuadas. La bomba de mayor diámetro que dispara el mortero, sin embargo, permite incorporar espoletas de mayores dimensiones. Además, por su mayor gravedad, permitiría que toda la pólvora se inflamase en la recámara en el momento del tiro, mejorando el alcance.

El mariscal jefe del Primer Cuerpo sigue sonriendo. Ahora su gesto, sin embargo, trasluce curiosidad. Peligrosa cuando se da en mariscales, generales y gente así.

—El emperador opina de modo diferente. No olvide que es artillero, y tiene a gala serlo... Yo también lo soy.

Asiente Desfosseux, pero no hay quien lo contenga. Siente un calor incómodo bajo la casaca, y una urgente necesidad de desabrocharse el cuello alto y rígido. En todo caso, de perdidos al río: tal vez nunca se le ofrezca otra ocasión de poner las cosas claras. No, desde luego, en un calabozo militar o ante un piquete de fusilamiento. De manera que, tras respirar un par de veces, responde que no pone en duda los méritos artilleros de Su Majestad Imperial, ni los de Su Excelencia el duque de Bellune. Precisamente por eso se atreve a decir lo que dice, sin otro amparo que su ciencia y su conciencia. Lealtad al arma de Artillería y demás. Francia sobre todo y todos. Su patria, etcétera. En cuanto a los obuses, el propio mariscal Víctor estaba presente en el Trocadero cuando se hicieron las pruebas. Y se acordará. Ninguna de las ocho piezas, disparadas a cuarenta y cuatro grados de elevación, alcanzó más de dos mil toesas. Muchos proyectiles estallaron en el aire.

—Por insuficiencia de los mixtos de las espoletas —precisa el general Lesueur, con mala intención.

—Tampoco habrían llegado a la ciudad, de cualquier modo. A cada disparo se aminoraba el alcance... Tampoco ayudaron mucho los granos del fogón.

—¿Y qué pasa con eso? —inquiere el mariscal Víctor.

—Se aflojaban con cada tiro. Eso hacía disminuir la fuerza de impulsión.

Esta vez el silencio es más largo que los anteriores. El mariscal mira con atención el mapa durante un rato. Por la ventana, hacia la que se ha vuelto de nuevo el general Ruffin, sigue oyéndose el ruido de los zapadores que trabajan afuera. Sus golpes de pico y pala. Al cabo, el mariscal aparta la vista de Cádiz.

—Se lo voy a decir de otra manera, capitán... ¿Cómo se llama? Recuérdeme su nombre, por favor.

Glups, suena. La ingestión forzada de saliva parece un pistoletazo. Una mosca —española, cojonera— revolotea por la estancia y va de general en general.

—Simón Desfosseux, Excelencia.

—Pues mire, Desfosseux... Tengo trescientas bocas de fuego de gran calibre apuntando a Cádiz, y la Fundición de Sevilla trabajando veinticuatro horas al día. Tengo mi estado mayor de artillería y lo tengo a usted; que según me aseguró el pobre Senarmont, que en paz descanse, es un genio de la teórica. He puesto a su disposición medios técnicos y autoridad... ¿Qué más necesita para meterle bombas a Manolo por el mismísimo ojete?

—Morteros, Excelencia.

La mosca se le acaba de posar en la nariz al duque de Bellune.

—Morteros, dice.

—Eso es. De mayor calibre que el modelo Dedòn: catorce pulgadas.

Víctor aparta la mosca de un manotazo. Con el gesto apunta el brusco cuartelero, vulgar bajo los alamares y entorchados del uniforme.

—Olvídese de los putos morteros. ¿Me oye?

—Perfectamente, Excelencia.

—Si el emperador dice que usemos obuses, se usan obuses y no hay más que hablar.

Alza el capitán Desfosseux una mano, pidiendo cuartel. Un minuto más, tan sólo. Porque en tal caso, argumenta, debe hacer una pregunta al señor mariscal. ¿Quiere Su Excelencia que las bombas estallen en Cádiz, o basta con que caigan allí?... Dice eso y se queda callado, esperando. Tras una breve vacilación y cambiando un vistazo con sus generales, Víctor responde que no entiende adónde quiere llegar el capitán. Entonces éste señala de nuevo el mapa del caballete y responde que necesita saber si lo que se busca es causar daños reales en la ciudad, o minar la moral de la gente con la caída de bombas. Si da igual que éstas exploten o no. Si bastaría con daños relativos.

El desconcierto del mariscal es evidente. Se rasca la nariz, allí donde se detuvo la mosca.

—¿Qué entiende por daños relativos?

—El impacto de una bomba maciza o inerte de ochenta libras, que rompiera cosas e hiciera ruido.

—Mire, capitán —Víctor ya no parece irritado—. Lo que yo quiero es arrasar esa maldita península y luego tomarla a la bayoneta con mis granaderos... Pero ya que resulta imposible, pretendo al menos que el *Monitor* publique en París, sin mentir, que le estamos sacudiendo a toda la ciudad de Cádiz. De punta a punta.

Ahora es Desfosseux quien sonríe al fin. Por primera vez. Tampoco es una mueca descarada, impropia de su rango y situación. Se trata sólo de un esbozo discreto. Prometedor.

—He hecho unas pruebas con un obús de diez pulgadas que dispara balas especiales. O en realidad muy simples: sin pólvora para estallar. Ni espoleta, ni carga. Unas de hierro macizo y otras rellenas con plomo. Parecen interesantes en cuanto al alcance, si logro resolver algún problema secundario.

—¿Y eso qué daño hace al caer?

—Rompe cosas. Con suerte, acierta en algún edificio. A veces mata o lisia a alguien. Hace mucho ruido. Y quizá logre cien o doscientas toesas más de alcance.

—¿Eficacia táctica?

—Ninguna.

Víctor cambia un vistazo con el general Lesueur, que lo confirma todo con un gesto, muy sobrado, aunque Desfosseux sabe que no tiene ni idea de lo que hablan. El carácter real de las últimas pruebas con Fanfán lo conocen sólo el teniente Bertoldi y él.

—Bueno. Algo es algo. Suficiente para el *Monitor*, de momento. Pero no abandone a los clásicos. Siga trabajando en los obuses con bombas convencionales, las espoletas y demás. Nunca está de sobra ponerle una vela a Cristo y otra al diablo.

Se levanta el duque. Por reflejo automático, se estiran todos. Al oír el ruido de la silla, el general Ruffin deja de mirar por la ventana.

—Y otra cosa, capitán. Estalle o no estalle: si logra colocar una bomba encima de la iglesia de San Felipe Neri, donde se reúne ese consejo de bandoleros que allí llaman Cortes, lo asciendo a comandante. ¿Me oye?... Tiene mi palabra.

Tuerce el gesto el general Lesueur, y Víctor lo advierte.

—¿Qué pasa? —lo interpela altanero—. ¿No le parece bien?

—No es eso, mi general —se excusa el otro—. El capitán Desfosseux ya ha rechazado dos veces un ascenso como el que Su Excelencia le ofrece.

Dice eso y mira al interesado con transparente mezcla de sentimientos: algo de celos y un resquemor suspicaz. En su mundo de militar profesional, cualquier individuo que se niega a ascender resulta sospechoso. Se trata de una contradicción manifiesta con el espíritu al uso entre los veteranos del Imperio: ascender en grado y honores desde soldado raso hasta que uno pueda, como el duque de Bellune y el propio general Lesueur, saquear tierras, pueblos y ciudades bajo su mando y enviar el botín a su residencia en Francia. Dos décadas de gloria republicana, consular e imperial, tragando fuego sin poner mala cara, son perfectamente compatibles con morir rico y, si es posible, en la cama. Una razón más, en fin, para desconfiar de quien, como Desfosseux, pretende desfilar con música propia. De no ser por su reconocida destreza técnica, Lesueur lo habría mandado hace tiempo a pudrirse en un reducto, en los insalubres caños que rodean la isla de León. Pisoteando fango.

— Vaya —comenta Víctor—. Un individualista, por lo que veo. Tal vez nos mira por encima del hombro a los que sí ascendemos.

Otro silencio tenso. Lógico, por otra parte. Roto por una carcajada del mariscal. El toque Víctor.

—Bien, capitán. Haga su trabajo y recuerde lo de la bomba en San Felipe. Mi oferta de recompensa sigue en pie... ¿Ha pensado en otra que le cuadre más?

—Un mortero de catorce pulgadas, Excelencia.

—Fuera de aquí —el héroe de Marengo señala la puerta—. Quítese de mi vista, maldito cabrón.

El taxidermista entra temprano en la jabonería de Frasquito Sanlúcar. Ésta se encuentra en la calle Bendición de Dios, junto al Mentidero. Tienda oscura y fresca, estrecha, con ventana a un patio interior y mostrador al fondo, ante una cortina que lleva al almacén. Cajas apiladas, cajones con tapas de cristal mostrando las mercancías. Frascos para los productos finos. Colores y aromas, olor a jabones y esencias. En la pared, una estampa coloreada del rey Fernando VII y un viejo barómetro de barco largo y estrecho, de columna.

—Buenos días, Frasquito.

El jabonero viste guardapolvo gris. Es pelirrojo, con aspecto más inglés que español, pese a su apellido. Lleva lentes. Las manchas pecosas de la cara le ascienden por las entradas del pelo ensortijado y escaso.

—Buenos días, don Gregorio. ¿Qué se le ofrece?

Gregorio Fumagal —tal es el nombre del taxidermista— le sonríe al jabonero. Es cliente asiduo, pues los géneros de Frasquito Sanlúcar son los mejores y más variados de Cádiz: desde pomadas y jabones transparentes y finos de tocador, traídos del extranjero, hasta los españoles ordinarios de lavar.

—Quiero tinte para el pelo. Y dos libras del jabón blanco que me llevé el otro día.

—¿Le pareció bueno?

—Estupendo. Y tenía usted razón. Limpia perfectamente la piel de los animales.

—Se lo dije. Sale mejor que el que le servía antes. Y más económico.

Dos mujeres jóvenes entran en la tienda. No tengo prisa, dice el taxidermista, y se aparta del mostrador mientras

Sanlúcar las atiende. Son vecinas del barrio, clase popular: mantoncillos de lana basta sobre sayas de anascote, pelo recogido con horquillas, cestas de la compra al brazo. Desenvueltas como suelen ser las gaditanas. Una es menuda y bonita, de piel clara y manos finas. Gregorio Fumagal las observa mientras curiosean en las cajas y sacos de género.

—Ponme media libra de ese amarillo, Frasquito.

—Ni hablar. Ése no es para ti. Demasiado sebo, niña.

—¿Y eso qué tiene de malo?

—Que es de mucha grasa. Algo cochinillo. Al poco de lavarse queda una poquita de olor... Te voy a poner de este otro, que es de sebo fino y aceite de sésamo. Un lujo.

—Seguro que también es más caro. Que te conozco.

Frasquito Sanlúcar pone cara de inocencia resignada.

—Una miaja más caro sí es. Pero tú mereces un jabón de reina mora. Alta calidad. Tronío. Por guapa. Este mismo, sin ir más lejos, es el que usa la emperatriz Josefina.

—¿De verdad?... Pues para ella. Yo no quiero jabón de gabacha.

—Quieta ahí, niña. Que no he terminado. También lo usa la reina de Inglaterra. Y la infanta Carlota de Portugal. Y la condesa de...

—Tampoco tienes cuento ni nada, Frasquito.

El jabonero ha cogido una caja y se dispone a envolverla con papel de color. Cuando los clientes son mujeres, suele empaquetar los géneros en cajas vistosas con bonitos papeles y etiquetas. Un reclamo para la tienda.

—¿Cuántas libras has dicho que te ponga, mi alma?

Al despedirse las dos jóvenes, Gregorio Fumagal se aparta para dejarles paso y se las queda mirando mientras salen.

—Disculpe, don Gregorio —lo atiende el jabonero—. Gracias por su paciencia.

—Veo que sigue teniendo buen surtido, a pesar de la guerra.

—No me quejo. Con el puerto libre no falta de nada. Hasta género francés llega. Y menos mal, porque Cádiz es una ciudad hecha a lo de afuera, y el jabón español tiene mala fama... Se dice que lo adulteramos mucho.

—¿También adultera usted?

Sanlúcar compone una mueca digna. Hay mezclas buenas y malas, responde. Y fíjese, añade señalando una caja de pastillas de un blanco inmaculado. Jabón alemán. Lleva mucha grasa porque allí no tienen aceite, pero la purifican hasta hacerla inodora. En cambio, nadie quiere jabones de tocador españoles. Ha habido mucha chapuza, y la gente no se fía. Al final siempre pagan —pagamos, se incluye el jabonero tras una pausa— justos por pecadores.

Suena un trueno sordo, distante. Bum. Apenas una vibración leve en el suelo de madera y el vidrio de la ventana. Los dos escuchan un instante, atentos.

—¿Preocupan las bombas por aquí?

—No mucho —con aire indiferente, Sanlúcar envuelve en papel de estraza las dos libras de jabón y el frasco de tinte para el pelo—. Este barrio queda lejos. Ni siquiera llegan a San Agustín, las que más.

—¿Cuánto le debo?

—Siete reales.

El taxidermista pone sobre el mostrador un duro de plata y espera el cambio, vuelto a medias en la dirección de la que vino el estampido.

—De todas formas, se acercan poco a poco.

—No demasiado, gracias a Dios. Esta mañana pegó una en la calle del Rosario. Es la que más próxima ha caído, y ya ve: a mil varas. Por eso mucha gente de ese lado, la que no tiene casas de parientes donde ir, empieza a pasar la noche en esta parte de la ciudad.

—¿Al raso?... Menudo espectáculo.

—Y que lo diga. Vienen cada vez más, con colchones, mantas y gorros de dormir, y se meten en los portales que les dejan, y en donde pueden... Dicen que las autoridades pondrán barracas en el campo de Santa Catalina, para alojarlos. Detrás de los cuarteles.

Cuando Gregorio Fumagal sale de la jabonería con su paquete bajo el brazo, las dos mujeres jóvenes caminan delante de él, mirando las puertas de las tiendas. El taxidermista las observa de reojo, y dejando atrás el Mentidero se dirige a la parte oriental de la ciudad por las calles rectas y bien trazadas —de forma que corten el paso a vientos levantes y ponientes— próximas a la plaza de San Antonio. De camino se detiene en la botica de la calle del Tinte, donde compra tres granos de solimán, seis onzas de alcanfor y ocho de arsénico blanco. Después sigue hasta la esquina de Amoladores con el Rosario, donde varios parroquianos, sentados a la puerta de una tienda de montañés, despachan una botella de vino mientras contemplan el edificio alcanzado a las nueve de la mañana por una bomba. La casa ha perdido parte de su fachada. Desde la calle pueden verse tres plantas abiertas de arriba abajo, mostrando un destrozo vertical de vigas rotas, puertas que dan al vacío, alguna estampa o cuadro torcido en la pared, una cama y otros muebles milagrosamente en equilibrio sobre el desastre. Un paisaje de intimidad doméstica puesto al desnudo de forma casi obscena. Vecinos, soldados y rondines apuntalan los pisos y remueven escombros.

—¿Ha habido víctimas? —pregunta Fumagal al montañés.

—Ninguna grave, gracias a Dios. No había nadie en la parte que se vino abajo. Sólo la dueña y una criada están heridas... La bomba cayó rompiéndolo todo, pero sin más desgracias.

El taxidermista se acerca al lugar donde un grupo de curiosos observa los restos del artefacto: fragmentos de hierro y de plomo entre los cascotes. El plomo son piezas finas de medio palmo, enroscadas como tirabuzones. Se trata, oye contar Fumagal, del domicilio de un comerciante francés, internado hace tres años en los pontones de la bahía. Los nuevos dueños lo convirtieron en casa de huéspedes. La patrona se encuentra en el hospital con las dos piernas rotas, después de ser rescatada entre los escombros. La criada escapó con algunas contusiones.

—Han vuelto a nacer —apunta una vecina, santiguándose.

Los ojos atentos del taxidermista se fijan en todo. La dirección de la que vino la bomba, el ángulo de incidencia, los daños. Viento de levante, hoy. Moderado. Procurando no llamar la atención, camina desde el lugar donde cayó el proyectil hasta la esquina de la iglesia del Rosario mientras cuenta los pasos y calcula la distancia: unas veinticinco toesas. Discretamente lo anota con un lápiz de plomo en un cuadernito con tapas de cartón que saca del bolsillo del sobretodo; de allí lo trasladará más tarde al mapa que tiene dispuesto en la mesa de su gabinete. Rectas y curvas. Puntos de impacto en la trama en forma de telaraña que crece lentamente sobre el trazado de la ciudad. Estando en ello ve pasar a las dos mujeres jóvenes que vio en la tienda del jabonero, que acuden a curiosear los estragos de la bomba. Mientras las observa de lejos, el taxidermista tropieza con un hombre tostado de tez que viene en dirección contraria, vestido con sombrero negro de puntas y casaca de paño azul con botones dorados. Tras breve disculpa por parte de Fumagal, cada uno sigue su camino.

Pepe Lobo no presta atención al hombre vestido de oscuro que se aleja despacio, con dos paquetes en las manos largas y pálidas. El marino tiene otras cosas en que pensar. Una de ellas es el modo en que se acumula su mala suerte. Bajo los escombros de la pensión donde vive —o ha vivido hasta hoy— está sepultado su baúl de camarote con el equipaje. No es que dentro haya gran cosa, pero allí quedan tres camisas y otra ropa blanca, una casaca, calzones, un catalejo y un sextante ingleses, un reloj de longitud, cartas náuticas, dos pistolas y algunos objetos necesarios, entre ellos su patente de capitán. Dinero, ninguno; el que posee es tan escaso que puede llevarlo encima. Apenas hace ruido en el bolsillo. El resto, lo que le adeudan del último viaje, ignora cuándo lo cobrará. Su última visita al armador de la *Risueña* acaba de efectuarla hace media hora con resultados poco alentadores. Pásese en unos días, capitán. Cuando hayamos hecho balance de ese viaje desastroso y todo esté resuelto. Primero tenemos que pagar a los acreedores con los que nos comprometió el retraso del barco. Su retraso, señor. Espero que se haga cargo del problema. ¿Perdone? Ah, sí. Lo lamento. No tenemos ningún otro mando disponible. Por supuesto que le avisaremos llegado el caso. Descuide. Y ahora, si me permite. Que usted lo pase bien.

Cruzando la calle, el marino se acerca a la gente reunida ante la casa. Comentarios indignados, insultos a los franceses. Nada nuevo. Se abre paso entre los curiosos hasta que un sargento de Voluntarios le dice, con malos modos, que no puede ir más allá.

—Vivo en la casa. Soy el capitán Lobo.

Mirada de arriba abajo.

—¿Capitán?

—Eso es.

El título no parece impresionar al otro, que viste el uniforme azul y blanco de las milicias urbanas; pero como gaditano que es, olfatea al marino mercante y suaviza la actitud. Cuando Lobo explica lo del baúl, el sargento ofrece que un soldado ayude a buscarlo, desescombrando, a ver qué puede rescatarse de aquella ruina. De manera que Lobo da las gracias, se quita la casaca, y en mangas de camisa se pone a la faena. No va a ser fácil, piensa inquieto mientras remueve piedras, ladrillos y maderos rotos, encontrar otro alojamiento decente. La afluencia de forasteros lleva al extremo la escasez de vivienda. Cádiz ha duplicado su número de habitantes: pensiones y posadas están llenas, e incluso cuartos y terrazas de casas particulares se alquilan o subarriendan a precios extravagantes. Es imposible encontrar nada por menos de 25 reales diarios, y el alquiler anual de una vivienda modesta supera ya los 10.000. Cantidades, ésas, que no todos pueden pagar.

Algunos refugiados pertenecen a la nobleza, disponen de recursos, reciben dinero de América o alcanzan rentas de sus tierras, situadas en zona enemiga, a través de casas de comercio de París y Londres; pero la mayor parte son propietarios arruinados, patriotas que se negaron a jurar al rey intruso, empleados cesantes, funcionarios de la antigua administración traídos por el flujo y reflujo de la guerra, siguiendo con sus familias a la Regencia fugitiva desde la entrada de los franceses en Madrid y Sevilla. Innumerables emigrados se hacinan en la ciudad sin medios para vivir con decoro, y el número crece con los que a diario huyen de la España ocupada o en peligro de serlo. Por fortuna no faltan alimentos, y la gente se avía como puede.

—¿Es éste su baúl, señor?

—Maldita sea... Lo era.

Dos horas más tarde, un sucio, sudoroso, resignado Pepe Lobo —no es la primera vez que lo dejan con poco más de lo puesto— camina cerca de la Puerta de Mar, cargado con un talego de lona donde lleva los restos de su particular naufragio: las pocas pertenencias que pudo rescatar del baúl aplastado. Ni el sextante, ni el catalejo, ni las cartas náuticas han sobrevivido al desplome. El resto, a duras penas. En todo caso, de no haber ido temprano a visitar al armador de la *Risueña*, podría haber sido peor. Él mismo bajo los escombros, quizás. Un bombazo y angelitos al cielo, o a donde le toque ir cuando piquen las ocho campanadas. Situación incómoda, en resumen. Delicada. De todas formas, una ciudad como Cádiz siempre deja margen de maniobra: la idea lo conforta un poco mientras se interna por las callejas y tabernas cercanas al Boquete y la Merced, entre marineros, pescadores, mujerzuelas, chusma portuaria, extranjeros y refugiados de la más baja condición. Allí, en lugares que tienen nombres elocuentes como calle del Ataúd, o dc la Sarna, conoce antros donde todavía un marino puede encontrar un jergón para pasar la noche a cambio de pocas monedas; aunque sea preciso dormir con una mujer, un ojo abierto y un cuchillo bajo la casaca doblada que haga las veces de almohada.

El tiempo parece suspendido en el silencio de las criaturas inmóviles que ocupan las paredes del gabinete. La luz que entra por la puerta acristalada de la terraza se refleja en los ojos de vidrio de las aves y mamíferos disecados, en el barniz que cubre la piel de los reptiles, en los grandes frascos de cristal cuya ingravidez química preserva, en posturas fetales, criaturas inmóviles de piel amarillenta. En la habitación sólo se oye el rasgueo apresurado de un lápiz. En el centro de ese mundo singular, Gregorio Fumagal escribe con letra apretada, diminuta, en una pequeña hoja de papel muy fino. Vestido con bata y bonete de lana, el taxidermista está de pie, un poco inclinado sobre un atril alto, de escritorio. De vez en cuando desvía la vista para mirar el plano de Cádiz desplegado sobre la mesa de despacho, y en dos ocasiones coge una lupa y se aproxima a éste para estudiarlo de cerca, antes de volver al atril y continuar escribiendo.

Suenan las campanas de la iglesia de Santiago. Fumagal dirige una mirada al reloj de bronce dorado puesto sobre la cómoda, se apresura en las últimas líneas de escritura, y sin releer el papel lo enrolla hasta hacer con él un cilindro corto, muy fino, que introduce en un cañón de pluma de ave que saca de un cajón y sella con cera por ambos extremos. Después abre la puerta acristalada y asciende los pocos escalones que llevan a la terraza. En contraste con la luz moderada del gabinete, la brutal claridad hiere allí la vista. A menos de doscientos pasos de distancia, la cúpula inacabada y el arranque de los campanarios de la catedral nueva, todavía con andamios alrededor, se recortan en el cielo de la ciudad sobre el amplio paisaje del mar y la línea de arena, blanca de sol y ondulante de reverberación, que a lo largo del arrecife se aleja y curva hacia Sancti Petri y las alturas de Chiclana, como un dique que estuviese a punto de verse desbordado por el azul oscuro del Atlántico.

Fumagal suelta la gaza de cordel que cierra la puerta del palomar, y se mete dentro. Su presencia allí es habitual; los animales apenas se alteran. Un breve agitar de alas. El zureo de las aves sueltas o enjauladas y el olor familiar a cañamones y arvejas secas, aire tibio, plumas y excrementos, envuelven al taxidermista mientras elige, entre las palomas que están encerradas en jaulas, el ejemplar adecuado: un macho fuerte de plumaje gris azulado, pechuga blanca y reflejos verdes y violetas en el cuello, protagonista ya de varias idas y venidas entre uno y otro lado de la bahía. Se trata de un buen ejemplar, cuyo extraordinario sentido de la orientación lo convierte en fiel mensajero del emperador, veterano superviviente de lances bajo sol, lluvia o viento, inmune hasta ahora a garras de rapaces y escopetazos suspicaces de bípedos implumes. Otros hermanos de palomar no regresaron de sus arriesgadas misiones; pero éste llegó siempre a su destino: viaje de ida de dos a cinco minutos de duración, según el viento y el clima, volando en valerosa línea recta sobre la bahía, con feliz retorno clandestino en jaula disimulada y embarcación de contrabandista pagadas con oro francés. Librando el ave tan particular combate —su propia y minúscula guerra de España— a trescientos pies de altura.

Tras hacerse con el palomo y sostenerlo con cuidado buche arriba, Fumagal comprueba que está sano y tiene las plumas remeras y timoneras completas. Después ata con torzal de seda encerado el tubito del mensaje a una pluma fuerte de la cola, cierra el palomar y se acerca al pretil de la terraza que da a levante; allí donde las torres de vigía que se alzan sobre la ciudad ocultan la bahía y la tierra firme. Con mucha precaución, tras asegurarse de que nadie lo observa desde las terrazas próximas, el taxidermista da suelta al ave, que emite un gozoso chasquido de libertad y revolotea medio minuto alrededor, cada vez a más altura, orientándose. Al fin, detectado por su fino instinto el lugar exacto al que debe dirigirse, se aleja veloz, batiendo acompasadamente las alas en dirección a las líneas francesas del Trocadero: una mota cada vez más pequeña en el cielo, casi inapreciable enseguida, que termina perdiéndose de vista.

Inmóvil en la terraza, las manos en los bolsillos de su bata gris, Gregorio Fumagal mira durante largo rato los tejados y torres de la ciudad. Al fin da media vuelta, baja por la escalera y regresa al gabinete, que tras la fuerte luz exterior parece ahora intensamente oscuro. Como cada vez que envía una paloma a levante, el taxidermista siente una extraña euforia interior. Sensación de poder extremo, conexión espiritual con energías inexplicables, casi magnéticas, desencadenadas desde el otro lado de la bahía por su personal orientación y voluntad. Nada menos banal ni inocente, concluye, que esa paloma ahora lejos, conduciendo ciegamente la clave, el catalizador de complejas relaciones entre los seres vivos, su vida y su muerte.

La última palabra del razonamiento gravita sobre los animales inmóviles. El perro a medio disecar sigue sobre la mesa de mármol, cubierto por un lienzo blanco. Es aquélla una labor paciente, como la otra. Propia de gente tranquila. Algunas partes del cuerpo ya están armadas con alambre que refuerza los huesos y articulaciones, y ciertas cavidades naturales rellenas de borra. Las cuencas vacías de los ojos siguen obstruidas por bolas de algodón. El animal huele fuerte, a sustancias que lo preservan de la descomposición. Tras picar y mezclar en un mortero el jabón de Frasquito Sanlúcar junto con arsénico, solimán y espíritu de vino, el taxidermista empieza a extenderlo cuidadosamente con una brocha de crin sobre la piel del perro, siguiendo con suavidad el sentido del pelo mientras seca la espuma con una esponja.

Cuando el reloj de la cómoda da una campanada, Fumagal le dirige otra mirada rápida, sin interrumpir su trabajo. El palomo habrá llegado a su destino, piensa. Con el mensaje. Eso significa nuevas rectas y curvas, impactos y estallidos. Fuerzas poderosas volverán a ponerse hoy mismo en marcha, espesando la telaraña sobre el mapa, donde la última bomba caída figura ya con una marca en forma de cruz.

Al oscurecer, decide, saldrá a dar un paseo. Largo. En esta época del año, las noches en Cádiz son deliciosas.

Rogelio Tizón apenas prueba el vino; a lo más que llega es a un panecillo empapado en él a media mañana. Hoy despacha la cena con agua, como suele. Sopa, un muslo de pollo cocido. Algo de pan. Todavía monda el hueso cuando llaman a la puerta. La criada —una mujer mayor, pequeña y cetrina— acude a abrir y anuncia a Hipólito Barrull, que trae un cartapacio con papeles.

—No sé si hago bien incomodándolo a estas horas, comisario. Pero se mostró muy interesado. ¿Recuerda?... Huellas en la arena.

—Claro que sí —Tizón se ha levantado, limpiándose boca y manos con la servilleta—. Y usted no incomoda nunca, profesor. ¿Quiere tomar alguna cosa?

—No, gracias. Cené hace rato.

El policía dirige una mirada a su mujer, sentada al otro lado de la mesa: en extremo delgada, ojos oscuros, apagados, con cercos de fatiga que acentúan su aspecto marchito. La boca, de labios apretados, es adusta. Todos saben en la ciudad que esa mujer seca y triste fue hermosa una vez. Y feliz también, quizás, en otro tiempo. Antes de perder a su única hija, dicen unos. Antes de casarse, dicen otros con gesto revelador. Qué le voy a contar, vecina. Esto es Cádiz. Menuda cadena perpetua, ser mujer del comisario Tizón. ¿Que si es cierto lo que cuentan, que le pega? Eso sería lo de menos, compadre. Digo. Que sólo le pegara.

—Nos vamos a la salita, Amparo.

La mujer no responde. Se limita a dirigir una sonrisa ausente al profesor y permanece inmóvil, los dedos de la mano izquierda, donde lleva el anillo de matrimonio, haciendo una torpe bolita de pan sobre el mantel. Frente a su plato intacto.

—Acomódese, profesor —Tizón ha cogido un quinqué encendido y gira la ruedecilla de la mecha para aumentar la llama—. ¿Quiere café?

—No, gracias. No dormiría en toda la noche.

—A mí me da igual: con café o sin él, últimamente no pego ojo. Pero un cigarro sí fumará conmigo. Olvide el rapé por un rato.

—A eso no le digo que no.

La salita de estar es cómoda, con ventanas —ahora cerradas— a la Alameda, sillones y sillas de damasco y madera tallada, mesa camilla con brasero, mesita baja y piano arrimado a la pared, que nadie toca desde hace once años. Hay cuadros de torpe factura y algunas estampas sobre el empapelado de las paredes, y también un canterano de nogal con tres docenas de libros en la parte superior: algo de historia de España, un par de tratados sobre higiene urbana, cuadernillos de ordenanzas reales en rústica, un diccionario de la lengua castellana, un *Quijote* del editor Sancha en cinco volúmenes, los *Romances de Germanías y Vocabulario* de Juan Hidalgo, y los dos tomos dedicados a Cádiz y Andalucía en los *Anales de España y Portugal* de Juan Álvarez de Colmenar.

—Pruebe éste —Tizón abre una cigarrera—. Llegó hace dos días de La Habana.

Tabaco gratis, dicho sea de paso. Sin reparos. El comisario acaba de hacerse con ocho buenas cajas de excelentes cigarros como parte del pago —el resto, 200 reales en duros de plata— por validar el pasaporte dudoso de una familia emigrada. Fuman los dos hombres en torno a un cenicero de metal con la figura de un perro de caza. Dejando allí el habano recién encendido, Hipólito Barrull se ajusta los lentes, abre el cartapacio y coloca ante Tizón unas páginas manuscritas. Luego recupera el cigarro, le da una chupada y se recuesta en el sillón mientras sonríe a medias, el aire satisfecho.

—Huellas en la arena —repite, echando despacio el humo—. Creo que era esto a lo que se refería.

Tizón mira los papeles. Le son vagamente familiares, y reconoce en ellos la letra del propio Barrull:

Siempre te encuentro, hijo de Laertes, en busca de alguna treta para apoderarte de tus enemigos...

Ha leído eso antes, confirma. Hace mucho. Las páginas están numeradas pero no tienen título ni encabezamiento. El texto viene en forma de diálogo: Atenea, Odiseo. *«El paso te conduce certero por tu buen olfato, propio de una perra laconia.»* Con el cigarro entre los dientes, alza la vista en demanda de una explicación.

—¿No lo recuerda? —pregunta Barrull.

—Vagamente.

—Le di a leer unas páginas hace tiempo. Es mi pésima traducción del *Ayante* de Sófocles.

Con pocas palabras más, el profesor le refresca la memoria. En su juventud, Barrull se aplicó durante algún tiempo a la tarea —nunca rematada— de traducir a la lengua castellana las tragedias de Sófocles recogidas en la primera edición impresa de estas obras, hecha en Italia en el siglo XVI. Y hace cosa de tres años, antes de la guerra con los franceses, comentando el asunto con Tizón mientras jugaban al ajedrez en el café del Correo, mostró éste curiosidad por el *Ayante*, al contarle el profesor que el primer acto empezaba con una pesquisa casi policial por parte de Odiseo. Más conocido por Ulises entre los amigos.

—Naturalmente. Qué estúpido soy.

Rogelio Tizón golpea las hojas con un dedo y chupa el cigarro. Al fin lo recuerda todo. Barrull le prestó entonces el manuscrito de la tragedia sofoclea, y él lo leyó con interés, aunque la historia no le pareció gran cosa. Sin embargo, de su lectura retuvo la imagen de Ulises cuando, en pleno asedio de Troya, investiga la matanza hecha por el guerrero Ayante, o Ayax, entre las ovejas y bueyes del campamento griego. Ayante ha enloquecido por una ofensa de sus compañeros, relacionada con las armas del difunto Aquiles. Y ante la imposibilidad de vengarse, desahoga su cólera en los animales, a los que tortura y mata en su tienda.

—Tenía usted razón con lo de la playa y las huellas en la arena... Lea, por favor.

Tizón lo está haciendo. Y no pierde palabra:

Te veo junto a la tienda marina de Ayante en el lugar extremo de la playa, siguiendo desde hace rato la pista y midiendo las huellas recién impresas en la arena...

Así que era ése el recuerdo, se dice desconcertado. Unos cuantos papeles leídos tres años atrás. Una tragedia griega.

Hipólito Barrull parece advertir la decepción del policía.

—Es menos de lo que esperaba, ¿verdad?

—No, profesor. Será útil, sin duda... Lo que necesito es averiguar qué relación puede haber entre lo que recuerdo de su *Ayante* y los sucesos actuales.

—No me aclaró nada el otro día sobre la naturaleza exacta de tales sucesos... ¿Se refiere al asedio francés o a la muerte de esas pobres muchachas?

Tizón mira la brasa del cigarro, buscando una respuesta. Al cabo encoge los hombros. Ahí está el problema, responde. Me siento como si una cosa y otra tuvieran que ver.

Sacude Barrull la cabeza, alargando el rostro equino en una mueca escéptica.

—¿Se refiere a su olfato policial, comisario? ¿El de, con perdón, pues sólo cito a los clásicos, perra laconia?... Si disculpa mi franqueza, eso parece absurdo.

Mueca de fastidio. Ya lo sé, murmura Tizón mientras manosea las páginas leyendo líneas sueltas. Ninguna luz, todavía. Barrull lo estudia en silencio, con visible interés, soltando aros de humo.

—Diablos, don Rogelio —dice al fin—. Es una caja de sorpresas.

—¿Por qué dice eso?

—Nunca imaginé que alguien como usted metería a Sófocles en esto.

—¿Y qué es alguien como yo?

—Ya sabe... Más bien crudo.

Nuevos aros de humo. Silencio. Es comisario de policía, añade Barrull al cabo de unos instantes. Está acostumbrado a tragedias no escritas sino reales. Y lo conozco: es un tipo racional. Sensato. Así que me pregunto si de verdad puede establecer relaciones razonables. De una parte tiene a un asesino, o a varios. De la otra, la situación que los franceses imponen. Pero es cuanto tiene.

Emite el comisario una risita sesgada, por el lado de la boca que el cigarro deja libre. Reluce allí el colmillo de oro.

—También tengo a su amigo Ayante, para complicar las cosas. Asedio de Troya, asedio de Cádiz.

—Con Ulises de investigador —Barrull descubre los dientes amarillos—. De colega. Aunque juzgando por su cara, tampoco esos papeles aclaran nada.

Tizón hace un gesto vago.

—Tendría que leerlos otra vez, despacio.

La llama del quinqué se refleja en los lentes del profesor.

—Disponga de ellos con toda confianza... A cambio, lo espero mañana en el café, delante del tablero. Dispuesto a destrozarlo sin piedad.

—Como suele.

—Como suelo. Si no tiene otras ocupaciones, naturalmente.

La mujer está en la puerta de la salita. No la han oído entrar. Rogelio Tizón advierte su presencia y se vuelve a mirarla irritado, pues cree que ha estado escuchando. No es la primera vez. Pero ella da un paso adelante, y cuando la luz ilumina sus facciones sombrías, el comisario comprende que trae alguna noticia, y ésta no es buena.

—Viene a buscarte un rondín. Han encontrado muerta a otra muchacha.

3

El alba encuentra a Rogelio Tizón iluminado a medias por la luz de un farol de petróleo puesto en tierra. La muchacha —lo que queda de ella— es joven, no mayor de dieciséis o diecisiete años. Pelo castaño claro, constitución frágil. Está amordazada y boca abajo, las manos atadas bajo el regazo y la espalda desnuda, tan deshecha que los huesos asoman entre la carne amoratada y negra, llena de cuajarones de sangre seca. No tiene otras heridas visibles. Parece evidente que la han matado a latigazos, como a las otras.

Nadie, ni vecinos ni transeúntes, ha visto ni oído nada. La mordaza alrededor de la boca, lo apartado del lugar y la hora a la que ocurrió todo garantizaron la impunidad del asesino. El cuerpo ha aparecido en un solar abandonado que da a la calle de Amoladores, donde suelen dejarse desperdicios que cada mañana recoge el carro de la basura. La parte inferior del cuerpo sigue vestida; Tizón mismo levantó la falda para comprobarlo. Las enaguas y lo demás están en su sitio, y eso descarta en principio agresiones más perversas, si es que la palabra *más* resulta adecuada en estas circunstancias.

—Ha llegado la tía Perejil, señor comisario.

—Que espere.

La partera, a la que mandó buscar hace rato, aguarda al extremo del callejón, con los rondines que mantienen lejos a los pocos vecinos despiertos que curiosean a tan temprana hora. Dispuesta a dar el dictamen definitivo cuando el comisario lo ordene. Pero Tizón no tiene prisa. Sigue inmóvil desde hace mucho rato, sentado en una pila de escombros, inclinado el sombrero sobre las cejas y el redingote por encima de los hombros, apoyadas las manos en el puño de bronce del bastón. Mirando. Sus últimas dudas sobre si la muchacha murió aquí o la trajeron después de muerta parecen disiparse con la claridad del alba, que ya permite descubrir manchas de sangre en el suelo y las piedras próximas al cadáver. Es en este mismo lugar, sin duda, donde la muchacha, maniatada y amordazada para silenciar sus gritos, fue azotada hasta la muerte.

Rogelio Tizón —lo apuntaba anoche el profesor Barrull con áspera franqueza— no es hombre de finos sentimientos. Ciertos horrores habituales de su vida profesional le encallecen la mirada y la conciencia, y él mismo es factor de horrores complementarios. Toda Cádiz lo conoce como sujeto esquinado, peligroso. Sin embargo, pese a su bronca biografía, la proximidad del cuerpo torturado le inspira una desazón singular. No se trata de la vaga compasión suscitada por cualquier clase de víctima, sino de un extraño pudor, violentado hasta límites insoportables. Más intenso ahora que cuando hace cinco meses se enfrentó al cadáver de la primera joven muerta de aquel modo; y más también que la segunda vez, cuando el asesinato del arrecife. Un incómodo abismo parece ahondarse ante él. Se trata de un vacío sin definición donde suenan, tristísimas, las notas del piano doméstico cuyas teclas nadie pulsa ya. Aroma lejano, nunca olvidado, de carne infantil, fiebre maligna enfriándose en el dolor seco de una habitación vacía. Soledad de silencios sin lágrimas, pero que gotean como el tictac cruel de un reloj. Mirada ausente, en suma, de la mujer que ahora vaga por la casa y la vida de Rogelio Tizón como un reproche, un testigo, un fantasma o una sombra.

Se levanta el policía, parpadeando como si regresara de algún lugar distante. Es momento para la inspección de la tía Perejil, así que ordena con un gesto que la dejen acercarse. Sin esperar ni atender al saludo de la partera, Tizón se aleja del cuerpo de la muchacha. Durante un rato interroga a los vecinos que se han congregado junto al solar con mantas, capas o toquillas puestas de cualquier manera por encima de la ropa de dormir. Nadie ha visto nada, ni oído nada. Tampoco saben si la chica es del barrio. Nadie conoce desaparición alguna. Tizón ordena al ayudante Cadalso que, cuando la partera haya terminado su inspección, se lleven el cuerpo sin que ningún vecino más lo vea.

—¿Entendido?

—Sí.

—¿Qué coño significa sí?... ¿Lo has entendido bien, o no?

—Entendido, señor comisario. El cuerpo oculto y que nadie lo vea.

—Y tened la boca cerrada. Sin explicaciones. ¿Lo he dicho claro?

—Clarísimo, señor comisario.

—Como uno de vosotros se vaya de la lengua, se la arranco y escupo en su cochina calavera —señala a la tía Perejil, ya arrodillada junto al cuerpo—. Decidle lo mismo a esa vieja puta.

Tras dejar el asunto bajo control, Rogelio Tizón se aleja bastón en mano, observando los alrededores. La primera claridad del día penetra por la calle de Amoladores, desde la muralla y la bahía cercana, recortando en gris las fachadas de las casas. Todavía no hay perfiles definidos, sino sombras que difuminan las formas en los portales, rejas y rincones bajos de la calle. Los pasos del comisario resuenan en el empedrado mientras callejea un corto trecho, mirando alrededor en busca de algo que aún ignora: un indicio, una idea. Se siente como el jugador que, ante una situación difícil, desprovisto de recursos inmediatos, estudia las piezas esperando que una revelación súbita, un camino hasta ahora inadvertido, inspire otro movimiento. Esta sensación no es casual. El eco de la charla mantenida con Hipólito Barrull late, preciso, en su recuerdo. Olfato de perra laconia. Rastros. El profesor lo acompañó anoche al lugar del crimen, echó un vistazo y desapareció luego con mucha delicadeza. Aplacemos esa partida de ajedrez, dijo al irse. Ya es tarde para aplazar nada, estuvo a punto de responder Tizón, que tenía el pensamiento en otra parte. Él mismo libra, desde hace tiempo, una partida más oscura y compleja. Tres peones fuera, un jugador oculto y una ciudad sitiada. Lo que ahora desea el comisario es volver a casa y leer el manuscrito de *Ayante* que espera sobre el sillón, aunque sea para descartarlo como asociación errónea o absurda. Sabe lo peligroso que es enredarse con ideas pintorescas, en pistas falsas que llevan a callejones sin salida y trampas de la imaginación. En asuntos criminales, donde las apariencias rara vez engañan, el camino evidente suele ser el correcto. Orillarlo lo mete a uno en dibujos estériles, o peligrosos. Pero hoy no puede evitar calentarse la cabeza, y eso lo desazona. Las pocas líneas leídas anoche se repiten al ritmo de sus pasos en el alba gris de la ciudad. Toc, toc, toc. *Siguiendo desde hace rato la pista*. Toc, toc, toc. *Midiendo las huellas recién impresas*. Toc, toc, toc. Pasos y huellas. Cádiz está llena de ellas. Más, incluso, que en la arena de una playa. Aquí se superponen unas a otras. Millares de apariencias ocultan o disimulan millares de realidades, de seres humanos complejos, contradictorios y malvados. Todo revuelto, además, con el singular asedio que vive la ciudad. Por tan extraña guerra.

La fachada derruida en la esquina de la calle de Amoladores con la del Rosario golpea a Tizón en plena cara. Es una sarcástica evidencia. El comisario se queda inmóvil, atónito por lo inesperado —o quizá singularmente esperado, concluye un instante después— del descubrimiento. La bomba francesa cayó hace menos de veinticuatro horas, a treinta pasos del lugar donde yace muerta la muchacha. Casi con cautela, como si temiese alterar indicios con movimientos inadecuados, Tizón estudia el destrozo, la brecha vertical que desnuda parte de los tres pisos del edificio, las paredes interiores puestas al descubierto, apuntaladas ahora con maderos. Después se vuelve a mirar en dirección a levante, de donde vino el tiro sobre la bahía, calculando la trayectoria hasta el lugar del impacto.

Un hombre ha salido a la calle, en camisa pese al frío del amanecer, vestido con un largo delantal blanco. Se trata de un panadero ocupado en retirar los cuarteles de madera de la entrada de su tahona. Tizón camina hacia él, y cuando llega al portal percibe el aroma a hogazas recién horneadas. El otro lo mira suspicaz, extrañado de encontrar callejeando tan temprano a un tipo con redingote, sombrero y bastón.

—¿Dónde están los restos de la bomba?

Se los llevaron, cuenta el panadero, sorprendido de que le pregunten por bombas a tales horas. Tizón pide detalles y el otro se los da. Algunas estallan, comenta, y otras no. Ésta sí lo hizo. Tocó en lo alto del edificio, hacia la esquina. Los trozos de plomo cayeron por todas partes.

—¿Está seguro de que era plomo, camarada?

—Sí, señor. Pedazos así, un dedo de largos. De esos que cuando explota la bomba se quedan retorcidos.

—Como tirabuzones —apunta Tizón.

—Eso mismo. Mi hija trajo cuatro a casa... ¿Quiere verlos?

—No.

Tizón da media vuelta y se aleja de regreso a la calle de Amoladores. Ahora camina deprisa, pensando con rapidez. No puede tratarse de simples coincidencias, concluye. Dos bombas y dos muchachas muertas menos de veinticuatro horas después de que las bombas caigan, y casi en el mismo sitio. Demasiado preciso todo, para atribuirlo al azar. Y aún hay más, pues los crímenes no son dos, sino tres. La primera muchacha, también azotada hasta morir, apareció en un callejón escondido entre Santo Domingo y la Merced, en la parte oriental de la ciudad, junto al puerto. A nadie se le ocurrió considerar entonces si en las cercanías habían caído bombas, y es lo que Tizón se dispone a comprobar. O a confirmar, pues intuye que así fue. Que hubo otro impacto cerca, antes. Que esas bombas matan de manera distinta a la que intentan los franceses. Que el azar no existe sobre los tableros de ajedrez.

Sonríe apenas el policía —aunque sea excesivo llamar sonrisa a la mueca esquinada y lúgubre que descubre el colmillo de oro— mientras camina envuelto en ruido de pasos y luz gris, balanceando el bastón. Toc, toc, toc. Pensativo. Hace mucho tiempo —ha olvidado cuánto— que no sentía la incómoda sensación de la piel erizada bajo la ropa. El escalofrío del miedo.

El pato vuela bajo, sobre las salinas, hasta que es abatido de un escopetazo. El tiro provoca el graznido de otras aves que revolotean por los alrededores, asustadas. Luego vuelve el silencio. Al cabo de un momento, tres figuras se recortan en el contraluz plomizo del amanecer. Llevan el capote gris y el chacó negro de los soldados franceses y avanzan encorvadas, cautas, fusil en mano. Dos de ellas se quedan atrás, sobre un pequeño talud arenoso, cubriendo con sus armas a la tercera, que busca entre los matorrales el animal caído.

—No se mueva usted —musita Felipe Mojarra.

Está tumbado en la orilla de un estrecho caño de agua, con las piernas y los pies desnudos en el fango salitroso, el fusil en las manos, cerca de la cara. Observando a los franceses. A su lado, el capitán de ingenieros Lorenzo Virués permanece muy quieto, baja la cabeza, abrazado a la cartera de cuero, provista de correas para colgársela a la espalda, donde lleva un catalejo, cuadernos y utensilios de dibujo.

—Ésos lo que tienen es hambre. En cuanto encuentren su pato se largarán.

—¿Y si llegan hasta aquí? —inquiere el oficial en otro susurro.

Mojarra pasa el dedo índice alrededor del guardamonte de su arma: un buen mosquete Charleville —capturado al enemigo tiempo atrás, junto al puente de Zuazo— que dispara balas esféricas de plomo de casi una pulgada de diámetro. En el zurrón-canana que lleva sujeto a la cintura, sobre la faja que le ciñe ésta y junto a una calabaza con agua, hay diecinueve cartuchos más de esas balas, envueltas en papel encerado.

—Si se arriman mucho, mato a uno y los otros se quedarán atrás.

Por el rabillo del ojo ve al capitán Virués sacar la pistola que lleva al cinto, junto al sable, y dejarla a mano, por si las moscas. El militar es hombre fogueado, así que Mojarra cree innecesario advertirle que no amartille el arma hasta el último momento, pues en el silencio de las salinas cualquier sonido se oye desde lejos. De todas formas, Mojarra prefiere que los franceses encuentren pronto su pato y vuelvan a las trincheras. Los asuntos de tiros se sabe cómo empiezan, pero no cómo acaban; y al salinero no le gusta la idea de regresar a las líneas españolas, que distan casi media legua de tierra de nadie, con los gabachos detrás, por aquel laberinto pantanoso de esteros, canalizos y fangales. Cuatro horas le ha llevado guiar a su acompañante por el caño de San Fernando para estar al alba en el lugar adecuado: un punto de observación donde el militar pueda hacer dibujos de las fortificaciones enemigas en el reducto llamado de los Granaderos. Luego, ya tranquilos en la retaguardia, esos apuntes se convertirán en mapas y planos detallados, para cuya confección, según le han contado a Mojarra —sus competencias no van más allá de patear barro en las salinas—, el capitán Virués se maneja con mano maestra.

—Se van. Ya tienen su bicho.

Los tres franceses se retiran con las mismas precauciones, mirando en torno con los fusiles dispuestos. Por su cauta forma de moverse, Mojarra deduce que son veteranos —seguramente fusileros del 9.º regimiento de infantería de línea, que guarnece las trincheras más próximas— acostumbrados a recibir sorpresas de las guerrillas de escopeteros que operan a lo largo de la línea fortificada que defiende la isla de León, más allá de las vueltas y revueltas del canal de Sancti Petri y el caño de la Cruz. Lo del 9.º de línea lo sabe porque hace un mes degolló cerca de allí a un francés que estaba agachado haciendo una necesidad, y pudo ver la placa del chacó.

—Vamos. Sígame a seis o siete pasos.

—¿Estamos lejos?

—Casi encima.

Tras incorporarse un poco para observar el terreno, Felipe Mojarra se adelanta despacio, semiagachado y fusil en mano, a lo largo del ramal del canalizo cuya agua le cubre media pierna. El salitre espeso de esa agua dejaría a cualquier hombre descalzo, en pocas horas, los pies en carne viva; pero él nació en las salinas. Sus pies, curtidos por toda una vida de cazador furtivo, tienen callo de piel amarillenta y dura como el cuero viejo, capaz de caminar sin lastimarse sobre guijarros o espinos. Mientras avanza con precaución, Mojarra oye el suave chapoteo de las botas militares de su acompañante. A diferencia de él, que lleva un calzón corto por las rodillas, camisa de tela basta, chaquetilla corta de bayeta y navaja de palmo y medio de hoja metida en la faja, el capitán viste uniforme azul con solapas y cuello morados, donde lleva los castilletes del cuerpo de ingenieros. Es un buen mozo que medirá, calcula Mojarra, cerca de los seis pies de estatura, con treinta y tantos años largos, trigueño de pelo y bigote, correcto de modales. Al salinero no le choca que este oficial se empeñe siempre —es el quinto reconocimiento que realizan juntos— en vestir el uniforme completo, sin otra comodidad que la ausencia del corbatín reglamentario. Pocos son los militares españoles que renuncian a parecerlo cuando participan en acciones irregulares. En caso de ser capturados, el uniforme garantiza que los franceses los tratarán de igual a igual, como prisioneros de guerra; suerte muy distinta a la que corren los paisanos, como sería el caso del propio Mojarra. Ahí da igual de qué te vistas. Si caes en manos francesas, lo normal es una soga al cuello y una rama de árbol, o una bala en la cabeza.

—Cuidado, mi capitán. Pase por el otro lado... Eso es. Si se mete ahí, se hunde entero. Ese fango se traga a un jinete con caballo y todo.

Felipe Mojarra Galeote tiene cuarenta y seis años y es natural de la isla de León, de la que sólo ha salido para ir a Chiclana, a los Puertos o a la ciudad de Cádiz, donde una hija suya, Mari Paz, trabaja de sirvienta en una casa buena, de gente rica del comercio. A esa hija y a tres más, todas hembras —el único chico murió antes de cumplir los cuatro años—, además de mantener a una mujer y a una suegra anciana y medio inválida, las ha criado con los trabajos de salinero y cazador furtivo en las marismas y caños del lugar, donde conoce cada recodo mejor que sus propios pensamientos. Como todos los que en tiempo de paz se buscaban la vida en este paraje, Mojarra lleva un año alistado en la compañía de escopeteros de las salinas: tropa irregular, organizada por el vecino de la Isla don Cristóbal Sánchez de la Campa. Allí pagan algo de vez en cuando y dan de comer. Además, al salinero no le gustan los franceses: roban el pan de los pobres, ahorcan a la gente, violentan a las mujeres y son enemigos de Dios y del rey.

—Ahí tiene el reducto gabacho, mi capitán.

—¿El de los Granaderos? ¿Estás seguro?

—Aquí no hay otro. A doscientos pasos.

Tumbado boca arriba en un pequeño lomo de arena, el fusil entre las piernas, Mojarra observa al militar, que ha sacado de la cartera sus instrumentos de trabajo, y desplegando el catalejo cubre con barro el latón y la lente, dejando en ésta sólo un pequeño espacio limpio en el centro. Luego, arrastrándose media vara hasta la cresta del caballón, lo dirige hacia las posiciones enemigas. La precaución no está de más, porque el cielo amanece despejado, sin una nube, y al sol que empieza a dorar el horizonte le falta poco para asomar entre Medina Sidonia y los pinares de Chiclana. Es la hora que el capitán Virués prefiere para tomar sus apuntes; pues, como le ha dicho a Mojarra alguna vez, la luz horizontal resalta más los detalles y las formas.

—Voy a ver si hay moros en la costa —susurra el salinero.

Se arrastra fusil en mano, e incorporándose de rodillas entre los salados y esparragueras que crecen a lo largo del caballón, explora los alrededores: pequeñas dunas de arena, matojos, cañaverales, montones de fango y lucios de costra blanca donde la sal cruje al pisarla. Ni rastro de franceses fuera del fortín. Cuando regresa, el militar ha puesto a un lado el catalejo y trabaja con el lápiz en su cuaderno de apuntes. Una vez más, Mojarra admira la buena mano que tiene para esas cosas, la manera rápida y precisa en que traslada al papel las líneas del baluarte, los muros elevados con fango, los cestones, fajinas y bocas de cañones en las troneras. Un paisaje que, con pocas variaciones, se repite de trecho en trecho a lo largo del arco de doce millas que, desde el Trocadero al castillo de Sancti Petri, acerroja la isla de León y la ciudad de Cádiz. A ese arco ofensivo corresponde en paralelo la línea española: una espesa red de baterías que cruzan sus fuegos y enfilan los caños, haciendo imposible un asalto directo de las tropas imperiales.

Una corneta suena en el fortín. El salinero asoma un poco la cabeza y ve ascender a lo alto de un mástil una bandera roja, blanca y azul que queda colgando, flácida. Hora de desayunar. Mete una mano en el zurrón-canana y saca un pedazo de pan duro, que se pone a roer tras remojarlo con unas gotas de agua de la calabaza.

—¿Qué tal va eso, mi capitán?

—Estupendo —el militar habla sin levantar la cabeza, atento al dibujo—... ¿Y por ahí cerca?

—Balsa de aceite. Todo sigue tranquilo.

—Muy bien. Media hora más y nos vamos.

Mojarra observa que el curso del agua en el pequeño canalizo cercano empieza a correr suavemente y descubre sus márgenes. Eso indica que la marea está yendo a menos allá lejos, en la bahía. La vaciante. El chinchorro que dejaron milla y media atrás estará pronto con su fondo plano varado en el fango. Dentro de unas horas, en el último tramo de vuelta a la Carraca, van a tener la corriente en contra, y eso hará más incómodo el regreso. Son cosas propias de la curiosa guerra que se libra en las salinas. Los flujos y reflujos del agua, relacionados con la pleamar y bajamar del Atlántico próximo, acentúan el carácter peculiar que tienen aquí las operaciones militares: incursiones de guerrillas, fuego de contrabatería, fuerzas sutiles de lanchas cañoneras que, con muy poco calado, maniobran con sigilo en este laberinto de marismas, canales y caños.

El primer rayo de sol, rojizo y horizontal, pasa entre los arbustos e ilumina al capitán Virués, que sigue concentrado en sus apuntes. Alguna vez, en los momentos de inacción —la campaña de madrugones de Felipe Mojarra y su compañero abunda en pausas pacientes y cautelosas esperas—, el salinero le ha visto dibujar otras cosas tomadas del natural: una planta, una anguila, un cangrejo de las salinas. Siempre con la misma rápida habilidad. Una vez, en Año Nuevo, cuando tuvieron que esperar a que cayera la noche para alejarse sin ser vistos de la batería que los franceses tienen instalada en el recodo de San Diego —eso los obligó a pasar el día tiritando de frío, escondidos en un molino de sal en ruinas—, el capitán se entretuvo dibujando al propio Mojarra, que salió bastante ajustado: las grandes patillas de boca de hacha compitiendo con unas cejas espesas, las arrugas profundas en la cara y la frente, la expresión obstinada, seca, del hombre criado bajo el sol y el viento, entre la áspera sal de los caños. Un retrato que el capitán Virués regaló a su compañero al volver a las líneas españolas; y que éste, satisfecho del parecido, tiene puesto en un viejo marco sin cristal, en su humilde casa de la Isla.

Suenan tres cañonazos franceses a lo lejos —media legua hacia la parte alta del caño Zurraque— y al momento responde la contrabatería española del otro lado. El duelo se prolonga un rato mientras algunas avocetas sobresaltadas vuelan sobre las salinas, y al cabo todo vuelve al silencio. Con el lápiz entre los dientes, el capitán Virués ha cogido el catalejo y estudia de nuevo la posición enemiga, enumerando detalles en voz baja como para fijárselos en la memoria. Luego vuelve al cuaderno. Incorporándose a medias, Mojarra echa otro vistazo alrededor para comprobar que todo sigue en calma.

—¿Cómo va la cosa, mi capitán?

—Acabo en diez minutos.

Asiente el salinero, satisfecho. Según cuándo, cómo y dónde, diez minutos pueden ser un mundo. Así que, arrodillado, procurando no levantar mucho bulto, se abre la portañuela del calzón y orina en el canalizo. Después saca del bolsillo el pañuelo de hierbas verde y descolorido que suele anudarse alrededor de la cabeza, se lo pone sobre la cara, acomoda el fusil entre sus piernas y se queda dormido. Como una criatura.

El despacho es pequeño, ruin, con una ventana enrejada estrecha y frontera a la calle del Mirador y a un ángulo de la Cárcel Real. En la pared hay un retrato —autor desconocido, pésima factura— de Su Joven Majestad Fernando VII.

También hay dos sillas tapizadas en cuero agrietado y una mesa de despacho provista de cajones que tiene encima un juego de tintero con plumas, lápices, una bandeja de madera llena de documentos y un plano de Cádiz sobre el que se inclina Rogelio Tizón. Desde hace rato, el comisario estudia los tres lugares que tiene marcados con círculos de lápiz: la venta del Cojo en el arrecife, la esquina de la calle de Amoladores con la del Rosario, y allí donde por primera vez apareció el cuerpo de una muchacha asesinada como luego lo serían las otras: un callejón cercano a la confluencia de las calles Sopranis y de la Gloria, próximo a la iglesia de Santo Domingo, a sólo cincuenta pasos del lugar donde, el día anterior, había caído una bomba. En el plano es fácil comprobar que los tres crímenes han ocurrido en un arco que recorre la parte oriental de la ciudad, dentro del radio de acción de la artillería francesa que tira desde la batería de la Cabezuela, en el Trocadero, situada a unas dos millas y media de distancia.

Es imposible, se dice una vez más. Su razón profesional, la del policía veterano acostumbrado a guiarse por evidencias, rechaza la asociación que su instinto hace de los crímenes con los puntos de impacto de las bombas. Aquélla no es más que una hipótesis pintoresca, poco probable, entre las muchas posibles. Una vaga sospecha, desprovista de fundamento serio. Sin embargo, tan absurda idea mina las otras certezas de Tizón, causándole un estupor inexplicable. En los últimos días, interrogando a los vecinos del lugar donde hace casi medio año vino a dar la primera bomba, ha podido averiguar que ésa también estalló al caer. Y que, al modo de las otras dos, regó de fragmentos las inmediaciones: trozos de plomo idénticos al que tiene ahora en un cajón del escritorio: medio palmo de longitud, fino y retorcido, semejante a los hierros que se aplican calientes al pelo de las mujeres para peinar tirabuzones.

Con el dedo sobre el plano, siguiendo el trazado de las calles y el contorno de las murallas, Tizón recorre en su imaginación un escenario que conoce al detalle: plazas, calles, rincones que quedan en sombras al caer la noche, lugares dentro del alcance de las bombas francesas y otros que, más lejanos, quedan a salvo. Es poco lo que conoce de técnica militar, y menos aún de artillería. Sólo sabe lo que cualquier gaditano familiarizado desde niño con el Ejército, la Real Armada y los cañones asomados a las troneras de las murallas y las portas de los navíos. Por eso recurrió hace días a un experto. Quiero averiguarlo todo sobre las bombas que tiran los franceses, dijo. La razón de que unas estallen y otras no. También dónde caen y por qué. El experto, un capitán de artillería apellidado Viñals, viejo conocido del café del Correo, se lo explicó sentado junto a uno de los veladores del patio, dibujando en el mármol con un lápiz: situación de las baterías enemigas, papel del Trocadero y la Cabezuela en el asedio de la ciudad, trayectorias de las bombas, lugares dentro de su radio de alcance y lugares fuera de éste.

—Hábleme de eso —alzó una mano Tizón al llegar ahí—. De los alcances.

Sonreía el militar como quien conoce la copla. Era un individuo de mediana edad, patillas grises y mostacho frondoso, vestido con la casaca azul con cuello encarnado propia de su arma. Tres de cada cuatro semanas las pasaba en la posición avanzada del fuerte de Puntales, a menos de una milla del enemigo, bajo cañoneo constante.

—Los franceses lo tienen difícil —dijo—. Todavía no han conseguido pasar de una línea imaginaria, divisoria, que podríamos trazar de norte a sur de la ciudad. Y mire que lo procuran.

—Dígame qué línea es ésa.

De arriba abajo, explicó el artillero. Desde el arranque de la Alameda por la parte de poniente hasta la catedral vieja. Más de dos tercios de la ciudad, añadió, quedaban fuera de ese sector. Tal era la causa de que los franceses intentaran alargar sus tiros, sin conseguirlo. Por eso todas las granadas caídas en Cádiz se concentraban en la parte oriental. Tres docenas, hasta ahora, de las que muy pocas llegaban a explotar.

—Treinta y dos —precisó Tizón, que había investigado el asunto—. Y sólo estallaron once.

—Es natural. Llegan de lejos, con las mechas apagadas por el mucho tiempo que están en el aire. Otras veces se quedan cortas, y la granada explota a medio camino. ¡Y eso que han probado con toda clase de espoletas!... Yo mismo las estudio cuando podemos recuperarlas: metales y maderas diferentes hasta aburrir, y por lo menos diez clases distintas de mixtos para inflamar las cargas.

—¿Hay diferencias técnicas entre unas bombas y otras?

La cuestión, explicó el artillero, no eran sólo las granadas que llegaban a Cádiz, sino los cañones que las disparaban. Tres eran los tipos generales: normales de tiro tenso, morteros y obuses. Con casi media legua de distancia entre la Cabezuela y las murallas de la ciudad, los primeros no servían. Su alcance era insuficiente y la bala iba al mar. Por eso los franceses recurrían a piezas de batir que tiraban por elevación, con trayectoria curva, como en el caso de los morteros y los obuses.

—Según sabemos, los de enfrente hicieron los primeros ensayos con morteros a finales del año pasado: piezas de ocho, nueve y once pulgadas, traídas de Francia, cuyas granadas no llegaron ni a cruzar la bahía. Fue entonces cuando recurrieron a un tal Pere Ros para fundir nuevos morteros... ¿Le suena el fulano, comisario?

Asintió Tizón. Por sus informes y contactos, estaba al corriente de que ese tal Ros era un juramentado josefino español, catalán de Seo de Urgel, antiguo alumno de la Real Fundición de Barcelona y de la academia de Segovia. Ahora, empleado en Sevilla con el cargo de supervisor de la fábrica de artillería, estaba al servicio de los franceses.

—Fue a Pere Ros —siguió contando Viñals— a quien los gabachos encargaron siete morteros de doce pulgadas del sistema Dedòn, de plancha y recámara esférica. Pero los Dedòn son de fundición complicada y muy imprecisos de tiro. El primero que trajeron de Sevilla no dio resultado, así que se suspendió la fabricación... Recurrieron entonces al diseño Villantroys; que, como sabe, son los obuses a los que tanta publicidad se dio en diciembre, cuando nos tiraban con ellos desde la Cabezuela: piezas de ocho pulgadas que no sobrepasaron las dos mil toesas; que en medidas nuestras son unas tres mil cuatrocientas varas... Y encima, a cada cañonazo disminuía su alcance.

—¿Por qué?

—Al necesitar demasiada pólvora para el disparo, el oído del fogón terminaba estropeándose, tengo entendido. Un desastre... Hasta coplas les hicieron aquí.

—¿Con qué disparan ahora?

El artillero encogió los hombros. Después sacó del bolsillo de la casaca un paquete de picadura y papel de fumar, y se puso a liar un cigarrito.

—De eso ya no estamos seguros. Una cosa es saber cosas viejas por los desertores y espías, y otra estar al corriente de lo último... Sólo tenemos confirmado que ese renegado catalán está fundiendo nuevos obuses bajo la dirección del general Ruty. De diez pulgadas, parece. Las granadas que ahora llegan a Cádiz son de ese calibre.

—¿Y por qué llevan plomo dentro?

Viñals rascó un mixto y empezó a echar humo.

—No todas. En la punta del muelle cayó hace tres semanas una de hierro macizo, o casi. Otras llevan carga normal de pólvora, y son las que menos alcanzan y más fallan. Lo del plomo es un misterio, aunque cada cual tiene sus ideas.

—Cuénteme las suyas.

El otro acabó de beberse el café y llamó al mozo. Uno más, dijo. Con un chorrito de aguardiente dentro, como digestivo. En Puntales no andamos bien del estómago.

—Los franceses —prosiguió— tienen la mejor artillería del mundo. Llevan años de guerra y experimentos. Y no olvide que Napoleón mismo es artillero. Tienen los mejores teóricos en ese campo. Yo diría que lo de usar plomo es experimental. Buscan mayor alcance.

—Pero ¿por qué plomo?... No lo entiendo.

—Porque es el más pesado de los metales. Con él dentro, la mayor gravedad específica del proyectil permite alargar la parábola de tiro. Tenga en cuenta que la distancia que una granada puede recorrer es cuestión de densidades y pesos. Sin olvidar la fuerza de la carga de pólvora impulsora y las condiciones ambientales. Todo influye, vamos.

—¿Y la forma de tirabuzón?

—Los fragmentos los retuerce la explosión misma. El plomo se vierte fundido dentro de la recámara, en delgadas capas. Al estallar, éstas se rompen y rizan... De todas formas, no se deje engañar por los resultados. No es fácil trabajar a la distancia que lo hacen ellos. Dudo que un artillero español fuese capaz. No por falta de ideas o talento, claro... Tenemos gente muy buena en la teoría y en la práctica. Hablo de falta de medios. Los gabachos deben de estar gastándose una fortuna... Cada una de las granadas que nos meten en la ciudad tiene que costarles un dineral.

A solas, recordando en su despacho la conversación con el capitán de artillería, Rogelio Tizón estudia el plano de Cádiz como quien interroga a una esfinge. Demasiado poco, piensa. O demasiada nada. Es el suyo el tantear de un ciego. Cañones, obuses, morteros. Bombas. Plomo, como el tirabuzón que ahora saca de un cajón del escritorio y sopesa entre los dedos, sombrío. Demasiado vago. Demasiado inaprensible, lo que busca. Lo que cree buscar. Es confusa, y quizás injustificada, la sospecha de un vínculo secreto entre bombas y muchachas asesinadas. Por más vueltas que le da, sigue sin un indicio, ni una huella real. Sólo tirabuzones retorcidos como presentimientos. Gravedad específica, en palabras del capitán Viñals. La sensación de estar asomado, llenos los bolsillos de plomo, al borde de un pozo oscuro. Y eso es todo. Nada que le sirva. Sólo aquel plano de la ciudad extendido sobre la mesa, extraño tablero de ajedrez donde la mano de un jugador improbable mueve piezas cuyo carácter no alcanza Tizón a comprender. Nunca le había ocurrido antes. A sus años, esa incertidumbre lo asusta. Un poco. También lo enfurece. Mucho.

Airado, devuelve el trozo de plomo al cajón y lo cierra de golpe. Luego da un puñetazo sobre la mesa, tan fuerte que hace saltar algunas gotas del tintero, salpicando un ángulo del mapa. Mierda de Dios, blasfema. Y de su madre. Al oír el ruido, el secretario que trabaja en la habitación contigua asoma la cabeza por la puerta.

—¿Ocurre algo, señor comisario?

—¡Métase en sus asuntos!

El secretario retira la cabeza como un ratón asustado. Sabe reconocer los síntomas. Tizón se mira las manos apoyadas en el borde de la mesa. Son anchas, callosas, duras. Capaces de causar dolor. Cuando es preciso, también ellas saben hacerlo.

Un día llegaré al final, concluye. Y alguien pagará caro todo esto.

Con mucho cuidado, Lolita Palma sitúa en una sección del herbario las tres hojas de amaranto, junto a un dibujo coloreado, hecho por ella misma, de la planta completa. Cada hoja tiene dos pulgadas y termina en una pequeña espinita de color claro, lo que permite clasificarlas sin dificultad como *Amaranthus spinosus*. Nunca había tenido otras antes; los ejemplares llegaron hace pocos días de Guayaquil, en un paquete con otras hojas y plantas secas remitidas por un corresponsal local. Ahora siente el placer del coleccionista satisfecho por una adquisición reciente.

Felicidad suave, la suya. Razonable. Una vez seca la gotita de goma que fija cada ejemplar a la cartulina, Lolita pone una hoja de papel fino encima, cierra el herbario y lo coloca vertical en el estante de un gran armario acristalado, junto a otros semejantes atestados de bellos nombres que designan tesoros singulares de la Naturaleza: *Crisantemo*, *Ojo de buey*, *Centaura*, *Pascalia*. El estudio botánico, contiguo al gabinete de trabajo situado en el piso principal de la casa, es modesto pero suficiente para sus necesidades de aficionada: confortable, bien iluminado por una ventana que da a la calle del Baluarte y otra abierta al patio interior. Hay en la estancia cuatro gavetas grandes con los cajones etiquetados según el contenido, una mesa de trabajo con un microscopio, lupas y utensilios adecuados, y una librería con obras de consulta, entre ellas un Linneo, una *Descripción de las plantas* de Cavanilles, el *Theatrum Florae* de Rabel, el *Icones plantarum rariorum* de Jacquin-Nikolaus y un ejemplar en gran folio, coloreado, de *Plantes de l'Europe*, de Merian. También, en el balconcito acristalado en forma de invernadero que da al patio, tiene dispuestas varias macetas con nueve clases distintas de helechos traídos de América, las Islas del Sur y las Indias Orientales. Otras quince variedades adornan en grandes tiestos el patio de abajo, los balcones donde nunca incide la luz del sol y otros lugares umbríos de la casa. El helecho, la *fílice* de los antiguos, en el que ni los autores clásicos ni los modernos estudiosos de la botánica supieron nunca situar la localización del sexo masculino —hasta su existencia es hoy mera conjetura—, fue siempre la planta predilecta de Lolita Palma.

Mari Paz, la doncella, aparece en la puerta del gabinete.

—Con su permiso, señorita. Están abajo don Emilio Sánchez Guinea y otro caballero.

—Dile a Rosas que los atienda. Bajaré enseguida.

Quince minutos después, tras pasar por el vestidor de su alcoba para arreglarse un poco, baja abotonándose un spencer de raso gris sobre camisa blanca y basquiña verde oscuro, cruza el patio y entra en la parte de la casa destinada a oficinas y almacén.

—Buenos días, don Emilio. Qué agradable sorpresa.

La salita de recibir es añeja y confortable. Contigua al despacho principal y las oficinas de la planta inferior, está rodeada por un friso de madera barnizada, con estampas marinas enmarcadas en las paredes —paisajes de puertos franceses, ingleses y españoles—, y amueblada con butacas, un sofá, un reloj de péndulo High & Evans y un mueble estrecho con cuatro estantes llenos de libros de comercio. El sofá lo ocupan Sánchez Guinea y un hombre más joven, moreno y tostado de piel. Ambos se levantan al verla entrar, dejando sobre una mesa las tazas de porcelana china donde Rosas, el mayordomo, acaba de servirles café. Lolita se sienta en su lugar de costumbre, una butaca tapizada en vaqueta vieja que perteneció a su padre, e invita a los dos hombres a ocupar de nuevo el sofá.

—¿Qué de bueno lo trae por aquí?

Dirige la pregunta al viejo amigo de la familia, pero observa al otro hombre: unos cuarenta años, pelo y patillas negras, ojos claros, vivos. Quizá inteligentes. No muy alto, pero ancho de hombros bajo la casaca azul —algo raída en los codos y filos de las mangas, advierte— con botones de latón dorado. Manos firmes y recias. Un marino, sin duda. Lleva demasiado tiempo en contacto con ese mundo como para no reconocer a la gente de mar al primer vistazo.

—Quiero presentarte a este caballero.

Don Emilio lo hace de forma breve, práctica, yendo al grano. Capitán don José Lobo, antiguo conocido mío. Ahora en Cádiz y sin empleo, por diversas circunstancias. La casa Sánchez Guinea planea asociarlo a un negocio en curso. Ya sabes. Ese del que hablamos hace poco en la calle Ancha.

—¿Nos disculpa un momento?

Los dos la imitan cuando se levanta de la butaca, invitando a don Emilio a pasar con ella al despacho privado. Desde el umbral, antes de cerrar la puerta, Lolita Palma dirige un último vistazo al marino, que sigue de pie en el centro de la salita: su aire parece circunspecto, pero la expresión es tranquila, amable. Casi divertida por la situación. Ese individuo, piensa ella brevemente, es de los que sonríen con los ojos.

—¿A qué viene esta emboscada, don Emilio?

Protesta el viejo comerciante. Nada de eso, hija mía. Sólo quería que conocieses a mi hombre. Pepe Lobo es capitán experimentado. Sujeto de valor, competente. Buen momento para emplearlo, porque está sin trabajo y dispuesto a embarcarse en cualquier madera que flote. Tenemos a medio armar una balandra con la patente de que te hablé el otro día, y a finales de mes estará en condiciones de hacerse a la mar.

—Le dije que no me mezclo con corsarios.

—No tienes que mezclarte. Sólo participar. Yo me encargo de lo demás. Pasado mañana deposito la fianza de armamento.

—¿Qué barco es?

Lo describe Sánchez Guinea con énfasis de comerciante satisfecho de su compra: balandra francesa de ciento ochenta toneladas que capturó un corsario de Algeciras y subastaron allí hace veinte días. Vieja, pero en buen estado. Puede llevar ocho cañones de a seis libras. Rebautizada *Culebra* porque se llamaba *Colbert*. Comprada por veinte mil reales. El armamento —velas y jarcia nueva, armas ligeras, pólvora y munición— llevará cosa de diez mil más.

—Haremos campañas cortas: desde San Vicente hasta Gata, o Palos como mucho. Con poco riesgo y mucha posibilidad de beneficios. Es dinero en el bolsillo, créeme... Los dos tercios del armador los llevaríamos a medias tú y yo. El otro tercio, para el capitán y la tripulación. Todo escrupulosamente legal.

Lolita Palma mira hacia la puerta cerrada.

—¿Qué más hay de ese hombre?

—Tuvo mala suerte con sus últimos viajes, pero es buen marino. Ya corrió el Estrecho durante la última guerra. Mandaba una goleta de seis cañones con la que hizo una campaña rentable. Lo sé porque yo era uno de los propietarios... Al final tuvo un golpe de mala suerte: una corbeta inglesa lo capturó cerca del cabo Tres Forcas.

—Creo que alguna vez me habló de él... ¿No se fugó de Gibraltar?

Sánchez Guinea emite una risa ladina, aprobadora. El recuerdo de aquello parece regocijarlo.

—Ese mismo. Estaba preso y escapó con otros, robando una tartana. Desde hace cuatro años navega en barcos mercantes... Hace poco tuvo desacuerdos con su último armador.

—¿Quién era el armador?

—Ignacio Ussel.

El nombre lo pronuncia el viejo comerciante enarcando las cejas, y se la queda mirando entre inquisitivo y cómplice. Toda Cádiz está al corriente de que la casa Palma e Hijos tiene agravios pendientes con esa firma. Durante la crisis del año 96, Tomás Palma estuvo a punto de arruinarse por una deslealtad de Ignacio Ussel, que le hizo perder tres fletes importantes. La hija no lo ha olvidado.

—Tenemos una patente de corso firmada por la Regencia para dos años —prosigue Sánchez Guinea—, un barco en condiciones, un capitán capaz de reunir buena tripulación, y una costa enemiga por la que van y vienen barcos franceses o procedentes de zonas ocupadas. ¿Qué más se puede pedir?... Hay, también, recompensas por presas tomadas al enemigo, aparte del valor de los barcos y su carga.

—Lo plantea usted como un deber patriótico, don Emilio.

Ríe con buen humor el viejo comerciante. Lo es, hija mía, responde. Y a eso se une el interés particular, que nada tiene de malo. Armar en corso no es desdoro para una casa de comercio respetable. Recuerda que tu padre lo hizo, sin cortarse un pelo. Y bien que fastidió a los ingleses. Esto no es traficar con negros.

—Sabes que no tengo problemas de liquidez —concluye—. Y que puedo encontrar otros socios. Se trata sólo de un buen negocio. Como otras veces, creo mi obligación ofrecértelo.

Un silencio. Lolita Palma sigue mirando en dirección a la puerta cerrada.

—¿Por qué no lo sondeas un poco? —Sánchez Guinea hace un gesto de aliento—. Es un tipo interesante. Directo. A mí me cae simpático.

—Parece tenerle mucha confianza... ¿Tanto lo conoce?

—Mi hijo Miguel hizo un viaje con él. A Valencia, ida y vuelta, justo cuando evacuábamos Sevilla y por todas partes cundía el pánico. Con temporal incluido. Volvió encantado, poniéndolo de competente y tranquilo para arriba... La idea de encomendarle la *Culebra* fue suya, cuando supo que estaba en Cádiz sin empleo.

—¿Es de aquí?

—No. Nació en Cuba, me parece. La Habana o por ahí.

Lolita Palma se mira las manos. Aún son bonitas: dedos largos, uñas poco cuidadas pero regulares. Sánchez Guinea la observa. La suya es una sonrisa pensativa. Al cabo agita la cabeza, bonachón.

—Hay algo en él, ¿sabes?... Tiene energía, y un punto personal interesante. En tierra es algo tosco, quizás. No siempre la palabra *caballero* le va como un guante. En asuntos de faldas, por ejemplo, no tiene fama de ser escrupuloso.

—Vaya por Dios. Me lo pinta bien.

El viejo comerciante alza ambas manos, defensivo.

—Sólo digo la verdad. Conozco a quienes lo detestan y a quienes lo aprecian. Pero, como dice mi hijo, estos últimos dan por él hasta la camisa.

—¿Y las mujeres?... ¿Qué dan?

—Eso debes juzgarlo tú misma.

Sonríen los dos, mirándose. Sonrisa vaga y algo triste, la de ella. Un poco sorprendida, casi curiosa, la de él.

—En cualquier caso —concluye Sánchez Guinea—, se trata de contratar a un capitán corsario. No de organizar un baile de sociedad.

Guitarras. Luz de aceite. La bailarina tiene la piel morena, reluciente de sudor que le pega el pelo negro a la frente. Se mueve como un animal lascivo, piensa Simón Desfosseux. Una española sucia, de ojos oscuros. Gitana, supone. Todos parecen gitanos allí.

—Sólo usaremos plomo —le dice al teniente Bertoldi.

El recinto está lleno de gente: dragones, artilleros, marinos, infantería de línea. Sólo hombres. Sólo oficiales. Se agrupan en torno a las mesas manchadas de vino, sentados en bancos, sillas y taburetes.

—¿No se relaja nunca, mi capitán?

—Ya lo ve. Nunca.

Con gesto de resignación, Bertoldi apura su vaso y sirve más vino de la jarra que tienen delante. El aire está velado por una neblina gris de humo de tabaco. Huele denso, a sudor de uniformes desabrochados, chalecos y mangas de camisa. Hasta el vino —espeso y peleón, del que embota y no tonifica— tiene ese mismo olor áspero, turbio como las docenas de miradas que siguen los movimientos de la mujer que se retuerce y contonea, provocadora, al compás de las guitarras, dándose palmadas en las caderas.

—Puerca —murmura Bertoldi, que no le quita ojo.

Aún permanece un momento observando a la bailarina. Pensativo. Al cabo se vuelve hacia Desfosseux.

—Plomo, dice usted.

Asiente el capitán. Es la única solución, dice. Plomo inerte. Bombas de ochenta o noventa libras, sin pólvora ni espoleta. Cien toesas más de alcance, por lo menos. Algo más, si el viento ayuda.

—Los daños serán mínimos —opone Bertoldi.

—De aumentar los daños nos ocuparemos más tarde. Lo que importa es llegar al centro de la ciudad... A la plaza de San Antonio, o por ahí.

—¿Está decidido, entonces?

—Absolutamente.

Alza Bertoldi su vaso, encogiéndose de hombros.

—Por Fanfán, en ese caso.

—Eso es —Desfosseux toca suavemente el vaso del asistente con el suyo—. Por Fanfán.

Enmudecen las guitarras, aplauden los hombres soltando procacidades en todas las lenguas de Europa. Inmóvil, quebrada hacia atrás la cintura y una mano todavía en alto, la bailarina pasea sus ojos negrísimos por la concurrencia. Se la ve desafiante. Segura. Sabe que, avivado por su baile el deseo alrededor, ahora puede escoger. Su instinto o su experiencia —es joven, pero eso poco tiene que ver— le dicen que cualquiera de los presentes echará dinero entre sus muslos con sólo detener en él la mirada. Son tiempos adecuados, éstos. Hombres idóneos en el lugar oportuno, pues no siempre una guerra significa miseria. No para todos, al menos, cuando se tienen un cuerpo hermoso y una mirada oscura como aquélla. Pensando en eso, Simón Desfosseux se recrea en la piel morena de los brazos de la bailarina, las gotas de sudor que relucen camino del escote, donde el arranque de los senos se muestra impúdicamente desnudo. Tal vez algún día esa mujer fallezca de hambre en una guerra futura, cuando se vuelva marchita o vieja. Pero no ocurrirá en ésta. Basta ver las miradas lúbricas que se clavan en ella; el cálculo codicioso bajo la humildad sólo aparente de los dos guitarristas —padre, hermano, primo, amante, rufián— que sentados en sillas bajas, los instrumentos sobre las rodillas, observan en torno, sonriendo a los aplausos mientras calculan, ávidos, dónde tintineará la mejor bolsa de la noche. A cuánto se cotiza hoy, en la desabastecida lonja de carne local, la supuesta honra de su hija, hermana, prima, amante, pupila, para estos señores franceses en un tablao de Puerto Real. Que una cosa son la patria y el rey Fernando, para quien los goce, y otra llenar cada día el puchero.

Simón Desfosseux y el teniente Bertoldi salen a la calle, sintiendo el alivio de la brisa. Todo está a oscuras. La mayor parte de los habitantes del pueblo se marcharon con la llegada de las tropas imperiales, y las viviendas abandonadas son ahora cuarteles y alojamientos de soldados y oficiales, con patios y jardines convertidos en caballerizas. La iglesia de sólidos muros, saqueada y convertido el retablo en astillas para el fuego de los vivaques, sirve de almacén para pertrechos y pólvora.

—Esa gitana me ha puesto caliente —comenta Bertoldi.

Siguiendo la calle, los dos oficiales llegan a la orilla del mar. No hay luna, y la bóveda celeste aparece cuajada de estrellas sobre las azoteas de las casas bajas. Media legua a levante, por el otro lado de la mancha negra de la bahía, se distinguen algunas luces lejanas, aisladas, en el arsenal enemigo de la Carraca y en el pueblo de la isla de León.

Como de costumbre, los sitiados parecen más relajados que los sitiadores.

—Va para tres meses que no recibo una maldita carta —añade Bertoldi al cabo de un rato.

Desfosseux hace una mueca en la oscuridad. Ha podido seguir sin dificultad el curso de los pensamientos de su compañero. Él mismo piensa ahora intensamente en su mujer, que espera en Metz. Con su hijo, al que apenas conoce. Dos años, ya. Casi. Y lo que resta.

—Putos manolos —murmura Bertoldi, áspero—. Putos y mezquinos bandidos.

Su buen humor habitual parece haberse agriado en las últimas semanas. Como él, como la mayor parte de los 23.000 hombres atrincherados entre Sancti Petri y Chipiona, el capitán Desfosseux ignora lo que puede estar ocurriendo en Francia y en el resto de Europa. Sólo dispone de comentarios aventurados, suposiciones, rumores. Humo. Un periódico de fecha reciente, un folleto, una carta, son rarezas que no llegan a sus manos. Tampoco reciben noticias de sus familias, ni las familias las reciben de ellos. Las guerrillas, bandas de criminales que actúan en todas las vías de comunicaciones, lo impiden. Viajar por España es como hacerlo por Arabia: los correos son acechados, capturados, asesinados de modo espantoso en riscos y bosques, y sólo los viajeros con fuerte escolta consiguen ir de un lado a otro sin sorpresas desagradables. Las rutas habituales que comunican con Jerez y Sevilla son una sucesión de blocaos donde pequeñas guarniciones desmoralizadas viven con miedo, ojo avizor y fusil a punto, desconfiando lo mismo del enemigo que ronda afuera que de los habitantes de los pueblos que tienen a la espalda.

Y al caer la noche, cada campo, cada camino, se convierten en feudo de los insurrectos, trampa mortal para los infelices que se aventuran sin la protección adecuada, y que amanecen torturados como bestias, en la linde de los bosques de encinas y los pinares. Ésa es la guerra de España, la guerra en Andalucía. Ocupantes sólo en apariencia, más poderosas de reputación que de hecho, las tropas del Primer Cuerpo que asedian Cádiz se encuentran demasiado lejos de todo y todos. Hombres casi incomunicados, exiliados inseguros, de futuro incierto, en esta tierra hostil donde el abandono y el aburrimiento, tan estupefacientes como narcóticos, se apoderan de los mejores soldados, víctimas por igual del fuego enemigo, las enfermedades y la nostalgia.

—Ayer enterraron a Bouvier —comenta Bertoldi, lúgubre.

El capitán no responde. Su ayudante no intenta darle información; sólo expresa en voz alta un sentimiento. Louis Bouvier, un teniente de artillería con el que hicieron el viaje de Bayona a Madrid, y a quien volvieron a encontrar destinado en la batería de San Diego, en Chiclana, llevaba algún tiempo bajo los efectos de una enfermedad nerviosa que lo abismaba en profunda melancolía. Hace dos días, al salir de servicio, Bouvier cogió el fusil de un soldado, se retiró a un barracón, metió el cañón en su boca y el dedo gordo del pie derecho en el gatillo del arma, y se levantó la tapa de los sesos.

—Dios. Estamos en el culo del mundo.

Desfosseux permanece en silencio. La brisa del mar es ligera, con el olor a fango y algas de la marea baja. Junto a las últimas casas del pueblo, algunas formas oscuras y próximas señalan la ubicación de las tiendas de campaña y los fortines que defienden la playa de posibles desembarcos enemigos. Puede oír las consignas que cambian los centinelas, el relincho suave de los caballos en los patios convertidos en caballerizas. El rumor vago hecho de innumerables sonidos inciertos, procedentes de miles de hombres que duermen o velan con los ojos abiertos en la noche. Un ejército encallado ante una ciudad.

—Lo de pasarnos al plomo me parece bien —comenta Bertoldi, en tono de quien se agarra a cualquier cosa que flote.

Desfosseux da unos pasos y se detiene, observando las luces lejanas. Mentalmente calcula nuevas trayectorias. Líneas curvas impecables. Hermosas y perfectas parábolas.

—Es la única forma de conseguirlo... Mañana empezaremos a trabajar en la modificación del centro de gravedad. Un toquecito de rotación por roce del ánima puede irnos bien.

Un silencio. Largo.

—¿Sabe lo que estoy pensando, mi capitán?

—No.

—Que usted nunca se pegará un tiro como el pobre Bouvier.

Sonríe Desfosseux en la oscuridad. Sabe que su ayudante está en lo cierto. Nunca, al menos, mientras tenga asuntos que resolver. Aquélla no es una cuestión de tedio o desesperanza. El hilo de acero que lo mantiene vinculado a la cordura y la vida está trenzado de conceptos, no de sentimientos. Ni siquiera palabras como deber, patria o camaradería, asideros comunes para Bertoldi y otros hombres, tienen nada que ver. Se trata, en su caso, de pesos, volúmenes, longitud, elevación, densidad de los metales, resistencia del aire, efectos de rotación. Pizarra y regla de cálculo. Todo aquello, en suma, que permite a Simón Desfosseux, capitán de artillería del ejército imperial, quedar al margen de cualquier incertidumbre que no sea estrictamente técnica. Las pasiones pierden a los hombres, pero también los salvan. Conseguir setecientas cincuenta toesas más de alcance es la suya.

Tres hombres en un despacho, bajo otro retrato de Fernando VII. La luz de la mañana, que penetra diagonal entre los visillos, hace relucir los bordados de oro en el cuello, solapas y bocamangas de la casaca del teniente general de la Real Armada don Juan María de Villavicencio, jefe de la escuadra del Océano y gobernador militar y político de Cádiz.

—¿Esto es todo?

—De momento.

Con parsimonia, el gobernador deja el informe sobre el tafilete verde de su mesa, deja pender sus lentes de oro del cordón que los une a un ojal de la solapa, y mira al comisario Rogelio Tizón.

—No parece gran cosa.

Tizón dirige una ojeada de soslayo a su superior directo, el intendente general y juez del Crimen y Policía Eusebio García Pico. Éste se encuentra sentado un poco aparte, casi de lado, una pierna cruzada sobre la otra y el dedo pulgar de la mano derecha colgado de un bolsillo del chaleco. Rostro impasible, como si pensara en asuntos remotos: el de alguien que se limita a pasar por ahí. Tizón ha esperado veinte minutos en la antecámara del despacho, y ahora se pregunta de qué habrán estado hablando esos dos antes de que él entrara.

—Es un asunto difícil, mi general —responde el policía con cautela.

Villavicencio sigue mirándolo. Es un marino de cincuenta y seis años y pelo gris, muy a la vieja usanza, bregado en numerosas campañas navales. Enérgico, pero también de fino tacto político, pese a ser conservador en materia de nuevas libertades y profesar lealtad ciega al joven rey prisionero en Francia. Hábil, maniobrero, con prestigio ganado en su vida militar, el gobernador de Cádiz —allí es serlo del corazón de la España patriota e insurrecta— se entiende bien con todos, obispos e ingleses incluidos. Su nombre se baraja entre los destinados a formar parte de la nueva Regencia, en cuanto la actual se ponga al día. Un hombre poderoso, como bien sabe Tizón. Con futuro.

—Difícil —repite Villavicencio, pensativo.

—Ésa es la palabra, mi general.

Silencio largo. Tizón querría fumar, pero nadie hace ademán. El gobernador juguetea con los lentes, mira de nuevo las cuatro escuetas páginas del informe, y luego lo pone cuidadosamente a un lado, uno de sus ángulos alineado a dos pulgadas de un ángulo de la mesa.

—¿Está seguro de que se trata del mismo asesino en todos los casos?

Se justifica el policía en pocas palabras. Seguro no se puede estar de nada, pero la forma de actuar es idéntica.

Y el tipo de mujer, también. Muy jóvenes, gente humilde. Como dice el informe, dos sirvientas y una muchacha a la que no ha sido posible identificar. Lo más probable es que se trate de una refugiada sin familia ni ocupación conocida.

—¿Nada de... eh... violencia física?

Otra mirada de soslayo. Breve. El intendente general sigue callado, inmóvil como una estatua. Como si no estuviera allí.

—A todas las mataron a latigazos, señor. Sin piedad. Si eso no es violencia física, que baje Cristo y lo vea.

El comentario final no agrada al gobernador, hombre de conocidas convicciones religiosas. Hunde un poco las mejillas, y frunciendo el ceño se contempla las manos, que son pálidas y delgadas. Manos de buena crianza, observa Tizón, frecuentes entre los oficiales de la marina de guerra. No se admiten plebeyos en la Real Armada. La izquierda luce un anillo con bella esmeralda, regalo personal del emperador Napoleón cuando Villavicencio estuvo con la escuadra francoespañola en Brest, antes de lo de Trafalgar, del secuestro del rey, de la guerra con Francia y de que todo se fuera al diablo.

—Me refiero... Ya sabe. Otra clase de violencia.

—Nadie las forzó. Al menos de modo visible.

Villavicencio permanece en silencio, ahora con la mirada fija en Tizón. Aguardando. El policía se cree obligado a añadir nuevas explicaciones, aunque no está seguro de lo que desea el gobernador. Es el intendente quien lo ha llevado allí. Don Juan María, dijo García Pico subiendo las escaleras —el uso del nombre de pila insinuaba una sombría advertencia sobre la posición de cada uno—, desea un informe directo, verbal, aparte del escrito. Ampliar detalles. Ver hasta qué punto la cosa puede irse de las manos. O írsele a usted.

—En cierta manera —aventura Tizón, decidiéndose—, lo de esa última chica es una suerte. Nadie la ha reclamado, ni hay denuncia de desaparición... Eso permite mantener el asunto dentro de límites discretos. Sin revuelo.

Un levísimo asentimiento del gobernador le indica que va por buen camino. De eso se trata entonces, concluye en sus adentros, reprimiendo la sonrisa que está a punto de asomarle a la boca. Ahora intuye qué terreno pisa. Por dónde van los tiros de García Pico. El significativo apunte de éste en las escaleras.

Como para confirmarlo, Villavicencio indica el informe de Tizón con un movimiento negligente de la mano donde lleva la esmeralda:

—Tres muchachas asesinadas de ese modo no es sólo un asunto, ejem, difícil. Es una atrocidad... Y será un escándalo público si la cosa trasciende.

Ya nos centramos, se dice Tizón. Te veo venir, excelentísimo hijo de puta.

—En realidad ha trascendido un poco —dice con tiento—. Lo justo. Hay rumores, comentarios, charla de vecinas... Algo inevitable, como sabe usía. Ésta es una ciudad pequeña y llena de gente.

Deja una pausa para comprobar los efectos. El gobernador lo mira inquisitivo y García Pico ha modificado su actitud de aparente indiferencia.

—Aun así —prosigue el policía—, todavía mantenemos el control. Hemos presionado un poco a los vecinos y testigos. Desmintiéndolo todo... Y los periódicos no han dicho ni media palabra.

Ahora es el intendente quien interviene, al fin. A Tizón no le pasa inadvertido el vistazo de inquietud que dirige al gobernador antes de abrir la boca.

—Todavía. Pero es una historia tremenda. Si le hincan el diente, no la soltarán. Y además, está esa libertad de prensa de la que todos abusan. Nada podría impedir...

Alza Villavicencio una mano, interrumpiéndolo. Salta a la vista que tiene el hábito de interrumpir cuando se le antoja. En Cádiz, un general de la Armada es Dios. Con la guerra, Dios Padre.

—Ya vino alguno con la historia. Uno de los que han oído campanas es el editor de *El Patriota*. El mismo que el jueves pasado cuestionaba con mucha impertinencia el origen del poder de los reyes...

Se queda un momento en suspenso el gobernador, las últimas palabras en el aire. Está mirando a Tizón como si lo invitara a reflexionar en serio sobre los fundamentos de la realeza. Periódicos, añade al fin, displicente. Qué le voy a contar a estas alturas. Ya sabe con qué clase de individuos tenemos que lidiar aquí. Y lo negué todo, claro. Afortunadamente hay otros huesos que echar a esa gentuza. En Cádiz sólo interesa la política, y hasta la guerra queda en segundo plano. Los debates de San Felipe Neri agotan la tinta de las imprentas.

Un ayudante con uniforme de las Reales Guardias de Corps llama a una puerta lateral, se acerca a la mesa y cambia unas palabras en voz baja con Villavicencio. El gobernador asiente y se pone de pie. Lo imitan en el acto Tizón y el intendente.

—Disculpen, caballeros. Tengo que dejarlos solos un momento.

Abandona la habitación, seguido por el ayudante. Tizón y el otro se quedan de pie, mirando por la ventana el paisaje, las murallas y la bahía. La casa del gobernador tiene buenas vistas; parecidas a las que hace tres años gozó un antecesor de Villavicencio, el general Solano, marqués del Socorro, antes de que la chusma enfurecida lo arrastrase por las calles acusándolo de afrancesado. Solano sostenía que el verdadero enemigo eran los ingleses, y que atacar a la escuadra del almirante Rosily, bloqueada en la bahía, pondría en peligro a la ciudad. La gente, exaltada y en plena sublevación, encabezada por chusma portuaria, contrabandistas, mujerzuelas y otra gente baja, se lo tomó a mal. Asaltado el edificio, Solano fue llevado al suplicio sin que los militares de la guarnición, amedrentados, movieran un dedo para salvarlo. Tizón lo vio morir atravesado de un espadazo en la calle de la Aduana, sin intervenir. Habría sido una locura mezclarse en aquello, y la suerte del marqués del Socorro no le daba frío ni calor. Sigue sin dárselo. Con la misma indiferencia vería arrastrar hoy a Villavicencio, llegado el caso. O al intendente y juez García Pico.

Este último lo está mirando, pensativo.

—Supongo —comenta— que se hace cargo de las circunstancias.

Vaya si me hago, piensa Tizón volviendo al presente. Para eso me has traído aquí. A esta encerrona con el ilustre.

—Si hay más asesinatos, no podremos seguir ocultándolos —dice.

Ahora García Pico frunce el gesto.

—Diantre. Nada indica que los vaya a haber... ¿Cuánto tiempo ha pasado desde la última vez?

—Cuatro semanas.

—¿Y sigue usted sin indicios sólidos?

A Tizón no le pasa inadvertido el *sigue usted*. Mueve la cabeza.

—Ninguno. El criminal siempre actúa del mismo modo. Ataca en lugares solitarios a jóvenes solas. Las amordaza y las azota hasta la muerte.

Por un brevísimo instante se ve tentado a añadir lo de las bombas y sus lugares de impacto, pero no lo hace. Mencionar eso lo obligaría a dar demasiadas explicaciones. Y no está de humor. Ni tiene argumentos. Todavía.

—Ha pasado un mes —comenta el intendente—. Quizá el asesino se ha cansado.

Hace Tizón una mueca dubitativa. Todo es posible, responde. Pero también puede estar esperando la ocasión adecuada.

—¿Cree que volverá a matar?

—Puede que sí. Puede que no.

—En cualquier caso es asunto suyo. Su responsabilidad.

—No es fácil. Necesitaría...

Lo interrumpe el otro, dando un irritado manotazo al aire.

—Mire. Cada uno tiene sus preocupaciones. Don Juan María tiene las que le corresponden, yo las mías y usted las suyas... Su trabajo consiste en evitar que las suyas se conviertan en mías.

Las últimas palabras las ha pronunciado mirando la puerta cerrada por la que desapareció Villavicencio. Un momento después se vuelve de nuevo a Tizón.

—No puede ser difícil dar con un asesino que actúa de ese modo. Usted lo ha dicho antes: ésta es una ciudad pequeña.

—Llena de gente.

—Controlar a esa gente es también asunto suyo. Tienda sus redes, espabile a sus confidentes. Gánese el sueldo —García Pico señala la puerta cerrada y baja la voz—. Si hay otra muerte, necesitamos un culpable. Alguien para mostrar en público, ¿comprende?... Alguien a quien castigar.

Ya nos vamos definiendo, concluye Tizón casi con regocijo.

—Estas cosas son difíciles de probar sin confesión del sujeto —argumenta.

Lo deja ahí, mirando con intención a su interlocutor. Los dos saben perfectamente que la tortura está a punto de ser abolida de modo oficial por las Cortes, y que ni siquiera jueces, juzgados o tribunales tendrán ya potestad para autorizarla.

—Deberá asumir las responsabilidades pertinentes, entonces —zanja García Pico—. Todas.

Regresa Villavicencio al despacho. Parece preocupado. Ausente. Los mira como si hubiera olvidado qué hacen allí.

—Tendrán que excusarme... Acaban de confirmar que la expedición del general Lapeña ha desembarcado en Tarifa.

Tizón sabe lo que eso significa. O se lo imagina. Hace unos días, 6.000 soldados españoles y otros tantos ingleses, bajo las órdenes de los generales Lapeña y Graham, salieron de Cádiz en dos convoyes rumbo a levante. Un desembarco en Tarifa supone acciones militares cerca de Cádiz, posiblemente en torno al nudo de comunicaciones de Medina Sidonia. Y quizás una gran batalla, de esas cuyo resultado, de derrota en derrota hasta la victoria final, como chirigotean los guasones locales, la opinión pública gaditana discutirá durante semanas en periódicos, cafés y tertulias mientras los generales —que se envidian a muerte y no se soportan unos a otros— y sus partidarios se tiran los trastos a la cabeza.

—Debo pedirles que se marchen —dice Villavicencio—. Tengo asuntos urgentes que atender.

Se despiden Tizón y García Pico, este último con reverencias protocolarias que el gobernador acepta con aire distraído. Cuando están a punto de abandonar el despacho, Villavicencio parece recordar algo.

—Seré claro, caballeros. Vivimos una situación extraordinaria y trágica. Como responsable político y militar, no sólo debo entenderme con la Regencia, sino con las Cortes, los aliados ingleses y el pueblo de Cádiz. Eso, guerra y franceses aparte. Añadan el gobierno de una ciudad que ha duplicado su número de habitantes y que depende del mar para su abastecimiento, sin contar riesgos de epidemias y otros problemas... Como comprenderán, que un loco desalmado ande haciendo barbaridades a las muchachas es terrible, pero no la mayor de mis preocupaciones. No, al menos, mientras el asunto no se convierta en escándalo público... ¿Me explico, comisario?

—Perfectamente, mi general.

—Los días que vienen son decisivos, porque la expedición del general Lapeña puede cambiar el curso de la guerra en Andalucía. Durante cierto tiempo, eso dejará el asunto de los crímenes en segundo plano. Pero si se da una muerte más, si esa historia trasciende demasiado y la opinión pública exige un culpable, quiero tenerlo inmediatamente... ¿Me sigo explicando bien?

Bastante bien, piensa el policía. Pero no lo dice y se limita a asentir. Villavicencio les da la espalda, camino de su mesa.

—Es más —añade, sentándose—. Si yo tuviese a mi cargo este enojoso asunto, dispondría soluciones alternativas... Algo que, llegado el caso, agilice el trámite.

—¿Se refiere usía a un sospechoso previsto de antemano?

Ignorando el sobresalto de García Pico y la mirada furiosa que le dirige, Tizón permanece en el umbral de la puerta, a la espera de una respuesta. Ésta llega tras un corto silencio, malhumorada y seca:

—Me refiero al asesino, y punto. Con tanta gentuza forastera metida en la ciudad, no sería extraño que fuese cualquiera.

La casa de los Palma es grande, señorial, de las mejores de Cádiz; y Felipe Mojarra la contempla complacido, orgulloso de que su hija Mari Paz sirva en ella. Situado a una manzana de la plaza de San Francisco, el edificio ocupa toda la esquina: cuatro plantas con cinco balcones y puerta principal en la calle del Baluarte, y otros cuatro balcones sobre la calle de los Doblones, donde está la entrada de las oficinas y el almacén. Apoyado en el guardacantón de la esquina opuesta, con una manta zamorana sobre los hombros y el calañés calado sobre el pañuelo que le envuelve la cabeza, Mojarra espera a que salga su hija mientras fuma un cigarro de tabaco picado con la navaja. El salinero es hombre orgulloso, con ideas propias sobre el lugar que corresponde a cada cual. Por eso ha rechazado la invitación de esperar a la muchacha en el patio con verja de hierro labrado, losetas de mármol en el suelo, tres arcos con columnas enmarcando la escalera principal y altarcito con la Virgen del Rosario en una hornacina de la pared. Aquello impone demasiado. Su sitio son los caños y las marismas, y los pies hinchados y curtidos por la sal se adaptan mal a las alpargatas que se ha puesto para venir a Cádiz, y que está deseando quitarse. Salió muy temprano, con pasavante en regla, aprovechando que el capitán Virués asiste a una reunión de jefes y oficiales en la Carraca —algo relacionado con la expedición militar a Tarifa— y no lo necesita. Así que, a instancias de su mujer, Mojarra ha venido a Cádiz a visitar a su niña. Por las circunstancias y la guerra, padre e hija no se ven desde que, hace cinco meses, la joven entró a trabajar en casa de los Palma, recomendada por el párroco.

Ella sale al fin, por la puerta de la calle de los Doblones, y se enternece el salinero mirándola llegar con su saya parda, el delantal de muselina blanca y el mantoncillo cubriéndole cabeza y hombros. Tiene buen color. Sano. Seguramente come bien, gracias a Dios. Mejor están en Cádiz que en la Isla.

—Buenos días, padre.

No hay besos ni carantoñas. Pasa gente por la calle, hay vecinos en algún balcón y los Mojarra son gente honrada, que no da que hablar a nadie. El salinero se limita a sonreír afectuoso, los pulgares en la faja donde lleva metida la cachicuerna de Albacete, y contempla a Mari Paz, satisfecho. La ve muy cuajada. Casi mujer. También sonríe ella, marcándosele los hoyuelos que tiene desde niña.

Siempre más graciosa que bonita, con ojos grandes y dulces. Dieciséis años. Limpia y buena como ella sola.

—¿Cómo está madre?

—Con salud. Como tus hermanillas y la abuela. Todas te mandan recuerdos.

La muchacha indica la puerta del almacén.

—¿No quiere usted pasar?... Rosas, el mayordomo, ha dicho que lo convide a una taza de café o de chocolate en la cocina.

—Se está bien en la calle. Vamos a dar un paseo.

Bajan hasta el edificio cuadrado de la Aduana, donde unos soldados de Guardias Valonas con las bayonetas caladas en los fusiles pasean junto a las garitas de la puerta. Una bandera ondea suavemente en su mástil. Dentro del edificio trabajan los señores de la Regencia que gobierna España, o lo que de ella queda, en nombre del rey prisionero en Francia. Al otro lado del baluarte, bajo un cielo claro sin apenas nubes, azulea resplandeciente la bahía.

—¿Cómo te va, niña?

—Muy bien, padre. De verdad.

—¿Estás a gusto en esa casa?

—Mucho.

Titubea el salinero pasándose la mano por la cara patilluda, cuyo mentón necesita desde hace tres días el filo de una navaja barbera.

—He visto que el mayordomo es... Bueno. Ya me entiendes.

Sonríe la hija, bonachona.

—¿Un poco mariquita?

—Eso mismo.

Hay muchos así, cuenta la joven, empleados en casas buenas. Son gente ordenada y limpia, y en Cádiz es costumbre. Rosas es persona decente, que gobierna la casa con orden. Y ella se lleva bien con todo el mundo. La respetan.

—¿Te ronda algún mozo?

Enrojece Mari Paz, cerrándose un poco sobre la cara, de modo instintivo, el mantoncillo que lleva puesto por encima.

—No diga tonterías, padre. A mí quién me va a rondar.

Padre e hija pasean a lo largo de las murallas, en dirección a la plaza de los Pozos de la Nieve y la Alameda, apartándose cuando baluartes o baterías de cañones que apuntan a la bahía les cortan el paso. Rompe el agua abajo, en las rocas descubiertas, y hay mucho revoloteo de gaviotas. Entre ellas, con vuelo recto y decidido, una paloma pasa volando alto y se pierde sobre el mar, en dirección a la tierra firme del otro lado.

—¿Qué tal te tratan los de arriba?

—Muy bien. La señorita es seria y amable. No da muchas confianzas, pero se porta conmigo de maravilla.

—Solterona, me han dicho.

—No crea que le faltarían pretendientes, si quisiera. Y vale mucho. Desde que murieron su padre y su hermano, lo lleva todo ella: el negocio, los barcos... Todo. Le gusta leer, y las plantas. Ésa es su afición. Estudia plantas raras que le traen de América. Las tiene lo mismo en libros que en herbarios y en macetas.

Mueve Mojarra la cabeza, filosófico. Después de conocer al capitán Virués y sus dibujos, ya no le sorprende nada.

—Hay gente para todo.

—Y que lo diga usted. Porque un poquito más atravesada es la señora madre, la viuda. Y seca a más no poder. Se pasa el tiempo en la cama diciéndose enferma, pero es mentira. Lo que quiere es que estén pendientes de ella, y sobre todo su hija. En la casa dicen que no le perdona a la señorita que siga viva y a cargo del negocio, mientras que el señorito Francisco de Paula, su favorito, murió en Bailén... Aun así, doña Dolores es muy paciente con su madre. Muy buena hija.

—¿Tienen más familia?

—Sí. El primo Toño: un solterón muy bromista, siempre de buen humor, que me quiere mucho. No vive en la casa, pero viene cada tarde, de visita... La señorita tiene una hermana casada, pero ésa ya es otra cosa. Más estirada y seca. Peor persona.

Ahora le llega a Felipe Mojarra el turno de referirle cosas a su hija. Detalla así la situación en la isla de León: el cerco francés, la militarización de toda la zona, los hombres movilizados y las penurias de la población civil con la guerra en la puerta misma de casa. Las bombas, cuenta, caen un día sí y otro también, y casi toda la comida se la llevan el Ejército y la Real Armada. Escasean la leña, el vino y el aceite, y a veces no hay harina para hacer pan. Nada que ver con la vida regalada que hacen en Cádiz. Por suerte, estar alistado en la compañía de escopeteros permite llevar dos o tres veces por semana una ración de carne al puchero familiar, y no es difícil arreglárselas pescando en los caños o mariscando en el fango, con marea baja. En cualquier caso, según cuentan los enemigos que se pasan del otro lado, peor están allí. Con los pueblos esquilmados y toda la gente, franceses incluidos, reducida a la miseria. Ni vino les llega en algunos sitios, a pesar de que tienen en su poder Jerez y El Puerto.

—¿Se pasan muchos?

—Algunos, sí. De pura hambre, o porque tienen problemas con sus jefes. Se meten nadando por los caños y se entregan en nuestras avanzadillas. A veces son unos críos, y casi todos llegan que da lástima verlos... Pero no creas. También se pasan a ellos de los nuestros. Sobre todo gente que tiene familia en aquella parte. A ésos, cuando los cogemos los fusilamos, claro. Para dar ejemplo... A uno lo conocías tú: Nicolás Sánchez.

Mari Paz mira a su padre, la boca y los ojos muy abiertos.

—¿Nico?... ¿El de la tahona del Santo Cristo?

—Ése. Tenía la mujer y los hijos en Chipiona, y quiso irse con ellos. Lo detuvieron en el caño Zurraque, remando de noche en un botecillo.

Se santigua la muchacha.

—Eso me parece una crueldad, padre.

—También los gabachos matan a los suyos, cuando los pillan.

—No es lo mismo. El domingo dijo el cura de San Francisco que los franceses son siervos del diablo, y que Dios quiere que los españoles los exterminemos como a chinches.

Mojarra da unos pasos mirando el suelo ante sus alpargatas. Al cabo mueve la cabeza, hosco.

—Yo no sé lo que quiere Dios.

Camina un poco más y se detiene, sin levantar la vista. Aunque ya parezca mujer, Mari Paz todavía es una

153

criatura, se dice. Hay cosas que no es posible explicar. No allí, de ese modo. En realidad, ni siquiera se las explica él.

—Son hombres como nosotros —añade al fin—. Como yo... Al menos los que he visto.

—¿Ha matado usted a muchos?

Otro silencio. Ahora el padre mira a la hija. Por un instante está a punto de negarlo, pero termina encogiéndose de hombros. Por qué renegar de lo que hago, piensa, cuando lo hago. De la obligación ciega con lo que Dios —las intenciones de éste no son asunto de Felipe Mojarra— pueda querer o no querer. Del deber con la patria y con el rey Fernando. Lo único que el salinero sabe de cierto es que los franceses no le gustan, pero duda que sean más siervos del diablo que algunos españoles que conoce. También sangran, gritan de miedo y dolor, como él mismo. Como cualquiera.

—Alguno he matado, sí.

—Bueno —la muchacha se santigua otra vez—. Si son franceses, no será pecado.

Pepe Lobo aparta al borracho que le pide un cuarto para vino. Lo hace sin violencia, paciente, procurando sólo que el otro —un marinero desharrapado y sucio— no le estorbe el paso. El borracho se tambalea y da un traspié, perdiéndose lejos del único farol de luz amarillenta que ilumina la esquina de la calle de la Sarna.

—Hay un problema —dice Ricardo Maraña.

El primer oficial de la *Culebra* ha salido de la oscuridad donde lo anunciaba, inmóvil, la brasa rojiza de un cigarro. Es alto y pálido. Viste de negro con botas finas vueltas, a la inglesa, y no lleva sombrero. La luz cenital del farol ahonda las ojeras en su rostro delgado.

—¿Grave?

—Depende de ti.

Los dos hombres caminan juntos ahora, calle abajo. Maraña, con una leve cojera. Hay bultos de mujeres y hombres en los portales y en las bocas de los callejones. Susurros en español y otras lenguas. Por la puerta o ventana de alguna taberna salen voces, risas, insultos. A veces, el sonido de una guitarra.

—El piquete vino hará cosa de media hora —explica Maraña—. Han apuñalado a un marinero americano, y buscan al culpable. Brasero es uno de los sospechosos.

—¿Y ha sido él?

—No tengo ni idea.

—¿Hay otros detenidos?

—Una jábega de seis o siete, pero ninguno más es nuestro. Los están interrogando allí mismo.

Pepe Lobo mueve la cabeza con fastidio. Conoce desde hace quince años al contramaestre Brasero —el nostramo, en jerga de a bordo— y sabe que, cuando anda metido en uvas, es capaz de apuñalar a un marinero americano y al padre mismo que lo engendró. Pero Brasero es también elemento clave de la tripulación que llevan días reclutando en Cádiz. Su pérdida, semana y media antes de hacerse a la mar, sería un desastre para la empresa.

—¿Todavía están en la taberna?

—Supongo. Encargué que me avisaran si se los llevan.

—¿Conoces al oficial?

—De vista. Un teniente joven. Guacamayo.

Sonríe Pepe Lobo al oír la palabra *joven* en boca de su primer oficial, pues Maraña aún no ha cumplido veintiún años. Segundón de una familia honorable de Málaga, lo llaman el Marquesito por sus modales y aspecto distinguidos. Antiguo guardiamarina —su cojera proviene de un astillazo en la rodilla, recibido a bordo del navío *Bahama* en Trafalgar—, dejó el servicio en la Real Armada a los quince años, expulsado tras un duelo en el que hirió a un compañero de promoción. Desde entonces navega en barcos corsarios, primero bajo pabellón español y francés, y ahora con los ingleses como aliados. Es la primera vez que embarca con el capitán Lobo, pero se conocen bien. Su último destino ha sido un místico de cuatro cañones con base en Algeciras, el *Corazón de Jesús*, cuya patente de corso caducó hace dos meses.

La taberna es uno de los muchos tugurios cercanos al puerto, frecuentados por marineros y soldados españoles y extranjeros: techo ahumado de velas y candiles de garabato, grandes pipas de vino, toneles a modo de mesas y taburetes bajos, tan ennegrecidos de mugre como el suelo mismo. Desalojado el local de parroquianos y mujerzuelas, dentro sólo quedan siete hombres de aspecto patibulario vigilados por media docena de guacamayos con la bayoneta calada en los fusiles.

—Buenas noches —le dice Lobo al teniente.

Acto seguido se identifica, con su acompañante. Capitán tal y piloto cual, de la balandra corsaria *Culebra*. Alguno de sus hombres está allí, por lo visto. Sospechoso de algo.

—De asesinato —confirma el oficial.

—Si se refiere a ése —Lobo señala a Brasero: casi cincuenta años, pelo cano rizado y bigotazo gris, manos anchas como palas—, le aseguro que no tiene nada que ver. Ha estado conmigo toda la noche. Acabo de mandarlo aquí a un recado... Sin duda se trata de un error.

Parpadea el teniente. Muy joven, como dijo Maraña. Chico fino. Indeciso. Lo de capitán corsario lo impresiona, sin duda. Para un oficial del Ejército o la Armada, la cosa sería diferente. Pero los guacamayos son milicia local. Guerreros de pastel.

—¿Está usted seguro, señor?

Pepe Lobo sigue mirando a su contramaestre, que se mantiene impasible entre los detenidos, las manos en los bolsillos del tabardo, mirándose los zapatos, con las palabras *corsario* y *contrabandista* pintadas como un cartel en la cara curada de sal y viento, donde las cicatrices y las arrugas se entrelazan en surcos recios como hachazos. Aretes de oro en las orejas, callado y quieto. Tan peligroso como cuando ambos perseguían juntos mercantes ingleses en el Estrecho, antes de ser capturados en el año seis y compartir miseria en Gibraltar. Maldito zumbado, se dice en los adentros. Seguro que es él quien le dio lo suyo al americano. Nunca tragó a los angloparlantes. Me pregunto dónde habrá metido el cuchillo jifero que lleva siempre en la faja. Apuesto cualquier cosa a que está tirado en el suelo por aquí cerca, entre el serrín manchado de vino que hay bajo las mesas. Seguro que lo largó en cuanto entraron éstos. El cabrón hijo de perra.

—Tiene usted mi palabra de honor.

Duda un instante el guacamayo, más por prurito de autoridad que por otra cosa. Lo de guacamayo es un apodo con que el humor local alude al vistoso uniforme —casaca roja, vueltas y cuello verde, correaje blanco— que visten los dos millares de vecinos pertenecientes a las clases pudientes de la ciudad que integran el Cuerpo de Voluntarios Distinguidos. En el recinto urbano de Cádiz, los civiles se organizan para la guerra según su posición social: unidos en el patriotismo, pero según y cómo. Burgueses, artesanos y gente humilde tienen cada cual sus milicias propias, donde nunca faltan reclutas. Quien se alista en éstas se libra de servir en el verdadero Ejército, sujeto a las penalidades y peligros de primera línea. Buena parte del ardor guerrero local se agota en pasear uniformes llamativos y darse aires marciales en las calles, plazas y cafés de la ciudad.

—Entiendo que se hace personalmente responsable de él.

—Por supuesto.

Pepe Lobo sale a la calle seguido por sus hombres, y los tres caminan junto a los muros de Santa María en dirección al Boquete y la Puerta de Mar. Nadie habla durante un trecho. Las calles están a oscuras, y el contramaestre parece una sombra dócil tras los oficiales. Sobre la cubierta de un barco, Brasero es el sujeto más fiable y sereno del mundo, con un don especial para manejar a los hombres en situaciones difíciles. Un fulano tranquilo al que en ocasiones, al pisar tierra, se le aflojan las chavetas del timón y enloquece por cuenta propia.

—Maldita sea su estampa, nostramo —dice al fin Lobo, sin volverse.

Silencio huraño a su espalda. Al lado oye bajito la risa contenida, entre dientes, del primer oficial. Una risa que acaba en un leve ataque de tos y una respiración silbante, entrecortada. Al pasar junto a un farol, el corsario mira de reojo la silueta flaca de Ricardo Maraña, que con indiferencia ha sacado un pañuelo de una manga del frac y lo presiona contra sus labios exangües. El joven piloto de la *Culebra* es de los que queman la vela por ambos extremos: libertino y disoluto hasta la temeridad, sombrío hasta la crueldad, valiente hasta la desesperación, se cobra por anticipado las cuentas de la vida —la suya es una oscura carrera contra el tiempo— con una sangre fría impropia de su edad, agotando el crédito sin mostrar inquietud ante un futuro inexistente, resuelto de antemano por el dictamen médico, irreversible, de una tuberculosis en último grado.

Unos centinelas les dan el alto cuando llegan ante la doble Puerta de Mar, que a estas horas está cerrada. Las normas sobre entradas y salidas de la ciudad entre la puesta de sol y el amanecer son rigurosas —la Puerta de Tierra se cierra a la oración, y la de Mar a las ánimas—, pero un permiso oficial o unas monedas deslizadas en la mano oportuna facilitan el trámite. Tras identificarse como dotación de la balandra *Culebra* y mostrar los pasavantes sellados por Capitanía, los tres marinos cruzan bajo el espeso muro de piedra y ladrillo, erizado de garitas e iluminado por un farol a cada lado de la muralla. A la izquierda, bajo los cañones que artillan las troneras del baluarte de los Negros, se encuentra el ancho espigón del muelle, rematado por dos columnas con las estatuas de San Servando y San Germán, patronos de Cádiz. Más allá, en la oscuridad de la bahía contigua a la muralla, agrupados como un rebaño que se mantenga lejos de lobos que acechen al otro lado, las siluetas negras de innumerables barcos de todo porte y tonelaje se mecen suavemente sobre sus anclas, aproados a la brisa de poniente, con sus fanales de posición apagados para estorbar la puntería de los artilleros franceses que se encuentran detrás de la franja de agua, en el Trocadero.

—Lo quiero a bordo en quince minutos, nostramo. Y no vuelva a pisar tierra sin permiso del piloto o mío... ¿Entendido?

Gruñe el otro, afirmativo. Disciplinado. Pepe Lobo se acerca a los tres o cuatro bultos inmóviles entre los fardos del muelle, y despierta a un botero. Mientras éste apresta su embarcación y pone los remos en los escálamos, pasa junto a ellos un grupo de marineros ingleses que vienen de recorrer los antros de las callejas cercanas al puerto. Son gente de un barco de guerra, y regresan empapados de vino. Los tres corsarios los observan embarcar en su chalupa y alejarse remando torpes, con cantos y risas; seguramente en dirección a la fragata de cuarenta y cuatro cañones que está fondeada frente a los Corrales.

—Aliados de mis cojones —masculla Brasero, con rencor.

Sonríe Lobo para sí. Ninguno de los dos ha olvidado Gibraltar.

—Cierre el hocico, nostramo. Por hoy es suficiente.

Lobo se queda junto a su primer oficial, viendo alejarse hasta desaparecer en la noche, con lento chapaleo de remos, la forma oscura del bote que transporta a Brasero. La *Culebra* se encuentra en alguna parte de esa oscuridad, a levante del muelle, fondeada en cuatro brazas de lama, su único palo aún sin guarnir y la jarcia incompleta. Todavía a falta de doce hombres —dos artilleros, un escribano intérprete, ocho marineros y un carpintero de confianza— para completar los cuarenta y ocho tripulantes necesarios para navegar y combatir con ella.

—La Armada nos facilita la pólvora —comenta Lobo—. Son ciento cincuenta libras, veintidós frascos de fuego y once libras y media de mecha. Ha costado Dios y ayuda conseguirlo, con todo el trajín de la expedición a Tarifa; pero ya lo tenemos. El gobernador firmó esta mañana.

—¿Y las sesenta piedras de chispa para fusil y las cuarenta de pistola?

—También. Cuando se abarloe la barcaza, ocúpate de todo; pero que no suban nada hasta que yo esté a bordo. Antes tengo que ver a los armadores.

Un fogonazo breve destella al otro lado de la bahía, por la parte del Trocadero. Los dos hombres se quedan inmóviles y miran en esa dirección, aguardando, mientras Pepe Lobo cuenta mentalmente los segundos transcurridos. Al llegar a diez escucha el estampido distante del disparo. Diecisiete segundos más tarde, una columna de espuma clarea en la oscuridad a poca distancia del muelle, entre las siluetas negras de los barcos fondeados.

—Esta noche tiran corto —apunta Maraña con sangre fría.

Los dos hombres caminan de regreso a la Puerta de Mar, donde la luz del farol ilumina a un centinela que los observa desde su garita. Maraña se detiene antes de llegar, tras un vistazo al estrecho muelle que corre bajo la muralla en dirección a la plataforma de la Cruz y la Puerta de Sevilla.

—¿Cómo andamos de papeles? —pregunta.

—En regla. Los armadores han depositado la fianza, y el lunes formalizamos la contrata de corso.

El primer oficial de la *Culebra* escucha con aire distraído. A la poca luz del farol distante, Pepe Lobo lo ve dirigir nuevas miradas hacia el extremo del muelle, a Puerto Piojo, allí donde unos peldaños conducen a una playa cuya arena descubre la marea baja y los ángulos de los baluartes dejan a oscuras.

—Te acompaño un trecho —dice.

Lo mira el otro, serio, un momento. Suspicaz. Al cabo inicia una sonrisa que la noche y la luz lejana convierten en trazo sombrío.

—¿Cuántos son los armadores, al final? —se interesa Maraña.

Caminan precedidos por sus largas sombras, entreverados los pasos con el suave chapoteo del agua bajo las piedras del muelle, agitada por la brisa que ahora refresca desde poniente.

—Dos, como te dije —responde Lobo—. Muy solventes. Emilio Sánchez Guinea y la señora Palma... O señorita.

—¿Qué tal es ella?

—Un poco seca. Según don Emilio, le costó decidirse. En su opinión, los corsarios no tenemos buena fama.

Oye una risa bronca, húmeda. Después, el breve estertor de tos sofocada por el pañuelo.

—Comparto esa opinión —susurra Maraña tras un instante.

—Bueno. Está en su papel, supongo. De comerciante respetable. Al fin y al cabo, es la patrona.

—¿Bonita?

—Solterona. Pero no está mal. Todavía no.

Han llegado a los peldaños que llevan a la arena. Abajo, en la orilla, Lobo cree adivinar la forma de un bote de vela y dos hombres que aguardan en la oscuridad. Contrabandistas, sin duda. Salen a menudo, llevando géneros a la costa enemiga, donde la penuria cuadruplica el valor de cualquier mercancía.

—Buenas noches, capitán —se despide Maraña.

—Buenas noches, piloto.

Después de que su teniente baje los peldaños y desaparezca en la negrura donde se funden muralla, playa y mar, Pepe Lobo permanece un rato inmóvil, atento al rumor de lona y cáñamo del bote que despliega la vela y se aleja del muelle. Se comenta en Cádiz que hay una mujer; que Ricardo Maraña tiene una novia o amiga en El Puerto de Santa María, en zona ocupada por el enemigo. Y que algunas noches, con viento favorable y aprovechando viajes de contrabandistas, cruza la bahía para visitarla a escondidas, jugándose la libertad o la vida.

4

Arde el pinar por la parte de Chiclana. La humareda de color gris pardo, punteada de vez en cuando por fogonazos de artillería, se extiende suspendida entre cielo
y tierra mientras el crepitar de fusiles llega lejano, amortiguado por la distancia. El camino que sube de la costa en
dirección a Chiclana y Puerto Real está lleno de tropas
francesas que se retiran, en un torrente de fugitivos, carruajes cargados de heridos e impedimenta, y soldados
que intentan ponerse a salvo. El caos es absoluto; las noticias, inexactas o contradictorias. Según cuentan, se combate con dureza en el cerro del Puerco, donde las divisio-
nes Leval y Ruffin están en aprietos o han sido batidas ya,
a estas horas, por una fuerza angloespañola que, tras desembarcar en Tarifa, avanza hacia Sancti Petri y Cádiz para
romper el cerco de la ciudad. También se afirma que los caseríos de Vejer y Casas Viejas han caído en manos enemigas, y que Medina Sidonia está amenazada. Eso significa que todo el arco sur del frente francés en torno a la isla
de León puede irse abajo en cuestión de horas. El temor
a quedar atrapadas en la costa, cortadas del interior, hace
que las fuerzas imperiales situadas entre el mar y el caño
Alcornocal se retiren hacia el norte.

4

Simón Desfosseux camina con la riada de fugitivos, carros y bestias que se extiende hasta perderse de vista. Ha extraviado el sombrero y va en chaleco y mangas de camisa, la casaca al brazo y el sable en una mano, con la correa enrollada en torno a la empuñadura y la vaina. Como centenares de hombres desorientados, el capitán de artillería acaba de vadear, mojándose hasta la cintura, los caños que forman la isleta del molino de Almansa. Su calzón y la casaca están sucios del agua fangosa que le chapotea a cada paso dentro de las botas. El camino es muy estrecho, con marismas y salinas a la izquierda y una pendiente que asciende, por la derecha, hacia un cerro cubierto por lentiscos y matorrales que anuncian el pinar cercano. Hay disparos próximos, tras el cerro, y todos miran en esa dirección, inquietos, esperando ver aparecer de un momento a otro al enemigo. La idea de caer en manos de los vengativos españoles los inquieta a todos. Y si piensan en las feroces guerrillas, esa aprensión se torna espanto.

Desfosseux ha tenido mala suerte. El ataque enemigo lo sorprendió esta madrugada a cuatro leguas de su destino habitual: en el campamento de Torre Bermeja, donde pernoctaba junto al comandante de la artillería del Primer Cuerpo, general Lesueur, y una escolta de seis dragones. El general, descontento con el fuego ineficaz de la batería de las Flechas contra el fortín español situado en la desembocadura del caño de Sancti Petri, lo había traído consigo para resolver el problema. O para endosárselo. Pese a la agitación registrada en la última semana a lo largo del frente, al desembarco en Tarifa y al intento enemigo de tender hace dos días un puente de barcas en la parte baja del caño, Lesueur decidió no moverse de allí. Todos tranquilos, dijo durante la cena, quizás un poco alumbrado con manzanilla. Los españoles han retirado el puente, envainándosela como ratas. Y un poco de acción refuerza la moral de la tropa. ¿No les parece, señores? Esos labriegos insurrectos pusieron anoche pies en polvorosa ante tres de nuestros regimientos de línea, que aprovechando el fondo oscuro de las dunas avanzaron por la playa y llegaron a pisar la otra orilla, dándoles lo suyo. Excelentes soldados, los del general Villatte. Sí. Bravos muchachos. Nada que temer, por tanto. Y hágame el favor, Desfosseux. Páseme un poco más de vino, si es tan amable. Gracias. Mañana seguiremos con lo nuestro. Que descanse.

El descanso fue corto. Las cosas cambiaron de madrugada, cuando la vanguardia enemiga asomó por la retaguardia francesa, sobre el cerro del Puerco, viniendo hasta Torre Bermeja por el camino de Conil y por la arena dura de la playa que la bajamar dejaba al descubierto, mientras al otro lado de las Flechas los españoles volvían a tender el puente de barcas sobre el caño y empezaban a cruzarlo. Al mediodía, cogidos entre dos fuegos, cuatro mil hombres de la división Villatte se retiraban con mucho desorden hacia Chiclana, el general Lesueur había picado espuelas y partido al galope, llevándose a los dragones de la escolta, y el capitán Desfosseux, a quien algún desaprensivo había robado el caballo —no estaba en las caballerizas vacías cuando corrió a buscarlo—, se encontró gastando suela de botas, entre los fugitivos.

Menudean cerca disparos de fusil, casi en el cerro que linda con el pinar. Algunos hombres gritan que los enemigos están al otro lado, y el torrente en retirada se apresura, zarandea a los que se retrasan o entorpecen la marcha. Un carro con una rueda rota es empujado fuera del camino, y sus ocupantes cabalgan las mulas y las avivan a correazos, atropellando a quienes marchan a pie. El pánico se propaga con rapidez mientras Simón Desfosseux aprieta el paso con los demás. Camina desencajado, mirando como todos el amenazador cerrillo de la derecha. Malditas las ganas que tiene de conocer de cerca el filo de esas navajas largas españolas. O las disciplinadas bayonetas inglesas.

Suenan detonaciones entre los matorrales y un par de balas pasan zurreando alto, sobre la columna. Todos se ponen a gritar. Algunos hombres salen de la fila y se tumban en tierra o se agachan, arrodillados, apuntando los fusiles ladera arriba.

—¡Guerrilleros!... ¡Guerrilleros!

Otros dicen que no, que se trata de británicos. Que el camino está a punto de cortarse delante, en el puentecillo de madera que permite franquear el caño próximo. Eso parece volver locos a algunos. Se empujan en la angostura del camino, y cuantos pueden echan a correr. Ahora suenan más tiros alrededor, pero nadie ve nada, ni nadie cae herido.

—¡Daos prisa! ¡Quieren cortarnos el paso hacia Chiclana!

Varios soldados intentan atajar por los matorrales, campo a través, pero los canalillos fangosos y el barro de los saleros entorpece la marcha. Un teniente, al que por la placa del chacó identifica Desfosseux como perteneciente al 94.º de línea, pretende organizar un destacamento para asegurar el cerro y proteger el flanco de los fugitivos, pero nadie le hace caso. Hay quien llega a amenazarlo con su arma cuando lo agarra del brazo e intenta llevárselo con él. Al cabo, desistiendo del intento, el oficial se incorpora a la riada de hombres y se deja llevar por ella.

—Hay gente en el pinar —dice alguien.

Desfosseux mira en esa dirección y se le eriza la piel. Una docena de jinetes ha aparecido a un lado del cerro, por la linde del bosque de pinos que humea detrás. Un estremecimiento de pavor recorre la desordenada columna, pues podría tratarse de una avanzadilla de caballería enemiga. Se disparan algunos tiros sueltos, y el propio Desfosseux, angustiado, llega a imaginarse huyendo bajo un diluvio de sablazos. A poco cesa el fuego, al identificar a los jinetes como cazadores a caballo de la división Dessagne, que se retiran hacia la batería de Santa Ana escoltando un tren de artillería ligera.

Si ésta no es una derrota, piensa el capitán, se parece mucho. Quizá sea una palabra demasiado cruda para aplicarla al ejército imperial; pero no sería la primera vez. Todavía escuece el recuerdo de Bailén, con otros episodios menores de la guerra de España. La Francia napoleónica no es imbatible. De cualquier modo, se trata de la primera incursión de Desfosseux por los abismos negros de la gloria militar: hombres fuera de control, pánico colectivo, todo un mundo hasta ayer establecido por la disciplina y la ordenanza, en el límite del sálvese quien pueda. Aun así, pese a la incertidumbre, al caminar torpe y apresurado, al afán de ponerse a salvo en Chiclana o más allá, el capitán experimenta una curiosa sensación de desdoblamiento interior; como si hubiese otro Simón Desfosseux gemelo, capaz de observar cuanto ocurre con mirada serena. Científica. Su espíritu técnico está fascinado por el espectáculo, nuevo para él y muy instructivo, del ser humano abandonado a sí mismo, deshecha la jerarquía social y militar que le proporciona seguridad, y con el funesto runrún de la desgracia o la muerte rondando cerca. Pero tampoco el instinto natural, su forma peculiar de ver el mundo, lo abandona en estas circunstancias. Como diría el teniente Bertoldi si estuviera aquí —por suerte para él, estará contemplando el paisaje confortablemente lejos, desde el Trocadero—, Desfosseux es genio y figura. Hábito automático. Cada disparo que suena en las cercanías, cada estremecimiento del tropel de hombres despavoridos que intentan resguardarse unos en otros, le hace pensar en impactos y probabilidades, sistemas aleatorios, rectas de tiro tenso y curvas de objetos móviles, onzas de plomo impulsadas por energía al límite de su alcance. Nuevas ideas, enfoques hasta ahora desconocidos del asunto. Por eso puede afirmarse que son dos hombres los que caminan con él en dirección a Chiclana. Uno que, alterado por el miedo, anda, corre y respira inquieto como parte del humano rebaño en fuga. Otro, sereno, impasible, observador minucioso de un mundo fascinante, regido por complejas reglas universales.

—¡Los tenemos detrás! —gritan los soldados.

Nueva alarma injustificada. Los hombres se empujan. Corre ahora la voz de que el general Ruffin está muerto o ha sido capturado. Desfosseux empieza a estar harto de rumores y estallidos de pánico. En el nombre de Dios, se dice aflojando el paso mientras resiste el impulso de salir del camino y sentarse. Si algo rebasa la desolación de una retirada como aquélla es la sensación atroz de ridículo e indignidad personal. El profesor de Física de la escuela de artillería de Metz, en mangas de camisa y sin sombrero, arrastrado por centenares de hombres tan temerosos como él.

—No se quede atrás, mi capitán —le aconseja un caporal bigotudo que camina a su lado.

—Déjeme en paz.

Hay una casita cerca. Se trata de un molino de harina de los que mueven las muelas de piedra gracias al flujo y reflujo de la marea, con su pequeña vivienda adosada. Al aproximarse, el capitán advierte que acaba de ser saqueado. La puerta está hecha astillas, y el suelo cubierto de enseres rotos y despojos recientes. Cuando llega más cerca, alcanza a ver cuatro cuerpos inmóviles en el suelo, junto a un perro atado que ladra furioso, enloquecido, a los soldados que pasan por el camino.

—Guerrilleros —comenta el caporal, indiferente.

No es ésa la impresión del capitán. Se trata de tres hombres y una mujer, y por su aspecto parecen el molinero y su familia. Los cadáveres están picados de bayonetazos y hay regueros de sangre parda, apenas coagulada, tiñendo la tierra arenosa. Es evidente que algunos franceses en retirada han desahogado aquí su frustración y su ira. Una represalia más, concluye incómodo, apartando la vista. Una de tantas.

El perro sigue ladrando a los soldados que pasan, con violentos tirones de la cadena que lo mantiene atado a la pared. Sin apenas detenerse, el caporal que va junto a Desfosseux se descuelga el fusil del hombro, apunta y mata al perro de un disparo.

Gregorio Fumagal se oscurece el pelo y las patillas con el tinte comprado en la jabonería de Frasquito Sanlúcar. El preparado proporciona un color oscuro, ligeramente rojizo, que disimula las canas del taxidermista a medida que éste lo aplica con una pequeña brocha, muy despacio, procurando teñirlo todo bien. Al terminar, se seca la cara y observa el resultado en un espejo. Satisfecho. Sale después a la terraza, a contemplar el dilatado paisaje de la ciudad y la bahía; y durante un rato permanece inmóvil al sol, escuchando el rumor de cañonazos que todavía suena al extremo del arrecife, entre Sancti Petri y las alturas de Chiclana. Según oyó contar mientras compraba pan en la tahona de Empedradores, los generales Lapeña y Graham rompieron ayer, por unas horas, el frente francés con un sangriento combate entre el cerro del Puerco y la playa de la Barrosa; pero por malentendidos entre ellos, celos y cuestiones de coordinación y competencias, todo ha vuelto a quedar como estaba. Estabilizada de nuevo, la línea del frente se limita ahora a un prolongado duelo de artillería que deja Cádiz al margen.

Cuando se le seca el pelo, Gregorio Fumagal baja y se mira al espejo. La suya es una coquetería peculiar, que nada tiene que ver con su inexistente vida social. En realidad todo nace y muere en él, discretamente: en su rutina diaria, palomar incluido, y en los cuerpos de animales muertos que vacía y reconstruye con paciente destreza. En su caso, ni el pelo teñido ni el resto del cuidado personal responden, como ocurre con hombres coquetos o petimetres, al deseo de aparentar juventud o lozanía. Es más bien cuestión de normas. De disciplina útil. El taxidermista es hombre en extremo atento a sí mismo, con rígida exigencia que incluye desde el afeitado diario hasta la higiene de las uñas, o la ropa que él mismo plancha o hace blanquear por una lavandera de la calle del Campillo. Tampoco considera otra opción. En hombres de su clase, sin familia ni amigos, lejos del tribunal de ojos ajenos que juzga virtudes y flaquezas, la norma personal íntima, insoslayable, se convirtió hace tiempo en un sistema de supervivencia. A falta de fe en lo inmediato o de bandera propia —la del otro lado de la bahía no es más que una alianza circunstancial—, las rutinas, los hábitos personales, los códigos rigurosos que nada tienen que ver con las leyes venales e inútiles de los hombres, son la trinchera donde Fumagal se refugia para sobrevivir, en un territorio hostil donde el reposo no existe, las perspectivas de futuro son escasas, y el único consuelo consiste en rehacer la Naturaleza con relleno de paja, aguja de ensalmar y ojos hechos con pasta y vidrio.

De él, y no de otro, sigo el rastro, pues ha cometido durante la noche un acto espantoso. Nada sabemos con exactitud, porque todo son conjeturas. Yo me he lanzado en su busca y algunas huellas sí las identifico; pero otras me tienen perplejo y no puedo averiguar de quién son.

El párrafo obsesiona a Rogelio Tizón. Se diría que, hace veintitantos siglos, Sófocles escribió esas palabras pensando exactamente en él. En lo que ahora siente. Con mucho cuidado, el policía hojea de nuevo las páginas del manuscrito cubierto por la letra grande y limpia, casi de amanuense, del profesor Barrull. Al cabo se detiene en otro lugar de los varios que tiene marcados, como el anterior, con crucecitas de lápiz al margen:

Y ahora, sin comer ni beber, ese hombre está sentado inmóvil entre las reses muertas por su espada. Es evidente que algo maligno maquina.

Incómodo, Tizón deja el manuscrito sobre la mesa. Lo de las reses muertas encaja bien con imágenes que recuerda: muchachas con la espalda abierta a latigazos hasta dejar al descubierto los huesos. Ha pasado tiempo desde la última vez, pero no puede pensar en otra cosa. Un cirujano de la Real Armada, viejo conocido, en cuya discreción confía más que en la de quienes suelen colaborar con la policía, confirmó sus sospechas: el látigo utilizado no es uno común de cuerda o cuero; ni siquiera un vergajo fino, más sólido y contundente. Se trata de un látigo especial, hecho seguramente con alambre trenzado. Artesanía del mal. Un instrumento fabricado para hacer daño. Para desollar a muerte, arrancando la carne a cada golpe. Eso significa que los crímenes de quien lo utiliza no pueden atribuirse a un arrebato súbito, a un acto improvisado de cualquier modo en la calle. Sea quien sea, el asesino está lejos de actuar a impulsos del momento. Sale en busca de presas de forma deliberada, tras prepararlo todo minuciosamente. Disfrutándolo. Equipado para infligir mucho dolor mientras mata.

Demasiado difícil, se dice Tizón. Al menos, con el material de que dispone. Lo suyo es buscar una aguja en un pajar, en una ciudad que, con el aluvión de gente ocasionado por la guerra y el asedio francés, casi ha doblado su población y supera los 100.000 habitantes. Para cribarla no sirve la vasta red de confidentes que, con tiempo y paciencia, teje desde hace años: putas, mendigos y toda clase de agentes e informadores. Hasta a un párroco, confesor frecuentado en San Antonio, tiene en nómina, al precio de pasar por alto ciertas maneras —descubiertas por Tizón con mucho sigilo— de entender el apostolado entre mujeres pecadoras. A cambio, en fin, unos, de dinero, impunidad o privilegios; deseosos, otros, de ajustar cuentas con sus semejantes, con la política, con el mundo que ambicionan o detestan. A su edad y en su oficio, Rogelio Tizón sabe ya cuanto hay que saber —o al menos cree saberlo— sobre los ángulos oscuros de la condición humana, el punto exacto en que los hombres se quiebran, derrumban, colaboran o se pierden para siempre, la capacidad infinita de vileza a la que cualquiera puede acceder si encuentra, o se le proporcionan, las oportunidades adecuadas.

El comisario se levanta, malhumorado, y camina por la sala de estar, contemplando con mirada distraída los lomos de los libros alineados en los estantes del canterano. Sabe que en ellos se encuentran algunas respuestas, pero no todas. Ni siquiera en el manuscrito de tinta un poco desvaída que está sobre la mesa, con sus crucecitas a lápiz marcando párrafos más inquietantes que reveladores. Preguntas que conducen a nuevas preguntas, incertidumbre e impotencia. Con esa última palabra en la mente, Tizón pasa los dedos por la tapa, cerrada hace años, del piano que ya nadie toca en la casa. Lo que él pueda saber, las respuestas y las preguntas que carecen de ella, es sin duda utilísimo en el trabajo de un comisario de policía; pero no cubre todos los frentes necesarios en esta Cádiz llena de emigrados, tropas y población civil. En principio, todo recién llegado se somete a proceso de información en la Audiencia Territorial, a fin de que acredite su conducta y obtenga, si procede, el permiso de residencia. Para quien no tiene dinero suficiente —el soborno no está al alcance de cualquier bolsillo, y un perito calígrafo que avale documentos falsos no se encuentra por menos de 150 duros—, las dificultades son enormes. Por eso el tráfico de personas, con sus aspectos burocráticos, se ha convertido en negocio donde participan por igual capitanes de barco, funcionarios, militares y contrabandistas. El propio Tizón, en su calidad de comisario de Barrios, Vagos y Transeúntes, no es ajeno al asunto. La tarifa oficial por indultos a delitos de entrada ilegal asciende a un millar de reales para un matrimonio con hijos, y un par de cientos más si los acompaña una sirvienta. Asuntos, éstos, que él tramita por la cuarta parte de la suma. O por la mitad —a veces llega a embolsarse el total—, cuando se trata de aplazar o dejar sin efecto un decreto de expulsión firmado por la Regencia. A fin de cuentas, los negocios son los negocios. Y la vida es la vida.

Se acerca a la puerta que conduce a las otras habitaciones, el oído atento. El silencio es absoluto, pero sabe que su mujer está allí, en el cuarto de costumbre, prietos los labios y la mirada baja, bordando o mirando la calle tras la celosía del balcón. Inmóvil como suele: impasible igual que una esfinge, y callada como el reproche de un fantasma. Con el rosario, del que en otro tiempo no apartaba los dedos, olvidado en el cajón del costurero. Tampoco hay lamparillas encendidas ante la imagen del Nazareno puesta en una urna de cristal, en el pasillo. Hace tiempo que nadie reza en esta casa.

Va el comisario hasta la ventana, abierta sobre la Alameda y la amplia vista de la bahía. Lejos, a un par de millas de Cádiz y frente a El Puerto de Santa María, dos buques ingleses escoltados por cañoneras españolas baten el fuerte enemigo de Santa Catalina. A simple vista se alcanza a distinguir las andanadas de humo arrastradas por la brisa, las minúsculas pirámides blancas de las velas desplegadas de los navíos y las lanchas, cruzándose unas con otras en los diferentes bordos de las maniobras. También se divisan velas frente a Rota. Con el oído atento, a ratos escucha Tizón el retumbar distante de los cañones y la respuesta de las baterías francesas en tierra. Desde la ventana no puede ver el paisaje hacia el sudeste de la ciudad, por la parte de tierra firme. Excepto lo que sabe todo el mundo —hace días hubo una sangrienta batalla en el cerro del Puerco—, ignora cómo van las cosas por allí. Se dice que continúan los combates en toda la línea, y que hay desembarcos de guerrillas españolas en varios puntos de la costa para destruir posiciones enemigas. Esta mañana, viniendo de entregar unos presos en la Cárcel Real, el comisario pudo asomarse al baluarte de los Mártires y comprobar que más allá del arrecife y la isla de León siguen ardiendo los pinares de Chiclana.

Aquélla no es su batalla, sin embargo. O no siente que lo sea. Rogelio Tizón nunca intentó engañarse a sí mismo. Sabe que, en diferentes circunstancias, su oficio lo habría puesto con absoluta naturalidad al servicio del rey intruso de Madrid, como es el caso de otros colegas suyos en zona ocupada por los franceses. No por razones ideológicas, sino por simple curso de las cosas. Él es un funcionario, y su única ideología se corresponde con la jerarquía establecida. Un policía siempre es un policía; todo poder constituido necesita sus servicios y experiencia. No hay sistema capaz de sostenerse de otra manera. Se trata, por tanto, de aplicar idénticos métodos bajo cualquier idea o bandera. Además, a Tizón le gusta su oficio. Está dotado para él. Posee, y es consciente de ello, la dosis exacta de falta de escrúpulos y desapego mercenario, de lealtad técnica que requiere esa tarea. Nació policía, y como tal recorrió la escala habitual: de humilde esbirro a comisario con poder sobre vidas, haciendas y libertades. Tampoco es que haya sido fácil. Ni gratuito. Pero está satisfecho. Su campo de brega es la ciudad que siente alrededor, antigua y taimada, llena de seres humanos. Ellos son su materia de trabajo. Su campo de experimentación y medro. Su fuente de poder.

Se aparta de la ventana, acercándose de nuevo a la mesa. Desasosegado. Paseándose, concluye, como un animal en una jaula. Y eso no le gusta. No es lo suyo. Hay una cólera tenue y precisa, fina como un puñal, que en los últimos tiempos le horada las intenciones. El manuscrito del profesor Barrull sigue en la mesa, como una burla. *«Algunas huellas sí las identifico; pero otras me tienen perplejo»*, lee de nuevo. Esa línea es una astilla incómoda, clavada en el egoísmo de Tizón. En la paz profesional de su espíritu. Tres muchachas en medio año, asesinadas de forma idéntica. Afortunadamente, como apuntó hace unas semanas el gobernador Villavicencio, la guerra y el asedio francés mantienen los crímenes en un cómodo segundo o tercer plano. Pero eso no templa la desazón que siente el comisario: la insólita vergüenza que le roe los adentros cada vez que piensa en ello. Cuando contempla el piano silencioso de la habitación y calcula que la edad de las muchachas muertas se corresponde, casi, con la que habría tenido hoy la niña que en otro tiempo hizo sonar sus teclas.

Siente latir una cólera sorda. Impotencia, es la palabra. Un rencor antes desconocido, odio íntimo que cuaja día tras día, contradiciendo su forma desapasionada, impersonal, de entender el oficio. Cerca, entre la multitud sin rostro, o con miles de ellos —*sentado inmóvil entre las reses muertas*—, está el hombre que ha torturado, hasta matarlas, a tres infelices. Cada vez que sale a la calle, el comisario mira a uno y otro lado, sigue con la vista a individuos elegidos al azar que se mueven en la multitud, y concluye siempre, derrotado, que puede ser cualquiera. También ha visitado los lugares donde cayeron bombas francesas, inspeccionando cada detalle, interrogando a los vecinos en un intento inútil por conseguir que la vaga sensación, la sospecha descabellada de la que no consigue librarse, fragüe en un indicio o una idea; en algo que permita relacionar intuición, hechos y personas concretas. Rostros donde se insinúe el crimen, aunque su experiencia le hace concluir que no hay rasgo exterior que distinga a un malvado; puesto que la atrocidad, la cometida en las muchachas o cualquier otra, se encuentra a mano del primero que pase. No se trata de que el mundo esté lleno de inocentes, sino de lo contrario: está poblado por individuos capaces, todos ellos, de lo peor. El problema básico de todo buen policía es atribuir a sus semejantes el grado exacto de maldad, o de responsabilidad en el mal causado, o causable, que les corresponde. Ésa, y no otra, es la justicia. La que Rogelio Tizón entiende como tal. Cargar a cada ser humano con su cuota específica de culpa y hacérsela pagar, si es posible. Despiadadamente.

—¡Nos vamos!... ¡Para atrás, despacio!... ¡Espabilad, que nos vamos!

Al oír la voz, Felipe Mojarra termina de cargar el fusil, mete la baqueta en su sitio, por debajo y a lo largo del cañón, y mira a derecha e izquierda. Es hora de largarse, confirma. Los salineros e infantes de marina desplegados en guerrilla alrededor del molino de Montecorto empiezan a retroceder agachados, deteniéndose un instante para hacer puntería y tirar hacia los pequeños penachos de humo de mosquetería que brotan en la cercana línea francesa.

—¡Retiraos hacia los botes, sin prisas!... ¡Poco a poco!

Pac. Un balazo levanta arena en el talud, entre las esparragueras. Mojarra no se detiene a ver desde dónde le han disparado, pero calcula que los primeros tiradores enemigos están a menos de cincuenta pasos. Para mantenerlos con la cabeza baja, se incorpora a medias, apunta y aprieta el gatillo. Después busca otro cartucho en su canana, muerde el papel encerado, mete bala y pólvora y ataca de nuevo con la baqueta mientras se va para atrás, chapoteando en el fango que se desliza entre los dedos de sus pies desnudos. Otra bala, más imprecisa esta vez, hace ziaaang sobre su cabeza. El sol ya está alto, y brillan como diamantes minúsculos los charcos de costra blanca, los crujientes cristales de sal que cubren los lucios y las márgenes de esteros, canalizos y zumajos. En uno de ellos, tirados en el barro de la orilla, siguen los cadáveres franceses que vio con la primera luz del alba, poco después del desembarco. Son dos. Pasó cerca cuando le ordenaron, con sus compañeros, desplegarse en tiradores alrededor de la posición recién tomada y quedarse allí, molestando el contraataque enemigo, mientras los zapadores demolían los parapetos de fango y las chozas de Montecorto, clavaban los cañones franceses y le pegaban fuego a todo.

El de hoy es el tercer golpe de mano en que interviene Felipe Mojarra desde que se dio la batalla en torno a Chiclana. Por lo que él sabe, después de que los franceses recobrasen sus posiciones se han sucedido las incursiones españolas e inglesas a lo largo de la línea. Eso incluye continuos desembarcos y hostigamientos en los caños y la costa, desde Sancti Petri hasta el Trocadero y Rota, tomada hace tres días por fuerzas españolas que, antes de reembarcar sin daño, destruyeron los parapetos, echaron al agua la artillería enemiga y arengaron a la población a favor de Fernando VII. Se rumorea, de todas formas, que el combate del cerro del Puerco no fue tan afortunado como cuentan, aunque los ingleses se batieron con mucha firmeza y decencia, como suelen; y que el general Graham, molesto con su colega Lapeña por el comportamiento de éste durante la acción, tiene con los españoles sus más y sus menos, y rechaza el título de conde, de duque o de marqués —en materia de títulos, Mojarra no anda muy seguro— del Puerco que las Cortes pretenden darle; unos dicen que a causa de su desacuerdo con Lapeña, y otros que por haberle traducido lo de puerco al inglés. De cualquier modo, los roces militares entre unos y otros son frecuentes: los españoles reprochan a los aliados su arrogancia, éstos a aquéllos su indisciplina, y a ninguno falta razón. Felipe Mojarra lo comprobó hace una semana, en carne propia. Durante una de las incursiones, prevista a las nueve de la mañana para atacar la batería francesa del Coto, media compañía de infantes de marina ingleses con ocho guías salineros desembarcó y estuvo casi tres horas peleando sola, pues la fuerza española —setenta hombres del regimiento de Málaga— no se presentó hasta el mediodía, cuando ya los incursores reembarcaban. El propio Mojarra regresó a los botes jurando y renegando de sus compatriotas, cargado con un oficial inglés al que una bala de cañón le había llevado medio brazo. Lo salvó jugándose la vida porque, antes de empezar la acción, el salmonete —en la Isla los llaman así por sus casacas rojas— había tratado con mucho desprecio a los guías salineros, en su lengua pero entendiéndosele todo. Y quería Mojarra que en el futuro, cada vez que el inglés se mirase el muñón, si sobrevivía, se acordase de él. Del sucio *spaniard* al que debía su rubio pellejo.

Los dos cadáveres franceses están muy juntos, uno casi encima del otro, y su sangre ha vuelto rojizos los bordes salitrosos del zumajo. Mojarra ignora quién los mató, pero supone que son centinelas caídos en el primer momento de la incursión, cuando cincuenta y cuatro marineros e infantes de marina españoles, doce zapadores del Ejército y veintidós salineros voluntarios avanzaron en botes por el caño Borriquera, adentrándose en la orilla enemiga al amparo de la oscuridad. Uno de los muertos es entrecano y tiene media cara hundida en el fango, y el otro, moreno y mostachudo a la francesa, está apoyado de espaldas en él, abiertos los ojos, la boca, y también media frente por el impacto de la bala que lo mató. El salinero observa que alguien se ha llevado los fusiles y los correajes con cartucheras y sables, pero no los aretes de oro con que los gabachos suelen adornarse las orejas. Felipe Mojarra es de los que respetan a los difuntos, dentro de lo que cabe. En otras circunstancias habría desenganchado los aretes cuidando no desgarrar los lóbulos o recurrir a la navaja, como hacen otros. No es un desaprensivo, sino un cristiano. Pero el momento, con la gente retirándose hacia el caño grande y los gabachos cerca, no es de andarse con finuras. Así que, solucionando el asunto con recios tirones, envuelve los aretes en su pañuelo y se lo mete todo en la faja, justo cuando un sudoroso granadero de infantería de marina, que viene corriendo agachado y se detiene a cobrar aliento, lo ve rematar la operación.

—Maldita sea —dice el marino—. Te has adelantado, compañero.

Sin responder, Mojarra coge su fusil y se aleja, dejando al otro ocupado en registrar con mucha urgencia las casacas de los muertos y mirarles la boca, por si hay dientes de oro que sacarles a culatazos. Entre los matorrales que forman la vegetación baja de las salinas, el resto de españoles se retira siguiendo los canalillos y caños estrechos que confluyen en el caño grande, por el horcajo de esteros y tierra anegadiza que forma los alrededores de Montecorto. Cerca de la orilla, el salinero observa que humean los cobertizos y chozas del molino, puestos en llamas, y que buena parte de la fuerza española ha embarcado ya en los botes, protegida por el fuego de dos lanchas del apostadero de Gallineras, que tiran a intervalos sobre las posiciones francesas. La onda de los cañonazos llega hasta Mojarra como un golpe de aire en los tímpanos y el pecho. Por parte española no parece haber otras bajas que algunos heridos que caminan por su pie. Con ellos van dos prisioneros franceses.

—¡Cuidado! —grita alguien.

Una granada francesa hace raaas y estalla en el aire, salpicando metralla sobre el caño. Muchos hombres —también Mojarra— se agachan en los botes y en la orilla al oír el estampido; pero un pequeño grupo de oficiales que está junto al murete de piedra y barro de una compuerta permanece en pie por decoro militar. El salinero reconoce entre ellos a don Lorenzo Virués, con su casaca azul de cuello morado, sombrero con escarapela roja y la inseparable cartera de cuero colgada a la espalda. El capitán de ingenieros desembarcó temprano con la fuerza de incursión para echar un vistazo a las fortificaciones enemigas —Mojarra imagina que también tomó unos cuantos apuntes— antes de que los zapadores las hicieran sémola.

—¡Hombre, Felipe! —Virués parece alegrarse de ver al salinero—. Celebro encontrarte sano. ¿Qué tal por ahí cerca?

Mojarra se hurga entre los dientes. Ha estado masticando hinojos para calmar la sed —los hicieron desembarcar sin agua ni comida— y tiene un fragmento incrustado en la encía.

—Nada de particular, don Lorenzo. Vuelven los mosiús, pero despacio. Los nuestros se retiran con orden... ¿Manda usted alguna cosa?

—No. Me marcho enseguida, con estos señores. Ve con tus compañeros. Aquí está todo hecho.

Sonríe candoroso Mojarra.

—¿Llevamos dibujitos buenos, mi capitán?

—Alguno, sí —Virués corresponde a la sonrisa—. Alguno he podido hacer.

El salinero se lleva un dedo a la ceja derecha, a modo de informal saludo que remeda con respeto lo castrense.

Luego escupe el fragmento de hinojo y se encamina sereno a los botes. Misión cumplida: otra más al buche. Su Majestad el rey, ande preso en Francia o por donde sea, estará contento de él. Por su parte, que no quede. En ese momento alguien pasa corriendo cerca. Se trata de un suboficial de la Armada con dos pistolas en el cinto y una vieja casaca remendada en los codos. Y trae prisa.

—¡Avivarse!... ¡Nos vamos!... ¡Va a estallar!

Antes de que el salinero pueda adivinar a qué se refiere, un estampido formidable resuena detrás, y la onda expansiva de una explosión lo alcanza como si le hubiesen dado una palmada brutal en la espalda. Entonces se vuelve a mirar, confuso y espantado, y ve que tierra adentro se eleva un enorme hongo de humo negro del que se desprenden, cayendo por todas partes, fragmentos de tablones y fajinas incendiadas. Los zapadores acaban de volar el polvorín francés de Montecorto.

El levante, que refresca, deshace la humareda trayéndola hacia el caño y cubre el embarque de los últimos hombres. En uno de los botes, estrechado entre sus compañeros, Mojarra siente que el aire huele a azufre como para vomitar. Pero él hace mucho tiempo que no vomita.

Es domingo, y la campana rajada de San Antonio anuncia el final de la misa de doce. Sentado a una mesa en la puerta de la confitería de Burnel, bajo los hierros de los balcones pintados de verde, el taxidermista Gregorio Fumagal bebe un vaso de leche tibia mientras observa a los feligreses que salen de la iglesia, se dispersan alrededor de los bancos de mármol y los naranjos plantados en jardineras, o se dirigen al espacio ancho que bordea la plaza, donde aguardan algunas calesas y sillas de mano. Éstas se reservan a señoras y personas de edad, porque el día es agradable y la gente emprende el acostumbrado paseo a pie, en dirección a la calle Ancha o la Alameda. Como cada domingo a esta hora, toda la ciudad que cuenta, o que lo pretende, está presente: nobleza, alto comercio y buena sociedad, emigrados de postín, oficiales del Ejército, la Real Armada y la milicia local. La plaza es un desfilar continuo de uniformes bordados, estrellas, cintas y galones, medias de seda, levitas y fracs, sombreros redondos de copa alta o ancha, y también casacas tradicionales, capas, bicornios y algún sombrero de tres picos, pues entre la gente mayor no falta quien viste a la antigua. Hasta los niños varones van uniformados y en fila, siguiendo los tiempos que corren, con equipo completo de oficial según la profesión o el capricho de sus padres, incluidas casacas, espadines y sombreros con escarapelas rojas que, a la última moda, lucen el monograma *FVII*, por el rey Fernando.

El taxidermista tiene ideas propias sobre el espectáculo que presencia. Es hombre de ciencia y libros, o se estima como tal. Eso le despoja la mirada —analítica, fría como los animales inmóviles de su gabinete— de cualquier benevolencia. Las palomas que desde su terraza tejen, o ayudan a ello, una red de rectas y curvas sobre el mapa de la ciudad, se contraponen a todos aquellos faisanes y pavos reales que despliegan la cola, recreados en la vileza de su mundo corrupto, caduco, condenado por el curso inexorable de la Naturaleza y la Historia. Gregorio Fumagal tiene la certeza de que ni siquiera las Cortes reunidas en San Felipe Neri cambiarán las cosas. No es de una futura carta magna, hecha en buena parte por clérigos —la mitad de los diputados lo son— y por nobles adictos al antiguo régimen o salidos de él, de donde vendrá la mano que lo barra todo. Por ese camino, con Constitución o sin ella, lo disfracen como lo disfracen, el español seguirá siendo un cautivo degradado, desprovisto de alma, razón y virtud, a quien sus inhumanos carceleros jamás permiten ver la luz. Un infeliz sometido sin reservas a hombres iguales a él, que su estupidez, indolencia o superstición le presentan ungidos por un orden superior: dioses sobre la tierra, armiño, púrpura, negro de mantos y sotanas, que siempre aprovecharon el error del hombre, bajo todos los soles y latitudes, para esclavizarlo, volverlo vicioso y miserable, corromper su heroísmo y su coraje. Fumagal, hombre de lecturas extranjeras y comprometidas —el barón Holbach, alias Mirabaud, es su mentor desde que hace veinte años cayó en sus manos una edición francesa del *Sistema de la Naturaleza*—, opina que España perdió la ocasión de una guillotina en el momento adecuado: un río de sangre que limpiase, acorde con las leyes universales, los establos pestilentes de esta tierra inculta y desgraciada, siempre sujeta a curas fanáticos, aristócratas corruptos y reyes degenerados e incapaces. Pero también cree que todavía es posible abrir las ventanas para que lleguen el aire y la luz. Esa oportunidad está a media legua de distancia, al otro lado de la bahía; en las águilas imperiales que, entre sus garras soberbias, destrozan a los ejércitos negros que aún encadenan a parte de Europa.

Fumagal moja los labios, distraído, en el vaso de leche de cabra. Algunas mujeres acompañadas de sus maridos, todas con rosarios y misalitos encuadernados con nácar o piel fina, se detienen frente a la confitería. Mientras los caballeros se quedan de pie, encienden cigarros, dan tormento a la cuerda del reloj, saludan a conocidos y miran a otras señoras que pasan, ellas ocupan una mesa libre, piden refrescos con pastelillos y charlan de sus cosas: bodas, partos, bautizos, entierros. Asuntos domésticos, todos. O de sociedad. Ni una mención directa a la guerra, aparte algunos lamentos sobre el precio de tal o cual género y la falta de nieve —antes de la ocupación francesa la traían en carros de Ronda— para enfriar bebidas. Fumagal las observa de reojo, con íntimo desagrado. Es el suyo un viejo desdén que lo aparta, irremediablemente, de la vida común de los hombres: un malestar físico que lo hace removerse en la silla. Casi todas van de negro o tonos oscuros, reservando los colores vivos para guantes, bolsos y abanicos, bajo las ligeras mantillas de encaje que cubren moños, rodetes, bucles y tirabuzones. Alguna lleva, siguiendo la moda, hileras de botones que van desde el codo a la muñeca. En las mujeres de clase baja son de latón dorado; pero los de éstas son de oro y de brillantes, como los que lucen sus señores esposos en los chalecos. Cada uno de esos botones, calcula Fumagal, valdrá no menos de doscientos pesos.

—¿Qué es eso? —pregunta una de las señoras, pidiendo silencio a sus amigas.

—No oigo nada, Piedita —dice otra.

—Calla y escucha. A lo lejos.

Un rumor recio y sordo, muy distante, llega hasta los veladores de la confitería. Las señoras y los maridos, como el resto de transeúntes, miran con inquietud más allá de la esquina con la calle Murguía, donde está el café de Apolo. Por un momento quedan en suspenso las conversaciones, intentando establecer si se trata de un cañoneo de rutina, de los que a diario intercambian Puntales y el Trocadero, o si los artilleros franceses —restablecida la situación tras lo de Chiclana, apuntan otra vez al casco urbano de Cádiz— envían más bombas de las que intentan alcanzar el centro.

—No pasa nada —se desentiende doña Piedita, volviendo a sus pasteles.

Con helado rencor, el taxidermista mira hacia el lado de levante. De esa dirección, piensa, vendrá un día el viento abrasador que ponga las cosas en su sitio: la espada flamígera de la ciencia que avanza poco a poco, espesándose, salpicando de puntos rojos la traza de aquella ciudad que se obstina en permanecer al margen de la Historia. Esa espada llegará a esta plaza. De ello está seguro y para eso trabaja, con riesgo de su vida. En la llave del mundo futuro. Llegará incluso más allá, tarde o temprano, hasta cubrir la totalidad de este espacio irreal poblado por seres hace tiempo irreales. De este absceso de pus que pide a gritos el tajo de un cirujano. De esta cuña obcecada, suicida, que entorpece la rueda de la razón y el progreso.

Las señoras siguen su parloteo, cubriéndose la frente, a modo de quitasol, con los abanicos abiertos. Observándolas de reojo, Fumagal esboza una sonrisa impremeditada, feroz. Al instante, dándose cuenta, la disimula con otro sorbo de su vaso de leche. Caerán bombas sobre esos botones de oro y diamantes, se regocija. Sobre los chales de seda, los abanicos, los zapatos de raso. Los tirabuzones.

Estúpidos animales, se dice. Escoria gratuita y enferma del mundo, sujeta desde su nacimiento al contagio del error. Le gustaría llevar a cualquiera de ellas a su casa, trofeo singular entre las otras piezas convencionales que la decoran; incluido el perro callejero, su último trabajo, satisfactoriamente erguido ahora sobre las cuatro patas, mirando al vacío con flamantes ojos de cristal. Y allí, en la penumbra acogedora y tibia del gabinete, disecar desnuda a esa mujer sobre la mesa de mármol.

Pensando en ello, el taxidermista experimenta una inoportuna erección —lleva pantalón de punto, con levita abierta y sombrero redondo— que lo obliga, para disimular, a cruzar las piernas cambiando de postura. Después de todo, concluye, la libertad del hombre no es sino la necesidad contenida en su interior.

Rumor de conversaciones. Sin música, porque es Cuaresma. Por lo demás, el palacete alquilado por el embajador inglés para su fiesta —recepción, es el discreto término utilizado en atención a las fechas— reluce de candelabros, plata y cristal fino entre ramos de flores, bajo las arañas bien iluminadas del techo. Se festeja el éxito angloespañol del cerro del Puerco, aunque dicen que se trata de una maniobra diplomática para suavizar tensiones entre aliados después del rifirrafe entre los generales Graham y Lapeña. Ésa es la razón, quizá, de que esta vez la recepción del embajador Wellesley no se celebre en su residencia de la calle de la Amargura sino en terreno neutral, al costo —esos detalles interesan mucho en Cádiz— de 15.000 reales de alquiler que acaba de embolsarse la Regencia; pues el edificio es propiedad del marqués de Mazatlán, y está incautado por jurar su antiguo dueño al intruso José Bonaparte.

En cuanto al refrigerio, no es gran cosa: vinos españoles y portugueses, un ponche inglés que nadie prueba excepto los británicos, hojaldritos de pescado, fruta y refrescos. Todo el gasto se ha ido en luminarias de cera y aceite, pues la casa está deslumbrante desde la escalera a los salones. En la calle, donde reciben criados de librea, hay faroles y hachones encendidos, y también en la terraza, cuya balaustrada, iluminada con candiles, da al paseo que circunda las murallas y la oscuridad de la bahía, con algunas luces a lo lejos, hacia El Puerto de Santa María, Puerto Real y el Trocadero.

—Ahí entra la viuda del coronel Ortega.

—Pues más que viuda de coronel, parece coima de sargento.

Ríe el grupo, sofocando ellas el gesto con los abanicos. La broma ha salido, como siempre, del primo Toño. Éste ocupa el centro de un sofá rodeado de sillones y taburetes, próximo a la gran vidriera de la terraza, con Lolita Palma y otras gaditanas casadas y solteras. Media docena de señoras y señoritas, en total. Las acompañan algunos caballeros que están de pie, copas y cigarros en mano, fracs oscuros, corbatas blancas o chorreras de encaje y chalecos muy a la vista, según la moda. Hay también un par de militares españoles con uniforme de gala y un joven diputado en Cortes llamado Jorge Fernández Cuchillero, delegado por Buenos Aires, amigo de la familia Palma.

—No seas malo —reprende afectuosa Lolita, agarrando al primo Toño por una manga.

—Para eso os sentáis conmigo —responde el otro con bonachón desenfado—. Para que lo sea.

El primo Toño —Antonio Cardenal Ugarte— es un pariente solterón que siempre mantuvo excelente relación doméstica con los Palma, y que cumple desde hace años el ritual casi diario de la visita de media tarde en casa de Lolita y su madre, donde es perejil de todas las salsas y deja bajo línea de flotación el nivel de cuanta botella de manzanilla le ponen a tiro. Habitual de los cafés gaditanos, muy alto y desgarbado, algo miope y un poco tripón con los años, viste con simpático desaliño: suele llevar los lentes torcidos sobre la nariz, la corbata compuesta de cualquier manera y el chaleco manchado de ceniza de cigarro habano. Su posición económica es desahogada pese a no haber trabajado en la vida: nunca se levanta antes del mediodía y vive de rentas que le producen unos títulos que tiene en La Habana, cuyo flujo de caudales no ha cortado la guerra. Por lo demás, ajeno a la política, el primo Toño es amigo de todo el mundo. Siempre ingenioso y chispeante, su inalterable buen humor lo convierte en animador de cada tertulia por la que se deja caer. Posee extraordinaria facilidad para congregar en torno a los más jóvenes, a las mujeres más bonitas y a las señoras más divertidas; y no hay reunión, por formal que sea, donde el grupo en que se encuentra no destaque por su bullicio y alegría.

—Ni se te ocurra probar lo de esas bandejas, niña. Son infames. Nuestro aliado Wellesley se lo ha gastado todo en luz de velas: mucho brillo y pocas nueces.

Escandalizada, Lolita Palma le pone los dedos en la boca, mirando de soslayo al embajador inglés. Vestido con una casaca de terciopelo morado, medias de seda negra y zapatos con grandes hebillas de plata, el hermano del general Wellington recibe a los invitados junto a la puerta del salón. Lo acompañan algunos oficiales con chaqueta roja y otros con el uniforme azul galoneado de la marina británica. Entre ellos, altivo y con semblante adusto, colorado como una gamba cocida, se encuentra el general Graham. El héroe del cerro del Puerco.

—No hables tan alto, que te van a oír.

—Que me oigan, diantre. Nos matan de hambre.

—Pero ¿ésos no eran los franceses? —pregunta divertido uno de los caballeros. Es un militar de muy buena planta, destacado en la isla de León. Lolita lo conoce de una de las pocas tertulias gaditanas a las que acude a veces, la de su madrina doña Conchita Solís. El oficial es sobrino de ésta. Lorenzo Virués, se llama. De Huesca. Capitán de ingenieros.

—Qué franceses ni qué niño muerto —chirigotea el primo Toño—. Ante estos hojaldres infames no hay duda: tenemos al enemigo dentro.

Más risas. El primo Toño enlaza un chascarrillo tras otro y sus carcajadas —sonoras como las de los niños— atruenan aquel ángulo del salón. Después de él, la que más ríe y agita los tirabuzones es Curra Vilches, la mejor amiga de Lolita Palma: menuda, guapa, regordeta aunque de buena figura, que esta noche refuerza con un chal turco ceñido al busto de su túnica de crepé. Casada con un comerciante gaditano de buena posición, que viaja mucho y le concede una razonable libertad social, su desparpajo y carácter alegre son inagotables, y hace buenas migas con el primo Toño. Ella y Lolita se conocen desde niñas: estudios en la academia para señoritas de doña Rita Norris y veraneos en Chiclana entre los pinares y el mar. También confidencias mutuas, lealtad e infinita ternura.

—¿Otro refresco, Lolita? —sugiere el capitán Virués.

—Sí. Limonada, hágame el favor.

Se aleja el militar en busca de un camarero, mientras el primo Toño ilustra a las damas sobre cómo el Santo Oficio —cuya abolición debaten estos días en San Felipe Neri— se opone a la bragueta de los calzones masculinos, por inmoral, en favor de la más decente portañuela con dos botonaduras.

—Precepto que yo mismo cumplo a rajatabla. Vean, señoras mías. No es cosa de condenarse por cuatro botones más o menos.

La glosa, hecha con la chispa habitual, arranca nuevas risas y golpes de abanico. Sonriendo, Lolita Palma pasea la vista por el lugar. Hay algunas sotanas eclesiásticas. Un grupo de caballeros, sin señoras, charla de pie en torno a una mesa. Lolita los conoce a casi todos. En su mayor parte son jóvenes, del grupo reformista que empieza a ser conocido como libre o liberal, y entre ellos hay algunos diputados de las Cortes: el famoso Argüelles, jefe del clan, y José María Queipo de Llano, conde de Toreno; que, pese a ser todavía un muchacho, es delegado por Asturias. Los acompañan el literato Quintana, el poeta Francisco Martínez de la Rosa —guapo, agitanado y de ojos grandes—, el joven Antoñete Alcalá Galiano, hijo del brigadier muerto en Trafalgar, a quien Lolita conoce desde niña, y Ángel Saavedra, duque de Rivas: un capitán que atrae las miradas de las señoras no sólo por sus gallardos veinte años, los cordones de estado mayor que adornan su casaca y las elegantes botas rusas a la Suvarov, sino porque ya fue herido de gravedad en la batalla de Ocaña y lleva la frente vendada por un bayonetazo recibido en el combate de Chiclana. En otro grupo, rodeados de oficiales y ayudantes, están el gobernador Villavicencio, el teniente general don Cayetano Valdés, comandante de las fuerzas sutiles de la bahía, y los generales Blake y Castellanos; sin que al general Lapeña, que anda quemadísimo con los ingleses, se le vea por ninguna parte. Entre el resto de uniformes destaca la nota colorida de los oficiales de Voluntarios, recargados de bordados y cordones en proporción inversa a su proximidad al frente de batalla. En cuanto a mujeres, es fácil distinguir a las gaditanas de las forasteras aristócratas o adineradas: éstas visten aún a la manera francesa, con cinturas altas, y aquéllas a la inglesa, con escotes más velados y tonos sobrios. Alguna de las emigradas de más edad lleva todavía el pelo con rizos en la frente y cortado en la nuca, a la moda que llaman *guillotinada*, y que hace tiempo aquí nadie usa.

Por su parte, Lolita viste discreta, como suele. Esta noche prescinde del negro o el gris habituales en favor de un vestido azul de corpiño ceñido y talle bajo, con una mantilla de encaje dorado sobre los hombros y el pelo recogido con dos peinetas pequeñas de plata. Como única joya lleva al cuello un camafeo de familia en un junquillo de oro. Casi nunca asiste a esta clase de recepciones, a menos que haya de por medio interés comercial. Y tal es el caso. La invitación del embajador inglés ha llegado en un momento en el que Palma e Hijos aspira a hacerse con un contrato de carne de vacuno marroquí destinado a las tropas británicas. Lo aconsejable en tales circunstancias es dejarse ver un rato, aunque tenga previsto retirarse temprano.

Regresa el capitán Virués, seguido por un criado que trae limonada sobre una bandeja. Fernández Cuchillero, que acaba de recibir carta familiar de Buenos Aires, cuenta cómo andan las cosas en el Río de la Plata, cuya Junta insurrecta se niega a acatar la autoridad de la Regencia. Mientras coge el vaso y agradece al militar su gentileza, Lolita, sorprendida, ve entrar en el salón a don Emilio Sánchez Guinea, acompañado por su hijo Miguel y por el marino llamado Lobo: de frac oscuro los dos comerciantes, casaca de paño azul con botones dorados y calzón blanco el corsario. La presencia de este último la incomoda vagamente, y no es la primera vez. Ignora por qué los Sánchez Guinea lo traen esta noche. A fin de cuentas, no es más que un asociado minoritario, subalterno. Un empleado de todos ellos. O casi.

—Vaya —comenta el capitán Virués, que ha seguido la dirección de su mirada—. A quién tenemos ahí... El hombre de Gibraltar.

Se vuelve Lolita hacia el militar, asombrada.

—¿Lo conoce?

—Un poco.

—¿Por qué Gibraltar?

Virués tarda unos instantes en responder. Cuando al fin lo hace, sonríe de forma extraña.

—Estuvimos allí prisioneros los dos, en mil ochocientos seis.

—¿Juntos?

—Aunque no revueltos.

A Lolita Palma no le pasa inadvertido el tono despectivo del comentario; pero no quiere ser indiscreta, ni aparentar demasiado interés. Virués se ha sumado a la conversación general. Desde el sofá, Lolita ve cómo Sánchez Guinea saluda al embajador y a algunos invitados, y luego, al verla, se acerca cruzando el salón. Su hijo Miguel y el corsario lo siguen unos pasos detrás. Por impulso que ella misma tarda en comprender, se levanta y va al encuentro del viejo comerciante. No le apetece recibir su saludo con el resto del grupo, concluye, junto a Virués y su peculiar sonrisa.

—Estás guapísima, Lolita. Si tu padre te viera.

Intercambio de cortesías afectuosas. Se suma al saludo Miguel Sánchez Guinea, correcto y apuesto aunque algo bajo de estatura, de rasgos muy parecidos a los de su padre. El capitán Lobo se ha quedado atrás, observando la escena; y cuando Lolita lo mira al fin, aquél hace una breve inclinación de cabeza, sin moverse del sitio ni despegar los labios. Ella se coge del brazo de don Emilio y lo lleva aparte, bajando la voz.

—¿Cómo se le ha ocurrido traerlo aquí?

Se justifica el viejo comerciante. Pepe Lobo trabaja para él, y también para ella. La ocasión es óptima para presentarle a algunas personas, inglesas y españolas, de conocimiento útil para la tarea que lleva entre manos. No está de más engrasar los goznes de ciertas puertas, para que no chirríen. Aquello es Cádiz.

—Por amor de Dios, don Emilio. Es un corsario.

—Claro que sí. Y en su empresa has invertido el mismo dinero que yo. El interés del negocio es tan tuyo como mío.

—Pero esta fiesta... Hágase cargo. Cada cosa tiene su sitio. Su momento.

Mira alrededor, incómoda, mientras pronuncia esas palabras. Sánchez Guinea la mira a ella.

—¿Te refieres al qué dirán?

—Por supuesto.

—No entiendo esa reticencia. Es un marino como tantos. Dispuesto, eso sí, a arriesgar más de lo común.

—Por dinero.

—Como tú misma, hija mía. Y como yo. Ese móvil tiene en esta ciudad una tradición tan honrada como cualquier otra.

Lolita Palma mira más allá del hombro de su interlocutor. A unos pasos, junto a Miguel Sánchez Guinea, el capitán corsario estudia la bandeja con bebidas que le ofrece un sirviente vestido de librea. Al cabo de un instante, tras lo que parece una corta reflexión, niega con la cabeza. Cuando alza la vista, su mirada se cruza con la de la mujer, que aparta la suya.

—A usted le gusta ese hombre. Me lo dijo.

—Pues sí. Y a Miguel también le gusta. Es competente y formal. El suyo es un trabajo de confianza. Así deberías verlo tú.

—Pues a mí no me gusta nada.

El comerciante le dirige una ojeada inquisitiva.

—¿De verdad?... ¿Nada?

—Como lo oye.

—Sin embargo, te has asociado con nosotros.

—Eso es distinto. Me he asociado con usted, como otras veces.

—Entonces confía en mí, como las otras veces. Nunca te fue mal por hacerlo —Sánchez Guinea le ha cogido una mano y se la palmea con afecto—. Tampoco estoy pidiendo que lo invites a tomar chocolate.

Sin brusquedad, Lolita libera su mano.

—Eso es una impertinencia, don Emilio.

—No, hija mía. Es el cariño que te tengo. Por eso no comprendo lo que te pasa.

Cambian de asunto, pues Miguel Sánchez Guinea viene a mezclarse en la conversación. El corsario se mantiene aparte, y a ratos Lolita Palma lo sigue con la vista mientras éste se mueve despacio por el salón, las manos cruzadas a la espalda sobre los faldones de la casaca, el aire tranquilo y un poco ausente. Algo fuera de lugar, quizás; aunque Lolita decide que eso es pura imaginación suya, pues al poco rato, cuando mira de nuevo, lo ve charlando desenfadado con personas a las que antes no parecía conocer en absoluto.

—Vuestro capitán Lobo se relaciona rápido —le comenta a Miguel Sánchez Guinea.

Sonríe el otro mientras enciende un cigarro.

—Para eso ha venido. No es de los que se pierden en sitios como éste, ni en ningún otro. Si se cayera al mar, le saldrían branquias y aletas.

—Dice tu padre que te tiene sorbido el seso.

Miguel expulsa humo con una risa divertida. Lolita y él se conocen desde niños. Jugaban juntos en los alrededores de las casas de campo de sus respectivas familias, bajo los pinos chiclaneros. Ella es madrina de su hijo mayor.

—Un hombre de arriba abajo —resume—. Como los de antes.

—Y buen marino, decís.

—El mejor que conozco —Miguel interrumpe las chupadas al cigarro para apuntar con él en dirección al corsario, que charla ahora con un ayudante del general Valdés—. Es de esos fulanos tranquilos, que no se alteran aunque tengan un temporal con la costa a sotavento y se estén yendo los palos por la borda... Hará buenas presas, si lo acompaña la suerte.

—Estuvo en Gibraltar, creo.

—Ha estado muchas veces. Una de ellas, prisionero de los ingleses. Hace años.

—¿Y qué ocurrió allí?

—Se largó. Así, por la cara. Robó un barco.

Va y viene la gente, se saluda, hace corros, comenta el curso de la guerra y el de los negocios, que a menudo discurren juntos. Lolita Palma es de las mujeres —eso siempre intriga a los forasteros— que intervienen en esta clase de conversaciones; aunque prudente como suele, escucha atenta y reserva sus opiniones, incluso cuando se las piden. Durante un largo rato, a ella y a los Sánchez Guinea se acercan conocidos que comentan asuntos comerciales y expresan su preocupación por las tierras americanas insurrectas, la rebeldía y el bloqueo de Buenos Aires, la lealtad cubana, el caos en que la situación española lo está sumiendo todo al otro lado del Atlántico, donde oportunistas y aventureros pescan en río revuelto. El precio que los ingleses, tarde o temprano, acabarán cobrándose por su ayuda en la guerra de España.

—Discúlpenme, caballeros. Estoy cansada y voy a ir pensando en despedirme.

Se retira unos minutos al tocador, donde se refresca un poco. Al regresar encuentra al capitán Lobo de pie en mitad del recorrido que ella debe hacer para reunirse con el grupo donde resuenan las carcajadas del primo Toño. Asociando ideas, Lolita piensa que el corsario ha hecho un movimiento —no hay casualidades en tales maniobras— parecido al rumbo de estima que traza un barco para interceptar a otro: calculando posición en un momento determinado y puesto a la espera en un punto del océano, con cautela y paciencia. Parece hábil en esa clase de cálculos.

—Quería darle las gracias.

—¿Por qué?

—Por participar en la empresa.

Es la primera vez que lo observa de cerca, conversando. Un mes atrás, en el despacho de la calle del Baluarte, sólo se vieron un momento. Y estaba allí Sánchez Guinea. Suspicaz, Lolita Palma se pregunta si el viejo comerciante o su hijo han aconsejado este encuentro al marino.

—No sé si está al corriente —añade él—. Salimos de caza en una semana.

—Lo sé. Me lo ha contado don Emilio.

—Y a mí me ha dicho que a usted no le agradan los corsarios.

Directo, con una sonrisa suave. El descaro justo para no ser incorrecto, o descortés. Branquias, ha comentado Miguel hace un rato. Se cae al mar y le salen branquias.

—El señor Sánchez Guinea habla demasiado, a veces. Pero no veo en qué puede eso afectar a sus responsabilidades.

—No las afecta. Pero quizá sea conveniente explicarle en qué consisten.

De cerca su rostro no es desagradable, pero está desprovisto de finura. Nariz grande, tosco el perfil. Lolita advierte que, medio oculta por las patillas y el cuello de la casaca, hay una cicatriz en diagonal tras la oreja izquierda que penetra en el nacimiento del pelo, hacia la nuca. El color claro de sus ojos es verde, semejante al de uva recién lavada.

—Sé perfectamente en qué consisten —responde—. Me crié entre barcos y fletes, y más de una vez los intereses de mi familia fueron perjudicados por gente de su oficio.

—No españoles, supongo.

—Españoles o ingleses, da lo mismo. En mi opinión, un corsario no es más que un pirata con patente del rey.

Ningún acuse de recibo, comprueba. Nada. Los ojos claros siguen mirándola, tranquilos. Mira como un gato según la luz, concluye ella.

—Pero usted —una sonrisa suaviza la objeción— se asocia porque puede ser rentable.

El tono del marino es más prudente que educado. Denota alguna instrucción, sin llegar a extremos. Sin mucha filigrana. Lolita Palma detecta un origen familiar humilde en el fondo de esa voz y en los rasgos duros, marcadamente masculinos, del hombre que tiene delante. Y la palabra *hombre*, concluye, no es allí casual. Podría tratarse de un campesino sano y fuerte, de los que cada día doblan los riñones sobre las mieses, o un jaque de taberna entre humo de cigarros, sudor y navaja. Eso último, piensa inquieta, tal vez lo sea. No resulta difícil imaginarlo en los tugurios de mala nota situados entre la Puerta de Tierra y la de Mar, o en los colmados de jaleo y mujeres fáciles de la Caleta. Sobre eso, al menos, sí la previno don Emilio Sánchez Guinea. Ni su mirada directa es la de un caballero, ni parece de los que pretenden pasar como tales.

—Mis motivos son cosa mía, capitán. Prefiero no comentarlos con usted.

El corsario se queda callado un momento, sin apartar los ojos de ella. Muy serio.

—Mire, señora... ¿O prefiere que la llame señorita?

—Señora. Hágame el favor.

—Escuche. En nuestra balandra, usted y don Emilio invierten dinero que podrían poner en otro sitio. Yo pongo cuanto tengo. Si algo sale mal, sólo pierden la inversión.

—Olvida nuestro crédito como armadores...

—Puede. Pero ese crédito se recupera. Tienen con qué. Mientras que yo me pierdo con el barco.

Mueve Lolita la cabeza, muy despacio. Sosteniendo sin pestañear la mirada del hombre.

—Sigo sin entender qué tiene que ver eso con esta conversación. Con su necesidad de explicarme cosas.

Por primera vez el otro parece incómodo. Sólo un instante. Un ligero atisbo, que desentona en él como un traje mal cortado. O en su caso, piensa Lolita con maldad, bien cortado. Pepe Lobo se contempla las manos —anchas, fuertes, con uñas romas— y después desvía la mirada, paseándola brevemente por el salón. Ella repara ahora en que lleva la misma casaca de mangas rozadas que vestía en el despacho de la calle del Baluarte: bien cepillada y planchadas las solapas, pero la misma. También la camisa, limpia y almidonada, se deshilacha ligeramente en los filos del cuello, sobre el corbatín de tafetán negro. Por alguna inexplicable razón, eso la enternece un poco. Aunque quizá enternecerse sea excesivo, en su caso. Tal vez peligroso. Por eso busca en sus adentros un término adecuado. La suaviza, tal vez —ése puede valer—. O la relaja.

—Pues no estoy seguro, la verdad —responde el marino—. Nunca fui hombre de muchas palabras... Sin embargo, por alguna causa que no comprendo del todo, siento necesidad de explicárselas.

—¿A mí?

—A usted.

Lolita, que todavía digiere la incomodidad anterior, acoge la nueva irritación casi con alivio.

—¿Siente necesidad? ¿Conmigo?... Oiga, capitán. Me temo que se da demasiada importancia.

Otro silencio. Ahora el corsario la mira pensativo. Quizás haya matado hombres, piensa ella de pronto. Mirándolos con aquellos ojos felinos e impasibles.

—No la molesto más —dice de pronto—. Lamento importunarla, doña Dolores... ¿O la llamo señora Palma?

Ella se mantiene erguida y golpetea suavemente con el abanico cerrado sobre la otra mano, intentando disimular su turbación. Turbada por sentirse turbada. A sus años. Propietaria de la firma Palma e Hijos.

—Llámeme como quiera, mientras lo haga con respeto.

El hombre asiente ligeramente y hace ademán de retirarse. Se detiene un instante de lado, vuelto a medias. Todavía parece reflexionar. Al fin alza apenas una mano, como solicitando una tregua.

—Zarpamos la noche del martes próximo, si todo va bien —dice casi en voz baja—. Tal vez le interese hacer antes una visita a la *Culebra*. Con don Emilio y Miguel, por supuesto.

Impasible, Lolita Palma le sostiene la mirada. Sin pestañear.

—¿Por qué habría de interesarme? Ya he estado a bordo de una balandra, antes.

—Porque también es su barco. Y a mi tripulación le iría bien comprobar que uno de sus jefes, por decirlo de algún modo, es una mujer.

—¿De qué serviría eso?

—Bueno. Es algo difícil de razonar... Digamos que nunca se sabe cuándo puede ser útil cierta clase de cosas.

—Prefiero no conocer a su tripulación.

Parece que aquel *su* dé que pensar al corsario. Un momento después se encoge de hombros. Ahora sonríe distraído, como si estuviera en otro sitio. O camino de él.

—También lo es suya. Y podrían hacerla rica.

—Se confunde mucho, señor Lobo. Yo ya soy rica. Buenas noches.

Dejando atrás al corsario, se despide de los Sánchez Guinea, de Fernández Cuchillero, de Curra Vilches y del primo Toño. Éste quiere escoltarla a casa, pero ella no lo permite. Estás a gusto con estos amigos, dice, y vivo cerquísima. En el vestíbulo, mientras recupera su capa, coincide con Lorenzo Virués. El militar también se marcha, pues, según cuenta, debe estar en la isla de León a primera hora de la mañana. Bajan juntos las escaleras iluminadas y salen a la calle, pasando entre los vecinos curiosos que se agrupan junto a las calesas, a la luz de las velas y hachones. Lolita se ha puesto sobre la cabeza la holgada capucha de su capa de terciopelo negro. El militar camina cortés a su izquierda, bicornio puesto, capote sobre los hombros y sable bajo el brazo. Siguen el mismo camino, y Virués se muestra sorprendido de que ella regrese sola.

—Vivo a tres manzanas de aquí —responde Lolita—. Y ésta es mi ciudad.

La noche discurre agradable, serena. Un poco fría. Los pasos resuenan en las calles rectas y bien empedradas. Algunas palomillas de aceite iluminan la Virgen de la esquina del Consulado Viejo, donde un vigilante nocturno con chuzo y farol, que reconoce a Lolita y advierte el uniforme de su acompañante, se quita la gorra.

—Buenas noches, doña Lolita.

—Gracias, Pedro. Lo mismo le digo.

Desde las terrazas de Cádiz, apunta el capitán Virués, podrá verse hoy el cometa que estos días cruza el cielo de Andalucía, y del que todo el mundo habla. Grandes males y cambios en España y Europa, pronostican los que dicen conocer tales cosas. Como si para csas previsiones fuera menester mucha ciencia. Con la que está cayendo.

—¿Qué ocurrió en Gibraltar?

—¿Perdón?

Sigue un breve silencio. Sólo ruido de pasos. La casa de Lolita Palma ya está cerca, y ella sabe que no dispone de mucho tiempo.

—El capitán Lobo —apunta.

—Ah.

Un trecho más, sin otro comentario. Ahora Lolita camina despacio y Virués ajusta su paso al de ella.

—Estuvieron juntos, dijo antes. Usted y él. Prisioneros.

—Así es —admite Virués—. A mí me capturaron en una salida que hicieron los ingleses contra una línea de trincheras que intentábamos abrir entre la torre del Diablo y el fortín de Santa Bárbara. Fui herido y llevado al hospital militar del Peñón.

—Dios mío... ¿Grave?

—No demasiado —Virués alza horizontal el brazo izquierdo y gira a medias la muñeca—. Como puede ver, me repararon razonablemente. No hubo destrozos grandes, ni infección, ni necesidad de amputar. A las tres semanas estaba paseándome por Gibraltar bajo palabra, en espera de un canje de prisioneros.

—Y allí conoció al capitán Lobo.

—Sí. Allí lo conocí.

El relato del militar es conciso: oficiales aburridos que mataban el tiempo y comían de la caridad inglesa o de los pocos recursos que recibían del lado español, a la espera del fin de la guerra o el acuerdo que les permitiera regresar con los suyos. Clase privilegiada, pese a todo, si se comparaba su suerte con la de los simples soldados y marineros encerrados en cárceles y pontones, para quienes la posibilidad de un canje era remota. Entre la veintena de oficiales españoles que gozaban de libertad de movimientos por haber comprometido su palabra de honor en no escapar, se encontraba gente del Ejército y la Armada, y también capitanes de barcos corsarios capturados. A este último grupo no podía acogerse cualquiera, sino sólo marinos con patente de capitán que hubieran mandado embarcaciones de cierto porte y tonelaje. De ésos había dos o tres, y uno era Pepe Lobo. Iba a su aire, y no frecuentaba a los oficiales. Parecía más a sus anchas entre la gentuza del puerto.

—¿Mujerzuelas y demás? —se interesa Lolita, en tono ligero.

—Más o menos. Ambientes poco recomendables, desde luego.

—Pero usted no lo detesta por eso.

—Yo nunca he dicho que lo deteste.

—Es cierto. No lo ha dicho. Pongamos que no simpatiza con él. O que lo desprecia.

—Tengo motivos.

Los dos embocan la calle del Baluarte. Cerca de la casa de los Palma, Lolita apoya una mano en el brazo del militar. Está decidida a dejarse de rodeos.

—No se le ocurra irse sin contarme qué pasó en Gibraltar, entre usted y el capitán Lobo.

—¿Por qué le interesa ese hombre?

—Trabaja con asociados míos... Para mí, en cierto modo.

—Ya veo.

Virués da unos pasos, pensativo, mirando el suelo ante sus botas. Luego alza la cabeza.

—Allí no hubo nada entre nosotros —dice—. En realidad, apenas nos veíamos... Ya le he dicho que él evitaba la compañía de los oficiales españoles... Propiamente dicho, no era uno de los nuestros.

—Se fugó, ¿no es cierto?

Calla el militar. Sólo hace un ademán ambiguo. Incómodo. Lolita concluye que Lorenzo Virués no es hombre inclinado a hablar de otros a sus espaldas. No en exceso, al menos.

—Pese a haber dado su palabra —añade ella, pensativa.

Tras otro corto silencio, Virués lo confirma. Lobo había dado su palabra, en efecto. Eso le permitía moverse con libertad por el Peñón, como todos. Y lo aprovechó. Una noche sin luna, él y otros dos hombres suyos que trabajaban entre los forzados del puerto, y a quienes puso en libertad sobornando a los guardianes —uno de éstos, maltés de origen, desertó con ellos—, se acercaron nadando a una tartana fondeada, y aprovechando el levante fuerte, picaron el ancla, izaron la vela y se dejaron ir hasta la costa española.

—Feo asunto —concede Lolita—. Con palabra de honor por medio, imagino que no gustó demasiado.

—No fue sólo eso. En la fuga mataron a un hombre e hirieron a otro. Uno, el centinela compañero del maltés, fue apuñalado. Y al marinero que estaba de guardia en la tartana cuando Lobo y los suyos la abordaron, lo encontraron luego en el agua, con la cabeza destrozada... Eso dio lugar a que a cuantos estábamos libres bajo palabra se nos retirase el privilegio, encerrándonos en Moorish Castle. Yo mismo estuve allí siete semanas, hasta que me canjearon.

Lolita Palma deja caer atrás la capucha de la capa. Están parados ante el portal de su casa, iluminado con dos faroles dispuestos por Rosas, el mayordomo, en espera del regreso de su señora. Virués se quita el sombrero, despidiéndose con un taconazo. Ha sido un placer acompañarla, dice. Pido su permiso para visitarla de vez en cuando. El militar es hombre agradable, piensa de nuevo Lolita. Inspira confianza. Y crédito. Si fuese comerciante, haría negocios con él.

—¿Habían vuelto a verse, desde entonces?

Virués, que iba a ponerse de nuevo el sombrero, se detiene a medias.

—No. Pero un compañero joven, teniente de artillería, lo encontró en Algeciras al poco tiempo y quiso desafiarlo a duelo... Con mucho desahogo, Lobo se rió en su cara y lo mandó a paseo. No quiso batirse.

A su pesar, casi divertida en los adentros, Lolita imagina perfectamente la escena. El sainete.

—Pues no parece un hombre cobarde.

No ha podido evitar que la sonrisa interior le venga a la boca. El militar se da cuenta de ello, pues frunce el ceño y se inclina un poco mientras junta de nuevo los talones, excesivamente formal. Rígido ante la mujer, despectivo hacia el hombre del que hablan.

—No creo que lo sea. En mi opinión, que no se batiera tiene poco que ver con el valor. Es más bien una cuestión de desvergüenza... A individuos como él, la palabra honor los trae sin cuidado. Son gente de ahora, me temo... Muy de este tiempo. Y de los tiempos que están por venir.

A dos millas y tres décimos de distancia, con un capote sobre los hombros y el ojo derecho pegado al ocular de un telescopio acromático Dollond, el capitán Simón Desfosseux observa las luces lejanas del palacete donde el embajador inglés da su recepción. Gracias a las palomas mensajeras y a las informaciones que van y vienen en boca de marineros y contrabandistas, el artillero está al corriente de que Wellesley, los mandos angloespañoles y la alta sociedad gaditana celebran esta noche el descalabro francés de Chiclana. Las poderosas lentes del instrumento óptico permiten a Desfosseux situar fácilmente el edificio, iluminado como un desafío sobre la línea oscura de los muros que circunda el mar, donde algunas siluetas negras de navíos fondeados se insinúan borrosas, en el contraluz de un ápice de luna.

—Tres punto cinco para compensar estará bien. Elevación, cuarenta y cuatro... Intente colocármelo ahí, Bertoldi. Sea buen chico.

A su lado, sentado en un cajón y con las tablas de tiro iluminadas por una pequeña linterna sorda, el teniente

Bertoldi completa los cálculos, se pone en pie y baja por la escala de tablones encaminándose hacia el reducto donde, en el resplandor de unos hachones que arden al otro lado del talud de protección, asoma la boca cilíndrica, enorme y negra, de Fanfán. El obús de 10 pulgadas está orientado hacia su objetivo, en espera de las últimas correcciones que Bertoldi lleva a los sirvientes de la pieza. Apartándose del anteojo, Desfosseux levanta la cabeza y dirige un vistazo a la mancha blanca que destaca en el cielo negro: la manga de tela puesta en un mástil sobre el puesto de observación. Flop, flop, hace. El viento sopla relativamente flojo. La última medición lo situaba en un sursudeste fresquito. De ahí la corrección estimada de tres puntos y medio a la izquierda, para compensar el efecto del viento lateral. Siempre puede ser peor, por supuesto; pero esta noche convendría algo más suave; o, puestos a desear condiciones óptimas, de las que hacen frotarse las manos con placer pirotécnico anticipado, un estesudeste favorable, fuerte, limpio y constante. Un verdadero regalo del dios Marte, cuando sopla, haciendo posibles rectas y parábolas perfectas, o casi, y correcciones de apenas cero punto algo. Felicidad artillera, borrachera de pólvora y fogonazo. Pura gloria. Eso supondría unas preciosas toesas adicionales para asegurar el alcance y la dirección del tiro a través de la bahía. Factores que Desfosseux, artillero pundonoroso, desea siempre lo más adecuados posible; pero que hoy, en especial, favorecerían su intención de sumarse a la fiesta del embajador inglés. Pues en eso anda, despiertos él y su gente, a las diez de la noche y sin cenar. Ajustando el tiro.

Tras echar un último vistazo por el telescopio, Desfosseux baja de la atalaya y se dirige al reducto. Allí, detrás del talud de tierra que protege las piezas de artillería situadas en la batería, el obús Villantroys-Ruty de 10 pulgadas tiene su espacio propio: un atrincheramiento cuadrado y espacioso en cuyo centro está instalada la pieza, con su amenazador tubo oscuro elevado en ángulo sobre la enorme cureña de ruedas herradas que sostiene 7.371 libras de bronce, apuntando a Cádiz según las indicaciones que el teniente Bertoldi acaba de dar a los artilleros. A la luz de los hachones se les ve con la piel grasienta y cara de sueño. Se trata de un sargento, dos caporales y ocho soldados ojerosos, desaseados, sin afeitar. Los chicos de Fanfán. Todos, incluido el suboficial —un auvernés mostachudo y gruñón llamado Labiche—, visten con desorden: gorros cuarteleros, capotes desabotonados y sucios, polainas manchadas de barro seco. A diferencia de los oficiales, que pueden dormir fuera del recinto o solazarse en Puerto Real y El Puerto de Santa María, la suya es vida de topos, siempre entre espaldones, barbetas y trincheras, durmiendo bajo cobertizos de tablas guarnecidas con tierra para protegerse del fuego de contrabatería que los españoles hacen desde su fuerte avanzado de Puntales, en el arrecife.

—Sólo un momento más, mi capitán —dice Bertoldi—. Y a sus órdenes.

Desfosseux observa el trabajo de los artilleros. Han hecho esa misma operación innumerables veces, ahora con Fanfán y antes con los morteros Dedòn de 12 pulgadas y los obuses Villantroys de a 8. Para ellos es rutina de espeque, atacador y botafuego, paso atrás y boca abierta para que el estampido no deje los tímpanos a la funerala. Que a la larga siempre ocurre. A Labiche y su mugrienta tropa les importa un rábano crudo que esta noche se trate de apuntar a la fiesta del embajador inglés o a las enaguas de la madre que lo alumbró. Dentro de un rato, alcancen o no el objetivo, suboficial y soldados volverán a sus mantas infestadas de chinches, y mañana comerán idéntica ración escasa, con vino malo y aguado. Su único consuelo reside en que ésta es una guarnición donde al enemigo se le tiene tomada la medida. Los riesgos son conocidos y hasta cierto punto razonables, a diferencia de otros lugares de España donde el movimiento de las tropas expone a combates azarosos o a terribles encuentros con partidas de guerrilleros; aunque también es cierto que allí los peligros quedan compensados, en ocasiones, por la oportunidad de buenos botines, llenando la mochila en asaltos, marchas y alojamientos; mientras que en torno a Cádiz, con miles de franceses, italianos, polacos y alemanes desplegados como plaga de langosta por la región —los alemanes, como suelen, son especialmente brutales con la población civil—, no queda nada por saquear. Otra cosa sería que la ciudad cercada, rica donde las haya, cayese al fin. Pero sobre eso nadie se hace ilusiones.

—¿Treinta libras justas, Labiche?

El sargento, que se ha cuadrado con poco entusiasmo al ver aparecer a Desfosseux, arroja al suelo un escupitajo de tabaco mascado, se hurga a fondo la nariz y asiente. Las treinta libras de pólvora están en la recámara, y el tubo a cuarenta y cuatro grados de inclinación según las correcciones que acaba de aplicar el teniente Bertoldi. La bomba de hierro hueco de 80 libras se encuentra cargada con plomo, arena y sólo un tercio de pólvora esta vez, con una espoleta especial de madera y hojalata cuyo estopín arde

—o debe hacerlo— durante treinta y cinco segundos. Tiempo suficiente para que la mecha interna siga encendida hasta el impacto.

—¿Resolvió el problema del grano del fogón?

Se manosea Labiche el bigote, tardo en responder. El cilindro de cobre por donde se inflama la carga del obús tiende a desatornillarse con cada disparo, a causa de la enorme fuerza de la explosión que impulsa la granada fuera del tubo. Eso termina agrandando el oído del fogón y disminuyendo el alcance.

—Creo que sí, mi capitán —dice al fin, como pensándoselo—. Lo hemos vuelto a enroscar en frío con mucha precaución. Supongo que irá bien, pero no garantizo nada.

Desfosseux sonríe, paseando la mirada por los artilleros.

—Espero que así sea. Esta noche, Manolo tiene fiesta en Cádiz. Debemos animársela... ¿No os parece?

La broma sólo suscita alguna mueca vaga, cansada. Resbala sobre las pieles grasientas y los ojos fatigados. Está claro que Labiche y sus resabiados muchachos dejan el entusiasmo para los oficiales. A ellos les da lo mismo que la granada llegue a su destino o no. Que mate mucho, poco o nada. Lo que quieren es terminar por esta noche, masticar algo e irse a su barraca, a roncar.

El capitán ha sacado el reloj de un bolsillo del chaleco y lo consulta.

—Fuego en tres minutos.

Bertoldi, que se ha acercado a él, mira la hora en su propio reloj. Luego asiente, dice a la orden y se vuelve a los artilleros.

—Coja el botafuego, Labiche. Todos a sus puestos. Ya.

Simón Desfosseux cierra la tapa del reloj, se lo mete en el bolsillo y regresa a la atalaya con mucho tiento, procurando no tropezar en la oscuridad y romperse una pierna. Que tendría poca gracia. Llegado arriba, se echa el capote sobre los hombros, pega el ojo derecho al ocular del telescopio y echa un vistazo al edificio iluminado en la distancia. Luego levanta la cabeza y aguarda. Cómo le gustaría, piensa mientras tamborilea suavemente con las uñas en el cobre del tubo, que Fanfán diera esta noche una buena nota musical, un do de pecho en condiciones, metiéndole al embajador inglés y a sus invitados, por las ventanas, ochenta libras de hierro, plomo, pólvora y simpatía. Con los saludos del duque de Bellune, del emperador y del propio Simón Desfosseux, por la parte que le toca.

Puuum-ba. El estampido estremece la estructura de madera de la atalaya, ensordeciendo al capitán. Con un ojo abierto —el otro lo ha cerrado para no quedar deslumbrado por el fogonazo— ve cómo la llamarada grande y fugaz del disparo lo ilumina todo alrededor, recortando entre luz cruda y sombras los perfiles del baluarte, las barracas cercanas, el puesto de observación y la orilla del agua negra de la bahía. Todo dura sólo un segundo, antes de que retorne la oscuridad; y para entonces Desfosseux ya está mirando con el otro ojo por el telescopio mientras lo ajusta al punto que desea observar. Siete, ocho, nueve, diez, cuenta sin mover los labios. En el círculo de la lente, con una levísima oscilación debida al efecto de la distancia, relucen las luminarias del edificio al que apuntó

Fanfán, haciendo contraluz a las siluetas desenfocadas de palos de navíos fondeados cerca. La cuenta va por dieciséis. Dieciocho. Diecinueve. Veinte. Veintiuno.

Un penacho negro, columna de agua y espuma, se levanta en el centro de la lente a media altura de los palos de los navíos, ocultando un momento el edificio iluminado en tierra. Tiro demasiado corto, comprueba desolado el capitán, con la irritación de quien apuesta a una carta y ve salir otra. La bomba, bien alineada en cuanto a puntería, ha caído al mar sin alcanzar más allá de 2.000 toesas, lo que a esas alturas de cálculos y trabajos supone una distancia ridícula. Quizá el viento sea distinto sobre el objetivo; o tal vez, como ocurrió en otras ocasiones, el proyectil haya salido del tubo demasiado al principio de la deflagración, sin que la pólvora estuviera inflamada por completo. O el grano del fogón se ha ido de nuevo al diablo. El resto de reflexiones decide dejarlo Desfosseux para más tarde, pues una sucesión de fogonazos en las troneras del fuerte de Puntales indica que los artilleros españoles devuelven el saludo nocturno con fuego de contrabatería sobre el Trocadero. Así que, a toda prisa, baja por la escala de madera y se apresura camino de la casamata más próxima —esta vez con menos precauciones que a la venida—, justo en el momento en que el raaaaca de la primera granada española rasga la noche sobre su cabeza y revienta cincuenta toesas a la derecha, entre la Cabezuela y el fuerte de Matagorda. Treinta segundos después, amontonado con Bertoldi, Labiche y los otros artilleros en el interior del refugio, a la luz aceitosa de un candil, Desfosseux siente temblar el suelo y la tablazón que estiba muros y techo, bajo los disparos españoles, mientras retumban como respuesta, cercanos, los cañones imperiales de Fuerte Luis, en intenso duelo artillero de orilla a orilla.

De soslayo, el capitán ve al sargento Labiche lanzar un escupitajo de tabaco al suelo, entre sus polainas mal remendadas.

—Igual no valía la pena —gruñe el suboficial, guiñándole un ojo a un compañero—. Despertarlos a estas horas.

5

La reina blanca retrocede humillada, en busca del cobijo de un caballo cuya situación —dos peones negros lo rondan con malas intenciones— tampoco es óptima. Estúpido juego. Hay días en los que Rogelio Tizón detesta el ajedrez, y hoy es uno de ellos. Con el rey acorralado, el enroque imposible y una desventaja de torre y dos peones respecto al contrincante, prosigue la partida sólo por deferencia hacia Hipólito Barrull, que parece hallarse a sus anchas, disfrutando mucho. Como suele. La carnicería se desencadenó en el flanco izquierdo después de un error estúpido cometido por Tizón: un peón movido irreflexivamente, un hueco tentador y un alfil enemigo clavado como una daga en mitad de las filas propias, desbaratando en dos jugadas una defensa siciliana construida con mucho esfuerzo y ningún resultado práctico.

—Lo voy a despellejar, comisario —ríe Barrull, feliz. Inmisericorde.

Su táctica ha sido la de siempre: acechar paciente, como una araña en el centro de su red, hasta que el adversario comete el error, y lanzarse entonces a dentelladas, refocilándose con el hocico lleno de sangre. Tizón, consciente de lo que le aguarda, se defiende desganado, sin esperanza. La posibilidad de que el profesor baje la guardia a estas alturas de la partida es remota. Siempre preciso y cruel en sus finales. Verdugo nato.

—Chúpese ésa.

Un peón negro termina de estrechar el cerco. Relincha el caballo, acosado, buscando por donde saltar la cerca y escapar. El rostro despiadado de Barrull, surcado por innumerables horas de ceño fruncido ante cientos de libros, se alarga tras los lentes, en una sonrisa de maligna chulería. Como ocurre siempre ante el tablero, su habitual cortesía deja paso a una vulgaridad agresiva, insolente. Casi homicida. Tizón mira las telas pintadas que decoran las paredes del café del Correo: ninfas, flores y pajaritos. Ninguna ayuda va a llegarle de allí. Resignado, come un peón aceptando perder el caballo, ejecutado en el acto por el adversario con un gruñido de júbilo.

—Dejémoslo aquí —pide el policía.

—¿No juega otra? —Barrull parece decepcionado, insatisfecha su sed de sangre—. ¿No quiere una revancha?

—Hoy tengo de sobra.

Recogen las piezas, guardándolas en la caja. Tras la escabechina, Barrull retorna a la normalidad. Su cara equina es casi afable, de nuevo. Un minuto más y será el hombre afectuoso y cortés de siempre.

—El jugador más atento vence al más hábil —apunta, ofreciéndole consuelo al vencido—. Todo es cuestión de estar al acecho. Prudencia y paciencia... ¿No es cierto?

Asiente Tizón, distraído. Estiradas las piernas bajo la mesa, con el respaldo de la silla puesto contra la pared, mira a la gente alrededor. Es media tarde. El sol en declive dora los vidrios de la montera de cristal que cubre el patio. Conversaciones, periódicos abiertos, camareros que hienden el humo de cigarros y pipas yendo y viniendo con chocolateras, cafeteras y vasos de agua fresca. Comerciantes, diputados en Cortes, militares, emigrados con recursos o sin ellos, sablistas a la caza de una invitación o un préstamo, ocupan mesas y veladores de mármol, entran y salen del salón de billar y del de lectura. El sector masculino de la ciudad se encuentra en pleno ocio vespertino, rematando la jornada. Colmena bulliciosa, aquélla, donde no faltan zánganos y parásitos que el ojo experto del policía identifica con mirada metódica, rutinaria.

—¿Cómo van sus huellas en la arena?

Barrull, que ha sacado la tabaquera para aspirar una pulgarada de rapé, sigue la mirada de Tizón. Lejos ya el fragor del combate entre piezas blancas y negras, su expresión es benevolente. Serena.

—Hace tiempo que no menciona el asunto —añade.

Asiente otra vez el policía, sin apartar la vista de la gente. Por un rato no dice nada. Al cabo se rasca una patilla, sombrío.

—El criminal lleva demasiado tiempo tranquilo.

—Quizá ya no mate más —aventura Barrull.

Se remueve Tizón. Dubitativo. Realmente no lo sabe.

—Realmente no lo sé —confiesa.

Un silencio largo. El otro lo observa con extrema atención.

—Diablos, comisario. Parece lamentar que eso no ocurra.

Ahora Tizón sostiene la mirada de Barrull. Éste curva los labios como si fuera a silbar, admirado.

—Vaya por Dios. Se trata de eso, ¿verdad?... Si no vuelve a matar, no habrá nuevas pistas. Usted teme que el asesino de esas pobres muchachas se haya asustado de sus propios actos, o saciado de ellos... Que permanezca en la oscuridad y nunca vuelva a ponerse a tiro.

Tizón sigue mirándolo inexpresivo, sin decir nada. Su interlocutor se sacude de encima los restos de polvo de tabaco, con golpecitos del pañuelo arrugado que saca de un bolsillo. Luego alza el dedo índice y lo apunta al botón superior del chaleco del comisario, como una pistola.

—Se diría que teme que no mate de nuevo... Que el azar lo mantenga lejos.

—Hay algo en él de riguroso —argumenta grave el policía, mirando el dedo que le apunta—. De exacto. No creo que se trate de azar.

Barrull parece reflexionar sobre eso.

—Interesante —concluye, recostándose en la silla—. Y es cierto que puede hablarse de precisión. Quizá se trata de un fanático.

Mira Tizón el tablero de ajedrez vacío. Las piezas dentro de su caja.

—¿Podría estar jugando?

La pregunta suena ingenua en boca de un hombre como él. De pronto es consciente de ello y se siente un poco ridículo. Embarazado. Por su parte, Barrull esgrime una sonrisa cauta. Alza ligeramente una mano, eludiendo responsabilidades.

—Puede. No sabría decirle. A todos nos motivan los juegos. Los desafíos. Pero matar de esa forma va más allá... Hay gente a la que, como en el caso de los animales, se le despierta el instinto por algo: ruido de bombas, sensaciones... Cualquiera sabe. Diría que el caso roza la locura, si no supiéramos de sobra que los límites de ésta no siempre están claros.

Llaman a un mozo, que llena sus pocillos con dos onzas morenas y su dedito de espuma. El café es bueno, muy caliente y aromático. El mejor de Cádiz. Mientras bebe, Rogelio Tizón observa a un grupo que hace tertulia al otro lado del patio. En él figuran un emigrado sospechoso —su padre sirve en Madrid al rey intruso— y un miembro de las Cortes cuyo correo hace abrir el comisario secretamente; precaución ésta que, por instrucciones reservadas del intendente general, se extiende a casi todos los diputados, sin distinción entre civiles y eclesiásticos. Tizón tiene a varios agentes trabajando en ello.

—El asesino puede estar desafiando a todo el mundo —comenta el policía—. A la ciudad. A la vida. A mí.

Otra mirada atenta de Barrull. El policía advierte que éste lo estudia como si descubriese en él ángulos insospechados.

—Me preocupa ese toque personal, comisario. Usted... Vaya.

Deja la frase en el aire, meneando la cabeza de pelo abundante y gris. Ahora juguetea con la cajita de rapé. Al fin la pone sobre un escaque negro del tablero, cual si se tratara de una pieza.

—Desafío, ha dicho —continúa, un momento después—. Y desde su punto de vista, quizás lo sea. Pero ésas son conjeturas. Estamos construyendo en el aire... Esto es pura conversación.

Rogelio Tizón sigue observando a la clientela del café. En la ciudad no faltan espías que mantienen correspondencia con los franceses; a uno se le dio ayer garrote en el castillo de San Sebastián. Por eso tiene orden de endurecer el control de emigrados, incluso cuando se presentan como fugados de zona enemiga, y detener a quienes llegan sin documentos legales. Aunque supone más trabajo y preocupaciones, a Tizón le viene de perlas: familias recién llegadas, vecinos y posaderos que las acogen, han visto subir las tarifas oficiales, y en consecuencia las que él cobra bajo cuerda. El dueño de una posada de la calle Flamencos Borrachos, que hospeda a forasteros sin licencia en regla, pagó esta mañana 400 reales para evitar una multa de tres veces esa cantidad; y un emigrado, cuyo pasaporte estaba falsificado con ácido muriático oxigenado, acaba de eludir la cárcel y la expulsión poniendo 200 reales uno encima de otro. Lo que suma hoy un beneficio, para el comisario, de 30 pesos como treinta soles. Una jornada redonda.

—Ayante —dice en voz alta.

Hipólito Barrull lo observa, sorprendido, por encima de su café.

—Hablo de semejanzas con el manuscrito que usted me prestó —prosigue Tizón—. El otro día, leyéndolo de nuevo, encontré, casi juntos, dos párrafos que me dejaron incómodo. *Mujer, el silencio es el adorno de las mujeres*, dice uno. Y el otro: *Se quejaba sordamente, sin proferir gritos, como cuando un animal muge*.

Barrull, que ha dejado el pocillo sobre la mesa, sigue mirándolo atento.

—¿Y bien?

—Esas chicas amordazadas mientras las torturaban... ¿No ve la relación?

Mueve el otro la cabeza, el aire desalentado. Lo que veo, responde, es que tal vez vaya usted demasiado lejos. Acabará obsesionado. El *Ayante* es sólo un texto. Una coincidencia.

—Pasmosa, en todo caso.

—Creo que exagera. Mezcla demasiadas ideas personales. Lo creía con más conchas... Empiezo a lamentar haberle prestado el manuscrito.

Una pausa, mientras Barrull le pone voluntad al asunto. Es evidente que medita en serio.

—Ha de ser casual —concluye—. No creo que el asesino lo haya leído. En España no está impreso en traducción, todavía... Sería alguien muy culto, en tal caso. Y aquí no abundan las personas así. Incluso con todos estos emigrados y gente de paso. Lo conoceríamos.

—Quizá lo conozcamos.

No puede descartarse, reconoce el profesor. Pero lo más seguro es que se trate de azar. Otra cosa es que Tizón lo relacione. Que anude en su imaginación cabos reales o supuestos. A veces, el individuo imaginativo resulta ser el más incapaz de analizar correctamente. Como en el ajedrez. Su fantasía puede llevar al buen camino, pero a menudo despista. De todas formas, es bueno desconfiar del propio exceso de conocimientos: tiende a volcar demasiadas cosas sobre los hechos, enmascarándolos. Y a menudo, lo simple es lo más derecho.

—Lo singular del asunto —prosigue— no es que ese monstruo mate muchachas, o que lo haga a latigazos, o que sea en lugares donde han caído bombas... Lo interesante, comisario, es que se dan todas esas circunstancias al mismo tiempo. ¿Comprende?... Juntas. Volviendo al tablero, es como un paisaje donde la posición de las diversas piezas construye la situación general. Si miramos sólo pieza a pieza, no seremos capaces de analizar el conjunto. Demasiada proximidad dificulta el análisis de lo observado.

Tizón señala en torno, a la ruidosa concurrencia que llena el recinto.

—Ésta es una ciudad complicada, ahora.

—No sólo eso. Cádiz es un conglomerado de personas, objetos y posiciones. Y tal vez el asesino *vea* la ciudad como un lugar con trama particular. Un plano que nosotros no vemos... Quizá si usted lo hiciera podría anticipar sus movimientos.

—¿Como el ajedrez, quiere decir?

—Puede.

Pensativo, el profesor recupera su cajita de rapé y se la mete en un bolsillo del chaleco. Después coloca un dedo de uña amarillenta sobre la casilla vacía.

—Quizá debería usted —añade— hacer vigilar los lugares donde caen bombas que estallan.

—Lo hago —protesta Tizón—. Siempre que puedo, pongo agentes en los sitios que parecen adecuados. Sin éxito. No ha vuelto a intentarlo, que sepamos.

—A lo mejor porque esa vigilancia lo disuade.

—No sé. Tal vez.

—De acuerdo —Barrull se ajusta mejor los lentes—. Planteemos una teoría, comisario. Una hipótesis.

Despacio, deteniéndose de vez en cuando a ordenar mejor sus pensamientos, el profesor refiere la idea. Cuando las bombas francesas empezaron a caer en la ciudad, el complejo mundo mental del asesino pudo desarrollarse en una dirección insospechada. Quizá lo fascinara el poder de la técnica moderna, capaz de enviar bombas a lugares alejados.

—Eso exigiría cierta cultura —insiste Tizón.

—En absoluto. No es imprescindible para determinadas intuiciones, o sentimientos. Están a mano de cualquiera. Su asesino podría ser un hombre refinado o un perfecto analfabeto... Imagine que se trata de alguien que, en vista de que algunas bombas no matan, decide hacerlo él... A eso puede llegarse mediante refinados procesos intelectuales o por simple estupidez, con idéntico resultado.

La expresión de Barrull parece animarse con la charla. Tizón lo ve inclinarse apoyando las manos en la mesa, a uno y otro lado del tablero. La misma cara que cuando juega al ajedrez.

—Si el impulso criminal fuera, por decirlo de algún modo, primario —continúa el profesor—, resolver un asunto así dependería más de la suerte que del análisis; de que el asesino vuelva a matar, cometa un error, haya testigos o se dé una casualidad que permita atraparlo *in flagranti*... ¿Me sigue, comisario?

—Eso creo. Insinúa que cuanto más inteligente sea el culpable, más vulnerable resultará.

—Es una posibilidad. Tal variante ofrece más agarres a su pesquisa. La trama, por complicada y perversa que sea, tendrá siempre una motivación razonable, incluso tratándose de una mente alucinada. Un cabo de la madeja por donde empezar a deshacerla.

—¿A más irracionalidad, menos pistas?

—Eso es.

A Tizón le reluce el colmillo de oro. Empieza a comprender.

—Se refiere a una lógica del horror.

—Exacto. Imagine, por ejemplo, que el asesino quiera, por cálculo o impulso irresistible, dejar algún testimonio vinculado a la caída de las bombas. Honrar la técnica, por ejemplo. Matando. ¿Comprende?... Fíjese que no es descabellado: precisión, técnica, bombas, y los crímenes que las relacionan —Barrull se echa atrás, satisfecho—. ¿Qué le parece?

—Interesante. Pero improbable. Olvida que habla con un estúpido y elemental policía. En mi mundo, uno y uno siempre suman dos. Sin esos dos unos, no hay suma que valga.

—Sólo estamos fantaseando, comisario. Por sugerencia suya. Son palabras, nada más. Teorías de café. Ésta no es más que una de ellas: el criminal mataría donde han caído bombas que estallan, pero no matan. Imaginemos que lo hiciera con intención de restituir a la técnica lo que ésta tiene de defectuoso o impreciso. ¡Sería fascinante! ¿No cree?... Llegar a donde la ciencia no llega. De ese modo haría coincidir el impacto de la bomba y la vida humana... ¿Le gusta la hipótesis? Podríamos plantear media docena. Unas parecidas y otras opuestas. Y ninguna vale un pimiento.

Tizón, que escucha atento, reprime el comentario que le acude a la boca. Esas pobres chicas desolladas a latigazos eran reales, se dice. Su carne abierta sangraba y sus vísceras olían. Nada que ver con arabescos del intelecto. Con filosofías de salón.

—¿Cree que no debo descartar a la gente culta?... ¿Gente de ciencia?

Barrull hace un movimiento vago. Incómodo. Demasiado concreto para mí, indica el ademán. No pretendía ir tan lejos. Pero un momento después parece pensarlo mejor.

—No siempre cultura y ciencia van de la mano —argumenta, mirando el tablero vacío—. La Historia demuestra que ambas pueden caminar también en sentidos opuestos... Pero sí. Podría haber cierto tufillo técnico en nuestro asesino. ¿Y quién sabe?... Quizá también juegue al ajedrez —con una mano hace un gesto amplio, abarcando el recinto del café—. Quizá esté aquí, ahora. Cerca. Rindiendo tributo al método.

Calor. Mucha luz. Bullicio de gente descalza o en alpargatas que se conoce de toda la vida y cuya intimidad no existe. Ojos oscuros, casi árabes. Pieles atezadas de océano y sol. Voces jóvenes y alegres, con el acento cerrado, hermético, de las clases gaditanas más humildes. Hay casas de vecindad de poca altura, gritos de mujeres de balcón a balcón, ropa tendida, jaulas con canarios, niños sucios que juegan en la tierra de las calles estrechas y rectas sin empedrar. Cruces, Cristos, Vírgenes y santos en hornacinas y azulejos, en cada esquina. Olor a mar cercano, a humazo de aceite y a pescado en todas sus variantes: crudo, frito, asado, seco, en salazón, podrido, cabezas y raspas entre las que hurgan gatos con cola pelada de sarna y bigotes pringosos. La Viña.

Torciendo a la izquierda desde la calle de la Palma, Gregorio Fumagal toma la de San Félix, adentrándose en el barrio pescador y marinero. Avanza esquivando y guiándose por el olfato, la vista y el oído a través de los espacios que aquel mundo abigarrado y hormigueante de vida deja libres. Parece un insecto cauteloso moviendo las antenas. Más allá, donde terminan las casas, semejante a una puerta abierta o al cuello de una botella sin corcho, el taxidermista alcanza a ver parte de la explanada de Capuchinos y la muralla de Vendaval guarnecida de troneras y cañones que apuntan al mediodía, sobre el Atlántico. Tras detenerse un momento para quitarse el sombrero y enjugar el sudor, Fumagal sigue camino pegado a las fachadas blancas, azules y ocres, buscando la sombra. Lo del sudor resulta especialmente incómodo, pues un nuevo tinte inglés que ayer compró en la jabonería de Frasquito Sanlúcar destiñe y se lo mancha con un desagradable color oscuro. También le pesa la levita demasiado gruesa, y el pañuelo de seda anudado como corbata que cierra el cuello de su camisa aprieta más de lo corriente. El sol empieza a estar alto y se hace sentir, la brisa es levísima en esta parte de la ciudad, y el comienzo del verano ronda cerca, anunciándose riguroso. En un sitio rodeado de agua como Cádiz, donde muchas calles están trazadas en perpendicular unas a otras para cortar la travesía de los vientos, el calor húmedo al socaire puede ser demoledor.

El Mulato está donde debe estar, llegando al lugar de la cita al mismo tiempo que Fumagal. Más que andar se diría que baila con pasos suaves, muy calculados y despaciosos, al ritmo de una melopea primitiva que sólo él pudiera oír. Lleva alpargatas, sin medias ni sombrero. El calzón es corto, suelto de boquillas, y la camisa abierta, despechugada, está ceñida con una faja encarnada bajo el chaleco corto y deslucido. Su indumento es común entre pescadores y contrabandistas del barrio: nieto de esclavos, libre de nacimiento, propietario de una pequeña barca con la que frecuenta orillas amigas y enemigas, el Mulato es más contrabandista que otra cosa. Su porción de sangre africana —evidente en los rasgos antes que en la piel, razonablemente clara bajo el tostado del sol— es la que da esa cadencia lánguida y flexible a sus movimientos. Alto, atlético, chato de nariz, con labios gruesos, patillas y pelo ensortijados que se agrisan entre los rizos.

—Un mono —dice el Mulato—. Media vara de alto. Buen ejemplar.

—¿Vivo?

—Todavía.

Me interesa, responde Fumagal. Los dos hombres se han detenido ante una tabernuela típica de la Viña: despacho de vino en portal estrecho y sombrío, con dos grandes barricas de madera negra al fondo, serrín en el suelo, un mostrador y dos mesas bajas. Huele fuerte, a vino y al lebrillo de aceitunas partidas que está cerca, sobre un tonel. La conversación se desarrolla en voz alta mientras el Mulato pide dos vasos de tinto y se acomodan de pie junto al corto mostrador —tabla pegajosa, una fuentecilla de mármol, una estampa del guerrillero llamado Empecinado puesta en la pared—. El mono, explica el Mulato en tono lo bastante elevado como para que el tabernero lo oiga todo, llegó hace cuatro días en un barco americano. Es de cola larga, y feo como la madre que lo parió. Un ejemplar raro, dijo el marinero que se lo vendió. Macaco de las Indias Orientales. Y más bien triste: quizá se había acostumbrado al barco y al mar. Come fruta, apenas bebe agua, y se pasa el día en la jaula, sentado patiabierto, frotándose la verga.

—Lo quiero ya muerto —dice Fumagal—. Sin complicaciones.

—Descuide, señor. Yo lo avío.

Establecida ante el tabernero la razón de su cita, los dos hombres apuran sus vasos y salen a la calle, caminando hacia la explanada contigua a la muralla y el océano, lejos de oídos indiscretos. El Mulato lleva en la mano, encallecida por el roce de remos, sedales y cabos, un puñado de aceitunas. Cada diez o doce pasos alza un poco el rostro y escupe un hueso, lejos, con fuerte chasquido de labios y lengua. Al llegar a la explanada, canturrea entre dos aceitunas una coplilla que desde marzo corre con mucho éxito por Cádiz:

> *Murieron tres mil gabachos*
> *en la batalla del Cerro,*
> *y consiguieron a cambio*
> *que una bomba mate a un perro.*

El tono es zumbón como la letra misma. Y aunque el Mulato la ha dicho mirando hacia el baluarte de los Mártires y el mar cercano, el aire distraído como de pensar en otra cosa, Gregorio Fumagal se siente irritado.

—Ahórreme esa estupidez —dice.

Lo mira el otro, con las cejas enarcadas y un falso aire de sorpresa que apenas disimula la insolencia.

—No es su culpa —responde con mucha calma.

—Ahórreme también eso. Mis culpas no son asunto suyo.

—Hay que ir a lo práctico, entonces. Al mollete.

—Si no le importa. Demasiado riesgo corremos ya, como para perder el tiempo.

Mira el contrabandista alrededor con natural disimulo. No hay nadie cerca. Los más próximos son unos presidiarios que a cincuenta pasos reparan la muralla, minada por el mar.

—Me encargan sus amigos que le cuente...

—También son amigos suyos —matiza Fumagal, seco.

—Bueno —el Mulato compone un gesto ambiguo—. A mí me pagan, señor, si de eso habla. Me dan sebo a la ostaga. Los amigos de verdad los tengo en otros sitios.

—Abrevie. Diga lo que tenga que decir.

Se vuelve el otro a medias, señalando la calle que han dejado atrás y el interior de la ciudad.

—Desde la Cabezuela quieren tirar más lejos. A la plaza de San Francisco, por lo menos.

—Hasta ahora no han podido llegar.

Ése no es problema mío, apunta indiferente el contrabandista. Pero la intención la tienen. Luego describe el plan previsto: los nuevos bombardeos empezarán en una semana, y la artillería francesa necesita un plano de los lugares exactos donde caigan las bombas. Información diaria, horarios y distancias, detallando las que estallan y las que no; aunque la mayor parte vendrá sin pólvora. Como referencia para establecer las distancias, quieren que Fumagal use el campanario de la iglesia.

—Necesitaré más palomas.

—He traído de vuelta unas cuantas. Belgas, de un año. Las cestas están donde siempre.

Los dos hombres caminan a lo largo de la plataforma de Capuchinos. Detrás del baluarte se ve el mar al otro lado de las troneras de los cañones, con la línea de costa ligeramente curva, marcada por la muralla hasta la Puerta de

Tierra y la cúpula sin terminar de la catedral nueva; y más allá, ondulante en la reverberación del aire cálido y la distancia, la franja de arena blanca del arrecife.

—¿Cuándo vuelve al otro lado? —pregunta Fumagal.

—No sé. La verdad es que se me enreda la driza. Rara es la semana que las rondas de mar no trincan a alguno que cruza la bahía sin pasavante en regla. La emigración y el espionaje tienen alerta a las autoridades... Ya ni aceitando manos se libra uno.

Siguen un trecho en silencio, cerca de los presidiarios que trabajan con trapos anudados en la cabeza y torsos desnudos, relucientes del sudor que barniza cicatrices y tatuajes. Bayonetas caladas en los fusiles, algunos soldados con la casaca corta y el sombrero redondo de los Voluntarios gallegos los vigilan sin excesivo rigor.

—Hace unos días le dieron garrote a otro espía —dice de improviso el Mulato—. Un tal Pizarro.

Asiente el taxidermista. Está al corriente, aunque no con detalle.

—¿Lo conocía?

—No, por suerte —risa cínica—. En ese caso no estaríamos paseando tan tranquilos.

—¿Habló?

—Vaya pregunta, señor. Todos hablan.

—Imagino que usted también me delataría, llegado el caso.

Un silencio breve y significativo. De reojo, Fumagal advierte una sonrisa de burla en los gruesos labios de su acompañante.

—¿Y usted?

El taxidermista se quita el sombrero para enjugarse otra vez el sudor que moja la badana. Maldito tinte, se dice, mirándose la punta de los dedos.

—Es más difícil que yo caiga —responde—. Mi vida es discreta. Pero usted se arriesga con su barca, yendo y viniendo.

—Soy contrabandista conocido: nada grave en Cádiz, donde camarón y cangrejo corren parejo. Aquí no dan garrote por eso... De ahí a sospecharte espía y que te jalen por la punta hay un rato largo. Por eso nunca llevo papeles encima —el Mulato se palmea la frente—. Todo lo tengo aquí.

Y por cierto, prosigue, hay más asuntos. Los amigos de la otra orilla quieren información sobre una plataforma flotante que podría estar preparándose para contrabatería del Trocadero. También sobre los trabajos ingleses en los reductos de Sancti Petri, Gallineras Altas y Torregorda.

—Eso me pilla lejos —responde Fumagal.

—Usted verá, señor. Yo me limito a contarle. También les interesa mucho cualquier noticia sobre casos de calenturas pútridas o fiebres en Cádiz... Supongo que hacen votos por que vuelva la fiebre amarilla, con muertos a pijotá.

—No parece probable.

Suena otra vez la risa burlona del contrabandista.

—La esperanza es lo último que se pierde. Y a lo mejor ayudan los calores del verano... Con epidemia, los barcos dejarían de venir con abastecimientos y esto se pondría feo.

—No confío en eso. El brote del año pasado inmunizó a mucha gente. Dudo que la solución venga por ahí.

Hay gaviotas planeando entre chillidos sobre la extensa explanada, atraídas por los pescadores. Provistos de cañas, vecinos de las casas próximas se asoman al mar por las troneras de los cañones, sin que los aburridos centinelas que recorren la muralla hagan nada por impedirlo. Bocinegros, chapetones y mojarras colean en el aire, enganchados a los anzuelos, o boquean agonizantes, salpicando agua dentro de capachas de esparto y baldes de madera. Fusil al hombro, los soldados se acercan a mirar si pican o no pican, mientras intercambian lumbre y tabaco con los pescadores. Pese a la guerra, Cádiz sigue siendo un vive y deja vivir.

—Nuestros amigos preguntan por la gente —dice el Mulato—: cómo está la gente, qué dice la gente. Si anda descontenta y todo eso... Imagino que siguen confiando en que haya zafacoca, pero está difícil. Aquí no hay hambre. Y en la Isla, donde sí andan peor con los bombardeos y el frente tan cerca, los militares lo tienen todo bien sujeto.

Gregorio Fumagal no hace comentarios. A veces se pregunta en qué nube irreal viven los del otro lado de la bahía. Esperar disturbios populares que beneficien la causa imperial es no conocer Cádiz. La gente humilde profesa un patriotismo exaltado, está a favor de la guerra a ultranza y apoya al sector liberal de las Cortes. Todos en la ciudad, desde el capitán general hasta el modesto comerciante, temen al pueblo y lo adulan. Nadie movió un dedo cuando arrastraron al suplicio al gobernador Solano. Y hace pocos días, cuando un diputado del grupo realista se opuso a la enajenación de señoríos propiedad de la nobleza, varios amotinados y mujerzuelas quisieron hacerse con él y ajustarle cuentas, siendo necesario escoltarlo hasta un buque de la Real Armada para proteger su vida. Una de las razones por las que se prohíbe la entrada con capas o capotes a las sesiones de San Felipe Neri es evitar que el público lleve armas debajo.

—Estoy pensando en ese pobre hombre —comenta el Mulato—. El ajusticiado.

Dan una veintena de pasos en silencio lúgubre, con esas palabras en el aire. El contrabandista se balancea al extremo de sus largas piernas, con la danza suave que es su forma de andar. Cerca, pero manteniendo la distancia, Gregorio Fumagal avanza con pasos cortos y prudentes, cual suele. En él, cada movimiento parece responder a un acto deliberado y consciente, nunca mecánico.

—No me gusta imaginarme —añade el Mulato— con un dogal al cuello, tres vueltas en el pescuezo y la lengua fuera... ¿Y a usted?

—No diga tonterías.

A la altura de los Descalzos se cruzan con unas mujeres que vienen por la explanada con cántaros de agua y desenvuelto andar. Una de ellas es muy joven. Incómodo, Fumagal se toca el pelo para comprobar si destiñe todavía. Al retirar los dedos, confirma que sí. Eso le hace sentirse aún más sucio. Y grotesco.

—Me parece que no seguiré mucho más en esto —dice de pronto el Mulato—. Igual dejo la almadraba antes de que la levanten conmigo dentro... Demasiado va el cántaro a la fuente.

Se calla otra vez, da unos pasos y observa a Fumagal.

—¿De verdad corre estos riesgos por gusto?... ¿Gratis?

Sigue adelante el taxidermista, sin responder. Cuando se quita otra vez el sombrero y enjuga el sudor con un pañuelo, comprueba que éste queda empapado y sucio. El que llega va a ser un verano difícil, concluye. En todos los sentidos.

—No olvide el mono.

—¿Qué?

—Mi macaco de las Indias Orientales.

—Ah, sí —el contrabandista lo estudia, un poco desconcertado—. El mono.

—Mandaré a recogerlo esta tarde. Muerto, como convinimos... ¿De qué manera piensa hacerlo?

El Mulato encoge los hombros.

—Ah, pues no sé... Con veneno, supongo. O asfixiándolo.

—Prefiero lo último —dice con frialdad el taxidermista—. Ciertas sustancias perjudican la conservación del cuerpo. En cualquier caso, cuide que la piel no sufra desperfectos.

—Claro —responde el otro, mirando la gota de sudor oscuro que a Fumagal se le desliza por la frente.

Viernes por la tarde. Una lona tendida a la altura del piso superior filtra la luz sobre el patio de la casa, donde las grandes macetas con helechos, los geranios, las mecedoras y sillas de rejilla dispuestas junto al brocal del aljibe crean un ambiente fresco y grato. Lolita Palma bebe un sorbo de marrasquino de guindas, deja la copita sobre el mantel de ganchillo de la pequeña mesa, junto al servicio de plata y los frascos de licor, y se inclina hacia su madre para arreglarle los almohadones de la butaca. Seca, vestida de negro, con una cofia de encaje recogiéndole el cabello y su rosario sobre el chal que le cubre el regazo, Manuela Ugarte, viuda de Tomás Palma, preside como cada tarde, cuando está de humor para levantarse de la cama, la pequeña tertulia familiar. En la casa de la calle del Baluarte es hora de visitas. Está allí Cari Palma, hermana de Lolita, con su marido, Alfonso Solé. También Amparo Pimentel —una vecina viuda y entrada en años que es como de la familia—, Curra Vilches y el primo Toño, habitual de cada día a estas horas, y a todas.

—No os lo vais a creer —dice éste—. Traigo la última.

—De Cádiz te lo creo todo —replica Curra Vilches.

Con su desenfado habitual, el primo Toño cuenta su episodio. El más reciente llamamiento militar, que prevé la incorporación al Ejército de varios centenares de vecinos contemplados en la primera clase a reclutar —solteros y casados o viudos sin hijos—, se ha visto desatendido, presentándose apenas cinco de cada diez. El resto anda emboscado en sus casas, buscándose certificados y exenciones o alistándose en las milicias locales para escurrir el bulto. La reciente batalla de La Albuera, en Extremadura, ganada a los franceses a costa de terribles pérdidas —millar y medio de españoles y tres mil quinientos ingleses muertos o heridos—, no anima a los nuevos reclutas. De manera que las Cortes han ideado un truco para resolver el problema: extender la conscripción a la segunda y tercera clase, a fin de que estos últimos, para librarse ellos, delaten ante las autoridades a los remolones de la clase anterior.

—¿Y te afecta la norma, primo? —pregunta Cari Palma, abanicándose guasona.

—Nunca. Lejos de mi intención disputar a nadie los laureles y la gloria. Yo me libro por hijo de viuda, y por haber pagado los quince mil reales que eximen del glorioso ejercicio de las armas.

—Por pagar, pase. Pero por lo otro... ¡Si la tía Carmela murió hace ocho años!

—Eso no quita que muriese viuda —con un catavinos en una mano y una botella de manzanilla en la otra, el primo Toño contempla al trasluz el contenido menguante de ésta—. Además, sólo hay una campaña bélica a la que yo iría voluntario: reconquistar Jerez y Sanlúcar para la patria.

—Seguro que ahí lucharías como un tigre —apunta divertida Lolita.

—Y que lo digas, niña. A la bayoneta o como fuera. Palmo a palmo, bodega a bodega... Por cierto. ¿Sabéis la historieta del rey Pepe que está allí de visita y se cae a una cuba?... Todos los franceses empiezan a gritar: «Echadle una cuerda, echadle una cuerda». Y el fulano, asomando la cabeza, responde: «¡Noooo!... ¡Echadme jamón y queso!».

Ríe Lolita, como todos, aunque el cuñado Alfonso ríe lo justo. La única que permanece seria y seca es la madre. Una mueca condescendiente, lejana, donde se traslucen las cinco gotas de láudano que, disueltas tres veces al día en un vaso de agua de azahar, alivian las molestias del tumor escirroso que la mina muy despacio. Manuela Ugarte tiene sesenta y dos años y desconoce la malignidad de su dolencia; sólo la hija mayor está al corriente, tras haber impuesto silencio al médico que la diagnosticó. Sabe que nada se adelantaría de otro modo. La evolución de la enfermedad se anuncia lenta, sin final previsible a corto plazo; su madre la acusa paulatinamente, de modo todavía tolerable, sin dolores extremos. Hipocondríaca por naturaleza, no pisa la calle desde mucho antes de existir el mal que todavía ignora: pasa el día en la cama, en su habitación, y sólo por la tarde baja un rato, apoyada en el brazo de su hija mayor, a sentarse en el patio, en verano, o en el salón, en invierno, a recibir visitas. Su existencia discurre por márgenes estrechos, entre caprichos domésticos que nadie regatea, extracto de opio e ignorancia sobre su estado real. El estrago de la enfermedad secreta es fácilmente atribuible a achaques de los años, a fatiga, al cada día estancado en la rutina roma de una vida sin objeto. Manuela Ugarte dejó de ser esposa hace tiempo, y de madre ejerció lo justo, encomendándoselo todo a amas de cría, tatas y maestras. Lolita no recuerda haber recibido espontáneamente un beso suyo, jamás. Sólo su hermano mayor, el hijo varón desaparecido, iluminaba esos ojos enjutos. Desenvuelto, buen mozo, viajero, formado en casa de corresponsales de Buenos Aires, La Habana, Liverpool y Burdeos, Francisco de Paula Palma estaba destinado a dirigir la empresa familiar, reforzándola mediante una alianza matrimonial ventajosa con la hija de otro comerciante local llamado Carlos Power. La invasión francesa obligó a aplazar la boda. Alistado desde el primer momento en el batallón de Tiradores de Cádiz, Francisco de Paula murió el 16 de julio de 1808 combatiendo en los olivares de Andújar, durante la batalla de Bailén.

—Acordaos de lo que pasó cuando las obras para fortificar la Cortadura —dice Curra Vilches—: Cádiz al completo en plan albañil, acarreando piedra, hombro con hombro. Fiesta popular con música y merienda. Todos juntos: el noble, el comerciante, el fraile y el individuo del pueblo llano... El caso es que a los pocos días algunos ya pagaban a otros para que fueran en su lugar. Y al final se presentaban a trabajar cuatro gatos.

—Lástima de rejas —apunta Cari Palma.

Asiente su madre sin despegar los labios, avinagrado el semblante. Lo de las rejas de la Cortadura se lleva mal en esta casa. Para las obras de defensa del año diez, con los franceses a las puertas, la Regencia, además de imponer a la ciudad una contribución de un millón de pesos, hizo demoler todas las fincas de recreo que había por la parte del arrecife —incluida una perteneciente a la familia, que ya había perdido la casa de verano con la llegada de los franceses a Chiclana—, pidiendo además a los vecinos de Cádiz el hierro de sus cancelas y ventanas. A ello atendieron los Palma enviando las suyas, con una bella verja que cerraba la entrada al patio: ofrenda inútil, pues el hierro acabó mal empleado cuando la estabilización de la línea de frente en la isla de León hizo innecesaria la obra de la Cortadura. Si algo incomoda el espíritu comercial de los Palma no son los sacrificios impuestos por la guerra —por encima de todos, la pérdida del hijo y hermano muerto—, sino los gastos sin sentido, las contribuciones abusivas y el despilfarro oficial. Sobre todo cuando es la clase comerciante la que en todo tiempo, con guerra como sin ella, mantiene viva esta ciudad.

—Nos tienen exprimidos como limones —apunta el cuñado Alfonso, malhumorado cual suele.

—De paella —puntualiza el primo Toño.

Alfonso Solé se mantiene distante, sentado rígido en el filo de su butaca de mimbre, sin relajarse nunca. Para él, acudir a la casa de la calle del Baluarte supone un deber social. Se le nota, y procura que así sea. En el caso de un negociante de su posición, visitar cada viernes a suegra y cuñada es algo tan rutinario como despachar correspondencia. Se trata de cumplir las normas no escritas del qué dirán gaditano. En esta ciudad, los lazos de familia obligan a ciertos usos de clase. Además, con Palma e Hijos de por medio, nunca se sabe. Cuidar las formas es también un modo de mantener el crédito financiero. Si llegan apuros —la guerra y el comercio están llenos de accidentes inoportunos—, todo el mundo sabe que no será su cuñada quien le niegue respaldo para salir a flote. No por él, naturalmente. Por su hermana. Pero todo queda en casa.

Continúa la conversación en torno al dinero. Expresa Alfonso Solé entre sorbos a su taza de té —le gusta poner en evidencia el tiempo que pasó formándose en Londres— el temor de que, tal como están las cosas, las Cortes impongan una nueva contribución al comercio gaditano. Eso sería lamentable, dice, habiendo como hay retenidos en la Aduana más de cincuenta mil pesos pertenecientes a individuos que se hallan en país ocupado. Una suma que podría pasar directamente a la tesorería de la nación.

—Sería un expolio inicuo —opone Lolita.

—Llámalo como quieras. Pero mejor ellos que nosotros.

Asiente Cari Palma a cada frase, abriendo y cerrando el abanico. Visiblemente satisfecha de la firmeza de su esposo, desafía con la mirada a formular objeciones. Desde luego, mi amor, apunta cada gesto. Faltaría más. Naturalmente, cariño. Con ojo crítico, hecha hace tiempo a ello, Lolita observa a su hermana. Muy parecidas en el aspecto físico —Cari es más agraciada, merced a sus ojos claros y a una nariz pequeña y armoniosa—, las dos tenían ya caracteres opuestos cuando niñas. Ligera e inconstante, más parecida a su madre que al padre, la menor de las Palma vio colmadas pronto sus aspiraciones mediante un matrimonio adecuado, sin hijos hasta ahora, y una posición social conveniente. Enamorada de su marido, o segura de estarlo, Cari no ve más que por los ojos de Alfonso ni habla más que por su boca. Lolita está acostumbrada a ello; y hoy advierte los indicios con la sensación habitual de remoto rencor, no por el presente —la vida doméstica de su hermana la trae sin cuidado— sino por el pasado: infancia, juventud, soledad, melancolía, cristales empañados con gotas de lluvia. Áridas tardes de estudio inclinada sobre libros de comercio o cuadernos de contabilidad, aprendiendo inglés, aritmética, cálculo mercantil, leyendo sobre viajes o costumbres extranjeras, mientras Cari, siempre desahogada y superficial, se arreglaba los rizos ante un espejo o jugaba con casitas de muñecas. Luego, con el tiempo, vinieron la ausencia del hermano, la responsabilidad, el peso a veces insoportable de la carga familiar, la madre siempre seca y excesiva. El resquemor displicente y apenas disimulado —visitas semanales incluidas— del cuñado Alfonso y de Cari, la princesita guapa reina del baile. Toda molesta, ella, arrugando su naricilla porque es Lolita quien, tras renunciar a tantas cosas, dirige ahora el patrimonio de los Palma y trabaja por mantenerlo a flote, ganándose el respeto de Cádiz. Sin permitir al cuñado mojar en la salsa.

Suena la campana de la verja, y Rosas, el mayordomo, cruza el patio y reaparece anunciando dos nuevas visitas.

Un momento después se presenta el capitán Virués, de uniforme, sombrero galoneado y sable bajo el brazo, en compañía de Jorge Fernández Cuchillero, el criollo que se encuentra en Cádiz como delegado de la ciudad de Buenos Aires en las Cortes: veintisiete años, rubio, elegante, de buena traza, vestido con frac gris ceniza, corbata de dos puntas a la americana, calzón de cinta y botas altas. Una cicatriz en la cara. Es un chico fino, amable, habitual de la casa Palma por descender de comerciantes de origen asturiano con los que hace años existe relación estrecha, perturbada ahora por los disturbios en el Río de la Plata. Como en el caso de otros diputados que representan a provincias americanas insurgentes, la situación política de Fernández Cuchillero es delicada, propia de los confusos tiempos que vive la monarquía hispana: delegado en el congreso de Cádiz de una Junta que se encuentra en rebeldía armada contra la metrópoli.

—Habrá que traer repuesto de manzanilla —sugiere el primo Toño.

Descorcha Rosas una nueva botella refrescada en el aljibe y se acomodan los recién llegados, comentando el excesivo alquiler de cuarenta reales diarios que su casera pide al diputado criollo; hasta el punto de que éste acaba de pedir amparo a las Cortes.

—Ni en Sierra Morena —concluye.

Discurre luego la conversación por los sucesos en el Río de la Plata, la actuación contra los rebeldes desde el apostadero de Montevideo y la oferta inglesa para mediar en la pacificación de las provincias disidentes de América. Según cuenta Fernández Cuchillero, en San Felipe Neri se debate estos días la posibilidad de conceder a Inglaterra, a cambio de su intervención diplomática, ocho meses para comerciar libremente con los puertos americanos. Medida de la que él, como otros diputados de ultramar, se declara partidario.

—Eso es ridículo —argumenta desabrido el cuñado Alfonso—. Si los británicos encuentran francos esos puertos, ya no se irán nunca... ¡Buenos son ellos!

—Pues el asunto está maduro —confirma el criollo con mucha flema—. Se dice incluso que, si ven desairada su propuesta, podrían retirarse de Portugal, abandonando el sitio de Badajoz y los planes de la nueva batalla que se proyecta para batir al mariscal Soult...

—Eso es puro chantaje.

—Sin duda, señor mío. Pero en Londres lo llaman diplomacia.

—En tal caso, Cádiz tiene que hacerse oír. Una medida así supondría el fin de nuestro comercio con América. La ruina de la ciudad.

Lolita juguetea con el abanico —negro, chinesco, país pintado con flores de azahar— que tiene cerrado en el regazo. Le fastidia estar de acuerdo en algo con su cuñado. Pero lo está. Y no le importa decirlo en voz alta.

—Ocurrirá tarde o temprano —opina—. Con mediación o sin ella, América revuelta es demasiado tentadora para Inglaterra. Todo ese mercado enorme ahí, a su disposición... Tan mal llevado por nosotros. Y tan lejos. Tan sometido a impuestos, tasas, restricciones y burocracia... Así que los ingleses harán lo de siempre: por un lado jugarán a mediadores, y por otro atizarán la hoguera, como hacen en Buenos Aires. Son finísimos pescando en río revuelto.

—No deberías hablar así de nuestros aliados, Lolita.

Calla la madre, cabeza baja y aire ausente. Lo mismo puede estar oyendo la conversación, que absorta en sus vapores de láudano. La reconvención ha venido de Amparo Pimentel. Con su copita de anís en la mano —la vecina anda por la tercera, como si compitiese con el manzanillero primo Toño—, ésta se muestra escandalizada. De lo que no está segura Lolita Palma es de si el apunte responde a su juicio desfavorable sobre la nación inglesa, o al hecho de que, siendo mujer, se exprese con tanta desenvoltura sobre asuntos de política y comercio. Su párroco predilecto, que es el de San Francisco, critica a veces suavemente, en su sermón dominical, ciertos excesos en el ejercicio de tales libertades por parte de señoras de la buena sociedad gaditana. A Lolita eso la tiene sin cuidado —mucho se guardaría cualquier párroco de ir más allá en Cádiz—; pero la vecina Pimentel, aunque habitual de la casa Palma, siempre fue estrecha de miras y conciencia. Elementalmente clásica. Sin duda, Cari Palma es su modelo de mujer: casada, prudente, sólo atenta a su aderezo personal y a la felicidad doméstica de su marido. No un marimacho con los dedos manchados de tinta y las macetas llenas de helechos y plantas raras en vez de flores como Dios manda.

—¿Aliados? —Lolita la mira con blanda censura—... ¿Usted ha visto la cara de vinagre del embajador Wellesley?

—¿Y la de su hermano Güelintón? —contribuye festiva Curra Vilches.

—Ésos sólo son aliados de sí mismos —continúa Lolita—. Si están en la Península es para desgastar aquí a Napoleón... Los españoles no les importamos nada, y nuestras

Cortes les parecen focos de subversión republicana. Ponerlos a mediar en América es meter a la zorra en el gallinero.

—Jesús, María y José —se persigna la Pimentel.

A Lolita no le pasan inadvertidas las miradas pensativas y discretas que le dirige Lorenzo Virués. No es la primera vez que el militar se presenta en la casa de la calle del Baluarte. Nunca solo ni de modo impertinente, por supuesto, como cumplido oficial que es. Tres veces hasta hoy, desde la recepción del embajador inglés: dos con Fernández Cuchillero y otra después de encontrarse, casualmente, con el primo Toño en la plaza de San Francisco.

—¿Se ven ustedes muy afectados por la insurgencia americana? —pregunta Virués.

Lo ha dicho dirigiéndose a Lolita con interés que parece sincero, más allá de la simple cortesía propia de la conversación. Afecta lo suficiente, responde ésta. Más de lo deseable. El cautiverio del rey y los excesos autoritarios han complicado las cosas: la capitanía general de Venezuela y los virreinatos del Río de la Plata y Nueva Granada están en abierta rebeldía, la interrupción del comercio y la falta de caudales procedentes de allí dan a Cádiz problemas de liquidez, y la guerra con Francia, la falta de mercado español y el contrabando estorban el comercio tradicional. Algunas firmas gaditanas, como la casa Palma, intentan resarcirse con actividad local, entrepot y especulación inmobiliaria y financiera, volviendo al viejo recurso en tiempos de crisis: más comisionistas que propietarios.

—Pero todo eso es un parche temporal —concluye—. A largo plazo, la riqueza de la ciudad está condenada.

Asiente el cuñado Alfonso casi a regañadientes. Por su expresión agria, cualquiera diría que Lolita le roba argumentos. Y dinero.

—La situación es intolerable. Por eso no puede hacerse la mínima concesión, ni a los ingleses ni a nadie.

—Al contrario —apunta Fernández Cuchillero, barriendo para casa—. Hay que negociar antes de que sea demasiado tarde.

—Jorge tiene razón —responde Lolita—. Un comerciante encaja sus reveses cuando puede recuperarse con nuevas operaciones... Si América se independiza y sus puertos caen en manos inglesas y norteamericanas, no nos quedará ese consuelo. Las pérdidas serán irreparables.

—Por eso no hay que ceder un palmo —opina el cuñado Alfonso—. Fijaos en Chile: sigue fiel a la Corona. Como México, pese a la revuelta de ese cura loco, español para más infamia... Y en Montevideo, el general Elío lo está haciendo bien. Con mano dura.

Las últimas palabras son acompañadas con un aprobatorio golpe de abanico de Cari Palma. Lolita mueve la cabeza, disconforme.

—Eso es lo que me preocupa. En América, la mano dura no lleva a ninguna parte —apoya, afectuosa, una mano sobre un brazo de Fernández Cuchillero—. Nuestro amigo es un buen ejemplo... No oculta que es partidario de reformas radicales en su tierra, pero sigue en las Cortes. Sabe que se trata de una ocasión para combatir la arbitrariedad y el despotismo que lo han envenenado todo.

—Así es —confirma el criollo—. Una oportunidad histórica, de la que sería imperdonable hallarme ausente...

Se lo dice a ustedes alguien que luchó en Buenos Aires junto al general Liniers y bajo la bandera de España.

Lolita conoce el episodio, y sabe que el rioplatense es modesto limitándose a esa referencia. En 1806 y 1807, durante las invasiones inglesas del Río de la Plata, Fernández Cuchillero se batió contra las tropas británicas, como otros jóvenes patricios, hasta la capitulación enemiga, en una dura y doble campaña que costó a Gran Bretaña más de tres mil bajas entre muertos y heridos. Lo atestigua la cicatriz de su mejilla derecha, roce de un balazo recibido en la defensa de la casa O'Gorman, en la calle de la Paz de la ciudad porteña.

—Cuando esto acabe, habrá que afrontar un mundo nuevo —dice Lolita—. Quizá más justo, eso no lo sé. Pero diferente... Perdamos o no América, se salve Cádiz o se arruine, con ingleses o sin ellos, nuestro vínculo con América serán los hombres como Jorge.

—Y el comercio —apostilla hosco el cuñado Alfonso.

Sonríe Lolita, tristemente irónica.

—Claro. El comercio.

Los ojos del capitán Virués siguen posados en ella, y no puede evitar sentirse halagada. El militar es hombre apuesto; y la casaca azul con solapas y cuello morados le da aspecto distinguido. El sentimiento de Lolita Palma es íntimo y grato: una vaga caricia en su orgullo de mujer, que ni va más allá, ni ella estaría dispuesta a tolerarlo. No es la primera vez que un hombre la mira así, por supuesto. En algún momento fue una muchacha razonablemente linda, y a su edad aún puede considerarse agraciada: la piel todavía es blanca y tersa; los ojos, oscuros y vivos; las formas, agradables. Manos finas y pies pequeños, de buena casta. Aunque viste sobria, siempre de oscuro desde la muerte de su padre —un color que favorece su apariencia a la hora de los negocios—, lo hace con gusto de mujer bien educada, vestidos y zapatos a la moda. Todavía se halla dentro de la categoría que en Cádiz se define como *niña con posibilidades*, aunque el espejo demuestre que tales posibilidades disminuyen día a día. Pero también es consciente de ser partido apetecible para un cazador de fortunas ajenas. Como suele decir el primo Toño, más de un lobo ha rondado a la oveja; y en tal sentido, Lolita no se hace ilusiones. No es de las que se aturden ante un porte elegante, unas manos finas, un frac a la última o un bizarro uniforme. Fue educada por su padre para vivir con la conciencia de lo que es; y esto le permite adoptar siempre, ante cualquier homenaje masculino, una actitud cortés, algo ausente. Una indiferencia afectada que disimula su desconfianza. Como el duelista consumado que, sin aspavientos, se sitúa de perfil ante el adversario para acortar las posibilidades de recibir un balazo.

—Cuentan que has perdido un barco —comenta Alfonso Solé.

Lolita mira a su cuñado, incómoda. Engreído inoportuno, piensa. Molesto por el giro de la conversación, pretende desquitarse ahora con rencor casi infantil. Torpe como sólo él puede serlo. Cada día que pasa, ella agradece más a su padre, que en gloria esté, no haberlo aceptado como socio.

—Sí. Con el flete.

Es una forma de resumirlo. El disgusto. Hace cuatro días, la *Tlaxcala*, una goleta procedente de Veracruz y cargada con 1.200 lingotes de cobre, 300 cajas de zapatos y 550 tercios de azúcar consignados a la casa Palma, fue capturada por los franceses cuando venía de arribada, tras un viaje de sesenta y un días. El autor del apresamiento fue el falucho corsario que opera habitualmente desde la ensenada de Rota, al que unos pescadores vieron marinando la goleta dos millas al oeste de punta Candor.

—Por lo menos, las pólizas de seguros han bajado desde la paz con Inglaterra —apunta el cuñado, malévolo—. Y lo mismo te recuperas pronto, con tu corsario.

Lolita, que en ese momento mira a Lorenzo Virués, ve pasar una sombra por el rostro del militar cuanto éste oye la palabra *corsario*. Desde la conversación que mantuvieron el día de la recepción del embajador inglés, ninguno de los dos ha vuelto a nombrar a Pepe Lobo; pero ella supone a Virués al corriente de las andanzas del marino. Desde su armamento por las firmas Sánchez Guinea y Palma, la balandra corsaria ha sido mencionada varias veces en los periódicos gaditanos. Entre las primeras capturas figuraron una polacra cargada con 3.000 fanegas de trigo y la afortunada represa de un bergantín procedente de Puerto Rico con carga de cacao, azúcar y palo de tinte, suficiente por sí sola para amortizar la inversión inicial. El último informe lo registraba *El Vigía de Cádiz* hace exactamente una semana: «*Entró un místico francés con tripulación de presa del corsario* Culebra. *Hacía ruta de Barbate a Chipiona con aguardiente, trigo, cueros y correspondencia*»... Lo que no detallaba el periódico era que el místico llevaba seis cañones y había opuesto resistencia durante su captura, que al echar el ancla traía a bordo a dos tripulantes de la *Culebra* gravemente mutilados, y que otros dos hombres de Pepe Lobo quedaban sepultados en el mar.

La enorme vela cangreja gualdrapea dando bandazos en la marejada, con fuertes tirones que estremecen el palo y el casco negro de la balandra. A popa, al lado de los dos timoneles que manejan la caña de hierro forrado de cuero, Pepe Lobo mantiene la embarcación en facha, con el viento de proa haciendo flamear el foque suelto y la larga botavara oscilando sobre su cabeza. Hasta él llega el olor de los botafuegos que humean en el costado de estribor, junto a los cuatro cañones de 6 libras que, por esa banda y bajo la supervisión del contramaestre Brasero, apuntan a la tartana inmovilizada muy cerca, a tiro de pistola, con sus dos velas triangulares flameando y las escotas sueltas. Lobo sabe que, a estas alturas, los cañones apuntando a bocajarro al casco de su presa tienen más efecto de imponer respeto que otra cosa. Sería imposible dispararlos sin alcanzar también a la gente propia; al vociferante trozo de abordaje que, armado con chuzos, hachas, pistolas y alfanjes, y dirigido por Ricardo Maraña, acorrala hacia popa a la tripulación de la tartana: docena y media de hombres desconcertados que retroceden en grupo, retirándose por la cubierta ante la amenaza de los que acaban de saltar a bordo. En la banda de estribor, bajo el arraigo de los obenques del palo mayor, la tablazón del casco y parte de la regala están astillados, señalando el lugar donde, tras la caza y la maniobra de abordaje —la tartana intentaba escapar, haciendo caso omiso a las señales—, la balandra corsaria se abarloó con su presa, el tiempo necesario para que los veinte hombres armados saltasen de un barco a otro.

Maraña lo hace muy bien. Como nadie. En situaciones como ésta, al adversario no hay que dejarlo pensar; y se aplica a ello con la fría eficiencia de siempre. Apoyadas las manos en la regala de la balandra, sin perder de vista la posición de velas y escotas propias respecto al viento que permite mantener a la tartana por el través, Pepe Lobo observa a su primer oficial moviéndose por la cubierta de la presa. Pálido, sin sombrero, vestido de negro de arriba abajo, el teniente de la *Culebra* lleva un sable en la mano derecha, una pistola en la izquierda y otra al cinto. Desde que pasó a bordo, ni él ni sus hombres han necesitado disparar un tiro ni dar una cuchillada. Abrumados por la violencia del asalto, por el griterío y el aspecto de los corsarios, los de la tartana no se deciden a oponer resistencia. Algunos hacen amago, pero al cabo se echan atrás y dudan. La actitud agresiva de los asaltantes, sus voces y amenazas, el aire intrépido del joven que los dirige y su modo insolente, despreocupado, de señalarlos uno por uno con la punta del sable mientras exige que arrojen las armas, los intimida. Reculan los asaltados hasta la caña, que da bandazos sin nadie que la gobierne. La bandera de dos franjas rojas y tres amarillas, usada tanto por los mercantes josefinos como por los patriotas, ondea al extremo de un corto mástil en el coronamiento de popa. Bajo ella, alguien que parece el patrón de la tartana mueve los brazos como alentando a sus hombres a resistir, o quizá los disuada de ello. Desde la *Culebra* puede verse a un individuo fornido, que empuña un cuchillo grande o un machete, encararse con Maraña; pero éste lo aparta de un empujón, camina abriéndose paso con mucha sangre fría entre los tripulantes, llega hasta el patrón, y sin descomponer el gesto le apoya el cañón de la pistola en el pecho, mientras con la otra mano corta de un sablazo la driza de la bandera, que cae al mar.

Suicida hijo de puta, murmura entre dientes Pepe Lobo. Empeñado siempre en llevar demasiado trapo arriba, camino del infierno. El Marquesito. Aún sonríe cuando se vuelve hacia el contramaestre Brasero.

—Fuera zafarrancho —ordena—. Trincad cañones y chalupa al agua.

Sopla en su silbato el contramaestre y recorre luego los sesenta y cinco pies de eslora y dieciocho de manga de la balandra, dando las voces oportunas. En la tartana, mientras la gente del trozo de abordaje desarma a los adversarios y los mete bajo cubierta, Maraña se acerca a la regala y hace desde allí la señal de barco rendido y bajo control: los brazos en alto, cruzadas las muñecas. Después baja por el tambucho y desaparece. Lobo saca el reloj del bolsillo del chaleco, consulta la hora —9.48 de la mañana— y le dice al escribano de a bordo que tome nota en el libro de presas. Luego mira por la banda de babor, hacia una vaga forma oscura que se adivina entre la bruma grisácea que oculta la línea de costa: están a levante del bajo de la Accitera, unas dos millas al sur del cabo Trafalgar. Acaba así la caza iniciada con la primera luz del día, cuando desde la *Culebra* avistaron una vela navegando hacia el norte, a punto de terminar el cruce del Estrecho. Aunque se acercaron sin bandera, la tartana entró en sospechas, forzando vela con viento de levante, en demanda del refugio barbateño. Pero la *Culebra*, de mayor andar, casco forrado de cobre y el palo cubierto de lona, velacho y escandalosa incluidos, le dio caza en hora y media. Izó el corsario pabellón francés, respondió la tartana con el suyo sin aflojar la marcha —en el embustero mar, Jesucristo dijo hermanos, pero no primos—, y ordenó al fin el capitán Lobo arriar la bandera francesa e izar la corsaria española, asegurándola con un cañonazo. Puso entonces escotas en banda la tartana, gobernó la *Culebra* borda con borda para meterle a Maraña y sus hombres dentro, y fin de la historia. De momento.

—¡Nostramo!

Acude el contramaestre Brasero. Moreno, recio, gris de pelo y bigote. Pies descalzos, como casi todos a bordo. Su cara, tallada de surcos iguales a navajazos, se ve risueña por la captura. La de la balandra corsaria es ahora una tripulación feliz: mientras los hombres se afanan en echar al agua la chalupa y alistar la dotación de presa que llevará la tartana a Cádiz o a Tarifa, hacen cábalas sobre la carga que ésta pueda llevar en sus bodegas y lo que la parte de cada cual supondrá convertida en dinero, una vez se venda en tierra.

—Ponga dos hombres arriba con un catalejo, atentos a cualquier vela. Sobre todo por el lado de barlovento... No vaya a pillarnos con la guardia baja el bergantín de Barbate.

—Como usted mande.

Pepe Lobo es marino precavido, y no desea sorpresas. Los franceses tienen, alternando fondeadero entre el río Barbate y la broa de Sanlúcar, un bergantín de doce cañones bastante rápido, de muy mala leche, que emplean como guardacostas. En el juego marino del gato y el ratón, a veces los dados se vuelven contra uno, y el cazador llega a convertirse en cazado. Todo es cuestión de suerte, y también de buen ojo e instinto marinero, en este oficio donde una saludable incertidumbre y una perpetua desconfianza del tiempo, del mar, del viento, de las velas, del enemigo y hasta de la propia gente, son virtudes que ayudan a mantenerse libre y vivo. Hace una semana, la *Culebra* abandonó a regañadientes una presa que ya había arriado bandera —goleta pequeña, acorralada en la ensenada de Bolonia—, al divisar las velas del bergantín francés acercándose con rapidez desde poniente; lo que, además, forzó al corsario a un incómodo bordo adentrándose en el Estrecho, en busca de la protección de las baterías españolas de Tarifa.

La chalupa llevando al escribano, al cabo de presa y a la dotación que marinará el barco capturado se abre ya del costado de la *Culebra*, remando con vigor en la marejada. Sigue la embarcación a tiro de pistola, a la distancia de la voz. Ricardo Maraña reaparece en la cubierta con una bocina de latón en la mano, y a gritos informa a Lobo del nombre, carga y destino de la presa. Se trata de la *Teresa del Palo*, armada con dos cañones de 4 libras, matrícula de Málaga, en ruta de Tánger a la boca del Barbate con cueros, aceite, botijuelas de aceitunas, pasas y almendras. Pepe Lobo asiente, satisfecho. Con esa carga y destino, cualquier tribunal naval la declarará buena presa. Observa la grímpola que señala la dirección del viento, y luego el estado del mar y las nubes que corren altas en el cielo gris. El levante saltó anoche y se mantendrá firme, así que no hay problema en llevar la tartana a Cádiz, con la *Culebra* escoltándola. Hace tres semanas que corren el mar entre Gibraltar y el cabo Santa María. Unos días en puerto vendrán bien a todos —el barómetro cada vez más bajo también invita a ello—, y tal vez ya esté resuelto el dictamen sobre alguna presa anterior, con lo que oficiales y tripulantes podrían cobrar lo que se les adeuda según la Ordenanza de Corso y el contrato con los armadores: un tercio para la tripulación, dividido en siete partes para el capitán, cinco para el primer oficial, tres para el contramaestre y el escribano, dos para cada marinero y una para los grumetes o pajes, sin contar ocho partes reservadas para heridos graves, entierros, huérfanos y viudas.

—Cañones trincados y con tapabocas puestos, capitán. Ninguna vela a la vista.

—Gracias, nostramo. En cuanto vuelvan el señor Maraña y el trozo de abordaje, cazamos escotas.

—¿Rumbo?

—Cádiz.

Se ensancha la sonrisa en el rostro del contramaestre, y también en el del primer timonel —un individuo fuerte y rubio apodado el Escocés, aunque se apellida Machuca y es de San Roque—, que los ha oído. Después, mientras Brasero se dirige a proa comprobando que todo está arranchado en cubierta, las escotas y drizas claras para la maniobra, los botafuegos apagados, los cartuchos de pólvora devueltos a la santabárbara y las balas de cañón trincadas en sus chilleras y cubiertas con lona, la sonrisa se contagia al resto de la tripulación. No es la peor gente, dentro de lo disponible, habida cuenta de que el Ejército y la Real Armada procuran echar el guante a cuantos pueden sostener un fusil o tirar de un cabo. Con los tiempos que corren, tampoco fue fácil enrolarlos. De los cuarenta y nueve hombres a bordo —eso incluye a un pajecillo de doce años y a un grumete de catorce—, la tercera parte son gente de mar, pescadores y marineros atraídos por la perspectiva de buenas presas y la paga fija de 130 reales por mes —Lobo cobra 500, y 350 su teniente— a cuenta de futuros botines. El resto es chusma portuaria, ex presidiarios sin delitos de sangre que han esquivado la leva ordinaria sobornando a los funcionarios de tierra con su prima de enganche, y algunos extranjeros enrolados a última hora en Cádiz, Algeciras y Gibraltar para completar el rol o cubrir bajas: dos irlandeses, dos marroquíes, tres napolitanos, un artillero inglés y un judío maltés. La *Culebra* lleva cuatro meses operando; y siete capturas hechas en ese tiempo, a falta de lo que decidan los tribunales sobre si son buenas presas, suponen una óptima campaña. Suficiente para dejarlos satisfechos a todos, además de curtir en el mar y foguear en combate —por suerte sólo se ha derramado sangre en dos capturas— a los hombres que van a bordo.

Se quita Pepe Lobo el sombrero y levanta el rostro hacia la cofa, más allá del pico de la vela que sigue dando gualdrapazos, chirriando la retenida de la botavara a causa de la marejada, que aumenta.

—¿Hay algo por la parte de Barbate?

De arriba responden que no, que todo claro. La chalupa viene ya de regreso desde la tartana, trayendo a Ricardo Maraña, a sus hombres y al escribano, que lleva el libro de presas apretado contra el pecho. Lobo saca el chisquero de un bolsillo, y yéndose a sotavento, pegado al coronamiento de popa, enciende un cigarro. Un barco es madera, brea, pólvora y otras sustancias inflamables, y el capitán y el primer oficial son los únicos que pueden fumar a bordo a cualquier hora y sin permiso, aunque él procura usar de ese privilegio lo menos posible. No es muy aficionado, a diferencia de Ricardo Maraña; que, pese a sus pulmones enfermos y a los pañuelos manchados de sangre, despacha cigarros por atados completos. De doce en doce.

Cádiz. La perspectiva de fondear allí tampoco disgusta al corsario. La balandra necesita algunos arreglos y repuestos, y a él le conviene darse una vuelta por el tribunal de presas, a engrasar voluntades que aceleren el papeleo; aunque confía en que los Sánchez Guinea, por la parte que les toca, se estén encargando de eso. Jueces y funcionarios aparte, al capitán de la *Culebra* no le vendrá mal estirar las piernas en tierra firme. En eso piensa mientras deja escapar humo entre los dientes. Porque va siendo hora. Callejear por Santa María y los colmados de la Caleta. Sí. También él necesita una mujer. O varias.

Lolita Palma. El recuerdo le dibuja en la boca una mueca burlona y pensativa, pues la dirige a sí mismo. Apoyado en la tapa de regala, con el cabo Trafalgar perfilándose en la distancia mientras se levanta la bruma costera, Pepe Lobo reflexiona y hace memoria. Hay algo en esa mujer —nada tiene que ver con el dinero, cosa insólita— que le inspira sentimientos desacostumbrados. No es hombre inclinado a la introspección, sino cazador resuelto en busca del medro, el golpe de suerte soñado por todo marino, la fortuna que el mar hace posible, a veces, para quien se arriesga y lo intenta. El capitán Lobo es corsario por necesidad y como consecuencia, no de una vocación, sino de cierta forma de vida. Del tiempo en que le toca vivir. Desde que embarcó a la edad de once años ha visto demasiados despojos humanos que fueron lo que él es. No quiere terminar en una taberna, contando su vida a marineros jóvenes, o inventándola, a cambio de un vaso de vino. Por eso persigue, tenaz y paciente, un futuro lejos de este paisaje incierto al que no volverá nunca si logra dejarlo atrás: una pequeña renta, una tierra propia, un porche donde sentarse al sol sin más frío y humedades que la lluvia y los inviernos. Con una mujer que caliente la cama y el estómago, sin que oír aullar el viento suponga un presagio sombrío y una mirada inquieta al barómetro.

Respecto a Lolita Palma, cuando piensa en ella le rondan la cabeza algunas ideas complejas. Demasiado, para lo que acostumbra. Aunque su jefa y asociada sigue siendo una desconocida con la que ha cambiado pocas palabras, el corsario percibe en ella una extraña afinidad; una corriente de simpatía que incluye cierta tibieza o calidez de índole física. Pepe Lobo ha echado el ancla en puertos suficientes como para no engañarse. En el caso de Lolita Palma, eso lo sorprende. También lo inquieta, por mezclarse unas cosas con otras. Él tiene acceso a mujeres jóvenes o hermosas, aunque a menudo sea previo pago de su importe: lo que, incluso, resulta tranquilizador. Cómodo. La heredera de los Palma, sin embargo, está lejos de ser hermosa. De encajar, al menos, en tal canon femenino. Pero tampoco está mal. En absoluto. Sus facciones son regulares y agradables, los ojos inteligentes, el cuerpo se adivina bien formado bajo la ropa que lo oculta. Hay en ella, sobre todo, en su modo de hablar y de callarse, en su continente sereno, una insólita calma, un aplomo que intriga y en cierto modo —el corsario no tiene claro ese aspecto crucial del asunto— atrae. Esto es lo que no deja de causarle sorpresa. E inquietud.

Lo advirtió por primera vez durante la visita que a finales de marzo hizo Lolita Palma a la *Culebra*, cuando la embarcación corsaria estuvo lista para hacerse a la mar.

Pepe Lobo había planteado esa posibilidad; y para su asombro, ella —aunque no inmediatamente— acabó presentándose a bordo con los Sánchez Guinea. Llegó de improviso en un bote del puerto, con una sombrilla en la mano, acompañada por don Emilio y su hijo Miguel, que avisaron con el tiempo justo para dejar la balandra en estado de echarle un vistazo, aunque todavía con parte del equipamiento sin estibar y una de las dos anclas de diez quintales sobre cubierta, la botavara y el resto de la arboladura al pie del palo desnudo y una barcaza abarloada con lastre suplementario de hierro. Pero cada cabo se veía adujado en su sitio, la jarcia firme recién embreada, el casco acababa de recibir una mano doble de pintura negra por encima de la línea de flotación, la regala y los pasamanos olían a aceite de teca, y la cubierta estaba recién fregada con lampazos y piedra arenisca. El día era soleado y agradable, el agua parecía un espejo, y cuando Lolita Palma subió a bordo —no quiso que la izaran en una guindola, y ascendió resuelta por los travesaños de madera de la banda de estribor, recogiéndose un poco la falda— la balandra se veía hermosa, inmóvil sobre un ancla frente a la punta de La Vaca y la batería de los Corrales, aproada a la brisa ligera que soplaba a lo largo del arrecife.

Fue una situación extraña. Tras los primeros saludos, Ricardo Maraña, con una chaqueta negra y un corbatín anudado a toda prisa, hizo los honores con su elegante aplomo de perdulario tronado y de buena familia. Los hombres que trabajaban en cubierta se apartaban rígidos y sonrientes, el aire bobalicón, descubriéndose con esa torpe timidez que la gente humilde de mar, hecha a mujerzuelas de puerto, suele mostrar ante la que es, o parece, una señora. Pepe Lobo, en segundo término junto a los Sánchez Guinea, observaba a la visitante moverse con desenvoltura por el barco, agradeciéndolo todo con una sonrisa suave, una inclinación de cabeza, una pregunta oportuna sobre esto y aquello. Vestía de gris oscuro, chal de casimir sobre los hombros y sombrero inglés de paja con alas, ligeramente vueltas hacia abajo, que enmarcaba el rostro resaltando sus ojos inteligentes. Y se fijó en todo: los ocho cañones de 6 libras, cuatro a cada banda, con dos portas libres a proa, dispuestas para usarlas en caso de caza; los tinteros para instalar trabucos y pedreros de menor calibre; los listones en abanico clavados bajo la caña para dar apoyo al timonel en las escoras fuertes; la bomba de achique situada tras la lumbrera de la camareta; las fogonaduras detrás del palo para enviar abajo los cabos de las anclas, y el largo bauprés casi horizontal, alineado a babor de la crujía. Todo característico, le explicaba atento el primer oficial, de esta clase de embarcaciones rápidas y ligeras, capaces de desplegar mucha lona sobre un solo palo y perfectas para el corso, el correo y el contrabando, que los ingleses llaman *cutter*, los franceses *cotre* y nosotros balandra. Contra lo que esperaba, Pepe Lobo encontró a la propietaria de la casa Palma muy suelta en asuntos de mar y barcos; hasta el punto de que la oyó interesarse, además, por el aparejo y la maniobra, la ausencia de tablas de jarcia exteriores que ofrecieran resistencia al mar, y sobre todo por la magnífica pieza del palo, con su pronunciada inclinación hacia popa: madera de Riga flexible y resistente, sin nudos, procedente de la verga mayor de uno de los navíos franceses de setenta y cuatro cañones que pertenecieron a la escuadra del almirante Rosily.

Tuvieron un aparte —el segundo, desde que Pepe Lobo y ella se conocen— cuando Lolita Palma declinó visitar el entrepuente. Prefiero seguir aquí, dijo. Hace un día espléndido, y el interior de los barcos me incomoda un poco: el aire es demasiado irrespirable. Así que discúlpenme, caballeros. Ricardo Maraña bajó con los Sánchez Guinea, dispuesto a ofrecerles una copa de oporto en la camareta, y ella se quedó apoyada en el ángulo entre el espejo de popa y la regala, protegiéndose del sol con la sombrilla abierta mientras contemplaba a poca distancia, entre la reverberación de luz en el agua, la imponente mole fortificada de la Puerta de Tierra, las velas de grandes y pequeñas embarcaciones yendo y viniendo por todas partes. Fue allí donde Pepe Lobo y la heredera de la casa Palma hablaron durante un cuarto de hora; y al término de la conversación, que no versó sobre nada extraordinario ni profundo, sino sobre los barcos, la guerra, la ciudad y el tráfico marítimo, confirmó el corsario que esa mujer todavía joven, insólitamente educada y culta —lo sorprendió su dominio de la terminología náutica inglesa y francesa—, no es como las que conoció antes. Que en ella hay algo distinto: una tranquila resolución interior que incluye disciplinadas renuncias, algunas certezas e intuición natural para juzgar a los hombres en sus hechos y palabras. Además de un encanto singular, indefinible —sereno, es el término que acude una y otra vez al pensamiento de Pepe Lobo—, relacionado con la cualidad agradable de su piel femenina y blanca, las tenues venas azuladas de las muñecas entre los puños de encaje y los guantes de raso que usaba aquel día, la boca agradable, entreabierta en el acto de escuchar incluso a quien, como el capitán corsario, no parecía gozar de sus más vivas simpatías —al menos eso dedujo de la forma cortés y un poco altiva con que ella se condujo todo el tiempo—. Se diría que, merced a una curiosidad al mismo tiempo calculada y espontánea por cuanto la rodea, Lolita Palma no ha perdido la facultad de sorprenderse ante lo inesperado, en un mundo poblado por seres que, en última instancia, no la sorprenden en absoluto.

—Todo en orden, capitán —se presenta Ricardo Maraña—. Confirmados carga y destino, sin más novedad. He hecho clavar y sellar las escotillas.

Nunca tutea a su capitán delante de la tripulación, y éste responde con el mismo tratamiento. Todo el trozo de abordaje está de vuelta de la tartana. Los hombres dejan las armas en las cestas de mimbre que hay al pie del palo y se desperdigan por cubierta, ruidosos y satisfechos, refiriendo a sus compañeros las circunstancias de la captura. Con chirriar de candalizas, seis marineros izan la chalupa y la trincan en cubierta, chorreando agua. Pepe Lobo tira la colilla del cigarro y se aparta del coronamiento.

—¿Buena presa, entonces?

Tose Maraña, llevándose a los labios el pañuelo que saca de la manga de la casaca, y lo guarda tras mirar indiferente las salpicaduras de saliva roja.

—Las hice peores.

Cambian una sonrisa cómplice los dos marinos. Detrás del escribano, que trae también la patente, el rol y el conocimiento de carga de la presa, sube a cubierta el patrón de la tartana: un sujeto grueso, de patillas blancas, tez rojiza y cierta edad, con cara de habérsele hundido el mundo bajo los pies. Es español como la mayor parte de sus tripulantes, entre los que no hay ningún francés. Maraña le permitió meter sus cosas en un pequeño cofre de camarote que han traído los del trozo de abordaje, y que ahora, abandonado en la cubierta, acentúa su estampa patética.

—Lamento verme obligado a retener su barco —le dice Pepe Lobo, tocándose el sombrero—. Será conducido con su carga y documentación, pues lo considero buena presa.

Mientras habla, saca la petaca del bolsillo y le ofrece un cigarro al otro, que lo rechaza casi de un manotazo.

—Es un atropello —balbucea indignado—. No tiene derecho.

El capitán de la *Culebra* se guarda la petaca.

—Llevo una patente de corso en regla, como le habrá dicho mi teniente. Se dirige con carga consignada a un puerto enemigo, y eso es contrabando de guerra. Además, no se detuvo al asegurar yo mi pabellón con un cañonazo. Resistiéndose.

—No diga estupideces. Soy español, como usted. Me gano la vida.

—Todos nos la ganamos.

—El apresamiento es ilegal... Además, se me acercó con bandera francesa.

Pepe Lobo se encoge de hombros.

—Antes de abrir fuego icé la española, así que todo está en regla... De cualquier modo, cuando lleguemos a puerto podrá hacer su protesta de mar. Tiene a mi escribano a su disposición —mientras se llevan abajo al patrón de la tartana, Lobo se vuelve al primer oficial, que asistió al diálogo sin abrir la boca, divertido—. Haga cazar escotas, piloto. Rumbo oeste cuarta al sudoeste para darle resguardo a la Aceitera. Luego, arriba.

—¿A Cádiz, entonces?

—A Cádiz.

Asiente Maraña, impasible. Con cara de pensar en otra cosa. Es el único a bordo que no muestra satisfacción ante la perspectiva de bajar a tierra; pero eso también forma parte del personaje. Pepe Lobo sabe que, en su fuero interno, al teniente le agrada poder reanudar los arriesgados viajes nocturnos a El Puerto de Santa María. El problema, jugándosela como suele, vendrá si lo sorprenden unos u otros a medio camino. Si, fiel a sí mismo hasta el aburrimiento, el Marquesito no se deja atrapar vivo —bang, bang y luego el sable, por ejemplo—, llevándose por delante cuanto pueda. Todo muy a su manera. Y la *Culebra*, sin primer oficial.

—Iremos en conserva con la tartana, escoltándola. No me fío del falucho de Rota.

Maraña asiente de nuevo. Tampoco él se fía del corsario francés que desde principios de año apresa a todo barco incauto, español o extranjero, que se acerca demasiado a la costa entre punta Camarón y punta Candor. Ni la marina de guerra inglesa ni la española, ocupadas en acciones de más envergadura, han logrado poner fin a sus correrías. La audacia del francés crece con la impunidad: cuatro semanas atrás, en una noche de poca luna, llegó al extremo de hacerse, bajo los cañones mismos del castillo de San Sebastián, con una goleta turca que traía carga de avellanas, trigo y cebada. El propio capitán de la *Culebra* tiene experiencia directa de lo peligroso que es el falucho, cuyo mando, según le han contado en Cádiz —la bahía es un patio de vecinos—, lo ejerce un antiguo teniente de navío de la armada imperial que navega con tripulación francesa y española. Fue ese mismo corsario, rápido en barloventear con sus velas latinas, peligrosamente armado con seis cañones de 6 libras y dos carronadas de a 12, el que estuvo a punto de arruinarle —de arruinárselo un poco más— el último viaje que a finales de febrero hizo de Lisboa a Cádiz como capitán de la polacra mercante *Risueña*, justo antes de quedarse sin empleo. Quizá por esto el recuerdo es doblemente ingrato. Los ocho cañones de 6 libras que ahora lleva a bordo cambian las cosas. Pero no se trata sólo de eso. Pese al tiempo transcurrido, Lobo no olvida el mal rato que el falucho le hizo pasar dándole caza frente a Cádiz. En su lista de asuntos personales hay una línea subrayada, gruesa, relativa a ese barco y su capitán. Por grande que sea el mar, en algunos de sus parajes todos acaban coincidiendo tarde o temprano. Barcos y hombres. Si llega el momento, a Pepe Lobo no le desagradará ajustar cuentas.

6

Como cada día después de su ronda de los cafés, Rogelio Tizón se hace lustrar el calzado. Pimporro, se llama el betunero. O lo llaman. Es día de levante en calma, y la mañana traza las primeras franjas de sol entre los toldos y velas de barco tendidas de balcón a balcón que dan sombra a la calle de la Carne, frente al puesto de grabados y estampas. Hay bochorno, y puede recorrerse la ciudad entera sin dar con un soplo de aire. Cada vez que una gota de sudor se desliza por la nariz inclinada de Pimporro y cae sobre el cuero reluciente de las botas, el betunero —negro como el nombre de su oficio— la quita con un movimiento rápido de los dedos y sigue a lo suyo, golpeando de vez en cuando con chasquidos sonoros, no exentos de virtuosismo exhibicionista y caribeño, el mango del cepillo contra las palmas de las manos. Clac, clac, hace. Clac, clac. Como de costumbre, el limpiabotas procura quedar bien con Tizón, aun sabiendo que éste no va a pagar el servicio. Nunca lo paga.

—Ponga el otro pie, señor comisario.

Tizón, obediente, retira la bota lustrada y coloca la otra sobre la caja de madera del betunero, que frota arrodillado en el suelo. De pie y apoyada la espalda en la pared, inclinado hacia adelante el sombrero veraniego de bejuco blanco con cinta negra y algo sobado, pulgar colgado del bolsillo izquierdo del chaleco y bastón de puño de bronce en la otra mano, el policía observa a los que pasan por la calle. Aunque continúan los enfrentamientos militares a lo largo del caño que separa la isla de León de la tierra firme, hace tres semanas que no cae una bomba en Cádiz. Eso se manifiesta en la actitud relajada de la gente: mujeres charlando con cestas de la compra al brazo, criadas que friegan los portales, tenderos que, desde la puerta de sus comercios, miran con avidez a los forasteros ociosos que pasean arriba y abajo o curiosean en el puesto de estampas, donde se venden grabados de héroes y batallas, ganadas o presuntas, contra los franceses, con profusión de retratos del rey Fernando, a pie, a caballo, de medio cuerpo y de cuerpo entero, sujetos alrededor de la puerta con pinzas de tender la ropa: todo un despliegue patriótico. Tizón sigue con la mirada a una mujer joven de mantilla y saya de flecos que le resaltan el vaivén cuando pasa taconeando con garbo de maja. Desde una taberna cercana, un muchacho trae un vaso de limonada fresca que el policía, irreverente, coloca entre dos velas consumidas y apagadas, en un nicho de la pared donde hay un azulejo con la imagen sangrante, agobiada por la corona de espinas y el calor que hace en la calle, de Jesús Nazareno.

—Así que no hay nada nuevo, camarada —comenta.

—Ya le digo, señor comisario —el negro se besa el pulgar y el índice de una mano, puestos en forma de cruz—. Nada de nada.

Bebe Tizón un sorbo de limonada. Sin azúcar. El limpiabotas es uno de sus confidentes, parte minúscula pero útil —betunea por el centro de la ciudad— de la vasta red de soplones que mantiene el policía: rufianes, prostitutas, mendigos, aljameles, mozos de taberna, criados, cargadores del puerto, marineros, caleseros y algunos delincuentes de poco peligro como descuideros de café y calle, desvalijadores de coches y sillas de posta, ladrones de relojes y hurones de faltriquera. Gente bien situada para sorprender secretos, escuchar conversaciones, presenciar escenas interesantes, identificar nombres y rostros que luego el policía clasifica y archiva a fin de utilizarlos en el momento adecuado, lo mismo en interés del servicio que en el suyo propio: intereses no siempre coincidentes, pero con frecuencia rentables. A algunos de tales confidentes, Tizón les paga. A otros, no. La mayoría coopera por las mismas razones que el betunero Pimporro. En una ciudad y un tiempo como éstos, donde a menudo es necesario buscarse la vida con la mano izquierda, alguna benevolencia policial supone el más eficaz de los amparos. Sin contar cierto grado de intimidación, que también influye. Rogelio Tizón pertenece a esa clase de agentes de la autoridad que, por experiencia del oficio, consideran práctico no bajar la guardia ni aflojar nunca la presión. Sabe que el suyo es un trabajo que no puede hacerse con afectos y palmaditas en la espalda. Nunca lo fue, desde que hay policías en el mundo. Él mismo procura confirmarlo cuanto puede, sosteniendo sin destemplarse incluso los aspectos más siniestros de su fama, en esta Cádiz donde tantos reniegan a su paso, pero siempre —por la cuenta que les trae— en voz baja. Como debe ser. Aquel emperador romano que prefirió ser temido a ser querido tenía razón. Toda la del mundo y alguna más. Hay eficacias que sólo se alcanzan con el miedo.

Cada mañana, entre las ocho y media y las diez, el comisario hace una ronda por los cafés para echar un vistazo a las caras nuevas y comprobar si las conocidas siguen allí: el del Correo, el Apolo, el del Ángel, el de las Cadenas, el León de Oro, la confitería de Burnel, la de Cosí y algún otro establecimiento, son los hitos de ese recorrido, con numerosas escalas intermedias. Podría confiar la ronda a algún subordinado, pero hay asuntos que no deben asignarse a ojos ni oídos ajenos. Policía por instinto además de por oficio, Tizón refresca en esos paseos cotidianos la visión de la ciudad que es su terreno de trabajo, tomándole el pulso allí donde mejor late. Es el momento de confidencias hechas al paso, de conversaciones breves, de miradas significativas, de indicios en apariencia banales que luego, combinados en la reflexión del despacho con la lista de viajeros registrados en posadas y casas de vecindad, orientan la actividad rutinaria. La caza de cada día.

—Ya está, señor comisario —el limpiabotas se seca el sudor con el dorso de la mano—. Como dos jaspes.

—¿Qué te debo?

La pregunta es tan ritual como la respuesta:

—Está usted cumplido.

Tizón le da dos golpecitos con el bastón en el hombro, apura el resto de la limonada y sigue camino calle abajo, fijándose según acostumbra en los transeúntes que por su ropa y aspecto identifica como forasteros. En el Palillero ve a varios diputados que se dirigen a San Felipe Neri. Casi todos son jóvenes, vestidos con fracs que descubren los chalecos, sombreros ligeros de junco o abacá filipino, corbatines de tonos claros, pantalones ajustados o a la jineta con botas de borla, a la moda de los que se llaman liberales por oposición a los parlamentarios partidarios a ultranza del poder absoluto del rey, que visten más formales y suelen inclinarse por las levitas y casacas redondas. A estos últimos, los gaditanos guasones empiezan a llamarlos *serviles*, apuntando así por dónde van los tiros del gusto popular en el debate, cada vez más agrio, sobre si la soberanía pertenece al monarca o a la nación. Un debate que, por otra parte, al comisario lo trae al fresco. Liberales o serviles, reyes, regencias, juntas nacionales, comités de salvación pública o archipámpanos del Gran Tamerlán, quien mande en España siempre necesitará policías para hacerse obedecer. Para devolver al pueblo, después de haber rentabilizado a conveniencia su aplauso o su cólera, la realidad de las cosas.

Al cruzarse con los diputados, por simple instinto profesional ante cualquier autoridad, Tizón saluda quitándose el sombrero con la misma diligencia que emplearía —nunca se sabe cuándo esos casos llegan— si le ordenaran meterlos a todos en la cárcel. Reconoce entre ellos los ojos claros y acuosos, semejantes a ostras crudas, del jovencísimo conde de Toreno; también al zanquilargo e influyente Agustín Argüelles y a los americanos Mexía Lequerica y Fernández Cuchillero. Tizón saca el reloj del bolsillo del chaleco y comprueba que son más de las diez de la mañana. Pese a que las reuniones diarias de las Cortes empiezan de modo oficial a las nueve en punto, raro es el día que hay quórum antes de las diez y media. A sus señorías —en esto no hay diferencia entre liberales y serviles— les gusta poco madrugar.

Torciendo a la derecha por la calle de la Verónica, el comisario se mete en el colmado de un montañés, que es también despacho de vinos. El dueño trabaja detrás del mostrador llenando frascas mientras su mujer friega vasos en la pila, entre embutidos colgados de una viga y sardinas saladas de bota.

—Tengo un problema, camarada.

Lo mira el otro, suspicaz, el palillo en la boca. Salta a la vista que conoce a Tizón lo suficiente para saber que un problema del policía no tardará en ser problema suyo.

—Usted dirá.

Sale del mostrador y Tizón se lo lleva al fondo, cerca de unos sacos de garbanzos y una pila de cajas de bacalao seco. La mujer los mira suspicaz, oído atento y cara de vinagre. También ella conoce al comisario.

—Anoche te encontraron aquí gente a deshoras. Y jugando a los naipes.

Protesta el otro. Fue un malentendido, dice escupiendo el palillo. Unos forasteros se equivocaron de sitio, y él no hizo ascos a un par de monedas. Eso es todo. En cuanto a lo de los naipes, es una calumnia. Falso testimonio de algún vecino cabrón.

—Mi problema —prosigue Tizón, impasible— es que tengo que ponerte una multa. Ochenta y ocho reales, para ser exactos.

—Eso es injusto, señor comisario.

Tizón mira al montañés hasta que éste baja los ojos. Es un santanderino de la sierra de Bárcena: un tipo alto y fuerte, con bigotazo, que lleva en Cádiz toda la vida. Razonablemente apacible, que él sepa. Del tipo vive y deja vivir. Su única debilidad, como la de todo el mundo, es querer embolsarse algunas monedas más. El policía sabe que en el colmado, cerrada la puerta de la calle, se juega a las cartas contraviniendo las ordenanzas municipales.

—Lo de injusto —responde con frialdad— acaba de subirte la multa veinte reales.

Palidece el otro, balbuciendo excusas, y mira de reojo a su mujer. No es verdad que anoche se jugara aquí, protesta. Éste es un comercio decente. Usted se extralimita.

—Ya son ciento veintiocho reales. Cuidado con esa boca.

Reniega el montañés, indignado, pegando un puñetazo sobre un saco de garbanzos que hace saltar varios por el suelo. Ese cagarte en Dios quedará entre nosotros, apunta Tizón sin alterarse. Me hago cargo de los nervios, y no te lo cuento como blasfemia pública. Aunque debería. Tampoco tengo prisa. Podemos pasar así la mañana, si quieres. Entreteniendo a tu mujer y a los clientes que entren: tú protestando, y yo subiéndote la multa. Y al final te cerraré la tienda. Así que déjalo como está, hombre. Que vas servido.

—¿Hay arreglo posible?

El policía compone un gesto ambiguo, deliberado. De los que a nada comprometen.

—Me cuentan que los tres que estuvieron aquí anoche son gente de afuera. Un poquito rara... ¿Los conocías de antes?

De vista, admite el otro. Uno se aloja en la posada de Paco Peña, en Amoladores. Un tal Taibilla. Lleva un parche en el ojo izquierdo y dicen que fue militar. Se hace llamar teniente, pero el montañés no sabe si lo es.

—¿Maneja dinero?

—Algo.

—¿De qué hablaron?

—Ese Taibilla conoce a gente que mete y saca a forasteros. O a lo mejor lo trajina él mismo... Eso tampoco lo sé.

—¿Por ejemplo?

—Un esclavo negro joven. Fugado. Le están buscando un barco inglés.

—¿Gratis?... Me extraña.

—Por lo visto se llevó la vajilla de plata de su amo.

—Acabáramos. Tanto trabajo por un negro.

Tizón toma nota mental de todo. Está al corriente del asunto —el marqués de Torre Pacheco denunció hace una semana la fuga del esclavo y el robo de la plata—, y el dato puede serle útil. También rentable. Una de sus maneras de hacer las cosas es no mostrar excesivo interés por lo que le cuentan. Eso encarece la mercancía, y a él le gusta comprar barato.

—Dame algo mejor. Anda.

Mira el montañés a su mujer, que aparenta seguir atareada en el fregadero. También, dice bajando la voz, trataron sobre una familia que está en El Puerto de Santa María y quiere entrar en Cádiz: un funcionario de Madrid con mujer y cinco hijos, dispuesto a pagar por el viaje y las cartas de residencia, si se las consiguen.

—¿Cuánto?

—Mil y pico reales, creí oírles.

Sonríe el comisario en los adentros. Él se lo habría arreglado al madrileño por la mitad de esa suma. Quizá todavía lo haga, si le echa el guante. Una de sus innumerables ventajas frente a advenedizos como el del parche en el ojo cs que, comparados con los precios que maneja esa chusma, los suyos son una ganga. Avalados, además, por su diáfana respetabilidad oficial, con tampón auténtico y limpios de polvo y paja. No en vano, en última instancia, es el propio Tizón quien tiene que dar por buenos esos documentos.

—¿De qué más hablaron?

—Poco más. Mencionaron a un mulato.

—Vaya. Fue noche de morenos, por lo que veo... ¿Qué hay de ese mulato?

—Otro que va y viene. Por lo visto anda mucho de aquí a El Puerto.

Registra Tizón el detalle mientras se quita el sombrero para secarse el sudor. Otras veces ha oído hablar de un mulato, patrón de barca propia, que contrabandea de orilla a orilla, como tantos; pero no que pase gente. Habrá que averiguar sobre ese sujeto, concluye. Con quién habla y por dónde se mueve.

—¿De qué iba el asunto?

El montañés hace un ademán vago.

—Alguien quiere reunirse con su familia, en el otro lado... Me pareció entender que es un militar.

—¿Desde Cádiz?

—Así lo entendí.

—¿Soldado u oficial?

—Oficial, parece.

—Eso ya es más gordo... ¿Oíste el nombre?

—Ahí me pilla usted.

Tizón se rasca el bigote. Un oficial dispuesto a pasarse al enemigo siempre es peligroso. Llega allí, cuenta cosas para congraciarse, y de la deserción a la traición hay un paso muy corto. Y aunque los desertores son competencia de la jurisdicción castrense, cuanto tiene que ver con información o espionaje también pasa por su departamento.

Especialmente ahora, cuando se cree ver espías por todas partes. En Cádiz y la Isla hay establecidas duras penas para los patrones y boteros que transporten a desertores, y prohibición de desembarcar a todo emigrado que no pase antes por el barco aduana fondeado en la bahía. En tierra, todo dueño de fonda, posada o casa particular está obligado a informar sobre nuevos huéspedes; y quien se mueva por la ciudad debe ir provisto de una carta de seguridad que lo acredite. Tizón sabe que el gobernador Villavicencio tiene listo un bando de policía aún más enérgico, con pena de muerte para las infracciones graves, aunque de momento retrasa su publicación. En las presentes circunstancias, un extremo rigor significaría ejecutar a media ciudad y encarcelar a la otra media.

—Bueno, camarada. Si volvieran por aquí, tiendes la oreja y me cuentas. ¿Entendido?... Mientras tanto, cierra a la hora en que tengas que cerrar. Dedícate a lo tuyo, y nada de naipes.

—¿Y qué pasa con la multa?

—Hoy es tu día de suerte. Lo dejaremos en cuarenta y ocho reales.

El bochorno gaditano se siente lo mismo al sol que a la sombra cuando el comisario sale a la calle y cruza por San Juan de Dios, camino de su despacho en la Comisaría de Barrios: un viejo edificio con rejas de hierro pegado al convento de Santa María, cerca de la Cárcel Real. Aunque ya media la mañana, los puestos de fruta, verduras y pescado hormiguean de gente bajo los toldos que se extienden desde el edificio consistorial hasta el Boquete y las puertas del muelle. Atraídas por las mercancías expuestas al calor, las moscas asaltan por enjambres. Tizón se afloja el corbatín que le ciñe el cuello y se abanica con el sombrero. Con mucho alivio se quitaría la chaqueta para quedarse en chaleco y mangas de camisa —pese a ser lienzo fino, la tiene empapada de sudor—, pero hay cosas que un caballero y un comisario de policía no pueden hacer. Él dista de ser lo primero, y tampoco lo pretende; pero lo segundo impone cierta compostura. No todo son ventajas en su oficio y posición.

Cuando dobla la esquina frente al pórtico de piedra de Santa María, Rogelio Tizón distingue de lejos a Cadalso, su ayudante, acompañado del secretario. Deben de estar esperándolo un buen rato, pues acuden a su encuentro con aspecto de traer noticias importantes. Y tendrán que serlo, supone el comisario, para que el secretario, ratón de despacho y enemigo declarado de la luz del sol, salga a la calle con la que está cayendo.

—¿Qué pasa? —pregunta cuando llegan a su altura.

Con toda urgencia, los otros lo ponen al corriente. Una muchacha ha aparecido muerta. A Tizón se le evapora el calor de golpe. Cuando al fin consigue articular palabra, siente los labios helados.

—¿Muerta, cómo?

—Amordazada, señor comisario. Y con la espalda abierta a latigazos.

Los mira desconcertado, intentando digerir aquello. No puede ser. Intenta pensar a toda prisa, pero no lo consigue. Las ideas se le atropellan.

—¿Dónde ha sido?

—Muy cerca de aquí. En el patio de una casa arruinada que hay al final de la calle del Viento, junto al recodo... La encontraron unos críos, jugando.

—Imposible.

El secretario y el ayudante miran a su jefe con desacostumbrada curiosidad. Uno se endereza los lentes sobre la nariz y el otro arruga la obtusa frente.

—Pues no hay duda —dice Cadalso—. Tiene dieciséis años y es vecina del barrio... Su familia la buscaba desde ayer por la noche.

Tizón mueve la cabeza, negando, aunque ignora exactamente qué. El rumor del mar que bate al pie de la muralla cercana llega ahora ensordecedor hasta sus oídos, como si lo tuviera debajo de las botas recién lustradas por Pimporro. Aturdiéndolo todavía más. El insólito frío se le extiende por todo el cuerpo, hasta la médula de los huesos.

—Os digo que es imposible.

Se ha estremecido, y advierte que sus subordinados lo notan. De pronto siente la necesidad de sentarse en alguna parte. De pensar despacio. Con tiempo y a solas.

—¿La han matado como a las otras? ¿Seguro?

—Exactamente igual —confirma Cadalso—. Acabo de ver el cadáver. Llevo un buen rato intentando localizarlo a usted... He dicho que no dejen acercarse a la gente y que nadie toque nada.

Tizón no escucha. Imposible, vuelve a decir entre dientes. Completamente imposible. El otro lo observa, confuso.

—¿Por qué repite eso, señor comisario?

Tizón mira a su ayudante como si éste fuera imbécil.

—Allí no ha caído nunca nada.

Lo dice sin poderlo remediar, como si formulara una protesta. Y suena absurdo, desde luego. A él mismo se lo parece, expresado en voz alta. Por eso no le extraña advertir que Cadalso y el secretario intercambian una mirada inquieta.

—Tampoco —añade— ha caído una bomba en la ciudad desde hace semanas.

El pequeño convoy, cuatro carros grises tirados por mulas, cruza traqueteando el segundo puente de barcas y avanza por la margen izquierda del río San Pedro, en dirección al Trocadero. Sentado en la trasera del último carro —el único que lleva un toldo que protege del sol—, con las piernas colgando, el sable entre ellas y un pañuelo en la cara para no respirar el polvo que levantan las mulas, el capitán Desfosseux pierde de vista las últimas casas blancas de El Puerto de Santa María. El camino describe un arco siguiendo el trazado de la costa, entre el páramo próximo al río y la marea baja que descubre, estrechando la desembocadura de aquél, un ancho brazo de fango y verdín, con la barra de San Pedro en segundo término, y al fondo, atrincherada en el azul del agua inmóvil, Cádiz detrás de sus murallas.

Simón Desfosseux está razonablemente satisfecho. La carga de los carros es la que esperaba, y él acaba de pasar, además, dos plácidos días en El Puerto, disfrutando algunas comodidades de retaguardia —una buena cama y comida decente en vez del pan negro, la media libra de carne dura y el cuartillo de vino agrio de la ración diaria— mientras aguardaba la llegada del convoy que venía despacio desde Sevilla, escoltado por un destacamento de dragones e infantería. Eso no ha librado al convoy de sufrir dos ataques de las guerrillas: uno en la venta del Vizcaíno, al pie de la sierra de Gibalbín, y otro cerca de Jerez, vadeando el río Valadejo. Al fin, los carros y su carga llegaron ayer sin otra pérdida que un muerto y dos heridos; con la triste circunstancia de que el muerto era un corneta joven, desaparecido mientras iba a llenar cantimploras a un arroyo, que amaneció desnudo y amarrado a un árbol, con aspecto de haber tardado en morir un rato demasiado largo.

El teniente Bertoldi, que iba en el carro de cabeza del convoy, aparece a un lado del camino, cerrándose la bragueta después de aliviarse entre unos matorrales. Va sin sombrero ni sable, con la casaca abierta y el chaleco desabrochado sobre la tripa, boqueando a causa del tremendo calor. La piel la tiene roja como un indio de las praderas americanas.

—Hágame compañía —le dice Desfosseux.

Tiende una mano y lo ayuda a sentarse a su lado en la trasera del carro, a la sombra. Después de dar las gracias, Bertoldi se cubre la nariz y la boca con el pañuelo sucio que lleva anudado al cuello.

—Parecemos salteadores de caminos —apunta el capitán, sofocada la voz bajo el suyo.

El otro suelta una carcajada.

—En España —conviene— todo el mundo lo parece.

Dirige miradas de añoranza a retaguardia, pues ha disfrutado sin recato los dos días de ocio. Su presencia no era necesaria, pero Desfosseux lo reclamó a su lado, seguro de que al ayudante le iría bien un descanso lejos del fuego de contrabatería español, sin otra preocupación que mantener la línea recta al caminar con el contenido de varias botellas en el cuerpo. Y según sus noticias, así ha sido. De las dos noches, una la ha pasado Bertoldi en una bodega y otra en un burdel: el que hay abierto para oficiales en la plaza del Embarcadero.

—Esas españolas —comenta, evocador—. *Gabacho cabrón*, dicen mientras se desnudan, como si fueran a sacarte los ojos. Tan raciales, ¿verdad? Tan primitivas con sus abanicos y sus rosarios. Parecen gitanas, pero te cobran como si fueran marquesas... Las muy putas.

Desfosseux mira distraído el paisaje. Pensando en sus cosas. De vez en cuando, con el gesto amoroso que una gallina responsable dedicaría a sus polluelos predilectos, se vuelve a medias para contemplar la carga que viaja en el carro, cubierta con lonas y cuidadosamente estibada entre paja y cuñas de madera. Su ayudante echa un vistazo y entorna los ojos, sonriendo bajo el pañuelo.

—Todo llega en la vida —dice.

Asiente el capitán de artillería. La espera ha merecido la pena, o al menos confía en que la merezca. Con destino al Trocadero, el convoy transporta cincuenta y dos bombas especiales de la Fundición de Sevilla, expresamente fabricadas para Fanfán: proyectiles esféricos de obús Villantroys-Ruty de 10 pulgadas, sin asas ni cáncamos, perfectamente calibrados y pulidos en dos modelos distintos, denominados Alfa y Beta. Los carros transportan dieciocho piezas del primero, y treinta y cuatro del segundo. El modelo Alfa es una bomba convencional de tipo granada, de 72 libras de peso, con orificio para espoleta, cargada con lastre de plomo cuidadosamente equilibrado y pólvora. La Beta, por completo esférica y sin espoleta ni carga explosiva, sólo lleva en su interior una masa inerte de plomo con los intersticios rellenos de arena —eso facilita que se trocee en el impacto—, que eleva su peso a 80 libras. Estas nuevas bombas son resultado final de los trabajos y ensayos que durante los últimos meses ha llevado a cabo Desfosseux en la batería de la Cabezuela; fruto de largas observaciones, desvelos, fracasos y éxitos parciales que ahora se materializan en lo que transporta el convoy. Además de cinco nuevos obuses de 10 pulgadas que, a semejanza de Fanfán y con algunas mejoras técnicas, se están fundiendo en Sevilla.

—Usaremos pólvora ligeramente húmeda —dice de pronto el capitán.

Bertoldi lo mira, sorprendido.

—¿Es que su cabeza no descansa nunca?

Desfosseux señala el polvo del camino. De ahí acaba de venir la idea. Se ha bajado el pañuelo de la cara y sonríe de oreja a oreja.

—Soy un estúpido por no haberlo pensado antes.

Su ayudante frunce las cejas, considerando seriamente el asunto.

—Tiene sentido —concluye.

Claro que sí, responde el capitán. Se trata de aumentar la conmoción inicial de la pólvora en los ocho pies de longitud que tiene el ánima del obús. Si ésta fuera más corta, habría poca diferencia: mejor, en todo caso, la pólvora muy seca. Pero con obuses largos de bronce y grueso calibre, como es el caso de Fanfán y sus futuros hermanos, la combustión menos violenta de la pólvora un poco húmeda puede incrementar la impulsión del proyectil.

—Es cuestión de probarlo, ¿no?... A falta de morteros, pólvora mojada.

Ríen como colegiales a espaldas del maestro. Nadie convencerá nunca a Simón Desfosseux de que, con morteros en vez de obuses, no podrían conseguirse mejores resultados y alcanzar todo el recinto de Cádiz. Pero la palabra *mortero* sigue proscrita en el estado mayor del mariscal Víctor. Sin embargo, el capitán sabe que, para cumplir cuanto se le exige, necesitaría mayor diámetro de boca de fuego del que proporcionan los obuses. Le duelen los dientes de repetir que con una docena de morteros de 14 pulgadas y recámara cilíndrica, combinados con igual número de cañones de 40 libras, podría arruinar Cádiz, aterrorizar a su población y obligar al gobierno insurgente a buscar refugio en otra parte. Con esos medios está dispuesto a firmar cualquier garantía de desbandada general, en sólo un mes de operaciones que sembrarían de bombas la ciudad. Y con granadas como Dios manda, provistas de espoleta y de las que estallan al llegar al objetivo. Bombas de toda la vida. Pero siguen sin hacerle caso. Víctor, por instrucciones directas del emperador y de los zánganos del cuartel general imperial, incapaces de discutir a Napoleón la menor idea o capricho, exige utilizar obuses contra Cádiz. Y eso, como insiste el mariscal en cada reunión donde se trata el asunto, significa proyectiles que lleguen de cualquier modo a la ciudad, estallen o no estallen. A cambio de una reseña conveniente en las páginas de los periódicos de Madrid y París —*«Nuestros cañones tienen el centro de Cádiz bajo continuo bombardeo»*, o algo así—, el duque de Bellune sigue prefiriendo mucho ruido y pocas nueces. Pero Simón Desfosseux, a quien lo único que importa en esta vida es trazar parábolas de artillería, tiene la sospecha de que ni siquiera el ruido está garantizado. Tampoco está convencido de que Fanfán y sus hermanos, incluso cargados con el alfabeto griego de cabo a rabo, basten para satisfacer a sus jefes. Hasta con el nuevo material sevillano, el alcance ideal de 3.000 toesas es difícil de conseguir. El capitán calcula que, con fuerte viento de levante, temperatura adecuada y otras condiciones favorables, podría cubrir los cuatro quintos de esa distancia. Alcanzar el centro de Cádiz sería ya extraordinario. El emplazamiento de Fanfán dista del campanario de la plaza de San Antonio 2.870 toesas exactas, que Desfosseux tiene calculadas al punto sobre el plano de la ciudad y grabadas como una obsesión en el cerebro.

A Rogelio Tizón se lo llevan los diablos. Camina hace rato de un lado a otro, deteniéndose para volver sobre sus pasos. Observa cada portal, cada esquina, cada tramo de la calle que recorre desde hace varias horas. La suya es la aparente indecisión de alguien que ha perdido algo y mira por todas partes, rebuscando sin cesar en bolsillos y cajones, de vuelta al mismo sitio una y otra vez, confiando en dar con un indicio de lo perdido, o en recordar cómo lo perdió. Falta poco para que se ponga el sol, y los rincones más bajos y estrechos de la calle del Viento empiezan a llenarse de sombras. Media docena de gatos descansa en un montón de escombros y desperdicios, ante una casa donde un escudo nobiliario, roído por la intemperie, asoma bajo la ropa tendida que cuelga de las ventanas superiores. El barrio es marinero y pobre. Situado en la parte alta y vieja de la ciudad, cerca de la Puerta de Tierra, conoció en otro tiempo un esplendor del que apenas se advierte hoy rastro: algunos pequeños comerciantes y unas pocas casas solariegas convertidas en viviendas de vecindad donde se hacinan familias humildes cargadas de hijos; y también, desde que empezó el asedio francés, soldados y emigrados de pocos recursos.

El edificio donde apareció la chica muerta está un poco más allá del recodo de la calle, casi en la esquina de una placita que se ensancha cuesta abajo al extremo de ésta, cerca de la calle de Santa María y los muros del convento de ese nombre. Tizón vuelve atrás y deambula despacio, mirando de nuevo a izquierda y derecha. Todas sus certezas acaban de irse abajo de modo lamentable, y ahora le resulta imposible ordenar de nuevo las ideas. Ha pasado media tarde confirmando la desoladora realidad: allí no ha caído ninguna bomba, nunca. Los lugares más cercanos están a trescientas varas, en la calle del Torno y junto a la iglesia de la Merced. Esta vez no es posible sospechar, ni forzando mucho las cosas, una relación entre la muerte de una muchacha y el lugar de impacto de las bombas francesas. Nada sorprendente, se recrimina amargo. Al fin y al cabo, nunca hubo indicios sólidos de que existiera esa relación. Sólo huellas en la arena, como todo lo demás. Piruetas de la imaginación, que gasta bromas pesadas. Disparates. Tizón piensa en Hipólito Barrull y eso le agrava el malhumor. Su contrincante del café del Correo va a retorcerse de risa cuando se lo cuente todo.

El policía entra en la casa, que huele a abandono y suciedad. La luz de la tarde se retira con rapidez, y el pasillo de la entrada ya está oscuro. Queda un rectángulo de claridad en el patio, bajo dos pisos de ventanas sin cristales y galerías de las que hace tiempo arrancaron las barandillas de hierro. Allí, sobre el enlosado roto del patio, unas manchas pardas, de sangre seca, indican el lugar donde apareció la muchacha. Se la llevaron a mediodía, después de que Tizón reconociese el cuerpo e hiciera las indagaciones pertinentes. Estaba como las tres anteriores: manos atadas delante, amordazada la boca, desnuda la espalda y destrozada a latigazos que la descarnaban, dejando al descubierto los huesos de la columna vertebral desde la cintura hasta las cervicales, los omoplatos y el arranque de las costillas. En esta ocasión el asesino se ensañó de forma especial; parecía que un animal salvaje hubiese devorado la piel y la carne de la espalda. La chica debió de sufrir mucho. Al quitarle la mordaza comprobaron que ella misma se había roto los dientes, apretándolos en las convulsiones de su agonía. Todo un espectáculo. Junto a la costra seca del suelo hay una mancha amarilla que todavía apesta. Uno de los hombres de Tizón —individuos curtidos, sin embargo, en atrocidades habituales— vomitó allí mismo al ver aquello, hasta la primera papilla.

Virgen, ha confirmado la tía Perejil. Como las otras. Tampoco esta vez era eso lo que el criminal buscaba. Según ha establecido Tizón, la muchacha desapareció a primera hora de la noche de ayer, cuando regresaba a su casa en la calle de la Higuera, después de atender a un pariente enfermo que vive en la calle Sopranis y comprar una garrafa de vino para su padre. El crimen no parece improvisado: la muchacha dejaba la casa del pariente todos los días a la misma hora. El asesino debió de vigilarla durante cierto tiempo, y ayer decidió seguirla un corto trecho, abordarla a la altura de la casa abandonada y meterla a la fuerza en el patio —la garrafa la encontraron rota en el portal—. Sin duda conocía el lugar y lo tenía estudiado para su propósito. Aunque el recodo de la calle del Viento no es lugar muy transitado, hay gente que entra y sale. La acción del asesino demuestra no poca audacia, expuesta siempre al azar de un transeúnte o la curiosidad de un vecino. Y sobrada sangre fría. Atar y amordazar a la víctima y luego destrozarla de ese modo, latigazo a latigazo, requirió al menos diez o quince minutos.

Hay algo en el aire que intriga al policía, aunque tarda en advertirlo de forma consciente. Se trata de la atmósfera, o más bien de la ausencia de ésta, o su alteración. Es como si hubiese un punto del espacio donde la temperatura, el sonido y hasta los olores quedaran en suspenso, haciéndose el vacío. Algo parecido a pasar inesperadamente de un lugar a otro, cruzando por un punto donde el aire quedara inmóvil. Extraña sensación, de cualquier modo, en un lugar que se llama, y no por casualidad —la parte de muralla que da al mar y a los vendavales está próxima—, calle del Viento. Los gatos, que han seguido a Tizón hasta el interior de la casa, vienen a distraerlo de tales reflexiones. Se acercan silenciosos y cautos, con atentas ojeadas de cazadores. Aquél es su territorio, y en el lugar abundan las ratas; el cadáver de la chica mostraba huellas de mordiscos que lo indican. Uno de los gatos intenta restregarse contra las botas del policía, y éste lo ahuyenta de un bastonazo. El animal se une a sus compañeros, que lamen la mancha de sangre seca. Tizón se sienta en los peldaños desportillados de una ruinosa escalera de mármol y enciende un cigarro. Cuando vuelve a pensar en ella, la sensación extraña ha desaparecido.

Cuatro muertes y ni un solo indicio que valga la pena. Además, las cosas tienen trazas de complicarse. Aunque se consiga tapar la boca a la familia de la muchacha —en otros casos, Tizón lo arregló con dinero—, esta vez son varios los vecinos que han visto el cuerpo. La voz habrá corrido por el barrio. Y para enredarlo todo, acaba de entrar en escena un personaje indeseable: Mariano Zafra, propietario, editor y redactor único de uno de los muchos periódicos aparecidos en Cádiz desde la proclamación —nefasta, a juicio del comisario— de la libertad de imprenta. El tal Zafra es un publicista de ideas radicales, cuya actividad sólo se explica en el espeso clima político que vive la ciudad. Su periódico *El Jacobino Ilustrado* tiene cuatro páginas, sale una vez a la semana y combina información sobre las sesiones de las Cortes con noticias y rumores recogidos, sin el menor rigor, en una sección llamada *Calle Ancha*, que es tan zascandil, entrometida y correveidile como su autor. Partidario en otro tiempo de Godoy, fernandista exaltado tras la caída del ministro, defensor del trono y la Iglesia hasta hace poco, liberal acérrimo a medida que los diputados de esa tendencia ganan apoyo entre la población gaditana, Zafra es de los que evolucionan sin rubor del oportunismo a la desfachatez. Sus panfletos no tienen peso en la opinión pública, más allá de un par de tabernas de la zona de mala nota donde vive junto al Boquete, de algunos cafés donde se lee de todo, y de los delegados constituyentes, que devoran cuanto se escribe sobre ellos, dispuestos a aplaudir o indignarse según los traten correligionarios o adversarios. Pero la del *Jacobino*, aunque en las antípodas de publicaciones serias como el *Diario Mercantil*, *El Conciso* o *El Semanario Patriótico*, es también letra impresa y tinta fresca, al fin y al cabo. Prosa periodística: la flamante diosa del siglo nuevo. Y las autoridades —el gobernador Villavicencio y el intendente general García Pico, por ejemplo— se tientan la ropa en esa materia, incluso cuando se trata de burdos libelos como el que redacta ese Zafra. A quien, a causa de su extremismo furibundo —ahora es rara la semana en que no exige nobleza guillotinada, generales ajusticiados y asambleas del pueblo soberano—, los guasones de los cafés, que le tomaron hace tiempo el pulso al personaje, apodan El Robespierre del Boquete.

El caso es que a primera hora de la tarde, cuando todavía estaba el cuerpo de la muchacha en el patio y Tizón buscaba alguna pista útil en las cercanías, su ayudante Cadalso vino a decirle que Mariano Zafra estaba en la puerta, preguntando qué pasaba. Salió el comisario, hizo retroceder a los curiosos, llevó aparte al publicista y le dijo sin rodeos que se metiera en sus asuntos.

—Hay una muchacha asesinada —opuso el otro, impávido—. Y no es la única. Recuerdo al menos una o dos, antes.

—Ésta no tiene nada que ver.

Tizón lo había tomado por el brazo de modo casi amistoso, haciéndolo caminar calle abajo para alejarlo de la gente agrupada cerca del portal. Una aparente deferencia, la del brazo, que no engañaba a nadie. Desde luego, a Zafra no lo engañaba en absoluto. Tras un par de intentos consiguió soltarse y se encaró con el policía.

—Pues fíjese que yo creo lo contrario. Que sí tiene que ver.

Lo miró Tizón desde arriba: bajo de estatura, medias zurcidas, zapatos sucios con hebillas de latón. Un topacio —seguramente falso— como alfiler de corbata. Sombrero arrugado puesto de través, tinta en las uñas y papeles asomando de los bolsillos de la levita verde botella. Ojos descoloridos. Quizás inteligentes.

—¿Y en qué se basa para ese disparate?

—Me lo ha dicho un pajarito.

Ecuánime como suele, Tizón consideró con sangre fría el problema. Las distintas opciones del tablero. Alguien se había ido de la lengua, sin duda. Tarde o temprano tenía que ocurrir. Por otra parte, Mariano Zafra no resulta especialmente peligroso —su crédito como periodista es mínimo—, pero sí pueden serlo las consecuencias de lo que publique. Lo único que le falta a Cádiz es la confirmación de que un asesino de muchachas lleva tiempo actuando impunemente, y saber de qué manera lo hace. Cundiría el pánico, y algún desgraciado, sospechoso de esto o aquello, acabaría acogotado por la gente furiosa. Sin contar una previsible exigencia de responsabilidades: quién ha mantenido aquello oculto, quién es incapaz de descubrir al asesino, y algunos etcéteras más. Los periódicos serios no tardarían en ocuparse de la historia.

—Vamos a intentar ser responsables, amigo Zafra. Y discretos.

No era el tono, se dijo en el acto, observando la expresión altanera del interlocutor. Un error táctico por su parte. El Robespierre del Boquete era de los que se crecían con la flojera del adversario. Casi un palmo.

—No me tome el pelo, comisario. El pueblo de Cádiz tiene derecho a saber la verdad.

—Déjese de derechos y tonterías. Seamos prácticos.

—¿Con qué autoridad me dice eso?

Miró Tizón a un lado y otro de la calle, como si esperase que alguien le trajese un certificado de su autoridad. O para comprobar que la conversación seguía desarrollándose sin testigos.

—Con la de quien puede romperle la cabeza. O convertir su vida en una pesadilla.

Un respingo. Medio paso atrás. Una mirada inquieta, rápida, a un lado y a otro, hacia donde Tizón había dirigido antes las suyas. Y un silencio.

—Me está amenazando, comisario.

—No me diga.

—Lo denunciaré.

Ahí se permitió Tizón una risita. Corta, seca. Tan simpática como el relucir de su colmillo de oro.

—¿A quién? ¿A la policía?... La policía soy yo, hombre.

—Hablo de la Justicia.

—A menudo también soy la Justicia. No me fastidie.

Esta vez el silencio fue más largo. Expectante por parte del comisario, reflexivo por parte del publicista. Unos quince segundos.

—Vamos a razonar, camarada —dijo al fin Tizón—. Usted me conoce de sobra. Y yo a usted.

El tono era conciliador. Un arriero ofreciendo una zanahoria a la mula a la que ha molido a palos. O a la que va a moler. Así parecía interpretarlo Zafra, al menos.

—Hay libertad de imprenta —dijo—. Supongo que eso lo sabe.

El tono no estaba exento de firmeza. Aquella rata, se dijo Tizón, no era cobarde. Después de todo, concluyó, hay ratas que no lo son. Capaces de zamparse a un hombre vivo.

—Déjese de historias. Esto es Cádiz. Su periódico tiene el amparo del gobierno y las Cortes, como todos... Yo no puedo impedir que publique lo que quiera. Pero puedo hacerle sentir las consecuencias.

Alzó el otro un dedo manchado de tinta.

—Usted no me da miedo. Otros antes quisieron silenciar la voz del pueblo, y ya ve. Día vendrá en que...

Casi se empinaba sobre la punta de sus zapatos sin lustrar. Tizón lo interrumpió con un ademán hastiado. No me haga gastar saliva para nada, dijo. Y no la gaste usted. Quiero proponerle un trato. Al escuchar la última palabra, lo miró el publicista como si no diera crédito. Luego se llevó una mano al pecho.

—Yo no hago tratos con instrumentos ciegos del poder.

—No me toque los huevos, oiga. Lo que ofrezco es razonable.

En pocas palabras, el comisario expuso lo que tenía en la cabeza. En caso necesario, estaba dispuesto a proporcionar al editor de *El Jacobino Ilustrado* la información conveniente. Sólo a él. Le contaría puntualmente cuanto estuviese en su mano contar, reservándose detalles que entorpecerían la investigación, de hacerse públicos.

—A cambio, usted me cuidará. Un poquito.

Lo estudiaba el otro, receloso.

—¿Qué significa eso exactamente?

—Ponerme por las nubes: nuestro comisario de Barrios es sagaz, necesario para la paz ciudadana, etcétera. La investigación va por buen camino y pronto habrá sorpresas... Qué sé yo. Quien escribe es usted. La policía vigila día y noche, Cádiz está en buenas manos y cosas así. Lo corriente.

—Me toma el pelo.

—Para nada. Le digo cómo vamos a hacer las cosas.

—Prefiero mi libertad de imprenta. Mi libertad ciudadana.

—Con su libertad de imprenta no pienso meterme. Pero si no llegamos a un acuerdo, la otra va a pasar un mal rato.

—Explíquese.

Miraba el policía, pensativo, el puño de bronce de su bastón: una bola redonda, en forma de gruesa nuez. Suficiente para abrir un cráneo de un solo golpe. El publicista seguía la dirección de esa mirada, impasible. Un sujeto duro, concedió mentalmente Tizón. Había que reconocerle que, si bien cambiaba de principios según las necesidades del mercado, mientras sostenía unos u otros era capaz de defenderlos como gato panza arriba. Casi parecía respetable, para quien no lo conociera. La ventaja de Tizón era que él sí lo conocía.

—¿Se lo digo con rodeos, o mato por derecho?

—Por derecho, si no le importa.

Una pausa breve. La justa. Después, Tizón movió su alfil.

—El morito de catorce años, criado de su casa, al que usted le rompe el ojete de vez en cuando, puede costarle un disgusto. O dos.

Parecía que un émbolo hubiese extraído, de golpe, toda la sangre del cuerpo del publicista. Blanco como una hoja de papel antes de meterla bajo el tórculo de la imprenta. En los ojos descoloridos, las pupilas se empequeñecieron hasta casi desaparecer. Eran dos puntos negros diminutos.

—La Inquisición está suspendida —murmuró al fin, con esfuerzo—. Y a punto de abolirse.

Pero ya no había firmeza de por medio. Rogelio Tizón sabía mucho de eso. El tono de su interlocutor era el de quien no ha desayunado, ni comido nada sólido, y está a punto de quedarse sin cenar. Alguien con el estómago vacío y la cabeza repentinamente llena. Rozando el desmayo. En ese punto, el diente lobuno emitió otro destello. A mí la Inquisición me importa una mierda, dijo Tizón. Pero hay varias opciones, figúrese. Una es expulsar de Cádiz al muchacho, que tiene menos papeles que un conejo de monte. Otra es detenerlo con cualquier pretexto, y procurar que en la Cárcel Real los presos veteranos le ensanchen un poquito el horizonte. También se me ocurre una tercera posibilidad: hacerle un reconocimiento médico ante un juez de confianza y forzarlo luego a que lo acuse a usted de sodomía. Pecado nefando, ya sabe. Así lo llamábamos antes de toda esta murga de las Cortes y la Constitución. En los buenos tiempos.

Ahora el publicista balbuceaba. Directamente y sin disimulos.

—¿Desde cuándo...? Es inaudito... ¿Desde cuándo sabe todo eso?

—¿Lo del morito? Hace tiempo. Pero cada uno lleva su vida; y yo, fíjese, en la casa de cada cual no me meto... Otra cosa, camarada, es tener que limpiarme el culo con el periódico que usted publica.

Sentado en la escalera de la casa desierta, Tizón tira el cigarro antes de acabarlo. Quizá sea el olor de aquel sitio, pero el humo le sabe amargo. Sobre el cielo desnudo del patio decrece la última luz poniente, y el rectángulo de claridad se apaga en el suelo, donde los gatos todavía lamen la mancha de sangre seca. Allí no hay nada más que hacer. Nada que poner en claro. Todas sus previsiones se han ido al diablo, dejando un vacío tan desolado como las ruinas de la casa. El comisario piensa en el trozo de plomo retorcido que guarda en el cajón de su mesa de despacho y mueve la cabeza. Durante meses ha esperado el indicio insólito, la inspiración clave que permitiese abarcar la extensión de la jugada. Lo posible y lo imposible. Ahora sabe que esa idea le ha hecho perder demasiado tiempo, reteniéndolo en una pasividad peligrosa de la que otra muchacha muerta es triste consecuencia. Rogelio Tizón no tiene remordimientos; pero la imagen de la chica de dieciséis años con la espalda desgarrada, sus ojos abiertos por el horror y los dientes rotos de rechinar en la prolongada agonía, lo desazona con intensidad casi física. Se superpone al recuerdo de las anteriores muchachas asesinadas. Eso lo enfrenta a fantasmas que acechan en la penumbra permanente de su propia casa. En la mujer silenciosa que se mueve por ella como una sombra y en el piano que nadie toca.

Apenas queda un poco de luz. El comisario se incorpora, echa un último vistazo a los gatos que lamen el suelo y se aleja por el corredor oscuro, camino de la calle. Después de todo, el gobernador Villavicencio tenía razón. Va siendo hora de prevenir una nómina de sujetos indeseables, como primera provisión para cuando Cádiz empiece a reclamar un rostro de asesino. De momento, un par de confesiones calculadamente ambiguas pueden mantener las cosas bajo control, en espera de un golpe de suerte o del fruto del trabajo paciente. Sin descartar nuevos y oportunos acontecimientos relacionados con la guerra y la política: agitaciones que, al cabo, todo lo ordenan en su desorden. Tales pensamientos no atenúan, sin embargo, la sensación de derrota. La impotencia ante la puerta que acaba de cerrarse: oscura, incierta, apenas una rendija; pero que hasta hoy alentó la esperanza de vislumbrar un relámpago de luz al fondo. De intuir la combinación maestra que permite, al jugador paciente, clavar las piezas en lo más profundo del tablero.

El sonido del aire, que inesperadamente parece rasgarse como tela rota, sobresalta al policía cuando llega a la calle en sombras. Se vuelve para ver de dónde procede, y en ese momento el corredor de la casa proyecta hacia afuera un fogonazo de color naranja que ilumina un instante el portal y la calle, arrastrando consigo una lluvia de polvo y cascotes. El estampido resuena inmediato, estremeciéndolo todo. Conmocionado por la onda expansiva —los oídos le duelen como si estuvieran rotos—, Tizón se tambalea mientras alza los brazos, intentando protegerse de los fragmentos de yeso y vidrio que rebotan por todas partes. Al fin da unos pasos y cae de rodillas entre la polvareda espesa que lo sofoca. Mientras recobra la lucidez, advierte que tiene algo caliente y viscoso pegado al cuello, y lo aparta de un manotazo, con la aprensión súbita, en el último instante, de que puede tratarse de un jirón de su propio cuerpo. Pero lo que palpa es un trozo de tripas pegado a la cola de un gato.

Hay puntitos rojos dispersos por el suelo, alrededor: fragmentos retorcidos e incandescentes que se apagan con rapidez, enfriándose. Tirabuzones de plomo. Todavía aturdido, Tizón se inclina maquinalmente a coger uno, y al momento lo suelta, pues el metal aún está caliente y le quema la mano. Cuando los oídos dejan de zumbarle y mira en torno, a la oscuridad, lo que más impresiona es el silencio.

Al día siguiente, en mangas de camisa, con delantal de hule y sujetando una paloma entre las manos, Gregorio Fumagal se acerca a la parte de la terraza que da a levante y dirige una cauta ojeada alrededor. Con el buen tiempo y el exceso de población forastera, la parte superior de muchas casas se ha convertido en lugar de acampada donde, bajo tiendas hechas con lonas y velas de barco, viven familias enteras a manera de nómadas. Eso ocurre también en la calle de las Escuelas, donde Fumagal habita la casa de cuyo piso superior es propietario. Por elementales razones de discreción, el taxidermista no alquila su terraza; pero en algunas de las vecinas viven emigrados, y es usual ver a gente ociosa curioseando a todas horas. Eso obliga a ir con tiento; el mismo que, desde que empezó a mantener correspondencia clandestina con la otra orilla, le hizo prescindir de todo servicio doméstico, despidiendo a la criada que atendía la casa. Ahora realiza él las tareas de limpieza, desayuna un tazón de leche con migas de pan y come siempre solo en la fonda de la Perdiz, en la calle Descalzos, o en la de la Terraza, entre la esquina de la calle Pelota y el arco de la Rosa.

No hay moros en la costa. Resguardándose de miradas indiscretas entre la ropa tendida, y previa comprobación de que el tubito del mensaje se encuentra bien sujeto con torzal a una pluma de la cola, Fumagal suelta a la paloma, que revolotea un momento ganando altura y se aleja entre las torres de la ciudad, en dirección a la bahía. Dentro de unos minutos, el mensaje que detalla los lugares de impacto de las últimas cinco bombas lanzadas desde la Cabezuela estará en manos francesas. Esos mismos puntos se encuentran ya inscritos en el plano de Cádiz donde cada día se espesa un poco más la trama de líneas trazadas a lápiz que, en forma de abanico con la base orientada al este, se despliega sobre la ciudad. En el plano, los puntos de alcance máximo de las bombas han avanzado una pulgada hacia el oeste: hay uno en la cuesta de la Murga y otro en la esquina de las calles San Francisco y Aduana Vieja. Eso, sin vientos fuertes que alarguen las trayectorias. Las cosas pueden mejorar cuando entren los levantes recios. Quizás.

Gregorio Fumagal da de comer a las palomas, vierte agua en un recipiente y cierra con cuidado el palomar. Después cruza la puerta vidriera de la terraza, dejándola abierta, baja los peldaños de la corta escalera y regresa al gabinete de trabajo. Allí, entre las miradas inmóviles de los animales disecados puestos en perchas y vitrinas, su nueva pieza, el macaco de las Indias Orientales, empieza a tomar forma sobre la mesa de mármol: una apariencia espléndida, cuya visión complace al taxidermista. Tras desollar al animal, descarnar y limpiar sus huesos, tuvo varios días la piel sumergida en una solución de alumbre, sal marina y crémor de tártaro comprado en la jabonería de Frasquito Sanlúcar —también adquirió una tintura nueva para el pelo, que ya no destiñe con el sudor—, antes de empezar el armado interno combinando alambre grueso, corcho y relleno de estopa con la estructura ósea cuidadosamente reconstruida y devuelta, paso a paso, al interior de la piel preparada.

Discurre calurosa la mañana. La luz que entra por la puerta de la terraza e ilumina los peldaños y el gabinete se vuelve más cenital e intensa, haciendo brillar los ojos de vidrio de los animales disecados. Repica cerca el bronce de la iglesia de Santiago —hora del Ángelus— y responde enseguida, con doce campanadas, el reloj que hay sobre la cómoda. Vuelve después el silencio, alterado sólo por el roce de los instrumentos que maneja Fumagal. Trabaja hábil con agujas, punzones y bramantes, rellenando y ligando cavidades mientras consulta la documentación dispuesta junto a la mesa. Se trata de estudios previos de la postura que pretende dar al simio: incorporado sobre una rama de árbol seca y barnizada, la cola caída y enroscada al extremo, la cara ligeramente vuelta sobre el hombro izquierdo, mirando al futuro espectador. Para fijar el cuerpo del macaco en actitud propia, el taxidermista recurre a estampas de historia natural, a grabados de su colección y a dibujos hechos por él mismo. No descuida detalle, pues se encuentra en un momento delicado del proceso: la búsqueda de una postura que realce el cuerpo del animal, con toques complementarios de fino acabado en párpados, orejas, boca o textura del pelo. De eso depende en gran medida el apresto final, el punto exacto que dará o quitará credibilidad al trabajo, subrayando su perfección o destruyéndola. Es consciente Fumagal de que una deformación pasada por alto, un rasguño en la piel, una sutura mal hecha, un insecto minúsculo descuidado en el relleno, desfigurarán la pieza hasta el extremo de arruinarla con los años. Después de casi treinta de oficio, sabe que todo animal disecado sigue de alguna forma vivo, envejeciendo a su manera con los efectos de la luz, el polvo, el paso del tiempo y los sutiles procesos físicos y químicos desarrollados en él. Peligros de los que debe precaverse, recurriendo a los extremos del arte, la destreza de un buen taxidermista.

Un estampido sordo, amortiguado por la distancia y las casas interpuestas, llega hasta el gabinete un instante después de que una leve ondulación del aire haga vibrar los cristales de la puerta abierta a la terraza. Interrumpe Fumagal la tarea de coser con punto de espada la base de la cola del macaco y permanece atento, inmóvil, en alto la mano que empuña la aguja enhebrada con bramante. Ésa sí estalló, concluye mientras reanuda la tarea. Y no demasiado lejos: hacia la iglesia del Pópulo, seguramente. A quinientos pasos de distancia. La posibilidad de que una bomba acabe alcanzando la casa, y a él mismo, le pasa a veces por la cabeza. Cualquiera de sus palomas puede traer un día, de vuelta, un mensaje peligroso, o letal. Entre los planes que el taxidermista tiene para su vejez —probable o improbable—, no cuenta inmolarse como Sansón en el templo de los filisteos; pero todo juego tiene normas, y éste no es una excepción. De cualquier modo, no le importaría que alguna bomba cayese más cerca: exactamente sobre la vecina iglesia de Santiago, acallando la campana que, día a día, con especial insistencia los domingos y fiestas de guardar, acompaña sus horas domésticas. Si algo sobra en Cádiz —España en miniatura, con lo peor de sí misma—, son conventos e iglesias.

Pese a sus afinidades con quienes asedian la ciudad —o más bien con la tradición ilustrada del siglo viejo francés, que la Revolución y el Imperio heredaron—, hay detalles que Gregorio Fumagal encaja con dificultad: la restauración napoleónica del culto religioso es uno de ellos. El taxidermista sólo es un comerciante y artesano modesto, que ha leído libros y estudiado a seres vivos y muertos. Pero estima que, a falta de conocer la Naturaleza y de coraje para aceptar sus leyes, el hombre renunció a la experiencia a cambio de sistemas imaginarios, inventando dioses, sacerdotes y reyes ungidos por éstos. Sometiéndose sin reservas a seres iguales a él, que aprovecharon para convertirlo en esclavo desprovisto de razón y ajeno al hecho clave: todo está en el orden natural, e incluso el desorden es tan corriente como su opuesto. Después de leer sobre esto a la luz de los filósofos y estudiar la muerte de cerca, Fumagal opina que la Naturaleza no puede actuar de forma distinta. Es ella, y no un Dios imposible, la que distribuye orden y desorden, placer y dolor. La que extiende el bien y el mal por un mundo donde ni gritos ni plegarias alteran las leyes inmutables de la vida y la destrucción. Las necesidades terribles. Está en el orden de las cosas que el fuego queme, pues tal es su propiedad. Está en ese mismo orden que el hombre mate y devore a otros animales cuya sustancia necesita. Y también que el hombre haga el mal, pues su condición incluye el daño. No hay ejemplo más edificante que la muerte acompañada de sufrimiento, bajo un cielo incapaz de ahorrar un gramo de éste. Nada resulta más educativo sobre el carácter del mundo; nada más reconfortante ante la idea de una inteligencia superior cuyos propósitos, de existir, serían injustos hasta la desesperación. Por eso el taxidermista opina que hay una certeza moral consolatoria, casi jacobina, incluso en los mayores desastres y atrocidades: terremotos, epidemias, guerras, matanzas. En los grandes crímenes que, poniendo las cosas en su sitio, devuelven al hombre a la realidad fría del Universo.

—Es a la física y la experiencia donde hay que acudir —dice Hipólito Barrull—. Buscar lo sobrenatural es absurdo, en nuestro tiempo.

Rogelio Tizón escucha atento mientras camina despacio, baja la cabeza, mirando el empedrado de la plaza de San Antonio. Sostiene bastón y sombrero entre las manos cruzadas a la espalda. El paseo le despeja la cabeza después de tres partidas de ajedrez en el café del Correo: dos ganadas por el profesor, y la tercera en tablas.

—Interrogar a la razón —resume Barrull.

—La razón se parte de risa cuando la interrogo.

—Analice el mundo visible, entonces. Cualquier cosa antes que creer en abracadabras.

Mira el comisario alrededor. El sol se ha puesto ya, y la temperatura es más agradable a medida que oscurece el cielo sobre las torres vigía y las terrazas de los edificios. Hay algunos coches y sillas de manos estacionados frente a la confitería de Burnel y el café de Apolo, y mucha gente pasea por el lugar y la cercana calle Ancha con la última luz del día: familias acomodadas de las casas cercanas, vecinos de los barrios populares próximos, niños que corren y juegan al aro, clérigos, militares, refugiados sin recursos que buscan con disimulo puntas de cigarro en el pavimento. Se solaza la ciudad, tranquila y confiada, entre las medias columnas, los naranjos y los bancos de mármol de su plaza principal, disfrutando del lento anochecer de verano. Como de costumbre, la guerra parece muy lejana. Casi irreal.

—El mundo visible —protesta Tizón— me dice que cuanto le acabo de contar a usted es cierto.

—Así será, entonces. A menos que el mundo visible lo engañe, cosa que también puede ocurrir. Tenga en cuenta que a veces se dan coincidencias fortuitas. Efectos con causas aparentes que en realidad les son ajenas.

—Son ya cuatro casos concretos, profesor. O tres y uno. Los vínculos están a la vista y la relación es evidente. Pero no alcanzo a descifrar la clave.

—Pues tiene que haberla. No hay movimientos espontáneos en el orden de las cosas. Los cuerpos actúan unos sobre los otros. Cada alteración se debe a razones visibles u ocultas... Nada existe sin ellas.

Dejan atrás la plaza, siempre despacio, camino del Mentidero. Empiezan a encenderse luces tras las celosías de las ventanas y dentro de algunas tiendas que siguen abiertas. A Barrull, que vive solo y cena poco, se le antoja un bocado de tortilla de berenjena en el colmado de la calle del Veedor. Entran y se acodan un rato en el mostrador, junto a un candil encendido que humea aceite sucio, entre las cajas de productos ultramarinos y las botas de vino. El profesor con una chiquita de pajarete y el policía con una jarra de agua fresca.

—En términos generales, su asesino no es un hecho aislado —continúa Barrull mientras espera que le sirvan su plato—. Cada ser humano se mueve según la propia energía y la procedente de los cuerpos de los que recibe impulsos. Siempre hay una causa que mueve a otra. Eslabones.

Llega la tortilla, jugosa y humeante. El profesor le ofrece a Tizón, que niega con la cabeza.

—Piense en los hombres antiguos —añade Barrull—. Veían planetas y estrellas moviéndose en el cielo, y no sabían por qué. Hasta que Newton habló de la gravitación que los cuerpos celestes ejercen unos sobre otros.

—Gravitación...

—Sí. Atracciones o causas que durante siglos pueden escapar a nuestro entendimiento. Como la relación entre esas bombas y el asesino. Su gravitación criminal.

Mastica el profesor un trozo de tortilla con aire de reflexionar sobre sus propias palabras. Al cabo mueve vigorosamente la cabeza, afirmativo.

—Si un cuerpo tiene masa, cae —prosigue—. Si cae, golpea a otros cuerpos y les comunica movimiento. Si tiene analogía, actúa con ellos. Todo son leyes físicas. Incluyen a hombres y bombas.

Un sorbo de vino. Al trasluz del candil, Barrull estudia satisfecho el contenido de su copa y bebe otra vez. Al retirarla de los labios, su rostro caballuno sonríe a medias.

—Materia y movimiento, como pedía Descartes. Y constituiré el mundo... O lo destruiré.

—Ahora se produce el hecho —apunta Tizón— adelantándose a la bomba.

—Eso sólo ha ocurrido una vez. Y no sabemos por qué.

—Escuche. El asesino ha matado por cuarta vez. De manera idéntica. Y resulta que, al poco rato, la bomba llega al punto exacto. ¿De verdad cree que la casualidad tiene algo que ver?... Justamente es la razón la que me dice que la conexión existe.

—Tendrá que esperar a una segunda comprobación.

Después de aquello, los dos guardan silencio. Tizón se ha puesto de lado, mirando hacia la puerta de la calle. Cuando se vuelve de nuevo hacia Barrull, ve que éste lo observa pensativo. Tras el reflejo del candil en los cristales de sus lentes, los ojos entornados brillan con extremo interés.

—Dígame una cosa, comisario... Si en este momento pudiera elegir entre capturar al asesino o darle otra oportunidad para confirmar su teoría, ¿qué haría usted?

Tizón no le responde. Sosteniendo su mirada, mete la mano en el bolsillo interior de la levita, saca un cigarro habano de la petaca de piel de Rusia y se lo pone entre los dientes. Luego ofrece otro al profesor, que niega con la cabeza.

—En el fondo es usted un hombre de ciencia —concluye Barrull, divertido.

Deja unas monedas sobre el mostrador y salen a la calle, donde se desvanece la última luz. Otras sombras caminan sin prisas, como ellos. Ninguno de los dos despega los labios hasta llegar al Mentidero.

—El problema —dice Tizón por fin— es que ahora se reduce mucho la posibilidad de una captura directa... Antes podíamos confiar en atraparlo vigilando los puntos de caída de las bombas. Ahora es imposible prever nada.

Seamos lógicos, argumenta Barrull tras pensarlo un poco. El asesino ha matado cuatro veces, y en tres ocasiones la bomba cayó antes. La última, sin embargo, llegó después. Es imposible establecer si hay una falsa asociación desde el principio, error o simple azar, que lo invalidaría todo. Una segunda posibilidad es que se trate de una constante real: una serie interrumpida o alterada por el azar o las circunstancias. La tercera es que se haya producido un cambio de norma, signifique lo que signifique eso. Una nueva fase del asunto cuyo origen escapa de momento al análisis, pero que en alguna parte tendría su explicación lógica. O al menos, que no repugne al sistema natural del mundo en que policía y asesino viven.

—Ojo con la palabra *azar*, profesor —advierte Tizón—. Usted mismo suele decir que es una excusa común.

—Sí, es cierto. La que requiere menos esfuerzo. A menudo, o quizá siempre, recurrimos a ella para camuflar nuestro desconocimiento de las causas naturales. De la ley inmutable cuya estrategia oculta mueve peones en el tablero... Para justificar efectos visibles en los que somos incapaces de advertir orden o sistemas.

Tizón se ha detenido para rascar un mixto en una pared. Ahora aplica la llama a la punta del cigarro.

—*Todo puede suceder si lo maquina un dios* —murmura, soplando humo para apagar el fósforo.

En la oscuridad no distingue la expresión de Barrull, pero escucha su risa.

—Vaya, comisario. Sigue dándole vueltas a Sófocles, por lo que veo.

Recorren el Mentidero a lo largo, en dirección a la muralla y el mar, entre más bultos oscuros de gente que forma corros sentada en los bancos, sillas y mantas extendidas en el suelo, a la luz de candiles, farolillos y velones puestos en vasijas de cerámica o vidrio. Desde que llegó el buen tiempo, algunas familias de los barrios más expuestos a los bombardeos vienen a pasar las noches al raso por esta zona, en la plaza y en el cercano campo del Balón, sin que falten vino, guitarras ni conversación hasta las tantas.

—Veamos, entonces —considera Barrull—. Como la razón rechaza que alguien sea capaz de predecir de forma consciente y con exactitud el lugar donde caerá una bomba, y arreglárselas para matar allí, sólo queda una posibilidad: el asesino *intuyó* el punto de la explosión... O, dicho en términos científicos, actuó impulsado por fuerzas de atracción y probabilidades cuya formulación se nos escapa.

—¿Quiere decir que él no sería más que elemento de una combinación?

Podría ser, responde el otro. El mundo está lleno de ingredientes sueltos, en apariencia sin relación entre sí. Pero cuando ciertas mezclas se acercan a otras, la fuerza resultante puede producir efectos sorprendentes. O terribles. Combinaciones de las que no se ha descubierto la clave. Seguramente el hombre prehistórico quedaría pasmado al ver surgir fuego donde hoy basta mezclar limadura de hierro con azufre y agua. Los movimientos compuestos no son más que el resultado de una combinación de movimientos simples.

—Su asesino —concluye Barrull— sería en este caso un factor físico, geométrico, matemático... Qué sé yo. Un elemento en relación con otros: víctimas, localización topográfica, trayectoria de las bombas, quizá contenido de éstas. Pólvora, plomo. Unas estallan y otras no, y él sólo actúa cuando estallan, o van a estallar.

—Pero sólo cuando las bombas no matan.

—Y eso nos complica las preguntas. ¿Por qué en unas sí y otras no? ¿Elige, o no lo hace? ¿Qué lo lleva a actuar en los casos en que lo ha hecho?... Sería instructivo interrogarlo, desde luego. Estoy seguro de que ni él mismo podría responder a esas preguntas. Quizá a alguna, pero no a todas. Nadie podría hacerlo, supongo.

—Hace tiempo me dijo que no podemos descartar a un hombre de ciencia.

—¿Lo dije?... Bueno. Con esto de la muerte anticipada no estoy seguro. Podría ser cualquiera. Incluso un monstruo estúpido y analfabeto reaccionaría ante determinados estímulos complejos; aunque algo debe de haber en su cabeza que actúe de modo científico.

Una leve claridad crepuscular recorta el espacio entre el parque de artillería y el cuartel de la Candelaria, al final de la plaza. Ya se perciben los destellos lejanos del faro de San Sebastián, que acaba de encenderse. El policía y el profesor llegan hasta la pequeña glorieta del paseo del Perejil, cerca de la noria, y tuercen a la derecha. Hay gente inmóvil junto a la muralla, mirando desaparecer la sutilísima franja rojiza que aún perfila la línea costera al otro lado de la bahía.

—Sería interesante estudiar lo que contiene esa cabeza —dice Barrull.

Brilla la brasa del cigarro en el rostro del policía.

—Lo haré tarde o temprano. Se lo aseguro.

—Confío en que no se equivoque de persona. En caso contrario, preveo malos ratos para algún infeliz.

Siguen camino en silencio, más allá del baluarte, adentrándose por los árboles de la Alameda. La iglesia del Carmen está a oscuras, con las puertas cerradas y sus dos espadañas elevándose sobre la imponente fachada envuelta en sombras.

—Recuerde, de todas formas —añade el profesor, sarcástico—, que el tormento acaba de ser abolido por las Cortes.

Eso dicen, está a punto de replicar Tizón. Pero se calla. Esta misma tarde acaba de interrogar, a la manera de toda la vida —la única eficaz—, a un forastero que fue sorprendido ayer espiando a las costureras jóvenes que salían de los talleres de ropa de la calle Juan de Andas. Han sido necesarias varias horas de aplicación rigurosa, copioso sudor del ayudante Cadalso y muchos gritos del sujeto paciente, sofocados por los muros del calabozo, para establecer que son pocas las posibilidades de que el individuo sea responsable de los asesinatos. Sin embargo, Tizón pretende conservarlo algún tiempo en la fresquera por si las cosas se complican y es preciso mostrar a alguien en el balcón de Pilatos. Culpable en el fondo o en la forma es lo de menos, cuando de tener algo a mano se trata. Y una confesión ante escribano, sordo a otra cosa que no sea el tintinear del dinero que cobra, siempre será una confesión. El comisario todavía no ha llegado a ese extremo con el preso —un empleado sevillano de mediana edad, soltero y refugiado en Cádiz—, pero nunca se sabe. Le da igual que los diputados de San Felipe Neri hayan pasado meses debatiendo sobre la conveniencia de imitar la ley de hábeas corpus de Inglaterra o renovar la de Aragón, que impiden prender a nadie sin diligencias previas que prueben la sospecha de un delito. En su opinión, de la que no lo apean debates de tribuna ni otras zarandajas liberales a la moda, una cosa son las buenas intenciones y otra hacer frente a la realidad práctica de las cosas. Con nuevas leyes o sin ellas, la experiencia prueba que a los hombres sólo se les arranca la verdad de una manera, vieja como el mundo; o tanto, al menos, como el oficio de policía. Y que el margen de error, inevitable en esa clase de cosas, va anejo al porcentaje de éxitos. Ni en el colmado del Veedor ni en ninguna otra parte, calabozos incluidos, pueden hacerse tortillas sin romper algunos huevos. De ésos, Tizón ha roto unos cuantos en su vida. Y tiene intención de seguir rompiéndolos.

—Con Cortes o sin ellas, entraré en esa cabeza, profesor. Se lo aseguro.

—Antes tendrá que apresarlo.

—Lo haré —Tizón mira alrededor, desconfiado y agrio—. Cádiz es una ciudad pequeña.

—Y llena de gente. Me temo que la suya es una afirmación arriesgada. Un voluntarismo comprensible incluso en su oficio y situación, pero poco riguroso... No hay ninguna razón concreta que le permita afirmar que acabará atrapándolo. No es un problema de olfato. La solución, si existe, vendrá por medios más complejos. Más científicos.

—El manuscrito de *Ayante*...

—Oiga, querido amigo. No vuelva a las andadas. Ese texto lo traduje yo. Lo conozco bien. Se trata de poética, no de ciencia. Usted no puede analizar este asunto basándose en un texto escrito en el siglo quinto antes de Cristo... Todo eso resulta interesante para calentarse la cabeza con imágenes y tropos, o para adornar una de esas novelitas fantásticas que ahora leen las señoras. Pero no lleva a ninguna parte.

Se han parado cerca de la casa de Tizón, apoyados en un repecho de la muralla situado entre dos garitas. Junto a la más próxima se mueve a veces el bulto de un centinela, coronado por el suave destello de una bayoneta de fusil. Enfrente se entrevén las siluetas negras, cascos y palos, de los navíos españoles e ingleses fondeados a poca distancia. La noche se extiende tan serena que ni el mar está agitado. La masa oscura y líquida permanece silenciosa, inmensa en su olor a rocas desnudas, arena y algas de la marea baja.

—A veces —prosigue Barrull—, cuando nuestros sentidos no alcanzan a penetrar ciertas causas y sus efectos, recurrimos a la imaginación, que es el más sospechoso de los guías. Pero nada hay en el mundo que salga del orden natural. Cada movimiento, insisto, responde a leyes constantes y necesarias... Asumamos, por tanto, el hecho racional: el universo tiene claves que ignoramos.

Tizón arroja el chicote de su cigarro al mar.

—*Los mortales* —murmura— *pueden conocer muchas cosas al verlas, pero nadie adivina cómo serán las cosas futuras...*

Barrull emite un bufido de reprobación. O de fastidio.

—Usted y Sófocles empiezan a aburrirme. Incluso en el caso poco probable, aunque no imposible, de que el asesino conociese el texto y éste le hubiese dado ideas, esa cuarta chica asesinada *antes* de la bomba lo convertiría en detalle secundario. En la calderilla de esta tragedia... Si yo fuera usted y estuviera tan seguro de lo que afirma, dedicaría mi tiempo a establecer dónde y cuándo caerán las próximas bombas.

—Sí, pero ¿cómo?

—Pues no sé —la risa de Barrull suena en la oscuridad—... Tal vez preguntando a los franceses.

7

Ite, missa est. Termina la misa de ocho en San Francisco. A esta hora no hay muchos feligreses: algunos hombres de pie o en los bancos laterales y una veintena de mujeres en la nave central, arrodilladas en almohadones o sobre mantillas puestas en el suelo. Con las últimas palabras y la bendición del sacerdote, Lolita Palma cierra el misal, se santigua, camina hacia la puerta, humedece los dedos en agua bendita de la pila adosada al muro cubierto por milagros de cera y latón, se santigua de nuevo y sale de la iglesia. No es de misa diaria, pero hoy habría sido el cumpleaños de su padre: hombre devoto, aunque sin excesos, que asistía a esta misa antes de empezar la jornada de trabajo. Lolita sabe que a Tomás Palma le gustaría verla allí, recordándolo de este modo en su aniversario. Por lo demás, ella cumple razonablemente los preceptos básicos de su educación católica: misa dominical y comunión de vez en cuando, tras confesarse con un viejo sacerdote amigo de la familia, que no hace preguntas impertinentes y aplica penitencias llevaderas. Nada más. Habituada a amplias lecturas desde niña, fruto de una educación moderna como otras mujeres de la burguesía gaditana, la heredera de los Palma tiene una visión liberal del mundo, los negocios y la vida. Eso resulta compatible con la práctica formal —sincera, en su caso— de la religión católica, pero templa sus extremos, alejándola de las beaterías habituales de su sexo y de su tiempo.

La plaza se ve animada de gente. El sol todavía no está muy alto, y la temperatura veraniega es agradable. Algunos forasteros de una posada vecina —la de París, rebautizada de la Patria— desayunan sentados en torno a mesas puestas en la calle, mirando a los transeúntes. Los tenderos de los comercios próximos abren las puertas y quitan los cuarteles de madera de las vitrinas, exhibiendo sus mercancías. Hay mujeres arrodilladas en el suelo, fregando portales y aceras frente a las casas. Otras salpican con agua el empedrado o riegan macetas en los balcones. Retirándose la mantilla de la cabeza para dejarla caer sobre los hombros —lleva el pelo peinado hacia atrás, tenso, recogido en una trenza enrollada y prieta en la nuca con una peineta corta de nácar—, Lolita guarda el misal en el bolso de raso negro, deja colgar el abanico del cordón que lo une a la muñeca derecha y camina hacia las tiendas situadas entre la esquina de la calle de San Francisco y la del Consulado Viejo, donde hay librerías de lance y puestos de grabados y estampas. Antes de ir a casa tiene intención de bajar hasta la plaza de San Agustín para retirar unos libros y encargar periódicos extranjeros. Después volverá al despacho, como cada día.

No ve a Pepe Lobo hasta que lo tiene delante, saliendo de una librería con un paquete bajo el brazo. El corsario viste casaca con botones dorados, pantalón de mahón largo hasta los tobillos y zapatos de hebilla. Al verla se para en seco, quitándose el sombrero marino de dos picos.

—Señora —dice.

Lolita Palma devuelve el saludo, algo desconcertada.

—Buenos días, capitán.

No esperaba el encuentro. Tampoco él, por lo visto. Parece indeciso, sombrero en mano, como si dudara entre volver a cubrirse o no, seguir camino adelante o cambiar unas palabras de cortesía. A ella le pasa lo mismo. Incómoda.

—¿De paseo?

—De misa.

—Ah.

La mira con interés, como si hubiera esperado otra respuesta. Ojalá no me tome por una beata, piensa Lolita fugazmente. Un momento después la irrita haberlo pensado. Qué me importa a mí, concluye. Lo que este individuo crea o no.

—¿Frecuenta librerías? —pregunta, con deliberación.

El corsario no parece advertir la impertinencia. Se vuelve a mirar atrás, hacia la tienda de la que ha salido. Luego señala el paquete que lleva bajo el brazo. Sonríe quitándole importancia al asunto. Una brecha blanca, marfileña, en la cara atezada.

—No mucho, fuera de mi oficio —responde con sencillez—. Éste es el *Naval Gazetteer*, en dos tomos. Un capitán inglés murió de calenturas y subastaron sus cosas. Supe que algunos libros fueron a parar aquí.

Asiente Lolita. Tales subastas son frecuentes en el mercadillo próximo a la Puerta de Mar cuando llegan barcos de viajes largos e insalubres. Escuetos resúmenes de vidas expuestos sobre lonas, en el suelo, semejantes a restos de un naufragio: una talla de hueso de ballena, algo de ropa, un reloj de bolsillo, una navaja de mango ennegrecido, un pichel de estaño con iniciales grabadas, un retrato en miniatura de mujer y algún libro, a veces. Es poco lo que cabe en el cofre de un marino.

—Qué triste —dice.

—Para el inglés, desde luego —Lobo da unos golpecitos sobre el paquete—. Para mí ha sido una suerte. Es un buen libro para tenerlo a bordo...

Se calla el corsario, dejando morir la última palabra. Parece que dude entre concluir ahí las cosas o conversar un poco más. Intentando establecer la justa medida de la cortesía y de lo oportuno. También Lolita duda. Y empieza a divertirse vagamente con la situación.

—Cúbrase, capitán. Por favor.

Permanece destocado el otro, como si considerase hacerlo o no, y al cabo se pone el sombrero. Lleva la misma casaca de siempre, rozada en las mangas, pero la camisa es nueva y limpia, de batista fina, con un corbatín blanco anudado en dos puntas. Ahora es ella quien sonríe para sus adentros. La incomodidad que adivina en él llega a enternecerla un poco, casi. Esa difusa torpeza, tan masculina, junto a la mirada tranquila que a veces la intriga. Y no veo la razón, se dice al fin. O en realidad sí la veo. Un sujeto de su oficio, hecho a mujeres de otra clase. Supongo que no acostumbra a tratarnos como jefas o asociadas. A que seamos nosotras quienes le demos empleo, o se lo quitemos.

—¿Conoce usted la lengua inglesa?

—Me defiendo, señora.

—¿La aprendió en Gibraltar?

Lo ha dicho sin pensarlo. O apenas. De cualquier modo, se pregunta por qué. Él la observa pensativo. Curioso, tal vez. Los ojos verdes, tan parecidos a los de un gato, sostienen ahora los suyos. Alerta. Un gato cauto.

—Ya hablaba inglés antes. Un poco, al menos. Pero sí. En Gibraltar mejoré el uso.

—Claro.

Todavía se miran un momento, de nuevo en silencio. Estudiándose. En el caso de Lolita, más a sí misma que al hombre que tiene delante. Es la suya una singular sensación de curiosidad mezclada con recelo, fastidiosa y grata al mismo tiempo. La última vez que se vio frente al corsario, el tono de la conversación era distinto. Profesional y ante terceros. Ocurrió hace una semana, durante una reunión de trabajo en el despacho de ella. Asistían los Sánchez Guinea, y se trataba de firmar la liquidación del místico francés *Madonna Diolet*, que tras dos meses de trámites en el Tribunal de Marina —dejando algún dinero entre las uñas codiciosas de los funcionarios judiciales— había sido declarado, al fin, buena presa con su carga de cueros, trigo y aguardiente. Satisfecha la parte del rey a la Real Hacienda, Pepe Lobo se hizo cargo del tercio correspondiente a la tripulación; del que, además de los 25 pesos que cobra al mes como anticipo de presas, le tocan a él siete partes. También se encargó de las sumas debidas a las familias de los tripulantes muertos o inválidos durante las capturas: dos partes por cada uno, además de una cantidad del monte común destinado a mutilados, viudas y huérfanos. En el despacho, la actitud del capitán corsario fue rápida y eficiente, muy atento al estado de las cuentas: ni una sola cifra debida a sus hombres pasó por alto. Lo revisaba todo, metódico, antes de estampar su firma hoja por hoja. No era la suya, advirtió Lolita Palma, la actitud de un hombre receloso de que los armadores defraudaran su confianza. Se limitaba a comprobar minuciosamente el resultado; la suma por la que él y su gente se jugaban la vida hacinados en los estrechos límites de la balandra: viento, olas y enemigos fuera, promiscuidad, olores y humedad dentro, con una pequeña cabina a popa para el capitán, una camareta con literas separadas por una cortina para teniente, contramaestre y escribano, coys de lona compartidos por el resto de la tripulación según los cuartos de guardia, nula protección del viento y el mar en la cubierta rasa y oscilante, fortuna de mar y guerra sin poder descuidarse nunca, según el viejo dicho marino: «Una mano para ti y otra para el rey». Así, observando al corsario mientras leía y firmaba papeles en el despacho, Lolita confirmó que un buen capitán no lo es sólo en el mar, sino también en tierra. Comprendió también por qué los Sánchez Guinea estiman tanto a Pepe Lobo, y por qué, en tiempos de escasez de tripulaciones, como son éstos, nunca faltan marineros apuntados en el rol de la *Culebra*. «Es de esa clase de hombres —eso dijo hace tiempo Miguel Sánchez Guinea— por los que las mujerzuelas de los puertos se vuelven locas y los hombres dan hasta la camisa».

Siguen parados en la calle, junto a la librería de lance. Mirándose. El corsario se toca el sombrero, haciendo ademán de seguir su camino. De pronto, Lolita se descubre a sí misma deseando que no lo haga. No todavía, al menos. Desea prolongar esta sensación extraña. El desusado cosquilleo de temor, o de prevención, que excita suavemente su curiosidad.

—¿Podría acompañarme, capitán?... Tengo que recoger unos paquetes. Son libros, precisamente.

Lo ha dicho con un aplomo que a ella misma la sorprende. Serena, o al menos eso es lo que confía en parecer. Pero una leve pulsación se intensifica en sus muñecas. Tump. Tump. Tump. El hombre la observa un instante con ligero desconcierto, y sonríe de nuevo. Una sonrisa súbita, franca. O que lo parece. Lolita se fija en la línea angulosa y firme de su mandíbula, donde la barba oscura, aunque rasurada sin duda muy temprano, empieza a despuntar. Las patillas bajas a la moda, que llegan hasta media mejilla, son de color castaño oscuro, espesas. Pepe Lobo no es un hombre fino, en absoluto. No del tipo capitán Virués o chico de buena familia que frecuenta cafés gaditanos y pasea por la Alameda. Ni de lejos. Hay algo en él de rústico, acentuado por la insólita claridad de los ojos felinos. Algo de tipo elemental, o quizá peligroso. Espalda ancha, manos fuertes, presencia sólida. Un hombre, en suma. Y sí. Peligroso, es la palabra. No es difícil imaginarlo con el pelo revuelto, en mangas de camisa, sucio de sudor y salitre. Gritando órdenes y blasfemias entre humo de cañonazos y viento que silba entre la jarcia, en la cubierta de la balandra con la que se gana la vida. Tampoco es difícil imaginarlo arrugando sábanas bajo el cuerpo de una mujer.

El último giro de sus pensamientos turba a Lolita Palma. Busca algo que decir para velar su estado de ánimo. Ella y el corsario caminan calle de San Francisco abajo, sin mirarse y sin hablar. A dos cuartas uno del otro.

—¿Cuándo vuelve al mar?

—Dentro de once días. Si la Armada nos entrega los repuestos necesarios.

Ella sostiene el bolso entre las manos, ante el regazo. Pasan la esquina de la calle del Baluarte y la dejan atrás. Despacio.

—Sus hombres estarán contentos. El místico francés ha resultado negocio rentable. Y tenemos otra captura pendiente de resolución.

—Sí. Lo que pasa es que algunos vendieron por anticipado su parte de presa a comerciantes de la ciudad. Prefieren tener dinero en el acto, aunque sea menos, que esperar al juez de Marina... Ya se lo han gastado, naturalmente.

Sin esfuerzo, Lolita imagina a los marineros de la *Culebra* gastándose el dinero en las callejuelas del Boquete y en los tugurios de la Caleta. No es difícil imaginar a Pepe Lobo gastándose el suyo.

—Supongo que eso no es malo para la empresa —opina—. Estarán deseando volver al mar, para hacerse con más.

—Unos sí, y otros menos. No es una vida cómoda, allá afuera.

Hay macetas en cada balcón y rejas de hierro volado sobre sus cabezas. Como un jardín superior que se extendiera calle abajo. Delante de una juguetería, unos pilluelos sucios, cubiertos con cachuchas deshilachadas, miran codiciosos las figurillas y caballos de pasta, los tambores, peonzas y carricoches colgados en las jambas de la puerta.

—Temo haberlo distraído de sus ocupaciones, capitán.

—No se preocupe. Iba camino del puerto. Al barco.

—¿No tiene casa en la ciudad?

Niega el corsario. Cuando estaba en tierra necesitaba dónde vivir, cuenta. Pero ya no. Y menos, con los precios de Cádiz. Mantener una casa o una habitación fija cuesta mucho dinero, y cuanto él posee cabe en su camarote. A bordo.

—Bueno. Ahora es usted solvente.

De nuevo la brecha blanca en el rostro tostado por el sol.

—Un poco, sí. Como dice... Pero nunca se sabe. El mar y la vida son muy perros —se toca maquinalmente un pico del sombrero—. Si me disculpa la mala palabra.

—Me dice don Emilio que le ha dejado usted todo su dinero en depósito.

—Sí. Él y su hijo son decentes. Dan buen interés.

—¿Me permite una pregunta personal?

—Claro.

—¿Qué lo llevó al mar?

Pepe Lobo tarda un instante en responder. Como si lo pensara.

—La necesidad, señora. Como a casi todos los marinos que conozco... Sólo un tonto estaría allí por gusto.

—Quizá yo habría sido uno de esos tontos, de haber nacido hombre.

Lo ha dicho mientras camina, mirando al frente. Y advierte que Pepe Lobo la contempla con fijeza. Cuando ella le devuelve la mirada, comprueba que los ojos del marino muestran todavía rastros de asombro.

—Es usted una mujer extraña, señora. Si me permite decirlo.

—¿Por qué no iba a permitírselo?

En la esquina de la calle de la Carne con la iglesia del Rosario, un grupo de vecinos y transeúntes discute junto a un pasquín pegado en el muro del convento. Se trata de un parte de la Regencia sobre las últimas operaciones militares, incluido el fracaso de la expedición del general Blake al condado de Niebla y la noticia de la rendición de Tarragona a los franceses. Junto al cartel oficial hay pegado otro, anónimo, detallando en términos ácidos cómo la pérdida de la ciudad catalana se debió al desinterés del general inglés Graham por socorrer a la guarnición española. Excepto en Cádiz, que sigue a salvo tras sus fortificaciones y cañones, en el resto de la Península menudean las malas noticias: incompetencia de generales, indisciplina militar, los británicos operando a su conveniencia, y límites poco claros entre guerrillas y bandas de salteadores y asesinos. De derrota en derrota, como dice guasón el primo Toño, hacia la victoria final. Muy al fondo y a mano izquierda.

—¿Sabe que no tiene usted buena fama, capitán?... Y no me refiero a su competencia como marino, naturalmente.

Un silencio prolongado. Recorren así veinte pasos, uno junto al otro, hasta la plazuela de San Agustín. En nombre de qué me atrevo a decirle eso, se pregunta Lolita, confusa. Con qué derecho. No reconozco a esta estúpida que se atreve a hablar por mí. Irritada e insolente con un hombre que nada me ha hecho, y al que he visto media docena de veces en mi vida. Un momento después, al llegar junto a la librería de Salcedo, se detiene bruscamente y mira al corsario de frente, a los ojos. Segura y resuelta.

—Hay quien dice que no es un caballero.

Le intriga no observar embarazo ni disgusto por el comentario. Pepe Lobo está inmóvil, el paquete con el *Naval Gazetteer* bajo el brazo. Su expresión es serena, pero esta vez no sonríe.

—Lo diga quien lo diga, tiene razón... No lo soy. Ni pretendo serlo.

Ni excusa ni jactancia. Lo ha dicho con naturalidad. Sin desviar la mirada. Lolita inclina suavemente la cabeza a un lado. Valorativa.

—Es raro que diga eso. Todos lo pretenden.

—Pues ya ve. No todos.

—Me choca su cinismo... ¿Debo llamarlo así?

Un parpadeo rápido. Ahora sí parece sorprendido por la palabra. Cinismo. Quizá ni siquiera lo sabe, se dice ella. Quizá todo es natural en su condición. En su vida, tan diferente a la mía. A la boca del corsario asoma ahora una sonrisa suave. Pensativa.

—Se llame como se llame, tiene ciertas ventajas —dice Pepe Lobo—. No son tiempos para el dispare usted primero. Con eso no se come... Aunque sea la galleta agusanada, el tocino rancio y el vino aguado de un barco.

Se calla y mira alrededor: la puerta de la iglesia bajo la estatua del santo, el suelo de tierra de la plaza donde picotean palomas, las tiendas abiertas, la vitrina y los cajones de la librería de Salcedo y las cercanas de Hortal, Murguía y Navarro, con sus libros expuestos. Lo contempla todo como quien se encuentra de paso y mira de lejos, o desde afuera.

—Resulta agradable hablar con usted, señora.

No hay sarcasmo en el comentario. Eso asombra a Lolita.

—¿Por qué?... No será por lo que digo. Me temo que...

—No se trata de lo que dice.

Ella reprime el impulso de abrir el abanico y abanicarse. Intensamente.

—Quisiera...

Eso empieza a decir el corsario. Pero se calla. Sobreviene un nuevo silencio. Breve, esta vez.

—Creo que ya es hora de que siga su camino, capitán.

Asiente el otro, el aire distraído. O absorto.

—Claro.

Después se toca un pico del sombrero, murmura «con su permiso» y hace ademán de retirarse. Lolita despliega el abanico y se da aire unos instantes. A punto de irse, Pepe Lobo se fija en el país pintado a mano. Ella advierte la dirección de su mirada.

—Es un drago —dice—. Un árbol exótico... ¿Lo ha visto alguna vez?

El otro se queda inmóvil, un poco ladeado el rostro. Como si no hubiera oído bien.

—En Cádiz —añade ella— hay un par de ejemplares extraordinarios. *Dracaena draco*, se llama.

Me toma el pelo, dicen los ojos del corsario. Analizando su expresión —desconcierto, curiosidad— Lolita confirma el placer secreto de arrojar a un hombre a un mundo de improbabilidades.

—Uno está en el patio de San Francisco, cerca de casa... Voy a admirarlo de vez en cuando, como quien visita a un viejo amigo.

—¿Y qué hace allí?

—Me siento en un banco que hay enfrente y lo miro. Y pienso.

Pepe Lobo se cambia el paquete de brazo, sin dejar de observarla. Lleva unos instantes haciéndolo como si contemplara un enigma, y ella siente que le agrada mucho que la mire así. Le devuelve cierto control de sus actos y palabras. Tranquilizándola. Siente deseos de sonreír, pero no lo hace. Todo discurre mejor de este modo.

—¿También entiende de árboles? —pregunta él, al fin.

—Un poco. Me interesa la botánica.

—La botánica —repite el corsario, en murmullo casi inaudible.

—Eso es.

Intrigados, los ojos felinos siguen estudiando los suyos.

—Una vez —aventura al fin Pepe Lobo, con precaución— participé en una expedición botánica...

—No me diga.

Asiente el otro, visiblemente satisfecho de la sorpresa que trasluce el rostro de ella. Sonríe suave, apenas, el aire divertido.

—El año ochenta y ocho, yo era segundo piloto en el barco que trajo a esa gente de vuelta, con sus macetas, plantas, semillas y todo lo demás —en este punto hace una pausa deliberada—. ¿Y sabe lo más curioso?... ¿Imagina cómo se llamaba el navío?

El entusiasmo de Lolita es sincero. Casi bate palmas.

—¿En el ochenta y ocho? ¡Claro que lo sé: *Dragón*!... ¡Como el árbol!

—Ya ve —se ensancha la sonrisa del corsario—. El mundo cabe en un pañuelo.

Ella no sale de su asombro. Dragos y dragones. Extraños encajes, se dice. Los de la vida.

—No puedo creerlo... ¡Hace veintitrés años acompañó a España a don Hipólito Ruiz, desde El Callao!

—Vaya. No recuerdo cómo se llamaban aquellos señores. Pero sin duda sabe usted de lo que habla.

—Claro que lo sé... La expedición de Chile y Perú fue importantísima: esas plantas están ahora en el Jardín Botánico de Madrid. Y en mi casa tengo varios libros publicados por don Hipólito y su compañero Pavón... ¡Hasta se menciona el nombre del barco!

Se estudian mutuamente, otra vez en silencio. Es ella quien lo rompe, al fin.

—Qué interesante —ahora su tono es más sereno—. Tiene que contarme todo eso, capitán. Me gustaría mucho.

Una nueva pausa. Levísima. Un brillo fugaz en la mirada del corsario.

—¿Ahora?

—No, ahora no —ella niega dulce, con la cabeza—. Cualquier otro día, quizás... Cuando regrese del mar.

Serios, rudos, masculinos, tres hombres están sentados en sillas de paja bajo la sombra del emparrado. Lían picadura de la bolsa que pasa de mano en mano, sacan chispas con la piedra y el eslabón, humean la yesca y el tabaco. El porrón de vidrio, mediado de vino, lleva cuatro rondas.

—Son dos mil duros —dice Curro Panizo—. A repartir.

Panizo es un salinero vecino y compadre de Felipe Mojarra, que lo mira pensativo. Tentado por la idea. Hace un rato que discuten los pormenores del asunto.

—Las noches son cortas, pero da tiempo —insiste Panizo—. Podemos acercarnos nadando por el caño sin hacer ruido, como mi hijo y yo la otra noche.

—¿Hasta dónde llegasteis?

—A la Matilla, cerca del muelle. Ahí vimos otras dos lanchas, pero más lejos. Más difíciles de trincar.

Mojarra coge el porrón, echa la cabeza atrás y bebe un largo trago de vino tinto. Luego se lo pasa a su cuñado

Bartolo Cárdenas —muy flaco, nudoso, manos como sarmientos—, que bebe a su vez y lo pasa a Panizo. El sol se refleja en el agua inmóvil de las salinas próximas y difumina en la distancia los pinares y los contornos suaves de las alturas de Chiclana. El chozo de Mojarra —una vivienda humilde de dos cuartos y un patio con parras, geranios y un minúsculo huerto— se encuentra en las afueras de la población de la isla de León, entre ésta y el cercano caño Saporito, al final de la calle larga que viene de la plaza de las Tres Cruces.

—Cuéntamelo otra vez —dice Mojarra—. Con detalle.

Una lancha cañonera, repite paciente Panizo. Como de cuarenta pies de eslora. Amarrada en el caño Alcornocal, cerca del molino de Santa Cruz. Vigilada por un cabo y cinco soldados que matan el tiempo durmiendo, porque por esa parte los gabachos están tranquilos. Él y su hijo dieron con la lancha cuando hacían un reconocimiento para ver si allí siguen sacando arena para las fortificaciones. Estuvieron todo el día escondidos entre los matojos, estudiando el sitio mientras planeaban el golpe. Y no es difícil. Más allá del caño del Camarón, por los esteros y canalizos hasta el caño grande, procurando que no los vean desde la batería inglesa de San Pedro. Luego, hasta el Alcornocal despacito y a nado. La vaciante y los remos ayudarán a la vuelta. Y si encima sopla viento bueno, ni te digo.

—A nuestros militares no les va a gustar —objeta Mojarra.

—Ellos no se atreven a meterse tan adentro. Y si lo hicieran, se quedarían con el premio sin astillarnos un real... Es mucho dinero, Felipe.

Curro Panizo tiene razón, sabe Mojarra. Toda. Las autoridades españolas pagan 20.000 reales de plata como gratificación por la captura de una lancha cañonera, obusera o bombardera enemiga, o por una falúa o bote armado con cañón. También dan 10.000 reales por una embarcación armada menor y 200 por cada marinero o soldado enemigo prisionero. Y lo que es más importante: para alentar esta clase de capturas, pagan pronto y al contado. O eso dicen. En estos tiempos de penuria, cuando a casi todos los marinos y a muchos militares les adeudan veinte pagas atrasadas y a sus reclamaciones se responde con un escueto «no hay arbitrios para socorrer», embolsarse dos mil duros en buena moneda, de la noche a la mañana, sería hacer fortuna. Sobre todo entre gente pobre como ellos: ex cazadores furtivos y salineros de la Isla, en el caso de Mojarra y su compadre Panizo; cordelero en la fábrica de jarcia de la Carraca, el cuñado Bartolo Cárdenas.

—Si nos cogen los mosiús, estamos listos.

Sonríe Panizo, codicioso. Es calvo, fuerte, de cráneo tostado por el sol y barba con mechones grises. Navaja cabritera metida en la faja —que fue negra, y ahora de un gris descolorido— y camisa zurcida y llena de remiendos. Calzones de loneta marinera hasta las corvas y pies descalzos, tan encallecidos como los de Mojarra.

—Por esa guita les dejo intentarlo —dice.

—Y yo —apunta el cuñado Cárdenas.

—El que quiera higos de Lepe, que trepe.

Sonríen los tres, imaginando. Con deleite. Ninguno de ellos ha visto esa cantidad junta en su vida. Ni junta, ni separada.

—¿Cuándo sería? —pregunta Mojarra.

Suena a lo lejos un estampido y los tres miran más allá del Saporito, hacia levante y los caños que se meten hasta Chiclana. A esas horas no suelen bombardear los franceses, pero nunca se sabe. Por lo general tiran sobre la Isla cuando hay combate duro en algún punto de la línea, o con frecuencia de noche. Mucha gente vive enterrada en las bodegas o sótanos de las casas que disponen de ellos. La de los Mojarra no es de ésas: cuando caen bombas cerca no hay otra seguridad que refugiarse en el Carmen, San Francisco o la iglesia parroquial, que tiene muros fuertes de piedra. Eso, cuando da tiempo. Si las bombas llegan de improviso, no hay otra que pegarse a una pared con los chiquillos abrazados, y rezar.

La mujer de Mojarra —moño negro mal sujeto, piel ajada, pechos caídos bajo la camisa de tela basta— también ha oído el trueno lejano. Se asoma a la puerta secándose las manos en el delantal y mira hacia el lado de Chiclana. No muestra temor, sino resignación y fatiga. Su marido la hace volver adentro con una ojeada.

—Podríamos ir en cinco días —dice Curro Panizo, bajando la voz—. Cuando no haya luna y tengamos el oscuro.

—Igual la han cambiado de sitio para entonces.

—Está fija allí, amarrada al muelle pequeño. Es la que usan para enfilar el caño y tirar contra la batería inglesa de San Pedro... Nos lo contó un desertor que cogimos a la vuelta: uno que se había escondido en la albina de la Pelona, esperando a que se hiciera de noche para pasarse nadando a este lado.

—¿Y dices que la lancha tiene un cañón?

—Se lo vimos. Grande... El gabacho dijo que de seis a ocho libras.

Humo de picadura liada, otra ronda del porrón. Se observan unos a otros, graves. Todos saben de lo que hablan.

—Tres somos pocos.

—Vendría mi chico —dice Panizo.

El mozo tiene catorce años. Se llama Francisco, igual que él: Curro y Currito. Listo y vivo como una ardilla de los pinares. Demasiado joven para alistarse en los escopeteros, acompaña a su padre de vez en cuando en el reconocimiento de los caños. Ahora está sentado a treinta pasos, a la orilla del Saporito y sedal en mano, intentando pescar algo. Panizo le ha dicho que se quede allí y no moleste hasta que lo llamen. Aunque tiene edad para rifarse la vida, no la tiene para asistir a conversaciones de hombres. Tampoco para el porrón ni el tabaco.

—Más, haríamos mucho bulto —opina el cuñado Cárdenas—. Podrían tirarnos los ingleses desde la batería de San Pedro, o los nuestros desde Maseda... O a la vuelta, si nos toman por gabachos.

—Cuatro está bien —concluye Mojarra—. Nosotros y el hormiguilla.

Panizo hace cuentas con los dedos.

—Y además —apunta— sale redondo: quinientos duros para cada uno.

El cuñado Cárdenas mira a Mojarra, inquisitivo, pero éste permanece impasible. El chico arriesgará lo que todos, y así debe ser. Entre Curro Panizo y él, la palabra compadre es más que una palabra.

—A lo mejor puede hacerse —dice.

El porrón se ha vaciado con la última vuelta. El salinero se levanta, lo coge por el gollete y entra en la casa para llenarlo de nuevo. Es vino malo, áspero; pero es el que hay. Aviva la tripa y las intenciones. Junto al fogón apagado que hay bajo la campana de la chimenea, Manuela Cárdenas, la mujer, prepara la comida ayudada por una hija de once años: sobrio gazpacho con un diente de ajo, tiras de pimiento seco machacado con aceite, vinagre y un poco de agua y pan. Hay dos crías más —una de ocho años y otra de cinco— jugando en el suelo con unos trozos de madera y un ovillo de cordel, junto a la suegra de Mojarra, anciana y medio inválida, que dormita en una silla junto a la tinaja del agua. La hija mayor, Mari Paz, sigue de doncella en Cádiz, en casa de las señoras Palma. Con lo que ella trae y lo que el padre consigue de ración en la compañía de escopeteros, se come y se bebe en esta casa.

—Son cinco mil reales —susurra Mojarra cuando está junto a su mujer.

Sabe que lo ha oído todo. Ella lo mira en silencio, con ojos fatigados. Su piel marchita y las arrugas prematuras en torno a los ojos y la boca muestran los estragos del tiempo, las fatigas domésticas, la continua pobreza, siete partos de los que tres se malograron con pocos años. Mientras llena el porrón con vino de una damajuana forrada de mimbre, el salinero adivina en esa mirada lo que no dicen las palabras. Es irse muy lejos, marido, con los gabachos ahí, casi hasta el fin del mundo, y nadie nos pagará si te matan. Nadie traerá comida a casa si te quedas para siempre en los caños. Demasiado te juegas ya, cada día, como para andar tentando la suerte de esa manera.

—Cinco mil reales —insiste él.

Aparta la vista la mujer, inexpresiva. Tan fatalista como su tiempo, su condición, su asendereada raza. El cuñado Cárdenas, que sabe escribir y hacer cuentas, lo ha calculado hace rato: tres mil panes candeales de dos libras, doscientos cincuenta pares de zapatos, trescientas libras de carne, ochocientas de café molido, dos mil quinientos cuartillos de vino... Ésas son algunas de las cosas, entre muchas, que podrían comprarse si Felipe Mojarra trae a remolque, a remo o como Dios lo socorra, esa lancha cañonera francesa desde el molino de Santa Cruz a través de media legua de caños, esteros y tierra de nadie. Comida, aceite para el candil, leña para cocinar y calentar la casa en invierno, ropa para las chiquillas medio desnudas, un tejado para la casa, mantas nuevas para el jergón del cuarto de paredes ahumadas donde duermen todos juntos, padres e hijas. Un desahogo para aquella miseria que sólo distraen un pez atrapado en los canalizos o un ave de las salinas abatida a escopetazos, cada vez con más dificultad: hasta la caza furtiva, que antes permitía ir tirando, se ha ido al diablo a causa de la guerra, con todo un ejército atrincherado en la Isla.

Vuelve el salinero al exterior, entornados los ojos ante el resplandor del sol en las láminas de agua quieta de los caños y esteros. Pasa el porrón al compadre y al cuñado, que echan atrás la cabeza mientras se dirigen el chorro de vino a la garganta. Chasquean las lenguas, satisfechas. Las facas abiertas pican tabaco en las palmas callosas de las manos. Lían más cigarros. Sobre el contraluz, en larga fila por el camino que discurre junto al caño Saporito y lleva al arsenal de la Carraca, se mueven lentamente las siluetas de los presidiarios que vuelven de trabajar en las fortificaciones de Gallineras, escoltados por infantes de marina.

—Iremos de aquí a cinco días —dice Mojarra—. Con el oscuro.

Desde el muelle de la Jarcia de Puerto Real, Simón Desfosseux observa la cercana costa enemiga. Su ojo profesional, habituado a calcular distancias reales o en la escala de los mapas, actúa con la precisión minuciosa de un telémetro: tres millas justas a la punta de la Cantera, una y seis décimos a la punta de la Clica, una y media a la Carraca y a la imponente batería que defiende el ángulo noroeste del arsenal, la de Santa Lucía, situada en torno al antiguo cuartel de presidiarios, bien artillada por los españoles con veinte bocas de fuego, incluidos cañones de 24 libras y obuses de 9 pulgadas. Todo ese despliegue, que se prolonga cruzando ángulos de tiro con otras baterías, hace inexpugnable la línea enemiga en aquel sector, pues enfila los caños por los que podrían navegar las fuerzas de ataque francesas y permite, además, apoyar las incursiones de las cañoneras que hostigan periódicamente a las tropas imperiales. Es lo que ocurrió hace tres días, cuando una flotilla de embarcaciones fondeadas ante Puerto Real, muy cerca del muelle, fue atacada por lanchas que se habían arrimado durante la noche desde la costa enemiga. El amanecer descubrió diez cañoneras, cuatro obuseras y tres bombillos españoles desplegados en línea de combate; y mientras duró la marea favorable, antes de replegarse a sus bases, éstos dispararon más de veinte granadas y doscientas balas rasas, haciendo mucho daño en barcas, tripulaciones y edificios próximos a la marina. Sólo la llamada casa Grande o de los Rosa, inmediata al muelle y destinada a almacén de pertrechos y cuerpo de guardia, recibió once impactos. Un pequeño desastre, en suma. Con muertos y heridos. Ésa es la razón de que el mariscal Víctor, furioso hasta los rizos de las patillas, haya abroncado en su recio estilo cuartelero al general Menier, jefe actual de la división responsable de Puerto Real, poniéndolo de inútil para arriba, y haya hecho venir a Simón Desfosseux a toda prisa desde el Trocadero, con plenos poderes y orden de estudiar la situación y prevenir que algo así no vuelva a repetirse —son palabras literales del mariscal, transmitidas verbalmente— en la puta vida.

Se acerca el sargento Labiche, a quien Desfosseux ha traído consigo para que eche una mano. El suboficial no resulta un prodigio de eficacia ni de espíritu combativo, pero es el único de quien el capitán puede disponer en este momento. Labiche, al menos, cubre las apariencias. Como si el cambio de aires le hubiese insuflado energía —o tal vez desahoga en subordinados ajenos el tedio y el malhumor acumulados en el Trocadero—, el auvernés lleva desde ayer dando órdenes a gritos como un capataz de obra, blasfemando de la guarnición local y de la madre que la engendró.

—Ya están aquí los cañones, mi capitán.

—Despeje entonces, por favor. Que vayan preparando las cureñas.

Huele a bajamar. Las manchas blancas de gaviotas posadas junto a las embarcaciones varadas en el fango —de alguna sólo quedan cuadernas quemadas— salpican la lengua de limo y verdín descubierta por la marea baja, frente al muelle por donde pasea Desfosseux entre un hormigueo de soldados que van y vienen con carros y carretones. El capitán hizo su estudio de situación ayer por la mañana, recién llegado al pueblo; por la tarde puso a la gente a trabajar, y ha continuado haciéndolo toda la noche y el día de hoy, sin descanso. Ahora pasan de las cuatro de la tarde, y una sección de zapadores, asistidos —muy a regañadientes, con este calor— por infantes y artilleros de marina, acaba de situar los últimos cestones rellenos de fango y arena para proteger el nuevo baluarte: una media luna desde la que seis cañones de 8 libras podrán cubrir todo el frente marino del pueblo. En principio.

Desfosseux se acerca a echar un vistazo a los tubos de hierro que aguardan en la plaza, sobre carros tirados por mulas. Son viejas piezas de artillería de seis pies de longitud y más de media tonelada de peso, traídas desde El Puerto de Santa María y destinadas a encajarse sobre las cureñas de sistema Gribeauval que están siendo colocadas y trincadas en sus emplazamientos. Las prisas del duque de Bellune obligan a colocar los cañones a barbeta, sin troneras ni otra protección para los artilleros que el muro de cestones y fango estribado por tablas y puntales clavados en tierra, de tres a cinco pies de altura, que forma el baluarte. Eso bastará para mantener alejadas las cañoneras españolas, estima Desfosseux, por lo menos a la luz del día; aunque le preocupan, y así lo ha manifestado a sus superiores, algunas novedades en las disposiciones artilleras del enemigo. Un oficial inglés, que a resultas de un duelo acaba de pasarse a las líneas francesas, ha puesto al día los informes: cañones de mayor alcance en la batería del Lazareto, refuerzo de los reductos británicos de Sancti Petri y Gallineras Altas, más portugueses en Torregorda y artillado de esta posición con piezas de 24 libras y carronadas de a 36, inglesas. Todo eso queda fuera del territorio de Desfosseux y no lo inquieta demasiado; pero sí una nueva amenaza directa sobre el Trocadero: el proyecto de usar el pontón del navío *Terrible* como batería flotante para tirar por elevación contra Fuerte Luis y la Cabezuela, a fin de acallar los fuegos de Fanfán sobre Cádiz. O intentarlo. En esta combinación de juego de las cuatro esquinas, castillo de naipes y fichas de dominó que es el asedio de la bahía, cada novedad o movimiento, por mínimo que sea, puede arrastrar consecuencias complicadas. Y la artillería imperial, con Simón Desfosseux en el centro de la madeja, hace el triste papel de quien debe afrontar un incendio con un solo balde de agua, acudiendo aquí y allá, sin dar abasto.

Quitándose la casaca del uniforme, sin remilgos de graduación, el capitán echa una mano a los hombres que, dirigidos por el sargento Labiche, descargan los cañones entre chirridos de maromas y poleas, colocándolos sobre las cureñas de madera pintada de verde olivo. Éstas tienen la base en forma de plano inclinado, con una estructura de ruedas sobre plataforma de carriles que limita el retroceso del disparo. El peso de cada uno de los largos tubos de hierro hace la instalación lenta y penosa, agravada por la falta de experiencia de los hombres: torpes, comprueba Desfosseux, como para pasarlos allí mismo a baqueta. Pero no los culpa por ello. En los seis regimientos que cubren el frente desde el Trocadero a Sancti Petri, mermados por la penuria y las bajas naturales de la guerra, hay una alarmante escasez de artilleros. Con ese panorama, hasta el desganado Labiche resulta un lujo: al menos él conoce su oficio. En las baterías que tiran sobre el recinto urbano de Cádiz, Desfosseux se ha visto obligado a completar dotaciones con infantería de línea. Y aquí mismo, en el muelle de Puerto Real, salvo dos caporales de artillería, cinco soldados de esa arma y tres artilleros de marina que han venido con los cañones desde El Puerto de Santa María —los ribetes rojos de sus casacas azules los distinguen entre los petos blancos de los infantes—, el resto de los que servirán las piezas pertenece también a regimientos de línea.

Cric, croc, cruje la cureña. El capitán se echa atrás de un salto, evitando por escasas pulgadas que una rueda le aplaste un pie. Maldita sea su sombra, piensa. La suya propia, la de las cañoneras españolas, la del mariscal Víctor y sus incómodas ocurrencias. De artillar Puerto Real podía haberse ocupado cualquier oficial; pero en los últimos meses no hay bomba que cruce el aire, en una u otra dirección, que el duque de Bellune y su estado mayor no la consideren asunto exclusivo de Simón Desfosseux. Le doy cuanto me pide, capitancito, dijo Víctor la última vez. O cuanto puedo. Así que organícese la vida y no me incomode si no es con buenas noticias. Todo eso tiene como consecuencia que hasta el último de los oficiales artilleros y jefes superiores del Primer Cuerpo, incluido el comandante general del arma, D'Aboville —que ha relevado a Lesueur—, distingan a Desfosseux con un odio salvaje, apenas disimulado por las maneras y las ordenanzas: ojito derecho del mariscal, lo llaman. Genio de la balística, portento de Metz, etcétera. Lo corriente. El capitán sabe que cualquiera de sus jefes y colegas daría un mes de paga por que reventase uno de los Villantroys-Ruty en su cara, o una bomba española y afortunada lo dejase listo de papeles. Le cambiara de hombro el fusil, como se dice —con limpio eufemismo— en el ejército imperial.

Sacando su reloj del bolsillo del chaleco, Desfosseux mira la hora: faltan cinco minutos para las cinco de la tarde. Se deshace en ganas de terminar aquello y volver al reducto de la Cabezuela, junto a Fanfán y sus hermanos, que dejó a cargo del teniente Bertoldi. Aunque están en buenas manos, le preocupa que todavía no haya sonado cañonazo alguno por esa parte. Estaba previsto que antes de la puesta de sol, si el viento no era adverso, se hicieran ocho disparos sobre Cádiz: cuatro bombas inertes rellenas con plomo y arena, y cuatro provistas de carga explosiva.

En los últimos tiempos, el capitán está satisfecho. El arco que sobre el mapa de la ciudad establece el radio de alcance de los impactos, se mueve poco a poco hacia la parte occidental del recinto urbano, cubriendo más de un tercio de éste. Según los informes recibidos, tres de las últimas bombas lastradas con plomo han caído cerca de la torre Tavira, cuya altura la convierte en conspicua referencia para orientar el tiro. Eso significa que los impactos distan ya sólo 190 toesas de la plaza principal de la ciudad, la de San Antonio, y 140 del oratorio de San Felipe Neri, donde se reúnen las Cortes insurgentes. Con esos datos, Desfosseux se siente optimista sobre el futuro: tiene la certeza de que pronto, en condiciones climatológicas favorables, sus bombas rebasarán las 2.700 toesas de alcance. De momento, un ajuste del tiro hacia la parte de la bahía contigua a la ciudad donde fondeaban los buques de guerra ingleses y españoles ha permitido hacer blanco en alguno de ellos. Con poca precisión y sin grandes daños, es cierto; pero obligando a los navíos a levar anclas y fondear algo más lejos, frente a los baluartes de la Candelaria y Santa Catalina.

Casi todos los cañones de 8 libras se encuentran ya en sus cureñas. Tiran de las sogas y empujan los soldados, sudorosos y sucios. Los corpulentos zapadores trabajan a conciencia, silenciosos como suelen. Los artilleros les dejan lo más duro del trabajo y procuran hacer lo justo. Por su parte, los de infantería remolonean cuanto pueden. Labiche abofetea a uno de ellos, con sistemática crueldad. Luego le patea el culo.

—¡Te voy a arrancar el hígado, sinvergüenza!

Desfosseux llama aparte al suboficial. No les pegue delante de mí, le dice en voz baja para no desautorizarlo ante los hombres. Labiche se encoge de hombros, escupe al suelo, vuelve a lo suyo, y cinco minutos después reparte dos nuevas bofetadas.

—¡Os voy a matar!... ¡Vagos perezosos! ¡Cabrones!

La ausencia de brisa espesa el calor. Desfosseux se enjuga el sudor de la frente. Después coge su casaca y se aleja del muelle, encaminándose a una tinaja de agua puesta a la sombra en la esquina de la calle de la Cruz Verde, junto a la garita del centinela. Casi todas las casas de Puerto Real han sido abandonadas por sus moradores españoles, de grado o a la fuerza. El pueblo es un inmenso campamento militar. Las grandes rejas de hierro de las casas, que llegan hasta el suelo en las fachadas de la calle, muestran interiores de habitaciones despojadas, cristales rotos, puertas y muebles hechos astillas, jergones y mantas por el suelo. Hay montones de cenizas de hogueras de vivac por todas partes. Los patios convertidos en establos apestan a cagajones de caballerías, y zumban molestos enjambres de moscas.

Bebe el capitán un cazo de agua, y sentándose a la sombra saca de un bolsillo una carta de su mujer —la primera en seis meses— que recibió ayer por la mañana, antes de dejar la batería de la Cabezuela. Es la quinta vez que la lee, y tampoco ahora suscita en él sentimientos significativos. *Querido esposo*, empieza. *Elevo a Dios mis oraciones para que te conserve la salud y la vida*. La carta fue escrita hace cuatro meses, y contiene una relación minuciosa y monótona de noticias familiares, nacimientos, bodas y entierros, pequeños incidentes domésticos, ecos de una ciudad y unas vidas lejanas que Simón Desfosseux repasa con indiferencia. Ni siquiera atrae su interés un par de líneas sobre el rumor de que 20.000 rusos se han acercado a las fronteras de Polonia y que el emperador prepara una guerra contra el zar: Polonia, Rusia, Francia, Metz, quedan demasiado lejos. En otro tiempo ese desapego lo inquietaba, y mucho. Aparejaba, incluso, su dosis de remordimiento. Le ocurría sobre todo al principio, mientras bajaba con el ejército hacia el sur por un paisaje desconocido e incierto, alejándose del mundo en apariencia equilibrado que iba quedando atrás. Pero ya no es así. Instalado hace mucho en la certeza rutinaria y geométrica del espacio limitado que ahora habita, esa indiferencia hacia cuanto ocurre más allá de las 3.000 toesas de alcance resulta extremadamente útil. Casi cómoda. Lo exonera de melancolías y nostalgias.

Desfosseux dobla la carta y la devuelve al bolsillo. Después observa un momento los trabajos en la media luna del muelle y mira en dirección al Trocadero. Sigue preocupándolo no escuchar a Fanfán y sus hermanos. Por un momento se abisma en cálculos, trayectorias y parábolas, dejándose llevar como quien se adentra en vapores de opio. La torre Tavira, recuerda complacido, al fin casi dentro del radio fijo. Magnífica noticia. El centro de Cádiz al alcance de la mano. La última paloma mensajera que cruzó la bahía trajo un minúsculo plano de esa parte de la ciudad, con los puntos exactos de los impactos: dos en la calle de Recaño, uno en la del Vestuario. El teniente Bertoldi daba brincos de alegría. Como le ocurre a menudo, Desfosseux piensa en el agente que envía toda esa información: el individuo cuyo trabajo arriesgado ayuda a marcar con puntos triunfales el plano de la ciudad. Lo supone español de origen, o francés naturalizado hace tiempo. Desconoce su aspecto, su nombre y a qué se dedica. Ignora si es militar o civil, entusiasta abnegado o simple mercenario, traidor a su patria o héroe de una causa noble. Ni siquiera le paga él: de todo eso se ocupa el estado mayor. Su único vínculo directo son las palomas mensajeras y los viajes secretos que un contrabandista español, a quien llaman el Mulato, hace entre las dos orillas. Pero ese Mulato no cuenta más que lo imprescindible. Debe de tratarse, en cualquier caso, de un agente con razones poderosas. Muy valiente y templado, en vista de lo que hace. Vivir a la sombra del patíbulo destrozaría los nervios a cualquier ser común. Desfosseux sabe que él mismo sería incapaz de permanecer de ese modo, aislado en territorio hostil, sin poder confiar en nadie, temiendo a cada instante los pasos de soldados o policías en la escalera, expuesto siempre a la sospecha, la delación, la tortura y la muerte ignominiosa reservada a los espías.

Los cañones ya están instalados en sus cureñas y apuntan a la bahía por encima del parapeto. El capitán se incorpora, abandona la protección de la sombra y regresa al muelle para supervisar los ajustes finales. De camino escucha un estampido que viene de poniente. Se trata de un puumba poderoso, que conoce muy bien. Su oído adiestrado no lo engaña sobre la distancia: ha sonado a dos millas y media. Se detiene a mirar en esa dirección, más allá de la orilla cercana del Trocadero, y medio minuto después escucha otro estampido semejante, seguido por un tercero. De pie en la explanada del muelle, haciendo visera con una mano sobre los ojos, Desfosseux sonríe, complacido. Los disparos de los Villantroys-Ruty de 10 pulgadas son inconfundibles: perfectos, compactos, limpios en el estallido de su carga, rotundos en el eco subsiguiente. Puum-ba. Allá va otro, el cuarto. Buen chico, Maurizio Bertoldi. Sabe cumplir con su deber.

Puum-ba. El quinto estampido llena de orgullo al capitán, confirmándole un calorcillo grato, satisfecho. Es la primera vez que oye disparar desde lejos los obuses de la Cabezuela sin que él esté presente en la batería, atento a cada detalle. Pero todo suena como debe. Maravillosamente bien. El último disparo ha sido de Fanfán: se diferencia en cierto matiz en la fase inicial del estampido, más grave y seco que los otros. Reconocerlo desde tan lejos estremece a Simón Desfosseux con un impulso de extraña ternura. Como un padre que viera a su hijo caminar por primera vez.

—¿Que desapareció?... ¿Me toma el pelo?

—En absoluto, señor. Líbreme Dios.

Silencio tenso. Prolongado. Rogelio Tizón sostiene, imperturbable, la mirada furiosa del intendente general y juez del Crimen y Policía Eusebio García Pico.

—Ese hombre estaba preso, Tizón. Era su responsabilidad.

—Se fugó, como le digo. Son cosas que pasan.

Se encuentran en el despacho de García Pico, sentado éste tras su mesa reluciente —no hay un solo papel en ella—, junto a una ventana por la que se ve el patio de la Cárcel Real. Tizón está de pie, con un cartapacio de documentos en las manos. Deseando estar en cualquier otra parte.

—Fugado en extrañas circunstancias —murmura García Pico al fin, como para sí mismo.

—Así es, señor intendente. Lo estamos investigando bien.

—Hum... ¿Cómo de bien?

—Ya le digo. Bien.

Es una forma de resumirlo tan apropiada como cualquier otra. En realidad, el individuo al que se refieren —el que espiaba a las jóvenes costureras de la calle Juan de Andas— lleva una semana en el fondo del mar, envuelto en un trozo de lona con dos balas viejas de cañón y un anclote como lastre. Urgido por la necesidad de obtener una confesión preventiva, Tizón cometió el error de confiar la faena a su ayudante Cadalso y a un par de esbirros poco sutiles en materia de dimes y diretes. El detenido no debía de andar bien de salud, y a los interrogadores se les fue la mano.

—No es tan grave, señor. Nadie sabe nada... O saben poco.

García Pico lo invita a sentarse, con gesto malhumorado.

—Eso quisiera usted —dice mientras Tizón ocupa una silla y pone el cartapacio sobre la mesa—. El asesinato de la última muchacha no pasó inadvertido.

—En forma de rumor sin confirmar —precisa el comisario.

—Pero se pidieron explicaciones. Hasta un par de diputados de las Cortes se interesaron por el asunto.

Sólo durante unos días, objeta Tizón. Y como una muerte más, aislada. Después se olvidó todo. Hay demasiadas cosas revueltas en la ciudad. Otras desgracias, sin contar las bombas. Con tanto forastero y militar, no faltan incidentes. Ayer mismo hubo un marinero inglés apuñalado y un soldado que estranguló a una prostituta en el Boquete. Siete muertos por violencia en lo que va de mes, tres de ellos mujeres. Por suerte, casi nadie relaciona a la última muchacha con las anteriores.

—Hemos podido —concluye— tapar las bocas adecuadas.

García Pico mira el cartapacio como si estuviera repleto de responsabilidades ajenas.

—Maldito sea. Dijo que tenía un sospechoso. A punto de caramelo, fueron sus palabras exactas.

—Y así era —admite Tizón—. Pero se fugó, como digo. Andábamos soltándolo bajo vigilancia y deteniéndolo de nuevo, para no incumplir las nuevas leyes...

Alza el otro una mano, evasivo. Su mirada resbala sobre el comisario, hacia el infinito: un lugar indeterminado entre la puerta cerrada y el inevitable retrato donde Su Majestad Fernando VII —tierno mártir de la patria en el cautiverio francés— los observa con ojos abotargados y poco de fiar.

—Ahórreme detalles.

Tizón se encoge de hombros.

—Dos de mis hombres lo llevaron a practicar una diligencia en el escenario del último crimen, y se les escapó. Lamentablemente.

—En un descuido, ¿no? —el intendente sigue mirando a la nada, lo más lejos posible—. Se escapó en un descuido... Visto y no visto.

—Exacto, señor. Los agentes han sido sancionados.

—Con extrema dureza, imagino.

Tizón decide pasar por alto el sarcasmo.

—Todavía estamos buscándolo —apunta impasible—. Prioridad absoluta.

—¿Absoluta?... ¿Muy absoluta?

—O por ahí.

—De eso tampoco me cabe duda.

García Pico trae de regreso su mirada perdida y la posa perezosamente en el comisario. Ahora su gesto es de fatiga. Parece que todo lo abrumara mucho: Tizón, las circunstancias, el calor que sale hasta de las paredes, Cádiz, España. El estampido de la bomba que en este momento resuena en las inmediaciones de la Puerta de Tierra, haciéndoles volver un momento la cabeza en dirección a la ventana abierta.

—Déjeme que le lea algo.

Abre un cajón de la mesa, saca un documento impreso y lee en voz alta las primeras líneas: *«Queda abolido para siempre el tormento en todos los dominios de la Monarquía española y la práctica introducida de afligir y molestar a los reos por los que ilegal y abusivamente llamaron apremios, sin que ningún juez, tribunal ni juzgado pueda mandar ni imponer la tortura».*

Al llegar a ese punto, se detiene, alza la vista y mira de nuevo a Tizón.

—¿Qué le parece?

Éste ni parpadea siquiera. A mí me vas a venir con lecturas de media tarde, murmura en los adentros. A Rogelio

Tizón Peñasco, comisario de policía en una ciudad donde el pobre sale absuelto con ochenta reales, el artesano con doscientos y el rico con dos mil.

—Conozco la disposición, señor intendente. Se publicó hace cinco meses.

El otro ha dejado el papel sobre la mesa y lo estudia buscando algo que añadir a la lectura. Por fin parece pensarlo mejor y lo devuelve al cajón. Luego apunta a Tizón con el dedo índice de su mano derecha.

—Oiga. Si resbala otra vez, nos puede caer todo encima. Incluidos los periódicos, con el hábeas corpus y todo lo demás... Hay mucha sensibilidad sobre el asunto. Hasta los diputados más respetables y conservadores tragan con las nuevas ideas. O fingen que. Nadie se atreve a discrepar.

Es evidente que García Pico añora tiempos mejores. Más claros y contundentes. Tizón hace un cauto gesto afirmativo. También él los añora. A su manera.

—No creo que eso nos afecte mucho, señor. Fíjese en *El Jacobino Ilustrado*... defiende la actuación del Comisariado de Barrios. Impecable rigor humanista, decía la semana pasada. Policía moderna y demás. Ejemplo de las naciones.

—¿Está de broma?

—No.

El intendente mira en torno como si algo oliese mal. Al cabo fija la vista en Tizón. Gélido.

—No sé cómo se las arregla con ese gusano de Zafra, pero el *Jacobino* es basura. Me preocupan más los periódicos serios, el *Diario Mercantil* y los otros... Y el gobernador anda mirándonos con lupa.

—Me hago cargo, señor.

—¿Se lo hace?... ¿De veras?... Escuche lo que le digo. Si los periódicos exigen responsabilidades, lo echaré a usted a los perros.

Los periódicos tienen otros asuntos de que ocuparse, lo tranquiliza con flema el comisario. Los últimos casos de calenturas pútridas han alarmado a la población, que teme ver repetirse la epidemia de fiebre amarilla. Hasta en las Cortes se habla de un posible traslado fuera de la ciudad, que el hacinamiento de gente y los calores del verano hacen insalubre. También las noticias de la guerra distraen a la opinión pública. Entre el descalabro del general Blake en Niebla, la rendición de Tarragona, el miedo a la pérdida de todo Levante y la subida de precio del tabaco habano, en los cafés y corrillos de la calle Ancha hay materia de sobra para mantener ocupadas las lenguas. Además, está lo de la próxima expedición contra los franceses, bajo el mando del general Ballesteros.

—¿Cómo sabe eso? —García Pico casi ha dado un salto en la silla—. Es altísimo secreto militar.

El comisario mira a su jefe con genuina sorpresa. Por el respingo.

—Lo sabe usted, señor intendente. Lo sé yo. Es normal. Pero además lo sabe todo el mundo... Esto es Cádiz.

Se quedan callados, mirándose. García Pico no es un mal tipo, reflexiona ecuánime el comisario. O no peor que otros, incluido él mismo. El intendente sólo pretende seguir donde está y adaptarse a los nuevos tiempos. Sobrevivir a esos lechuguinos y filósofos visionarios de San Felipe Neri, que sin ningún sentido de lo posible pretenden poner el mundo patas arriba. Lo malo de esta guerra no es la guerra en sí. Es el desmadre.

—Dejando a esas pobres muchachas aparte —dice García Pico—, hay otra cosa que me preocupa. Demasiada gente yendo y viniendo entre Cádiz y la costa enemiga... Demasiado contrabando y de lo otro.

—¿Lo otro?

—Ya sabe. Espionaje.

Encoge los hombros el comisario, entre resignado y seguro de sí.

—Eso es normal en una situación de guerra. Y aquí, más.

Abre el intendente de nuevo un cajón del escritorio, pero no llega a sacar nada. Lo cierra despacio, pensativo.

—Tengo un informe del general Valdés... Sus fuerzas sutiles de la bahía han capturado a dos espías en las últimas tres semanas.

—También nosotros, señor. No sólo los marinos y los militares se ocupan de eso.

García Pico hace un ademán impaciente.

—Lo sé. Pero hay un detalle curioso en el informe. Por dos veces se habla de un negro, o mulato, que se mueve demasiado entre las dos orillas.

Rogelio Tizón no necesita recurrir a la memoria: tiene presente al Mulato. Es otro de los asuntos que lleva entre manos desde que el montañés de la calle de la Verónica lo puso sobre la pista. Nada en limpio hasta ahora: sus hombres sólo han podido confirmar que pasa a gente de un lado a otro. La palabra espionaje es nueva en la historia, pero no es Tizón quien va a admitirlo ante su superior.

—Puede referirse a un botero que vigilamos desde hace tiempo —responde con cautela—. Ha sido mencionado

alguna vez por confidentes nuestros como poco de fiar...
Que contrabandea es seguro. Lo de espiar, estamos en ello.

—Pues no descuide al sospechoso. Y téngame informado... Lo mismo que cuanto se refiera a las muchachas muertas, claro.

—Por supuesto, señor intendente. A todo le dedicamos nuestro arte.

Lo estudia el otro como si buscara alguna sorna oculta en la última palabra, y Tizón sostiene el análisis con impávida inocencia. Al cabo, García Pico parece relajarse un poco. Conoce bien al hombre que tiene delante. O cree conocerlo. Él mismo lo confirmó en el cargo cuando accedió hace dos años a la intendencia general, y nunca lo ha lamentado. Hasta hoy, al menos. Los métodos del comisario constituyen un dique que mantiene a los superiores a salvo de situaciones incómodas. Eficaz, discreto, sin que la política figure entre sus ambiciones, Rogelio Tizón resulta hombre útil en tiempos difíciles. Y en España todos los tiempos lo son. Difíciles.

—En lo que respecta al problema de esas jóvenes, debo reconocer que lo mantiene a buen recaudo, comisario. Bajo control... Es verdad que nadie relaciona todavía las cuatro muertes entre sí.

Se permite Tizón una sonrisa suave, respetuosa. Con la dosis de complicidad justa.

—Y quien las relaciona, se calla. O se le tiene callado.

El intendente se endereza en su silla, de nuevo próximo al sobresalto.

—Ahórreme el método.

Tras un titubeo dirige una mirada al reloj de pared que hay junto a la ventana. Interpretando el gesto, Tizón coge su cartapacio y se pone de pie. El superior se mira las manos.

—Recuerde lo que nos dijo el gobernador —apunta—. Si estalla un escándalo con las muertes, necesitaremos un culpable.

Se inclina ligeramente Tizón: un leve movimiento de cabeza y ni una pulgada más de lo justo. Cada cual es cada cual.

—En eso estamos, señor. En dar con él... Tengo a todos los cabos de barrio y rondines cribando padrones y matrículas; y a cuanta gente puedo movilizar, pateando la calle.

—Me refiero a un verdadero culpable. No sé si me explico.

Tizón ni siquiera parpadea. Parece un gato apacible, sentado junto a una jaula vacía. Limpiándose plumas de los bigotes.

—Por supuesto, señor. Un culpable de verdad. Está clarísimo.

—Que esta vez no se le fugue, ¿comprende?... Recuerde lo que acabo de leerle, maldita sea. Que *no sea necesario* que se fugue.

Hay hachones clavados en la arena, bajo la muralla, que iluminan a trechos la Caleta y permiten adivinar las formas próximas de los botes y embarcaciones menores que flotan en la marea alta, cerca de la orilla silenciosa lamida por el agua negra y tranquila. La noche es limpia. Todavía no ha salido la poca luna que dentro de un rato despuntará en la bóveda celeste, llena de estrellas. No hay un soplo de brisa ni una onda en el mar. Las llamas verticales de las antorchas alumbran con su resplandor rojizo los colmados y tablaos adosados al muro de piedra ostioncra, que en esta época del año son figones de pescado y marisco durante el día y lugares de música y baile por las noches. En la media luna de arena firme y llana, abierta al Atlántico en la parte occidental de la ciudad entre el arrecife de San Sebastián y el castillo de Santa Catalina, las ordenanzas de policía se aplican con relajo. Al quedar la Caleta fuera del recinto amurallado, no rigen aquí las restricciones nocturnas: la puerta de la ciudad que da al arrecife y la playa es un trasiego continuo de gente con pasavante o dinero para contentar a los centinelas. En los cobertizos hay cachirulo, fandango y bolero, repicar de palillos, voces de cantaores y tonadilleras, marineros, militares, forasteros con bolsa que gastar o en busca de alguien que pague una botella, señoritos encanallados de la ciudad, ingleses, boteros que van y vienen. La proximidad de los navíos de guerra, fondeados cerca para protegerse de las bombas francesas, anima el lugar con grupos de oficiales y tripulaciones. Alborotan por todas partes conversaciones ruidosas, risa de hembras fáciles, bulla de guitarras, cante, murga de borrachos, rumor de peleas. En las noches de la Caleta se solaza, este segundo verano de asedio francés, la Cádiz noctámbula y canalla.

—Buenas noches... ¿Me conceden un momento de conversación?

Pepe Lobo, sentado ante una mesa hecha con simples tablas clavadas, cambia un vistazo rápido con Ricardo Maraña y luego mira al desconocido de facciones aguileñas que, sombrero redondo de bejuco blanco y bastón en mano, se ha parado junto a ellos, recortado a intervalos en los destellos lejanos del faro de San Sebastián. Viste levitón gris abierto sobre el chaleco, y pantalón arrugado que lleva sin elegancia y con desaliño. Patillas largas, espesas, unidas al bigote. Ojos que la noche torna muy oscuros. Quizá peligrosos. Como el puño del bastón, que no pasa inadvertido: una gruesa bola de bronce en forma de nuez, muy apropiada para abrir cabezas.

—¿Qué desea? —pregunta el marino, sin levantarse.

Sonríe el otro un poco. Breve, cortés y sólo con la boca. Tal vez una cortesía fatigada. A la luz de los hachones clavados en la arena, el gesto descubre el relumbrón rápido de un diente de oro.

—Soy comisario de policía. Me llamo Tizón.

Cruzan nueva mirada los corsarios: intrigado, el capitán de la *Culebra*; indiferente Maraña, como suele. Pálido, flaco, elegante, vestido de negro desde el corbatín a las botas, estirada la pierna donde acusa una leve cojera, el joven está recostado en el respaldo de la silla. Tiene un vaso de aguardiente sobre la mesa —la media botella que lleva en el estómago no le altera en absoluto el porte— y un cigarro humeando a un lado de la boca, y se vuelve despacio, con desgana, hacia el recién llegado. Pepe Lobo sabe que, como en su caso, al primer oficial no le gustan los policías. Ni los aduaneros. Ni los marinos de guerra. Ni quien interrumpe conversaciones ajenas en la Caleta a las once de la noche, cuando el alcohol entorpece las lenguas y las ideas.

—No hemos preguntado quién es, sino qué desea —precisa Maraña con sequedad.

El intruso encaja tranquilo el desaire, observa Pepe Lobo, a quien la palabra *policía* ha despejado los vapores de aguardiente de la cabeza. Y parece de piel dura. Otra corta sonrisa hace brillar de nuevo el diente de oro. Se trata, decide el corsario, de una mueca mecánica, de oficio. Tan potencialmente peligrosa como el pomo macizo del bastón o los ojos oscuros e inmóviles, tan alejados del gesto de la boca como si estuvieran a veinte pasos de ella.

—Es un asunto de trabajo... Pensé que tal vez podrían ayudarme.

—¿Nos conoce? —pregunta Lobo.

—Sí, capitán. A usted y a su teniente. Eso es normal en mi profesión.

—¿Y para qué nos necesita?

El otro parece dudar un instante, quizá sobre la manera de abordar el asunto. Se decide, al fin.

—Con quien necesito conversar es con el teniente... Quizá no sea momento adecuado, pero tengo noticia de que pronto salen a la mar. Al verlo aquí, pensé que podría evitar incomodarlo mañana...

Espero, piensa Pepe Lobo, que el piloto no esté metido en problemas. Ojalá que no, a dos días de levar el ancla. En todo caso, no parece asunto suyo. En principio. Reprimiendo la curiosidad, hace ademán de levantarse.

—Los dejo solos, entonces.

Interrumpe el movimiento, apenas iniciado. Maraña le ha puesto una mano en el brazo, reteniéndolo.

—El capitán tiene mi confianza —le dice al policía—. Puede hablar delante de él.

Duda el otro, que sigue de pie. O quizá sólo finge dudar.

—No sé si debo...

Los observa alternativamente, como si reflexionara. A la espera de una palabra o un gesto, tal vez. Pero ninguno de los corsarios dice ni hace nada. Pepe Lobo permanece sentado, a la expectativa, estudiando de reojo a su primer oficial. Maraña continúa impasible, mirando al policía con la misma calma que cuando espera carta a la derecha o la izquierda de una sota. Lobo sabe que eso es la vida apresurada de su primer oficial: un ávido juego donde el joven apuesta a diario con liberalidad suicida.

—El asunto es delicado, caballeros —comenta el policía—. No quisiera...

—Sáltese el prólogo —sugiere Maraña.

El otro señala una silla libre.

—¿Puedo sentarme?

No obtiene respuesta afirmativa. Tampoco en contra. Así que coge la silla sosteniéndola por el respaldo y se sienta en ella, un poco alejado de la mesa, bastón y sombrero en el regazo.

—Resumiré el asunto, entonces. Tengo noticias de que, cuando está en Cádiz, usted hace viajes al otro lado...

Maraña sigue mirándolo sin pestañear. Serenos los ojos con cercos oscuros que la fiebre hace brillar a veces de modo intenso. No sé a qué viajes se refiere, dice desabrido. El policía se queda callado un instante, inclina el rostro y luego se vuelve a medias hacia el mar, como indicando una dirección. A El Puerto de Santa María, dice al fin. De noche y en botes de contrabandistas.

—Anoche —concluye— estuvo allí. Ida y vuelta.

Una leve tos, rápidamente sofocada. El joven se ríe en su cara, con impecable insolencia.

—No sé de qué habla. En cualquier caso, no sería asunto suyo.

Pepe Lobo ve relucir otra vez el diente de oro a la luz rojiza de las antorchas.

—No, en realidad. Desde luego. O no demasiado...
La cuestión es otra. Tengo razones para creer que fue usted en el bote de un hombre que me interesa... Un contrabandista mulato.

Inexpresivo, Maraña cruza las piernas, da una larga chupada al cigarro y exhala el humo lenta y deliberadamente. Después encoge los hombros con displicencia.

—Bien. Ya basta. Buenas noches.

La mano que sostiene el cigarro señala el camino de la playa y la puerta de la ciudad. Pero el otro sigue sentado. Un hombre paciente, decide Lobo. Sin duda, ésa, la paciencia, es virtud útil en su puerco oficio. Resulta fácil imaginar —los ojos negros y duros que tiene delante no dan lugar a equívocos— que el policía se desquitará de tanta mansedumbre técnica a la hora de pasar facturas. En estos tiempos nadie está seguro de no verse al otro lado de la reja y las leyes. El capitán corsario confía en que Maraña, pese a su juventud y su insolencia, y al aguardiente que le afila el desdén, lo advierta con tanta claridad como lo advierte él, acostumbrado a conocer a los hombres por cómo miran y callan, y al pájaro por la cagada.

—Me interpreta mal, señor... No vengo a sonsacarle asuntos de contrabando.

Un clamor de risas hace volver la cabeza a Pepe Lobo hacia el colmado cercano, donde una bailaora descalza, acompañada por un guitarrista, pisotea con vigoroso compás el suelo de tablas, recogido el ruedo de la falda sobre las piernas desnudas. Un grupo de oficiales españoles e ingleses acaba de llegar, sumándose al jaleo. Viéndolos acomodarse, el corsario tuerce el gesto. Entre los españoles hay un rostro conocido: el capitán de ingenieros Lorenzo

Virués. Desagradables recuerdos del pasado y antipatía del presente. La imagen de Lolita Palma pasa un instante por sus ojos, agudizándole un rencor vivo, preciso, hacia el militar. Eso contribuye a amargar el cariz incómodo que ha tomado la noche.

—La cosa es más grave —está diciéndole el policía a Maraña—. Hay razones para creer que algunos boteros y contrabandistas pasan información a los franceses.

Al escuchar aquello, a Pepe Lobo se le olvidan de golpe Lolita Palma y Lorenzo Virués. Espero que no, se dice sobresaltado en los adentros. Malditos sean todos: Ricardo Maraña, la mujer a la que visita en El Puerto y este perro que mete el hocico. El capitán corsario confía en que las aventuras nocturnas de su teniente no terminen complicándoles la vida. Dentro de dos días, si el viento es favorable para dejar la bahía de Cádiz, la *Culebra* debe estar fuera de puntas, dotación completa, cañones listos y toda la lona arriba, empezando la caza.

—No sé nada de eso —responde Maraña, seco.

El pulso del joven, observa Pepe Lobo, es el de costumbre: inalterable como el de una serpiente que durmiera la siesta. Ha bebido un largo trago y coloca el vaso vacío justo sobre el círculo de humedad que dejó al cogerlo de la mesa. Sereno como cuando se juega el botín de presas al rentoy, desafía a un hombre a batirse o salta a la cubierta de otro barco entre crujir de madera y humo de mosquetazos. Siempre con esa mueca desdeñosa dirigida a la vida. Y a sí mismo.

—A veces uno sabe cosas sin saber que las sabe —apunta el policía.

—No puedo ayudarlo.

Sigue un silencio embarazoso. Al cabo, el otro se pone en pie. Con desgana.

—Esto es Cádiz —recalca—. Y el contrabando, una forma de vida. Pero el espionaje es otra... Ayudar a combatirlo es servir a la patria.

Ríe entre dientes Maraña, con descaro. La luz de las antorchas y los fusilazos distantes del faro acentúan las ojeras bajo sus párpados, en la palidez del rostro. La risa termina en una tos húmeda, desgarrada, que disimula con presteza, llevándose a la boca el pañuelo que saca de una manga de la chaqueta mientras deja caer el cigarro al suelo. Después guarda el lienzo con indiferencia, sin echarle siquiera un vistazo.

—Tendré eso en cuenta. Sobre todo lo de la patria.

El policía lo observa con interés, y Pepe Lobo tiene la desagradable impresión de que se está grabando a su teniente en la memoria. Mocito insolente de mierda, puede leerse en sus labios prietos. Ojalá algún día tengamos ocasión de ajustar cuentas. De cualquier modo, el tal Tizón parece hombre templado, frío como un pez. Y espero, concluye el capitán corsario, no jugar nunca a las cartas con estos dos. Imposible adivinar una mano mirándoles la cara.

—Si alguna vez tiene algo que contar, estoy a su disposición —zanja el policía—. Lo mismo le digo a usted, señor capitán... Tengo el despacho en la calle del Mirador, enfrente de la cárcel nueva.

Se pone el sombrero y balancea el bastón, a punto de irse; pero todavía se demora un instante.

—Una cosa más —añade, dirigiéndose a Maraña—. Yo tendría cuidado con los paseos nocturnos... Exponen a malos encuentros. A consecuencias.

El joven le mira los ojos con manifiesta pereza. Al cabo asiente levemente, por dos veces, y echándose un poco atrás en la silla levanta el faldón izquierdo de su chaqueta. Reluce allí el latón en la culata de madera barnizada de una pistola corta de marina.

—Desde que se inventó esto, las consecuencias van en dos direcciones.

Inclinando ligeramente la cabeza, el policía parece meditar sobre pistolas, direcciones y consecuencias mientras escarba la arena con la contera del bastón. Al fin, tras un breve suspiro, hace ademán de escribir en el aire.

—Tomo nota —dice con equívoca suavidad—. Y le recuerdo, de paso, que el uso de armas de fuego está prohibido en Cádiz a los particulares.

Sonríe Maraña casi pensativo, sosteniéndole la mirada. Las antorchas y el rasgueo de guitarras hacen bailar sombras en su rostro.

—No soy un particular, señor. Soy un oficial corsario con patente del rey... Estamos fuera de las murallas de la ciudad, y su competencia no llega hasta aquí.

Asiente el policía, exageradamente formal.

—También tomo nota de eso.

—Pues cuando haya terminado de tomarla, váyase al infierno.

El diente de oro reluce por última vez. Es toda una promesa de incomodidades futuras, estima Pepe Lobo, si alguna vez su teniente se cruza en el camino de la ley y el orden. Sin más comentarios, los dos marinos observan cómo el comisario vuelve la espalda y se aleja por la arena de la playa hacia el arrecife y la puerta de la muralla. Maraña contempla melancólico su vaso vacío.

—Voy a pedir otra botella.

—Déjalo. Iré yo —Lobo aún sigue con la vista al policía—... ¿De verdad fuiste a El Puerto con el Mulato?

—Podría ser.

—¿Sabías que es sospechoso?

—Bobadas —el joven tuerce la boca, con desdén—. En todo caso, no es asunto mío.

—Pues ese cabrón parecía bien informado. Es su trabajo, imagino. Informarse.

Los dos corsarios se quedan callados un momento. Hasta ellos sigue llegando el jaleo de los tablaos. El policía ha desaparecido en las sombras, bajo el arco de la Puerta de la Caleta.

—Si hay asuntos de espionaje de por medio —comenta Pepe Lobo—, puedes tener problemas.

—No empieces tú también, capitán. Basta por hoy.

—¿Piensas ir esta noche?

Maraña no responde. Ha cogido el vaso vacío y le da vueltas entre los dedos.

—Esto cambia las cosas —insiste Lobo—. No puedo arriesgarme a que te detengan en vísperas de salir a la mar.

—No te preocupes... No pienso moverme de Cádiz.

—Dame tu palabra.

—Ni hablar. Mi vida privada es cosa mía.

—No es tu vida privada. Es tu compromiso. No puedo perder a mi piloto dos días antes de zarpar.

Taciturno, Maraña mira la luz del faro en la distancia. Su propia palabra de honor es de las pocas cosas que respeta, sabe Pepe Lobo. El piloto de la *Culebra* tiene a gala lo que para otros —y ahí se incluye sin reparos el capitán corsario— es sólo fórmula táctica o recurso que a nada obliga. Sostener a todo trance la palabra dada resulta una consecuencia más de su naturaleza sombría y desafiante. Una forma de desesperación como otra cualquiera.

—Tienes mi palabra.

Pepe Lobo apura lo que queda en su vaso, y se levanta.

—Voy por aguardiente. De paso echaré una meada.

Camina por la arena hasta el piso de tablas del colmado cercano y pide que lleven otra botella a la mesa. Al hacerlo pasa cerca del grupo de oficiales con los que está sentado el capitán Virués, y comprueba que éste lo mira, reconociéndolo. El corsario sigue adelante, encaminándose a un rincón oscuro de la muralla, bajo la plataforma de San Pedro, que huele a orines y suciedad. Desabotonándose, se alivia apoyado con una mano en el muro, abrocha de nuevo el calzón y vuelve sobre sus pasos. Cuando pisa otra vez las tablas del colmado, algunos acompañantes de Virués lo observan con curiosidad. Es probable que éste haya hecho algún apunte particular, y la presencia en el grupo de dos casacas rojas hace sospechar a Pepe Lobo que Gibraltar ha salido a relucir. No sería la primera vez, y eso incluye a Lolita Palma. El recuerdo lo enfurece. Difícil pasar por alto el «hay quien dice que no es usted un caballero» de la última conversación. Nunca pretendió ser tal cosa, pero no le gusta que Virués lo certifique en tertulias y saraos. Ni que induzca las sonrisas disimuladas que advierte al pasar junto a los oficiales.

Sigue adelante el corsario mientras rememora a ráfagas la noche de Gibraltar, la oscuridad del puerto y la tensión de la espera, el peligro y los susurros, el centinela apuñalado en tierra, el agua fría antes de abordar la tartana, la lucha sorda con el marinero de guardia, el chapoteo del cuerpo al caer al agua, la vela desplegada tras picar el fondeo y la embarcación derivando en el agua negra de la bahía, hacia poniente y la libertad. Todo eso, mientras Virués y sus iguales dormían a pierna suelta esperando el canje que los devolviera a España con el honor intacto, el uniforme bien planchado y las cejas enarcadas con aire de superioridad, cual suelen. Todos de la misma casta, como aquel pisaverde jovencito que pretendió batirse en duelo tras el canje, en Algeciras, y al que Pepe Lobo envió a paseo riéndosele en la cara. Ahora siente que las cosas son distintas, o al menos lo parecen. El aguardiente, quizás. Las guitarras. Tal vez todo habría sido de otra manera si hubiese sido Virués, y no un lechuguino imberbe, quien lo invitara a batirse en Algeciras. Estúpido y estirado hijo de mala madre.

Antes de reflexionar sobre sus actos, o sobre las consecuencias de éstos, el corsario da media vuelta y regresa junto a la mesa de los oficiales. Qué estoy haciendo, se dice de camino. Pero ya es tarde para cambiar de bordo. Virués está acompañado por tres españoles y dos ingleses. Los últimos, capitán y teniente, llevan las casacas de la infantería de marina británica. Los españoles son tres capitanes: uno viste uniforme de artillero, y dos el azul claro con solapas amarillas del regimiento de Irlanda. Todos levantan el rostro, sorprendidos, al verlo llegar.

—¿Nos conocemos, señor?

Le pregunta a Virués, que lo mira desconcertado. Queda el grupo en silencio. Expectante. Sólo se oye la música del colmado. Es evidente que el capitán de ingenieros no esperaba esto. Tampoco Pepe Lobo. Qué diablos hago, se dice de nuevo. Aquí. Liándola como un borracho.

—Creo que sí —responde el interpelado.

Pepe Lobo admira, ecuánime, el mentón bien rasurado a tales horas de la noche, el bigote trigueño y las patillas a la moda. Un chico de buena planta, concluye una vez más. Capitán de ingenieros, nada menos. Alguien con instrucción y futuro en la guerra y fuera de ella, de los que van por el mundo con la mitad del camino hecho. Un caballero, que diría Lolita Palma. O que dijo. Perfecto para ofrecer un pañuelo perfumado y limpio a una señora, o agua bendita a la salida de misa.

—Eso me pareció. Usted era de los que estaban en Gibraltar, mano sobre mano, esperando un cómodo canje...

Lo deja en el aire. Parpadea ligeramente el otro, irguiéndose un poco en la silla. Como era de esperar, entre los demás oficiales ya no sonríe nadie. Bocas abiertas, los españoles. Los ingleses, de momento, no se enteran de nada. What.

—Me encontraba allí bajo palabra, señor. Como usted.

Virués recalca las dos últimas palabras, altanero. El corsario sonríe con descaro.

—Sí. Bajo palabra y en buena compañía de estos señores ingleses... A los que observo sigue teniendo afición.

Arruga ceño el militar. Su desconcierto inicial empieza a transformarse en irritación. A Pepe Lobo no se le despista la breve mirada que dirige a su sable, apoyado en la silla. Pero él no lleva armas. Nunca en tierra, y menos cuando bebe. Ni siquiera su cuchillo marinero. Aprendió esa lección muy joven, de puerto en puerto, viendo ahorcar a gente.

—¿Me está buscando querella, señor?

Medita un momento el corsario, casi poniéndole buena voluntad. Una pregunta interesante, de cualquier modo.

Oportuna, dadas las circunstancias. Al cabo, tras considerarla en serio, encoge los hombros.

—No lo sé —responde, sincero—. Lo que sé es que no me gusta cómo me mira. Ni lo que dice, o insinúa, cuando no estoy presente.

—Nunca he dicho a sus espaldas nada que no pueda decirle a la cara.

—¿Por ejemplo?

—Que en Gibraltar no se comportó como es debido... Que su fuga, quebrantando las reglas, nos puso a todos en situación vergonzosa.

—Se refiere, supongo, a usted y a los tontos como usted.

Rumor indignado en torno a la mesa. Un golpe de sangre sofoca el rostro de Virués. Al instante se pone en pie como el hombre educado que es: despacio, sereno, aparentando calma. Pero Lobo observa sus manos crispadas. Eso le causa un gozo interno feroz. Los otros oficiales siguen sentados y se miran entre ellos. En especial los ingleses: es obvio que no entienden una palabra de español, pero no lo necesitan. Ahora la escena es internacional. Se traduce sola.

Virués se toca el corbatín negro que lleva en torno al cuello inmaculado de la camisa, como para ajustarlo. Es patente su esfuerzo por controlarse. Estira los faldones de la casaca, apoya una mano en la cadera y mira desde arriba al corsario. Le lleva por lo menos seis pulgadas.

—Eso es una bellaquería —dice.

Pepe Lobo no abre la boca. Las palabras ofenden según y cómo, y él es perro de aguas, viejo. Se limita a estudiar al otro de abajo arriba con ojo atento —como si llevara encima el cuchillo que no lleva—, calculando dónde pegar en cuanto Virués mueva un dedo, si es que lo hace.

Como si adivinara la intención, el militar permanece inmóvil, mirándolo inquisitivo. Mundanamente amenazador. Lo que significa sólo hasta cierto punto.

—Exijo una solución honorable, señor.

Lo de honorable hace torcer el gesto al corsario. Casi se ríe. Con el honor militar hemos dado, piensa. Venga y tóqueme la flor, corneta.

—Déjese de cuentos y posturitas. Esto no es la Corte, ni una sala de banderas.

En la mesa, los oficiales no se pierden palabra. Pepe Lobo tiene desabotonada la casaca y los brazos separados del cuerpo, como los luchadores. Es lo que parece en este momento: recio de hombros, manos fuertes. Su instinto de marino, combinado con larga experiencia de antros portuarios e incidentes asociados, lo mantiene alerta previendo movimientos probables e improbables. Calculando riesgos. Ese mismo hábito le hace advertir a su espalda la presencia silenciosa de Ricardo Maraña. El Marquesito, olfateando problemas, se ha acercado y se mantiene en facha y a punto, por si hay refriega. Peligroso como suele. Y ojalá, piensa Lobo, no se le ocurra meter mano a lo que carga al costado izquierdo, bajo el faldón de la chaqueta. Porque el aguardiente gasta bromas pesadas. Como la que me está gastando a mí, por ejemplo. El impulso idiota que ahora me tiene ante este fulano, incapaz de ir hacia adelante si él no da el paso, ni hacia atrás sin envainármela, infringiendo una norma básica: nunca tocar zafarrancho a deshoras, ni en el sitio equivocado.

—Quiero una satisfacción —insiste Virués.

Mira el corsario hacia el arrecife que se prolonga más allá del castillo de Santa Catalina. Es el único lugar próximo que ofrece discreción razonable, pero por suerte faltan dos horas para que la marea baja lo descubra por completo. Siente unas ganas enormes de tumbar al capitán a puñetazos, pero no de batirse de modo formal, con padrinos y todo cristo jugando a protocolos ridículos. La idea es absurda. El duelo está prohibido por la ley. En el mejor de los casos, podría perder la patente de corso y el mando de la *Culebra*. Descontando lo mal que iban a tomárselo los Sánchez Guinea. Y Lolita Palma.

—Salgo a la mar dentro de dos días —comenta, neutro.

Lo ha dicho en el tono adecuado, alzada la cara. Como si lo pensara en voz alta. Nadie puede decir que se echa atrás. El otro mira a sus compañeros. Uno de ellos, capitán de artillería con bigote gris y aspecto respetable, niega ligeramente con la cabeza. Ahora Virués vacila, y el corsario lo advierte. Lo mismo hay suerte, se dice. Igual lo dejamos para otro día. Más discreto.

—Don Lorenzo entra de servicio mañana temprano —confirma Bigote Gris—. Esta madrugada volvemos a la isla de León. Él, yo mismo y también estos caballeros.

Imperturbable en apariencia, Pepe Lobo sigue mirando fijo a Virués.

—Difícil lo tenemos, entonces.

—Eso parece.

Indecisión por ambos lados, ahora. Desahogo disimulado por parte del corsario. Tiempo al tiempo, concluye, y luego ya veremos. Se pregunta si el adversario estará tan aliviado como él. Aunque su olfato le dice que sí. Que lo está.

—Aplazamos la conversación, en tal caso.

—Confío en vernos pronto, señor —señala Virués.

—Ahórrese lo de señor. Le traba la lengua... Y yo también confío en eso, amigo. Para borrarle esa sonrisa de la boca.

Otro golpe de calor en el rostro del militar. Por un instante, Lobo cree que se le va a echar encima. Si intenta abofetearme, piensa, rompo una botella y le abro la cara. Y que salga el sol por donde se tercie.

—Nunca fui su amigo —responde Virués, indignado—. Y si esta noche no fuera...

—Ya. Si no fuera.

Ríe el corsario, grosero. Desvergonzado. Mientras lo hace, mete los dedos en un bolsillo del chaleco, saca dos monedas de plata que arroja al dueño del colmado y da la espalda a Virués, alejándose de allí. Detrás suenan los pasos irregulares de Ricardo Maraña, primero sobre las tablas del suelo y después sobre la arena.

—Increíble... Me sermoneas predicando prudencia, y a los cinco minutos te buscas un duelo.

Pepe Lobo se echa a reír otra vez. De sí mismo, sobre todo.

—Es el aguardiente, supongo.

Caminan por el chirrasco rojizo de la orilla, hacia los botes varados junto a la pasarela del arrecife de San Sebastián. Maraña ha alcanzado a su capitán y cojea a su lado, observándolo a la luz imprecisa de las antorchas clavadas en la arena. Lo hace con curiosidad, como si esta noche lo viera por primera vez.

—Será eso —insiste Lobo, al rato—. El aguardiente.

8

Falta poco para el alba. El viento de levante corre violento, sin obstáculos, por el paisaje bajo de las salinas, arrastrando torbellinos de polvo y arena que ocultan las estrellas. Eso clava miles de alfilerazos invisibles en los cuatro hombres —tres adultos y un muchacho— que desde hace varias horas se mueven en la oscuridad, chapoteando en el fango. Van armados con sables, hachuelas, navajas y cuchillos, y avanzan despacio, cubierto el rostro con trapos o pañuelos para protegerse de las picaduras despiadadas del viento. Sopla tan fuerte que, cada vez que caminan un trecho a pie enjuto fuera de un caño o un canalizo, el aire seca en un momento el agua salitrosa y el barro sobre sus ropas.

—Ahí está el caño grande —susurra Felipe Mojarra.

Se ha detenido agachado, aguzando el oído, entre las ramas de sapina que le azotan la cara. Sólo se escucha el rumor del viento en los matorrales y el agua agitada en la marea decreciente del canal cercano: franja oscura en el paisaje negro, con reflejos mate que hacen posible distinguirla en las tinieblas.

—Toca mojarse otra vez.

Treinta varas, recuerda el salinero. Tal es la anchura aproximada del caño en esa parte. Por suerte, hechos desde niños a la vida en estos humedales, él y sus compañeros saben mantenerse a flote. Uno tras otro se agrupan en la orilla: Curro Panizo, su hijo Currito, el cuñado Cárdenas. Bultos silenciosos y resueltos. Salieron juntos de la Isla al atardecer, y camuflados entre los remolinos de polvo cruzaron las líneas españolas por el sur de la isla del Vicario, deslizándose a rastras bajo los cañones de la batería de San Pedro. Desde allí, poco antes de la medianoche, pasaron a nado el caño del Camarón para internarse casi media legua en la tierra de nadie, siguiendo en la oscuridad el dédalo de esteros y canalizos.

—¿Dónde estamos? —pregunta el cuñado Cárdenas, en voz muy baja.

Felipe Mojarra no está seguro. Lo despista la turbiedad del levante. Teme haber contado mal los canalizos que dejaron atrás, pasar de largo y darse de boca con las trincheras francesas. Así que se incorpora, aparta los matojos negros y escudriña la oscuridad con los párpados entrecerrados, intentando protegerse del viento saturado de arena. Al fin, a pocos pasos, sus ojos de cazador furtivo, habituados a ver de noche, reconocen la forma sombría de algo que parece el costillar de un esqueleto enorme: las cuadernas podridas de una embarcación medio enterrada en el fango.

—Éste es el sitio —dice.

—¿Y no hay gabachos enfrente? —pregunta el cuñado.

—Los más próximos están en la boca del caño del molino. Por aquí podemos pasar.

Baja agachado por la corta pendiente que lleva a la orilla, seguido por los otros. Cuando pisa fango se detiene y comprueba que el sable corto que lleva atado con una cuerda a la espalda sigue bien sujeto, y que la navaja —cerrada mide palmo y medio— metida en su faja no estorba para nadar. Después se interna despacio en el agua negra, tan fría que le corta el aliento. Cuando pierde pie empieza a mover brazos y piernas manteniendo la cabeza fuera, impulsándose hacia la otra orilla. La distancia a recorrer no plantea dificultad; pero el viento fuerte que riza el agua, y la vaciante, que empieza a notarse, tiran hacia un lado. Es preciso echarle resuello. Detrás siente el chapoteo de Cárdenas, que es el más torpe de los cuatro, pues Panizo y su hijo nadan como robalos; pero el cuñado ha tenido la precaución de atarse dos calabazas huecas con las que se ayuda cuando tiene que zambullir el pescuezo. En otras circunstancias habría que ocuparse de él para que el ruido que hace, plas, plas, plas, plas, no delatara su presencia a los franceses. Esta noche, por fortuna, el levante se lo come todo.

Felipe Mojarra y sus compañeros han elegido bien el día. Mucho arrecia en las salinas el viento del este cuando sopla fuerte, llegando a cubrir la vista. Hace tiempo, al regreso de uno de sus primeros reconocimientos con el capitán Virués, el salinero asistió a una discusión entre éste y un oficial inglés sobre la inconveniencia de rodear la batería de San Pedro con fajinas tradicionales, como pretendía el inglés. Virués insistió en que era mejor hacerlo con las pitas que en Andalucía se usan para los vallados de las huertas. Se mantuvo el salmonete en sus trece, fortificó el puesto con fajinas, según la ordenanza, y a los cinco días de soplar levante tenía el foso cegado de arena y cubierto el parapeto. Convencido al fin el inglés de la bondad de las pitas —más sabe el diablo por salinero que por diablo, dijo el capitán Virués guiñándole un ojo a Mojarra—, ahora el perímetro exterior de San Pedro parece menos un baluarte que una huerta.

Sale Mojarra del caño, tiritando mientras se arrastra como una serpiente embarrada por el fango de la orilla. Cuando los otros se reagrupan a su lado, una débil claridad azul empieza a recortar, seiscientas varas a lo lejos, las alturas y los pinares oscuros de Chiclana. El pueblo, fortificado por los franceses, queda siguiendo la ribera del caño, a poco más de media legua.

—De uno en uno —susurra el salinero—. Y muy despacio.

Avanza él primero, remontando el breve caballón de tierra, gateando luego por el agua fría del estero abandonado que hay detrás. Un poco más allá, cuando están seguros de no recortarse en la claridad del alba, los cuatro se incorporan y avanzan sumergidos hasta la cintura. El suelo fangoso dificulta el camino, y a veces un chapoteo inesperado, una maldición dicha en voz baja, hacen que deban ayudarse unos a otros para esquivar la trampa viscosa donde se hunden los pies. Por fortuna el levante sopla de cara, llevándose cualquier ruido a sotavento, lejos de oídos inoportunos. El fluir de la vaciante hacia el caño y la bahía se hace notar con mayor intensidad, desnudando el lecho del estero cuya sal nadie labra desde que llegaron los franceses. Mojarra comprende que van con retraso. Entre las turbonadas de arena y polvo que el viento sigue levantando a ráfagas, la luz naciente tras los pinares chiclaneros se extiende ya en una franja estrecha que vira despacio del azul sucio al ocre. Vamos a llegar justos, se dice. Pero con suerte, llegamos.

—Están ahí —apunta Curro Panizo en voz muy baja—. En la boca del caño chico, junto al muellecito de tablas.

Mojarra se asoma con precaución al lomo de tierra, apartando las ramas de sapinas y esparragueras que lo cubren. Hay un reflejo de claridad que define el caño Alcornocal y sus canalizos adyacentes como regueros de plomo recién fundido, ensanchándose en la parte cercana al molino de Santa Cruz, que se adivina cerca, todavía en sombras. Y a la izquierda, en la confluencia con el caño que llega hasta Chiclana, junto a un pequeño muelle de tablas y un cobertizo que el salinero conoce bien —estaban allí antes de la guerra—, ve la sombra negra, larga y chata, de una lancha cañonera que destaca en el contraluz plomizo del agua.

—¿Dónde se pone el centinela? —le pregunta a Panizo.

—En el pico del muelle... Podemos acercarnos por los tajos de la nave, de muro en muro. Los otros duermen en el cobertizo.

—Pues vamos. Se hace tarde.

Los pinares próximos empiezan a tomar forma cuando los cuatro hombres vadean el último tajo y se tumban en la gorriña viscosa. Una claridad gris y ocre descubre ya, entre las turbonadas de viento sucio, el cobertizo de tablas, el pequeño muelle y la silueta de la cañonera amarrada a él. Mojarra respira aliviado al ver que ésta no se encuentra varada en el fango sino a flote, con el palo un poco inclinado hacia proa y la vela latina aferrada a la entena baja. Eso ayudará a irse con el levante, caño grande abajo, en vez de echar el alma en los remos, con los gabachos en el cogote.

—No veo al centinela.

Se asoma Panizo a echar un vistazo. Al cabo retrocede a rastras.

—Está a la derecha, al lado del muelle. Al socaire del viento.

Mojarra, que identifica al fin el bulto negro e inmóvil —ojalá esté roncando, piensa—, se ha soltado el sable que lleva a la espalda y escucha el manipular de los otros haciendo lo mismo: hachuela marinera de abordaje, Panizo. Alfanjes afilados, el cuñado Cárdenas y el hormiguilla Currito. Un cosquilleo incómodo le sube desde las ingles. Con armas de filo siempre le pasa.

—¿Listos?

Tres susurros lo confirman. Mojarra respira hondo. Tres veces.

—Pues vamos con Dios.

Los cuatro se ponen en pie, se santiguan y avanzan con cautela entre las rachas de polvo y arena, un poco agachados para no recortarse en el contraluz, sintiendo crujir bajo sus pies descalzos las marmotas de sal seca que tapizan la orilla. Veinte mil reales, piensa otra vez Mojarra, si esa cañonera llega a las líneas españolas. Cinco mil para cada uno, si todos volvemos vivos. O para las familias. El rostro de su mujer y sus hijas le cruza el pensamiento antes de perderse entre el latido fuerte del corazón, con el pulso que ahora martillea ensordecedor en los oídos, por encima del aullido del viento que enfría la ropa mojada.

Tunc. El centinela ni siquiera grita. Dormía. Sin pararse a pensar en el bulto oscuro sobre el que acaba de descargar un sablazo, Mojarra sigue camino hasta el cobertizo, busca la puerta, la abre de una patada. Ninguno de los cuatro dice una palabra. Casi empujándose unos a otros se precipitan en el interior, donde la débil claridad que se filtra de afuera sólo permite distinguir cinco o seis formas oscuras tendidas en el suelo. Huele a cerrado, sudor, tabaco rancio, ropa húmeda y sucia. Tunc, chas. Tunc, chas. Sistemáticamente, como si estuvieran podando ramas de árbol, los salineros empiezan a dar tajos y hachazos. A los últimos bultos, ya despiertos, les da tiempo a gritar. Uno llega a revolverse con violencia, intentando escapar a gatas hacia la puerta mientras emite un alarido de terror desesperado que suena a protesta. Tunc, tunc, tunc. Chas, chas, chas. Mojarra y sus compañeros se ceban en él, deseando acabar pronto. No saben quién estará cerca. Quién puede haber oído los gritos. Luego salen al exterior, respirando con avidez el aire del viento sucio que les clava agujas de arena. Limpiándose en la ropa húmeda la sangre que les pringa las manos y les salpica la cara.

Corren hacia el muellecito de tablas sin mirar atrás. La lancha francesa se mece en el viento, todavía a flote. La vaciante fluye ahora con más fuerza, descubriendo márgenes fangosas de caños y canalizos en la luz casi franca del amanecer. Si las cosas no se tuercen, queda tiempo. Justo, se repite Mojarra, pero queda.

—¡Tráete las armas que encuentres, hormiguilla!

Currito Panizo sale disparado como una bala, de regreso al cobertizo, mientras su padre, el cuñado Cárdenas y Mojarra saltan del muelle a la cañonera, destrincan la entena y tiran de la ostaga para levantar aquélla después de tomarle rizos al tercerol de la lona. Se despliega ésta en el viento con un crujido, haciendo escorar la embarcación hacia el lado del caño, justo en el momento en que Currito regresa cargado con cuatro fusiles y dos correajes con sus cartucheras, bayonetas y sables.

—¡Deprisa, niño!... ¡Que nos vamos!

Un sablazo a proa y otro a popa mientras el chico salta a bordo, con estrépito de su carga al dar sobre los bancos de la embarcación. Ésta es larga, ancha y de poco calado, perfecta para la guerra de cañoneras en el laberinto de canales que circunda la Isla. La eslora debe de andar por los cuarenta pies, confirma Mojarra. Es una hermosa barca. Monta un cañón a proa —parece de a 6 libras, muy buena pieza— sobre cureña corrediza, y dos pequeños pedreros de bronce a popa, uno en cada banda. Eso garantiza los veinte mil reales del premio, puestos uno encima de otro. Por lo menos. Y tal vez más. Siempre y cuando, claro, lleguen para cobrarlos.

Libre de amarras, impulsada por el viento y con la vela henchida por el lado bueno, la embarcación se aparta del muelle, derivando primero despacio y luego con inquietante rapidez por el centro del caño Alcornocal. A popa, gobernando la barra del timón para mantenerse en la parte honda del cauce cada vez más estrecho —varar sería la perdición de todos—, Mojarra calcula la intensidad de la vaciante y la forma en que debe tomar el recodo en la embocadura con el caño grande, buscando siempre el agua profunda. Currito y el cuñado Cárdenas se ocupan de la escota y el davante de la vela mientras Panizo, a proa, orienta la maniobra. Ya hay luz para verse las caras: sin afeitar, ojeras de insomnio, pieles grasientas con rastros de barro y de sangre gabacha. Crispados por lo que han hecho, pero sin tiempo para pensar en ello, todavía.

—¡La tenemos! —exclama Cárdenas, exultante, como si acabara de darse cuenta.

—¡Una jartá de lana! —corea Panizo desde la proa.

Abre Mojarra la boca para decir no vendáis huevos antes de que ponga la gallina, cuando los enemigos le ahorran el trámite. Una voz grita en francés entre las sombras que todavía cubren el ribazo próximo, e inmediatamente relucen dos fogonazos casi seguidos. Pam, pam, hacen. Las balas no llegan hasta la embarcación, que alcanza la embocadura del caño de Chiclana. Suenan más tiros, ahora también desde la orilla opuesta —algunas balas sueltas, sin tino, levantan piques en el agua—, mientras Mojarra, ayudándose con el peso del cuerpo, mete la caña a una banda y hace que la lancha se dirija a poniente al entrar en el cauce del caño grande. El lastre del cañón delante del palo ayuda a mantener un rumbo fijo, pero estorba en las maniobras. Viento y vaciante coinciden al fin, y la embarcación se desliza rápida corriente abajo, a orza larga, con el viento de popa y la entena casi horizontal. Mojarra observa preocupado el paisaje llano y los caballones bajos de las orillas. Sabe que hay un puesto avanzado francés en la próxima boca; y que, cuando pasen frente a él, la claridad cenicienta que se filtra entre la polvareda ayudará a los tiradores enemigos a afinar la puntería. Pero eso no tiene otra solución que afrontarlo, confiando en que la turbiedad del levante moleste a los gabachos.

—Preparad los remos. Habrá que ayudarse con ellos al llegar al caño de San Pedro.

—No harán falta —objeta Panizo.

—Por si hacen. Allí tendremos mucho fango descubierto en las isletas. No quiero exponernos con la vela, la corriente y este viento. A lo mejor hay que pasar esa parte bogando... ¿Y la bandera?

Mientras Panizo padre y el cuñado Cárdenas colocan los remos en sus escálamos, Currito Panizo saca de la faja un trapo doblado, se lo muestra a Mojarra con un guiño y lo deja entre los bragueros y trincas del cañón. Lo cosió su madre hace dos noches, a la luz de un velón de sebo. Como no pudieron encontrar tela amarilla, la franja central es blanca, hecha con el retal de una sábana. Las dos bandas rojas proceden del forro grana de una capa vieja del cuñado Cárdenas. Mide cuatro palmos por tres. Izada en el palo de la lancha, esa bandera semejante a la que usan las cañoneras de la Real Armada impedirá que los españoles o los ingleses tiren sobre ellos al verlos asomar por el caño de Chiclana. De momento, lo mejor es mantener el trapo donde está, pues quienes tiran son los franceses. Y lo que van a tirar, se dice Mojarra, aprensivo, mientras observa cómo la boca del caño donde está la posición avanzada enemiga se acerca con rapidez por la banda izquierda. Después todavía quedarán quinientas varas de tierra de nadie antes de salir al caño principal, junto a las líneas españolas: la batería de San Pedro y la isla del Vicario. Pero eso, después. Antes, de aquí a nada, habrá que pasar un trecho por el quemadero. A estas horas, prevenidos por los tiros, los franceses del puesto avanzado estarán listos para fusilarlos a treinta pasos. Casi a bocajarro.

—¡Agachaos!... ¡Ahí vamos!

La posición francesa apenas es visible desde esta parte del caño; pero en la luz gris que ya lo desvela todo, entre los remolinos de arena que corren por los lomos de la ribera izquierda, Mojarra advierte siluetas de mal agüero que se asoman a mirar. Apoyándose en la caña, el salinero procura mantener la lancha alejada de la orilla, llevándola hacia el otro lado del caño, con un ojo puesto en el lecho fangoso que la vaciante pone cada vez más al descubierto.

Los franceses ya están tirando. Las balas altas hacen ziaaang al pasar por encima de la lancha, y las cortas levantan nuevos piques en la corriente del caño. Pluc. Pluc. Chasquidos líquidos que parecen inofensivos, como cuando se tiran piedras al agua. Agarrado a la barra del timón, Mojarra agacha cuanto puede la cabeza, procurando no perder de vista el fango negro de la orilla. En el puesto gabacho, que él sepa, hay una veintena de soldados. Eso significa que, en el minuto largo que va a estar la lancha a tiro de fusil —si no embarranca y se queda allí hasta que los acribillen—, los franceses pueden hacerles medio centenar de disparos. Que ya es. Demasiado tiroteo, concluye el salinero, lúgubre. Así debe de sentirse, piensa, un pato azulón aleteando desesperado en plena partida de caza. Acojonado hasta para decir cuac.

—¡Cuidado! —grita Curro Panizo.

Ahora sí, confirma Mojarra. La lancha está justo enfrente del puesto, allí ajustan el tiro, y los balazos crepitan como granizo mientras el viento se lleva rápido en la orilla el humo blanco de los disparos. Menudean los ziaaang y los pluc, y a ellos se suma una sucesión de chasquidos aún más siniestros: impactos en la tablazón de la lancha. Un balazo levanta astillas en la regala, a tres palmos de Mojarra. Otros atraviesan la vela o pegan en el palo, encima de los cuerpos acurrucados de Panizo, Cárdenas y Currito. Pendiente de gobernar la embarcación e impedir que las rachas de viento la desvíen de la ruta segura, el salinero no puede hacer otra cosa que apretar los dientes, encogerse cuanto puede —los músculos de todo el cuerpo le duelen, contraídos a la espera de un balazo— y confiar en que ninguna de esas pesetas de plomo lleve su nombre escrito.

Clac, clac, clac, clac. Los tiros gabachos llegan ahora casi en descarga cerrada. Bien espesos. Mojarra se asoma un momento para comprobar la distancia a la margen derecha y la altura del agua, corrige un poco el rumbo, y cuando vuelve a mirar dentro de la cañonera ve al cuñado Cárdenas sosteniéndose la cabeza entre las manos mientras un chorro de sangre corre entre los dedos y gotea por sus brazos, hasta los codos. Ha soltado la escota de la vela, ésta se atraviesa con una racha de viento, y la lancha da una guiñada que está a punto de llevarla hasta la orilla misma.

—¡La escota!... ¡Por Dios y su madre!... ¡Coged la escota!

Repiquetean balazos por todas partes. Saltando por encima del herido, Currito intenta atrapar el cabo suelto, que azota el aire entre los zapatazos de la lona. Mojarra apoya todo el peso del cuerpo en la caña, primero hacia un lado y luego al otro, en intento desesperado por mantenerse lejos de los bancos de fango. Al fin, desde la proa, Curro Panizo logra sujetar la escota, la trae a popa, y la vela —que tiene ya ocho o diez agujeros de tiros— toma viento de nuevo.

Los últimos disparos llegan por la aleta y quedan atrás, con la embarcación alejándose del puesto francés y a punto de internarse en la suave y doble curva que lleva al caño de San Pedro. Un postrer balazo pega en la contrarroda, sobre la caña del timón, y arroja astillas que golpean el cuello y la nuca de Mojarra, sin consecuencias. Aunque el susto es tremendo. Con Napoleón y todos sus muertos, masculla el salinero sin soltar el timón. Mosiús cabrones. De pronto le viene a la memoria el chasquido de sables y hachas en el cobertizo, el olor de la carne abierta a tajos, la sangre que todavía lleva en costras secas en las manos y entre las uñas. Decide pensar en otra cosa. En los veinte mil reales para los cuatro. Porque al final, si nada se tuerce ya, serán cuatro: los Panizo atienden al cuñado Cárdenas, tumbado boca arriba en la cureña del cañón, blanca la piel y la cara cubierta de sangre. Un refilón, informa Panizo padre. No parece muy grave. La lancha se desliza ahora por el centro del caño, cogiendo de nuevo velocidad, y se divisan a lo lejos las isletas de fango que la marea baja empieza a descubrir en la desembocadura. En cosa de cien varas más, la embarcación será visible desde la batería inglesa que hay al otro lado, así que Mojarra le dice a Currito que prepare la bandera. No nos vayan ahora, añade, a achicharrar los salmonetes de San Pedro.

Las isletas todavía dejan paso ancho, observa de lejos. Todavía no harán falta los remos. De manera que mueve la caña para apuntar la proa al espacio de agua libre, rizada por el viento y la corriente entre las dos superficies planas de barro negro que emergen pulgada a pulgada a medida que baja la marea. Con un último vistazo, el salinero observa entre las turbonadas de polvo y arena el paisaje llano, las bocas de los caños y canalizos que van quedando atrás, por una y otra banda. Varias avocetas —este año tardan en irse al norte, como si también ellas recelaran de los gabachos— agitan las franjas negras de sus alas paseándose por la orilla enfangada, al socaire de un caballón cubierto de arbustos, con sus zancudas y finas patas.

—Arriba esa bandera, hormiguilla... Que la vean los salmonetes.

A estas alturas, calcula, la vela tiene que distinguirse desde la batería, donde también habrán oído los tiros. Pero más vale prevenir. En un santiamén, Currito Panizo, que ya tenía amarrado el trapo bicolor a una driza, lo sube por encima de la entena, al extremo del palo. Un instante después, con movimiento firme del timón, Mojarra hace pasar la lancha entre las isletas y mete luego a una banda, embocando el ancho caño grande hacia el norte.

—¡Arriad!... ¡A los remos!

Apoyado en la cureña, taponándose la herida con una mano, el cuñado Cárdenas se queja a ratos. Ay, madre, gime. Ay, ay, ay. Curro y Currito Panizo sueltan la escota, hacen bajar la entena y aferran la vela de cualquier manera, con parte de la lona gualdrapeando en el viento y el agua. Después cogen un remo cada uno, se sientan mirando a popa y empiezan a bogar desesperadamente, apoyados los pies en los bancos. Entre sus cabezas, a lo lejos, Mojarra distingue ya, en el gris sucio del paisaje, los parapetos de pitas, los muros bajos y las troneras artilladas del baluarte inglés. En ese momento, una racha de levante descorre la bruma polvorienta; y un primer rayo de sol horizontal, rojizo, ilumina el trapo rojo y blanco que flamea con violencia en el palo de la cañonera capturada.

El sexo masculino o fluido espermático debía existir dentro del mismo útero femenino en contacto con los embriones para fecundarlos clandestinamente; porque de otro modo es imposible explicar la fecundidad de las semillas, que supone siempre el concurso de los dos sexos...

Permanece inmóvil Lolita Palma, releyendo esas líneas. Luego cierra la *Descripción de las plantas* de Cavanilles y se queda mirando las cubiertas de piel oscura del libro, puesto sobre la mesa de trabajo del gabinete botánico. Muy quieta y pensativa. Al cabo se levanta, devuelve el volumen a su estante y baja del todo la persiana de la ventana abierta por la que entraba la luz de la calle. Sólo viste la ligera bata doméstica de seda china, larga hasta las sandalias sin tacón, y lleva recogido el pelo con horquillas. No hay manera de concentrarse con este calor, y la claridad necesaria para trabajar o leer deja paso, también, al aire cálido y húmedo del exterior. Es la hora de la siesta; que, a diferencia de casi toda Cádiz, ella no duerme nunca. Prefiere dedicar el rato a las plantas, o a la lectura, aprovechando la paz de la casa silenciosa. Su madre reposa entre almohadones y vapores de láudano. Hasta los criados descansan. Éste es, junto con la noche, el momento que Lolita reserva para sí misma, en una jornada que desde que gobierna Palma e Hijos viene regulada por los usos locales del comercio: despacho de ocho a dos y media, comida, aseo de dientes con polvo de coral y agua de mirra, cepillado de pelo y peinado a cargo de la doncella Mari Paz, vuelta al despacho de seis a ocho, paseo antes de la cena por la calle Ancha, plaza de San Antonio y Alameda, con algunas compras y refresco incluido en la confitería de Cosí o en la de Burnel. A veces, pocas, una reunión en casa conocida, o en el patio o el salón de la suya. La guerra y la ocupación francesa terminaron con los veraneos en la casa familiar de Chiclana, cuyo paisaje añora Lolita con mucha melancolía: los pinares, la playa cercana, los huertos y los árboles bajo los que pasear al atardecer, las meriendas en la ermita de Santa Ana y las excursiones en calesa a Medina Sidonia. Los tranquilos paseos por el campo, identificando y recogiendo plantas con el anciano magistral Cabrera, que fue su profesor de Botánica. Y al llegar la noche, la luna inundándolo todo por las ventanas abiertas, tan clara y plateada que casi se podía leer o escribir a su luz, mientras sonaban el trino incesante de grillos en el jardín y el croar de ranas en las acequias próximas. Pero aquel mundo entrañable, con sus largos veranos de infancia y juventud, desapareció hace tiempo. Quienes han estado en Chiclana cuentan que la casa y sus alrededores se ven hoy devastados de manera terrible, convertido en cuarteles y baluartes cuanto no está en ruinas, y que los franceses lo han saqueado todo a conciencia. Sabe Dios qué quedará de ese viejo mundo feliz, tan distante ya, cuando este tiempo incierto acabe.

Se insinúa en la penumbra el dorado de los libros y herbarios que contienen plantas secas. Al otro lado de la habitación, en la pared opuesta a la ventana que da a la calle, los helechos empañan con gotitas minúsculas los cristales del mirador cerrado que, a modo de invernadero, da al patio interior. Y sigue en silencio la ciudad, afuera. Ni siquiera el estampido más o menos lejano de una bomba francesa —los tiros desde el Trocadero se acercan cada vez más al barrio— rompe la calma cálida de la tarde. Hace cuatro días que los sitiadores no disparan; y sin bombas, la guerra parece de nuevo demasiado remota. Ajena, casi, al pulso cotidiano y pausado de la Cádiz de siempre. El último atisbo bélico se dio ayer por la mañana, cuando la gente subió a las terrazas y miradores con telescopios y catalejos para presenciar el combate de un bergantín francés y un falucho corsario de esa bandera, salidos de la ensenada de Rota, con un pequeño convoy de tartanas que venía de Algeciras escoltado por dos cañoneras españolas y una goleta inglesa. El azul del mar se llenó de humo y estampidos; y durante casi dos horas, con la brisa de poniente que movía despacio las velas en la distancia, la multitud pudo gozar del espectáculo, aplaudiendo o mostrando su desolación cuando las cosas pintaban mal para los aliados. También ella, acompañada por la mirada sagaz del viejo Santos —«La tartana de barlovento está perdida, doña Lolita; se la van a llevar como a una oveja del rebaño»—, siguió desde su torre vigía las evoluciones de los barcos, el estrépito distante y la humareda del cañoneo; hasta que los franceses, favorecidos por el poniente que sotaventaba a la goleta inglesa e impedía acercarse a una corbeta española que levó ancla del fondeadero, pudieron retirarse con dos presas tomadas bajo los cañones mismos del castillo de San Sebastián.

Tres semanas atrás, desde la misma torre, con el catalejo inglés apoyado en el portillo y sola en esa ocasión, había visto Lolita Palma abandonar la bahía a la *Culebra*, que empezaba nueva campaña. Ahora, en la penumbra del gabinete, recuerda muy bien el viento estenordeste que rizaba la pleamar hacia afuera mientras la balandra corsaria, pegada a las piedras de las Puercas y al bajo del Fraile para

mantenerse lejos de las baterías francesas, navegaba primero a un largo y luego con viento de través, rodeando las murallas de la ciudad hasta el arrecife de San Sebastián. Y una
vez allí, largando más lona —parecía llevar la escandalosa arriba y el tercer foque sobre el largo bauprés—, la vio
poner proa al sur, alejándose en la distancia inmensa y azul:
una mota blanca de velas diminutas empequeñeciéndose
hasta desaparecer en la lente del catalejo. Algo después, la
caída de la tarde con sus tonos violetas en el cielo remoto
de levante había encontrado a Lolita todavía en la torre,
contemplando el horizonte vacío. Inmóvil como lo está
ahora en su gabinete. Absorta en la última imagen de la balandra alejándose, y sorprendida ella misma de seguir allí.
Sólo recuerda haber estado así otra vez en su vida, mirando de ese modo el mar vacío: la tarde del 20 de octubre del
año cinco, cuando los últimos navíos de la escuadra de Vi-
lleneuve y Gravina abandonaron el puerto tras una penosa, lentísima salida de infinitos bordos y falta de viento,
mientras una multitud de padres, hijos, hermanos, esposas
y parientes, agrupada en las terrazas, las torres y las murallas, permanecía silenciosa con los ojos fijos en el mar, incluso después de que se perdiera de vista la última vela de las
que navegaban rumbo a la cita funesta del cabo Trafalgar.

Sigue recordando Lolita Palma, apoyada en la pared del gabinete. La torre vigía, el mar. El mismo latón
forrado de cuero del catalejo entre sus dedos. El arañazo
de una vaga ausencia, por completo inexplicable, y la desolación insólita de extraños presentimientos. Luego, al instante, molesta consigo misma, se pregunta qué tiene que ver
todo eso con la *Culebra*. Y de golpe, como el destello de un
disparo, la sonrisa cauta y reflexiva de Pepe Lobo la sacude

hasta el sobresalto. Sus ojos de gato cauteloso estudiándola serenos, como pensamientos. Acostumbrados a mirar el mar, y también a las mujeres. Hay quien dice que no es usted un caballero, capitán Lobo. Eso fue lo que dijo ella, aquel día; y nunca olvidará la respuesta sencilla, tranquila, sin apartar la mirada. No lo soy. Ni pretendo serlo.

Lolita abre la boca como un pez que diese una boqueada, y aspira el aire tibio. Una, dos, tres veces. Introduciendo una mano por el escote húmedo de la bata hasta posarla sobre su pecho desnudo, reconoce el mismo latir en las venas de sus muñecas que aquel día, durante el encuentro en la plaza de San Francisco. La conversación sobre el árbol drago del abanico y las palabras propias, que en su memoria parecen pronunciadas por boca ajena. Por una desconocida. Tiene que contarme todo eso, capitán. Cualquier otro día. Quizás. Cuando regrese del mar. Lolita no olvida las manos morenas y fuertes, el mentón donde, pese al afeitado reciente, despuntaba ya de mañana la barba negra y cerrada. El pelo de apariencia dura, las patillas bajas, espesas y bien cortadas. Masculinas. La sonrisa como un trazo blanco en la piel atezada. Lo imagina de nuevo, ahora, en este preciso instante, de pie en la cubierta escorada de la balandra corsaria, revuelto el pelo por el viento, entornados los ojos bajo el resplandor del sol. Buscando presas en el horizonte.

Sigue la mujer junto a la ventana, escuchando el silencio de la ciudad. Incluso con la persiana baja, el aire cálido de afuera se filtra por las rendijas. Los días de levante fuerte han terminado, y Cádiz parece un navío adormecido en el agua tibia y quieta, recalmado en su propio mar de los Sargazos. Un barco fantasma donde Lolita Palma fuese única tripulación. O última superviviente. Así se siente ahora, en el silencio y el calor que la rodean, apoyada la espalda en la pared, pensando en Pepe Lobo. Tiene el cuerpo empapado, húmeda la piel de la nuca. Minúsculas gotas de sudor se deslizan por el arranque de sus muslos desnudos, bajo la seda.

La mole alta y maciza de la Puerta de Tierra se destaca en la noche, bajo espesa bóveda de estrellas. Siguiendo los muros encalados del convento de Santo Domingo, Rogelio Tizón tuerce a la izquierda. Un farol de aceite alumbra la esquina de la calle de la Goleta, cuyo ángulo interior está sumido en sombras. Cuando los pasos del policía resuenan en el lugar, un bulto asoma entre ellas.

—Buenas noches, señor comisario —dice la tía Perejil.

Tizón no responde al saludo. La partera acaba de abrir una puerta, mostrando la claridad de una candelilla encendida que arde al otro lado. Entra, seguida por Tizón, coge la candelilla e ilumina un corredor estrecho, de paredes desconchadas, que huele a humedad sucia y a pelo de gato. Pese al calor de la calle, la sensación es de frío. Como si el pasillo penetrase en otra estación del año.

—Mi comadre dice que hará lo que pueda.

—Eso espero.

La vieja descorre una cortina. Hay al otro lado un cuartucho cuyas paredes están cubiertas por mantas jerezanas de las que penden imágenes religiosas, estampas de santos, exvotos de cera y hojalata. Sobre un aparador de madera tallada, insólitamente elegante, hay un altarcito con una reproducción del Cristo de la Humildad y la Paciencia, metido en una urna de cristal e iluminado por mariposas de luz que flotan en un plato de aceite. El centro del cuarto está ocupado por una mesa camilla sobre la que hay una palmatoria de azófar, con una vela cuyo pábilo encendido traza luces y sombras en las facciones de la mujer que aguarda sentada, las manos sobre la mesa.

—Aquí la tiene, señor comisario. La Caracola.

Tizón no se quita el sombrero. Ocupa sin ceremonias una silla vacía frente a la mesa, el bastón entre las rodillas, mirando a la mujer. Ésta, a su vez, lo observa inmóvil. Inexpresiva. Tiene una edad indefinida entre los cuarenta y los sesenta años: pelo teñido en rojo cobrizo, rostro agitanado, piel tersa. Uno de los brazos que apoya en la mesa, desnudos y regordetes, está cubierto de pulseras de oro. Una docena larga, calcula el policía. Sobre el pecho luce un enorme crucifijo, un relicario y un escapulario con una Virgen bordada que no logra identificar.

—Ya le he contado a mi comadre lo que le preocupa, señor comisario —dice la tía Perejil—. Así que los dejo solos.

Asiente Tizón y permanece callado, ocupado en encender un cigarro, mientras el rumor de pasos de la partera se aleja por el pasillo. Después mira a la otra mujer entre un aro de humo que se deshace en la llama de la vela.

—¿Qué puedes decirme?

Un silencio. Tizón ha oído hablar de la Caracola —su trabajo consiste en oír hablar de todo el mundo—, pero nunca la había visto hasta hoy. Sabe que se instaló en la ciudad hace seis o siete años y que fue buñolera en Huelva. En Cádiz tiene fama de beata y de adivina. La gente humilde suele acudir a pedirle consejos o remedios. De eso vive.

La mujer ha cerrado los ojos y musita algo inaudible. Una oración, quizás. Mal empezamos, se dice Tizón. Con el número de la cabra.

—Volverá a matar —susurra la vidente al cabo de un momento—... Ese hombre volverá a hacerlo.

Tiene una voz extraña, comprueba Tizón. Torturada y algo chirriante, que desasosiega. Recuerda el gemido de un animal enfermo.

—¿Cómo sabes que es un hombre?

—Lo sé.

Tizón chupa el cigarro, pensativo.

—Para eso no necesito venir a verte —concluye—. Lo averiguo yo solo.

—Mi comadre me ha dicho...

—Oye, Caracola —el policía ha levantado una mano, imperativo—. Déjate de cuentos. Estoy aquí porque toco todos los palos que puedo... Porque nunca se sabe. Y no pierdo nada con probar.

Es cierto. A fuerza de darle vueltas a la cabeza, se le ocurrió consultar a la vidente. Sin grandes esperanzas, por supuesto. Es perro viejo, de rabo pelado, y ésta no es la primera cuentista que se echa a la cara en su vida. Pero acaba de decirlo: no pierde nada con probar. De razón a razón, la misma lógica tiene que el asesino haya matado la última vez *antes* de que caiga la bomba. Después de eso, Tizón no está dispuesto a pasar por alto ninguna posibilidad. Ninguna idea, por absurda que sea. Lo de la Caracola es sólo un tiro a ciegas. Uno más de los muchos que ha dado —y dará, se teme— desde el último asesinato.

—¿Usted cree en mi gracia de Dios?

—¿Yo?... ¿Que yo creo qué?

La mujer lo observa recelosa. Sin responder. Tizón hace brillar la brasa del cigarro con una larga chupada.

—Yo no creo en tu gracia ni en la de nadie.

—Entonces, ¿por qué viene?

Ésa es una buena pregunta, se dice el policía.

—Trabajo —resume—. Intento averiguar cosas difíciles... Pero ojo. Como te habrá dicho tu comadre, conmigo no se juega.

Un gato negro sale de la oscuridad, rodea las patas de la mesa y se acerca a sus botas, frotándose en ellas. Sucio bicho.

—Sólo dime si de verdad ves algo que pueda ayudarme. Si no es así, tampoco pasa nada. Me levanto y me voy... Lo único que pido es que no me hagas perder el tiempo.

Fija la Caracola su mirada en algún punto del espacio a espaldas del policía y permanece inmóvil, sin pestañear. Al cabo cierra los párpados —Tizón aprovecha para apartar al gato de una patada— y un poco después los abre de nuevo. Mira con aire ausente al gato, que se queja lastimero a su lado, y luego al policía.

—Veo a un hombre.

Se inclina el comisario con los codos sobre la mesa, malhumorado. El cigarro humeando a un lado de la boca.

—Eso ya lo has dicho. Lo que interesa es la relación con los sitios donde tiran los franceses.

—No entiendo lo que quiere decir.

—¿Hay algo relacionado con ellos?... ¿Entre las muchachas muertas y las bombas?

—¿Qué bombas?

—Las que caen en Cádiz, coño.

La mujer parece estudiarlo de arriba abajo. Desconcertada primero, y después crítica. Usted es un espíritu duro, dice tras un instante. Demasiado incrédulo. Así es difícil que la gracia de Dios me ilumine.

—Esfuérzate, anda. Algo debo de creer, si estoy aquí.

Vuelve a perderse la mirada de la vidente a espaldas de Tizón. Ahora ha cruzado las manos sobre la cruz y el escapulario que lleva al pecho. El tiempo de dos avemarías, más o menos. Al cabo, la mujer parpadea y mueve la cabeza.

—Imposible. No puedo concentrarme.

Se quita el sombrero Tizón, rascándose la cabeza. Desalentado y reprimiendo las ganas de largarse. Luego vuelve a cubrirse. El gato pasa por su lado con extrema precaución, describiendo un semicírculo que lo mantiene alejado de sus botas.

—Prueba un poco más, Caracola.

Suspira la mujer y se gira un poco hacia la imagen del Cristo que está sobre la cómoda, como poniéndolo por testigo de su buena fe. Después vuelve a contemplar el vacío. Tres avemarías, calcula ahora Tizón.

—Algo veo. Espere.

Una breve pausa. Ha entornado los párpados y alza una mano, la de las pulseras, con breve tintineo de oro.

—Una cueva —dice—... Un lugar oscuro.

Se inclina más el policía sobre la mesa. Se ha quitado el cigarro de la boca y mira a la Caracola, fijamente.

—¿Dónde?... ¿Aquí, en la ciudad?

La mujer sigue con los ojos cerrados y la mano en alto. Ahora la mueve a un lado, como indicando una dirección.

—Sí. Una cueva. Un lugar santo.

Arruga Tizón el ceño. Acabáramos, piensa.

—¿Hablas de la Santa Cueva?

Se refiere a una iglesia subterránea que está junto al Rosario. La conoce de sobra, como toda Cádiz: oratorio consagrado al culto. Respetable hasta decir basta. Como la Caracola se refiera a ese sitio, concluye el policía, le arranco de un bastonazo la cabeza. Y luego quemo esta perra covacha.

—¿Me tomas el pelo, o qué?

Suspira la otra, desalentada. Se echa hacia atrás en su silla y mira con reproche al policía.

—No puedo. Usted no tiene fe. No puedo ayudarlo.

—Bruja farsante... ¿Qué tiene que ver una cosa con otra?

El recio bastonazo que descarga sobre la mesa hace saltar la palmatoria, que cae al suelo y se apaga.

—¡Te voy a meter en la cárcel, vieja puerca!

La mujer se ha puesto en pie, asustada, y retrocede con las manos en alto, temiendo un segundo golpe destinado a ella. Son las mariposas de aceite del aparador las que iluminan ahora, apenas, sus facciones desencajadas por el miedo.

—¡Como hables de esto con alguien, juro que te mato!

Refrenando el impulso de molerla a palos, el policía da media vuelta, avanza casi a tientas por el pasillo —tropieza con el gato, al que aparta con una patada salvaje— y sale a la calle de la Goleta, aturdido por el despecho. A los pocos pasos rompe a blasfemar entre dientes, con sistemática ferocidad, más furioso y avergonzado con él mismo que con la vidente. Crédulo y supersticioso imbécil, se repite una y otra vez mientras avanza con paso rápido por las callejas oscuras del barrio de Santa María, cual si la prisa ayudara a dejarlo todo atrás. Cómo pudiste imaginarlo ni por un momento. Cómo pudiste. Qué forma más absurda, estúpida, grotesca, infame, de hacer el ridículo.

No se tranquiliza hasta la esquina de la calle de la Higuera, donde se detiene en la oscuridad. Música confusa de guitarras sale de los tugurios próximos. Hay sombras que se mueven cerca o aguardan en los portales y las esquinas, y rumor de voces masculinas, risas de mujeres, conversaciones en voz baja. Huele a vómitos y a vino. Tizón ha tirado el cigarro que fumaba, o lo ha perdido por el camino. No lo recuerda. Saca otro de la petaca de piel de Rusia, rasca un mixto en la pared y lo enciende haciendo pantalla a la llama con las manos. *«A los mortales les es dado averiguar muchas cosas al experimentarlas, pero nadie adivina cómo serán las cosas futuras»*... El fragmento de *Ayante* —casi se sabe de memoria la traducción del profesor Barrull— le repiquetea en la cabeza al caminar por las calles estrechas y oscuras del barrio marinero, dando fuertes chupadas al cigarro mientras intenta calmarse. Nunca se había visto tan desconcertado, incapaz de encontrar una señal que lo guíe. Nunca, tampoco, había sentido esta agria impotencia que paraliza el pensamiento, suscitando el ansia de mugir como un toro furioso y atormentado, buscando un enemigo invisible —imposible, quizás— en el que vengar su frustración y su cólera. Aquello es darse contra una pared; un muro de misterio, de silencio, con el que nada pueden su experiencia, su razón, sus viejas mañas de policía. Desde que empezó todo, Cádiz ya no es para Rogelio Tizón terreno familiar, feudo conocido por donde siempre se movió con soltura, impunidad y desvergüenza. La ciudad se ha convertido en un tablero de ajedrez hostil, lleno de escaques extraños, de ángulos en sombra nunca vistos. Una madeja de trazos geométricos en clave desconocida, con multitud de piezas irreconocibles que se deslizan ante sus ojos como un desafío o un insulto. Cuatro piezas comidas, hasta ahora. Y ni un solo indicio. Eso significa una bofetada diaria, a medida que pasa el tiempo y él sigue estancado, perplejo. Esperando un relámpago de lucidez, una señal, una visión de la jugada que nunca llega. Que él nunca ve.

Camina un buen trecho, balanceando el bastón. En una plazuela frente a la torre de la Merced hay un farolito de cartón y papel verde, y a su luz se pasea una mujer: lleva la cabeza descubierta y un mantoncillo sobre los hombros. Al pasar el policía por su lado se detiene, provocativa, con un movimiento para reacomodarse el mantón tras mostrar un momento el corpiño escotado y la cintura. La luz verde ilumina sus facciones. Es joven. Mucho. Dieciséis o diecisiete años. Tizón no la conoce; sin duda se trata de una chica que ha llegado a la ciudad entre el flujo de refugiados, empujada por el hambre y la guerra. Lo útil de ser mujer en tiempos como éstos, se dice cínico, es que siempre hay con qué comer.

—¿Quiere pasar un buen rato, señor?

—¿Tienes papeles?

Cambia la expresión de la muchacha: en el tono y las maneras intuye al policía. Con gesto fatigado mete una mano entre la ropa y saca una carta de seguridad con tampón oficial, mostrándola a la luz del farolito. Tizón ni la mira. La observa a ella: tez clara, más bien rubia, formas agradables. Cercos de cansancio bajo los ojos. Lo más probable es que él mismo, o uno de sus subordinados, haya sellado el documento, previa percepción de la tarifa adecuada o en pago de algún servicio de su alcahueta o su chulo. Vive, cobra y deja vivir, es la norma. La muchacha guarda el papel y mira a un lado de la calle esperando que el policía se quite de en medio. Éste la mira con calma. Parece todavía más joven, de cerca. Y frágil. Posiblemente no tenga más de quince años.

—¿Dónde te ocupas?

Un gesto de resignación. Hastiado. La muchacha sigue mirando al extremo de la calle. Señala con desgana un portal próximo.

—Ahí.

—Vamos.

Rogelio Tizón no paga a putas. Se acuesta con ellas cuando le parece. Gratis. Ése es uno de los privilegios de su posición en la ciudad: la impunidad oficial. A veces se deja caer por la mancebía de la viuda Madrazo —una casa elegante de la calle Cobos—, por la de doña Rosa o por la de una inglesa madura que tiene abierto local a espaldas del Mentidero. También hace incursiones esporádicas, según su humor, por lugares más sórdidos de la ciudad, Santa María y alguna calle oscura frente a la Puerta de la Caleta. El comisario no es, en absoluto, hombre gentil con esa clase de hembras. Ni con ninguna otra. Toda la carne de alquiler disponible en Cádiz sabe que Rogelio Tizón está lejos de contarse entre los que dejan buen sabor de boca. Cuantas mujeres tienen trato con él, sean putas o no, lo miran suspicaces cuando se cruza en su camino. Pero maldito lo que le importa. Las putas están para serlo, piensa. O para descubrir que lo son, las que no lo saben. También hay diversos modos de imponer respeto. El temor suele ser uno de ellos. A menudo, buen aliado de la eficacia.

Un cuarto sórdido, en planta baja. Una vieja enlutada en la puerta, que desaparece como un trasgo cuando reconoce —ella sí, en el acto— al policía. Un jergón, almohada y sábanas, una palangana con jarro de agua, un mal candelabro con una sola vela encendida. También un obsceno olor a lugar cerrado. A cuerpos desnudos que precedieron a esta visita.

—¿Qué quiere que haga, señor?

Tizón está de pie, inmóvil, estudiándola. Sigue con el sombrero puesto y el bastón en la mano, fumando el chicote del cigarro que se consume entre sus dedos. Una vez más intenta comprender, sin conseguirlo. Su actitud recuerda la de un músico atento a captar una nota ajena y disonante, fuera de lugar. Un cazador mirando el paisaje donde intuye un aleteo cercano, o el agitarse de un matorral. Permanece así el comisario sin apartar los ojos de la joven. Intentando leer en ella claves y horrores a los que ni siquiera él mismo es capaz de asomarse. Apoyado una vez más, impotente, en el muro de misterio y de silencio.

Ella se quita la ropa, desenvuelta. Mecánica. Salta a la vista que su juventud extrema no está reñida con la práctica. Lazos del corpiño, saya, medias, camisa larga que se prolonga en lugar de las enaguas que no lleva. Permanece al fin inmóvil, desnuda a la luz de la vela que ilumina lateralmente su cuerpo menudo y bien formado, el volumen gemelo de los senos pequeños y blancos, la curva de una cadera y las piernas delgadas. Más frágil, todavía. Mira al policía cual si esperase instrucciones. Como si tanta pasividad y silencio la desconcertaran. Tizón advierte sospecha y alarma en sus ojos. Un tipo raro, válgame Dios, parecen concluir. Uno de ésos.

—Túmbate en la cama. Boca abajo.

Casi es audible el suspiro que ella emite. De imaginar, o saber, lo que le espera. Obediente, va hasta el jergón y se tumba encima, las piernas juntas y los brazos extendidos a uno y otro lado. Hundiendo la cara en la almohada. No es la primera vez que la hacen gritar, deduce Tizón. Y no de placer. Cuando tira la colilla del cigarro y se aproxima, observa que hay huellas violáceas, magulladuras en un muslo y una cadera. Algún cliente ardoroso, sin duda. O su rufián poniendo las cosas en su sitio.

«*Sujeta con una correa de atar caballos, golpea con un látigo doble, con insultos que el diablo, y no los hombres, pone en su boca*»... Las palabras de *Ayante* discurren con precisión siniestra por la mente del policía. Así es como ocurre, se dice, mirando el cuerpo desnudo de la muchacha. Así las tiene cuando las azota hasta descarnar los huesos, y las mata. Ha levantado el bastón, y con su contera recorre la espalda de la puta desde la nuca. Lo hace muy despacio, atento a cada pulgada de piel. Intentando comprender, salvando el abismo del horror, lo que mueve el pensamiento del hombre al que pretende dar caza.

—Abre las piernas.

Obedece la joven, estremeciéndose. El bastón sigue su lento recorrido. Hasta las nalgas. La madera transmite al puño de bronce la vibración cada vez más violenta que sacude el cuerpo de la muchacha. Ésta sigue con el rostro hundido en la almohada. Tiene crispadas las manos, que arrugan la sábana entre los dedos. Ahora tiembla de miedo.

—No, por favor —gime al fin suplicante, sofocada la voz—... ¡Por favor!...

Una extraña sacudida de horror alcanza a Tizón, erizándole la piel, y lo conmueve de la cabeza a los pies como si acabara de asomarse al borde de un abismo. Es algo semejante a recibir un golpe que lo aturdiese; una visión de negrura insondable, aterradora, que lo trastorna y hace retroceder, tambaleándose. Tropieza con la palangana y el jarro, y ruedan éstos por el suelo, salpicando agua con estrépito. El ruido lo vuelve en sí. Por un instante permanece inmóvil, el bastón en la mano, mirando con estupor el cuerpo desnudo a la luz de la vela. Al cabo, saca del bolsillo del chaleco un doblón de dos escudos —tiene los dedos más fríos que el oro de la moneda— y lo arroja sobre las sábanas, junto a la muchacha. Después, moviéndose casi con sigilo, da media vuelta, sale de la casa y se aleja despacio en la noche.

Columnas de humo negro se alzan desde el Trocadero hasta Puntales, circunvalando el saco de la bahía. Hace treinta y dos horas que Simón Desfosseux apenas levanta la cabeza por encima de los parapetos, pues se combate en toda la línea. No se trata esta vez de bombarderos precisos sobre Cádiz o posiciones avanzadas como Puntales, la Carraca y el puente de Zuazo, sino de un duelo artillero de todos los calibres que enfrenta las baterías y baluartes españoles y franceses. Un furioso intercambio donde tanto recibe el que da como el que toma. Empezó ayer muy temprano, cuando, para rematar una semana de rumores

adversos que incluyen un desembarco español en Algeciras y la actuación de partidas irregulares entre la costa
y Ronda, las guerrillas cruzaron en varios puntos el caño
grande de la isla de León, atacando las posiciones avanzadas francesas próximas a Chiclana. La acción, dirigida
sobre todo a la venta del Olivar y la casa de la Soledad,
fue apoyada por las lanchas cañoneras de Zurraque, Gallineras y Sancti Petri, que se internaron por los caños
haciendo un fuego muy vivo. Corriose éste por la línea
a medida que uno y otro lado tiraban de contrabatería sobre las posiciones enemigas, y acabó todo en bombardeo
generalizado, incluso después del repliegue de los españoles; que, tras destrozar y matar cuanto pudieron, se llevaron consigo armamento y prisioneros, clavando cañones y volando depósitos de material y munición. Las
guerrillas, según cuentan los batidores que van y vienen
con órdenes a lo largo del frente, han vuelto a pasar el caño grande esta madrugada, atacando los parapetos avan-
zados de la salina de la Polvera y los molinos de Almansa
y Montecorto; y allí combaten aún mientras toda la parte oriental de la bahía arde a cañonazos. Tan cruda es la
situación que el propio capitán Desfosseux, siguiendo
órdenes superiores, ha tenido que ocuparse de dirigir los
fuegos de las baterías convencionales de la Cabezuela
y Fuerte Luis hacia el castillo español de Puntales, que se
encuentra a menos de mil toesas de distancia, en el espigón de arrecife que cierra la bahía en su parte más angos-
ta, frente al Trocadero.

Los estampidos estremecen el suelo y hacen temblar
los parapetos de tablas, cestones y fajinas. Acurrucado en
uno de ellos, mirando con un catalejo de mano a través de

una tronera, Desfosseux mantiene la lente del visor a razonable distancia de su ojo derecho, desde que un impacto de artillería, que lo hizo temblar todo, estuvo a punto de incrustársela en el globo ocular. Lleva día y medio sin dormir, sin comer otra cosa que pan de munición duro y seco, ni beber más que agua turbia; pues con el bombardeo, que ha puesto a varios soldados con las tripas al aire, no hay vivandero que se atreva a moverse al descubierto. El capitán está sucio, sudoroso, y una capa del polvo levantado por las explosiones le cubre el pelo, la cara y la ropa. No puede verse, pero basta echar un vistazo a cualquiera de los que andan cerca para adivinar que tiene el mismo aspecto demacrado, hambriento y miserable, con esos ojos enrojecidos lagrimeando polvo líquido que deja surcos en los rostros convertidos en máscaras de tierra.

El capitán dirige el catalejo hacia Puntales, pequeño y compacto tras sus muros asentados en las rocas negras del arrecife que empieza a descubrir la bajamar. Visto desde este lado de la franja de agua, flanqueado milla y media a la derecha por la inmensa fortificación de la Puerta de Tierra y a la izquierda por la no menos sólida y aparatosa de la Cortadura, el fuerte español parece la proa de un barco obstinado e inmóvil, con las seis troneras artilladas de la parte frontal orientadas hacia el lugar desde el que observa Desfosseux. A intervalos, con metódica regularidad, una de esas troneras se ilumina con un fogonazo; y tras el estampido, a los pocos instantes, llega el reventar de un proyectil enemigo, granada o bomba de hierro macizo, golpeando sobre la batería francesa. Tampoco los artilleros imperiales están mano sobre mano, y el fuego regular de los cañones de asedio de 24 y 18 libras y los obuses de 8 pulgadas levanta polvaredas en cada impacto sobre el fuerte español, velando a ratos la desafiante bandera —los defensores izan una nueva cada cuatro o cinco días, hecha jirones la anterior por la metralla— que puede verse ondear en lo alto. Hace tiempo que el capitán admira, de profesional a profesional, el sólido talante de los artilleros del otro lado. Curtidos por dieciocho meses de bombardeo propio y ajeno, allí han desarrollado una pericia y una tenacidad a toda prueba. Eso le parece a Desfosseux natural en los españoles: perezosos, indisciplinados y poco firmes en campo abierto, son muy audaces cuando la soberbia o la pasión de matar los arrebatan, y su carácter sufrido y orgulloso los hace temibles en la defensa. Oscilan así, continuamente, entre sus reveses militares, sus absurdos políticos y sus desvaríos religiosos, de una parte, y el patriotismo ciego y salvaje, la constancia casi suicida y el odio al enemigo, de la otra. El fuerte de Puntales es un ejemplo evidente. Su guarnición vive enterrada bajo continuo cañoneo francés, pero no deja de devolver, implacable, bomba por bomba.

Una de ellas cae en este momento en el baluarte contiguo, cerca de los cañones de 18 libras. Es una granada negra —casi se ha visto venir por el aire— que golpea en el borde del parapeto superior, rebota y cae rodando junto a un espaldón de tierra y cestones, dejando el rastro humeante de su espoleta a punto de estallar. El capitán, que se ha incorporado ligeramente para ver dónde caía, escucha los gritos de los artilleros de la pieza más próxima, que se tiran a la tablazón que soporta las cureñas o se resguardan donde pueden. Luego, mientras Desfosseux agacha la cabeza y se encoge junto a su tronera, el reventar de la carga explosiva estremece el baluarte, y una paletada de tierra, astillas y cascotes cae por todas partes. Todavía llueve tierra cuando empieza a oírse un alarido desgarrado y largo. Cuando el capitán levanta de nuevo la cabeza, ve cómo entre varios hombres se llevan al que grita: un artillero cuyo muñón en un muslo —el resto de la pierna ha desaparecido— va dejando un rastro de sangre.

—¡Duro con esos bandidos! —grita el teniente Bertoldi, que se incorpora entre los artilleros, animándolos—. ¡Ojo por ojo!... ¡Venguemos al compañero!

Buenos chicos, se dice Desfosseux, viendo a los soldados agruparse en torno a los cañones, cargar, apuntar y disparar de nuevo. Con lo que llevan pasado aquí, y lo que les espera, y todavía son capaces de alentarse unos a otros, haciendo gala de la valerosa resignación ante lo inevitable que caracteriza al soldado francés. Incluso después de año y medio atascados en el pudridero de vidas y esperanzas que es Cádiz, culo de Europa y úlcera del Imperio, con la maldita España rebelde reducida a una isla inconquistable.

El cañoneo se vuelve ahora furioso en el baluarte, incrementando su cadencia —es necesario abrir mucho la boca para que no revienten los tímpanos—, y Puntales apenas puede verse entre la polvareda que levantan los impactos que recibe, uno tras otro, acallando sus fuegos durante un rato.

—Se hace lo que se puede, mi capitán.

Sacudiéndose tierra de la casaca, descubierta la cabeza y con una sonrisa escéptica encajada entre las patillas rubias y sucias, el teniente Bertoldi ha venido a detenerse junto a la tronera donde está Desfosseux con su catalejo. Se empina un poco para observar las posiciones enemigas, luego apoya la espalda en el parapeto y mira a uno y otro lado.

—Esto es idiota... Ruido y pólvora para nada.

—La orden es batir a Manolo en toda la línea —responde Desfosseux, fatalista.

—Y en eso estamos, mi capitán. Pero perdemos el tiempo.

—Un día lo van a detener los gendarmes, Bertoldi. Por derrotismo.

Se miran los dos militares, cambiando una mueca desesperada y cómplice. Después Desfosseux pregunta cómo van las cosas, y el teniente, que acaba de regresar de una inspección jugándose el tipo entre estruendo y bombazos —la anterior la hizo el capitán con la primera luz del día—, presenta su informe: un muerto y tres heridos en la Cabezuela. En Fuerte Luis, cinco heridos, dos de ellos en las últimas, y un cañón de a 16 desmontado. En cuanto a la situación en las posiciones enemigas, ni la menor idea.

—Haciéndonos —concluye— numerosos cortes de mangas. Supongo.

Desfosseux ha vuelto a utilizar el catalejo. Por el camino del arrecife, entre Puntales y la ciudad, advierte movimiento de carros y gente a pie. Seguramente se trata de suministros para la Isla, con escolta numerosa. O refuerzos. Le pasa el instrumento a Bertoldi, indicándole la dirección, y éste guiña un ojo y pega el otro a la lente.

—Que tiren sobre ellos —le dice el capitán—. Hágame el favor.

—A la orden.

Bertoldi devuelve el catalejo y se aleja camino de los cañones de 24 libras. Deliberadamente, Simón Desfosseux deja fuera de toda esta vorágine ruidosa —y absurda, le parece, igual que a su ayudante— los preciados Villantroys-Ruty. Como un progenitor atento que apartase a sus niños de los peligros y asechanzas del mundo, el capitán mantiene al margen del duelo artillero a Fanfán y los otros obuses de 10 pulgadas que usa para tirar sobre Cádiz. Esas piezas soberbias y delicadísimas, especializadas en la función concreta de ganar alcance, toesa a toesa, hacia el corazón de la ciudad, no pueden malgastar su bien fundido bronce, sus condiciones ni su vida operativa —en ingenios de tal calibre es limitada, expuesta siempre a una grieta imperceptible o fallo mínimo de aleación— en esfuerzos ajenos a la misión para la que fueron creadas. Por eso, apenas empezó el bombardeo general, el sargento Labiche y sus hombres se ocuparon, ante todo, de cumplir las instrucciones de Desfosseux para esta clase de situaciones: apilar más cestones con tierra y fajinas en torno a los obuses y cubrirlos con lonas gruesas para protegerlos del polvo, las piedras y los rebotes. Y cada vez que cae una bomba cerca, amenazando dar de lleno en el reducto y desmontar las piezas de sus afustes, el capitán siente encogérsele de ansiedad el corazón, desazonado ante la idea de que una de ellas quede fuera de servicio. Desea que acabe este bombardeo caótico y absurdo, la vida de sitiados y sitiadores vuelva a discurrir al ritmo habitual, y él pueda seguir ocupándose de lo único que le importa: ganar las doscientas toesas que, en el plano que tiene en su barracón, separan todavía los puntos de alcance máximo de las bombas caídas en Cádiz —torre Tavira y calle de San Francisco, hasta ahora— del campanario de la iglesia de la plaza de San Antonio.

9

Cielo gris, plomizo. Temperatura razonable. En las torres vigía de la ciudad, el otoño desgarra nubes sucias de poniente.

—Tengo un problema —dice el Mulato.

—Yo también —responde Gregorio Fumagal.

Se estudian en silencio, calculando la gravedad de lo que acaban de escuchar. Sus consecuencias para la seguridad propia. Ésa, al menos, es la impresión de Fumagal. No le gusta el modo en que el contrabandista sonríe mientras vuelve la cara y mira a uno y otro lado, entre la gente que se mueve por los puestos del mercado de abastos de la plaza San Juan de Dios. Una mueca torcida, un punto irónica. Si crees que tienes problemas, parece insinuar, espera a conocer los que tengo yo.

—Dígame usted primero —dice al fin el Mulato, en tono de fatiga.

—¿Por qué?

—Lo mío es largo.

Otro silencio.

—Palomas —aventura, suspicaz, el taxidermista.

—¿Qué pasa con ellas? —el otro parece sorprendido—. La última vez le traje tres cestas con doce —hace un además discreto, señalando hacia la cercana Puerta de Mar y el otro lado de la bahía—. Palomas de raza belga, como siempre. Criadas ahí mismo... Deberían bastar, supongo.

—Supone mal. Un gato se metió en el palomar. No sé cómo, pero lo hizo. Y se ensañó bien.

El contrabandista mira a Fumagal, incrédulo.

—¿Un gato?

—Sí. Sólo dejó vivas a tres.

—Vaya con el gato... Todo un patriota.

—Eso no tiene gracia.

—Ya estará disecado, a estas horas. O camino de.

—No lo pillé a tiempo.

Fumagal advierte que el Mulato lo mira de través, como preguntándose si habla en serio, mientras ambos dan unos pasos sin abrir la boca. También él se lo pregunta. Es media mañana, y el rumor de voces que llena el terreno entre el puerto y el Ayuntamiento mezcla acentos de toda la Península, ultramar y el extranjero: refugiados de varia condición, gaditanas de cesta al brazo que picotean en cucuruchos de camarones, aljameles cargando capachas y paquetes, mayordomos que hacen la compra diaria, individuos tocados con monteras, catites, tamboras de ala ancha o pañuelos en la cabeza, ropa azul y parda de marineros.

—No comprendo por qué nos vemos aquí —comenta el taxidermista, malhumorado—. Éste no es un lugar discreto.

—¿Habría preferido verme en su casa?

—Claro que no. Pero el sitio...

Encoge los hombros el Mulato. Viste como suele: alpargatas y camisa despechugada, desabrochadas las boquillas del calzón y sin medias. Lleva en la mano un talego grande, de tela basta. Su desaliño contrasta con el sombrero y la levita marrón de Fumagal.

—Tal como están las cosas, es lo mejor.

—¿Las cosas? —el taxidermista se vuelve a medias, inquieto—. ¿Qué quiere decir?

—Eso. Las cosas.

Caminan unos pasos sin que el Mulato diga nada más. Se limita a moverse con su andar africano, de ritmo cadencioso e indolente. Fumagal, incómodo —siempre detestó el contacto físico con los demás—, procura esquivar el gentío que se agolpa frente a las mercancías. Huele a humazo de aceite de los puestos de pescado frito, próximos a los que ofrecen, bajo toldos de velas viejas, húmedos frutos del mar. Más allá, pegados a las fachadas de las casas, están los puestos de verduras y de carne, en su mayor parte cerdo, tocino, manteca de puerco, gallinas vivas y tajadas de vaca traída de Marruecos. Todo viene de afuera, en barco, descargado en el puerto y en las playas atlánticas del arrecife; en Cádiz no se cultiva un palmo de suelo, ni se cría ganado alguno. No hay espacio.

—Me habló de un problema —dice al fin el taxidermista.

Los gruesos labios del otro se contraen en una mueca desagradable.

—Ando con el serete prieto.

—¿Perdón?

El Mulato hace un gesto en dirección a su espalda, hacia la Puerta de Mar, como si tuviese a alguien pegado detrás.

—Que me vigilan más que a un cangrejo moro.

Fumagal baja la voz.

—¿Lo vigilan?... ¿Qué quiere decir con eso?

—Andan cerca, haciendo preguntas sobre mí.

—¿Quién?

No hay respuesta. El otro se ha detenido ante un puesto donde al pescado le blanquea el ojo y las sardinas tienen la cabeza colorada. Arruga la chata nariz, como si lo oliera.

—Por eso prefiero verlo aquí —dice al fin—. Aparentando que no hay nada que esconder.

—¿Está loco?... Quizá lo sigan ahora mismo.

El contrabandista inclina a un lado la cabeza, considerando la posibilidad, y luego asiente con mucha calma.

—No digo que no. Pero podemos vernos de forma inocente. Usted me encargó un bicho para su colección, por ejemplo... Mire. Le traigo un papagayo americano bastante bonito.

Ha abierto el talego y muestra su contenido, sacándolo para ponerlo a la vista de eventuales ojos inoportunos: pico amarillo mediano y unas quince pulgadas de altura, con plumaje color verde hierba y plumas laterales rojas. Fumagal cree reconocer un Chrysotis del Amazonas o del golfo de México, seguramente. Buen ejemplar.

—Muerto, como a usted le gusta. Sin veneno que lo estropee. Le clavé esta mañana una aguja en el corazón, o cerca.

Devuelve el pájaro al talego y se lo entrega. Es un regalo, añade. Esta vez no le cobro. El taxidermista mira en torno, con disimulo. Nadie sospechoso de vigilarlos, entre la multitud. O nadie que lo parezca.

—Pudo prevenirme por escrito —objeta.

Tuerce la boca el Mulato, sin embarazo.

—Olvida que sólo sé escribir mi nombre y poco más... Además, ni se me ocurriría dejar papeles de por medio. Nunca se sabe.

Ahora Fumagal mira atrás, allí donde el mercado se transforma, cerca de la Puerta de Mar y el estrechamiento del Boquete, en almoneda de ropa usada y objetos procedentes de los barcos, porcelana desportillada de las Indias Orientales, barro y estaño, enseres marineros y cachivaches diversos. Al otro lado de la plaza, en la puerta de una fonda situada en la esquina de la calle Nueva que frecuentan consignatarios y capitanes mercantes, algunos hombres bien vestidos leen periódicos o contemplan el trasiego de gente.

—Usted me pone en peligro.

Chasquea el Mulato la lengua. Está en desacuerdo.

—Peligra desde hace tiempo, señor. Como yo... Son cosas del oficio.

—¿Y qué objeto tiene citarme ahora?

—Decirle que tengo piloto a bordo.

—¿Cómo dice?

—Que me largo... Se queda sin enlace con los del otro lado.

Tarda el taxidermista varios pasos en digerir aquello. De pronto lo incomoda la certeza de que algo sombrío se cierne sobre él. Una soledad adicional, inesperada y peligrosa. Aunque lleva la levita abotonada hasta el cuello, siente frío.

—¿Lo saben nuestros amigos?

—Sí. Y están de acuerdo. Me encargan le diga que ya se pondrán en contacto... Que siga informando, si puede.

—¿Y cómo saben que no me vigilan a mí también?

—No lo saben. En todo caso, si yo fuera usted quemaría cualquier papel comprometedor. Por si las moscas.

Fumagal piensa a toda prisa, mas no resulta fácil calcular riesgos y probabilidades. Medir sus fuerzas futuras. El Mulato fue hasta hoy su único enlace con el mundo exterior. Sin él, quedará en buena parte mudo y ciego. Sin instrucciones y abandonado a su suerte.

—¿Consideran la posibilidad de que también quiera irme de Cádiz?

—Lo dejan a su gusto. Aunque prefieren que mantenga el barlovento, claro. Que siga aquí mientras pueda.

Reflexiona el taxidermista, mirando la casa consistorial —ondea allí la bandera roja y amarilla de la Real Armada, que ahora casi todos usan en tierra—. Puede congelarse, sin duda. Hibernar como un oso, sin mover un dedo hasta que manden a otro enlace. Enterrarse mientras todo vuelve a la normalidad. La cuestión es cuánto tardará en ocurrir eso. Y qué pasará en Cádiz mientras tanto. Sin duda no es el único agente allí, pero eso no le sirve de nada. Siempre actuó como si lo fuera.

—¿Y cree usted que me quedaré?

Chasquea el otro la lengua de nuevo, indiferente. Está parado ante un tenderete donde hay, revueltos, pajarillas habanas, jabones de afeitar, fósforos de lumbre, espejos de bolsillo y otras baratijas.

—Lo que haga no es cosa mía, señor. Cada uno tiene sus deseos. El mío es salir de aquí antes de verme con un collar de hierro al cuello.

—Sin palomas no puedo comunicar. Cualquier alternativa es lenta y peligrosa.

—Veré de arreglarlo. Por ese lado no creo que haya dificultad.

—¿Cuándo piensa irse?

—En cuanto pueda.

Dejando atrás la plaza, los dos hombres se detienen en la esquina de la calle Sopranis, bajo la torre de la Misericordia. En la puerta del Ayuntamiento, un centinela de la milicia urbana con la bayoneta calada en el fusil, sombrero redondo y polainas blancas, se apoya en una de las columnas de los arcos, el aire poco marcial, conversando con dos mujeres jóvenes.

—Bien —dice el Mulato—. Esto es una despedida.

Observa con insólita atención al taxidermista, y a éste no le resulta difícil averiguar lo que piensa. Cuestión de ideas, supone. De lealtades, vaya usted a saber a qué. Desde el punto de vista del Mulato, práctico y mercenario, no hay dinero que pague eso.

—Si fuera usted, me iría sin dudarlo —añade súbitamente el contrabandista—. Cádiz se vuelve peligrosa. Y ya sabe el refrán: tanto va el cántaro a la fuente... El peor peligro no es que lo pillen a uno los militares, o la policía. Acuérdese del pobre carajote al que aviaron hace poco, dándole los tres agobios del pulpo antes de colgarlo por los pies.

El recuerdo, reciente, le seca la boca al taxidermista. Un infeliz forastero fue acusado a gritos en la calle de ser espía francés. Perseguido por la multitud, sin hallar donde refugiarse, fue muerto a palos y expuesto su cadáver delante de los Capuchinos. Ni siquiera llegó a saberse el nombre.

Calla ahora el Mulato. La media sonrisa que le tuerce la boca ya no es insolente, como suele. Más bien pensativa. O curiosa.

—Usted verá lo que hace. Pero si quiere mi opinión, lleva demasiado tiempo rifándosela.

—Dígales que seguiré aquí, de momento.

Por primera vez desde que se conocen, el otro mira a Fumagal con algo parecido al respeto.

—Bien —concluye—. Se trata de su pescuezo, señor.

Solemne, es la palabra. Tras la mesa presidencial, flanqueado por dos impasibles soldados de Guardias de Corps y sobre un sillón vacío, el joven Fernando VII preside la asamblea —con inquietante displicencia, es la impresión de Lolita Palma— desde el lienzo colgado bajo el dosel del oratorio de San Felipe Neri, entre columnas jónicas de escayola y cartón dorado. El altar mayor y los laterales están cubiertos con velos. En las dos tribunas situadas en el anfiteatro, rodeadas por bancos y sofás dispuestos en dos semicírculos, se suceden los diputados en sus intervenciones. Aunque alternan seda y paño, sotana e indumento seglar, vestuario a la moda y cortes de ropa supervivientes del tiempo viejo, predomina la sobriedad del negro y el gris, propios de la gente respetable que representa, en las Cortes constituyentes de Cádiz, a la España peninsular y ultramarina.

Es la primera vez que Lolita Palma asiste a una sesión. Vestido violeta muy oscuro, chal fino de Cachemira, sombrero inglés de tela con alas bajas a los lados de la cara, sujeto con una cinta bajo la barbilla. El abanico es chino, negro, con país de flores pintadas. No suele permitirse en el oratorio la entrada de señoras; pero hoy es un día excepcional, y viene, además, invitada por diputados amigos: el americano Fernández Cuchillero y Pepín Queipo de Llano, conde de Toreno. La conmueve la apasionada solemnidad con que discurre todo, el tono vivo de quienes intervienen y la gravedad con que el presidente dirige los debates. No sólo se refieren éstos al texto constitucional que prepara la asamblea, sino también a la guerra y otros asuntos de gobierno; pues las Cortes son —pretenden serlo— representación del rey ausente y cabeza de la nación. Se debate hoy sobre el libre comercio que la corona británica exige en los puertos de América. Por eso resolvió Lolita aceptar la invitación y curiosear un poco; el asunto toca de cerca. La acompañan, entre otros conocidos del mundo gaditano de los negocios, los Sánchez Guinea, padre e hijo. Todos ocupan asientos en la tribuna de invitados, frente a la del cuerpo diplomático donde están el embajador Wellesley, el ministro plenipotenciario de las Dos Sicilias, el embajador de Portugal y el arzobispo de Nicea, nuncio del papa. No hay demasiado público en las galerías superiores del oratorio, destinadas al pueblo llano: vacía la superior y ocupada la principal por una treintena de personas, en su mayor parte gente de aspecto bajo y desocupado, algún forastero y redactores de periódicos que, atentos, con moderna y rápida escritura taquigráfica, toman nota de cuanto se habla.

Una cosa es la lealtad debida a aliados de buena fe, y otra entregarse ciegamente a intereses comerciales ajenos, se está diciendo en la sala. El uso de la palabra lo tiene el diputado valenciano Lorenzo Villanueva —Miguel Sánchez Guinea le apunta a Lolita los nombres que ella desconoce—: clérigo de ideas reformistas moderadas, corto de vista y amable de maneras. El eclesiástico dice compartir la preocupación, ya expresada por su compañero el señor Argüelles, ante las libertades del contrabando, que, a cambio de ayudar a España en la guerra contra Napoleón, y bajo pretexto de colaborar en la pacificación de las provincias rebeldes de América, practica Inglaterra desde hace tiempo en los puertos de ese continente. Teme Villanueva que los pactos comerciales exigidos por Londres perjudiquen de modo irreparable los intereses españoles de ultramar. Etcétera.

Lolita, que escucha atenta, confirma que hay numerosos eclesiásticos en la asamblea; y que muchos de ellos, pese a su estado religioso, son partidarios de la soberanía nacional frente al absolutismo real. De cualquier modo, toda Cádiz sabe que, fuera de un reducido número de uno y otro signo —reformistas radicales a un lado y monárquicos intransigentes al otro—, la posición del grueso de los diputados es flexible: según los asuntos a debatir, entre ellos surgen posturas diversas y mezcladas, a veces, en notables paradojas ideológicas. En líneas generales, la mayor parte se muestra a favor de las reformas, pese a su filiación original católica y monárquica. Por otro lado, en el ambiente liberal que es propio de Cádiz, los partidarios de la nación soberana gozan de más simpatías que los defensores del poder absoluto del rey. Eso permite a los primeros —más brillantes, además, en cuestión de oratoria— imponer con facilidad sus puntos de vista, y pone a sus adversarios bajo fuerte presión de la opinión pública, en una ciudad radicalizada por la guerra, cuyas clases populares pueden convertirse, fuera de control, en elementos peligrosos.

Tal es la razón, también, de que ciertos asuntos delicados se debatan en sesiones secretas, sin público. Lolita está al corriente de que el problema de los ingleses y América es de los que se tratan a puerta cerrada. Eso suscita hablillas e inquietudes a las que hoy se pretende, muy políticamente, poner coto con una sesión abierta. Sin embargo, todo resulta más polémico de lo previsto. Acaba de tomar la palabra el conde de Toreno para mostrar un cartel expuesto en algunos muros de la ciudad, cuyo título es *Ruina de las Américas ocasionada por el comercio libre con los extranjeros*. En él se critican las facilidades dadas a los negociantes y barcos ingleses y se ataca a los diputados americanos presentes en las Cortes, que piden apertura de todos los puertos y libre comercio. Pero las ciudades españolas que serían las principales perjudicadas deben hacerse oír, dice. Sus intereses son otros.

—Tienen derecho —termina el joven, mostrando en alto el cartel—. Porque nuestro comercio pagará, como lo paga ya, el precio insoportable de las claudicaciones en América.

Sus palabras arrancan aplausos en la galería y entre algunos invitados. También Lolita siente deseos de aplaudir, aunque se contiene, felicitándose por su prudencia cuando el presidente, agitando la campanilla, llama al orden y amenaza con desalojar las galerías.

—Mira la cara de sir Henry —susurra Miguel Sánchez Guinea.

Lolita observa al embajador inglés. Wellesley está inmóvil en su asiento, hundidas las patillas en el cuello de la casaca de terciopelo verde, inclinada la cabeza hacia el intérprete que le traduce en voz baja las expresiones que no comprende bien. Tiene avinagrado el rostro, como suele; aunque esta vez con razón, supone ella. No es plato de gusto verse cuestionar por los aliados, a cuya rama conservadora, opuesta a las reformas políticas y a la idea de la regeneración patriótica, dedica bajo cuerda todo su esfuerzo y el oro de su gobierno. El boicot de Londres a cualquier iniciativa de las Cortes que refuerce la soberanía nacional en España, su influencia exterior o el control de la insurrección americana, roza con frecuencia el descaro.

—No los ha podido comprar a todos.

Intervienen ahora algunos diputados americanos, y entre ellos Jorge Fernández Cuchillero. Lolita, que nunca había visto a su amigo intervenir en público, sigue con interés la exposición. Defiende éste con elocuencia la urgencia de variar el sistema comercial de las Américas ante una triple necesidad: contentar a los aliados británicos, satisfacer a quienes reclaman reformas urgentes en ultramar, y reforzar con argumentos a los que, leales a España, se oponen allí a la insurgencia independentista. Por eso es necesario, añade, revocar algunas leyes de Indias incompatibles con las libertades que los tiempos reclaman.

—Si estas Cortes —añade el rioplatense— proclaman el principio de igualdad entre españoles europeos y americanos, algo resulta evidente: a los europeos se les permite el libre comercio con Inglaterra, y por la misma razón debe permitírsenos a los americanos... No se trata, señorías, sino de respaldar con leyes lo que allí es práctica diaria y clandestina.

Toma la palabra para apoyar a su compañero otro diputado americano, el representante del virreinato de

Nueva Granada José Mexía Lequerica —bien parecido, ilustrado y perspicaz, etiqueta de masón—, quien traza un sombrío panorama de cómo la intransigencia de la metrópoli frente a los intereses criollos alienta el estado de guerra que se vive en su tierra, como en el Río de la Plata, Venezuela y México, donde la captura del cura rebelde Hidalgo —de un día para otro se espera en Cádiz la noticia de su ejecución— no garantiza, a su juicio, el fin de los disturbios. Ni mucho menos.

—El remedio para impedir o aplazar que se deshaga el lazo —concluye— está en aflojar la cuerda, y no en tirar de ella hasta que se rompa.

—Y nosotros, a pudrirnos —murmura irritado Miguel Sánchez Guinea.

Se abanica Lolita Palma, interesadísima, sin perder una palabra del debate. Encuentra natural que Fernández Cuchillero, Mexía Lequerica y los otros americanos barran para casa. Y también que los diputados reaccionarios o tibios en materia de soberanía nacional apoyen sin condiciones a los ingleses, a quienes consideran garantía de la autoridad real y la religión frente a desvaríos revolucionarios. Pero sabe también que, desde el punto de vista gaditano, Miguel Sánchez Guinea tiene razón: la igualdad comercial traerá la ruina a los puertos españoles de la Península. Reflexiona sobre eso mientras escucha a otro diputado, el aragonés Mañas, que interviene para preguntar si tales propuestas incluyen acceso libre de los ingleses al comercio americano y filipino, recordando de paso la competencia que las sedas chinas pueden hacer a las valencianas, pese a ser éstas de mejor calidad. Pide la palabra Fernández Cuchillero, e insiste con mucho desparpajo en que ingleses y norteamericanos ya están allí, negociando clandestinamente, desde hace mucho.

—Sólo se trata —resume— de convertir el contrabando existente en actividad legal. De normalizar lo inevitable.

Apoyan al rioplatense, en sucesivas intervenciones, más diputados americanos y el conservador catalán Capmany, a quien se considera portavoz oficioso en las Cortes del embajador inglés. Interviene otro diputado para sugerir que podría autorizarse a Inglaterra a comerciar en América sólo durante un período de tiempo limitado, y responde Mañas, mirando con intención hacia la tribuna de los diplomáticos, que las palabras *tiempo limitado* son desconocidas por los ingleses. Ahí está Gibraltar, sin ir más lejos. O el recuerdo de Menorca.

—Nuestro comercio —afirma, rotundo—, nuestra industria, nuestra marina, nunca se repondrán si se permite a los extranjeros conducir géneros en buques propios a nuestros dominios de América y Asia... Cada cesión en ese aspecto es un clavo en el ataúd de los puertos españoles... Recuerden lo que digo, señorías: ciudades como Cádiz quedarán borradas del mapa.

Entre aplausos —esta vez Lolita Palma no puede evitar sumarse a ellos— añade Mañas que hay cartas de Montevideo probando que Inglaterra presta apoyo a los insurgentes de Buenos Aires —al oír eso, el embajador Wellesley se remueve incómodo en su asiento—, que en Veracruz exigen los ingleses un embarque de cinco millones de pesos fuertes en plata mejicana, y que, con guerra contra Napoleón o sin ella, el gobierno británico nunca dejará de alentar el desmembramiento de las provincias ultramarinas, cuyos mercados está resuelto a controlar. Al fin, entre murmullos de «sí, sí» y «no, no», concluye el aragonés su intervención calificando el asunto de chantaje intolerable, palabra que despierta un clamor en los bancos de los diputados y entre el público, y que roza el escándalo cuando el embajador inglés, con ademán arrogante, se levanta muy seco y se va. A todo pone término a campanillazos el señor presidente, que suspende la sesión para un descanso, advirtiendo que se reanudará a puerta cerrada. Salen público y diputados con vivo rumor de conversaciones, y los guardias cierran las puertas.

En la calle, entre los corros que comentan acaloradamente las incidencias del debate, Lolita y los Sánchez Guinea se acercan a Fernández Cuchillero, que está en compañía del quiteño Mexía Lequerica y otros diputados americanos. Discuten todos a favor y en contra de lo expuesto.

—Su nuevo sistema sería nuestra ruina, señor —le espeta al rioplatense un hosco Miguel Sánchez Guinea—. Si nuestros compatriotas americanos acuden directamente a los puertos extranjeros, los comerciantes españoles no podremos competir con sus precios. ¿No se da cuenta?... Eso nos obligaría a un rodeo ruinoso, con más riesgos y gastos... Lo que usted y sus compañeros proponen es el golpe de gracia para nuestro comercio, el final de la poca marina que nos queda, la ruina definitiva de una España en guerra, sin industria y sin agricultura.

Niega enérgico Fernández Cuchillero. A Lolita Palma le cuesta hoy reconocer al joven amable, casi tímido, de las tertulias en casa. El asunto le confiere un digno aplomo. Una gravedad desusada. Firme.

—No soy yo quien lo propone —responde—. Hablan ustedes con alguien que, pese a su lugar de nacimiento, es leal a la corona de España. No apruebo la rebeldía de la Junta de Buenos Aires, como saben... Pero son los tiempos y la Historia quienes lo determinan así. La América española tiene necesidades, pero se ve impotente para satisfacerlas. Los criollos exigen su legítimo y libre beneficio, y los pobres salir de la miseria. Pero nos tienen maniatados por un sistema peninsular que ya nada resuelve.

La calle de Santa Inés está llena de gente que discute las incidencias de la sesión y va de un corro a otro, entrando y saliendo de una fonda que está en las inmediaciones, donde algunos diputados aprovechan para tomar un refrigerio. El grupo que rodea a los americanos sigue al pie de la escalinata del oratorio. Es el más numeroso, y lo integran en su mayor parte comerciantes locales. Sus rostros traslucen inquietud, y en algún caso abierta hostilidad. La propia Lolita siente pocas simpatías hacia cuanto ha oído esta mañana sobre el comercio y los ingleses, por la mucha parte que le toca. También el futuro de la casa Palma e Hijos se juega aquí.

—Ustedes sólo quieren dejar de pagar impuestos —apunta alguien—. Quedarse con el negocio.

Con mucha serenidad, una mano en el bolsillo de la levita, Fernández Cuchillero se vuelve hacia el que ha hablado.

—En cualquier caso, eso sería legítimo —responde—. Así ocurrió en las trece colonias inglesas de Norteamérica. Cada cual pretende mejorar su situación según sus intereses, y la intransigencia es mala consejera... Pero no se engañen. El futuro llega solo. Es significativo que algunas juntas leales americanas, que antes se proclamaban españolas y protestaban por su escasa representación en estas Cortes, se definan ahora a sí mismas como colonias. De ahí a que también reclamen la independencia hay un paso muy corto. Pero ustedes no parecen darse cuenta de ello... Lo de mi tierra es un buen ejemplo. Aquí sólo oigo hablar de *reconquistar* Buenos Aires, no de atender las razones de la sublevación.

—Pues hay quienes permanecen leales, señor. Como la isla de Cuba, el virreinato del Perú y tantos otros.

Ahora es José Mexía Lequerica quien interviene. Lolita Palma lo conoce porque ambos comparten la afición por la botánica. Coincidieron alguna vez en casa del magistral Cabrera, en el jardín del Colegio de Cirugía o en las librerías de San Agustín. Con fama de filósofo a la francesa, partidario de la igualdad entre americanos y peninsulares, el diputado —esto lo sabe toda la ciudad— vive en la calle Ahumada con Gertrudis Salanova, una guapa gaditana que no es su mujer. Lolita los ha visto pasear, del brazo y sin complejos, por la plaza de San Antonio y la Alameda. A causa de la relevancia política del protagonista, el asunto es una de las comidillas picantes de las tertulias locales.

—No se engañen —objeta Mexía, con su suave acento quiteño—. A muchos en América los retiene todavía el miedo a la revolución de indios y esclavos negros. Ven a la monarquía legítima española como garantía de orden... Pero si se sienten fuertes para resolverlo solos, también allí cambiarán las cosas.

—Lo que hace falta es mano dura —tercia alguien—. Obligar a los rebeldes a acatar la autoridad legítima... ¡Aprovechar la invasión francesa y el secuestro del rey para procurarse la independencia, es una deslealtad y una infamia!

—No, y disculpe —dice el americano—. Es una oportunidad. El mismo caos que vive España facilita las cosas... ¡Ni siquiera aquí hay acuerdo en la forma de conducir la guerra, con nuestros generales, la Regencia y las juntas pisándose unos a otros los fajines!

Silencio general. Embarazoso. Lolita los ve mirarse unos a otros. El propio Mexía parece consciente de haber ido demasiado lejos: mueve una mano en el aire, como para borrar sus últimas palabras.

—Y eso lo dicen ustedes, que son diputados de las Cortes —apunta con amargura Miguel Sánchez Guinea.

El americano se vuelve hacia éste, a quien su padre da golpecitos en un brazo para que no vaya más allá.

—Por eso precisamente, señor —replica, un punto altivo—. Porque la Historia nos juzgará algún día.

Alza la voz uno del corrillo. Lolita lo conoce. Se llama Ignacio Vizcaíno: un asentista de cueros arruinado por la sublevación en el Plata.

—¡Todo es una conspiración con los ingleses para echarnos de América!

Sonríe desdeñoso Mexía, volviendo la espalda como si aquello no mereciese respuesta. Es Jorge Fernández Cuchillero quien se dirige al exaltado.

—Ni siquiera eso —corrige, tranquilo—. En realidad pocos allí pretendían ir tan lejos. Es sólo una ausencia de sistema... El desastre de una administración anticuada, incapaz y acabada de dislocar por la guerra, que amenaza con romper los lazos de fraternidad que deben unirnos a los españoles de ambos mundos.

Perfora el otro al criollo con la mirada.

—¿Se atreve a llamarse español, todavía?

—¡Naturalmente!... Por eso sigo en Cádiz con mis compañeros, representando a mi doble patria. Por eso trabajo en una Constitución buena para ambas orillas, que haga hombres libres aquí y allá. Que ponga coto a los privilegios de una aristocracia ociosa, una administración inútil y un clero excesivo y a menudo ignorante. Por eso discuto de buen grado con ustedes... Intentando hacerles comprender que si el lazo se rompe, será para siempre.

Abren las puertas en San Felipe Neri para continuar la sesión, esta vez sin público en las tribunas. Alza un dedo Miguel Sánchez Guinea, resuelto a añadir algo antes de que se vayan los diputados americanos; pero un estampido seco, próximo, hace vibrar el suelo y los edificios, interrumpiendo las conversaciones. Como todos, Lolita Palma se vuelve en dirección a la torre Tavira. Algo más allá, sobre los edificios, se alza una polvareda ocre.

—Ésa ha caído cerca —dice el asentista de cueros.

Se disuelven los corros y la gente evita el centro de la calle, apresurada, buscando la protección de las casas cercanas. Alguien comenta que la bomba ha estallado en la calle del Vestuario y tirado abajo una casa. Avivando el paso, Lolita se aleja en dirección contraria, llevada del brazo por don Emilio Sánchez Guinea y escoltada por Miguel. Al mirar atrás ve cómo los diputados, dignos y sin perder las maneras, se dirigen con deliberada lentitud a la escalinata del oratorio.

—Creo que debería bajar un momento, señor comisario.

Rogelio Tizón deja sobre la mesa los papeles que está leyendo y mira a su ayudante: seis pies de carne respetuosa parada en el umbral.

—¿Qué pasa?

—El número ocho. Puede interesarle lo que dice.

El comisario de Barrios, Vagos y Transeúntes se levanta y sale al pasillo, donde Cadalso se aparta solícito para dejarlo ir delante. Se encaminan así, haciendo crujir el maltratado suelo de madera, a la escalera del fondo, abierta junto a una claraboya polvorienta que da a la calle del Mirador. La escalera es de caracol, y su espiral sombría se hunde en el piso, hasta el sótano donde están los calabozos. Al llegar abajo, incómodo, Tizón se abotona la levita. El aire es húmedo y fresco. La luz que entra por dos troneras estrechas y enrejadas, situadas en alto, no basta para aliviar la sensación de espacio cerrado. Desagradable.

—¿Qué ha dicho?

—Admite los viajes, señor comisario. Pero hay algún detalle más.

—¿Importante?

—A lo mejor.

Mueve la cabeza Tizón, escéptico. Cadalso, con sus maneras de perrazo estólido y poco imaginativo, es de sota, caballo y rey. Eso aporta garantías a la hora de cumplir instrucciones a rajatabla, pero también impone limitaciones. El ayudante no resulta un prodigio estableciendo lo que es importante y lo que no. Pero nunca se sabe.

—¿Sigue en conversación?

—Desde hace casi dos horas.

422

—Coño... Tiene aguante, el tío.

—Ya empieza a ablandarse.

—Espero que esta vez no se os vaya la mano, como con el de la calle Juan de Andas... Si se repite aquello, tú y tus compinches acabáis picando piedra en el penal de Ceuta. Lo juro.

—No se preocupe, señor comisario —Cadalso agacha la cabeza, huraño, como un mastín fiel y apaleado—. Con la mesa es algo lento, pero no hay problema.

—Más te vale.

Recorren un pasillo con celdas cuyas puertas de madera —menos la marcada con el número 8— están cerradas y aseguradas con candados grandes, y luego cruzan una sala amplia, desnuda, donde un guardián sentado en un taburete se pone de pie, sobresaltado, cuando ve aparecer al comisario. Más allá, el ruido de los pasos resuena en otro pasillo más estrecho, de paredes sucias y llenas de desconchones y arañazos. Al extremo hay una puerta que Cadalso abre con diligencia servil, y al franquearla se encuentra Rogelio Tizón en una habitación sin ventanas, amueblada con una mesa y dos sillas e iluminada por un velón de sebo puesto en un farol que cuelga del techo. En un rincón hay un balde lleno de agua sucia y una bayeta.

—Deja la puerta abierta, que se ventile esto.

Sobre la mesa hay un hombre en calzones, tumbado boca arriba en el tablero, de forma que los riñones coinciden con el borde de éste. El torso desnudo pende en el vacío, arqueado hacia atrás, la cabeza colgando a dos palmos del suelo. El prisionero tiene las manos sujetas con grilletes a la espalda, y dos esbirros corpulentos se ocupan de él. Uno, sentado en la mesa, lo aguanta por los muslos y las piernas. El otro está en pie, supervisando la operación. Tendrían que ver esto los señores diputados de las Cortes, se dice Tizón tras una retorcida sonrisa interior. Con su hábeas corpus y demás. Lo bueno de la mesa es que no deja señales. En esa postura, el sujeto se asfixia solo. Es cuestión de tiempo, con los pulmones forzados, los riñones hechos polvo y la sangre agolpándose en la cabeza. Al terminar lo pones en pie, y parece limpio como una patena. Ni una cochina marca.

—¿Qué tenemos de nuevo?

—Admite su relación con los franceses —dice Cadalso—. Viajes a El Puerto de Santa María, a Rota y Sanlúcar. Una vez fue hasta Jerez, a entrevistarse con un oficial de rango.

—¿Para qué?

—Informar de la situación aquí. También algún paquete, y mensajes.

—¿De quién?... ¿Para quién?

Una pausa. Los esbirros y el ayudante de Tizón intercambian miradas inquietas.

—Aún no lo hemos establecido, señor comisario —aclara Cadalso, cauto—. Pero en eso estamos.

Tizón estudia al prisionero. Sus rasgos negroides se ven crispados por el dolor, y los párpados entornados muestran sólo el blanco de los ojos. Al Mulato lo atraparon ayer por la noche, en Puerto Piojo, cuando estaba a punto de dar vela para la otra orilla. Y por el fardo de equipaje, sin intención de volver.

—¿Tiene cómplices en Cádiz?

—Seguro —asiente Cadalso, convencido—. Pero todavía no le hemos sacado nombres.

—Vaya. Un tipo crudo, por lo que veo.

Se acerca más Tizón al prisionero, poniéndose en cuclillas hasta quedar cerca de su cabeza. Allí observa de cerca el pelo ensortijado, la nariz chata, la barba rala que despunta en el mentón. La piel se ve sucia y grasienta. El Mulato tiene la boca muy abierta, como un pez que boquease fuera del agua, y por ella suena, ronca, la respiración entrecortada y difícil, el estertor de la asfixia causada por la postura. Hay una mancha húmeda en el suelo, y de ella sube hasta Tizón un olor agrio, a vómito reciente. Cadalso, deduce, ha tenido el detalle de fregar aquello antes de subir a buscarlo.

—¿Y qué decías que me puede interesar? —le pregunta al ayudante.

Se aproxima el otro después de dirigir nueva mirada a los dos esbirros. El de la mesa sigue sujetando las piernas del prisionero.

—Hay un par de cosas que ha dicho... Que le hemos sacado, vamos. Sobre palomas.

—¿Palomas?

—Eso parece.

—¿De las que vuelan?

—No conozco otras, señor comisario.

—¿Y qué pasa con ellas?

—Palomas y bombas. Creo que habla de mensajeras.

Se incorpora Tizón, lentamente. Una sensación incierta le estremece el pensamiento. Una idea inconcreta. Fugaz.

—¿Y?

—Pues que en un momento dado ha dicho: «Pregúntenle al que sabe dónde caen las bombas».

—¿Y quién es ése?

—En ello estamos.

La idea se parece ahora a un pasillo largo y oscuro detrás de una puerta medio abierta. Tizón da dos pasos atrás, apartándose de la mesa. Lo hace con extrema cautela, pues le parece que un movimiento brusco, inadecuado, podría cerrar ese resquicio.

—Ponedlo en una silla —ordena.

Con ayuda de Cadalso, los esbirros levantan en vilo al prisionero, arrancándole un grito de dolor al moverlo. Tizón observa que cierra y abre mucho los ojos, aturdido, cual si despertara de un trance, mientras lo llevan arrastrando los pies por el suelo. Cuando lo sientan, las manos engrilletadas a la espalda y un hombre a cada lado, Tizón acerca la otra silla, le da la vuelta y se instala en ella, los brazos cruzados y apoyados en el respaldo.

—Te lo voy a poner fácil, Mulato. A los que trabajan para el enemigo les dan garrote... Y lo tuyo está claro.

Se calla un momento para dar tiempo a que el prisionero se habitúe a la nueva postura y le baje la sangre. También para que asimile lo que acaba de oír.

—Puedes colaborar —añade al fin— y a lo mejor salvas el pescuezo.

Tose el otro fuerte, desgarrado. Ahogándose, todavía. Sus gotas de saliva llegan hasta las rodillas de Tizón, que no se inmuta.

—¿A lo mejor?

El timbre de voz es grave, propio de su raza. Y resulta curiosa la piel, se dice Tizón. Un negro de piel blanca. Parece que le hubieran quitado el color con jabón y estropajo.

—Eso he dicho.

Un relámpago desdeñoso en la mirada del otro. Este toro, deduce el comisario, no lleva suficiente castigo. Pero mejor eso que dejarlo en el sitio. No quiere tener al intendente y al gobernador encima. Con un fardo echado al agua basta, por ahora.

—Cuénteselo a su madre —suelta el Mulato.

Tizón le pega una bofetada. Fuerte, seca y eficaz, la mano abierta y los dedos juntos. Espera tres segundos y pega otra. Restallan como latigazos.

—Esa boca.

Un hilillo de mocos cuelga de uno de los anchos orificios de la nariz del Mulato. Que aún tiene el cuajo de torcer un poco los labios. Mueca altanera, insolente, buscando la sonrisa y fallándola por muy poco.

—Yo estoy sacramentado, comisario. No se canse, ni me canse.

—De eso se trata —admite Tizón—. De cansarnos todos lo menos posible... El trato es que me cuentes cosas, y te dejamos tranquilo hasta que el juez te mande acogotar.

—Un juez, nada menos. Cuánto lujo.

Otra bofetada, seca como un disparo. Cadalso da un paso adelante, dispuesto a intervenir también, pero Tizón lo detiene con un ademán. Puede arreglárselas muy bien solo. Está en su salsa.

—Te lo vamos a sacar todo, Mulato. No hay prisa, como ves. Pero puedo ofrecerte algo. En lo que a mí se refiere, estoy dispuesto a abreviar el trámite... Bombas y palomas... ¿Me sigues?

Calla el otro, mirándolo indeciso. Agotadas las chulerías. Tizón, que conoce su oficio, sabe que no son las bofetadas la causa del cambio. Ésas son sólo un adorno, como el de los toreros tramposos. La faena va por otro sitio. En estos lances, mostrar algunas cartas suele ser mano de santo, según con quiénes. Y no hay carta más evidente, para alguien medianamente listo, que mirarle a él la cara.

—¿Quién es ese que, según tú, sabe dónde caen las bombas?... ¿Y por qué lo sabe?

Otra pausa. Ésta resulta muy larga, pero Tizón es un profesional paciente. El otro mira la mesa pensativo y luego al comisario. Resulta obvio que sopesa el poco futuro que le queda. Calculándolo.

—Porque se encarga —dice al fin— de comprobar los sitios donde caen, informando de eso... Él es quien lleva la cuenta.

Tizón no quiere estropear nada de lo posible ni de lo probable. Tampoco hacerse ilusiones excesivas. No en este asunto. Su tono es tan cauto como si estuviese alineando palabras de cristal fino.

—¿También sabe dónde van a caer? ¿O lo imagina?

—No lo sé. Puede.

Demasiado bueno para ser verdad, piensa el comisario. Un tiro a ciegas, con pistola ajena. Humo, seguramente. Sin duda el profesor Barrull soltaría una carcajada antes de irse de allí a grandes zancadas, muerto de risa. Conjeturas de ajedrez, comisario. Como de costumbre, construyendo en el aire. Demasiado cogido con alfileres, todo esto.

—Dime su nombre, camarada.

Lo ha sugerido con suavidad casual, como si realmente un nombre fuese lo de menos. Los ojos oscuros del prisionero están fijos en los suyos. Al cabo se apartan, indecisos de nuevo.

—Mira, Mulato... Has dicho que utiliza palomas mensajeras. Me basta con averiguar quiénes tienen palomares, y eso lo resuelvo en dos días. Pero si tengo que apañarme sin tu ayuda, no te deberé nada... ¿Comprendes?

Traga el otro saliva, dos veces. O lo intenta. Quizá porque se trata de una saliva inexistente. Tizón ordena que le traigan agua y uno de los esbirros va a buscarla.

—¿Y qué diferencia hay? —pregunta el Mulato, al fin.

—Muy poca. Sólo que yo te deba un favor, o que no te lo deba.

El otro lo piensa, tomándose de nuevo su tiempo. Aparta un momento los ojos del comisario para mirar al esbirro que regresa con una jarra de agua. Después ladea la cara, tuerce la boca como antes, y esta vez Tizón ve aflorar la sonrisa que antes no llegó a cuajar del todo. Parece que el Mulato estuviera apreciando, en sus adentros, una broma desesperada y secreta, especialmente divertida.

—Se llama Fumagal... Vive en la calle de las Escuelas.

Una libra de jabón blanco, dos de verde, otras dos de jabón mineral y seis onzas de aceite de romero. Mientras Frasquito Sanlúcar envuelve el pedido en papel de estraza y dispone el aceite aromático en una botellita, Gregorio Fumagal aspira con agrado los olores de la tienda. Huele intenso a jabones, esencias y pomadas, y entre las cajas de productos vulgares alternan los colores agradables de los artículos finos, protegidos en tarros de cristal. En la pared, el barómetro largo y estrecho señala tiempo variable.

—Este verde no llevará sal de cobre, ¿verdad?

La cara pecosa del jabonero se arruga en una mueca ofendida, bajo el pelo ralo de color zanahoria.

—Ni gota, don Gregorio. No se preocupe. Trata usted con una casa seria... Está hecho con extracto de acacia, que le da este color tan bonito. Es un artículo de mucha salida, y a las señoras les encanta.

—Imagino que, con tanta gente en Cádiz, el negocio seguirá de perlas.

Responde el otro que él no se queja. La verdad es que, mientras sigan ahí afuera los gabachos, añade, no parece que vaya a faltar clientela. Es como si la gente cuidara más su aspecto. Hasta las pomadas para caballeros se las quitan de las manos: clavel, violeta, heliotropo. Huela ésta, hágame el favor. Finísima, ¿verdad? Por no hablar de los jabones de señora y las aguas de tocador. Insuperables.

—Ya veo. No le falta de nada.

—¿Cómo va a faltar?... Con los ingleses aliados nuestros, llegan géneros de todas partes. Mire esta raíz de ancusa para teñir jabón: antes la traían de Montpellier, y ahora de Turquía. Y más barata.

—¿Sigue viniendo mucho mujerío?

—Uf. No se hace idea. De todas clases. Lo mismo vecinas de barrio que señoras de mucho rimpimpín. Y emigradas con posibles, a montones.

—Parece mentira, en estos tiempos.

—Pues lo he pensado mucho, y a lo mejor es por eso. Se diría que la gente tiene más ganas de vivir, de relacionarse y tener buen aspecto... Yo, como digo, no me quejo.

También es verdad que vigilo el negocio. Los productos de tocador no sólo deben gustar al olfato y ser agradables al tacto, sino tener buena vista. Eso lo cuido.

Frasquito Sanlúcar termina el paquete, lo pasa a Fumagal por encima del mostrador y se sacude las manos en el guardapolvo gris. Son diecinueve reales, dice. Mientras el taxidermista abre el bolsillo y saca dos duros de plata, el jabonero lleva con los nudillos, sobre la madera del mostrador, el compás de una alegría. Tirititrán, tran, tran, hace. El golpeteo se interrumpe al escucharse un estampido lejano, apagado. Apenas audible. Los dos miran hacia la puerta, frente a la que pasan transeúntes que no se inmutan. Ésa cayó al otro lado de la ciudad, deduce Fumagal mientras el jabonero le devuelve el cambio y reanuda el compás, tirititrán, tran, tran, con los nudillos en el mostrador. No es raro que aquí vivan despreocupados de la artillería francesa. El barrio del Mentidero permanece fuera del alcance de lo que viene desde la Cabezuela. Y según los cálculos del taxidermista, seguirá así durante un tiempo. Demasiado, lamentablemente.

—Tenga cuidado, don Gregorio. Aunque los gabachos tiran al buen tuntún, nunca se sabe... ¿Qué tal su barrio?

—Alguna cae. Pero, como dice, al tuntún.

Tirititrán, tran, tran. Sale Fumagal a la calle con su paquete bajo el brazo. Es temprano, y el sol todavía deja el lugar en sombra. El relente escarcha el empedrado del suelo, las barandillas, las rejas y las macetas. A pesar del estampido que acaba de oírse, la guerra parece tan lejana como de costumbre. Pasa hacia el Carmen y la Alameda un aceitunero con el borriquillo cargado de tinajuelas, voceando que las lleva verdes, negras y gordales. Se le cruza un aguador con su tonelete a la espalda. En el balcón de un primer piso, una sirvienta joven, desnudos los brazos, sacude una estera de esparto, observada desde la esquina por un hombre alto que fuma apoyado en la pared.

Avanza el taxidermista por la calle del Óleo en dirección al centro de la ciudad, ocupado en sus pensamientos. Que en los últimos días no son tranquilizadores. Cuando pasa junto a una carbonería, se aparta de la acera para esquivar a la gente que hace cola para comprar picón: el invierno está en puertas, la humedad es cada vez mayor, y bajo los faldones de las mesas camilla empiezan a encenderse los braseros. Al desviarse a un lado, Fumagal echa una mirada a su espalda y comprueba que el hombre que fumaba en la esquina camina detrás de él. Puede tratarse de una coincidencia, y lo más probable es que lo sea; pero la sensación de peligro se acentúa, desazonadora. Desde que la guerra llegó a la ciudad y él inició sus relaciones con el campo francés, la incertidumbre ha sido una constante natural, tolerable; pero en los últimos tiempos, sobre todo tras la última conversación con el Mulato en la plaza San Juan de Dios, el desasosiego es continuo. Gregorio Fumagal ya no recibe instrucciones ni noticias. Ahora trabaja a ciegas, sin saber si los mensajes que envía son útiles; sin orientación ni otro vínculo que las palomas que suelta en dirección al Trocadero, y cuya provisión disminuye en el palomar sin que él sepa cómo reponerla. Cuando eche a volar la última mensajera, el lazo inseguro que todavía lo une con el otro lado quedará roto. Su soledad, entonces, será absoluta.

En la plazuela que hay al final de la calle del Jardinillo, Fumagal se detiene con aire casual ante los cajones de una mercería y dirige otro vistazo atrás. El hombre alto pasa por su lado y sigue de largo mientras el taxidermista lo estudia de reojo: cierto desaliño, levita parda de mal corte y sombrero redondo, abollado. Podría ser un policía, pero también uno de los centenares de emigrados sin ocupación que pasean emboscados y a salvo, con un pasavante en el bolsillo que los libra de ser alistados para la guerra.

Lo peor es la imaginación, concluye caminando de nuevo, y el miedo que extiende por el organismo como un tumor maligno. Es momento de contrastar física y experiencia: la física dice a Fumagal que no sabe si realmente lo siguen, mientras que la experiencia afirma que se dan las circunstancias adecuadas para que eso ocurra. Interrogada la razón, todo resulta más que probable. Pero la conclusión no es dramática; hay una sombra de alivio en la eventualidad. Caer no es tan grave, después de todo. El taxidermista está convencido de que el destino de cada hombre depende de causas imperceptibles en el marco de reglas generales. Todo tiene que acabar alguna vez, incluso la vida. Como los animales, las plantas y los minerales, un día devolverá al almacén universal los elementos que le prestó. Ocurre a diario, y él mismo contribuye a ello. A ejecutar el efecto de la regla.

En el Palillero, entre los puestos de estampas y periódicos de Monge y de Vindel, vecinos y desocupados se agolpan ante dos carteles recién puestos en una pared y discuten su contenido. En uno se notifica que las Cortes han aprobado, a propuesta de la Regencia, que la ciudad contribuya con doce millones de pesos al mantenimiento de las fuerzas navales y las fortificaciones. Nos están sangrando, protesta alguien a voces. Con rey o sin él, seguimos igual. El otro cartel informa de que el Ayuntamiento de La Habana, desautorizando a las Cortes, ha anulado el decreto sobre emancipación de esclavos negros, por ser contrario a los intereses de la isla y porque podría causar allí el mismo efecto que otro semejante, francés, tuvo en Santo Domingo: sumirla en la rebelión y la anarquía.

Estúpidos, concluye Fumagal pasando entre la gente sin mirarla apenas, con rapidez y extremo desprecio. Ya tienen nueva materia para ocupar durante un par de días el ocio en palabras. Una costumbre ancestral los hace afectos a sus cadenas: reyes, dioses, parlamentos, decretos y carteles que nada cambian. El taxidermista está convencido de que la Humanidad va de amo en amo, compuesta de infelices que creen ser libres actuando contra sus inclinaciones; incapaces de asumir que la única libertad es individual y consiste en dejarse llevar por las fuerzas que a uno lo dominan. Lo que el hombre haga será siempre consecuencia de la fatalidad; del orden amoral de la Naturaleza y de la conexión de causas y efectos. Eso torna ambigua la palabra *maldad*. Contradictoria, la sociedad castiga las inclinaciones que la caracterizan; pero ese castigo es sólo un frágil dique contra los ímpetus oscuros del corazón. El ser humano, estúpido hasta la demencia, prefiere las ilusiones falsas a la realidad que desmiente por sí misma la idea del Ser bondadoso, supremo, inteligente y justiciero. Sería una aberración que un padre armara la mano de un hijo irascible y lo condenase luego por haber matado con ella.

—¿Dónde ha caído la última bomba? —pregunta Fumagal a un herrero que prepara cebos de pesca sentado a la puerta de su fragua.

434

—Ahí mismo, enfrente de la Candelaria... Y con poco daño.

—¿No hay víctimas?

—Ninguna, gracias a Dios.

Vecinos y soldados trabajan en el desescombro de la plazuela. La bomba, comprueba Fumagal cuando llega allí, cayó limpiamente frente a la iglesia, sin tocar en las casas contiguas; y aunque estalló, la amplitud del lugar, con los edificios distanciados unos de otros, limitó los efectos a ventanas rotas, desconchones de yeso en fachadas y algunas tejas y ladrillos caídos por tierra. Con ojo perito, hecho a ello, el taxidermista calcula la trayectoria del proyectil y el lugar de impacto. El viento, observa, sopla de poniente; y eso ha contribuido, sin duda, a que la bomba haya caído en esta parte de la ciudad, con menos alcance y algo más al este que las cuatro últimas. Con el pretexto de curiosear entre la gente que mira —algunos muchachos recogen del suelo trozos de plomo retorcido—, Fumagal camina despacio, concentrado, contando los pasos para calcular distancias con referencia al guardacantón de la calle del Torno: un antiguo pilar de columna árabe. Con Mulato o sin él, con palomas mensajeras o con el palomar vacío, está resuelto a seguir haciendo lo que hace, hasta el fin. Cumpliendo con el rito de su norma individual, al tiempo inevitable y deliberada.

Gregorio Fumagal ha contado diecisiete pasos cuando repara en alguien que parece observarlo entre la gente. No es el hombre al que antes perdió de vista, sino otro de mediana estatura, vestido con capa gris y sombrero de dos picos. Quizá se relevan para que no sospeche, decide. O tal vez sea otra jugarreta de esa razón suya que tanto se parece, en ocasiones, a una enfermedad incurable. El taxidermista tiene la certeza de que todos los seres humanos están enfermos, sometidos apenas nacen al contagio de la vida y a su delirio, la imaginación. Es al extraviarse o desbocarse ésta cuando llega el miedo, como llegan el fanatismo, los terrores religiosos, los frenesís —la idea lo hace sonreír, feroz— y los grandes crímenes. Hay gentes simples que desprecian éstos, ignorando que para ejecutarlos hace falta el entusiasmo y la tenacidad de las grandes virtudes. Pasando por alto que el hombre más virtuoso puede ser, por un cúmulo de causas imperceptibles debidamente alineadas, el hombre más criminal.

Con un impulso de arrogancia que no se molesta en analizar, y que en realidad es conclusión del anterior razonamiento, Fumagal camina mirando el suelo, el aire falsamente distraído, hasta tropezar a propósito con el hombre del sombrero de dos picos.

—Perdón —murmura sin apenas mirarlo.

Farfulla el otro algo ininteligible, apartándose mientras el taxidermista se aleja satisfecho. Ocurra lo que ocurra, no huirá de la ciudad. Sócrates, obediente a las leyes injustas de su patria, tampoco aceptó escapar de la cárcel cuya puerta estaba abierta. Aceptó las reglas, seguro, como lo está Gregorio Fumagal, de que la naturaleza del ser humano sólo puede actuar como actúa, igual hacia uno mismo que hacia otros. Lo exige el dogma de la fatalidad: todo es necesario.

La cerradura cede al cuarto intento, sin fractura ni ruido. Rogelio Tizón empuja con cuidado la puerta mientras se guarda en un bolsillo el juego de ganzúas utilizado en la operación, que no le ha llevado más de un par de minutos. De su larga experiencia con rateros y otros malandrines de los que, en su ambiente, se denominan *caballeros de industria*, el comisario ha ido adquiriendo, con los años, singulares habilidades. El manejo de la ganzúa —la sicrpe, en jerga rufianesca— es una de ellas, y resulta en extremo práctica. Desde que se inventaron los candados y las puertas con cerradura, no son pocos los secretos ajenos a los que puede accederse mediante el manejo experto de ganzúas, llaves falsas, sierras, limas y puntas de diamante.

El policía se mueve despacio por el pasillo, asomándose a cada habitación: alcoba, cuarto de aseo, comedor, cocina con fogón de leña y carbón, fregadero, fresquera y una ratonera armada con un trocito de queso junto a la puerta de la despensa. Todo se ve limpio y ordenado, pese a tratarse —a estas alturas, Tizón sabe cuanto puede llegar a saberse desde fuera— de la casa de un hombre que vive solo. El gabinete de trabajo se encuentra al fondo del pasillo; y cuando el policía llega a él, la luz que entra por la puerta vidriera de la terraza crea una atmósfera dorada en la que relucen suavemente los ojos de cristal, los picos y garras barnizados de los animales inmóviles en sus perchas y vitrinas, los frascos transparentes en cuyo líquido se conservan aves y reptiles.

Rogelio Tizón abre la puerta vidriera y sube a la terraza. Con una mirada abarca el paisaje, las torres vigía de la ciudad entre las chimeneas y la ropa tendida. Luego echa una ojeada al palomar, donde encuentra cinco palomas, y baja de nuevo al gabinete. Hay allí un reloj de bronce sobre una cómoda, y una estantería con una veintena de libros, casi todos de historia natural, con ilustraciones. Entre ellos descubre un ejemplar antiguo y estropeado de la *Historia naturalis de avibus* de un tal Johannes Jonstonus, un par de volúmenes de la *Encyclopédie*, y otros libros franceses prohibidos, camuflados bajo tapas de apariencia inocente: *Émile*, *La Nouvelle Hélloïse*, *Candide*, *De l'esprit*, *Lettres philosophiques* y *Système de la Nature*. Flota un olor extraño, a alcohol mezclado con substancias desconocidas. El centro de la habitación lo ocupa una mesa grande, de mármol, sobre la que hay un bulto cubierto por una sábana blanca. Cuando la aparta, el policía encuentra el cadáver de un gran gato negro destripado y a medio disecar, con las cuencas de los ojos rellenas con bolas de algodón y el interior abierto y lleno de borra de la que asoman alambres y cabos de hilo bramante. Si de algo está lejos Rogelio Tizón es de ser hombre supersticioso; pero no puede evitar cierta aprensión a la vista del animal y el color de su pelaje. Lo cubre de nuevo, incómodo, procurando dejar la sábana como estaba. Asociado con el cadáver del gato, el olor de la habitación cerrada produce ahora una sensación nauseabunda. Tizón encendería un cigarro, de no ser porque el rastro de humo de tabaco delataría la presencia de un intruso al dueño de la casa. El hijo de puta, concluye mientras mira alrededor. Cavilando. El hijo de la grandísima puta.

Hay un atril con notas junto a la mesa de mármol: apuntes sobre las piezas disecadas y las diversas fases de cada proceso. El comisario se acerca a otra mesa situada entre la puerta de la terraza y una vitrina donde conviven, inmóviles, un lince, una lechuza y un mono. Allí hay tarros de cristal y porcelana conteniendo substancias químicas e instrumental parecido al que usan los cirujanos:

sierras, escalpelos, tenazas, agujas de ensalmar. Tras mirarlo todo, Tizón se dirige a la tercera mesa del gabinete. Ésta es grande y con cajones, y se encuentra situada junto a la pared, bajo perchas donde se yerguen, en posturas muy logradas —el dueño de la casa tiene buena mano para el oficio— un faisán, un halcón y un quebrantahuesos. Sobre la mesa hay un quinqué de petróleo y varios papeles y documentos que el policía revisa, procurando dejar cada uno en la misma posición en que se hallaba. Son más anotaciones sobre historia natural, bocetos de animales y cosas así. El primer cajón de la mesa está cerrado con una llave que no se encuentra a la vista, así que Tizón saca otra vez el juego de ganzúas, elige una pequeña, la introduce en la cerradura, y tras un breve forcejeo, clic, clic, abre el cajón con absoluta limpieza. Allí encuentra, doblado en dos, un plano de Cádiz de tres palmos de largo por dos de alto, parecido a los que pueden adquirirse en cualquier tienda de la ciudad, y que muchas familias gaditanas tienen en casa para señalar los lugares donde caen bombas francesas. Éste, sin embargo, está trazado a mano con tinta negra, su detalle es menudo y preciso, y la doble escala de distancias que figura en el ángulo inferior derecho está en varas españolas y en toesas francesas. Hay también graduación de latitud y longitud en los márgenes, con relación a un meridiano que no es el antiguo de Cádiz ni el del Observatorio de Marina de la isla de León. Quizá París, concluye Tizón. Un mapa francés. Se trata de un trabajo profesional, semejante a los levantamientos militares, y sin duda tiene ese origen. Pero lo que más llama la atención es que su propietario no se limita a marcar, como hacen los vecinos de la ciudad, los puntos de caída de las bombas. Éstos figuran cuidadosamente señalados con números y letras, y todos se encuentran unidos por líneas hechas a lápiz que pasan por una referencia en forma de semicírculo graduado dibujada en la parte oriental del plano, en la dirección de la que vienen los tiros de artillería francesa disparados desde el Trocadero. Todo ello forma una trama acabada en radios y círculos, trazada con instrumentos que están en el cajón de la mesa: reglas de cálculo, patrones de distancia, compases, cartabones, una lupa grande y una brújula inglesa de buena calidad en un estuche de madera.

Permanece absorto el comisario, estudiando la insólita trama dibujada sobre la original del papel, su extraña forma cónica con el vértice hacia el este, los códigos anotados y los círculos descritos a compás alrededor de cada punto de impacto. Inmóvil, de pie ante la mesa y fijos los ojos en el plano, blasfema en voz baja, larga y repetidamente. Es como si el conjunto, a primera vista caótico, de todos esos trazos que se entrecruzan, formase un mapa superpuesto al otro mapa: el diseño de un territorio distinto, laberíntico y siniestro que nunca, hasta hoy, Tizón había sido capaz de ver, o intuir. Una ciudad paralela definida por fuerzas ocultas que escapan a la razón convencional.

Te voy teniendo, concluye fríamente. Al menos tengo al espía, añade tras breve vacilación. Ése ya no se escapa. Buscando un poco más, en una libreta con tapas de hule encuentra la correspondencia numérica y alfabética de cada uno de los puntos marcados, con el nombre de cada calle, la localización exacta en latitud y longitud, la distancia en toesas que ayuda a calcular el lugar de cada impacto con relación a edificios o puntos fáciles de situar en la ciudad. Todo es importante y revelador, pero la mirada del comisario vuelve una y otra vez a los círculos trazados en torno a los puntos de caída de las bombas. Al cabo, con súbita inspiración, coge la lupa y busca cuatro lugares: el callejón entre Santo Domingo y la Merced, la venta del Cojo, la esquina de la calle de Amoladores con la del Rosario y la calle del Viento. Todos están allí, marcados; pero no hay en ellos signo peculiar que los diferencie de otros. Sólo, los códigos que ordenan los respectivos datos en el cuaderno de hule y permiten diferenciar las bombas que han estallado de las que no. Y esas cuatro estallaron, como otro medio centenar.

Tizón lo deja todo en su sitio, cierra el cajón, asegura la cerradura con la ganzúa y se queda un rato pensativo. Luego va hacia los estantes de libros y los repasa uno por uno, mirando las páginas para comprobar si hay papeles dentro. En el titulado *Système de la nature, ou des Lois du monde physique et du monde moral* —de un tal M. Mirabaud, editado en Londres— encuentra algunos párrafos subrayados a lápiz, que traduce sin dificultad del francés. Uno de ellos le llama la atención:

No hay causa por pequeña o lejana que sea que no tenga las consecuencias más graves e inmediatas sobre nosotros. Quizá en los áridos desiertos de Libia se acumularán los efectos de una turbulencia que, traída por los vientos, volverá pesada nuestra atmósfera influyendo sobre el temperamento y las pasiones de un hombre.

Reflexionando sobre lo que acaba de leer, el policía se dispone a cerrar el libro; y entonces, mientras pasa unas cuantas páginas más al azar, da con otro fragmento próximo, también subrayado:

Está en el orden de las cosas que el fuego queme, pues su esencia es quemar. Está en el orden natural de las cosas que el malvado cause daño, pues su esencia es dañar.

Tizón saca del bolsillo su propia libreta de notas y copia los dos párrafos antes de devolver el libro a su sitio. Después echa un vistazo al reloj de la cómoda y comprueba que lleva en la casa demasiado tiempo. El dueño puede llegar de un momento a otro; aunque, en previsión de esa eventualidad, el comisario ha tomado precauciones: tiene a dos hombres que lo siguen por la ciudad, a un muchacho de buenas piernas dispuesto a venir corriendo en cuanto lo vean tomar el camino de vuelta, y a Cadalso y a otro agente apostados en la calle para avisar. Prudencia en principio innecesaria, pues ese plano y la confesión del Mulato bastan para detener al taxidermista, remitirlo a la jurisdicción militar y darle, sin apelación posible, unas vueltas de garrote en el pescuezo. Nada más fácil estos días, en una Cádiz sensibilizada con la guerra y el espionaje enemigo. Sin embargo, el comisario no tiene prisa. Hay puntos oscuros que desea aclarar antes. Teorías por comprobar y sospechas por confirmar. Que el hombre que diseca animales, subraya párrafos inquietantes en los libros e informa a los franceses de los lugares de caída de las bombas sea detenido, no le importa gran cosa, por ahora. Lo que necesita confirmar es si existe una lectura diferente, paralela, del plano que vuelve a estar encerrado en el cajón de la mesa. Una relación directa entre quien habita esta casa, cuatro puntos de impacto de bombas francesas y cuatro muchachas asesinadas, tres después y una antes de que cayeran esas bombas. El sentido que late, quizás, oculto bajo la tela de araña cónica, trazada a lápiz, que aprisiona el mapa de este a oeste. Una detención prematura podría alterar el escenario y oscurecer para siempre el misterio, dejándole entre las manos sólo la captura de un espía, con las otras sospechas lejos de ser certezas. No busca hoy eso entre los cuerpos rígidos de los animales muertos, ni en los cajones y armarios que esconden, tal vez, la clave de secretos que de un tiempo acá lo hacen vivir en compañía de ásperos fantasmas. Lo que el policía persigue es la explicación de un enigma que antes era sólo singular y que, desde la muerte anticipada en la calle del Viento —aquella bomba *después* y no *antes*—, resulta inexplicable. La idea requiere, para ser refutada o demostrada, que todos los elementos sigan activos sobre el tablero de la ciudad, desarrollando con libertad sus combinaciones naturales. Como diría su amigo Hipólito Barrull, el asunto exige determinadas comprobaciones empíricas. Negarle a un posible asesino de cuatro muchachas la oportunidad de volver a matar sería sin duda un bien público; un acto policial y patriótico eficaz, de seguridad urbana y justicia objetiva. Pero, desde otro punto de vista, supondría un atentado contra las posibilidades extremas de tantear la razón y sus límites. Por eso Tizón se propone esperar paciente, inmóvil como uno de los animales que ahora lo observan con ojos de cristal desde perchas y vitrinas. Vigilando a su presa, sin alertarla, en espera de que caigan nuevas bombas. Cádiz abunda en cebos, a fin de cuentas. Y no hay partida de ajedrez en la que no sea necesario arriesgar algunas piezas.

10

El día transcurre fresco, nuboso, con vientecillo del norte que riza a lo lejos el agua de los caños. Felipe Mojarra salió de casa temprano —calañés calado hasta las cejas, zurrón, manta sobre los hombros y cachicuerna en la faja— para recorrer el cuarto de legua de camino, bordeado de árboles, que lleva del pueblo de la Isla a la zona militar y el hospital de San Carlos. El salinero calza hoy alpargatas. Va a visitar al cuñado Cárdenas, que convalece despacio, con muchas complicaciones, del tiro que le tocó la cabeza cuando se llevaban la cañonera francesa del molino de Santa Cruz. La bala no hizo más que astillar algo de hueso, pero la inflamación y las infecciones complicaron las cosas, y el cuñado sigue delicado. Mojarra acude a verlo siempre que puede, si está libre de servicio y no tiene que ir con las guerrillas o acompañar al capitán Virués a reconocer posiciones enemigas. El salinero suele llevar algo de comida preparada por su mujer y charlar un rato con Cárdenas, echando un cigarro. Pero siempre es un mal trago. No tanto por el cuñado, que aguanta mal que bien, sino por el ambiente del hospital. Ése no es plato de gusto para nadie.

Pasando entre los cuarteles de los batallones de marina, Mojarra recorre las avenidas rectas de la población militar, deja atrás la explanada de la iglesia y entra en el edificio de la izquierda, tras identificarse ante un centinela. Sube los escalones, y apenas cruza el vestíbulo que comunica las dos grandes salas del hospital, experimenta una sensación conocida e incómoda: el estremecimiento de internarse en un espacio ingrato, de rumor bajo y continuo, monótono; gemido colectivo de centenares de hombres que yacen sobre jergones de paja y hojas de maíz puestos sobre tablas, alineados hasta lo que desde la puerta parece el infinito. Enseguida llega el olor, también familiar, y aunque esperado no por eso menos agobiante. Las ventanas abiertas no bastan para disipar la fetidez de la carne ulcerada y podrida, el hedor dulzón de la gangrena bajo los vendajes. Mojarra se quita el calañés y el pañuelo de hierbas que lleva debajo.

—¿Cómo andas, cuñado?

—Ya ves. Achicado, pero todavía coleo.

Ojos brillantes, cercos enrojecidos por la fiebre. Mal aspecto. Piel sin afeitar que enflaquece más las mejillas hundidas. La cabeza rapada con la herida visible —descubierta para facilitar el drenaje— parece poca cosa comparada con otras escenas en que abunda la sala llena de enfermos, heridos y mutilados. Hay allí soldados, marineros y paisanos víctimas de los choques recientes en la línea y de las incursiones en territorio ocupado; pero también de los combates del año pasado en El Puerto, Trocadero y Sanlúcar, y del desastre de Zayas en Huelva, el intento de Blake en el condado de Niebla y la batalla de Chiclana: llagas supurantes, brechas en la carne que meses después aún no cicatrizan, muñones de amputaciones con costurones violáceos, cráneos y miembros con heridas de bala o de sable todavía abiertas, apósitos sobre ojos ciegos o de cuencas vacías. Y siempre el quejido continuo, sordo, que llena el recinto entre cuyas paredes parece encerrarse, concentrado como una esencia miserable, todo el dolor y la tristeza del mundo.

—¿Qué dicen los cirujanos?

Emite el otro un suspiro resignado.

—Que voy a paso cangrejo... Y que tengo para rato.

—Pues yo te veo buena pinta.

—No me jodas, anda. Y dame fumeque.

Saca Mojarra dos cigarritos liados, le pasa uno al herido y se pone el segundo en la boca, encendiéndolos con el eslabón y la yesca. Bartolo Cárdenas se incorpora con esfuerzo y se sienta en el borde del jergón —sábana sucia, manta delgada y vieja—, aspirando el humo hasta bien adentro. Satisfecho. El primero en dos semanas, dice. Perro tabaco. Mojarra saca ahora del zurrón un paquete atado con cordel: cecina, atún en salazón. También una vasija de barro que contiene garbanzos guisados con bacalao, una limeta de vino y un atado con seis cigarros.

—Tu hermana te manda esto. Procura que no te lo quiten los compañeros.

Guarda Cárdenas el paquete bajo las tablas del jergón, mirando en torno con recelo. La cazuela de barro la deja en el suelo, junto a sus pies descalzos.

—¿Cómo están tus chiquillas?

—Bien.

—¿Y la de Cádiz?

—Todavía mejor.

Fuman los cuñados mientras Mojarra cuenta novedades. Siguen las incursiones en los caños, dice, con los franceses a la defensiva. Bombas sobre la Isla y sobre la ciudad, sin muchas consecuencias. También rumorean que el general Ballesteros se retira con su gente a Gibraltar, para protegerse bajo los cañones ingleses, mientras los gabachos amenazan Algeciras y Tarifa. También hay dispuesta una expedición militar a Veracruz que combatirá a los insurgentes mejicanos. A él mismo han estado a punto de alistarlo forzoso para allá, con otra gente del pueblo; pero lo sacó de apuros don Lorenzo Virués, reclamándolo a tiempo. Poco más.

—¿Cómo sigue tu capitán?

—Igual que siempre. Ya sabes... Dibujando y haciéndome madrugar.

—¿Hemos perdido alguna batalla últimamente?

—Menos Cádiz y la Isla, todas.

Cárdenas enseña las encías descarnadas y grises, en una mueca resentida.

—Habría que fusilar a veinte generales, por traidores.

—No es sólo un problema de generales, cuñado. Es que nadie se pone de acuerdo y cada uno va por su lado. La gente hace lo que puede, pero la escabechan; se junta otra vez, y la vuelven a escabechar... No es raro que prefieran desertar, yéndose al monte. Cada vez hay más guerrilleros y menos soldados.

—¿Y los salmonetes?

—Ahí siguen. A lo suyo.

—Ésos sí que saben lo que quieren.

—Vaya si lo saben. Hacen su oficio, y les importamos una mierda.

Un silencio. Los dos hombres fuman y callan, esquivándose las miradas. Mojarra no puede evitar que la suya se dirija a la herida del otro. La brecha en forma de cruz en el cráneo rapado recuerda una boca abierta, cuyos labios alguien hubiese tajado de arriba abajo. Dentro hay una costra húmeda y sucia.

—Oí que han fusilado al cura Ronquillo —comenta Cárdenas.

Lo confirma Mojarra. El tal Ronquillo, sacerdote de El Puerto, había colgado los hábitos después de que los franceses quemaran su iglesia, y mandaba una partida que empezó como patriota y se transformó en bandolera, saqueando y asesinando sin reparos a viajeros y campesinos. Al fin, el ex cura acabó pasándose a los franceses, con su gente.

—Hará un mes —concluye— nuestras guerrillas le tendieron una emboscada en Conil. Luego lo pasaron por la crujía y le formaron el piquete.

—Pues bien muerto está, ese mala herramienta.

Un alarido hace volver la cabeza a Mojarra. Un hombre joven se revuelve desnudo en su jergón, amarrado boca arriba por correas que le traban brazos y piernas. Arquea el cuerpo con extrema violencia, rechinando los dientes, apretados los puños y con todos los músculos en tensión, desorbitados los ojos y emitiendo gritos secos y cortos, de extrema furia. Nadie a su lado parece prestarle atención. Cárdenas explica que es un soldado del batallón de Cantabria, herido hace siete meses en la batalla de Chiclana. Tiene en la cabeza una bala francesa que no hay manera de sacarle, y de vez en cuando le produce convulsiones y espasmos tremendos. Ni sana ni se muere, y ahí sigue, con un pie en cada barrio. Lo van cambiando de sitio para que la murga que da se reparta con equidad por toda la sala. Hay quien habla de asfixiarlo de noche con una almohada, y que descanse; pero nadie se atreve, porque a los cirujanos parece interesarles mucho y vienen a verlo, y hasta toman notas y lo enseñan a las visitas. Cuando lo pusieron cerca tuvo a Cárdenas despierto dos o tres noches, de sobresalto en sobresalto. Pero acabó acostumbrándose.

—A todo se hace uno, cuñado.

La mención de la batalla de Chiclana tuerce el gesto de Felipe Mojarra. Hace poco, a causa de la denuncia de un médico, se supo que varios heridos de esos combates morían en San Carlos por falta de atención y comida, y que los caudales destinados a poner tocino y garbanzos en el puchero eran malversados por los funcionarios. La reacción del ministro de la Real Hacienda, responsable del hospital, fue instantánea: denunciar al periódico de Cádiz que había dado la noticia. Luego todo se fue tapando con comisiones, visitas de diputados y alguna pequeña mejora. Recordando el escándalo, el salinero mira alrededor, a los hombres postrados y a los que, sosteniéndose con bastones y muletas, están junto a las ventanas o se mueven por la sala a la manera de espectros, desmintiendo palabras como heroísmo, gloria y alguna otra de las que usan y abusan los jóvenes y los ingenuos, y también quienes viven a salvo de acabar en lugares así. Estos que contempla son hombres que en otro tiempo pelearon, como él, por su rey prisionero y por su patria ocupada, cobardes o valientes enrasados en la desgracia por el hierro y el fuego. Tristes, al fin, defensores de la Isla, de Cádiz, de España. Y ésta es su paga: cuerpos macilentos de ojos hundidos, expresiones febriles, pieles apergaminadas y pálidas que anticipan la muerte, la invalidez, la miseria. Raras sombras de lo que fueron.

Él mismo podría ser ahora uno de ellos, piensa. Encontrarse en lugar del cuñado, con esa cabeza abierta que no cicatriza nunca, o del infeliz que se retuerce amarrado al catre con una onza de plomo encajada en los sesos.

Inesperadamente, el salinero tiene miedo. No el de siempre, cuando las balas zumban cerca y siente los músculos y tendones encogidos, esperando el tiro cabrón que tumba patas arriba. Tampoco se trata del lento escalofrío de la espera antes del combate inminente —el peor miedo de todos—, cuando el paisaje próximo, incluso bajo el sol, parece volverse gris de sucios amaneceres, y sale dentro una extraña congoja por uno mismo que sube por el pecho hasta la boca y los ojos, sin remedio, obligando a respirar muy hondo y muy despacio. El miedo de ahora es diferente: sórdido, mezquino. Egoísta. Avergüenza sentir esta aprensión turbadora que vuelve amargo el humo de tabaco entre los dientes y empuja a levantarse con toda urgencia y salir de allí, correr a casa y abrazar a la mujer y las hijas para sentirse entero. Vivo.

—¿Qué hay de la cañonera? —pregunta Cárdenas—. ¿Cuándo nos pagan?

Mojarra encoge los hombros. La cañonera. Hace dos días estuvo en la intendencia de la Armada, a reclamar de nuevo la recompensa prometida. Ya pierde la cuenta de las veces que ha ido. Tres horas largas de pie esperando con el sombrero en la mano, como de costumbre, hasta que el habitual funcionario malhumorado le dijo con sequedad, en medio minuto y sin apenas mirarlo, que cada cosa a su tiempo y menos prisas. Que hay demasiados jefes, oficiales y soldados que llevan meses sin cobrar sus pagas.

—Tardarán un poco, todavía. Eso dicen.

El otro lo mira inquieto.

—Pero ¿has ido en serio?

—Claro que he ido. Y mi compadre Curro, varias veces. Siempre nos despachan con pocas palabras. Es mucho dinero, dicen. Y son malos tiempos.

—¿Y tu capitán Virués? ¿No puede hablar con alguien?

—Dice que en asuntos de ésos no hay nada que hacer. Está fuera de su competencia.

—Pues bien contentos se pusieron cuando aparecimos con la lancha. Hasta el comandante de marina nos dio la mano. ¿Te acuerdas?... Y me vendó la cabeza con su pañuelo.

—Ya sabes. En caliente es otra cosa.

Cárdenas se lleva una mano a la frente, como si fuese a tocar la herida abierta en el cráneo, y la detiene a una pulgada del borde.

—Estoy aquí por esos cinco mil reales, cuñado.

El salinero permanece en silencio. No sabe qué decir. Da una última chupada al chicote, lo deja caer al suelo y aplasta la brasa con el talón de la alpargata. Después se pone en pie. Los ojos enrojecidos de Cárdenas lo miran con desolación. Indignados.

—Nos la jugamos bien jugada —dice—. Curro, el hormiguilla, tú y yo. Y los franceses que aligeramos, acuérdate. Dormidos y a oscuras, casi... ¿Se lo explicaste bien?

—Claro que sí... Ya verás como se arregla. Tranquilo.

—Nos ganamos el dinero de sobra —insiste Cárdenas—. Y más que nos dieran.

—Hay que tener paciencia —el salinero le pone una mano en el hombro—. Será cosa de pocos días, digo yo. Cuando lleguen caudales de América.

Mueve el otro la cabeza con desaliento y se tumba de lado en el jergón, encogido como si tuviera frío. Los ojos febriles miran fijamente el vacío.

—Lo prometieron, cuñado... Una lancha con su cañón, veinte mil reales... Por eso fuimos, ¿no?

Mojarra coge su manta, el zurrón y el calañés, camina entre los jergones y se aleja de allí. Huyendo de lo que tapan las banderas.

Veinte millas al oeste de cabo Espartel, el último cañonazo hace caer la gavia de mayor de la presa, que se desploma sobre cubierta con desorden de verga, jarcia y lona. Casi en el mismo instante, a bordo se ponen en facha y arrían la enseña francesa.

—Echad la chalupa al agua —ordena Pepe Lobo.

Apoyado en la regala de estribor, a popa de la *Culebra*, el corsario observa la embarcación capturada, que se balancea en la marejada con la lona a la contra, retenida en el viento fresco de levante. Es un chambequín de mediano tonelaje, tres cañones de 4 libras a cada banda y aparejo de cruz, y acaba de rendirse tras brevísimo combate —dos andanadas por una y otra parte, con poco daño a la vista— y cinco horas de una caza iniciada cuando, a la luz del alba, un vigía de la balandra española lo descubrió adentrándose en el Atlántico. Se trata seguramente de uno de los barcos enemigos, medio mercantes y medio corsarios, que frecuentan los puertos marroquíes para encaminar provisiones a la costa controlada por los franceses. Por el rumbo que llevaba antes de verse perseguido, el chambequín debió de zarpar anoche de Larache con intención de navegar mar adentro, dando un rodeo hacia poniente para evitar las patrullas inglesas y españolas del Estrecho, antes de poner rumbo norte y arribar a Rota o Barbate al amparo de la oscuridad. Ahora, una vez marinado por la gente de la *Culebra* y reparada la gavia, su destino será Cádiz.

Pica los cuartos la campana de a bordo con dos toques dobles. Ricardo Maraña, que ha cambiado unas palabras mediante la bocina con la tripulación del chambequín, se acerca desde proa, pasando junto a los cuatro cañones de 6 libras que, en la banda de estribor, aún apuntan al otro barco para evitar sorpresas de última hora.

—Tripulación francesa y española, patrón francés —informa, satisfecho—. Vienen de Larache, como suponíamos, hasta arriba de carne salada, almendras, cebada y aceite... Una buena captura.

Asiente Pepe Lobo mientras su segundo, con la indiferencia habitual, se mete dos pistolas en el ancho cinto de cuero que le ciñe la chaqueta negra, asegura el sable y acude a reunirse con el trozo de abordaje que, provisto de alfanjes, trabucos y pistolas, se dispone a embarcar en la chalupa. Con semejante carga y bandera, ningún tribunal discutirá la legitimidad de la presa. La voz ha corrido ya por cubierta: alborozados ante la perspectiva de pingüe botín sin costo de sangre, los tripulantes se muestran risueños y palmean las espaldas de Maraña y sus hombres.

Cogiendo el catalejo que hay junto a la bitácora, Pepe Lobo lo extiende, pega un ojo a la lente y dirige un vistazo a la popa elevada y fina del otro barco, cuya tripulación recoge la lona caída en cubierta y aferra el resto del aparejo. Hay tres hombres bajo el palo de mesana, mirando la balandra con gesto desolado. Uno de casacón oscuro, barba espesa y cabeza cubierta por un sombrero de ala corta, parece el capitán. Tras él, en la banda opuesta, un pilotín o un grumete arroja algo por la borda. Quizás un libro de señales secretas, correspondencia oficial, una patente de corso francesa o todo eso junto. Al advertirlo, Lobo llama al contramaestre Brasero, que sigue junto a los cañones.

—¡Nostramo!

—¡Mande, capitán!

—¡Dígales por la bocina que toda la gente vaya a proa!... ¡Y que si tiran algo más al agua, aunque sea un escupitajo, largamos otra andanada!

Mientras Brasero obedece la orden, escupitajo incluido, el capitán de la *Culebra* se asoma por la borda para comprobar cómo va la puesta en el agua de la chalupa. El trozo de presa ya está a bordo, y los hombres arman los remos en los escálamos mientras Maraña se descuelga por el costado. Pepe Lobo mira luego en dirección a la costa marroquí, invisible en la distancia pese a que el día es claro, con el horizonte limpio. Una vez marinado el chambequín tiene intención de acercarse un poco a tierra y echar un vistazo por si todavía cayese algo más —éstas son buenas aguas para la caza—, antes de cambiar el rumbo y escoltar la presa.

—¡Cubierta!... ¡Vela por el través de estribor!

Mira arriba el corsario, contrariado. En la cofa, el vigía señala hacia el norte.

—¿Qué barco?

—¡Dos palos, parece! ¡Velas cuadras, grandes, con todo arriba!

Tras colgarse el catalejo del hombro, Lobo recorre inquieto media cubierta, bajo la botavara que oscila con la gran vela mayor parcialmente aferrada. Después, encaramándose a la regala, trepa un poco por los flechastes, extiende el catalejo y mira por él, procurando adaptar el pulso y la vista al movimiento que la marejada impone a la lente.

—¡Es un bergantín! —advierte el vigía, sobre su cabeza.

El grito llega sólo un segundo antes de que Pepe Lobo identifique el aparejo de la embarcación que se aproxima con rapidez gracias al levante fresco que tensa su lona. Y es un bergantín, desde luego. Navega con foques, gavias, juanetes y sobrejuanetes, está a unas cinco millas y lleva buen andar, acercándose con el viento por la aleta de babor. Todavía resulta imposible distinguir su bandera, si es que la lleva izada; pero no hace falta. Lobo cierra los ojos, mascilla una maldición, los abre de nuevo y mira otra vez por el catalejo. Cree reconocer al intruso. También le cuesta creer en su mala suerte, pero el mar hace esta clase de jugadas. A veces se gana y a veces se pierde. La *Culebra* acaba de perder.

—¡Que vuelva el trozo de abordaje!... ¡Gente a la maniobra!

Grita las órdenes mientras se desliza abajo por un obenque, y apenas pone los pies en cubierta se dirige a popa sin prestar atención a los hombres que lo miran perplejos, o se detienen un momento en la borda para escudriñar el horizonte. De camino se cruza con Maraña, que ha regresado y lo interroga con una ojeada. Lobo se limita a señalar el norte con un movimiento del mentón, y a su teniente le basta un instante para comprender.

—¿El bergantín de Barbate?
—Puede.

Maraña se lo queda mirando, inexpresivo. Después se inclina por la borda sobre la chalupa; cuyos tripulantes, las manos en los remos, se aguantan con un bichero en los cadenotes y levantan los rostros inquisitivos, sin saber qué ocurre.

—¡Todos a bordo! ¡Sacadla del agua!

Podría tratarse también de un inglés, se dice Pepe Lobo, aunque no tiene noticia reciente de ninguno a esta parte del Estrecho. En todo caso, no está dispuesto a correr riesgos. La balandra corsaria es rápida; pero el francés, si de él se trata, lo es mucho más. Sobre todo con viento del través y a un largo, como será el caso si les pretende dar caza. También tiene mayor potencia de fuego: sus doce cañones de 6 libras superan en cuatro a la *Culebra*. Y lleva más tripulantes.

—¡Cubierta! —grita el vigía—. ¡Es el bergantín francés!

Lobo no se lo hace repetir.

—¡Larga mayor y larga todo a proa, amurado a babor!

La chalupa ya está a bordo, chorreando agua. Los del trozo de abordaje han dejado las armas y la estiban en sus calzos a popa del palo, bajo la botavara, mientras Maraña da órdenes a proa y el contramaestre Brasero empuja a sus puestos a los remolones. Un murmullo de decepción recorre el barco. Desconcertados al principio, conscientes al fin del peligro que se cierne sobre ellos, los hombres corren a largar las candalizas de la vela mayor, que se extiende con un sonoro batir de lona libre mientras, a proa, el foque grande y la trinqueta suben por los estays con las escotas sueltas, dando zapatazos.

—¡Caza la mayor!... ¡Caza todo a proa!

Tiran los hombres de las escotas por estribor, y la balandra escora varias tracas hacia esa banda cuando el viento embolsa y tensa las velas. Pepe Lobo, que se ha quedado junto al timón, mueve él mismo la caña hasta situar la marca del compás que hay sobre el tambucho en sudoeste cuarta al oeste, y le repite el rumbo al Escocés, el primer timonel, dejando la barra en sus manos. De un vistazo comprueba que las velas reciben bien el viento y que la balandra, impulsada como un purasangre por la lona que se despliega en torno a su único palo, responde hendiendo el mar mientras gana velocidad y la gente termina de cazar y amarrar escotas.

—Ahí se queda un dineral —mascula el timonel.

Dirige —como su capitán y como todos a bordo— miradas de frustración a la presa abandonada. El rumbo lleva a la *Culebra* a pasar a tiro de pistola del otro barco; distancia suficiente para que los corsarios puedan apreciar primero el estupor y luego la alegría de sus tripulantes, que al comprender lo que ocurre dedican a los fugitivos gritos burlones, ademanes obscenos y cortes de mangas. Y con un pellizco de amargura, mientras se alejan del chambequín, Pepe Lobo tiene una última visión del capitán enemigo agitando irónicamente su sombrero en el aire, al tiempo que en el pico de mesana se despliega de nuevo la bandera francesa.

—No se puede ganar siempre —comenta Ricardo Maraña, que ha regresado a popa y se recuesta en la regala de barlovento con su flema habitual, los pulgares en el cinto donde todavía lleva el sable y las dos pistolas.

Pepe Lobo no responde. Tiene los ojos entornados para protegerlos del sol y observa atento la superficie del mar y la grímpola que, en el tope del palo, indica la dirección del viento aparente. El corsario se halla absorto en cálculos de rumbo, viento y velocidad, trazando en su cabeza, con la misma claridad que si lo hiciera sobre una carta náutica, el zigzag de rectas, ángulos y millas que se propone recorrer en las próximas horas, a fin de poner la mayor cantidad posible de agua entre la balandra y el bergantín que, sin duda, apenas identifique la presa liberada y asegure la recompensa, continuará la caza. Si es, como parece, el que los franceses tienen entre Barbate y la broa del Guadalquivir, se trata de una embarcación rápida de ochenta pies de eslora y doscientas cincuenta toneladas. Eso supone diez y tal vez once nudos de velocidad con viento fresco a un largo o por la aleta; andar superior al de la balandra, que con el mismo rumbo y viento no pasa de los siete u ocho nudos. La única ventaja de ésta es que navega mejor de bolina: su gran vela áurica permite, llegado el caso, ceñir más el viento de lo que es capaz el bergantín con sus velas cuadras, y superarlo así en velocidad. Al menos, un par de nudos.

—Se mantendrá el levante —suspira Ricardo Maraña observando el cielo—. Hasta mañana, por lo menos... Es la parte positiva.

—Alguna tenía que haber, maldita sea mi sangre.

Tras el desahogo entre dientes —Maraña ha sonreído un poco al oírlo, sin más comentarios—, Pepe Lobo saca el reloj del bolsillo del chaleco. Sabe que su teniente está pensando lo mismo que él. Quedan menos de cinco horas de luz. La idea es huir hasta el anochecer con rumbo sudoeste, adentrándose en el Atlántico para dar más tarde un bordo al noroeste ciñendo el viento y despistar al bergantín en la oscuridad. En teoría. De cualquier modo, el arte del asunto consiste en mantenerse lejos hasta ese momento.

—Una milla cada hora —dice Lobo—. Es lo más que podemos dejar que nos gane el bergantín... Así que más vale que larguemos el foque volante y el velacho.

Su segundo mira hacia arriba, sobre la vela mayor. La enorme lona embolsada por el viento portante está abierta a sotavento, contenida por el pico y la botavara, impulsando la balandra con el auxilio de la trinqueta y el foque desplegados sobre el largo bauprés, a proa.

—No me fío del mastelero —Maraña habla en voz baja para que no lo oigan los timoneles—. Un balazo del francés lo rozó por encima del tamborete... Lo mismo es demasiado trapo arriba, y se parte si refresca.

Pepe Lobo sabe que el teniente tiene razón. Según los rumbos, con vientos fuertes y mucha lona arriba, el único palo de la balandra puede romperse si lo obligan a soportar demasiada vela. Es el punto débil de esa clase de barcos rápidos y maniobreros: fragilidad a cambio de velocidad. Delicados, a veces, como una señorita.

—Por eso no vamos a largar el juanete —responde—. Pero en el resto no tenemos elección... A ello, piloto.

Asiente el otro, fatalista. Se desembaraza del sable y las pistolas, llama al contramaestre —Brasero supervisaba el trincado de los cañones y el cierre de las portas— y se encamina al pie del palo para vigilar la maniobra. Mientras, Pepe Lobo le corrige el rumbo al Escocés en dos cuartas y dirige después el catalejo hacia la estela de la balandra. A través de la lente observa que el chambequín ha vuelto a desplegar lona y navega al encuentro de su salvador, y que el bergantín continúa acercándose veloz. Cuando Lobo baja el catalejo y mira hacia proa, el palo de la balandra se ha cubierto de más lona, que gualdrapea desplegándose antes de inmovilizarse embolsada, sujeta por las escotas que los hombres cazan en cubierta: el foque volante alto y tirante en sus garruchos sobre el foque grande y la trinqueta, el velacho braceado en su verga, sobre la cofa. Atrapando más viento, la *Culebra* da un sensible tirón hacia adelante, machetea la marejada y se inclina más a sotavento, con la regala tan cerca del agua que ésta salta en rociones sobre los cañones y corre por cubierta hasta los imbornales, empapándolo todo. Apoyado en el ángulo que forman el coronamiento del espejo de popa y la regala de barlovento, abiertas las piernas para compensar la pronunciada escora, el corsario lamenta otra vez, para sí, la pérdida de la presa que deja atrás. Aparte el porcentaje de botín para él y sus hombres, don Emilio Sánchez Guinea y su hijo Miguel habrían quedado satisfechos, concluye. Y también Lolita Palma.

Por un instante, Pepe Lobo piensa en la mujer —«Cuando usted vuelva del mar», dijo ella la última vez— mientras la balandra navega recta, segura, cabalgando el Atlántico y acuchillando la marejada con rítmico cabeceo. Una ráfaga de agua fría salta desde los obenques hasta la popa, sobre el capitán y los timoneles, que se agachan para esquivarla como pueden. Sacudiéndose la casaca, mojado y revuelto el pelo, el corsario se pasa una manga por la cara, para quitarse la sal que le escuece en los ojos. Después vuelve a mirar sobre la estela, en dirección a las velas todavía lejanas del bergantín. Al menos, como dijo antes Maraña, ésa es la parte positiva. La caza por la popa requiere muchas horas. Y la *Culebra* corre como una liebre.

Ahora, murmura malévolo, atrápame si puedes. Cabrón.

Chasquido de bolillos, roce de seda y crujir de vestidos femeninos sobre las sillas y el sofá con brazos adornados por tapetes de encaje. Copas de vino dulce, chocolate y pastas en la mesita de merendar. Bajo la mesa camilla con los faldones levantados, un brasero de cobre calienta la estancia perfumándola con olor de alhucema. Decoran las paredes empapeladas en rojo color de vino un espejo grande, estampas, platos pintados y un par de cuadros buenos. Entre los muebles destacan una cómoda china lacada y una jaula con una cacatúa dentro. Por las vidrieras amplias de dos balcones se ven los árboles del convento de San Francisco dorándose en la luz poniente.

—Dicen que se ha perdido Sagunto —comenta Curra Vilches— y que puede caer Valencia.

Se sobresalta doña Concha Solís, dueña de la casa, interrumpiendo un momento su labor.

—Dios no lo permitirá.

Es una mujer gruesa que rebasa los sesenta. Cabello gris en rodete sujeto con horquillas. Pendientes y pulsera de azabache, toquilla de lana negra sobre los hombros. Un rosario y un abanico a mano, sobre la mesita.

—No lo permitirá en absoluto —repite.

A su lado, Lolita Palma —vestido marrón oscuro con cuello ribeteado de encaje blanco— bebe un sorbo de mistela, deja la copa en la bandeja y sigue con el bordado que tiene en un bastidor sobre el regazo. No es mujer de hilo, dedal y aguja, ni de otras tareas domésticas que violenten lo razonable en su carácter y posición social; pero tiene por costumbre visitar a su madrina, en la casa de la calle del

Tinte, las dos veces al mes que hay tertulia femenina en torno al costurero, los bordados y el encaje de bolillos. Hoy también asisten la hija y la nuera de doña Concha —Rosita Solís y Julia Alguoró, embarazada ésta de cinco meses—, y una madrileña alta y rubia llamada Luisa Moragas, que está refugiada en Cádiz con su familia y vive de alquiler en el piso superior del edificio. Completa el grupo doña Pepa de Alba, viuda del general Alba, que tiene tres hijos militares.

—Las cosas no van bien —prosigue Curra Vilches muy desenvuelta, entre puntada y puntada—. Nuestro general Blake ha sido derrotado por los franceses de Suchet, y dispersado su ejército. Hay mucho recelo de que todo Levante caiga en manos francesas... Y por si fuera poco, el embajador Wellesley, que se lleva fatal con las Cortes, amenaza con retirar las tropas inglesas: las de Cádiz y las de su hermanito el duque de Güelintón.

Sonríe Lolita Palma, que mantiene un silencio prudente. Su amiga habla con un aplomo castrense que ya quisieran para ellos ciertos generales. Cualquiera diría que pasa el tiempo entre obuses y redobles de tambor, como una cantinera pizpireta.

—He oído que los franceses también amenazan Algeciras y Tarifa —apunta Rosita Solís.

—Así es —confirma Curra con el mismo cuajo—. Quieren entrar en ellas para Navidad.

—Qué horror. No entiendo cómo se desmoronan nuestros ejércitos de esa manera... No creo que un español ceda en valentía a franceses, o ingleses.

—No es cuestión de valor, sino de costumbre... Nuestros soldados son campesinos sin preparación militar, reclutados de cualquier manera. No hay práctica de batallas en campo abierto. Por eso la gente se dispersa, grita «traición» y huye... Con las guerrillas es todo lo contrario. Ésas eligen sitio y manera de batirse. Están en su salsa.

—Te veo muy generala, Curra —ríe Lolita, sin dejar de bordar—. Muy desgarrada y puesta en materia.

También ríe la amiga, con su labor sobre la falda. Esta tarde se recoge el pelo en una graciosa cofia de cintas que realza el buen color de sus mejillas, favorecido por el calor cercano del brasero.

—No te extrañe —dice—. Nosotras tenemos más sentido práctico que algunos estrategas de campanillas... Esos que juntan ejércitos de desgraciados campesinos para dejar que se deshagan luego en un soplo, con millares de infelices corriendo por los campos mientras la caballería enemiga los acuchilla a mansalva.

—Pobrecillos —apunta Rosita Solís.

—Sí... Pobres.

Cosen en silencio, meditando sobre asedios, batallas y derrotas. Mundo de hombres, del que a ellas sólo llegan los ecos. Y las consecuencias. Un perro pequeño y gordo, perezoso, se frota en los pies de Lolita Palma y desaparece en el pasillo, en el momento en que un reloj da allí cinco campanadas. Durante un rato sólo se oye el sonido de los bolillos de doña Concha.

—Son días tristes —opina al cabo Julia Alguieró, que se ha vuelto hacia la viuda del general Alba—... ¿Qué sabe de sus hijos?

La respuesta viene en compañía de una sonrisa resignada, llena de entereza.

—Los dos mayores siguen bien. Uno está con el ejército de Ballesteros y el otro lo tengo aquí, en Puntales...

Un silencio doloroso. Comprensivo por parte de todas. Se inclina un poco Julia Algueró, solícita, la barriga de buena esperanza abultándole bajo la túnica amplia. De madre a madre.

—¿Y del más pequeño? ¿Sabe algo?

Niega la otra, fija la vista en su costura. El hijo menor, capturado cuando la batalla de Ocaña, se encuentra prisionero en Francia. No hay noticias suyas desde hace tiempo.

—Ya verá como todo se arregla.

Sonríe un momento más la de Alba, estoica. Y no debe de ser fácil sonreír así, piensa Lolita Palma. Todo el tiempo procurando estar a la altura de lo que los demás esperan. Ingrato papel: viuda de un héroe y madre de tres.

—Claro.

Más chasquido de bolillos y tintineo de agujas. Siguen las siete mujeres con sus labores —el ajuar de Rosita Solís— mientras declina la tarde. Fluye la conversación, tranquila, entre acontecimientos domésticos y pequeños chismes locales. El parto de Fulanita. La boda o la viudez de Menganita. Las dificultades financieras de la familia Tal y el escándalo de doña Cual y un teniente del regimiento de Ciudad Real. La zafiedad de doña Zutana, que sale de casa sin criada que la acompañe y sin compostura, despeinada y con poco aseo. Las bombas de los franceses y la última esencia de almizcle recibida de Rusia en la jabonería del Mentidero. Todavía entra suficiente claridad por las vidrieras de los balcones, reflejada en el espejo grande con marco de caoba que contribuye a iluminar la estancia. Envuelta en esa luz dorada, Lolita Palma termina de bordar las iniciales *R. S.* en la batista de un pañuelo, corta el hilo y se deja llevar por los ensueños, lejos de Cádiz: mar, islas, línea de costa en la distancia, paisaje con velas blancas y el sol relumbrando en el agua rizada. Un hombre de ojos verdes mira ese paisaje, y ella lo mira a él. Estremeciéndose, casi dolorida, vuelve con esfuerzo a la realidad.

—Hace dos tardes me encontré a Paco Martínez de la Rosa en la confitería de Cosí —está contando Curra Vilches—. Cada vez lo veo más guapo, tan moreno y agitanado, con esos ojos negrísimos que tiene...

—Quizá demasiado guapo y demasiado negrísimos —apunta Rosita Solís con malicia.

—¿Qué pasa con él? —pregunta Luisa Moragas, el aire despistado—. Lo he visto un par de veces y me parece un muchacho agradable. Un chico fino.

—Ésa es la palabra. Fino.

—No tenía ni idea —dice la madrileña, escandalizada, cayendo en la cuenta.

—Pues sí.

Sigue contando Curra Vilches. El caso, continúa, es que se encontró al joven liberal en la confitería, acompañado de Antoñete Alcalá Galiano, Pepín Queipo de Llano y otros más de su cuerda política...

—Unos cabeza de chorlito, todos —interrumpe doña Concha—. ¡Famosa cuadrilla!

—Bueno. Pues dijeron que lo de reabrir el teatro se da por seguro. Cuestión de días.

Aplauden Rosita Solís y Julia Algueró. La dueña de la casa y la viuda de Alba tuercen el gesto.

—Otra victoria de esos caballeritos filósofos —se lamenta esta última.

—No son sólo ellos. Hay diputados del grupo anti-rreformista que también se declaran partidarios.

—Es el mundo al revés —se queja doña Concha—. No sabe una a qué santo rezar.

—Pues a mí me parece bien —insiste Curra Vilches—. Tener cerrado el teatro es privar a la ciudad de un esparcimiento sano y agradable. Al fin y al cabo, en Cádiz se representa en muchas casas particulares, y cobrando la entrada... Hace una semana, Lolita y yo estuvimos en casa de Carmen Ruiz de Mella, donde hicieron un sainete de Juan González del Castillo y *El sí de las niñas*.

Al oír el título, a la dueña de la casa se le enredan los bolillos entre los alfileres de la almohadilla.

—¿Lo de Moratín? ¿De ese afrancesado?... ¡Vaya desvergüenza!

—No exagere, madrina —media Lolita Palma—. La obra está muy bien. Es moderna, respetuosa y sensata.

—¡Pamplinas! —doña Concha bebe un sorbo de agua fresca para aclararse la indignación—. ¡Donde estén Lope de Vega o Calderón...!

La viuda de Alba se muestra de acuerdo.

—Reabrir el teatro me parece una frivolidad —dice mientras remata una puntada—. Hay quien olvida que vivimos una guerra, aunque a veces aquí se note poco. Muchos sufren en los campos de batalla y en las ciudades de toda España... Lo considero una falta de respeto.

—Pues yo lo veo como un recreo honesto —opone Curra Vilches—. El teatro es hijo de la buena sociedad y fruto de la ilustración de los pueblos.

Doña Concha la mira con sorna confianzuda, un punto ácida.

—Huy, Currita. Hablas como una liberal. Seguro que eso lo has leído en *El Conciso*.

—No —ríe festiva la otra—. En el *Diario Mercantil*.

—Igual me lo pones, hija.

Interviene Luisa Moragas. La madrileña —casada con un funcionario de la Regencia que vino huyendo de los franceses— se confiesa sorprendida de la desenvoltura con que las mujeres gaditanas, en general, opinan de milicia y de política. De todo, en realidad.

—Esa libertad sería impensable en Madrid o Sevilla... Incluso entre las clases altas.

Responde doña Concha que resulta natural. En otros sitios, añade, lo más que se pide a una mujer es vestir y moverse con gracia, hablar cuatro bachillerías insustanciales y manejar el abanico con primor. Pero en todo gaditano, hombre o mujer, hay una inquietud por conocer las cosas y sus problemas. El puerto y el mar tienen mucho que ver. Abierta al comercio mundial desde hace siglos, la ciudad disfruta de una tradición casi liberal, en la que también se educa a muchas jóvenes de familias acomodadas. A diferencia del resto de España, e incluso de lo que ocurre en otras naciones cultas, no es raro que aquí las mujeres hablen idiomas extranjeros, lean periódicos, discutan de política, y en caso necesario se hagan cargo del negocio familiar, como fue el caso de su ahijada Lolita tras la muerte del padre y el hermano. Todo está bien visto, aplaudido incluso, mientras se mantenga en los límites del decoro y las buenas costumbres.

—Pero es verdad —concluye— que con el trastorno de la guerra nuestras jóvenes pierden un poquito la perspectiva. Son demasiados saraos, demasiados bailes, demasiadas mesas de juego, demasiados uniformes... Hay un exceso de libertad y de charlatanes perorando en las Cortes y fuera de ellas.

—Demasiadas ganas de divertirse —remata la viuda de Alba, que sigue cosiendo sin levantar la cabeza.

—No se trata sólo de diversión —protesta Curra Vilches—. El mundo ya no puede seguir siendo cosa de reyes absolutos, sino de todos. Y lo del teatro es un buen ejemplo. La idea que tienen Paco de la Rosa y los otros es que el teatro resulta bueno para educar al pueblo... Que los nuevos conceptos de patria y nación tienen ahí un buen púlpito donde predicarse.

—¿El pueblo?... Acabas de clavarlo, niña —apunta doña Concha—. Lo que quieren ésos es una república guillotinera y tragacuras que secuestre a la monarquía. Y una de las maneras de conseguirlo es hacerle la competencia a la Iglesia. Cambiar el púlpito, como dices, por el escenario del teatro. Predicar lo suyo desde allí, a su manera. Mucha nación soberana, como la llaman ahora, y poca religión.

—Los liberales no son contrarios a la religión. Casi todos los que conozco van a misa.

—Toma, claro —doña Concha pasea en torno una mirada triunfal—. A la iglesia del Rosario, porque el párroco es de los suyos.

Curra Vilches no se deja amilanar.

—Y los otros van a la catedral vieja —responde con desparpajo— porque allí se predica contra los liberales.

—No irás a comparar, criatura.

—Pues a mí me parece bien lo del teatro patriótico —opina Julia Algueró—. Es bueno que se eduque al pueblo en las virtudes ciudadanas.

Doña Concha cambia en dirección a su nuera el tren de batir. Así empezaron las cosas en Francia, rezonga, y ya vemos el resultado: reyes guillotinados, iglesias saqueadas y el populacho sin respetar nada. Y de postre, Napoleón. Cádiz, añade, ya vio de primera mano de qué es capaz el pueblo sin freno. Acordaos del pobre general Solano, o de incidentes parecidos. La libertad de imprenta no ha hecho sino empeorar las cosas, con tanto panfleto suelto, liberales y antirreformistas tirándose los trastos a la cabeza, y los periódicos azuzando a unos contra otros.

—El pueblo necesita instrucción —interviene Lolita Palma—. Sin ella no hay patriotismo.

La mira largamente doña Concha, como suele. Con una mezcla singular de afecto y desaprobación al oírla hablar de esas cosas. Lolita sabe que, pese al transcurrir del tiempo y a la realidad de cada día, su madrina no acepta la idea de que siga soltera. Una lástima, suele comentar a sus amigas. Esta chica, a su edad. Y nada fea que era. Ni es. Con esa cabeza estupenda y esa sensatez con que lleva su casa, el negocio y lo demás. Y ahí sigue. Se queda para vestir santos, la pobrecilla.

—A veces hablas como esos botarates del café de Apolo, hija mía... Lo que el pueblo necesita es que se le dé de comer, y que le metan en el cuerpo el temor de Dios y el respeto a su rey legítimo.

Sonríe Lolita con extrema dulzura.

—Hay otras cosas, madrina.

Doña Concha ha dejado la almohadilla de los bolillos a un lado y se abanica repetidamente, como si la conversación y el calor del brasero hubiesen acabado por sofocarla.

—Puede —concede—. Pero de ésas, ninguna es decente.

Las astillas de pino que arden a un lado de la galle-
ra despiden un humo resinoso y sucio que irrita los ojos.
Sus llamas iluminan mal el recinto y hacen relucir en tonos rojizos la piel grasienta de los hombres agrupados en
torno al redondel de arena donde combaten dos gallos:
plumas cortadas hasta los cañones tallados a bisel, espolones armados con puntas de acero, picos manchados de
sangre. Gritan los hombres de júbilo o despecho a cada
acometida y picotazo, apostando dinero en los lances, según el vaivén de la lucha.

—Apueste al negro, mi capitán —aconseja el teniente Bertoldi—. No podemos perder.

Con la espalda apoyada en la empalizada que rodea el
palenque, Simón Desfosseux observa la escena, fascinado por la violencia que despliegan los dos animales enfrentados, uno de color bermejo y otro negro con collar
de plumas blancas, erizadas por el combate. Los jalean una
veintena de soldados franceses y algunos españoles de las
milicias josefinas. Más allá del cercado de tablas, desprovisto de techo, se extienden el cielo estrellado y la cúpula
sombría, fortificada, de la antigua ermita de Santa Ana.

—El negro, el negro —insiste Bertoldi.

Desfosseux no está seguro de que sea buen negocio.
Hay algo en la expresión impasible del propietario del gallo bermejo que le aconseja ser prudente. Es un español
magro y canoso, agitanado, de piel oscura y mirada ines-
crutable, puesto en cuclillas a un lado del redondel. Demasiado indiferente, para su gusto. O el gallo y el dinero de

las apuestas le importan poco, o tiene trucos en la manga. El capitán francés no es experto en peleas de gallos; pero en España ha visto algunas, y sabe que un animal sangrante y debilitado puede rehacerse de pronto, y en un picotazo certero poner patas arriba a su adversario. Algunos, incluso, están entrenados para eso. Para que se finjan acorralados y a punto de expirar hasta que las apuestas suban a favor del otro, y entonces atacar a muerte.

Aúllan de gozo los espectadores cuando el bermejo retrocede ante un ataque feroz de su enemigo. Maurizio Bertoldi se dispone a abrirse paso a fin de añadir unos francos más a su apuesta, pero Desfosseux lo retiene por un brazo.

—Apueste al bermejo —dice.

El italiano mira desconcertado el napoleón de oro que su superior acaba de ponerle en la mano. Insiste Desfosseux, muy grave y seguro.

—Hágame caso.

Bertoldi asiente tras un titubeo. Decidiéndose, añade media onza suya al napoleón y lo entrega todo al encargado del palenque.

—Espero no arrepentirme —suspira al regresar.

Desfosseux no responde. Tampoco sigue ahora los pormenores de la pelea. Atraen su atención tres hombres entre la gente. Han visto el relucir de las monedas y la bolsa de piel que el capitán guarda en un bolsillo del capote, y lo observan con fijeza poco tranquilizadora. Los tres son españoles. Uno viste ropa de paisano, alpargatas y una manta rayada puesta sobre los hombros, y los otros usan las casacas de paño pardo ribeteadas de rojo, los calzones y las polainas de las milicias rurales que operan como auxiliares del ejército francés. A menudo se trata de gente de mala índole, mercenaria y poco fiable: antiguos guerrilleros, maleantes o contrabandistas —las diferencias nunca están claras en España— que han prestado juramento al rey José y ahora persiguen a sus antiguos camaradas, con derecho a un tercio de lo aprehendido a enemigos y delincuentes, sean reales o inventados. Y así, impunes, crueles, tornadizos, proclives a infligir toda suerte de abusos y vejaciones a sus compatriotas, los tales milicianos resultan a veces más peligrosos que los propios rebeldes, a los que emulan en estragos hechos en caminos, campos y cortijos, robando y saqueando a la población que dicen proteger.

Mirando los tres rostros serios y sombríos, el capitán Desfosseux reflexiona una vez más sobre los dos rasgos que considera propios de los españoles: desorden y crueldad. A diferencia de los soldados ingleses y su bravura continua, despiadada e inteligente, o de los franceses, siempre resueltos en el combate pese a estar lejos de su tierra y pelear, a menudo, sólo por el honor de la bandera, los españoles le siguen pareciendo un misterio hecho de paradojas: coraje contradictorio, cobardía resignada, tenacidad inconstante. Durante la Revolución y las campañas de Italia, los franceses, mal armados, mal vestidos y sin instrucción militar, se convirtieron rápidamente en veteranos celosos de la gloria de su patria. Mientras que los españoles, como si estuvieran atávicamente acostumbrados al desastre y a la desconfianza en quienes los mandan, flaquean al primer choque y se derrumban como ejército organizado desde el principio de cada batalla; y sin embargo, pese a ello, son capaces de morir con orgullo, sin un lamento y sin pedir cuartel, lo mismo en pequeños grupos o combates individuales que en los grandes asedios, defendiéndose con pasmosa ferocidad. Mostrando después de cada derrota una extraordinaria perseverancia y facilidad para reorganizarse y volver a pelear, siempre resignados y vengativos, sin manifestar nunca humillación ni desánimo. Como si combatir, ser destrozados, huir y reagruparse para combatir y ser destrozados de nuevo, fuese lo más natural del mundo. El general *No Importa*, llaman ellos mismos a eso. Y los hace temibles. Es el único que no desmaya nunca.

En cuanto a la crueldad española, Simón Desfosseux conoce demasiados ejemplos. La pelea de gallos parece un símbolo apropiado, pues la indiferencia con que estas gentes taciturnas aceptan su destino descarta la piedad hacia quienes caen en sus manos. Ni en Egipto tuvieron los franceses que soportar más angustias, horrores y privaciones que en España, y esto acaba empujándolos a toda clase de excesos. Rodeados de enemigos invisibles, siempre el dedo en el gatillo y mirando por encima del hombro, saben su vida en peligro constante. En esta tierra estéril, quebrada, de malos caminos, los soldados imperiales deben realizar, cargados como acémilas y bajo el sol, el frío, el viento o la lluvia, marchas que horrorizarían a caminantes libres de todo peso. Y a cada momento, al comienzo, durante la marcha o al final de ésta, en el lugar donde se esperaba descanso, menudean los encuentros con el enemigo: no batallas en campo abierto, que tras librarse permitirían al superviviente descansar junto al fuego del vivac, sino la emboscada insidiosa, el degüello, la tortura y el asesinato. Dos sucesos recientemente conocidos por Desfosseux confirman el cariz siniestro de la guerra de España. Un sargento y un soldado del 95.º de línea, capturados en la venta de Marotera, aparecieron hace una semana puestos entre dos tablas y aserrados por la mitad. Y hace cuatro días, en Rota, un vecino y su hijo entregaron a las autoridades el caballo y el equipo de un soldado del 2.º de dragones al que alojaban, asegurando que había desertado. Al fin se descubrió al dragón, degollado y oculto en un pozo. Había intentado violentar a la hija del dueño de la casa, confesó éste. Padre e hijo fueron ahorcados después de cortárseles las manos y los pies, y saqueada la casa.

—Mire al bermejo, mi capitán. Todavía colea.

Hay entusiasmo en el tono del teniente Bertoldi. El gallo, que parecía acorralado por su enemigo a un lado del redondel, acaba de erguirse reanimado por reservas de energía hasta ahora ocultas, y de un furioso picotazo ha abierto un tajo sangrante en la pechuga del otro, que vacila sobre sus patas y retrocede desplegando las alas de plumas recortadas. Dirige Desfosseux una rápida ojeada al rostro del dueño, buscando explicación al suceso, pero el español sigue impasible, mirando al animal como si ni la anterior debilidad de éste ni su brusca recuperación lo sorprendieran en absoluto. Se atacan los gallos en el aire, saltando en acometida feroz, entre golpes de pico y espolones, y de nuevo es el negro el que, ahora con los ojos reventados y sangrando, recula, intenta debatirse todavía, y cae al fin bajo las patas del otro, que lo remata entre implacables picotazos y yergue la cabeza enrojecida para cantar su triunfo. Sólo entonces advierte Desfosseux un leve cambio en el propietario. Una brevísima sonrisa, a un tiempo triunfal y despectiva, que desaparece cuando se levanta y recoge al animal antes de mirar en torno con sus ojos inexpresivos y crueles.

—Como para fiarse del gallo —dice Bertoldi, admirado.

Desfosseux observa al palpitante animal bermejo, húmedo de sangre propia y ajena, y se estremece como ante un presentimiento.

—O del dueño —añade.

Los dos artilleros cobran sus ganancias, las reparten y salen del palenque a la oscuridad de la noche, envueltos en sus capotes grises. Hay un perro echado entre las sombras, que se levanta sobresaltado al verlos aparecer. A la vaga luz que llega del recinto, el capitán advierte que tiene mutilada una de las patas delanteras.

—Bonita noche —comenta Bertoldi.

Desfosseux supone que su ayudante se refiere al dinero fresco que les pesa en la bolsa; pues noches como ésta, de cielo estrellado y limpio, han visto unas cuantas en su vida militar. Se encuentran muy cerca de la vieja ermita de Santa Ana, situada en lo alto de la colina que domina las alturas de Chiclana —llevan allí dos días de descanso, con pretexto de recoger suministros para la Cabezuela—. Desde el lugar, fortificado y artillado con una batería próxima, puede divisarse a la luz del día todo el paisaje de las salinas y la isla de León, desde Puerto Real hasta el océano Atlántico y el castillo español de Sancti Petri que los ingleses guarnecen en la desembocadura del caño, a un lado, y las montañas cubiertas de nieve de la sierra de Grazalema y Ronda en la dirección opuesta. A esta hora, la oscuridad sólo permite ver los contornos de la ermita entre perfiles de lentiscos y algarrobos, el camino de tierra clara que serpentea ladera abajo, algunas luces lejanas —sin duda hogueras de campamentos militares— por la parte de la Isla y el arsenal de la Carraca, y el reflejo de media luna baja multiplicado hasta el infinito del horizonte semicircular en los esteros y canalizos. La población de Chiclana se extiende al pie de la colina, apagada y triste por el saqueo, la ocupación y la guerra, aprisionada entre la extensa nada negra de los pinares, con su contorno claro de casas encaladas partido en dos por la franja del río Iro.

—Nos sigue el perro —dice Bertoldi.

Es cierto. El animal, sombra móvil entre las sombras, cojea tras ellos. Al volverse a mirarlo, Simón Desfosseux descubre otras tres sombras que vienen detrás.

—Cuidado con los manolos —advierte.

Aún no acaba de decirlo cuando se les echan encima, blandiendo destellos en aceros que se mueven como relámpagos. Sin tiempo de sacar el sable de la vaina, Desfosseux siente un tirón de un brazo y oye el desagradable sonido de una navaja rasgándole el paño del capote. Está lejos de ser un guerrero intrépido, pero tampoco va a dejarse degollar por las buenas. Así que manotea para evitar un nuevo tajo, empuja a su agresor y forcejea con él, procurando hurtar el cuerpo a la navaja que lo busca y desembarazar el sable, sin conseguirlo. Cerca oye respiraciones entrecortadas y gruñidos de furia, rumor de lucha. Por un instante se pregunta cómo le irán las cosas a Bertoldi, pero está demasiado ocupado en proteger su propia vida como para que el pensamiento le lleve más de un segundo.

—¡Socorro! —grita.

Un golpe en la cara le hace ver puntitos luminosos. Otro rasgar de paño le produce un estremecimiento en las ingles. Me van a hacer tajadas, se dice. Como a un puerco. Los hombres con los que forcejea mientras pretenden sujetarle los brazos —para apuñalarlo, concluye con un estallido de pánico— huelen a sudor y humo resinoso. Ahora también le parece oír gritar a Bertoldi. Con esfuerzo desesperado, zafándose a duras penas de quienes lo acosan, el capitán da un salto ladera abajo y rueda un corto trecho entre piedras y arbustos. Eso le proporciona tiempo suficiente para meter la mano derecha en el bolsillo del capote y sacar el cachorrillo que lleva en él. La pistola es pequeña, de reducido calibre, más propia de un currutaco perfumado que de un militar en campaña; pero pesa poco, es cómoda de llevar, y a corta distancia mete una bala en la tripa con tanta eficacia como una de caballería modelo año XIII. Así que, tras amartillarla con la palma de la mano izquierda, Desfosseux la levanta con tiempo de apuntar a la sombra más próxima, que le viene encima. El fogonazo ilumina unos ojos desconcertados en rostro moreno y patilludo, y luego se escucha un gemido y el ruido de un cuerpo que retrocede, trastabillando.

— ¡Socorro! —grita de nuevo.

Le responde una imprecación en español que suena a blasfemia. Los bultos oscuros que acometían a Desfosseux pasan ahora veloces por su lado, precipitándose ladera abajo. El francés, que se ha puesto de rodillas y al fin consigue sacar el sable de la vaina, les tira un tajo al pasar, pero éste hiende el aire sin alcanzar a los fugitivos. Una cuarta sombra se abalanza sobre Desfosseux, que se dispone a largarle otro sablazo cuando reconoce la voz alterada de Bertoldi.

—¡Mi capitán!... ¿Está usted bien, mi capitán?

Por el sendero, desde la ermita fortificada, los centinelas acuden a la carrera con un farol encendido que ilumina sus bayonetas. Bertoldi ayuda al capitán a incorporarse. A la luz que se aproxima, Desfosseux advierte que el teniente tiene la cara ensangrentada.

—Nos hemos librado de milagro —comenta éste, todavía con voz trémula.

Los rodea ya media docena de soldados, preguntando por lo ocurrido. Mientras su ayudante da explicaciones, Simón Desfosseux mete el sable en la vaina y guarda el cachorrillo en el capote. Luego mira ladera abajo, a la oscuridad donde se desvanecieron los asaltantes. Ocupa sus pensamientos la imagen del gallo bermejo, taimado y cruel, revolviéndose en la arena del palenque con el plumaje erizado, húmedo de sangre.

—Era una puta de Santa María —dice Cadalso.

Rogelio Tizón observa el bulto cubierto por una manta de la que sólo asoman los pies. El cadáver está en el suelo, junto al muro de un viejo almacén abandonado en el ángulo de la calle del Laurel: un edificio angosto y sombrío, de aspecto arruinado, sin techo. Los muñones de tres gruesas vigas desnudas enmarcan el cielo, sobre los restos de una escalera cuyos peldaños conducen al vacío.

Poniéndose en cuclillas, el comisario retira la manta. Esta vez actúa sobrecogido, pese al endurecimiento del hábito. De Santa María, ha dicho su ayudante. Recuerdos e incómodos presentimientos se cruzan en su cabeza. La imagen de una muchacha desnuda, tumbada boca abajo en la penumbra. Y sus súplicas. No, por favor. Por favor. Ojalá no sea ella, concluye aturdido. Sería demasiada casualidad.

Demasiadas coincidencias. Al descubrir la espalda destrozada entre la ropa rota y abierta hasta la cintura, el olor se aferra a su nariz y garganta como un zarpazo. No se trata todavía de la podredumbre de la descomposición —la muchacha debió de morir anoche—, sino de otro olor siniestro que a estas alturas resulta familiar: carne desgarrada a latigazos y abierta en lo hondo, hasta descubrir huesos y vísceras. Huele como las carnicerías en verano.

—Virgen Santa —exclama Cadalso, a su espalda—. No termina de acostumbrarse uno a lo que les hace.

Conteniendo el aliento, Tizón agarra el pelo de la muchacha —sucio, revuelto, pegado a la frente por cuajarones de sangre seca— y tira un poco de él, levantando la cabeza para ver mejor la cara. El rígor mortis ya se ha adueñado del cadáver, y el cuello rígido también se alza un poco en el movimiento. El comisario estudia lo que parece una máscara de cera sucia, con marcas violáceas de golpes. Carne muerta. Casi un objeto. O sin casi. Ya no se aprecia nada humano en las facciones amarillentas, en las pupilas empañadas que miran sin ver bajo los párpados entreabiertos, en la boca todavía amordazada por el pañuelo que ahogó los gritos. Al menos, se dice soltando el pelo de la muerta, no es ella. No, como por un momento ha llegado a temer, la joven con la que fue después de hablar con la Caracola. El cuerpo desnudo donde entrevió con horror sus propios abismos.

Vuelve a cubrir el cadáver con la manta y se pone en pie. Hay alguna gente asomada a los balcones próximos, y se dice que esta vez será imposible guardar el secreto. Hasta aquí hemos llegado, piensa. Rápidamente calcula los pros y los contras, las consecuencias inmediatas del suceso. Incluso en la situación excepcional que vive la ciudad, cinco asesinatos idénticos son demasiados. No queda margen. En el mejor de los casos, aunque logre evitar el escándalo público y la intromisión de chismosos y periodistas, son muchas las explicaciones que reclamarán el intendente general y el gobernador. Con ellos no hay intuiciones, teorías ni experimentos que valgan. Sólo cuentan los hechos, y querrán culpables. Y si éstos no aparecen, responsabilidades. La cabeza del asesino, o la suya.

Balanceando pensativo el bastón, una mano en un bolsillo de la levita e inclinado el sombrero sobre los ojos, Tizón observa la calle a uno y otro lado del ángulo recto que la divide en dos: un tramo hacia la vecina de Santiago y otro hacia la de Villalobos. Nunca han caído bombas allí. Es lo primero que procuró averiguar cuando supo el hallazgo del cuerpo. La más cercana, que no estalló, fue a dar hace dos semanas frente a la obra de la catedral nueva. Lo que sólo puede significar dos cosas: que sus hipótesis no tienen fundamento, o que en las siguientes horas o minutos pueden verse confirmadas por un impacto de la artillería francesa. Alzando la vista, observa con frialdad las casas próximas, las fachadas y terrazas que, por su orientación, tienen más probabilidades de recibir una bomba disparada desde el otro lado de la bahía. La docena de vecinos que curiosea en los balcones retiene su atención. Debería prevenirlos, se dice. Dar aviso de que en cualquier momento puede llegar un proyectil que los mutile o los mate. Sería interesante ver sus caras. Lárguense de aquí a toda prisa, porque lo mismo les cae una bomba encima. Me lo ha dicho un pajarito. O dicho en largo: evacuar con urgencia a los vecinos de la calle del Laurel y aledaños

—¿Unas horas? ¿Un día?—, con la explicación de que un asesino actúa conectado, según sospecha el comisario de Barrios, Vagos y Transeúntes, con extraños magnetismos y coordenadas misteriosas. Las carcajadas iban a oírse hasta en el Trocadero. Y es poco probable que el intendente y el gobernador riesen más allá de lo justo.

Próximas horas o minutos, se repite a sí mismo. Después da unos pasos por la calle, mirándolo todo. A partir de este momento —la idea le produce ahora un hormigueo de inquietud— puede no ocurrir nada en absoluto, o que una bomba caiga del cielo y le reviente a él encima. Como en la calle del Viento, la última vez. Aquel gato hecho trizas. El recuerdo lo hace moverse con absurda cautela, cual si de sus pasos en una u otra dirección dependiera estar o no en el punto final de la trayectoria de un disparo francés. Entonces, por un brevísimo instante, como si cruzase por un punto de la calle donde el aire se desvaneciera con sutileza extrema para dejar un insólito vacío, Tizón experimenta una incómoda sensación de irrealidad. Se parece, advierte asombrado, a caminar junto a un precipicio con la atracción del abismo tirando fuerte desde abajo: un vértigo desconocido hasta ahora. O casi. Quizás excitación sea otra palabra adecuada. Como curiosidad, intriga o incertidumbre. También tiene algo de oscuro deleite. Asustado del curso que toman sus pensamientos, el policía se siente demasiado expuesto. Físicamente vulnerable. Así debe de sentirse un soldado fuera de la trinchera, a tiro de un enemigo invisible. Mira a un lado y a otro con sobresalto, como si despertara de una modorra peligrosa: los vecinos arriba, Cadalso de pie junto al cadáver, los rondines que en la esquina mantienen lejos a los curiosos. Vuelto en sí, Tizón busca el lado de la calle que le parece más protegido, habida cuenta —procura recordarlo mientras calcula con rápido vistazo— que la artillería francesa tira sobre la ciudad desde el este.

Luego está el asesino, naturalmente. Deteniéndose en un portal, analiza esa palabra: *luego*. Y no sin sarcasmo. En realidad está asombrado de su propia indecisión frente al orden exacto de prioridades. Bombas y asesinos. Lugares con su antes y después. La verdad, concluye, es que lo irrita sobremanera verse obligado a intervenir en un aspecto del problema sin resolver la parte más incierta de éste. Pero la quinta muchacha muerta no deja elección. El principal sospechoso está localizado, y hay superiores que lo reclaman. Para mayor exactitud, lo van a reclamar a puñetazos sobre la mesa dentro de un rato, en cuanto la noticia del nuevo crimen corra por la ciudad. Y esta vez correrá, sin duda, por muchas bocas que se tapen. Toda aquella estúpida gente en los balcones, y los periódicos atando cabos. Haciendo memoria. Ante esa urgencia, el resto de elementos deberán esperar, o ser descartados. Esta posibilidad —certeza, quizás— exaspera al policía. Sería decepcionante verse obligado a neutralizar al asesino sin averiguar antes las extrañas reglas físicas que rigen su juego. Saber si es autor absoluto o simple agente de una trama más compleja. Clave suprema o simple pieza del enigma.

—¿Qué hay de ese Fumagal?

Ha vuelto junto a su ayudante, que mira el cuerpo cubierto por la manta mientras se hurga minuciosamente la nariz. El subalterno hace una mueca que no compromete a nada. Lo suyo no es interpretar hechos, sino seguirlos con puntualidad e informar de ello a su jefe. Cadalso es de los que duermen sin complicarse la cabeza. A pierna suelta.

—Sigue bajo vigilancia, señor comisario. Dos parejas se relevaron esta noche delante de su casa.

—¿Y?

Un silencio incómodo, mientras el esbirro considera si el monosílabo exige o no una respuesta prolija.

—Y nada, señor comisario.

Tizón golpea el suelo con la contera del bastón, impaciente.

—¿No salió anoche?

—No, que yo sepa. Los agentes juran que estuvo en casa toda la tarde. Luego fue a cenar a la fonda de la Perdiz, paró un rato en el café del Ángel y volvió temprano. La luz de sus ventanas se apagó sobre las nueve y cuarto.

—Demasiado temprano... ¿Estás seguro de que no salió?

—Eso dicen quienes vigilaban. Tampoco me pida más... Los que estuvieron de guardia aseguran que no se movieron de allí durante sus turnos, y que el sospechoso ni asomó a la puerta.

—Las calles son oscuras... Pudo irse por otro sitio. Por atrás.

Arruga la frente Cadalso, considerando largamente aquello.

—Lo veo difícil —concluye—. La casa no tiene puerta trasera. La única posibilidad es que se hubiera descolgado por la ventana al patio de la casa de al lado. Pero, si me permite el comentario, eso es mucho suponer.

Tizón acerca su cara a la del esbirro.

—¿Y si salió por la terraza, pasando a la casa vecina?

Un silencio elocuente. Culpable, esta vez.

—Cadalso... Me voy a cagar en todos tus muertos.

El otro agacha la cabeza, contrito. Casi hace lo mismo con las orejas. O parece a punto.

—Imbécil —remacha Tizón—. Cuadrilla de tarados imbéciles.

Balbucea el ayudante algunas excusas de poco fundamento, que el comisario descarta con un ademán de la mano que empuña el bastón. Prefiere ir a lo práctico. No sobra el tiempo, y hay que centrarse. Lo primero es que el pájaro no vuele fuera de la red. Asegurarlo.

—¿Qué hace ahora?

Cadalso lo mira, sumiso. Un perrazo maltratado buscando rehabilitarse ante el amo.

—Sigue dentro de la casa, señor comisario. Todo parece normal... Por si acaso, he hecho doblar la vigilancia.

—¿Cuántos hombres hay ahora?

—Seis.

—Eso es triplicar, animal.

Cálculos mentales. Cádiz es un tablero de ajedrez. Hay jugadas eficaces y jugadas perfectas. Al jugador inteligente lo caracterizan su previsión y su paciencia. A Tizón le gustaría ser inteligente, pero sólo se sabe astuto. Y veterano. Habrá, concluye resignado, que apañarse con lo que hay.

—Llevaos el cuerpo de aquí. Al depósito.

—¿No esperamos a la tía Perejil?

—No. A ésta no hace falta buscarle la virginidad, como a las otras.

—¿Por qué, señor comisario?

—¿No me has dicho que era puta?... Cretino.

Da unos pasos hacia el centro de la calle y mira alrededor. Quiere confirmar lo que sintió hace un momento, cuando consideraba la posibilidad —todavía la considera con aprensión— de que le cayera encima una bomba. No se trata de algo concreto, sino de una sospecha sutilísima, casi imperceptible. Algo relacionado con el sonido y el silencio, con el viento y su ausencia. Con la densidad, quizás, o la textura, si ésa es la palabra, del aire en aquel punto de la calle. Y no es la primera vez que ocurre. Mirando en torno, moviéndose muy despacio, Rogelio Tizón intenta recordar. Ahora tiene la seguridad de haber vivido ya idéntica sensación, o sus efectos. Semejante a cuando el pensamiento parece reconocer, de modo misterioso, algo que ocurrió en el pasado. En otras circunstancias o en otra vida.

La calle del Viento, recuerda de pronto, estupefacto. La misma sensación de vacío sintió allí, en la casa abandonada donde apareció la anterior muchacha muerta. Aquella peculiar certeza de que en algún lugar y momento preciso el aire cambiaba su cualidad, como si se tratara de un lugar de características distintas al resto. Un punto de ausencia o de nada absoluta, al que una campana de cristal invisible aislara del entorno, vaciándolo de su atmósfera. Todavía asombrado por el descubrimiento, da unos pasos al azar buscando situarse en el mismo lugar de antes. Al fin, a poca distancia del cadáver, justo en el ángulo recto que forma la calle, tiene de nuevo la impresión de penetrar en ese mismo espacio angosto, singular, donde el aire está inmóvil, los sonidos se perciben de modo apagado y distante, y hasta la temperatura parece distinta. Un vacío casi absoluto que incluye lo sensorial. La certeza sólo dura un momento, y se desvanece enseguida. Pero basta para erizarle el vello al policía.

11

En los últimos días, los ponientes de invierno traen a la ciudad puestas de sol brumosas. Hace rato que el cielo pasó del rojo al gris azulado y luego al negro, mientras en la bahía se arriaban las banderas y las siluetas inmóviles de los barcos anclados se fundían con las sombras. Las primeras horas de la noche destilan una humedad prematura, impaciente, que ya moja las rejas en las ventanas, vuelve resbaladizos los adoquines de las aceras y hace relucir el suelo bajo la única luz que brilla fantasmal, cercana: el farol de aceite encendido en la esquina de las calles del Baluarte y San Francisco. Más que animar las tinieblas, esa luz sobrecoge como la lamparilla de un sagrario en una iglesia lóbrega y vacía.

—Que no te dejo ir sola, te pongas como te pongas... ¡Santos!

—Mande, doña Lolita.

—Coge una linterna y acompaña a la señora.

En la puerta de su casa, a oscuras, toquilla de lana sobre los hombros y el pelo recogido en una trenza apretada en redondo sobre la nuca, Lolita Palma despide a Curra Vilches. La amiga protesta porque, dice, puede perfectamente recorrer sola los ciento y pico pasos que la separan de su casa en Pedro Conde, frente a la Aduana. A sus años y en Cádiz, no necesita abanico para sacudirse las moscas. Oye. Faltaría más.

—No me fastidies, criatura —se rebela, subiéndose las solapas anchas de su capotillo—. Y deja tranquilo al pobre Santos, que estaba cenando.

—Tú te callas. Boba. Que no andan las cosas para taconear por ahí, como si nada.

—Te digo que me voy. Quita.

—Que no... ¡Santos!

Insiste Curra Vilches, pero Lolita se niega a dejarla ir. Es tarde, y la hablilla de mujeres muertas que corre por la ciudad los tiene a todos inquietos. Con asesinos sueltos, le dice a su amiga, huelgan desgarros de maja. Las autoridades sostienen que se trata de fabulaciones, y ningún periódico se hace eco del asunto; pero Cádiz es un gran patio de vecinos: se murmura que los crímenes son reales, que la policía no logra dar con los culpables, y que, por encima de la libertad de imprenta, en los periódicos se ha impuesto la censura militar, justificada por la situación de guerra, para no alarmar a la gente. Cualquiera sabe.

Regresa el criado con un reverbero de hojalata encendido, y Curra Vilches termina plegándose a razones. Ha pasado casi toda la tarde en casa de Lolita, ayudándola un poco. Es último día de mes, fecha en que, por tradición, los despachos y oficinas de las casas comerciales de Cádiz permanecen abiertos hasta medianoche, lo mismo que las agencias de cambio y de banca, las tiendas de géneros de ultramar y los consignatarios de barcos, haciendo balance de existencias y poniendo al día los libros. Con costumbre heredada de su padre, Lolita ha dedicado la tarde a supervisar las cuentas que hacen los empleados de Palma e Hijos en la oficina de la planta baja, mientras su amiga la acompañaba para ocuparse de las tareas domésticas y atender a la madre.

—La he encontrado muy bien. Dentro de lo que cabe.

—Vete ya, anda. Tu marido querrá cenar.

—¿Ése? —Curra Vilches pone los brazos en jarras bajo el capotillo, a modo de desplante—. Para una temporada que pasa en Cádiz, lo tengo como tú, sumergido hasta el cogote en la correspondencia comercial y en sus libros de cuentas... No me necesita para nada. Hoy es el día perfecto para darse un relajo y cometer adulterio. Cada último de mes, las gaditanas casadas tenemos atenuantes... Cualquier confesor se haría cargo de las circunstancias.

—Qué burra eres —ríe Lolita—. Burra Vilches.

—Tú tómatelo a guasa, tonta. Pero lo que los médicos prescriben en días como hoy es un teniente de granaderos, un oficial de marina o algo así... De esos que no tienen ni idea de cambios de moneda ni doble contabilidad, pero que dan sofoco y ganas de abanicarse cuando pasan a tiro de pistola. Con buenas patillas y calzón bien apretado.

—No seas ordinaria.

—De eso nada, guapa. Tú sí que eres una sosa. De estar en tu lugar, soltera y con esas hechuras, otro gallo me cantaría. A buenas horas iba a pasar la vida emparedada con media docena de chupatintas en un despacho y coleccionando hojitas de lechuga en un álbum.

—Lárgate de una vez... Santos, ve alumbrando a doña Curra.

La luz del farol ilumina la acera delante de Curra Vilches cuando se arrebuja más en su capotillo y camina detrás del viejo criado.

—Desaprovechada, criatura —dice, volviéndose por última vez—. Lo que yo te diga... Estás desaprovechada.

Aún ríe Lolita Palma, ya a oscuras, apoyada en el quicio del portón.

—Anda y ve con ojo, tragasables.

—Adiós, monja de clausura.

Recorre Lolita el pasillo de la entrada, cierra la verja a su espalda y cruza entre los grandes macetones con helechos situados sobre las losetas genovesas del patio interior. Junto al aljibe, un candelabro grande con velones de cera ilumina los tres arcos y las dos columnas de la escalera de mármol que lleva a las galerías acristaladas de los pisos superiores. Unos pasos a la derecha, en el mismo patio, está la puerta de las dependencias comerciales que ocupan la planta baja, con otra puerta para géneros y actividad mercantil que da a la calle de los Doblones: el almacén de mercancías delicadas, la salita de recibir, el despacho principal y el de oficina, donde dos escribientes, un empleado, un tenedor contable y el encargado trabajan a la luz de quinqués de petróleo, inclinados sobre pupitres cubiertos de copiadores de cartas y libros de asiento, cargazones y facturas. Al entrar Lolita, sorteando el brasero de picón que calienta la estancia, todos inclinan la cabeza a modo de saludo —les tiene prohibido levantarse cuando llega a la oficina— y sólo Molina, el encargado, treinta y cuatro años en la casa, se pone en pie tras el panel de vidrio esmerilado que rodea el pequeño habitáculo donde trabaja. Lleva manguitos negros y una pluma de ave detrás de la oreja derecha.

—Aparecieron los impagados de La Habana, doña Lolita... Al uno y medio por ciento, nos salen tres mil setecientos reales como cuenta de resaca.

—¿Hay posibilidad de recuperarlos?

—Pocas, me temo.

Atiende sin dejar traslucir su desazón: apenas una breve arruga en el ceño —puede ser tomada por concentración— mientras habla el encargado. Suma y sigue. Otra pérdida más. El salario anual de uno de sus empleados, por ejemplo. La sensación de fatiga que experimenta no se debe sólo al trabajo de la jornada que aún no termina. El bloqueo francés, la falta general de liquidez, los problemas en América, acorralan cada vez más a los comerciantes gaditanos, a pesar de la aparente euforia de los negocios que algunos hacen gracias a la guerra. Palma e Hijos no es una excepción.

—Páselo a los libros tal como está. Y cuando tenga listas las facturas de Manchester y Liverpool, llévemelas al despacho —Lolita dirige una ojeada alrededor, a los empleados—... ¿Ya cenaron ustedes?

—Todavía no.

—Busque a Rosas y que les prepare algo. Fiambres y vino. Disponen de veinte minutos.

Empuja la puerta de la salita de recibir que comunica con la calle de los Doblones, con sus estampas marinas en las paredes y su friso de madera oscura, cruza la estancia y entra en el despacho principal. A diferencia del gabinete privado que suele utilizar fuera de horas en la parte alta de la casa, éste es grande, formal, y la decoración no ha cambiado desde los tiempos de su abuelo y su padre: una gran mesa y una librería, dos sillones viejos de cuero, tres modelos de barcos en urnas de cristal, un plano enmarcado de la bahía en la pared, un almanaque de la Real Compañía de Filipinas, un reloj inglés de péndulo, una funda de latón para mapas y cartas náuticas apoyada en un rincón, y un barómetro de alcohol largo y estrecho con la marca siempre fija en *Tiempo muy húmedo*. Sobre la mesa —la inevitable caoba oscura, como todos los muebles de la casa— hay un quinqué de cristal azulado, un timbre de campana, un cenicero de bronce que fue de su padre, un juego de plumas y tintero de porcelana china, un cartapacio de documentos y dos libros con páginas señaladas por tiras de papel: *Promptuario aritmético* de Rendón y Fuentes, y *Arte de la partida doble*, de Luque y Leyva. Recogiéndose la falda —sencilla, de casimir marrón, con chaquetilla corta y cómoda que permite trabajar sentada sin sofoco—, Lolita ocupa su asiento. Después se acomoda la toquilla de lana sobre los hombros, despabila el quinqué y contempla absorta el sillón vacío que tiene delante. Don Emilio Sánchez Guinea, que vino de visita a media tarde, estuvo sentado en él mientras cambiaban impresiones sobre la situación general. Que en opinión de la heredera de la casa Palma, como para cualquier gaditano con visión lúcida del futuro, se presenta incierta. Aunque el término exacto al que recurrió Sánchez Guinea fue *angustiosa*.

—Muchos no se dan cuenta de lo que nos viene encima, hija mía. Cuando pase la guerra y todo este sarampión liberal, y perdamos América de verdad, estaremos acabados... La euforia política ni hace negocios ni da de comer.

Fue una conversación profesional, sin paños calientes, pasando revista a los asuntos que ambas casas comerciales tienen en común. Ninguno de los dos alberga ilusiones sobre los próximos tiempos. Pesan mucho los obstáculos para convertir en dinero los vales reales, la lenta llegada de caudales a la ciudad, los problemas de las inversiones en riesgos y seguros marítimos, y sobre todo las dificultades de algunas casas de comercio locales para mantener el crédito, que depende tanto del buen nombre como de mantener en secreto los apuros de cada cual.

—Estoy cansado de bregar, Lolita. Hace veinte años que esta ciudad se enfrenta a todas las desgracias del mundo. Las guerras con Francia y con Inglaterra, lo de América, las epidemias... A eso añade el caos de la administración real, los excesivos derechos, los préstamos a la Corona y a las Cortes, la pérdida de capitales de los lugares ocupados por los franceses. Y ahora dicen que empiezan a verse corsarios de los insurrectos en el Río de la Plata... Demasiada lucha, hija mía. Demasiados disgustos. Todo me encuentra muy mayor. Ojalá acabe este disparate y pueda retirarme a mi finca de El Puerto, si es que la recupero alguna vez... En fin. Cuestión de paciencia, supongo. Espero vivir para verlo... Por suerte tengo a mi hijo, que poco a poco se hace cargo de todo.

—Miguel es un buen chico, don Emilio. Listo y trabajador.

El veterano comerciante sonreía, melancólico.

—Lástima que tu padre y yo no consiguiéramos que vosotros...

Dejó la frase en el aire. Lolita también sonreía, con tierno reproche. Aquél era tema viejo entre los dos.

—Es un buen chico —repitió ella—. Demasiado bueno para mí.

—Ojalá te hubieras casado con él.

—No diga eso. Tiene usted una nuera estupenda, dos nietos preciosos y el que viene de camino.

Movió la cabeza el otro, desalentado.

—Ser listo y trabajador ya no basta para salir adelante. Y no envidio lo que le espera... Lo que os espera a los jóvenes después de esta guerra. El mundo que conocimos ya nunca será el mismo.

Un silencio. Sánchez Guinea sonrió con afecto.

—Deberías...

—No empiece, don Emilio.

—Tu hermana no tiene hijos, ni parece que los vaya a tener. Si tú... Bueno —miraba alrededor, apenado—. Sería una lástima que todo esto... Ya sabes.

—¿La casa Palma se extinguiera conmigo?

—Todavía eres joven.

Alzó una mano Lolita, tajante. Nunca permite a don Emilio Sánchez Guinea, ni a nadie, ir más allá en ese terreno. Ni siquiera a su íntima Curra Vilches

—Hablemos de negocios, hágame el favor.

Se removía el viejo comerciante, incómodo.

—Disculpa, hija mía... No pretendo entrometerme.

—Está perdonado.

Entraron en detalles sobre asuntos mercantiles: fletes, derechos de aduana, barcos. La difícil apertura de nuevos mercados que compensen las pérdidas de la crisis americana. Sánchez Guinea, al corriente de que en los últimos tiempos Palma e Hijos ha establecido contactos comerciales con Rusia, intentaba sondear a Lolita. Consciente de eso —en materia de negocios, los afectos nada tienen que ver con los intereses—, ella se limitó a referir detalles superficiales: dos viajes a San Petersburgo de la fragata *José Vicuña* con vino, quina, corcho y lastre de sal, en viaje de ida, y aceite de castor y almizcle siberiano —más barato que el de Tonkín— a la vuelta. Nada que Sánchez Guinea y su hijo no supieran ya.

—Tampoco con las harinas te va mal, me parece.

A eso respondió Lolita que no se quejaba. La importación de harina norteamericana —tiene millar y medio de barriles en los almacenes del puerto— ha dado un importante respiro a la casa Palma e Hijos en los últimos tiempos.

—¿También para Rusia?

—Puede. Si consigo embarcarla antes de que se estropee con la humedad.

—Ojalá te salga todo bien. No es buena época... Fíjate en la desgracia de Alejandro Schmidt. La *Bella Mercedes* se le perdió en los bajos de Rota, con toda la carga.

Asintió ella. Estaba al tanto, por supuesto. Vientos contrarios y una mar infame arrojaron hace un mes ese barco contra la costa ocupada por los franceses, que lo saquearon cuando se calmó el temporal: doscientas cajas de canela china, trescientos sacos de pimienta de las Molucas y mil varas de lienzo de Cantón. La casa Schmidt tardará en rehacerse de semejante pérdida, si es que llega a conseguirlo. En tiempos como éstos, donde a veces se apuesta demasiado a un solo viaje, la pérdida de un barco puede ser irreparable. Mortal.

—Hay un negocio que puede interesarte.

Observó Lolita a su interlocutor, cauta. Le conocía el tono.

—¿Se refiere usted a negociar con la mano derecha o con la izquierda?

Una pausa. Sánchez Guinea encendió un grueso cigarro en la llama del quinqué.

—No te precipites —entornaba los ojos con simpatía cómplice—. Lo que voy a proponerte está muy bien.

Lolita se echó atrás en su butaca de cuero, moviendo la cabeza. Cauta.

—Con la izquierda, entonces —concluyó—. Pero ya sabe que no me gusta salir de lo ordinario.

—Lo mismo dijiste con el asunto de la *Culebra*. Y ya ves. Está siendo buen negocio... Por cierto: no sé si sabes que la torre Tavira acaba de izar bola negra. Han divisado una fragata mar adentro y una balandra grande que sube despacio la costa, con el poniente... ¿Lo sabías?

—No. Llevo todo el día aquí, entre papeles.

—La balandra puede ser la nuestra. Supongo que montará el faro esta misma noche y mañana estará en la bahía, si no cambia el viento.

Con un esfuerzo, Lolita apartó a Pepe Lobo de sus pensamientos. No aquí, resolvió. No ahora. Cada cosa a su tiempo.

—Hablábamos de otro asunto, don Emilio. Lo de la *Culebra* es corso con patente del rey. El contrabando es diferente.

—Pues la mitad de nuestros colegas lo practican sin remilgos.

—Eso da igual. Usted mismo, antes...

Se calló, dejándolo ahí. Por respeto. Sánchez Guinea miraba la ceniza gris que empezaba a formarse al extremo de su habano.

—Tienes razón, hija. Antes apenas lo tocaba. Ni eso ni la trata de esclavos, como tu padre; aunque tu abuelo Enrico nunca le hizo ascos a traficar con negros... De cualquier modo, los tiempos han cambiado. Hay que ajustarse a lo que hay. No voy a dejar que entre los franceses y la rapacidad de nuestras autoridades acaben acogotándome del todo —se inclinó un poco hacia adelante, y al hacerlo cayó ceniza sobre la caoba—. Se trata...

Lolita Palma empujó con suavidad el cenicero, acercándoselo.

—No quiero saberlo.

Sánchez Guinea, el cigarro entre los dientes, la miraba persuasivo. Insistió.

—Es casi limpio: setecientos quintales de cacao, doscientos cajones de cigarros hechos y ciento cincuenta tercios de tabaco en hoja. Todo puesto de noche en la ensenada de Santa María... Lo traerá un jabeque inglés de Gibraltar.

—¿Y el Cabildo y la Real Aduana?

—Al margen. O casi.

Ella movía de nuevo la cabeza. Afectuosa. Una risa breve, incrédula.

—Eso es contrabando puro. Descaradísimo. Y no puede hacerse de forma oculta, don Emilio.

—¿Y quién lo pretende?... Estamos en Cádiz, recuerda. Nosotros no figuraremos para nada, oficialmente. Y todo está previsto. Engrasados todos los goznes para que no chirríen, de abajo arriba. Ningún problema.

—¿Para qué me necesita, entonces?

—Compartir riesgos financieros. Y beneficios, naturalmente.

—No me interesa. Y no es por los riesgos, don Emilio. Sabe que con usted...

Se echó al fin atrás Sánchez Guinea, resignado. Aceptando las cosas como eran. Miraba tristemente el cenicero limpio, reluciente sobre la madera oscura, pulida por el tacto de tres generaciones.

—Lo sé. No te preocupes, hija mía... Lo sé.

Tras la ventana cerrada que da a la calle de los Doblones, unas voces de majos de la Viña o la Caleta, camino de algún fandango en las tabernas del Boquete, se oyen unos instantes, de paso, entreveradas de risas, palmas sueltas y unas cuantas notas pulsadas al azar en las cuerdas de una guitarra. Después, la calle desierta y la noche recobran su silencio. Ahora, sola en el despacho, Lolita Palma sigue contemplando el asiento vacío al otro lado de la mesa. Recuerda el gesto abatido del viejo amigo de la familia al levantarse camino de la puerta. También, cada palabra de la conversación mantenida con él. No logra apartar de su cabeza la imagen de la *Bella Mercedes* de la casa Schmidt destrozada en los bajos de Rota, con su carga en manos de los franceses. Palma e Hijos difícilmente podría recobrarse de un golpe como ése. Los tiempos que corren obligan a jugársela con cada barco, en cada viaje, expuestos a la buena o mala fortuna del mar, al azar, a los corsarios.

Molina, el encargado, llama a la puerta y asoma la cabeza.

—Con permiso, doña Lolita. Aquí están las facturas de Manchester y Liverpool.

—Déjelas ahí. Luego le digo.

Suena un toque de campana en la cercana torre de San Francisco, desde donde un vigía advierte cuando se ven fogonazos en las baterías francesas del Trocadero, a campanada por bomba. Al cabo de un momento llega un estruendo que hace vibrar ligeramente los vidrios en la ventana. Una granada ha caído, estallando en algún sitio no muy lejano. Lolita Palma y el encargado se miran en silencio. Cuando se retira Molina, ella apenas hojea los documentos. Sigue inmóvil, la toquilla de lana sobre los hombros, las manos en el círculo de luz del quinqué. La palabra *corsarios* le da vueltas en la cabeza. Poco antes del anochecer, dejando la oficina, fue a ver a su madre y a Curra Vilches, que sentada junto a la cama, paciente como sólo su amistad puede serlo, jugaba con ella a las cartas. Luego subió con Santos a la torre vigía de la terraza, y apoyando el telescopio inglés en el alféizar de la ventana estuvo observando largo rato la balandra que se movía lentamente de sur a norte por el mar brumoso, rojizo, del crepúsculo, ciñendo despacio el viento a un par de millas de la muralla de poniente.

Las calles de la Cádiz acomodada, rectas y estrechas entre casas altas, parecen desembocar en un cielo fosco, gris, que se espesa por el lado occidental de la ciudad. Un cielo de los que traen viento y agua, calcula Pepe Lobo con un vistazo instintivo. Hace días que los barómetros no levantan cabeza, y el corsario se alegra de que la *Culebra* esté segura sobre diez quintales de hierro, en la bahía, en lugar de hallarse mar adentro, rizando velas y trincándolo todo para afrontar el mal tiempo. La balandra fondeó ayer entre otros barcos mercantes, en tres brazas de agua y frente al muelle de la Puerta de Mar, alineada entre la punta del espigón de San Felipe y los bajos que la marea descubre frente a los Corrales. La noche ha sido tranquila, con poniente húmedo y todavía suave. Un par de fogonazos artilleros de la Cabezuela, con el rasgar de aire de los proyectiles pasando en la oscuridad por encima de los palos de los barcos antes de caer en la ciudad, no turbaron el sueño de nadie.

En tierra firme desde hace sólo tres horas, con la primera luz, y sintiendo todavía bajo los pies el peculiar balanceo imaginario del suelo, consecuencia de cuarenta y siete días de campaña naval —la mayor parte sin pisar otra cosa que la tablazón de una cubierta—, Lobo recorre la calle de San Francisco en dirección a la iglesia y la plaza. Viste formal, a tono de capitán corsario en tierra, con pantalón oscuro de dril grueso, zapatos con hebilla de plata, chaqueta azul con botones de latón y sombrero negro de dos picos, a lo marino, sin galón pero con la escarapela roja que lo acredita como corsario del rey: una indumentaria adecuada para facilitar los trámites burocráticos, judiciales y de aduanas inevitables al llegar a puerto, donde en los tiempos que corren apenas hay nada que pueda hacerse sin algo parecido a un uniforme. En la confitería de Cosí, dentro y en torno a las mesas que ocupan la esquina de la calle del Baluarte, hay media docena de ellos: algunos Voluntarios gaditanos, un oficial de la Real Armada y un par de ingleses de casacas rojas y piernas al aire bajo el *kilt* escocés. También menudean los civiles, hombres y mujeres, entre los que es fácil reconocer a los redactores de *El Conciso*, que allí suelen reunirse, por sus dedos manchados de tinta y los papeles que asoman de sus bolsillos; y a los emigrados de provincias bajo dominio francés, por el aire desocupado y la ropa pasada de moda, rezurcida o gastada por el uso. Varios de éstos se sientan ociosos junto a mesas guarnecidas sólo por modestos vasos de agua.

Hay un mendigo en el suelo, apoyada la espalda contra la pared, incomodando el paso junto a la puerta de un relojero. El dueño está diciéndole que se quite de allí, pero no hace caso. Incluso le dedica un gesto obsceno. Al pasar el corsario por su lado, levanta hacia él la vista.

—Deme algo, mi brigadier... Por amor de Dios.

El tono de insolencia que se advierte bajo la súplica y el exagerado tratamiento, casi sarcástico, sorprenden a Pepe Lobo. Sin detenerse, dirige un rápido vistazo al mendigo: pelo y barba grises y revueltos, sucios, y edad indefinida. Lo mismo puede tener treinta que cincuenta años. Se cubre con casacón pardo remangado y lleno de remiendos, y el calzón subido sobre la pierna derecha muestra, buscando acicatear la caridad pública, el muñón de una amputación hecha por debajo de la rodilla. Uno más, en suma, de los muchos hombres y mujeres que se buscan la vida en las calles gaditanas, continuamente rechazados por la policía hacia los barrios próximos al puerto, y que cada día se lanzan de nuevo al asalto de las migajas que puedan arrancar a este lado de la ciudad. Sigue adelante el corsario, pero se detiene de pronto. Un tatuaje azulado, borroso por el tiempo, que advierte en el antebrazo del mendigo, llama su atención. Un ancla, parece. Entre un cañón y una bandera.

—¿Qué barco?

Le sostiene la mirada el otro, desconcertado al principio. Al cabo mueve hacia abajo la cabeza, como si comprendiera. Se mira el tatuaje y luego levanta de nuevo los ojos hacia Pepe Lobo.

—El *San Agustín*... Ochenta cañones. Su comandante, don Felipe Cajigal.

—Ese barco se perdió en Trafalgar.

La boca del mendigo se quiebra en una mueca desdentada que en otro tiempo y otra vida fue una sonrisa. Con ademán indiferente, señala su muñón desnudo.

—No fue lo único que se perdió allí.

Lobo permanece inmóvil un momento.

—No hubo socorro, supongo —comenta al fin.

—Lo hubo, señor... El de mi mujer metida a puta.

Ahora es el corsario quien asiente despacio. Pensativo. Después mete una mano en un bolsillo y saca un duro: el viejo rey Carlos IV mirando hacia la derecha, lejos, como si nada de aquello fuese con él. Al tocar la onza de plata, el mendigo observa al corsario con curiosidad. Después aparta la espalda de la pared y parece erguirse un poco, con una ráfaga de insólita dignidad, mientras se lleva dos dedos a la frente.

—Cabo de cañón Cipriano Ortega, señor... Segunda batería.

El capitán Lobo sigue su camino. Lo acompaña ahora la hosca pesadumbre que todo hombre sometido a los azares del mar y la guerra siente ante la mutilación y la miseria de otro marino. Se trata menos de un sentimiento de piedad que de inquietud por la propia suerte. Por el futuro que acecha tras los zarandeos malignos del oficio, los astillazos en combate, el destrozo de balas, palanquetas y metralla. La aguda certeza de la propia vulnerabilidad física: esa con la que juegan sin prisas el tiempo y la buena o mala fortuna, y que puede terminar arrojándolo a uno a tierra convertido en despojo miserable, igual que el mar indiferente arroja a la playa los restos desarbolados de un naufragio. Quizá un día él mismo se vea de ese modo, piensa Pepe Lobo mientras se aleja del mendigo. Y en el acto se obliga a dejar de pensar.

Ve a Lolita Palma, vestida de tafetán negro y con chal, saliendo de una librería con un paraguas bajo el brazo y poniéndose los guantes, escoltada por su doncella Mari Paz, que lleva unos paquetes. El encuentro no es casual. El corsario la busca desde que, media hora antes, dejó el despacho de los Sánchez Guinea, en el Palillero. Hace un momento estuvo en la casa de la calle del Baluarte, donde el mayordomo, que dijo ignorar a qué hora volvía la señora, lo orientó hacia aquí. Iba al Jardín Botánico y luego a las librerías de San Agustín o las de San Francisco, dijo. Y cuando va de libros, hay para un rato.

—Qué sorpresa. Capitán.

Tiene buen aspecto, observa el corsario. Tal como recordaba. La piel todavía tersa y de apariencia suave, el rostro bien formado, los ojos serenos. Va sin sombrero ni otro adorno que un collar de perlas y unos aretes sencillos de plata. El cabello, recogido en moño con una peineta de concha, y el chal turco de lana fina —flores rojas bordadas sobre negro— que lleva con soltura sobre los hombros, dan un toque castizo al sobrio vestido de talle bajo que estrecha con gracia su cintura. Gaditana al fin y al cabo, se dice el corsario con íntima sonrisa. Evidente hasta con su clase y maneras. Dos mil quinientos años de historia, o los que sean —en tales cuestiones, Lobo no anda tan versado como en su oficio—, no pasan en balde por una ciudad ni por sus mujeres. Ni siquiera por Lolita Palma.

—Bienvenido a tierra firme.

Se descubre Pepe Lobo mientras justifica su presencia allí. Hay un par de gestiones oficiales en curso que deben ser resueltas esa mañana, y don Emilio Sánchez Guinea le ha pedido que consulte con ella antes de seguir adelante. Puede acompañarla al despacho, si quiere. O esperar a que lo reciba a una hora más conveniente. Mientras dice todo eso, el corsario la ve levantar el rostro y mirar el cielo gris.

—Hablemos ahora, si le parece. Antes de que empiece a llover... Suelo pasear un poco a esta hora.

Lolita Palma despide a la doncella, que se aleja con los paquetes camino de la calle del Baluarte, y se queda mirando al marino como si a partir de ahora las decisiones debiera tomarlas él. Tras un titubeo, Lobo propone con un ademán dos alternativas: la confitería cercana o la calle del Camino, que lleva a la Alameda, las murallas y el mar.

—Prefiero la Alameda —dice ella.

Asiente el corsario mientras se pone el sombrero, un punto inseguro todavía. Irritado consigo mismo, y divertido —un asombro divertido, sería lo exacto— por esa irritación. Por la suave inseguridad que siente cosquillear en sus ojos y sus manos. Que le enronquece la voz. A sus años. Ni siquiera las mujeres hermosas lo intimidaron nunca, antes. Y tiene gracia. La mirada serena que tiene delante, el tranquilo aplomo de la mujer —su jefa y asociada, se repite dos veces mientras sostiene su mirada—, le causan una sensación grata, de relajo cómplice. Compartido. Una tibieza cercana e insólitamente posible, como si bastara alargar con sencillez una mano y apoyarla en el cuello de Lolita Palma para sentir allí, con plena naturalidad, el latir de su pulso y el calor delicado de la carne. Con una carcajada interior —por un instante parece mirarlo inquisitiva, y él teme que la idea o la risa imaginaria hayan asomado de veras a su rostro—, el corsario deja que la absurda idea se vaya al garete, desvaneciéndose en su sentido común.

—¿De verdad no le importa caminar, capitán?

—Todo lo contrario.

Van por el centro empedrado de la calle, él a su izquierda, mientras la pone al corriente. La campaña no ha sido mala, resume tras cierto esfuerzo de concentración. Cinco capturas, una de importancia: goleta francesa que, con bandera de Portugal, hacía viaje de Tarragona a Sanlúcar con paño de calidad, cuero para zapatos, sillas de montar, pacas de lana y correspondencia. La correspondencia la ha entregado Lobo a las autoridades de Marina, pero todo parece indicar que el barco y su carga serán declarados buena presa. Las otras cuatro son de menos valor: dos tartanas, un pingue y un falucho con arenques, pasas, duelas de hierro para barriles y atún salado. Poco más. El falucho, un contrabandista portugués de Faro, llevaba una talega con doscientas cincuenta onzas de oro con cuño del rey Pepe.

—Podría ser —concluye— que el falucho nos diera algún problema en el tribunal de presas. Así que he asegurado el oro, depositándolo sellado en Gibraltar para que nadie lo toque.

—¿Hubo algún problema con él o los otros?

—No. Todos arriaron a la primera. Sólo el falucho quiso despistarnos un poco al principio, amparándose en su bandera, y luego probó suerte echándonos una carrera entre Tarifa y punta Carnero. Pero no utilizó los dos cañones de a cuatro que llevaba a bordo.

—¿Y nuestra gente está bien?

A él le complace que ella haya dicho *nuestra gente*, y no *su gente*.

—Todos bien, gracias.

—¿Qué es ese asunto que tenía que consultarme?

Los franceses aprietan en Tarifa, explica él, como han hecho en Algeciras. Parecen dispuestos a controlar toda esa parte de la costa. Se habla del general Leval con diez o doce mil soldados con caballería y artillería sitiando la plaza, o a punto de hacerlo. Desde Cádiz mandan allí lo que se puede, pero no hay mucho. Faltan barcos, y los ingleses, aunque tienen un coronel y alguna gente dentro, no quieren distraer nada de lo suyo. Hay, sobre todo, un problema de enlace, para llevar y traer despachos. El comandante de la bahía, don Cayetano Valdés, dice que no puede prescindir ni de una lancha cañonera.

—Resumiendo —acaba—: agregan la *Culebra* a la Real Armada, por un mes.

—¿Quiere decir que la requisan?

—No llegan a tanto.

—¿Y para hacer qué?

—Despachos y correspondencia oficial con Tarifa. La *Culebra* es rápida y maniobra bien... Tiene su lógica.

Lolita Palma no parece inquietarse demasiado. Es obvio que disponía de noticias al respecto, intuye él. Algún aviso previo.

—Mantiene usted el mando, supongo.

Sonríe Lobo, confiado.

—De momento no han dicho lo contrario.

—Sería un abuso. No podríamos consentirlo sin la compensación adecuada... Y no son tiempos para que la Armada compense a nadie. Está en bancarrota, como todo lo demás... O peor.

Lo mismo opinan los Sánchez Guinea, apunta con calma el corsario. De todas formas, duda que lo sustituyan en el mando de la balandra. Tampoco sobran oficiales, con toda la gente disponible empeñada en las fuerzas sutiles de la bahía y los caños.

—En cualquier caso —añade—, el rey corre con los gastos de equipamiento y sueldo para la tripulación, y prorrogan nuestra patente por el tiempo que dure el servicio... Lo del sueldo no lo veo nada claro, la verdad. Ni ellos cobran el suyo. Pero al menos no podrán negarnos pertrechos. Aprovecharemos para ponernos al día en pólvora, jarcia, repuestos y demás. También intentaré conseguir llaves de fuego para los cañones.

Asiente Lolita Palma, reflexiva. A Pepe Lobo no se le escapa el cambio de tono registrado en ella al hablar de asuntos oficiales. Más duro, impersonal. Casi metálico. Ahora el corsario dirige un vistazo furtivo a su derecha. De reojo. La mujer camina mirando al frente, en dirección a la muralla que se extiende al final de la calle. Un bonito perfil, concluye Lobo. Aunque *hermosa*, palabra conveniente en una mujer, no sea en este caso la más apropiada. La nariz es tal vez demasiado recta, voluntariosa. La boca puede ser dura, en apariencia. También suave, sin duda. Dependerá del humor. De quien la bese. Durante unos pasos se abisma en la pregunta de si alguien la habrá besado alguna vez.

—¿Cuándo saldría usted, capitán?

Casi se sobresalta el corsario. Seré imbécil, piensa. O se increpa.

—No sé. Pronto, supongo... En cuanto reciba la orden.

El paseo los ha llevado hasta la plaza de los Pozos de la Nieve. La Alameda se extiende a la izquierda, palmeras altas y arbolillos despojados por el invierno, alineados en tres filas paralelas a lo largo de la muralla, hasta las torres de la iglesia del Carmen y la silueta ocre del baluarte de la Candelaria, que se adentra como la proa de un barco en el mar ceniciento.

—Está bien —Lolita Palma hace un ademán resignado—. No creo que podamos impedirlo... De todas formas, me encargaré de asegurar las garantías. Con la Real Armada nunca se sabe. Don Cayetano Valdés es hombre de trato seco, pero razonable. Lo conozco hace tiempo... Suena mucho para gobernador y capitán general de Cádiz, si se confirma que Villavicencio pasa a la nueva Regencia que se anuncia para después de Navidad.

Se han detenido sobre la muralla, junto a los primeros árboles y bancos de piedra de la Alameda. La bahía se ve desde allí como una extensión apenas ondulante, plomiza y fría. Ni un soplo de viento riza la superficie que se funde con una franja de niebla costera y nubes bajas al otro lado, ocultando Rota y El Puerto de Santa María. Lolita Palma apoya las manos enguantadas en el pomo de ébano y marfil de su paraguas negro.

—Tengo entendido que estuvo en Algeciras, cuando la evacuación.

—Sí. Estuve.

—Cuénteme algo de lo que vio. Aquí sólo sabemos lo que esta semana publican los periódicos: el habitual heroísmo sin límites de nuestros patriotas y las graves pérdidas del enemigo... Ya sabe.

—No hay mucho que contar —responde el corsario—. Estaba fondeado en Gibraltar, tramitando la presa portuguesa, cuando empezó el cañoneo y la gente se refugió en Isla Verde y en los barcos. Me pidieron que ayudara, así que me arrimé cuanto pude, con cuidado porque es una costa muy sucia... Estuvimos unos días pasando refugiados y militares a La Línea, y seguimos por allí hasta que los franceses entraron en la ciudad y empezaron a tirarnos desde las alturas de Matagorda y la torre de Villavieja.

Cuenta eso brevemente, un poco a disgusto, y se calla el resto: mujeres y niños asustados, sin comida ni abrigo, temblando de frío bajo la lluvia y el viento, durmiendo al raso entre las piedras de la isla o en las cubiertas de los barcos. Los últimos soldados y las guerrillas de paisanos voluntarios que, tras haber demolido a hachazos el puentecillo del río de la Miel y cubierto las avenidas para proteger la evacuación general, se retiraban corriendo por la playa, cazados como conejos por los tiradores franceses. El solitario gastador al que, a través del catalejo, vio volver sobre sus pasos y recoger a un compañero herido; y que, cargado con él, fue apresado por los enemigos antes de alcanzar la última lancha.

Suena una campana a su espalda, varias calles atrás: la de San Francisco. Un solo toque. Algunos caleseros, pescadores de la muralla y paseantes corren a resguardarse junto a las fachadas de las casas.

—Fogonazo de artillería —dice la mujer, con extraña calma.

Pepe Lobo mira en dirección al Trocadero, aunque los edificios impiden ver aquella parte de la costa.

—Llegará en unos quince segundos —añade ella.

Permanece inmóvil, contemplando el mar gris. El corsario observa que sus manos, que todavía apoya en el pomo del paraguas, aferran éste con más fuerza, crispadas por una tensión nueva y apenas perceptible. Instintivamente, él se acerca un poco más, interponiéndose en la imaginaria trayectoria de una bomba. Algo absurdo, por otra parte. Las bombas francesas pueden caer en cualquier sitio. Incluso pueden caerles encima.

Lolita Palma se vuelve a mirarlo con curiosidad. O eso le parece a él. En la boca de la mujer podría adivinarse una vaga sonrisa. Agradecida, quizá. Reflexiva, en todo caso. Permanecen así los dos, estudiándose de cerca en silencio, durante unos instantes. Tal vez demasiado cerca, se dice Lobo, reprimiendo el impulso de dar un paso atrás. Sería empeorar las cosas.

Un estampido sordo tras los edificios. Lejos. Hacia la Aduana.

—No era la nuestra —dice ella.

Sonríe ahora abiertamente, casi con dulzura. Como el día en que hablaron del árbol pintado en su abanico. Y, una vez más, él admira su sangre fría.

—¿Sabe quién toca la campana en San Francisco cuando hay bombas?

Responde el corsario que no, y ella se lo cuenta. Un novicio del convento, voluntario, se encarga de la tarea. El embajador inglés, al verlo desde el balcón de su casa hacer cortes de mangas dirigidos a los franceses entre repique y repique, quiso conocerlo y lo agasajó con una onza de oro. Ya conocerá Lobo las coplas que se cantan en la ciudad, entre guitarras de barbero, tabernas y colmados. La chispa local no se extingue ni con la guerra.

—Pero no todo son anécdotas simpáticas —concluye—... Dicen que están matando a mujeres.

—¿Matándolas?

—Sí. Asesinadas. De forma terrible.

No estaba al corriente el corsario, y ella cuenta lo que sabe. Que no es mucho. Los periódicos evitan el asunto, quizá para no alarmar a la población. Pero corren historias de chicas jóvenes secuestradas y muertas a latigazos. Un par de ellas, al menos. Y Dios sabe qué atrocidades más. Con tanto forastero y militar en la ciudad, hágase cargo. Pocas se atreven estos días a salir de noche.

Pepe Lobo tuerce el gesto. Incómodo.

—Hay veces en que uno llega a avergonzarse de ser hombre.

Lo ha dicho irreflexivamente, de modo espontáneo. Un comentario para llenar el silencio tras las palabras de ella. Pero advierte que la mujer lo observa con curiosidad.

—No creo que usted deba avergonzarse en absoluto.

Se miran a los ojos, con fijeza, durante un instante que al marino se le antoja demasiado largo.

—La asombraría, señora.

Otro silencio. Finas gotitas de agua empiezan a caer, aisladas, sobre el rostro de la mujer, anunciando la lluvia cerrada e inminente. Pero ella no se inmuta ni abre el paraguas, sino que sigue quieta junto al antepecho de la muralla, con todo aquel mar brumoso y gris de fondo. Tendría que ofrecerle resguardarse, piensa el corsario. Pero no se mueve. En realidad tendría que hacer o decir cualquier cosa que rompiese esa situación. El silencio. Y nada de lo posible coincide con lo que él desea en este momento.

—¿Compró algo interesante? —dice al fin. Por decir algo.

Lo mira ella casi desconcertada, sin saber de qué habla. Lobo sonríe un poco. Forzado.

—La librería. En la plaza.

Las gotillas de agua chispean cada vez con más frecuencia sobre el rostro de Lolita Palma. A su espalda, el mar gris empieza a puntearse de minúsculas salpicaduras que se extienden en ráfagas con una brisa que acude desde la boca de la bahía.

—Tendríamos que... —empieza el marino.

—Oh, sí. Mucho —responde ella al fin, apartando la mirada—. *La Flora española* de don Joseph Quer, completa, en seis volúmenes... Una edición muy linda y limpia.

—Ah.

—Del impresor Ibarra.

—Vaya.

Empieza a llover de veras. Una súbita marejada creciente levanta espuma en las Puercas, bahía adentro.

—Deberíamos volver —murmura Lolita Palma, el aire sensato.

Asiente él mientras ella abre el paraguas. Es grande, suficiente para cubrirlos a los dos, pero no le ofrece resguardarse debajo. Caminan ahora de vuelta entre los arbolillos de ramas desnudas, despacio, mientras la lluvia arrecia. El marino está hecho a soportar eso en la cubierta de un barco, pero le sorprende que ella no se inmute. De soslayo la ve recogerse un poco el bajo de la falda, con la mano libre, para esquivar los charcos que empiezan a formarse en el suelo.

—Tenemos algo pendiente —la oye decir de pronto.

Se vuelve hacia ella, sin comprender. Siente el agua gotear por los picos del sombrero y empapar la casaca. Debería quitársela para ponérsela a la mujer sobre los hombros y protegerle el chal, pero no está seguro de que sea un gesto conveniente. Demasiado íntimo, seguramente. Excesiva confianza. Con lluvia o sin ella, la ciudad es un lugar pequeño. Aquí cuentan lo mismo reputaciones que habladurías.

—El drago —aclara Lolita Palma—... ¿Se acuerda usted?

Sonríe él, algo confuso.

—Naturalmente.

—Y la expedición botánica. Prometió contármelo todo.

De ser otra clase de mujer, concluye el corsario, hace rato que le habría enjugado las gotitas suspendidas en el rostro y el cabello, rozándoselos con los dedos. Despacio. Sin alarmarla. Pero no es otra mujer, sino ella. Y ahí radica precisamente la cuestión.

—¿Le parece bien mañana?

Pepe Lobo da cinco pasos antes de responder a la pregunta.

—Mañana lloverá también —apunta con suavidad.

—Claro. Qué tonta soy... Entonces, el primer día de buen tiempo. Antes de que usted se vaya, o al regreso.

Un silencio, con el fondo del repiqueteo de la lluvia. Caminan por la acera enlosada de la calle de los Doblones, arrimados a las fachadas de las casas. La de los Palma está a veinte pasos, haciendo esquina. Cuando la mujer habla de nuevo, su tono ha cambiado.

—Envidio su libertad, señor Lobo.

Es más frío. O neutro. El *señor* devuelve unas cuantas cosas a su sitio.

—No es como yo lo definiría —responde el corsario.

—Usted no comprende, capitán.

Han llegado a la puerta principal de la casa, al resguardo del pasillo amplio y oscuro que conduce a la verja y al patio interior poblado de macetones con helechos. Pepe Lobo se quita el sombrero y lo sacude mientras ella cierra el paraguas. Siente la casaca húmeda pesarle sobre los hombros. Sus zapatos con hebilla de plata, arruinados, forman un charco en las baldosas del suelo.

—Es libre aquel a quien le suceden las cosas según lo que quiso —dice ella—... Al que nadie sino él mismo pone trabas.

Ahora sí es hermosa, admite Lobo. Con aquella luz tenue que viene de dos direcciones, patio y portal, y la penumbra detrás, y las gotitas de lluvia. Con la mirada fija en él, que sin embargo parece traspasarlo, viajando más allá, lejos. A lugares con mares y horizontes infinitos.

—Si yo hubiera nacido hombre...

Se calla, y el vacío que dejan sus palabras lo cubre una sonrisa apenas perceptible, pensativa.

—Afortunadamente no fue así —dice el corsario.

—¿Afortunadamente? —lo mira con sorpresa, casi escandalizada, aunque él no logra establecer con respecto a qué—. Eso no, cielo santo. Usted...

Ha levantado una mano, como si pretendiera poner los dedos sobre su boca e impedirle pronunciar ni una sola palabra más. El ademán se interrumpe a medio camino.

—Se hace tarde, capitán.

Da media vuelta, empuja la verja y penetra en la casa. Pepe Lobo se queda solo en el pasillo, contemplando la luz gris del patio vacío. Después se pone el sombrero y sale de nuevo a la calle, bajo la lluvia.

Cubierto con carrick encerado y sombrero de hule, apoyado en un muro para protegerse del agua, el comisario Tizón observa el cuerpo que yace en el suelo, a pocos pasos, junto a la pila de escombros bajo los que apareció hace tres horas. La bomba cayó anoche, derribando parte de una casa situada en un callejón a espaldas de la capilla de la Divina Pastora. Hubo cuatro heridos entre los vecinos, uno de los cuales —un anciano que estaba en la cama resultó medio aplastado por el derrumbe— se encuentra en estado grave. Pero la sorpresa vino por la mañana, con los trabajos de desescombro y apuntalamiento, cuando los vecinos rescataban los enseres que han podido salvarse. La mujer cuyo cuerpo fue descubierto entre los restos de la planta baja, antiguo almacén de carpintería abandonado, no estaba muerta a causa de la explosión o los cascotes, sino maniatada, amordazada y con la espalda abierta a latigazos. La lluvia, que ahora moja y lava el cadáver tendido boca abajo entre los restos de la casa, empapándole el pelo revuelto de sangre coagulada, arrastra el polvo de yeso y ladrillo roto, descubriendo la espalda desgarrada hasta mostrar las entrañas y los huesos dorsales, relucientes bajo el agua, de la base del cráneo a las caderas.

—Algunos escombros le aplastaron la cabeza, y no será fácil identificarla —comenta el ayudante Cadalso, que se acerca chorreante, sacudiéndose la lluvia—... Parece joven, como las otras.

—A lo mejor alguien la busca. Anota lo que puedas y haz que se encarguen de averiguarlo.

—Sí, señor. Ahora mismo.

Rogelio Tizón aparta la espalda de la pared, y sorteando escombros recorre el callejón hasta salir a la calle del Pasquín. La lluvia sigue cayendo, mansa en esta parte de la ciudad, cuya disposición callejera, perpendiculares opuestas a líneas rectas en cada trecho, corta el viento con eficacia. Balanceando el bastón, el policía observa los edificios contiguos, el daño causado por la bomba, la puerta estrecha que, al fondo del callejón, comunica con la iglesia cuya fachada se abre a la calle de Capuchinos. Es evidente que la mujer murió antes de que cayese la bomba. Este nuevo crimen también *se adelantó* al impacto, como en una de las dos ocasiones anteriores: la calle del Viento. En la del Laurel, sin embargo, no cayó ninguna bomba antes ni después, y eso aumenta la confusión del comisario. Todo esto traerá nuevas complicaciones, concluye al pensar, con desasosiego, en el intendente general y el gobernador. En lo que podrá contarles y en lo que no. Pero eso ha de esperar. Lo que ahora ocupa su atención es la búsqueda de algo cuya naturaleza exacta ignora, pero que sin duda está ahí, en el aire o en el paisaje urbano próximo. Una sensación semejante a la que advirtió en los otros lugares: el vacío casi absoluto intuido de un modo fugaz, como si en algún sitio determinado una campana de cristal extrajese el aire, o éste adquiriese una cualidad inmóvil y siniestra. Un punto de ausencia, desprovisto de movimiento y sonido, que se cree capaz de reconocer.

Nada de eso percibe esta vez. Tizón va sin éxito de un lado para otro, paso a paso, husmeando obstinado como un perro de caza. Mirando cada detalle de cuanto lo rodea. Pero la lluvia y la humedad lo llenan todo. De pronto cae en la cuenta de que ayer por la tarde o por la noche, cuando debió de morir la muchacha, aún no llovía. Quizá se trate de eso, decide. Tal vez sea necesaria una condición determinada en el aire, o la temperatura. O vaya Dios a saber. Puede que él mismo, admitiendo absurdos lances de su imaginación, se esté volviendo loco. Listo para acabar en el pabellón del hospicio de la Caleta.

Con tan inquietantes pensamientos en la cabeza, el comisario ha rodeado la manzana de casas hacia la izquierda, llegando ante el pórtico de piedra pintada de blanco de la Divina Pastora, donde hay una hornacina con una Virgen sentada que acaricia el cuello de un cordero. La puerta de la capilla está abierta, y el policía se asoma por ella, sin descubrirse, echando un vistazo al interior; a cuyo extremo, bajo los dorados apenas visibles del retablo mayor que domina el pequeño recinto en forma de cruz griega, brilla una lamparilla solitaria. Una sombra enlutada, que estaba arrodillada ante el altar, se levanta, toma agua bendita de una pila, se santigua y pasa junto al policía, que se hace a un lado. Es una anciana con mantón negro y rosario. Cuando Tizón sale a la calle, la mujer se aleja entre la lluvia, hacia la explanada de Capuchinos. El policía la sigue con la mirada hasta perderla de vista. Luego, resguardado en el portal, enciende un cigarro y fuma con parsimonia, observando las volutas de humo que se deshacen despacio en el aire húmedo. Quisiera no sentir remordimiento ni inquietud alguna por la escena que acaba de dejar atrás, entre los escombros del callejón. Una mujer muerta, o seis, o cincuenta, no cambian nada: el mundo gira igual hacia el abismo. Al fin y al cabo, todo debe llevar su tiempo en el orden suicida de las cosas, piensa. En la vida y en la muerte que es su consecuencia. Además, cada circunstancia observada posee su paso propio. Su ritmo particular. Toda pregunta debe dar una oportunidad razonable a su respuesta. Él no es culpable de los acontecimientos, se dice dejando salir otra bocanada de humo. Sólo su testigo. Espera recordar eso con parecida convicción esta noche, en el salón vacío de su casa. Con la mirada silenciosa de su mujer clavada en él, junto al piano cerrado. Retóricas aparte, ayer la muchacha del callejón todavía estaba viva.

—Mierda de Dios —blasfema en voz alta, ceñudo y oscuro.

Ha sacado el reloj del bolsillo del chaleco y consulta las manecillas. Después deja caer el chicote del cigarro al suelo y lo aplasta con la suela húmeda de la bota.

Ya va siendo hora, concluye fríamente, de hacer una visita.

La lluvia repiquetea arriba, en el suelo de la terraza y en la cubierta de tablas del palomar vacío. Junto a la puerta vidriera, cuyos colores no alegra hoy la luz incierta y gris del exterior, Gregorio Fumagal, vestido con bonete de lana y bata, quema los últimos papeles en la estufa. No se trata de un trabajo excesivo, ni urgente. Pocos son los documentos comprometedores que conserva: libretas de notas con lugares de caída de bombas y coordenadas geográficas, cálculos de distancias, fechas y anotaciones diversas. Todo arde hoja a hoja, a medida que el taxidermista abre el portillo de hierro y mete dentro, sobre las brasas y las llamas, papeles sueltos y páginas que arranca después de un breve vistazo. Antes ha quemado también, desencuadernados de sus tapas de apariencia inocente y hechos pedazos, algunos libros prohibidos de filósofos franceses. Son viejos compañeros de pensamiento y vida, que hoy ha visto arder sin lamentarlo demasiado. Nada de eso debe quedar allí.

No es un estúpido despistado, ni está ciego. La aparición de gente inhabitual en los alrededores, siguiendo con discreción sus pasos cada vez que sale a la calle, no le pasa inadvertida. Cada noche, antes de acostarse, desde la ventana de su dormitorio —la única que da directamente a la calle—, puede confirmar la presencia puntual de una silueta inmóvil disimulada en las sombras bajo su casa, en la esquina de la calle de las Escuelas con la de San Juan. Y caminando por la ciudad, deteniéndose con aire casual ante una tienda o una taberna, ha podido comprobar, con una mirada de soslayo, próximas e inquietantes compañías: hombres taciturnos con ropas civiles y semblantes poco tranquilizadores. Todo eso lo sitúa en trance de no hacerse ilusiones sobre el futuro. En realidad, cuando analiza con detenimiento la situación, lo que ha hecho y lo que le pueden hacer a él, le sorprende seguir libre.

Todo cuanto contenía la estufa se ha convertido en brasas y cenizas. Sólo queda el plano de la ciudad, la pieza maestra. La clave de todo. Fumagal observa, melancólico, el doble pliego de papel, sobado por el uso, donde líneas y curvas trazadas a lápiz se extienden desde la parte oriental como una compleja red cónica sobre el trazado urbano de Cádiz. Es el fruto de un año de trabajo arriesgado y minucioso, día a día. De interminables caminatas, cálculos y observaciones clandestinas que le dan un extraordinario valor científico. Todo está anotado allí, o tiene su referencia adecuada: determinación geográfica, ángulos de incidencia, fuerza y dirección del viento reinante en casi todos los impactos, radios de acción, zonas de incertidumbre. La importancia militar de ese plano para quienes asedian Cádiz es incalculable. Ésa es la razón de que, pese al riesgo de los últimos tiempos, Fumagal lo haya conservado hasta hoy, con la esperanza de que tarde o temprano se restableciese el contacto con el otro lado de la bahía, interrumpido desde la marcha del Mulato. Pero nada ocurre, y el peligro aumenta. Las últimas palomas volaron hacia el Trocadero con mensajes en los que se daba cuenta de la crítica situación, sin otra respuesta que el silencio. El paso de los días no hace sino confirmar al taxidermista que lo han abandonado a su suerte. Una suerte, ésa, que en esta azarosa etapa de su vida —pasa los días como un sueño extraño por el que camina incierto, a la manera de un sonámbulo— ha estado forzando deliberadamente, en todos los sentidos. Pero hay aspectos inevitables en las cosas. Situaciones que nadie puede rechazar o elegir. O no del todo.

Rasga el plano de Cádiz en cuatro pedazos y, haciendo con el papel cuatro bolas, las introduce en la estufa. Allá va todo, piensa. Cenizas de una vida y una visión del mundo. La geometría de un sistema de orden universal, frío e implacable, llevado a las últimas y necesarias consecuencias, pero inacabado en su conjunto. En su feroz objetivo final. Esa palabra, *final*, lo lleva a pensar en el pequeño frasco oscuro, de tapón de cristal sellado con lacre, que aguarda en uno de los cajones de la mesa de despacho: una solución de opio concentrado que constituye su atajo, tranquilo y dulce, en previsión de lo peor, a la libertad y la indiferencia. El resplandor de las llamas, al hacerse más intenso, ilumina el rostro abatido de Gregorio Fumagal; y, a su espalda, los cristales de las vitrinas y las perchas puestas en la pared, allí donde los animales disecados miran al vacío con ojos inmóviles. Testigos del fracaso de quien los rescató de la podredumbre, el polvo y el olvido. Esta vez no hay nada sobre la mesa de mármol. Hace tiempo que el taxidermista no se siente con ánimo. Carece de la concentración necesaria para manejar con precisión el bisturí, el alambre y la estopa. Le falta serenidad. Y por primera vez en cuanto recuerda de su vida, también decisión. Quizá *valor* sea otra palabra que no se atreve a formular del todo. El palomar vacío ha minado demasiados cimientos en las últimas semanas. Demasiadas certezas. Cuando se encara con lo que ahora es, urgiéndose a afrontar el futuro inmediato y el resto de su vida —si es que realmente uno y otro llegan a prolongarse algo más de unas cuantas horas—, Fumagal no logra sobreponerse a su propia indiferencia. Ni siquiera quemar papeles y libros comprometedores es un acto que estimara necesario. Sólo se trata de algo lógico, consecuencia de hechos anteriores. Un reflejo casi automático de lealtad, o de consecuencia, dirigido al otro lado de la bahía, o quizá —lo que es más probable— a sí mismo.

Llaman a la puerta. Un solo campanillazo breve. Fumagal cierra el portillo de la estufa, se pone en pie y acude al vestíbulo. Allí descorre la mirilla enrejada de latón. En el descansillo hay un hombre a quien no conoce, con sombrero de hule y carrick encerado que gotea agua de lluvia. Su nariz es fuerte y aguileña, casi rapaz, enmarcada por dos espesas patillas que se unen al bigote. En las manos tiene un bastón de apariencia pesada, con amenazador puño de bronce.

—¿Gregorio Fumagal?... Soy comisario de policía... ¿Puede abrir la puerta?

Claro que puedo, decide silencioso el taxidermista. Lo opuesto resultaría inútil, a esas alturas. Y grotesco. Sólo está ocurriendo lo que tarde o temprano debía ocurrir. Asombrado de su calma, descorre el cerrojo. Mientras abre la puerta, piensa otra vez en el frasquito de cristal guardado en el cajón de la mesa de despacho. Quizá dentro de poco sea demasiado tarde para recurrir a él; pero una invencible sensación de curiosidad se sobrepone a cualquier otra idea. Singular término, ése. Curiosidad. Aunque puede tratarse sólo de una justificación. Una excusa cobarde para seguir respirando —observando, para ser exacto— un poco más.

—¿Me permite? —dice el otro.

Después entra en la casa, sin esperar respuesta. Cuando el taxidermista se dispone a cerrar la puerta, el otro hace un movimiento con el bastón, bloqueándola, para que la deje abierta. Antes de seguirlo al interior, Fumagal observa que escalera abajo, en el descansillo inmediato, aguardan otros dos hombres vestidos con sombreros redondos y capotes oscuros.

—¿Qué quiere de mí?

El policía, que no se ha quitado el sombrero ni abierto el gabán inglés, está de pie en el centro del gabinete, junto a la mesa de mármol, balanceando el bastón mientras dirige una mirada en torno. Más que inspeccionar un lugar desconocido, se diría que comprueba si todo sigue como estaba. Por un momento se pregunta Fumagal cuándo habrá estado antes allí ese individuo. Y cómo se las arregló para no dejar huellas de su visita.

—*Postrado entre los rebaños muertos, está sentado inmóvil. Está claro que algo siniestro maquina*...

Fumagal parpadea, perplejo. El policía ha dicho esas palabras cuando todavía miraba alrededor, antes de volverse hacia él. En tono dramático, como si recitara. Y sin duda es una cita, pero el taxidermista no alcanza a saber de qué se trata.

—¿Perdón?

Lo mira el otro con intensa fijeza. Hay algo inquietante en los ojos, más allá de su actitud policial. Un brillo acerado, de odio a un tiempo inmenso y contenido.

—¿No sabe de qué estoy hablando?... Vaya por Dios.

Da unos pasos por el gabinete, pasando el pesado pomo de bronce sobre el mármol de la mesa de disecar. Un ruido chirriante, prolongado, prometedor.

—Probaremos suerte otra vez —dice tras un corto silencio.

Se ha parado delante del taxidermista, mirándolo de ese modo. Más personal que oficial.

—*Un hombre que tras maquinar la destrucción para todo un ejército, salió amparado en las tinieblas de la noche a sembrar la muerte con su espada*...

Lo dice con el mismo tono recitativo, y en los ojos la misma hostilidad.

—¿Eso le suena más?

Fumagal sigue estupefacto. No es esto lo que lleva esperando desde hace días.

—No sé de qué me habla.

—Ya veo. Dígame una cosa... ¿Leyó *Ayante* alguna vez?

Le sostiene la mirada Fumagal, aún confuso. Intentando situarse.

—¿Ayante?

—Sí. Ya sabe. Sófocles.

—No, que yo recuerde.

Ahora es el policía quien parpadea. Un instante nada más. Durante ese cortísimo espacio de tiempo, el taxidermista concibe la esperanza de que todo se trate de un equívoco. De que el objeto de aquello no sea él, sino otro. Un error policial, judicial. Una queja de vecinos. Lo que sea. Pero lo que escucha a continuación destruye esa esperanza.

—Voy a contarle algo, camarada —el policía se ha inclinado sobre la estufa, abre el portillo, echa un vistazo y vuelve a cerrarlo—. El jueves pasado, a las seis de la mañana, cumpliéndose la sentencia de un consejo de guerra sumarísimo, le dieron garrote al Mulato en los fosos del castillo de San Sebastián... Usted no ha leído nada en los periódicos, claro. El asunto era delicado y se llevó a puerta cerrada, como suele hacerse en estos casos.

Mientras habla se dirige a la puerta de la terraza, que abre para mirar la escalera. Luego la cierra cuidadosamente, da unos pasos por el gabinete y se detiene frente al mono disecado expuesto en una de las vitrinas.

—Yo estaba allí, madrugando —prosigue—. Éramos tres o cuatro. El Mulato se dejó encorbatar con bastante calma, dicho sea de paso. Los contrabandistas suelen ser gente cruda. Él lo era, desde luego. Pero todo tiene sus límites.

Mientras habla el policía, sin apresurarse, Fumagal da un paso para rodear la mesa y acercarse al cajón donde está la solución de opio. Casual o deliberadamente, el otro se interpone entre él y la mesa.

—Tuvimos algunas conversaciones de interés, el Mulato y yo —sigue contando—. Podría decirse que, al final, llegamos a un punto de acuerdo razonable...

El policía se interrumpe un momento y tuerce la boca en un amago de sonrisa lobuna, destello de oro incluido. Luego añade:

—Siempre se llega, se lo aseguro. Al punto. Siempre.

La última palabra ha sonado siniestra como una promesa. Tras otra pausa, que emplea en contemplar los otros animales disecados, el policía sigue hablando. El Mulato, cuenta, habló de Fumagal. Y mucho: palomas, mensajes, viajes por la bahía, franceses y todo lo demás. Después de eso, él mismo estuvo en la casa para echar un vistazo. Curioseó entre los papeles, y también vio el plano de la ciudad, con todos aquellos trazos y marcas. Interesantísimo, por cierto.

—¿Lo tiene todavía?

Fumagal no responde. El otro dirige una mirada de resignación a la estufa caliente.

—Lástima. Me confié, con eso. Un error. Pero había otros aspectos... Tenía que asegurarme, compréndalo. Darle a usted otra... Bueno. Ya sabe, camarada. Una nueva oportunidad.

Se calla, pensativo. Al cabo levanta el bastón y acerca el pomo de bronce al pecho de Fumagal, sin llegar a tocarlo.

—¿De verdad no ha leído nada de Sófocles?

Otra vez. Dale con Sófocles, piensa el taxidermista. Se diría una broma absurda, cuyo alcance no llega a imaginar. Pese a su precaria situación, empieza a sentirse irritado.

—¿Por qué me pregunta eso?

Ríe entre dientes el policía, balanceando el bastón. Sombrío. No hay humor, comprueba Fumagal, en esa risa siniestra, de pésimo augurio. Furtivamente dirige un último vistazo al cajón cerrado de la mesa de despacho. Ahora, y para siempre, tan lejos.

—Porque un amigo mío va a burlarse a gusto, cuando se lo cuente.

—¿Estoy detenido?

El otro lo estudia un momento, inmóvil. Con cara de sorpresa.

—Sí, claro. Por supuesto que lo está... ¿Qué otra cosa pensaba?

Entonces, inesperadamente, levanta el bastón y golpea muy fuerte sobre el mármol de la mesa, tres veces. Al ruido acuden los dos hombres que estaban en la escalera. De reojo, Fumagal los ve detenerse en la puerta del gabinete, esperando. Ahora el policía se ha acercado mucho a él, hasta el punto de que puede sentir su aliento espeso, de tabaco y mala digestión. Los ojos acerados y malignos se clavan en los suyos, reapareciendo, sin disimulos, el destello de odio que advirtió antes. Asustado —por primera vez—, el taxidermista retrocede un paso. Se trata de miedo físico, sin rodeos. Tal cual. Teme que el otro vaya a golpearlo con el pesado pomo del bastón.

—Te detengo por espía francés, y por el asesinato de seis mujeres.

De esas doce palabras, lo que más estremece a Fumagal es el tuteo explícito en la primera.

12

Dicen —la guerra abunda en dicen y cuentan— que el mariscal Suchet está a punto de entrar en Valencia, y que la toma de Tarifa es sólo cuestión de días; pero a Simón Desfosseux eso lo tiene sin cuidado. Lo que en este momento acapara su atención es conseguir que el viento y las rachas de lluvia que se meten por las rendijas de la barraca no apaguen el fuego donde hierve un puchero con agua y una mezcla de cebada tostada y algún grano suelto de mal café. Sobre la cabeza del capitán de artillería, el temporal arranca gemidos siniestros al techo de tablas y ramas sujetas con clavos y cuerdas. La lluvia, que golpea en ráfagas violentas, penetra por todas partes, salpicando el refugio. Sentado sobre una rudimentaria tarima que no lo pone a salvo del barro y la humedad, Desfosseux tiene el capote sobre los hombros, se cubre con un viejo gorro de lana, y los mitones que le protegen las manos dejan ver los dedos de uñas negras y sucias. La vida de trincheras se torna terrible con el mal tiempo; y más aquí, en la lengua de tierra baja y casi llana del Trocadero, que se adentra en la bahía expuesta al viento y al mar cercano, casi inundada al pie de las baterías francesas por la crecida que las lluvias dan a la boca del río San Pedro y al caño, con el agua rebasando, desbordada, la barra de arena y la línea de la marea alta.

Es inútil pensar en Fanfán y sus hermanos con este tiempo de perros. Desde hace cuatro días no se tira sobre la ciudad. Los obuses están en silencio, cubiertos por lonas alquitranadas; y el sargento Labiche y sus hombres, enterrados hasta media polaina en el barro de su refugio, maldiciendo de todo y de todos. El temporal ha dislocado la intendencia, y la Cabezuela no recibe suministros. Ni siquiera el cuarto de ración de carne salada, el vino aguado y áspero y el pan para cuatro días, negro y hecho de salvado en su mitad, que los artilleros han estado recibiendo en las últimas semanas. El hambre, que en este final de 1811 devasta poblaciones enteras y se anuncia terrible en toda la Península, golpea también a las tropas francesas, cuyos servicios de requisa encuentran cada vez más difícil obtener un grano de trigo o una libra de carne en el paisaje hostil de campos yermos y pueblos fantasmas, vaciados por la guerra. Y de todos los ejércitos imperiales, los hombres del Primer Cuerpo, situados en el extremo meridional de Andalucía, son los que más alejados se encuentran de sus centros de abastecimiento; con las comunicaciones, habitualmente inseguras a causa de las partidas de guerrilleros, interrumpidas ahora por la violencia del temporal que bate la costa, desborda los ríos, inunda los caminos y arrastra los puentes.

—¡Esa lona, maldita sea!

El teniente Bertoldi, que acaba de entrar sacudiéndose el agua de un capote lleno de zurcidos y remiendos, se disculpa y asegura la manta que cierra la entrada. Al ver ante sí la cara demacrada y sucia del piamontés, siempre sonriente pese al mundo de agua y barro en que chapotean, Desfosseux siente la necesidad de disculparse por su brusquedad; pero está demasiado abatido hasta para eso. Si cada brote de malhumor de estos días hubiera que repararlo, todos andarían pidiéndose perdón unos a otros, sin tregua. Se limita a asentir con la cabeza, señalando el puchero puesto al fuego.

—En un momento podrá beberse. Aunque no le garantizo el sabor.

—Con que esté caliente me conformo, mi capitán.

El brebaje rompe a hervir. Con mucho cuidado, Desfosseux lo aparta del fuego y vierte un chorro humeante en un pichel de hojalata que le pasa a Bertoldi. Él se sirve en un tazón de porcelana china, azul y desportillado —pieza de la vajilla de una casa rica de Puerto Real, saqueada al principio de la guerra—, y bebe a sorbos cortos, quemándose los labios y la lengua casi con deleite. No hay azúcar, ni miel, ni nada que sirva para endulzarlo. Ni siquiera sabe de verdad a café. Pero, como dice Bertoldi, está caliente. Y es razonablemente amargo. Todo consiste en echarle imaginación al asunto mientras uno se calienta la tripa.

Maurizio Bertoldi acomoda una pierna que le molesta. Hace tres semanas, un rebote de metralla española le hizo una contusión mientras supervisaban la batería de Fuerte Luis. Nada serio, pero todavía cojea. Y esta humedad no ayuda en absoluto.

—Lo de los desertores se resuelve en media hora... Al cambio de guardia, junto al barracón grande.

Desfosseux lo mira por encima del vaho de su taza china. Bertoldi se rasca con un dedo una patilla rubia y encoge los hombros.

—La orden es que oficiales y tropa estén presentes. Sin excusa.

Beben los dos artilleros en silencio mientras las rachas de lluvia golpean afuera e introducen salpicaduras por cada resquicio de la tablazón. Hace una semana, aprovechando la marea baja, cuatro soldados del 9.º de infantería ligera, hartos de hambre y miseria, desertaron de sus puestos de centinela, abandonando fusiles y munición, con intención de pasarse al enemigo. Uno consiguió alcanzar a nado las cañoneras españolas fondeadas junto a la punta de la Cantera, pero los otros fueron capturados por un bote de ronda y devueltos al Trocadero. La ejecución, tras consejo de guerra sumarísimo, estaba prevista para hace dos días en Chiclana; pero el mal tiempo impidió el traslado de los prisioneros. El mariscal Víctor, cansado de esperar, ha ordenado que los tres sean pasados por las armas aquí mismo. Con un tiempo infame como éste, que mina todavía más la moral de la tropa e inspira ideas turbias a los hombres, un escarmiento apropiado pondrá las cosas en su sitio. O eso se espera.

—Vamos, entonces —dice Desfosseux.

Apuran el café, se embozan en los capotes, y el capitán se ciñe el sable y cambia su gorro de lana por el viejo bicornio cubierto con una funda de hule. Apartan la manta y salen al exterior, pisoteando fango. Más allá de las orillas revueltas de la península del Trocadero, la bahía hierve en rociones de agua y espuma gris. La cinta tenebrosa de Cádiz apenas se distingue al fondo del paisaje: largo perfil oscuro silueteado por relámpagos que zigzaguean en el cielo sombrío, dejan oír truenos lejanos y recortan la arboladura de los barcos fondeados que cabecean incómodos aguantándose sobre sus anclas, proa al sudeste.

—Cuidado aquí, mi capitán. El puente tiembla como si estuviera vivo.

El agua amenaza con sumergir y llevarse consigo la pasarela de tablas que salva la zanja de drenaje entre la segunda y la tercera baterías. Simón Desfosseux cruza con aprensión, temiendo verse arrebatado hacia el mar. El camino discurre por una trinchera encharcada, protegida de los tiros españoles por un espaldón de tierra, cestones y fajinas. Cada vez que el artillero hunde las botas en el fango, el agua se le mete por las grietas de las suelas hasta más arriba de los tobillos, empapando los trapos que le envuelven los pies. Bertoldi cojea y chapotea unos pasos delante, encorvado bajo las ráfagas que aúllan entre los cestones y rizan el agua espesa y marrón por la que arrastra, indiferente, los faldones del capote.

Más allá del barracón general donde se guardan cureñas, armones y otros elementos del tren de artillería, y que a veces sirve como depósito temporal de prisioneros, hay una hondonada que lleva hasta el caño del Trocadero: canal de unas setenta toesas de anchura por donde corre turbulenta el agua fangosa de la riada. En torno a la hondonada, cubiertos por mantas, capotes pardos y grises, sombreros y chacós chorreantes de agua, hay centenar y medio de soldados y oficiales en actitud expectante, silenciosa, formando un semicírculo en la parte alta. Desfosseux comprueba que el sargento Labiche y sus hombres también se encuentran allí, observando hoscamente la escena mientras escupen con desagrado por el colmillo. En realidad todo el mundo debería estar en correcta formación; pero, con el día que hace y toda aquella agua cayendo, a nadie se le ocurre atenerse a los reglamentos.

En la puerta del barracón, Simón Desfosseux ve a dos oficiales españoles que, protegidos del aguacero bajo un toldo de lona y vigilados por un centinela con la bayoneta calada, observan de lejos la escena. Los dos visten uniforme azul de la Armada enemiga. Uno lleva un brazo en cabestrillo y otro luce en su casaca las charreteras de teniente de navío. Desfosseux está al tanto de que el temporal hizo garrear ayer su falucho, arrojándolo contra el Trocadero. Con mucha pericia, y haciendo de la necesidad virtud, el teniente de navío hizo dar vela para conseguir gobierno, eligiendo así un lugar de varada en la playa misma de la Cabezuela, en vez de hacerlo sobre unas piedras peligrosamente próximas. Luego intentó quemar su embarcación, aunque se lo impidió la lluvia, antes de ser capturado con el segundo de a bordo y veinte hombres de tripulación. Ahora, los españoles esperan el primer envío de prisioneros a Jerez, etapa inicial del cautiverio en Francia.

En la parte baja de la hondonada, cerca de la orilla del caño y vigilado cada uno de ellos por dos gendarmes con su característico bicornio —impecables como suelen, pese a la lluvia— y carabinas colgadas a la funerala bajo las capas azules, los tres desertores aguardan el cumplimiento de la sentencia. El capitán Desfosseux se sitúa con Bertoldi entre el grupo de oficiales y echa una ojeada curiosa a los reos. Están de pie bajo el aguacero, sin capotes, descubierta la cabeza y las manos atadas a la espalda; uno en chaleco y mangas de camisa, y los otros con sus guerreras azules empapadas, llenos de barro los pantalones de estameña marrón requisada en los conventos. El que está en mangas de camisa es un caporal, comenta alguien. Un tal Wurtz, de la 2.ª compañía. Los otros son muy jóvenes, o lo parecen. Uno de ellos, flaco y pelirrojo, mira espantado alrededor mientras tiembla con violencia —frío o miedo—, hasta el punto de que deben sostenerlo los gendarmes. Un coronel del estado mayor del duque de Bellune —renegará en sus adentros de que lo hayan hecho venir desde Chiclana con este tiempo— se acerca a los prisioneros con un papel en las manos. El suelo fangoso, blando en unos sitios y resbaladizo en otros, le entorpece el paso. Un par de veces está a punto de caerse.

—Empieza la farsa —murmura alguien entre dientes, a espaldas de Desfosseux.

El coronel hace un intento de leer en voz alta la sentencia, pero la lluvia y el viento se lo impiden. A las pocas palabras, desistiendo, dobla la hoja de papel mojado y hace un gesto al suboficial de gendarmes, que cambia unas palabras con sus hombres mientras un piquete de infantería, dispuesto fuera de la vista de los reos, se agrupa de mala gana junto al barracón. Los tres hombres han sido puestos ahora de espaldas, vueltos hacia el caño, mientras les vendan los ojos. El que está en mangas de camisa se debate un poco, resistiéndose. Uno de sus compañeros —un muchacho menudo y moreno— se deja hacer mansamente, como sonámbulo; pero al pelirrojo, apenas se apartan los gendarmes, le fallan las piernas y cae sentado al suelo, en el barro. Sus gemidos se escuchan en toda la hondonada.

—Podían haberlos atado a un poste —comenta el teniente Bertoldi, escandalizado.

—Unos gastadores clavaron unos maderos —apunta un capitán—. Pero los tumbó el agua... El suelo está demasiado blando.

El piquete forma ya detrás de los condenados: doce hombres con fusiles y un teniente del 9.º ligero con capa azul, el sombrero chorreando y el sable desenvainado. Por orden del mariscal Víctor, los verdugos pertenecen al mismo regimiento que los sentenciados. Los infantes tienen el aire hosco y es evidente su poca gana de estar allí: la lluvia hace relucir el hule negro de los chacós y los capotes con cuyos faldones protegen del agua las llaves de fuego de sus armas. El muchacho pelirrojo sigue sentado en el barro, las manos atadas a la espalda y el cuerpo inclinado hacia adelante, gimiendo sin parar. El que está en mangas de camisa vuelve un poco hacia atrás el rostro con los ojos vendados, como si no quisiera pasar por alto el momento en que le disparen. Ahora el oficial del piquete dice algo mientras apoya la hoja del sable en su hombro, luego alza el brazo y los fusiles se ponen más o menos horizontales. No muy rápidos, algunos. En principio, cuatro de ellos deben apuntar a la espalda de cada reo, cuyas figuras destacan sobre la corriente revuelta del caño cercano.

Simón Desfosseux no llega a oír la orden de fuego. Sólo advierte los estampidos irregulares de los fusiles —los tiros suenan sueltos, casi con desgana, en vez de la reglamentaria descarga cerrada, y algún cebo no llega a prender con el chispazo— y la humareda blanquecina de pólvora que se disipa de inmediato en la lluvia.

—Joder, joder —murmura Bertoldi—. Joder.

Una chapuza, piensa Desfosseux, propia del día y las circunstancias. Casi está a punto de vomitar el brebaje bebido hace menos de media hora. El desertor del chaleco ha caído de bruces al barro, inmóvil, y la lluvia le extiende con rapidez una mancha bermeja por las mangas de la camisa mojada. Pero el joven menudo y moreno, tumbado sobre un costado, patalea en el barro por el que intenta arrastrarse pese a las manos atadas a la espalda, dejando un reguero de sangre mientras alza la cara —todavía lleva los ojos vendados— a la manera de un ciego que intentase ver lo que ocurre alrededor. En cuanto al pelirrojo, sigue sentado en el suelo, gimoteando aterrado pero sin un rasguño visible, entre las ráfagas de lluvia que lo acribillan todo.

La bronca del coronel de estado mayor al teniente, y la de éste al huraño piquete, llega nítidamente hasta Simón Desfosseux. Los soldados que rodean la hondonada se miran unos a otros o maldicen sin disimulo mirando a los oficiales. Nadie sabe qué hacer. Tras una vacilación, el teniente saca una pistola de debajo de su capa, y con paso indeciso pasa junto al reo arrodillado, se acerca al que se arrastra, y le dispara; pero la chispa sólo quema algo de pólvora húmeda y el tiro no sale. El teniente estudia y manipula el arma, desconcertado. Luego, vuelto hacia el piquete, ordena que vuelvan a cargar los fusiles; pero todos, incluido Desfosseux, saben que con aquel viento y la lluvia eso no servirá de nada.

—Acabaremos a bayonetazos, ya veréis —murmura uno de los oficiales.

Por el grupo corren algunas risas sarcásticas, contenidas. Abajo, en la hondonada, la situación la resuelve el suboficial de gendarmes, un veterano de mostacho espeso. Con mucha presencia de ánimo, sin esperar órdenes de nadie, coge la carabina de uno de sus hombres, se dirige al herido que se arrastra y lo remata con un disparo a quema-rropa. Después cambia el arma por la de otro gendarme, se acerca al pelirrojo sentado en el suelo y le descerraja un tiro en la cabeza. El muchacho cae de boca, encogido como un conejo. Entonces el sargento devuelve la carabina y, chapoteando con indiferencia en el barro, pasa por delante del confuso teniente, sin mirarlo, y se cuadra ante el coronel de estado mayor. Que, no menos confuso, le devuelve el saludo.

Regresan los hombres a sus puestos, despacio. Algunos murmuran en voz baja o echan una última ojeada a los tres cuerpos inmóviles en la orilla del caño. El teniente Bertoldi mira a los dos oficiales de marina españoles, que vigilados por el centinela se retiran al barracón.

—No me gusta que los manolos hayan visto esto —comenta.

Simón Desfosseux, que se sube las solapas empapadas del capote y agacha la cabeza bajo las ráfagas de agua, tranquiliza a su ayudante.

—Pierda cuidado... Ellos hacen lo mismo con los suyos. Y a crueles no les gana nadie.

El capitán echa a andar por la trinchera llena de barro, camino del puente medio anegado. Sueña con un poco de fuego de leña que le quite alguna humedad de la ropa y caliente sus manos ateridas. Lo mismo hay suerte y todavía encuentra tibio el café, añade con risueño optimismo. En cualquier caso, concluye, parece mentira la importancia que en situaciones de necesidad extrema, como la que allí viven, puede tener un sorbo caliente, un trozo de pan o —el colmo del lujo, estos días— una pipa o un cigarro. A veces se pregunta si, después de aquello, logrará adaptarse a los tiempos que quizá conozca, si sobrevive. A ver cada día el rostro de su mujer y sus hijos. A situarse frente a paisajes que pueda contemplar sin encontrarse calculando, automáticamente, parábolas e impactos. A praderas donde poder tumbarse y cerrar los ojos sin la aprensión de que, en el más simple de los casos, un guerrillero se acerque con sigilo y le rebane el cuello.

Mientras sigue adelante, sacando y metiendo las botas en el agua fangosa, a su espalda oye chapotear y refunfuñar a Maurizio Bertoldi:

—¿Sabe lo que pienso, mi capitán?

—No. Y tampoco quiero saberlo.

Más chapoteo. La voz del teniente suena de nuevo al poco rato, cual si hubiera considerado a fondo las palabras de su superior.

—Bueno... Lo diré de todas formas, si no le importa.

Otra ráfaga violenta de lluvia. Simón Desfosseux se sujeta el sombrero y agacha la cabeza, malhumorado.

—Me importa. Cierre el pico.

—Esta guerra es una mierda, mi capitán.

El hombre desnudo, acurrucado en un ángulo del muro, alza una mano para protegerse el rostro cuando Rogelio Tizón se inclina sobre él, echándole un vistazo. En los labios rotos y agrietados, en las marcas producidas por los golpes y en las ojeras profundas, resultado del sufrimiento y la falta de sueño, el individuo que tiene delante se parece muy poco al que detuvo hace cinco días en la casa de la calle de las Escuelas. Con ojo perito, hecho a ello, el comisario evalúa los daños y calcula las posibilidades de la situación. Que son razonablemente elásticas. Hace un rato hizo venir a un médico de relativa confianza: un matasanos borrachín que suele revisar, cuando se tercia, el estado de salud de las mujerzuelas de Santa María y la Merced. El sujeto aún aguanta conversación, fue el diagnóstico facultativo. Bien de pulso y respiración regular, dentro de lo que cabe. En dosis moderadas y con tiento, se le puede seguir dando hilo a la cometa. Creo. Después de aquello, con media onza más de peso en un bolsillo de su raída chupa, el médico —Casimiro Escudillo, más conocido en los antros gaditanos como doctor Sacatrapos— se fue directo al despacho de vino más próximo, a convertir de sólido en líquido la reciente y rápida ganancia. Y aquí sigue Tizón, mientras tanto, asistido por el habitual Cadalso y otro agente ocupados en darle hilo a la cometa. En conversación con Gregorio Fumagal, o con lo que de él va quedando.

—Empezaremos otra vez, camarada —dice Tizón—. Si no te importa.

Gime el taxidermista cuando lo levantan y, haciéndole arrastrar los pies por el suelo, lo llevan de nuevo a la mesa, donde lo tumban boca arriba, el borde a la altura de los riñones. Su piel poco velluda y sucia reluce de sudor frío a la luz del velón de sebo que ilumina a medias el sótano sin ventanas. Mientras el agente lo sujeta por las piernas, sentándose sobre ellas, Rogelio Tizón acerca una silla y se acomoda al revés, con los brazos apoyados en el respaldo, cerca de la cabeza del otro; que cuelga, con medio torso, en el vacío desde el borde de la mesa. La boca del prisionero se abre en un esfuerzo por aspirar aire mientras la sangre afluye y le congestiona el rostro. En estos cinco días ha contado cosas que bastan para darle garrote diez veces por espía, pero ninguna de las que realmente interesan al comisario. Éste se acerca más y recita en voz queda, casi confidencial:

—María Luisa Rodríguez, dieciséis años, Puerta de Tierra... Bernarda Garre, catorce años, venta del Cojo... Jacinta Herrero, diecisiete años, calle de Amoladores...

Así hasta completar seis nombres, seis edades que no alcanzan los diecinueve, seis lugares de Cádiz. Con largas pausas entre cada uno, dándole a Fumagal una oportunidad de llenar los huecos. Tizón acaba la relación y se queda inmóvil, todavía con la boca próxima a la oreja derecha del taxidermista.

—Y las putas bombas —añade al fin.

Desde su posición invertida, crispados los rasgos por el dolor, el otro lo mira con ojos turbios.

—Bombas —susurra, débil.

—Eso es. Las marcadas en tu plano, ¿recuerdas?... Puntos de caída. Lugares especiales. Cádiz.

—Ya lo he dicho todo... sobre las bombas...

—De verdad que no. Te lo aseguro. Haz memoria, anda. Estoy cansado, y tú también... Todo esto es perder el tiempo.

Se sobresalta el otro como si aguardase un golpe. Uno más.

—He contado lo que sé —gime—. El Mulato...

—El Mulato está muerto y enterrado. Le dieron garrote, ¿recuerdas?

—Yo... Las bombas...

—Exacto. Bombas que estallan y mujeres muertas. Cuéntamelo.

—No sé nada... de mujeres.

—Mala cosa —Tizón tuerce la boca, sonriendo sin una pizca de humor en el semblante—. Conmigo es mejor saber que no saber.

Mueve a un lado y a otro la cabeza el taxidermista, con desmayo. Al cabo de un momento se estremece y emite un quejido largo y ronco. Con curiosidad técnica, el comisario observa el reguero de saliva que sale por la comisura de la boca, cruza la cara y de allí gotea al suelo.

—¿Dónde escondes el látigo?

Mueve los labios Fumagal, en vano. Cual si no lograra coordinar las palabras.

—¿El... látigo? —articula al fin.

—Ese mismo. Trenzado de alambre. Tu herramienta para desollar.

Agita el otro débilmente la cabeza, negando. Tizón levanta, breve, los ojos hacia Cadalso, que se ha acercado a la mesa empuñando un vergajo. Entonces el ayudante golpea una sola vez, rápido y seco, entre los muslos de Fumagal. El quejido de éste se torna alarido de angustia.

—No vale la pena —apunta Tizón con feroz suavidad—. Te aseguro que no.

Espera un instante, atento al rostro del prisionero. Después mira de nuevo a Cadalso y otro vergajazo restalla, haciendo que el alarido de Fumagal se vuelva más agudo: un chillido de horror y desesperación que el comisario analiza con oído profesional, acechando en él la nota, el punto exacto que busca. Y que, concluye irritado, no encuentra.

—María Luisa Rodríguez, dieciséis años, Puerta de Tierra... —empieza de nuevo, paciente.

Más gemidos. Más vergajazos y gritos. Más pausas cuidadosamente calculadas. Por aquí deberían darse una vuelta esos caballeretes liberales de las Cortes, se dice Tizón en una de ellas. Jugando a mundos ideales con su soberanía nacional, su hábeas corpus y demás sandeces de petimetres.

—No quiero saber por qué las mataste —dice al cabo de un rato—. No por ahora, al menos... Sólo que me confirmes los lugares de cada una... Y también el antes y el después de las bombas... ¿Me sigues?

Los ojos del taxidermista, desorbitados por el dolor, lo miran un instante. Tizón cree advertir en ellos un destello de comprensión. O de quiebra.

—Cuéntamelo y descansarás, por fin. Descansarán estos amigos y descansaremos todos.

—Las bombas... —murmura Fumagal, ronco.

—Eso es, camarada. Las bombas.

Mueve los labios el otro, sin emitir sonidos. Tizón se acerca un poco más, atento.

—Venga. Dímelo de una vez... Seis bombas y seis mujeres muertas. Acabemos con esto.

De tan cerca, el prisionero huele agrio, a sudor y a descomposición corporal. A carne tumefacta. Húmeda. Como huelen todos al cabo de unos días de tratamiento. De darle hilo a la cometa, como dice el doctor Sacatrapos.

—No sé... nada... de mujeres.

El susurro brota como un soplo de último aliento. Le sigue una arcada de vómito. El comisario, que había acercado una oreja a la boca del taxidermista para averiguar lo que decía, se aparta con disgusto.

—Lástima que no lo sepas.

Brutal, desprovisto de imaginación y sin otra iniciativa que la de su jefe y superior, el ayudante aguarda vergajo en mano, esperando instrucciones para golpear de nuevo. Tizón lo disuade con una mirada.

—Relájate, Cadalso. Esto va para largo.

Un rayo de sol rompe el velo de nubes bajas que todavía se mantiene espeso más allá de las alturas de Chiclana, al otro lado del caño Saporito, el de Sancti Petri y el laberinto de esteros y salinas. Cuando Felipe Mojarra sale de su casa, la luz del amanecer penetra la bruma y empieza a reflejarse en las láminas de agua inmóvil y gris, crecida por las recientes lluvias y la marea alta. Dejando atrás el breve emparrado de ramas nudosas y desnudas por el invierno, el salinero camina despacio, mirando los montones enmarañados de barro, broza y cañas que arrastró el temporal, acumulados junto al talud del dique cercano y al pie de los muros del chozo, donde quedó arrasado el pequeño huerto familiar.

Hace un frío húmedo y perro que araña los huesos. Cubierto con calañés sobre el pañuelo que le envuelve la cabeza, manta puesta a manera de capote de monte y atadas las alpargatas por las cintas y colgadas del cuello, Mojarra inclina la cabeza y, golpeando el eslabón y la piedra junto a la yesca, enciende, masculino y serio, un cigarro de picadura. Después se descuelga del hombro el largo fusil francés y fuma apoyado en él mientras espera a su hija. Demasiadas mujeres en casa, piensa. Aunque, si hubiera tenido un hijo varón —a veces mira con envidia al hormiguilla de su compadre Curro Panizo—, lo mismo a estas alturas se lo habrían matado ya en la guerra, como a tantos. Nunca se sabe dónde puede saltar la suerte o la desgracia, y más con los gabachos cerca. El caso, resumiendo, es que a Mojarra le desagradan las despedidas familiares; y esta mañana ha querido ahorrarse el llanto y los abrazos de su hija Mari Paz con la madre, abuela y hermanillas. La muchacha regresa a Cádiz después de pasar la Nochebuena en la Isla. Gracias habría que dar porque la dueña de la casa donde sirve diera permiso, dijo el salinero, irritado, dejando brusco sobre la mesa el mendrugo de pan desmigado en vino del desayuno para irse afuera antes de tiempo. Y tampoco es que la chica regrese al fin del mundo. Con guerra o sin ella, ni en la Isla ni en España están los tiempos para blanduras de familia, ni despedidas de mujeres. Las lágrimas se guardan para los entierros, y la vida hay que buscarla allí donde lo dejan a uno. En una casa buena de Cádiz, o en el infierno. Donde sea. Donde se pueda.

—Cuando quiera, padre.

Mira el salinero a su hija, que viene por la senda: hatillo anudado en una mano, saya y mantilla de paño pardo, cubierta la cabeza y mostrando los ojos oscuros, grandes y dulces. Fina como lo era su madre a esa edad, antes de que la molieran las fatigas de los partos y los trabajos. A pique de los diecisiete, que hace pronto. Edad ya de pensar en casarla como Dios manda si aparece un hombre a propósito, serio y decente, capaz de hacerse cargo de ella. Lo antes posible, si no fuera por la necesidad y las circunstancias. Que Mari Paz sirva con las señoras Palma permite sostener la casa familiar, allí donde no alcanza lo poco que Mojarra percibe por seguir alistado en la compañía de escopeteros locales: algo de carne para el puchero y algunas monedas sueltas, cuando hay paga. Porque del premio por la cañonera del molino de Santa Cruz sigue sin haber noticias. Las reclamaciones suyas y de Curro Panizo no han servido de nada hasta la fecha, y el cuñado Cárdenas murió hace dos semanas en el hospital, tirado como un perro, o casi, con los vecinos de cama robándole el tabaco, y sin ver un cuarto. Al menos ése, piensa el salinero a modo de consuelo, no tenía familia de la que ocuparse. Ni huérfanos ni viuda. A veces concluye que un hombre cabal no debería dejar nada detrás. Libre de esa inquietud, lo haría todo con más decisión. Con menos tiento y menos miedo.

—Ten cuidado cuando paréis en el ventorrillo del Chato —el salinero habla con adusta gravedad, entre chupada y chupada a su cigarro—. No hables con nadie, y la mantilla por encima y bien puesta. ¿Me oyes?

—Sí, padre.

—Al llegar te vas derecha a casa de tus señoras, antes de que se haga de noche. Y sin pararte en ningún sitio... Que no me gustan esas historias que corren.

—Descuide usted.

Echa Mojarra humo de tabaco, exagerando lo severo del semblante.

—Eso quisiera yo. Descuidarme... El carretero es de confianza, pero él tiene que ocuparse también de lo suyo. Las bestias y demás.

Protesta la muchacha, medio burlona.

—Viene también Perico el tonelero, padre. Acuérdese... Ni soy tonta ni voy sola.

Qué mayor se ha hecho, piensa Mojarra. Todo este tiempo allá, en Cádiz. Ya casi me discute.

—Aun así —gruñe.

Caminan padre e hija internándose en la población de la Isla, hacia la plaza de la Villa, por calles orilladas de viviendas cuyas rejas se meten en las estrechas aceras. Hay mujeres arrodilladas con bayetas y cubos en los portales, o salpicando con agua de fregaza el suelo de tierra frente a sus casas.

—Tú haz lo que digo. Y no te fíes de nadie.

En la calle principal, entre el convento del Carmen y la iglesia parroquial, tenderos y taberneros empiezan a abrir sus puertas, formándose ya las primeras colas en los despachos de pan, vino y aceite. Frente a la Imprenta Real de Marina, un ciego de voz estridente pregona que hay disponibles ejemplares de la *Gazeta de la Regencia*. Carreteros y arrieros van y vienen descargando mercancías, y entre los sobrios tonos de las ropas civiles destaca el animado color de los uniformes: milicianos locales de sombrero redondo y chaquetilla corta, de guardia junto al Ayuntamiento, militares regulares de pantalones ceñidos, casacas de alamares y vueltas de diversos colores, sombreros de picos, cascos de cuero o morriones con escarapelas rojas. Desde que asomaron los franceses, la Isla parece más que nunca un cuartel. Al paso, sin detenerse, Mojarra saluda a algún vecino o conocido. Junto a la casa de los Zimbrelo hay una buñolera con su puesto humeando aceite.

—¿Desayunaste algo?

—No. Con el llanto de mis hermanillas se me pasó el rato.

Tras una breve indecisión, el salinero se cambia de hombro el fusil, mete mano en la menguada faltriquera, saca un cuarto de cobre, compra dos buñuelos de a ochavo envueltos en papel grasiento y se los da a su hija. Uno para ahora y otro para el camino, dice cuando ella protesta. Después le manda que se ponga más cerrada la mantilla y la coge del brazo, apartándola del puesto tras dirigir una mirada sombría a dos cadetes de ingenieros que, pavoneándose con sus casacas color de pasa y cascos con cimera de piel de oso, esperan turno para los buñuelos mientras observan con descaro a la muchacha.

—Dice mi señorita que debería aprender a leer y a escribir, y las cuentas... Que tengo despejo suficiente.

—Eso cuesta dinero, hija.

—Lo pagaría ella, si quiero y aprovecho. Hay una señora viuda en la calle del Sacramento, encima de la botica, persona decente, que enseña las letras y las cuatro reglas por cinco duros al mes.

—¿Cinco duros? — Mojarra tuerce el gesto, escandalizado—. Eso es un costal de cuartos.

—Ya digo que ella se ofrece a pagarlo. Me dejaría ir por las tardes, una hora cada día, si usted lo permite. Y el primo Toño también dice que debo aprovechar la oportunidad.

—Dile a tu señorita que se meta en sus asuntos. Y a ese primo, que se ande con mucho ojo... Que un navajazo en la ingle, bien dado de abajo arriba, lo mismo despacha a un pobre que a un señorito con reloj de oro en el chaleco...

—Por Dios, padre. Ya sabe usted que don Toño es un caballero formal, aunque siempre esté de broma. Y bien simpático.

Mira el salinero, hosco, el suelo delante de sus pies descalzos.

—Yo sé lo que me digo.

Dejando atrás la plaza consistorial, padre e hija han llegado a la alameda que baja desde el convento de San Francisco. Allí, en el abrevadero de un chamizo de herrero que hay entre el Observatorio de Marina y el matadero municipal, suelen parar los carruajes que van a Cádiz. En tartana o calesa, el viaje no pasa de tres horas; pero eso cuesta más dinero. Mari Paz tardará de seis a ocho, a paso lento de carreta, con paradas previstas en el retén de Torregorda, el ventorrillo del Chato y el retén de la Cortadura. Dos leguas y media de camino por el arrecife, entre el mar y el saco de la bahía, con algunos trechos a tiro de cañón del enemigo. La simple idea de que los franceses puedan disparar sobre su hija inspira a Felipe Mojarra ansias homicidas. Ganas de deslizarse ahora mismo por los caños y tajarle la garganta al primer gabacho que se tope.

—Una muchacha honrada no necesita leer, ni saber de cuentas para vivir —comenta tras unos pasos, luego de meditarlo despacio—. A ti te basta con coser, planchar y guisar un puchero.

—Hay otras cosas, padre. La educación...

—Con lo que te enseñó tu madre, lo que aprendes en esa casa y las maneras que ves a los señores, tienes educación de sobra para cuando te cases y vivas en la tuya.

Ríe Mari Paz, argentina. Suave. Esa risa le devuelve un aire de frescura infantil. El de la niña pequeña que Felipe Mojarra casi ha olvidado.

—¿Casarme yo? Venga, padre. Ni se le ocurra —ahora adopta un tono entre ingenuo, ofendido y vanidoso—. A ver quién me va a querer a mí... Además, no siempre hay por qué. Fíjese en la señorita, que a pesar de todo sigue soltera. Y eso ella, que es tan elegante y seria. Tan... No sé... Tan señora.

El tono y la risa de la muchacha remueven por dentro al salinero, aunque a su pesar. No deberíamos dejar nada atrás, se repite en los adentros, súbitamente preso de una vaga angustia. Después mira a su hija, dudando entre darle una reprimenda o darle un beso, y al final no se decide ni por lo uno ni por lo otro. Se limita a tirar al suelo la punta del cigarro y a cambiarse otra vez de hombro el fusil.

—Acaba de comerte el buñuelo, anda.

Apoyado en el antepecho de la muralla sur de la ciudad, junto al edificio de la Cárcel Real, Rogelio Tizón mira el mar. A su izquierda, más allá de la Puerta de Tierra, se extiende la prolongada línea baja, hoy amarillenta y brumosa, del arrecife que lleva a tierra firme, Chiclana y la Isla. Por la derecha el cielo está despejado y el aire más limpio, aunque una franja oscura parece ensombrecer de nuevo, aproximándose despacio, la raya del horizonte. En esa dirección, la perspectiva blanca de la ciudad se escalona con la obra inconclusa de la catedral nueva, las torres vigía sobre los edificios, el convento de Capuchinos, las casas bajas y achatadas del barrio de la Viña, y la punta ocre, lejana, del castillo de San Sebastián, con su faro adentrándose en la boca de la bahía.

—¿Una corvinita guapa, señor comisario?

Cerca de Tizón, repartidos por la muralla sobre el mar que bate abajo, hay una docena de los habituales sujetos que se buscan la vida con caña, cebo y sedal, sacando lo que luego venderán de puerta en puerta por las fondas y posadas. Uno de ellos, fulano agitanado del Boquete —es confidente habitual suyo, y también uno de los caribes que arrastraron al general Solano por las calles en la revuelta del año ocho—, ha venido a ofrecerle, solícito, una de las tres piezas de buen tamaño que colean dando boqueadas en el cubo.

—Tengo mucho gusto en obsequiársela, don Rogelio. A su casa se la llevo luego, si quiere.

—Quítate de mi vista, Caramillo. Aire.

Se aleja el otro, sumiso, cojeando levemente. No parece guardarle rencor a Tizón, al menos en apariencia, por la paliza con la que éste, hace siete u ocho años, le dejó una pierna media pulgada más corta que la otra. En cualquier caso, el comisario no está de humor para pescado, ni para carne, ni para tratar con gentuza. No esta mañana, desde luego, tras la charla que mantuvo hace poco más de una hora en Capitanía con el gobernador Villavicencio y el intendente general García Pico. El día había empezado bien, sin embargo. Después de hojear *El Censor General* y *El Conciso* —uno servil y otro liberal, para ver cómo respiran hoy tirios y troyanos— bebiendo un pocillo en el café del Correo, y de afeitarse con un barbero de la calle Comedias sin pagar un cobre, como de costumbre, el comisario hizo un recorrido fructífero por los pastos habituales. Visitando, con su mejor sonrisa de escualo madrugador, un par de sitios donde la conciencia poco tranquila y la necesidad de estar a buenas con la autoridad competente aflojaron las bolsas sin mucha resistencia. La bonita cifra de 30 pesos de sobresueldo extra no resulta mal botín para una sola mañana: 100 reales de un quincallero de la calle de la Pelota por alojar y emplear —para todo, aseguran maliciosos los vecinos— a una sirvienta viuda y emigrada sin papeles en regla, y otros 500 de un platero de la calle de la Novena, receptador contumaz de objetos robados, al que Tizón dio a elegir, sin rodeos, entre esa cantidad puesta directamente en su bolsillo y la ingrata alternativa de 9.000 reales de multa o seis años de presidio en Ceuta.

Pero todo se nubló después. Bastaron veinte minutos en el despacho del gobernador militar y político de Cádiz para que a Rogelio Tizón se le cortara la leche. Acudió a media mañana con García Pico, a informar al gobernador de un asunto que, por razones de elemental prudencia, ni el intendente ni el comisario se atreven a poner por escrito. No está el ambiente para riesgos, ni resbalones.

—Todavía no podemos dar nada por seguro —explicaba Tizón, incómodo, sentado ante la mesa imponente del gobernador—. Lo del espionaje está fuera de duda, por supuesto... Pero necesito más tiempo para lo otro.

Juntaba las yemas de los dedos de ambas manos el teniente general don Juan María de Villavicencio, en ademán casi piadoso. Escuchando. Sus lentes de oro colgaban del ojal de la casaca, y mantenía inclinada sobre el corbatín negro la augusta cabeza de pelo cano. Al fin despegó los labios.

—Si es un espía probado —dijo con sequedad—, debería remitirse a la autoridad militar.

Respetuosa y prudentemente, Tizón respondió que no se trataba sólo de eso. Espías o sospechosos de serlo había muchos en Cádiz. Uno más o menos cambiaba poco las cosas. Sin embargo, se daban indicios serios relacionando al detenido con la muerte de las muchachas. Cosa, ya, de otro calibre.

—¿Eso es seguro?

El titubeo del comisario apenas fue perceptible.

—Muy probable, al menos —respondió, impávido.

—¿Y a qué espera para obtener una confesión en regla?

—En eso estamos —el policía se permitió una sonrisa lobuna, de contenida suficiencia—. Pero las nuevas modas políticas nos imponen ciertas limitaciones...

Cuando se volvió a medias hacia García Pico, esperando algún apoyo por su parte, la sonrisa tizonesca se diluyó en el vacío. Serio, deliberadamente al margen, el intendente mantenía la boca cerrada, sin comprometerse. No allí, desde luego. Con el gobernador. Lo que sí traslucía su expresión eran serias dudas de que Rogelio Tizón se sintiera limitado por modas políticas, ni por ninguna otra maldita cosa.

—¿Qué posibilidades hay de que ese detenido sea el asesino? —preguntó Villavicencio.

—Razonables —respondió Tizón—. Pero quedan puntos oscuros.

Mirada recelosa del gobernador. De perro viejo. Perro de aguas, se dijo Tizón, regocijado de su propio chiste malo.

—¿Ha admitido algo?

Otra vez la sonrisa de lobo. Ambigua, ahora. Adobando el farol.

—Algo, sí... Pero no mucho.

—¿Suficiente para remitirlo a un juez?

Una pausa cauta. Sintiendo en él la mirada inquieta de García Pico, Rogelio Tizón hizo otro ademán vago y dijo no todavía, mi general. Quizá en un par de días. O poco más. Después se recostó en la silla, de la que hasta ese momento sólo había estado sentado en el borde. Empezaba a tener calor, y celebró haberse quitado el redingote antes de entrar.

—Espero, por su bien, que sepa lo que hace.

Silencio. La frialdad del gobernador contrastaba con la temperatura extrema del despacho. Se diría que toda una vida en el mar había enfriado los huesos de Villavicencio. El fuego excesivo que ardía en la chimenea, bajo un cuadro enorme con una batalla naval de resultado indeciso, despedía un calor infernal; pero él permanecía seco y exageradamente cómodo con la gruesa casaca de anchos galones en las bocamangas, por las que asomaban sus manos pálidas y finas. Manos de relojero, pensó Tizón. En la izquierda, por coquetería o desafío de casta y clase, continuaba luciendo la esmeralda regalada por Napoleón en Brest. Tras una breve duda, el policía descartó la idea de sacar un pañuelo y secarse el sudor de la frente. Aquellos dos podrían malinterpretar la cosa.

—En cualquier caso —apuntó—, necesitábamos algo que ofrecer a la opinión pública. Y lo tenemos: un espía confeso, sospechoso de... En fin. Todo puede orientarse como es debido. Conozco a la gente de los periódicos.

El gobernador agitó débilmente una mano despectiva.

—Yo también los conozco. Más de lo que desearía... Pero imagine que no es él. Que se difunde la noticia y que mañana el asesino vuelve a matar de nuevo.

—Por eso no he echado las campanas al vuelo, mi general. Todo se conduce con mucha discreción. Ni lo del espionaje ha salido a la luz, todavía... Ese individuo ha desaparecido de la vida pública, de momento... Nada más.

Asentía Villavicencio, el aire distraído. Toda Cádiz está al corriente de que le queda poco tiempo en el cargo: es uno de los más conspicuos candidatos a formar parte de la nueva Regencia, a elegir en las próximas semanas. Seguramente lo sustituirá como gobernador don Cayetano Valdés, que ahora dirige con mano de hierro las fuerzas sutiles que defienden la bahía: un marino curtido y duro, veterano de los combates navales de San Vicente y de Trafalgar, con fama de seco y directo. Así que ojalá todo quede resuelto antes, pensó Tizón. Con Valdés en Capitanía, menos político y relamido que Villavicencio, no valdrán sobreentendidos, ambigüedades ni paños calientes.

—Imagino que todo irá como es debido —dijo de pronto el gobernador—. Me refiero a la pesquisa.

—¿La pesquisa?

—El interrogatorio. Que se estará haciendo sin excesos ni, ejem... Violencia innecesaria.

El intendente general García Pico abrió la boca, por fin. Casi escandalizado, o procurando parecerlo.

—Por supuesto, señor gobernador. Es impensable...

Villavicencio no le hizo mucho caso. Miraba directamente a Tizón, a los ojos.

—En cierto modo es oportuno que sea usted, comisario, quien se haga cargo de esta parte del procedimiento... La jurisdicción militar es más rígida. Menos...

—¿Práctica?

No lo he podido evitar, se lamentó Tizón para su capote. Maldita sea mi cochina boca. Los otros lo miraban con censura. A ninguno de ellos le había pasado inadvertido el sarcasmo.

—Las nuevas leyes —dijo el gobernador tras un instante— obligan a limitar el tiempo de detención y a suavizar los métodos de interrogatorio. Todo eso figurará negro sobre blanco en la Constitución del reino... Pero el asunto de ese detenido no será oficial mientras ustedes no lo comuniquen como tal.

Aquel plural no le gustó nada a García Pico. Por el rabillo del ojo, Tizón veía al intendente removerse molesto en su silla. En cualquier caso, prosiguió el gobernador, a él nadie le había comunicado nada, aún. Oficialmente, por supuesto. Y tampoco había por qué dar tres cuartos al pregonero. Hacerlo público los colocaría a todos en posición difícil. Sin marcha atrás posible.

—Ahí puedo tranquilizar a usía —se apresuró a decir García Pico—. Técnicamente, esa detención *todavía* no ha ocurrido.

Un silencio patricio, aprobatorio. Villavicencio separó las yemas de los dedos, asintió lentamente y volvió a juntarlas con la misma delicadeza que si estuviera manejando el micrómetro de un sextante.

—No están los tiempos para quebraderos de cabeza con las Cortes. Esos señores liberales...

Se calló enseguida, cual si no hubiera más que añadir, y Tizón supo que no era una confidencia ni un descuido. Villavicencio no comete deslices de esa clase, ni es dado a confianzas políticas con subalternos. Se trataba, sólo, de recordarles su posición respecto a cuanto se debate en San Felipe Neri. Aunque el gobernador de Cádiz guarda escrupulosamente las formas, no es ningún secreto que simpatiza con el bando de los ultrarrealistas y confía como ellos en que, a su regreso, el rey Fernando devuelva las cosas a su sitio y la cordura a la nación.

—Por supuesto —apuntó García Pico, siempre al quite—. Puede usía estar tranquilo.

—Lo hago responsable, intendente —la mirada poco amistosa no se dirigía a García Pico, sino a Tizón—. A usted y, naturalmente, al comisario... Ninguna comunicación pública antes de tener resultados. Y ni una línea en los periódicos antes de que dispongamos de una confesión en regla.

En ese punto, sin moverse del asiento, Villavicencio hizo un ademán negligente con la mano de la esmeralda. Una vaga despedida, que el intendente general y el comisario interpretaron de modo correcto, poniéndose en pie. La orden de alguien acostumbrado a darlas sin necesidad de abrir la boca.

—Por supuesto —comentó el gobernador mientras se levantaban—, esta conversación nunca tuvo lugar.

Ya iban camino de la puerta cuando habló de nuevo, inesperadamente.

—¿Es usted hombre devoto, comisario?

Aquello hizo volverse a Tizón, desconcertado. Una pregunta así no era banal en boca de alguien como don Juan María de Villavicencio, marino de ilustre carrera, hombre de misa y comunión diaria.

—Bueno... Eh... Lo corriente, mi general... Poco más o menos.

El gobernador lo observaba desde su asiento, tras la formidable mesa de despacho. Casi con curiosidad.

—En su lugar, yo rezaría para que ese espía detenido sea también el asesino de las muchachas —juntó otra vez las yemas de los dedos—. Para que nadie vuelva a matar a ninguna... ¿Se hace cargo de lo que digo?

Viejo cabrón, pensaba Tizón tras su rostro impasible.

—Perfectamente —respondió—. Pero usía dijo que convenía tener a alguien disponible de cualquier modo... Como reserva.

El otro enarcó las cejas con extrema distinción. Parecía hacer memoria recurriendo a su mejor voluntad.

—¿Eso dije? ¿De veras? —miraba al intendente como apelando a su memoria, y García Pico hizo un ademán evasivo—... En cualquier caso, no recuerdo haberme expresado exactamente así.

Ahora, en la muralla y frente al mar, el recuerdo de la conversación con Villavicencio desazona a Rogelio Tizón. Las certezas de los últimos días han dado paso a las dudas de las últimas horas. Eso, cruzado con las palabras del gobernador y la actitud, pasiva y lógica, del intendente general, lo hacen sentirse vulnerable; como un rey que, en el tablero, viera desaparecer las piezas que hasta ahora le proporcionaban la posibilidad de un enroque seguro. Y sin embargo, esas cosas llevan tiempo. Establecer seguridades requiere su procedimiento cuidadoso. Su método. Y el peor enemigo de todo son las prisas. Objetivamente, una dracma de más o de menos rompe el equilibrio de las cosas —el límite entre lo posible y lo imposible, la certeza y el error— lo mismo que un quintal.

Una explosión lejana, en el centro de la ciudad. La segunda, hoy. Con el cielo despejado y el cambio de viento, los franceses vuelven a tirar desde la Cabezuela. El estampido, amortiguado por los edificios interpuestos, desazona a Tizón. No por las bombas ni sus efectos, a los que se acostumbró hace tiempo, sino porque son recuerdo constante de lo endeble que puede ser —que tal vez es, piensa inquieto— la jugada que lo ocupa; el castillo de naipes que, a cada momento, puede verse desbaratado con la noticia que teme. Una noticia que, en cierto extraño modo, espera con sentimientos contradictorios: curiosidad y desasosiego. Una certeza de error que aliviaría, al fin, la agonía de su incertidumbre.

Apartándose del repecho, el comisario se aleja de la muralla, camino de lo que en los últimos días hace casi a diario, hasta el punto de convertirse en rutina: un recorrido por los seis lugares de la ciudad donde murieron las muchachas, despacio, observando cada detalle, atento al aire, la luz, la temperatura, los olores, las sensaciones que experimenta paso a paso. Calculando, una y otra vez, sutiles jugadas de ajedrez de un adversario invisible cuya mente compleja, inaprensible como la idea última de Dios, se funde con el mapa de esta Cádiz singular, rodeada de mar y surcada de vientos. Una ciudad de la que Rogelio Tizón ya no es capaz de ver la estructura física convencional hecha de calles, plazas y edificios, sino un paisaje enigmático, siniestro y abstracto como una red de latigazos: el mismo mapa inquietante que adivinó trazado en la espalda de las muchachas muertas, y que pudo —o sólo creyó, tal vez— confirmar después en el plano que Gregorio Fumagal dice haber quemado en la estufa de su gabinete. El diseño oculto de un espacio urbano que parece corresponder, en cada línea y parábola, con la mente de un asesino.

Mientras el comisario Tizón reflexiona en Cádiz sobre trayectorias y parábolas de bombas, cuarenta y cinco millas al sudeste de la ciudad, frente a la playa de los Lances de Tarifa, Pepe Lobo observa la columna de agua y espuma que una bomba francesa de 12 libras acaba de levantar a menos de un cable de distancia del bauprés de la *Culebra*.

—¡No pasa nada! —tranquiliza a su gente—. Es un tiro perdido.

En la cubierta de la balandra corsaria, que está fondeada en cuatro brazas de agua con las velas aferradas y pabellón de la Armada arriba, los tripulantes observan la humareda que se extiende por las barrancas al otro lado de los muros de la ciudad. Desde las nueve de la mañana, bajo un cielo pesado, indeciso y gris, la infantería francesa da el asalto a la brecha del lado norte. El fragor de fusilería y cañonazos llega nítido y continuo desde una milla de distancia, favorecido por el viento terral que mantiene a la *Culebra* con la playa por la amura de estribor, la ciudad por el través y la isla de Tarifa a popa. Cerca de la balandra, acoderadas sobre sus anclas para orientar mejor las baterías, dos fragatas inglesas, una corbeta española y varias lanchas cañoneras y obuseras arrimadas a tierra disparan a intervalos sobre las posiciones francesas, y el humo blanco de su pólvora quemada, deshaciéndose sobre el mar, llega hasta los corsarios que observan el combate. Hay otra docena de barcos menores, faluchos y tartanas, fondeados en las proximidades, a la espera de lo que ocurra. Si el enemigo quiebra la dura resistencia que se le opone en la muralla, esas embarcaciones deberán evacuar a cuantos puedan entre la población local y los supervivientes de los 3.000 soldados españoles e ingleses que, aferrados con tenacidad al terreno, defienden la ciudad.

—Los franceses siguen en la brecha —comenta Ricardo Maraña.

El segundo de a bordo, que ha estado mirando a través del catalejo, se lo pasa a Pepe Lobo. Los dos se encuentran a popa, junto a la caña del timón. Maraña, sin sombrero, vestido de negro como suele, se pasa un pañuelo por las comisuras de la boca, y sin echarle siquiera un vistazo lo guarda en la manga izquierda de la chaqueta. Guiñando un ojo y pegado el otro a la lente, Pepe Lobo recorre el perfil de la costa desde el fuerte de Santa Catalina, casi enfilado con el castillo de los Guzmanes, hasta la muralla envuelta en humo y el suburbio extramuros arrasado por los bombardeos. Al otro lado se distinguen las alturas desde las que ataca el enemigo, cubiertas de pitas y chumberas entre las que puntean, rojizos, los fogonazos de su artillería.

—Los nuestros baten el cobre —dice Lobo.

Su teniente encoge los hombros con frialdad.

—Espero que aguanten como caballeros. Estoy harto de evacuaciones y prisas de última hora... De viejas con hatillos de ropa sucia, críos llorando y mujeres preguntando dónde se puede mear.

Una pausa, sin otro sonido que el fragor lejano del combate. Ricardo Maraña alza la cabeza y mira con ojo crítico la bandera de dos franjas rojas y una amarilla que ondea arriba, con su escudo coronado del castillo y el león. El terral, advierte mientras tanto Pepe Lobo, se está convirtiendo en un nornoroeste fresquito. Ese viento irá de perlas si llega de Tarifa la orden de levar el ancla que esperan desde hace rato.

—También estoy harto de esto —añade Maraña en tono displicente—. Si hubiera querido servir a la patria dolorida, me habría quedado en la Armada, zurciéndome los uniformes y acumulando retrasos de pagas, como todo el mundo.

—No se puede ganar siempre —apunta Pepe Lobo, sonriendo.

Una leve tos, ronca y húmeda. De nuevo el pañuelo.

—Ya.

Fija Lobo el círculo de la lente en la muralla, sobre la que pueden distinguirse, entre remolinos de pólvora, diminutas figurillas de los hombres que combaten allí, encarnizados, arrojando a los franceses cuanto tienen. Hace media hora, un alférez de infantería de marina que vino en un bote desde la ciudad, trayendo un paquete de despachos oficiales para entregar en Cádiz, ha contado que los franceses reconocieron anoche la brecha, y creyéndola practicable dieron el asalto a las nueve de la mañana desde las trincheras y aproches abiertos en los días anteriores por las barrancas. Según el alférez, cuatro batallones de granaderos y cazadores enemigos avanzaron casi en columna; pero la tierra fangosa de las últimas lluvias, en la que se hundían hasta media pierna, y el fuego cerrado de los defensores, les fueron desordenando el ataque, de manera que al llegar al pie de la muralla habían perdido mucho fuelle. Y ahí siguen hora y media después, empeñados los franceses en subir y los defensores en impedírselo, a falta de una artillería que no tienen —las embarcaciones fondeadas no pueden batir las inmediaciones mismas de la brecha—, con sólo fusilería y bayonetazos.

Comentan los tripulantes las incidencias de la mañana, señalándose unos a otros los lugares donde los disparos y la humareda son más intensos. Encaramado sobre la regala, apoyada la espalda en un obenque y con otro catalejo en las manos, el contramaestre Brasero les cuenta lo que ve. Pepe Lobo los deja tranquilos. Sabe que todos a bordo comparten la opinión del primer oficial Maraña. En buena parte son contrabandistas y chusma portuaria de la que firma con una cruz en el rol o en la confesión ante la policía, reclutados en tabernas grasientas de la calle de los Negros, la de Sopranis y el Boquete, y fugitivo quien más y quien menos de la leva forzosa. Ninguno de sus cuarenta y ocho hombres, contando al primer oficial y al escribano de presas, se enroló en la *Culebra* con intención de servir una temporada bajo disciplina militar, renunciando a la libertad del corso y la caza de botines a cambio del miserable sueldo de la Real Armada, que por otra parte ni siquiera saben si cobrarán. Y todo eso, cuando la campaña hecha, con siete capturas declaradas buena presa y seis en trámite, ha metido ya a cada tripulante un mínimo de 250 pesos en la faltriquera —más de tres veces esa suma para Pepe Lobo—, sin contar el anticipo de 150 reales al mes que percibe cada marinero desde el momento de enrolarse. Por eso, aunque no despega los labios sobre el particular, el capitán comprende perfectamente que a sus hombres, como a él mismo, se les hagan cuesta arriba los veintidós días perdidos transportando despachos y militares de un lado a otro como barco correo bajo disciplina naval, lejos de las aguas de caza y haciendo de auxiliares de una marina de guerra a la que, como a los aduaneros del Real Resguardo —casi nadie a bordo tiene la conciencia tranquila ni el pescuezo a salvo de una soga—, todos prefieren ver lo más lejos posible.

—Señal en la torre —advierte Ricardo Maraña.

Pepe Lobo mueve el catalejo en dirección al faro de la isla, donde acaban de izarse unas banderas.

—Nuestro número —dice—. Disponga a la gente.

Maraña se aparta del coronamiento, vuelto hacia la tripulación.

—¡Silencio todo el mundo!... ¡Atentos a la maniobra!

Más banderas. Dos. A simple vista, sin catalejo, Lobo las distingue bien. Una blanca y roja, seguida de un gallardete azul. No necesita consultar el cuaderno de señales secretas que tiene en el cajón de la bitácora, sobre el tambucho. Ésa es de las fáciles: *Hágase a la vela inmediatamente*.

—Nos vamos, piloto.

Maraña asiente y recorre a zancadas la cubierta, dando órdenes bajo la larga botavara de la mayor, mientras el golpeteo de pies descalzos, repentinamente en movimiento, estremece la tablazón. El contramaestre Brasero ha bajado de los obenques, toca el silbato y dispone a la gente en las drizas y el molinete, que ya tiene las barras puestas.

—¡Vira el ancla! —vocea el teniente—... ¡Larga foque!

Pepe Lobo se aparta para dejar sitio al Escocés y a otro timonel, que se hacen cargo de la caña, y echa un vistazo precavido por encima del coronamiento, en dirección a las piedras que están semiocultas por el mar a menos de un cable de la popa, al pie de la muralla de la isla. Cuando mira de nuevo hacia proa, el ancla está a pique.

—Abate a babor —ordena a los timoneles.

El largo bauprés de la balandra se abre lentamente de tierra y del viento mientras la gente, encaramada encima, suelta los tomadores que aferraban el foque y la trinqueta. Un momento después sube la primera vela triangular sobre la punta del bauprés, en banda las escotas hasta que desde cubierta las cobran y amarran. Como un caballo purasangre retenido por la rienda, la *Culebra* arriba un poco, muy despacio, mientras tensa su jarcia piafando impaciente, lista para salir de ceñida.

—¡Amolla escota de mayor!... ¡Larga!

Sueltan los marineros las candalizas de la vela, y ésta se despliega entre crujidos de madera y cáñamo, gualdrapeando en el nornoroeste fresquito. Dirige Lobo otra ojeada rápida a las piedras de la isla, que ahora están un poco más cerca. Luego echa un vistazo a la aguja del compás y traza con la mirada el rumbo a seguir para mantener lejos, con ese viento y dejándolos por estribor, los peligrosos bajos de los Cabezos, que están cuatro millas al oeste-noroeste, frente a la torre de la Peña. La vela mayor empieza a ser cazada y su enorme lona toma viento. El ancla ya está siendo trincada en la amura, y la embarcación se inclina con garbo sobre su banda de babor, deslizándose limpiamente por el agua del fondeadero.

—¡Larga trinqueta!... ¡Caza!

Otro disparo perdido francés —o tal vez un tiro a propósito, al ver la balandra hacerse a la vela— levanta un pique de agua y espuma por estribor, lejos, mientras los barcos fondeados siguen cañoneando al enemigo en tierra. Con toda la lona necesaria desplegada en torno a su único palo, la *Culebra* navega ahora libremente, de bolina, macheteando poderosa la marejadilla de una mar casi llana gracias al sotavento de la tierra próxima. Abiertas las piernas para compensar la escora, las manos a la espalda, Lobo dirige una última mirada a Tarifa, cuya muralla norte sigue envuelta en humo y fogonazos. No lamenta alejarse de allí. En absoluto.

—A Cádiz —comenta Maraña.

Ha terminado sus tareas en cubierta, de momento, y regresa junto al capitán, el aire hastiado e indiferente, las manos en los bolsillos. Pero a Lobo no le pasa inadvertido el tono de satisfacción de su segundo: coincide con las sonrisas que advierte en algunos tripulantes, incluido el contramaestre Brasero. Quizá puedan quedarse un día o dos en el puerto, y bajar a tierra. Estaría bien, después de tres semanas de mar, con la gente gruñendo en voz baja y sin pisar nada que no se mueva. O tal vez las gestiones de los armadores hayan tenido éxito, y la *Culebra* pueda recuperar su patente de corso, libre al fin de dar tumbos de un lado a otro como mensajera de la Real Armada.

—Sí —comenta Lobo, que piensa en Lolita Palma—. A Cádiz.

El nombre del lugar —calle del Silencio— parece un sarcasmo. Se diría que es la ciudad misma, agazapada en las calles y recodos de su compleja estructura urbana, la que se burla de Rogelio Tizón. Es lo que piensa el comisario mientras, a la luz de un farol, agacha la cabeza sosteniéndose el sombrero cuando pasa por el hueco abierto en el muro del castillo de Guardiamarinas: un viejo edificio de piedra, oscuro y ruinoso, deshabitado hace quince años. Tizón sabe que no se trata de un lugar cualquiera; por aquí pasaba el antiguo meridiano de Cádiz. En otro tiempo, la torre cuadrada que todavía se alza en la parte sur albergó las instalaciones del Observatorio de Marina, y en el cuerpo norte estuvo la academia de alumnos de la Real Armada hasta que observatorio y guardiamarinas fueron trasladados a la isla de León. Convertido luego en cuartel, y tras un intento fallido de instalar allí la nueva cárcel, el castillo fue adquirido por un particular, y abandonado. Su ruina es tal que ni siquiera los emigrados que buscan alojamiento en la ciudad pueden instalarse en él, a causa de los desprendimientos de piedras, los techos derribados y el mal estado de sus vigas carcomidas.

—La encontraron unos críos de la calle del Mesón Nuevo —informa el ayudante Cadalso—. Dos hermanos.

Hasta ahora mismo, Tizón ha deseado que se trate de un error. De una coincidencia casual que no altere el inestable equilibrio de las cosas. Pero a medida que penetra en el antiguo patio de armas y avanza mientras Cadalso le alumbra el camino, solícito, entre los escombros y la basura que cubren el suelo, su esperanza se desvanece. Al fondo del patio, bajo el torreón próximo al rastrillo de la entrada principal, tapiada con piedras y tablones, la llama de un reverbero puesto en el suelo crea en torno un semicírculo de luz. Y dentro de ese semicírculo yace, boca abajo, el cuerpo de una mujer joven con la espalda descubierta y destrozada a latigazos.

—Me cago en Dios y en la puta que lo parió.

La brutal blasfemia sobresalta a Cadalso. Que no es, ni de lejos, un hombre piadoso. Al ayudante no debe de gustarle lo que ve en la cara del comisario. Gracias a la linterna sorda que el esbirro sostiene en alto, Tizón observa que se le demuda el rostro cuando se vuelve a mirarlo.

—¿Quién sabe esto?

—Los niños... Y sus padres, claro.

—¿Quién más?

Señala el ayudante dos bultos oscuros, envueltos en capas, que aguardan en pie cerca del cadáver, en el límite de la otra luz.

—El cabo y un rondín. Los críos los avisaron a ellos.

—Déjales claro que, si alguien cuenta esto, le arranco los ojos y se los meto por el culo... ¿Está claro?

—Clarísimo, señor comisario.

Una pausa breve. Amenazadora. Un leve balanceo del bastón.

—Eso te incluye a ti, Cadalso.

—Descuide.

—No. Yo no me descuido, ni tú tampoco. Por la cuenta que te trae.

Tizón hace un esfuerzo por contenerse, mantener la calma y no ceder a las ráfagas de pánico que lo estremecen por dentro. Se encuentra a cinco pasos del cadáver. El cabo y el rondín se adelantan a saludar. Lo han revisado todo, cuenta el cabo, apoyado en su chuzo. No hay nadie escondido en el edificio, que ellos sepan. Y ningún vecino, excepto los niños, ha visto nada sospechoso. La muchacha es muy joven, cosa de quince años. Creen haberla identificado como una criadita de la posada cercana que llaman de la Academia, pero con esa poca luz y el destrozo no están seguros. Calculan que pudieron matarla poco después del anochecer, pues los críos estuvieron jugando en el patio por la tarde, y no había nada.

—¿A qué volvieron aquí, tan de noche?

—Viven cerca; a cincuenta pasos. Después de cenar se les escapó el perro de casa, y lo andaban buscando. Como acostumbran a jugar por aquí, pensaron que podía haberse metido dentro... Al toparse con el cuerpo, avisaron a su padre, y él a nosotros.

—¿Sabéis quién es el padre?

—Un zapatero de viejo. Se le tiene por hombre honrado.

Tizón los despacha con un movimiento de cabeza. Id a la puerta, añade. Que no pase nadie: ni vecinos, ni curiosos, ni el rey Fernando que asomara. ¿Está claro? Pues venga. Luego respira hondo, reflexiona un momento, mete dos dedos en el bolsillo del chaleco y le entrega media onza de oro a Cadalso, encargándole que vaya a casa del zapatero y se la entregue tras leerle la cartilla. Por la colaboración y las molestias.

—Dile que, si tiene la boca cerrada y no entorpece la investigación, habrá otra media en un par de días.

Rondines y ayudante desaparecen en la oscuridad. Cuando se queda solo, el comisario rodea el cuerpo de la muchacha, manteniéndose fuera del sector de luz del farol puesto en el suelo. Observando, antes de acercarse, cada posibilidad y cada indicio mientras lo incomodan dos sentimientos paralelos: la frustración y el despecho por la delicada situación en que este nuevo cadáver —decir inesperado sería excesivo, admite con retorcida honradez— lo pone frente a sus superiores; y la cólera íntima, feroz, desaforada, que lo estremece con la evidencia del equívoco y del fracaso. La certeza de su derrota frente al aspecto maligno, cruel hasta la obscenidad, de esta ciudad a la que empieza a odiar con toda su alma.

No cabe duda, concluye aproximándose al cadáver. Ha cogido el reverbero por el asa de alambre y lo sostiene en alto, alumbrando de más cerca el espectáculo. Nadie podría imitar aquello aunque se lo propusiera. Las manos atadas delante, bajo el cuerpo, y la mordaza en torno a la boca. La espalda desnuda, surcada por brechas que se entrecruzan en un laberinto de sangre coagulada y huesos de la columna vertebral puestos al descubierto. Y aquel olor característico a carne rota y muerta, a tajo de matarife, que Tizón conoce bien y que nunca, por muchos años que pasen, cree posible borrar de su olfato y su memoria. La chica no lleva zapatos, y el comisario los busca inútilmente, iluminando el suelo sin dar con ellos. Sólo encuentra una mantilla de bayeta tirada cerca del hueco del muro. Seguramente los zapatos quedaron en la calle, allí donde la atraparon antes de arrastrarla aquí. Vendría aturdida por un golpe, quizás, o consciente y debatiéndose hasta el final. La mordaza y las manos atadas pueden significar esto último, aunque tal vez sólo fueran una precaución suplementaria del asesino, por si los latigazos la hacían volver en sí antes de tiempo. Ojalá haya ocurrido de ese modo, con la chica inconsciente todo el rato. Quince años, confirma arrimando más la luz mientras estudia arrodillado el rostro de ojos entreabiertos y vidriosos, absortos en el vacío de la muerte. Azotada sin piedad, como un animal, hasta el fin.

Incorporándose, el comisario levanta el rostro y observa el cielo negro sobre el patio del castillo. Hay zonas oscuras de nubes que tapan la luna y la mayor parte de las estrellas, pero algún astro solitario brilla con un parpadeo helado que parece registrar allá arriba el frío de la noche. Poniéndose un cigarro en la boca, sin encenderlo, Rogelio Tizón permanece un rato inmóvil, la vista fija en lo alto. Después camina alumbrándose con el reverbero hasta el boquete del muro y entrega la luz a los rondines.

—Que alguien busque los zapatos de esa infeliz. No estarán lejos.

Parpadea el cabo, confuso.

—¿Los zapatos, señor comisario?

—Sí, coño. Zapatos. Ni que hablara en chino... Moveos de una vez.

Sale a la calle del Silencio y mira a uno y otro lado antes de ir hacia la derecha. Hay un farol municipal encendido frente al Mesón Nuevo, y su luz amarillenta permite distinguir, al final de la calle de los Blancos, el ruinoso arco de los Guardiamarinas que, apoyado en el muro norte del castillo, comunica con la calle San Juan de Dios. Tizón cruza el arco y se asoma, observando lo poco que puede ver entre las sombras. A lo lejos, a su izquierda, hay otros dos faroles públicos encendidos en la plaza del Ayuntamiento. La brisa húmeda del mar —el Atlántico está a pocos pasos, al extremo opuesto de la calle— le hace calarse más el sombrero y subir el cuello del redingote.

Tras un rato sin moverse, el comisario retrocede bajo la protección del arco, rasca un mixto en la pared y se dispone a encender el cigarro que mantiene en la boca. De pronto, con la llama protegida en el hueco de la mano y a medio camino, lo piensa mejor y apaga el fósforo. Para lo que busca, si es que de veras existe, necesita el olfato libre de humo y los sentidos alerta. De modo que guarda el cigarro en la petaca y camina despacio por la calle del Silencio, muy atento, con maneras de cazador cauto, acechando sensaciones o sonidos agazapados en las oquedades sombrías de la ciudad, entre el ruido seco de sus pasos. No está seguro de lo que busca. Un vacío, quizás. O un olor. Tal vez un soplo de brisa, o la ausencia súbita de ésta.

Intenta calcular dónde y cuándo caerá la próxima bomba.

13

Más allá del escalón de mármol blanco con el rótulo *Café del Correo* embutido en letras negras y la puerta abierta de par en par, a un lado de los dos arcos que dan paso al patio interior rodeado de columnas, el comisario Tizón y el profesor Barrull acaban de rematar la segunda partida de ajedrez. Sobre los escaques se apaga lentamente el rumor de las armas: todavía hay un rey en la primera casilla de alfil —el policía jugaba con blancas—, acogotado sin piedad por un caballo y una dama. Unas casillas más lejos, dos peones se miran a los ojos, bloqueándose mutuamente el paso. Tizón lame sus heridas, pero la conversación va por otro sitio. Sobre otro tablero.

—Cayó allí, profesor. Cinco horas después. En la esquina de la calle del Silencio, justo frente al arco de los Guardiamarinas... A treinta pasos en línea recta del patio del castillo, donde había aparecido la muchacha.

Hipólito Barrull escucha atento, limpiándose los lentes con el pañuelo. Están en la mesa acostumbrada, Tizón con el respaldo de la silla apoyado en la pared y las piernas estiradas bajo la mesa. Los dos tienen pocillos de café y vasos de agua entre las piezas comidas.

—Ésa sí cayó —añade el comisario—. Y la de la capilla de la Divina Pastora. Pero la anterior, no. En la calle del Laurel murió una muchacha, y sin embargo ninguna bomba llegó hasta allí, ni antes ni después. Eso lo altera en parte. Lo desbarata.

—No veo por qué —objeta el profesor—. Quizá sólo indica que también el asesino está sujeto a error... Que ni siquiera su método, o como lo llamemos, es perfecto.

—Los lugares, sin embargo...

Se interrumpe Tizón, inseguro. El otro lo mira con atención.

—Hay lugares —añade el policía tras un titubeo—. Lo he notado. Sitios donde las condiciones son otras.

Asiente pensativo Barrull. Tras la matanza del tablero, su rostro equino recobra la expresión cortés. Ya no parece el adversario despiadado que hace cinco minutos zahería a Tizón con groserías e invectivas terribles —malditos sean sus ojos, comisario, le arrancaré el hígado, etcétera— mientras movía piezas con saña homicida.

—Ya veo —dice—. Y no es la primera vez que me lo cuenta... ¿Cuánto tiempo lleva con esa idea en la cabeza?... ¿Semanas?

—Meses. Y cada vez me convenzo más.

Mueve el otro la cabeza, agitando su abundante pelo gris. Después se ajusta los lentes con cuidado.

—Puede pasar como con *Ayante* —sugiere—. O con el espía al que detuvo... Usted se obsesiona, y eso nubla el juicio. Falsos indicios llevan a conclusiones equivocadas. No es científico... Novelesco, más bien. Tal vez resulte en exceso imaginativo para ser un buen policía.

—Demasiado tarde para cambiar de oficio.

Una sonrisa de Barrull, sesgada y cómplice, acoge el comentario. Después, el profesor señala el tablero. Hay una parte suya que conozco, dice. La despliega aquí. Y dudo que la palabra imaginativo sea la que encaja. Más bien al contrario. Tiene buenas intuiciones jugando al ajedrez. Sabe ver cosas. Realmente no es novelesco, sentado ahí enfrente. No de esos adversarios que se engolfan en jugadas bonitas y estúpidas, poniéndoselo fácil al otro.

—Por eso disfruto jugando con usted —concluye—. Se deja destrozar con método.

Tizón enciende un cigarro, cuyo humo se suma al que ya flota, espeso, cargando el ambiente del patio bajo la montera acristalada que deja entrar la luz de la tarde e ilumina la balaustrada del piso superior. Después dirige en torno una mirada suspicaz, en busca de oídos indiscretos. Como siempre, buen número de clientes ocupa las mesas, sillones y sillas de madera y mimbre repartidas por el patio. Paco Celis, el dueño, lo vigila todo desde la puerta de la cocina, y camareros con delantales blancos van y vienen con cafeteras, chocolateras y jarras de agua. Sentados junto a una mesa cercana, un clérigo y tres caballeros leen periódicos en silencio. Su proximidad no preocupa al policía: son académicos de la Española que han venido a refugiarse en Cádiz desde Madrid. Los conoce de vista por ser habituales del Correo. El sacerdote, don Joaquín Lorenzo Villanueva, es también diputado en las Cortes por Valencia, activo constitucionalista y, pese a la tonsura, próximo a las ideas liberales. Uno de los otros es don Diego Clemencín: un erudito cincuentón que ahora se gana la vida redactando la *Gazeta de la Regencia*.

—Hay lugares —insiste Tizón, seguro de sí—. Sitios especiales.

Los ojos inteligentes de Hipólito Barrull lo estudian cautos, entornados los párpados. Empequeñecidos por el cristal de los lentes.

—Lugares, dice.

—Sí.

—Bueno. En realidad no es tan descabellado.

Hay una base científica, explica el profesor. Investigadores ilustres insinuaron alguna vez algo parecido. Lo que pasa es que el estudio del clima y los meteoros es una ciencia en mantillas, comparada con la dióptrica, o la astronomía. Pero resulta indiscutible que hay fenómenos atmosféricos específicos de lugares concretos. El calor del sol, por ejemplo, actúa sobre la superficie de la tierra y el aire que la rodea, y esas variaciones de temperatura pueden incidir sobre muchas cosas, incluida la formación de tormentas en puntos determinados.

—El de las tormentas me parece un buen símil —añade—. Una serie de condiciones de temperatura, vientos, presión atmosférica, se concitan para crear una situación exacta en un momento concreto. Eso da lugar a la lluvia, al rayo...

Al enumerar, Barrull ha ido poniendo un dedo —uña sucia de nicotina— sobre distintas casillas del tablero que tiene delante. Rogelio Tizón, que escucha muy atento, separa la espalda de la pared. Mira alrededor, a la gente que llena el café. Después baja la voz.

—¿Me está diciendo que también pueden dar lugar a que alguien asesine, o a que caiga una bomba?... ¿O las dos cosas a la vez?

—Yo no estoy diciendo nada. Pero podría ser. Todo cuanto no puede ser probado en contra es posible. La ciencia moderna sorprende a diario con nuevos hallazgos. No sabemos dónde están los límites.

Enarca las cejas, eludiendo responsabilidades personales. Después acerca una mano al humo que asciende en línea recta desde la brasa del cigarro que Tizón sostiene entre los dedos, hace un movimiento para aventarlo y espera a que las volutas y espirales se conviertan de nuevo en línea recta. El viento, por ejemplo, añade. Aire en movimiento. El comisario habló de él, o de sus variaciones en puntos concretos de la ciudad. Estudios recientes sobre vientos y brisas permiten sospechar, por ejemplo, que la brisa diurna da un giro completo en el sentido de las agujas de un reloj, en el hemisferio norte, y en sentido contrario para el sur. Eso permitiría establecer una relación constante entre brisas, lugares concretos, presiones atmosféricas e intensidad de vientos. Combinación de causas constantes y periódicas con otras momentáneas, sin periodicidad conocida y con carácter local. A tales circunstancias acumuladas, tales resultados. ¿Se hace Tizón cargo de lo que dice?

—Lo intento —responde el policía.

Barrull saca la caja de rapé de un bolsillo de su casaca pasada de moda y juguetea con ella, sin abrirla.

—Ajustándonos a su hipótesis, nada sería imposible en una ciudad como ésta. Cádiz es un barco situado en medio del mar y los vientos. Hasta las calles y las casas se construyen para enfrentarlos, canalizarlos y combatirlos. Usted habló de vientos, sonidos... Hasta olores, dijo... Todo eso está en el aire. En la atmósfera.

El policía mira de nuevo las piezas comidas a ambos lados del tablero. Al cabo, pensativo, coge el rey blanco y lo coloca entre ellas.

—Tendría gracia que, al final, siete asesinatos de mujeres jóvenes fuesen consecuencia de una situación atmosférica...

—¿Por qué no? Está probado que determinados vientos, en función de su sequedad y temperatura, actúan directamente sobre los humores, activando el temperamento. La locura o el crimen son más frecuentes en lugares sometidos a su fuerza constante, o periódica... Es poco lo que sabemos sobre los abismos más oscuros del ser humano.

El profesor ha abierto al fin la tabaquera, aspira una pulgarada de rapé y estornuda discretamente, con placer.

—Todo esto es muy vago, por supuesto —añade mientras se sacude la pechera del chaleco—. No soy un científico. Pero cualquier ley general de la Naturaleza es aplicable a situaciones mínimas... Lo que vale para un continente o un océano podría valer para una calle de Cádiz.

Ahora es Tizón quien pone un dedo sobre un escaque del tablero: allí donde estaba el rey vencido.

—Imaginemos entonces —propone— que hay lugares concretos, puntos geográficos donde los períodos de los fenómenos físicos guardan relación entre sí, o se combinan de forma distinta a como lo hacen en otros lugares...

Deja las últimas palabras en el aire, invitando a Barrull a completar la idea. Éste, que otra vez da vueltas entre los dedos a la cajita de rapé, mueve el rostro a un lado, mirando a la gente del patio. Reflexivo. Un camarero se acerca, solícito, creyendo que lo requieren; pero Tizón lo aleja con una mirada.

—Bueno —responde Barrull tras considerarlo un poco más—. No seríamos los primeros en pensar eso. Hace casi dos siglos, Descartes entendía el mundo como un *plenum*: un conjunto estable, hecho o lleno de una materia sutil, en cuyo interior hay pequeños huecos, o remolinos. Como las celdillas de un panal irregular en torno a las que gira la materia.

—Repita eso, don Hipólito. Despacio.

El otro guarda la tabaquera. Se ha vuelto a mirar al policía. Después baja de nuevo la vista al tablero de ajedrez.

—No es mucho más lo que puedo decirle. Se trata de lugares donde las condiciones físicas son distintas al resto. Vórtices, llamó a esos puntos.

—¿Vórtices?

—Eso es. Comparados con la inmensidad del universo, se trataría de lugares minúsculos donde ocurren cosas... O no ocurren. O se producen de manera diferente.

Una pausa. Parece que Barrull reflexionara sobre sus propias palabras, hallando perspectivas inesperadas en ellas. Al fin contrae los labios en una sonrisa pensativa, mostrando los dientes largos y caballunos.

—Lugares distintos, que influyen en el mundo —concluye—. En las personas, en las cosas, en el movimiento de los planetas...

Lo deja ahí, como si no se atreviese a más. Tizón, que chupaba el cigarro, se lo quita de la boca.

—¿En la vida y en la muerte?... ¿En la trayectoria de una bomba?

Ahora el profesor lo mira preocupado, con el aspecto de quien ha ido demasiado lejos. O teme haber ido.

—Oiga, comisario. No se haga demasiadas ilusiones conmigo. Lo que necesita es un hombre de ciencia...

Yo sólo soy alguien que lee. Un curioso familiarizado con un par de cosas. Hablo de memoria y con errores, seguramente. No faltará en Cádiz quien...

—Responda a mi pregunta, por favor.

Aquel *por favor* parece sorprender al otro. Quizá sea la primera vez que oye esa palabra en boca de Rogelio Tizón. Tampoco éste recuerda haberla pronunciado con sinceridad desde hace años. Puede que nunca.

—No es un disparate —dice el profesor—. Descartes sostenía que el universo está formado por un conjunto continuo de vórtices bajo cuya influencia se mueven los objetos que se encuentran en él... Newton rebatió luego esa concepción de las cosas con su idea de las fuerzas que actúan a distancia, a través de un vacío; pero no pudo desmontarla por completo, quizá porque era demasiado buen científico para creer ciegamente en su propia teoría... Al fin, el matemático Euler, tratando de explicar movimientos de planetas según la física de Newton, rehabilitó parcialmente a Descartes en ese terreno, argumentando a favor de los viejos vórtices cartesianos... ¿Me sigue?

—Sí. Con cierta dificultad.

—Usted lee el francés, ¿verdad?

—Me defiendo.

—Hay un libro que puedo prestarle: *Lettres à une Princesse d'Allemagne sur divers sujets de Physique et de Philosophie*. Son las cartas de Euler a la sobrina de Federico el Grande de Prusia, que era aficionada al asunto. Ahí detalla, de forma bastante asequible para gente como nosotros, la idea de esos vórtices o remolinos de los que le hablo... ¿Le apetece otra partida, comisario?

A Tizón le cuesta un momento establecer de qué partida habla su interlocutor, hasta que se da cuenta de que éste señala el tablero.

—No, gracias. Ya me ha descuartizado bastante por hoy.

—Como quiera.

Mira el policía la línea recta de humo que asciende de su cigarro. Al cabo agita levemente los dedos, y ésta se convierte en suaves espirales. Rectas, curvas y parábolas, piensa. Tirabuzones de aire, de humo y de plomo, con Cádiz como tablero.

—Lugares especiales donde ocurren cosas, o no ocurren —dice en voz alta.

—Eso es —Barrull, que está guardando las piezas de ajedrez, se detiene brevemente a mirarlo—. Y que actúan sobre el entorno.

Un silencio. Sonido del boj y el ébano al reunirse dentro de la caja. Rumor de conversaciones en torno, con el entrechocar de las bolas de marfil que llega desde la sala de billar.

—De todas formas, comisario, no le aconsejo tomarlo al pie de la letra... Una cosa son las teorías y otra la realidad exacta de las cosas. Como le digo, hasta los hombres de ciencia dudan de sus propias conclusiones.

Vuelve Tizón a estirar las piernas bajo la mesa. Echándose de nuevo hacia atrás, apoya el respaldo de la silla en la pared.

—Aunque fuera así —reflexiona en voz alta—, es sólo la mitad del problema. Quedaría por establecer cómo un asesino puede conocer esos puntos o vórtices de la atmósfera terrestre, adivinar sus condiciones y actuar con arreglo a ellas, anticipándose al resultado de lo que allí pueda ocurrir... Rellenando ese hueco con su propia materia.

—¿Me está preguntando si un asesinato o la caída de una bomba pueden considerarse fenómenos físicos de compensación, tan naturales como la lluvia, o un tornado?

—O la puerca condición humana.

—Por Dios.

—Usted mismo dice a veces que la Naturaleza tiene aversión al vacío.

El profesor, que ha terminado de guardar las piezas y cierra la tapa de la caja, observa a Tizón casi con sorpresa. Después hace ademán de abanicarse con un sombrero.

—Buf. No es bueno que ignorantes como nosotros se metan en estos jardines, amigo mío... Nos internamos demasiado en lo imaginario, me temo, volviendo a lo novelesco. Esto ya roza el disparate.

—Hay una base real.

—Tampoco eso está claro. Que la base sea real. La imaginación, espoleada por la necesidad, la angustia o lo que sea, puede gastarnos bromas pesadas. Usted sabe de eso.

Tizón da un golpe sobre la mesa. No muy fuerte, pero basta para que tiemblen tazas, vasos y cucharillas. Desde la mesa más cercana, los académicos levantan la vista de sus periódicos para dirigirle ojeadas de reprobación.

—Yo he estado en esos vórtices, profesor. Los he sentido. Hay puntos donde... No sé... Lugares concretos de la ciudad donde todo cambia de forma casi imperceptible: la calidad del aire, el sonido, el olor...

—¿También la temperatura?

—No sabría decirle.

—Habría que organizar entonces una expedición científica en regla, provistos de lo necesario. Barómetros, termómetros... Ya sabe. Como para medir el grado del meridiano.

Lo ha dicho sonriendo, en broma. O eso parece. Tizón lo estudia muy serio, sin decir nada. Interrogativo. Los dos hombres se sostienen un momento la mirada, y al cabo el profesor se ajusta mejor los lentes y ensancha la sonrisa cómplice.

—Absurdos cazadores de vórtices... ¿Por qué no?

Declina la luz en la casa de la calle del Baluarte. Es la hora en que la bahía se cubre de una claridad dorada y melancólica, color caramelo, mientras los gorriones van a dormir bajo las torres vigía de la ciudad y las gaviotas se alejan volando hacia las playas de Chiclana. Cuando Lolita Palma sale del despacho, sube la escalera y camina por la galería acristalada del primer piso, esa última luz se desvanece ya en el rectángulo de cielo, sobre el patio, dejando abajo las primeras sombras junto al brocal de mármol del aljibe, entre los arcos y los macetones con helechos y flores. Lolita ha trabajado toda la tarde con el encargado Molina y un escribiente, intentando salvar lo posible de un negocio torcido: 1.100 fanegas llegadas de Baltimore como harina pura de trigo, cuando en realidad venía mezclada con harina de maíz. Pasó la mañana comprobando las muestras —sometida al ácido nítrico y al carbonato de potasa, la presencia de copos amarillos delató la mezcla adulterada— y el resto del día escribiendo cartas a los corresponsales, a los bancos y al agente norteamericano relacionados con el asunto. Muy desagradable, todo. Con pérdida económica, por una parte, y con la consiguiente merma del crédito de Palma e Hijos de cara a los destinatarios de la harina; que ahora deberán esperar la llegada de un nuevo cargamento, o conformarse con lo que hay.

Al pasar ante la puerta de la sala de estar, advierte la brasa de un cigarro y una sombra sentada en el diván turco, recortada en la última claridad que entra por los dos balcones que dan a la calle.

—¿Todavía estás aquí?

—Tenía ganas de fumarme tranquilo un puro. Ya sabes que tu madre no soporta el humo.

El primo Toño está inmóvil. La escasa luz poniente apenas permite adivinar su frac oscuro. Sólo la mancha clara del chaleco y la corbata destacan en la penumbra, bajo la punta rojiza del cigarro. Cerca, el carbón incandescente de un pequeño brasero que huele a alhucema calienta la estancia y dibuja, puestos sobre una silla, los contornos de un gabán, un sombrero de copa alta y un bastón.

—Podías haber dicho que te encendieran la chimenea.

—No vale la pena. Me voy enseguida... Mari Paz trajo el brasero.

—¿Te quedas a cenar?

—No, de verdad. Gracias. Ya te digo que termino este puro y me voy.

Se mueve ligeramente al hablar. Los cristales de sus gafas reflejan el resplandor del brasero, y hay otro reflejo en el cristal de la copa que sostiene en una mano. El primo Toño ha pasado media tarde en la alcoba de la madre de Lolita, como cada vez que doña Manuela Ugarte no está de humor para levantarse de la cama. En tales casos, después de pasar un rato de tertulia con la prima, acompaña a su tía dándole conversación, jugando con ella a las cartas o leyéndole algo.

—He visto muy bien a tu madre. Hasta estuvo a pique de reírse con un par de chistes... También le he leído veinticinco páginas de *Juanita, o la naturaleza generosa*. Un novelón, prima. Casi lloro.

Lolita Palma se ha recogido la falda para sentarse en el diván, a su lado. El primo se aparta un poco, dejándole espacio. Hasta ella llega su olor a tabaco y coñac.

—Siento haberme perdido eso. Mi madre riendo y tú llorando... Como para sacaros en el *Diario Mercantil*.

—Oye, en serio. Lo juro por la bota de Pedro Ximénez de la taberna que hay frente a mi casa. Que no vuelva a verla si miento.

—¿A mi madre?

—La bota.

Lolita se echa a reír. Después le golpea suavemente un brazo, casi a tientas.

—Eres un tonto borrachín.

—Y tú una bruja guapa... Desde pequeña lo eras.

—¿Guapa?... No digas tonterías.

—No. Bruja, digo... Bruja piruja.

Ríe el primo Toño, agitando la punta roja del cigarro. Los Palma son su única familia. La visita diaria es costumbre que conserva de cuando venía cada tarde acompañando a su madre. Fallecida aquélla hace tiempo, el hijo sigue acudiendo solo. Entra y sale como en su propia casa: tres plantas en la calle de la Verónica, donde vive asistido por un criado. Por lo demás, sus rentas de La Habana llegan con regularidad. Eso le permite mantener su indolente rutina: en cama hasta las doce, barbero a las doce y media, almuerzo en el comedor de arriba del café de Apolo, periódicos y siesta en un sillón de la planta baja, visita a la casa de los Palma a media tarde, cena ligera y tertulia nocturna en el café de las Cadenas, rematada con un poquito de baraja y tapete de vez en cuando. Las trece horas diarias que duerme a pierna suelta diluyen, con poco rastro visible, las dos botellas de manzanilla y licores varios que trasiega a diario: no tiene una cana en el pelo, que ya escasea; la curva que oprimen los botones de sus chalecos de doble ojal es evidente, pero no exagerada, y su inalterable buen humor mantiene a raya los estragos de un hígado que, sospecha Lolita, tiene ya el tamaño y textura de dos libras de paté francés al oporto. Pero al primo Toño eso lo trae sin cuidado. Como dice cuando ella le tira cariñosamente de las orejas, más vale acabar de pie, con una copa en la mano, riéndote rodeado de amigos, que envejecer aburrido, mustio y de rodillas. Y ahora ponme otra copita, niña. Si no es molestia.

—¿En qué pensabas, primo?

Un silencio repentinamente serio. La brasa del cigarro se reaviva dos veces, en la penumbra.

—Recordaba cosas.

—¿Por ejemplo...?

De nuevo tarda el otro en responder.

—Nosotros, aquí —dice al fin—. De pequeños. Correteando entre estos muebles. Tú jugando arriba, en la terraza... Subiendo a la torre con un catalejo que nunca me dejabas, aunque yo era mucho mayor. O quizá por eso. Con tus trenzas y tus maneras de ratita sabia.

Asiente despacio Lolita Palma, consciente de que su primo no puede verla. Aquellos niños están demasiado lejos, piensa. Ella, él, los otros. Quedaron atrás vagando por paraísos imposibles, prohibidos a la lucidez y el paso de los años. Como esa niña que, desde la torre vigía de la casa, veía pasar barcos de velas blancas.

—¿Me acompañas pasado mañana al teatro? —dice, deliberadamente frívola—. Con Curra Vilches y su marido. Representan *Lo cierto por lo dudoso*; y de sainete, uno del soldado Poenco.

—Lo he leído en *El Conciso*. Aquí estaré a buscarte, de punta en blanco.

—Desalíñate un poco menos, si puedes.

—¿Te avergüenzas de mí?

—No. Pero si te haces cepillar y planchar la ropa, estarás mucho más presentable.

—Hieres mi vanidad, prima... ¿Acaso no te gustan mis bonitos chalecos a la última, hechos en la tienda del Bordador de Madrid?

—Me gustan más sin ceniza de cigarro por encima.

—Ole. Arpía.

—Grandullón patoso.

La sala de estar se encuentra casi a oscuras, excepto la punta del cigarro y el resplandor del brasero. Los rectángulos de cristal de los dos balcones destacan en la negrura con una leve fosforescencia violeta. Lolita oye cómo el primo se sirve más coñac de un frasco que debe de tener cerca, al alcance de la mano. Durante un momento ambos permanecen callados, aguardando el establecimiento definitivo de las tinieblas. Al fin ella se levanta del diván, busca a tientas una cajita de mixtos y el quinqué de petróleo que está sobre la cómoda, levanta el tubo de vidrio y enciende la mecha. Eso ilumina los cuadros en las paredes, los muebles de caoba oscura, las urnas con flores artificiales.

—No pongas mucha luz —dice el primo Toño—. Se está bien así.

Lolita baja la mecha hasta que la llama queda reducida al mínimo y sólo un débil resplandor rojizo perfila los contornos de muebles y objetos. El primo sigue fumando inmóvil en el diván, con la copa en la mano y las facciones en la sombra.

—Pensaba hace un rato —dice él— en aquellas tardes de visita con mi madre, la tuya y todas nuestras viejas tías primeras y segundas, primas lejanas y demás familia, vestidas de negro, tomando chocolate aquí mismo, o abajo en el patio... ¿Te acuerdas?

Asiente de nuevo Lolita, que vuelve al diván.

—Claro. Se ha despoblado mucho el paisaje, desde entonces.

—¿Y nuestros veranos en Chiclana?... Subiendo a los árboles a coger fruta y jugando en el jardín a la luz de la luna. Con Cari, y Francisco de Paula... Yo envidiaba los juguetes maravillosos que os regalaba tu padre. Una vez quise robaros un Mambrú, pero me pillaron.

—Recuerdo eso. La azotaina que te dieron.

—Me moría de vergüenza, y tardé mucho en miraros a los ojos —una larga pausa, pensativa—. Allí terminó mi vida criminal.

Se queda callado. Un silencio extraño, repentinamente hosco. Impropio de su talante. Lolita Palma le coge una mano, que el primo abandona inerte, sin responder a su presión afectuosa. La mano está fría, comprueba ella, sorprendida. Al cabo, con un movimiento casual, él la retira.

—Tú nunca fuiste de casitas, ni de muñecas... Preferías los sables de hojalata, los soldados de plomo y los barcos de madera de tu hermano...

Esta vez la pausa es muy larga. Excesiva. Lolita adivina lo que su primo va a decir después; y éste intuye, sin duda, que ella lo adivina.

—Me acuerdo mucho de Paquito —murmura él, por fin.

—Yo también.

—Supongo que su muerte cambió tu vida. A veces me pregunto qué harías ahora si...

La brasa del cigarro se extingue mientras el primo aplasta la colilla en el cenicero, minuciosamente.

—Bueno —concluye, en tono distinto—. La verdad es que no te imagino casada, como Cari.

Sonríe Lolita en la penumbra, para sí misma.

—Ella es otra cosa —apunta con suavidad.

Conviene el primo Toño en ello. La risa es seca, entre dientes. No la suya habitual, desinhibida y franca. Nos vamos quedando solos, comenta. Tú y yo. Igual que Cádiz. Luego se queda un momento callado.

—¿Cómo se llamaba aquel muchacho?... ¿Manfredi?

—Sí. Miguel Manfredi.

—También eso cambió tu vida.

—Nunca se sabe, primo.

Ahora él ríe fuerte, recobrando el buen humor de siempre.

—El caso es que aquí estamos tú y yo: el último Cardenal y la última de los Palma... Un solterón sin remedio, y una que se queda para vestir santos. Lo mismo que Cádiz, ya te digo.

—¿Cómo puedes ser tan zafio y tan grosero?

—Con práctica, niña. Con años, bálsamo de viña y mucha práctica.

Lolita sabe bien que lo de solterón no siempre estuvo claro en el primo Toño. Durante mucho tiempo, en su juventud, amó a una gaditana llamada Consuelo Carvajal: mujer hermosa, muy solicitada, altiva hasta el desprecio. Por ese amor bebía el primo los vientos, plegándose a todo capricho. Pero ella no tenía buen fondo; adoraba interpretar el personaje de *belle dame sans merci* a expensas de Toño Cardenal. Durante mucho tiempo, sin desairar del todo sus esperanzas, se dejó querer. Presumía, como quien presume de un criado diligente, de la devoción de aquel tipo larguirucho y divertido sobre el que reinaba como una emperatriz, sometiéndolo a toda clase de humillaciones sociales a las que él se plegaba con su inalterable buen humor y una lealtad generosa y perruna. Siguió amándola incluso cuando, llegado el momento, ella se casó con otro.

—¿Por qué no te fuiste a América?... Después de la boda de Consuelo, estuviste a punto.

El primo Toño permanece callado e inmóvil en el escueto resplandor del quinqué. Lolita es la única persona con la que menciona, a veces, el nombre de la mujer que le secó la vida. Siempre sin rencor, ni despecho. Apenas la melancolía de un perdedor resignado a su suerte.

—Me daba pereza —murmura al fin—. Eso es muy propio de mí.

Las últimas palabras las pronuncia en tono diferente, más ligero y despreocupado, y las acompaña con el sonido de otro chorro de coñac en la copa. Además, añade animándose, necesito esta ciudad. Hasta con los franceses enfrente se vive dentro de un embudo de calma. Las calles rectas y limpias tiradas a escuadra, perpendiculares u oblicuas a otras, como si quisieran esconderse en sus ángulos muertos. Y ese recogimiento estrecho, casi triste, que al doblar una esquina desemboca de pronto en la bulla y la vida.

—¿Sabes —concluye— lo que más me gusta de Cádiz?

—Claro. El licor de los cafés y el vino de las tiendas de montañeses.

—Eso también. Pero lo que me gusta de verdad es el olor a bodega de bergantín que tienen las calles: a salazones, a canela y a café... Olor de nuestra infancia, prima. De nuestras nostalgias... Y sobre todo, me gustan esos chaflanes de calles con un cartel donde hay pintado un barco sobre el mar verde o azul; y encima, el rótulo más bonito del mundo: *Almacén de ultramarinos y coloniales*.

—Eres un poeta, primo —ríe Lolita—. Siempre lo dije.

La expedición urbana es un fracaso. Rogelio Tizón e Hipólito Barrull han pasado el día recorriendo Cádiz, en un intento por comprender el trazado de ese otro mapa de la ciudad, escondido e inquietante, que imagina el comisario. Salieron temprano, acompañados por el ayudante Cadalso, que cargaba con el equipo aconsejado por el profesor: un barómetro Spencer de tamaño razonable, un termómetro Megnié, un plano detallado de la ciudad y una pequeña aguja magnética portátil. Empezaron por las cercanías de la Puerta de Tierra, donde hace más de un año apareció asesinada la primera muchacha. Fueron luego en calesa hasta la venta del Cojo y regresaron a la ciudad, plano en mano y atentos a cada indicio, siguiendo rigurosamente el resto del recorrido: calles de Amoladores, del Viento, del Laurel, del Pasquín, del Silencio. Y en cada sitio, el procedimiento fue idéntico: situación en el plano, referencias respecto a los puntos cardinales y a la posición de la batería francesa de la Cabezuela, estudio de los edificios próximos, de los ángulos de incidencia de los vientos y de cualquier otro detalle útil o significativo. Tizón ha traído consigo, incluso, los registros meteorológicos de la Real Armada correspondientes a los días en que fueron asesinadas las muchachas. Y mientras el comisario se paseaba de un lado a otro, concentrado como un sabueso que venteasse una caza difícil, con los ojos leales de Cadalso siguiéndolo de lejos y pendientes de sus órdenes, Barrull ha comparado esos datos con la temperatura y la presión atmosférica actuales, considerando posibles variaciones significativas de un lugar a otro. Los resultados son decepcionantes: excepto que en todos los casos soplaba viento moderado de levante y la presión era relativamente baja, no hay patrón común, o es imposible establecerlo; y en los lugares visitados no se advierte anomalía alguna. Sólo en dos sitios la aguja magnética mostró desviaciones notables; pero en un caso, la calle de Amoladores, éstas pueden deberse a la cercanía de un almacén de hierro viejo. Por lo demás, la exploración no aporta nada relevante. Si existen puntos donde las condiciones son distintas, no hay indicios visibles de éstos. Imposible localizarlos.

—Me temo que sus percepciones son demasiado personales, comisario.

—¿Supone que me lo invento?

—No. Digo que, con los pobres medios de que disponemos, sus sospechas no encuentran confirmación física.

Han despedido a Cadalso, cargado con los instrumentos, y hacen el magro balance de la jornada mientras caminan a lo largo de la tapia de los Descalzos, en busca de la plaza de San Antonio y de una tortilla en el colmado del Veedor. En ese tramo de la calle se cruzan con poca gente: un vendedor callejero de habanos de contrabando —que se aparta, rápido y prudente, al reconocer a Tizón— y un ebanista de caoba que trabaja en la puerta de su taller. La tarde todavía es seca, soleada, y la temperatura agradable. Hipólito Barrull lleva sombrero de dos picos, ladeado y puesto hacia atrás, y una capa negra sobre los hombros, abierta la anticuada casaca y los pulgares en los bolsillos del chaleco. A su lado, con humor de mil diablos, Tizón balancea el bastón mirando el suelo ante sus botas.

—Haría falta —prosigue Barrull— poder comparar las condiciones de cada lugar en el momento exacto de los asesinatos y la caída de las bombas... Ver si hay constantes, más allá del indicio poco revelador del viento de levante y el barómetro bajo, y establecer líneas que uniesen esos lugares según presión, temperatura, dirección e intensidad del viento, horarios y cuantos factores adicionales se nos ocurrieran... El mapa que usted busca es imposible para la ciencia actual. Y mucho menos con nuestros humildes medios.

Rogelio Tizón no se rinde. Aunque abrumado por la evidencia, se aferra a su idea. Él percibió esas sensaciones, insiste. Los cambios sutiles en la cualidad del aire, la temperatura. Hasta el olor era distinto. Parecía estar dentro de una estrecha campana de cristal donde se hiciera el vacío.

—Pues hoy no ha sentido nada de eso, comisario. Lo he visto rastrear todo el día en vano, blasfemando por lo bajini.

—Quizá no era el momento —admite Tizón, hosco—. Puede tratarse de algo temporal, sujeto a determinadas circunstancias... Que se dé sólo en momentos propicios a cada crimen y cada caída de una bomba.

—Admito cualquier posibilidad. Pero reconozca que, desde un punto de vista serio, científico, lo pone muy difícil —Barrull se aparta a un lado, cediendo el paso a una mujer que lleva a un niño de la mano—... ¿Leyó el libro que le presté, el de las cartas de Euler?

—Sí. Pero adelanté poco. Aunque no lo lamento. Podría meterme en otro callejón sin salida, como con su traducción de *Ayante*.

—Tal vez sea ése el problema... Un exceso de teoría lleva a un exceso de imaginación. Y viceversa. Lo más que podemos establecer es que hay lugares en esta ciudad donde quizá se den condiciones similares de temperatura, viento y demás. O de ausencia de ellas... Y esos lugares pueden ejercer una especie de magnetismo o atracción a distancia de carácter doble: atraen bombas que estallan y la acción de un asesino.

—Pues no es poco —argumenta Tizón.

—Pero no tenemos ni una sola prueba. Tampoco nada que relacione muertos y bombas.

Sacude el policía la cabeza, irreductible.

—No es azar, don Hipólito.

—Ya. Pero demuéstrelo.

Se han parado cerca del convento, en la plazuela que se ensancha desde la calle de la Compañía. Las tiendas y los puestos de flores aún están abiertos. La gente desocupada pasea entre las bocacalles del Vestuario y de la Carne, o se congrega en torno a los cuatro toneles que, a modo de mesas, hay en la esquina de la taberna de Andalucía. Revolcándose por el suelo frente a la cuchillería de Serafín, media docena de pilletes de rodillas sucias, armados con espadas de madera y caña, juegan a españoles y franceses. Sin piedad para los prisioneros.

—No hacen falta libros, ni teorías, ni imaginación —insiste Rogelio Tizón—. Llámelos vórtices, puntos extraños o como quiera. Lo cierto es que están ahí... O estaban. Yo mismo los percibí. De una forma casi ajedrecística, como le digo... Igual que cuando, en momentos determinados, apenas toca usted una pieza, antes de moverla y de saber qué pretende, intuyo la certeza del desastre.

Encoge los hombros Barrull, más prudente que escéptico.

—Hoy falla su percepción, como hemos visto. El *sentiment du fer*, que dicen los esgrimistas.

—Es cierto. Pero sé que tengo razón.

Tras la breve parada, Barrull echa a andar de nuevo. Después de unos pasos se detiene, en espera de que Tizón se reúna con él. Camina despacio el policía con el ceño fruncido, mirando el suelo como antes. Conoció momentos más optimistas en su vida. Menos atormentados. El profesor aguarda a que llegue a su altura antes de hablar de nuevo.

—De todos modos, puestos a imaginar... ¿Ha pensado que tal vez advierte esas sensaciones porque tiene cierta afinidad sensible con el asesino?

Lo mira Tizón, suspicaz. Tres segundos. No me fastidie, profesor, murmura luego. A estas horas de la tarde. Pero el otro no se da por vencido. Puede que exista una sintonía, insiste. La facilidad de percibir esas variaciones puntuales que el comisario anda buscando. Después de todo, hay personas que, por una sensibilidad especial, tienen sueños premonitorios o visiones parciales del futuro. Por no hablar de los animales, que presienten terremotos o catástrofes antes de que se produzcan. El ser humano posee también esa intuición, supone el profesor. Parcial, quizás. Atrofiada por los siglos. Pero siempre hay individuos excepcionales. El asesino tendría, por tanto, una poderosa capacidad de presentir. Al principio acudiría atraído por las mismas fuerzas o condiciones que hacían caer allí las bombas. Después se le fueron afinando los sentidos con la práctica, hasta ser capaz de antecederlas.

—Una persona excepcional, como dije antes —termina Barrull.

Resopla Tizón, exasperado.

—Un excepcional canalla, querrá decir.

—Puede. Quizá de esos que, parafraseando a D'Alembert, clasificaríamos como *entes oscuros y metafísicos, diestros en extender las tinieblas sobre una ciencia de por sí clara...* Pero déjeme decirle una cosa, comisario: nada impide que también usted pueda serlo, pues comparte ciertas intuiciones con el asesino. Eso lo situaría, paradójicamente, en el mismo plano sensible que ese monstruo... Más cerca de comprender sus impulsos que el resto de sus conciudadanos.

Han doblado una esquina y suben despacio por la cuesta de la Murga, bajo las rejas verdes y las celosías de los balcones. Con un guiño inquisitivo, Barrull se ha vuelto a comprobar el efecto de sus últimas palabras en el comisario.

—Preocupante, ¿no le parece?

Tizón no responde. Está recordando a la joven prostituta de Santa María tendida boca abajo, desnuda. Indefensa. A él mismo de pie junto a ella, deslizando la contera de su bastón por la piel blanca. El foso de horror que por un instante intuyó en sí mismo.

—Quizá eso explique su obsesión, más allá de lo profesional —continúa el profesor—. Usted sabe lo que busca. Su instinto le dice cómo reconocerlo... Quizá la ciencia es un estorbo, en este caso. Tal vez sea sólo cuestión de tiempo y de suerte. ¿Quién sabe?... Igual un día se cruza con el asesino y sabe que es él.

—¿Reconociéndolo como hermano de sentimientos?

La voz del comisario suena ronca. Peligrosa. Él mismo se da cuenta de ello, y observa que la expresión de su interlocutor se altera un poco.

—Demonios, no quise insinuar eso —se apresura a decir Barrull—. Lamentaría mucho ofenderlo. Pero es verdad que ninguno de nosotros sabe los rincones oscuros que lleva dentro... Ni lo tenues que son ciertas fronteras.

Se queda callado unos cuantos pasos. Después habla de nuevo:

—Digamos que, en mi opinión, esta partida sólo puede jugarla sobre su propio tablero. Ahí, ni la ciencia moderna puede socorrerlo... Quizá usted y ese criminal vean esta ciudad de forma distinta a como la vemos otros.

La risa lúgubre del policía sugiere cualquier cosa menos simpatía. En realidad, advierte al instante, ríe de su propia sombra. Del retrato que, casual o deliberadamente, empieza a trazar su interlocutor.

—Rincones oscuros, dice.

—Sí. Eso dije. Suyos, míos... De cualquiera.

De pronto, Tizón siente deseos de justificarse. Deseos urgentes.

—Yo tuve una hija, profesor.

Se ha detenido en seco, tras golpear impaciente el suelo con el bastón. Nota una cólera sorda, interior, estremecerlo hasta la raíz del cabello. Una sacudida de odio y desconcierto. Su comentario ha alterado la expresión de Barrull, que lo mira con sorpresa.

—Lo sé —murmura el profesor, repentinamente incómodo—. Una desgracia, sí... Eso supe.

—Murió siendo una niña. Y cuando veo a las muchachas...

Casi se sobresalta el otro al oír aquello.

—No quiero que me hable de eso —lo interrumpe, alzando una mano—. Se lo prohíbo.

Ahora es Tizón el sorprendido, pero no dice nada. Se queda frente a Barrull, en demanda de una explicación. Éste hace ademán de seguir camino adelante, pero no se mueve.

—Valoro demasiado su amistad —aclara al fin, con desgana—. Aunque esa palabra, tratándose de usted, es relativa... Digamos que aprecio mucho su compañía. ¿Lo dejamos en eso?

—Como quiera.

—Usted, comisario, es de los que nunca perdonan a otros las propias debilidades... No creo que confiarse demasiado a mí, bajo la presión de lo que está ocurriendo, lo dejara satisfecho a largo plazo. Me refiero a su vida... Vaya. A los aspectos familiares.

Dicho aquello, y no sin visible esfuerzo, Barrull se queda un momento pensativo, cual si reflexionara sobre sus argumentos.

—No quiero perder a mi mejor adversario de ajedrez.

—Tiene razón —conviene Tizón.

—Claro que la tengo. Como casi siempre. Y además de razón tengo hambre... Así que invíteme a esa tortilla con algo que la remoje. Hoy me lo he ganado de sobra.

Barrull echa a andar, pero Tizón no lo sigue. Se ha quedado inmóvil mirando hacia arriba, junto al edificio que hace esquina con la calle de San Miguel. En una hornacina situada en alto, un arcángel atropella a un diablo, espada en mano.

—Aquí, profesor... ¿No advierte nada?

Lo observa el otro, asombrado. Después, siguiendo la dirección de la mirada del policía, alza la vista para fijarla en la estatua.

—No —responde.

Ha hablado con extrema cautela. El comisario sigue mirando hacia arriba.

—¿Seguro?

—Por completo.

El asunto, se pregunta Rogelio Tizón de pronto lúcido, es si lo que siente en este momento era anterior al hecho de fijarse en el arcángel, o si la visión de éste suscita en él la sensación, siniestra y conocida, que ha estado buscando toda la mañana. La certeza de penetrar, por un corto instante, en el espacio sutil donde la cualidad del aire, los sonidos y el olor —el policía advierte con nitidez su ausencia absoluta— se alteran brevemente, diluyéndose en el vacío hasta desaparecer por completo.

—¿Qué ocurre, comisario?

Incluso la voz de Barrull llega al principio lejana, distorsionada por una inmensa distancia. Ocurre que acabo de pasar por uno de sus malditos vórtices, profesor, está tentado de responder Tizón. O como se llamen. En lugar de eso, señala con un gesto del mentón la estatua de San Miguel y luego mira alrededor, la esquina de la calle y los edificios próximos, mientras procura fijar aquel espacio en su razón al tiempo que en sus sentidos.

—No me tome el pelo —dice Barrull, cayendo en la cuenta.

La expresión, medio festiva, se le tuerce en la boca cuando encuentra los ojos helados del policía.

—¿Aquí?

Sin aguardar respuesta, se acerca a Tizón, y muy próximo a él mira en la misma dirección, primero hacia arriba y después alrededor. Al cabo, desalentado, mueve la cabeza.

—Es inútil, comisario. Me temo que sólo usted...

Se calla y mira de nuevo.

—Lástima que hayamos mandado de vuelta a su ayudante con los instrumentos —se lamenta—. Sería oportuno...

Tizón hace un ademán para que se calle. Sigue inmóvil, mirando hacia arriba. La percepción fue breve; ya no siente nada. De nuevo una estatua de San Miguel en su hornacina y la cuesta de la Murga a las seis de la tarde, un día cualquiera. Sin embargo, estaba allí. Sin duda. Por un instante ha cruzado el umbral del extraño y familiar vacío.

—Quizá me esté volviendo loco —dice al fin.

Siente en él la mirada inquieta del profesor.

—No diga tonterías, hombre.

—En cierto modo, lo ha expuesto antes con otras palabras... Como ese que mata.

Desde hace un momento, Tizón camina muy despacio, en círculo, sin dejar de observar cada detalle a su alrededor. Tanteando el suelo con su bastón como lo haría un ciego.

—Usted dijo algo una vez...

Se calla, recordando lo que el profesor dijo. No le gustaría verse ahora en un espejo, piensa advirtiendo la expresión con que Barrull lo mira. Y sin embargo, hay cosas que de pronto parecen perfectamente claras en su cabeza. Afinidades oscuras: carne de mujer desgarrada, vacíos y silencios. Y hoy sopla levante.

—Tendría que preguntar a los franceses, eso fue lo que dijo... ¿Se acuerda?

—No. Pero seguramente lo hice.

Asiente el policía, que en realidad no presta atención. El diálogo lo mantiene consigo mismo. Desde su hornacina, espada en alto, el arcángel parece observarlo retador. Tan burlón como la mueca desesperada, lúgubre, que ahora recorre como un latigazo la cara del comisario Tizón.

—Puede que estuviera en lo cierto, profesor... Quizá ya sea momento de preguntar.

Es noche de sábado. La animada multitud que sale del teatro desemboca por la calle de la Novena en la calle Ancha, comentando las incidencias de la función. En la puerta del café que hace esquina con la Amargura, frecuentado por extranjeros y marinos, Pepe Lobo y su teniente Ricardo Maraña contemplan en silencio el desfile. Los dos corsarios —han vuelto a serlo oficialmente, pues la patente fue devuelta a la *Culebra* hace cinco días— se encuentran en tierra desde esta mañana, y ahora están sentados a una mesa ante una caneca de barro, más que mediada, con ginebra holandesa. La luz de los faroles que arden en la calle principal de Cádiz ilumina frente a ellos el discurrir de ropa elegante: casacas, levitas, fracs, botines de mahón, capotes y surtús a la moda de Londres y París, cadenas de relojes y joyas de precio, señoras con capas de piel y mantones bordados; aunque también se ven monteras a la ceja y tamboras de ala ancha, chaquetas cortas bordadas de caracol con pesetas de plata como botonadura, calzones de ante, basquiñas de flecos o madroños, mantones pardos y capotes con vueltas de grana del pueblo bajo que regresa a sus casas de la Viña o el Mentidero. Hay, desde luego, mujeres atractivas de toda condición social. También diputados de San Felipe Neri, emigrados más o menos solventes, oficiales de las milicias locales o militares españoles e ingleses luciendo plumeros, cordones y charreteras. Las noches de teatro, única diversión pública de la ciudad desde que las Cortes decidieron reabrirlo hace unos meses, convocan en palcos y luneta a la mejor sociedad, aunque nunca faltan al fondo aficionados del pueblo castizo. Debido a que las representaciones comienzan temprano, la noche todavía es joven y la temperatura se mantiene agradable para esta época del año, buena parte de los transeúntes está lejos de rematar la velada: tertulias y mesas de juego esperan a la gente de buena posición

y dinero; colmados de guitarra, palillos, jaleo y vino barato, al pueblo bajo y a los que se inclinan a divertirse con
éste. Que no son pocos.

—Mira quién viene por ahí —comenta Maraña.

Pepe Lobo sigue la dirección de la mirada de su primer oficial. Lolita Palma camina entre la gente, acompañada por varios amigos de ambos sexos. Lobo reconoce en
el grupo al primo Toño y al diputado por Buenos Aires
Jorge Fernández Cuchillero. También a Lorenzo Virués,
uniformado de punta en blanco: sable al cinto, charreteras
de capitán de ingenieros en la casaca azul turquí con solapas moradas, plumero rojo con escarapela y galón de plata
en el sombrero.

—Nuestra jefa —remata el teniente, con su indiferencia habitual.

Lolita Palma ha visto a Lobo, advierte éste. Por un
momento ella afloja ligeramente el paso mientras le dirige una sonrisa cortés, acompañada de una levísima inclinación de cabeza. Tiene buen aspecto: vestido de color
rojo muy oscuro a la inglesa, con chal turco, negro, sobre
los hombros, prendido al pecho por un pequeño bro-
che de esmeraldas. En las manos, guantes de piel y bolso de raso alargado, de los habituales para llevar abanico
y anteojos de teatro. No luce otras joyas que unos pendientes de esmeraldas sencillas, y se cubre con un som-
brerito de terciopelo sujeto por agujón de plata. Cuando
llega a su altura, Lobo se pone de pie y se inclina un poco,
a su vez. Sin interrumpir la charla con sus acompañantes ni apartar la vista del corsario, ella se demora algo más,
lento el paso mientras apoya, con aire casual, una mano
en el brazo del primo Toño; que se detiene, saca un reloj

del bolsillo del chaleco y dice algo que los hace a todos estallar en carcajadas.

—Está esperando que la saludes de cerca —apunta Maraña.

—Eso parece... ¿Vienes conmigo?

—No. Sólo soy tu teniente y estoy bien aquí, con la ginebra.

Tras una corta vacilación, Lobo coge el sombrero que estaba en el respaldo de la silla, y con él en la mano se acerca al grupo. Mientras lo hace, advierte de soslayo la mirada displicente de Lorenzo Virués.

—Qué agradable, capitán. Bienvenido a Cádiz.

—Fondeamos esta mañana, señora.

—Lo sé.

—Se salvó Tarifa, al fin. Y nos dejan libres... Tenemos la patente de corso otra vez en regla.

—También lo sé.

Ha extendido una mano que Lobo toma brevemente, inclinado sobre ella. Rozándola apenas. El tono de Lolita Palma es afectuoso, muy sereno y cortés. Tan dueña de sí como de costumbre.

—No sé si todos se conocen... Don José Lobo, capitán de la *Culebra*. Usted ya ha tratado a algunos de estos amigos: mi primo Toño, Curra Vilches y Carlos Pastor, su marido... Don Jorge Fernández Cuchillero, el capitán Virués...

—Conozco al señor —dice el militar, seco.

Los dos hombres cambian una mirada fugaz, hostil. Pepe Lobo se pregunta si la antipatía de Virués se debe a la vieja cuenta pendiente, engrosada en la Caleta, o si la presencia de Lolita Palma pone esta noche una sota de espadas en el tapete. Vamos a tomar algo en la confitería de Burnel, está diciendo ella con calma impecable. Quizá le apetezca acompañarnos.

Sonríe a medias el marino, reservado. Un punto incómodo.

—Se lo agradezco mucho, pero estoy con mi teniente.

Ella dirige una mirada a la mesa del café. Conoce a Ricardo Maraña de cuando visitó la balandra, y le dedica una sonrisa amable. Lobo está de espaldas al primer oficial y no puede verlo, pero adivina su respuesta: elegante inclinación de cabeza mientras levanta un poco, a modo de saludo, el vaso de ginebra. No me presentes a nadie a quien no conozca, dijo en una ocasión.

—Puede venir él también.

—No es sujeto muy sociable... Otro día, tal vez.

—Como guste.

Mientras se despiden con las cortesías usuales, el diputado Fernández Cuchillero —elegante capa gris con vueltas azafrán, bastón de junco y sombrero de copa alta— comenta que le gustaría tener ocasión de charlar un rato con el señor Lobo, para que éste le cuente lo de Tarifa. Una heroica defensa, tiene entendido. Y un buen chasco francés. Precisamente el lunes tratarán el asunto en la comisión de guerra de las Cortes.

—¿Me permite invitarlo mañana a comer, capitán, si no tiene otro compromiso?

El corsario mira fugazmente a Lolita Palma. La mirada resbala en el vacío.

—Estoy a su disposición, señor.

—Magnífico. ¿Le parece bien a las doce y media en la posada de las Cuatro Naciones?... Sirven una empanada de ostiones y un menudo con garbanzos que no están mal. También hay vinos canarios y portugueses decentes.

Un cálculo rápido por parte de Pepe Lobo. A él lo trae sin cuidado la comisión de guerra de las Cortes; pero el diputado, además de amigo de la casa Palma, es un buen contacto político. La relación puede ser útil. En tales tiempos y en su incierto oficio, nunca se sabe.

—Allí estaré.

El giro de la charla no parece agradar al capitán Virués, que frunce el ceño al oír aquello.

—Dudo que el señor tenga mucho que contar —opina, ácido—. No creo que llegara a pisar Tarifa en ningún momento... Su misión era más bien lejana: llevar y traer despachos oficiales, tengo entendido.

Un silencio embarazoso. La mirada de Pepe Lobo pasa un instante sobre los ojos de Lolita Palma y se detiene en el militar.

—Es cierto —responde con calma—. En mi barco sólo tuvimos ocasión de ver los toros desde la barrera... Nos pasó en cierto modo como a usted, señor, a quien siempre encuentro en Cádiz aunque su destino esté en primera línea, en la Isla... Imagino lo que un soldado debe de sufrir aquí, tan lejos del fuego y la gloria, arrastrando el sable por los cafés —ahora el corsario mira impasible a Virués—. Usted, claro, estará violento.

Incluso a la luz amarillenta de los faroles, es evidente que el militar ha palidecido. A la mirada peligrosa de Pepe Lobo, hecha a reyertas brutales y situaciones difíciles, no escapa el impulso instintivo del otro, que lleva la mano izquierda cerca de la empuñadura del sable, aunque sin consumar el movimiento. No es lugar ni ocasión, y ambos lo saben. Nunca allí, desde luego, con Lolita Palma y sus amigos de por medio. Y mucho menos un oficial y caballero como el capitán Virués. Amparándose en esa certeza y en la impunidad que le procura, el corsario vuelve la espalda al militar, dedica una tranquila inclinación de cabeza a Lolita Palma y sus acompañantes, y se aparta del grupo —siente que los ojos de la mujer lo siguen de lejos, preocupados—, de vuelta a la mesa donde aguarda sentado Ricardo Maraña.

—¿Esta noche no cruzas la bahía? —le pregunta al teniente.

Lo mira el otro con vaga curiosidad.

—No lo tenía previsto —responde.

Asiente Pepe Lobo, sombrío.

—Entonces vamos a buscar mujeres.

Maraña sigue mirándolo, inquisitivo. Después se vuelve a medias para echar una ojeada al grupo que se aleja en dirección a la plaza de San Antonio. Se queda así un rato, pensativo y sin abrir la boca. Al cabo, vacía ceremonioso el resto de la caneca en los dos vasos.

—¿Qué clase de mujeres, capitán?

—De las adecuadas a estas horas.

Una sonrisa distinguida —hastiada y un punto canalla— crispa los labios pálidos del primer oficial de la *Culebra*.

—¿Las prefieres con prólogo de vino y baile, como las de la Caleta y el Mentidero, o puercas a palo seco de Santa María y la Merced?...

Encoge los hombros Pepe Lobo. El trago de ginebra que acaba de ingerir, copioso y brusco, quema en su estómago. También le pone un humor de mil diablos. Aunque, concluye, es probable que ese malhumor ya estuviese ahí antes. Desde que vio venir a Lorenzo Virués.

—Me da lo mismo, mientras sean rápidas y no den conversación.

Maraña apura despacio su vaso, valorando con aplicación el asunto. Después saca una moneda de plata y la coloca sobre la mesa.

—A la calle de la Sarna —propone.

Hay quien sí cruza la bahía en este momento. No rumbo a El Puerto de Santa María, sino con la proa del bote apuntada algo más al este, en dirección a la barra de arena que, en la boca del río San Pedro, junto al Trocadero, descubre la marea baja. Silencio absoluto, a excepción del rumor del agua en los costados. La vela latina, henchida por una buena brisa de poniente, es un triángulo negro que se balancea y recorta en la oscuridad contra el cielo cuajado de estrellas, dejando atrás las siluetas de los barcos españoles e ingleses fondeados y la línea opaca y negra de las murallas de Cádiz, donde brillan algunas luces dispersas. Rogelio Tizón embarcó en Puerto Piojo hace casi una hora, después de que el patrón del bote —un contrabandista de los que aún se arriesgan en la bahía— se encargase de entornar un poco más, con el dinero adecuado, los ojos soñolientos de los centinelas del espigón de San Felipe. Ahora, sentado bajo la vela, con el cuello subido y el sombrero hasta las cejas, el comisario mantiene los brazos cruzados y la cabeza baja, esperando el fin del trayecto. El frío es más húmedo e incómodo de lo que esperaba; eso lo hace lamentar no haberse puesto otro abrigo bajo el redingote. Se trata, seguramente, de la única precaución que no ha sido capaz de adoptar esta noche. El único cabo suelto. Al resto de los pormenores del viaje ha dedicado plena atención en los últimos días, planificándolo todo al detalle mientras gastaba, sin cicatería, onzas de oro suficientes para garantizarse una comunicación previa, un trayecto discreto y una recepción adecuada, lo más segura posible. Discreta y tranquila.

Se impacienta el policía. Lleva demasiado rato sintiéndose extraño allí, en el agua y a oscuras, fuera de su medio y su ciudad. Vulnerable, es la palabra. Del mar y la bahía tiene poca costumbre, y menos de esta manera insólita, deslizándose a ciegas hacia lo desconocido. Persiguiendo una obsesión, o una certeza. Mientras reprime las ganas de fumar —la brasa del cigarro puede verse desde muy lejos, lo ha prevenido el patrón—, se recuesta contra el palo del bote, que gotea a causa del relente nocturno. Porque ésa es otra. Todo está húmedo a bordo: el banco de madera donde Tizón se encuentra sentado, la regala de la embarcación con los remos atados junto a los escálamos, el paño de su abrigo y el fieltro del sombrero. Hasta las patillas y el bigote le gotean, y por dentro siente húmedos los mismos huesos. Malhumorado, levanta la vista y mira alrededor. El patrón es una forma oscura y silenciosa situada a popa, junto a la caña; y su ayudante, un bulto que dormita tumbado en la proa. Para ellos esto es rutina. Ganarse el pan de cada día. Sobre sus cabezas, la bóveda estrellada se interrumpe a modo de círculo en las orillas de la bahía, trazando así el contorno casi invisible del horizonte. Bajo el pujamen de la vela, muy lejos por la amura de babor de la embarcación, el policía alcanza a distinguir las luces de El Puerto de Santa María; y por el través opuesto, a menos de una milla de distancia, la forma baja y alargada, con tonalidades más sombrías, de la península del Trocadero.

Piensa el comisario en el hombre con quien está citado allí. Alguien cuya identidad ha costado tiempo y dinero establecer. Se pregunta cómo es, y si habrá forma de hacerle comprender lo que busca. Si será posible obtener su ayuda para derrotar al asesino que, desde hace un año, juega su siniestra partida de ajedrez con la ciudad y la bahía como tablero. También, razonablemente inquieto, se pregunta si conseguirá llegar al final del viaje, ida y vuelta completa, sin que un disparo inoportuno o un cañonazo a bocajarro, fuera de programa, lo sorprendan en la oscuridad. Rogelio Tizón nunca se ha jugado antes, como hace esta noche, el puesto y la vida. Pero está dispuesto a bajar al infierno, si es necesario, con tal de encontrar lo que busca.

14

—Extraño problema, el suyo.

A la mezquina luz de una vela encajada en el gollete de una botella, Simón Desfosseux estudia al hombre que tiene delante. El rostro es cetrino, aguileño, muy español. Las patillas espesas y rizadas se unen con el bigote, enmarcando unos ojos oscuros impasibles. También peligrosos, seguramente. Por su aspecto podría tratarse de un militar o un guerrillero, de esos que se desbandan en formación de campo abierto pero resultan temibles y crueles en una emboscada o un degüello. Por lo que el capitán sabe de su visitante, es un policía; aunque no cualquiera. Éste, al menos, tiene la influencia y el dinero suficientes para llegar hasta él con un salvoconducto español y francés en el bolsillo, sin que lo detengan ni lo maten.

—Un problema que no resolveré sin su ayuda, señor comandante.

—Sólo soy capitán.

—Ah. Disculpe.

Habla un francés bastante correcto, observa Desfosseux. Algo brutal en las erres, quizás; y las dudas de vocabulario hacen que en ocasiones baje la mirada y frunza el ceño mientras busca la palabra o pronuncia su equivalente en español. Pero se hace entender perfectamente. Mucho mejor, conviene el artillero, que él mismo en la lengua de Castilla, de la que apenas sabe decir más allá de *buenos días señorita*, *cuánto cuesta*, y *malditos canallas*.

—¿Está seguro de lo que me cuenta?

—Estoy seguro de los hechos... Siete muchachas muertas, tres de ellas en lugares donde poco después cayeron bombas... Sus bombas.

Ocupa el español una silla desvencijada, y tiene desplegado sobre la mesa un plano de Cádiz que hace rato sacó de un bolsillo interior del largo redingote marrón que le cubre hasta la caña de las botas. El teniente Bertoldi, que vigila afuera para asegurarse de que nadie se entrometa en la entrevista, lo ha registrado al llegar, y asegura que no lleva armas. Por su parte, sentado en una caja de munición vacía, Simón Desfosseux apoya la espalda en la pared desconchada de la vieja casa convertida en almacén de pertrechos, situada a un lado del camino del Trocadero a El Puerto de Santa María, cerca de la barra de arena donde su visitante desembarcó hace poco más de una hora. La experiencia con los españoles acaba volviendo desconfiado a cualquiera, y el capitán francés no es una excepción. Tiene el sombrero sobre la mesa, el capote militar encima de los hombros, el sable apoyado en las piernas y una pistola cargada al cinto.

—En todos los casos soplaba viento de levante, como le he dicho —añade su interlocutor—. Moderado. Y las bombas estallaron.

—Vuelva a indicarme los puntos exactos, si es tan amable.

De nuevo se inclinan los dos sobre el plano. A la luz de la vela, el español va señalando lugares de la ciudad que están marcados con lápiz. A pesar de su escepticismo —aquello le sigue pareciendo un disparate—, Desfosseux siente el aguijón de la curiosidad. Se trata de trayectorias e impactos, a fin de cuentas. De resultados balísticos. Por muy descabellado que sea lo que ese individuo trae entre manos, existe una evidente relación con el trabajo que él hace cada día. Con sus cálculos, frustraciones y esperanzas.

—Es absurdo —concluye, echándose para atrás—. No puede haber correspondencia entre...

—La hay. No sé decirle cuál, ni por qué ocurre. Pero la hay.

Late algo en la expresión del otro, comprueba Desfosseux. Si se tratara de un gesto obsesionado o fanático, todo sería fácil: la entrevista terminaría ahí mismo. Buenas noches y gracias por venir a contarme su fábula, señor. Hasta la vista. Pero no es el caso. Lo que el capitán tiene delante es una certeza tranquila. Dura. Aquello no parece el arrebato de una mente exaltada. Y por el modo en que ha referido su historia, tampoco se diría que el español sea hombre fantasioso. Resultaría inusual, además, en un policía. Sobre todo, puestos a guiarse por el aspecto, en un veterano de apariencia cuajada como aquél. Según cada cual, decide el artillero, determinadas cosas resulta difícil inventárselas.

—Por eso pensó usted que ese agente nuestro...

—Claro —el español sonríe apenas, de un modo extraño—. Había un vínculo, y creí erróneamente que el hombre era ese vínculo.

—¿Qué ha sido de él?

—Espera juicio. Y la suerte reservada a los espías... Estamos en guerra, como usted sabe mejor que yo.

—¿Sentencia de muerte?

—Supongo. Eso ya no es cosa mía.

Piensa Desfosseux en el hombre de las palomas, al que nunca conoció. Sólo sus mensajes, hasta que dejaron de llegar. Siempre ignoró sus móviles: si espiaba para Francia por dinero, o por patriotismo. Ni siquiera su nombre o nacionalidad supo hasta hoy. Es el general Mocquery, nuevo jefe de estado mayor del Primer Cuerpo, quien se encarga de esa clase de asuntos tras la marcha del general Semellé: inteligencia militar y demás. Un mundo turbio, complejo, del que el capitán prefiere mantenerse en la ignorancia. Lo más al margen posible. En todo caso, echa de menos aquellas palomas. Los informes que llegan ahora —el ejército imperial, por supuesto, tiene otros confidentes en la ciudad— carecen de la rigurosa precisión con que los elaboraba el agente capturado.

—Ha tenido mucho atrevimiento, viniendo aquí de este modo.

—Oh, bueno —el otro hace un ademán vago, abarcando el espacio que los rodea—. Esto es Cádiz, ¿sabe?... La gente va y viene por la bahía. Supongo que para un militar francés no es fácil hacerse a la idea.

Ha hablado con soltura. Un descaro muy español, piensa Desfosseux. Su interlocutor lo observa con atención.

—¿Por qué accedió a recibirme? —pregunta, al fin.

Ahora le llega al capitán el turno de sonreír.

—Su carta despertó mi curiosidad.

—Se lo agradezco.

—No lo haga —Desfosseux mueve la cabeza—. Aún estoy a tiempo de entregarlo a los gendarmes... No me gusta la idea de verme ante un consejo de guerra, acusado de connivencia con el enemigo.

Una carcajada corta y seca. Desenvuelta.

—No se preocupe por eso. Mi salvoconducto está sellado por el cuartel general imperial, en Chiclana... Además, yo sólo soy un policía.

—Nunca me entusiasmaron los policías.

—Ni a mí los cerdos que matan a niñas de quince años.

Se miran los dos hombres, silenciosos. Sereno y desenvuelto el español, pensativo el francés. Un momento después se inclina éste de nuevo sobre el plano de Cádiz y dirige otro detenido vistazo a las marcas de lápiz, una por una. Para él, hasta ahora, sólo son lugares de impacto. Blancos con éxito, pues en seis de siete casos las bombas alcanzaron la ciudad y estallaron como es debido. Para el hombre que tiene delante, sin embargo, esas marcas son otra cosa: imágenes concretas de siete muchachas muertas después de ser torturadas de modo terrible. Pese a sus reservas sobre la interpretación general del asunto, en ningún momento ha dudado Desfosseux de la veracidad en los hechos puntuales del relato. Nunca confiaría su vida ni su fortuna —si gozara de ella— al hombre que tiene delante; pero sabe que no miente. No, al menos, de forma deliberada.

—Por supuesto —dice al fin—, esta conversación nunca ha ocurrido.

Nunca, repite el otro como un eco, en tono de estar familiarizado con conversaciones inexistentes. Ha sacado una petaca de buena piel y ofrece un cigarro al capitán, que lo acepta pero se lo guarda en un bolsillo —troceado dará mucho de sí—. El viento influye mucho, dice luego Desfosseux mientras mueve una mano sobre el plano. En la trayectoria y en la localización del tiro. En realidad todo tiene que ver: temperatura, humedad del aire, estado de la pólvora. Hasta el calor ambiente, que dilata o contrae el ánima de la pieza, influye en el tiro.

—Uno de mis problemas es, precisamente, que no consigo colocar las bombas donde quiero... No siempre, al menos.

El policía, que ha guardado la petaca y tiene su cigarro sin encender en la mano, señala con él las marcas de impactos en el plano.

—¿Qué me dice de éstas?

—Un simple vistazo lo indica. Fíjese. Cinco de las bombas cayeron en la parte de la ciudad que nos queda más próxima, agrupadas en su tercio meridional... Sólo esta de aquí fue más allá, casi al límite del alcance posible por esas fechas.

—Ahora llegan más lejos.

—Sí —el capitán compone un gesto de moderada satisfacción—. Poco a poco lo vamos consiguiendo. Y cubriremos toda la ciudad, no le quepa duda. Pero en su momento, ese tiro...

—El callejón de la calle del Pasquín, detrás de la capilla de la Divina Pastora.

—Ése. Fue más afortunado que otros. Tardé mucho en volver a lograr tanto alcance.

—¿Quiere decir que aquel día no apuntaba a ese sitio?

Se yergue ligeramente Desfosseux, algo picado.

—Señor, yo apuntaba donde podía. En realidad aún lo hago, a veces. Donde puedo... Es menos cuestión de precisión que de distancia.

Ahora el español parece decepcionado. Tiene el cigarro todavía sin encender, entre los dientes, y mira el plano como si hubiera dejado de serle familiar.

—Entonces, ¿nunca sabe dónde van a caer sus bombas?

—A veces sí. A veces no. Lo sabría si conociera todos los datos, tanto aquí como allí, en el momento de cada disparo: poder expansivo de la pólvora, temperatura, humedad del aire, viento, presión atmosférica... Pero eso no es posible. Y aunque lo fuera, no disponemos de la capacidad de cálculo necesaria.

Ha puesto el otro una mano sobre la mesa. Es áspera, chata. De uñas roídas y romas. Un dedo recorre el trazado de las calles igual que si estableciera un itinerario.

—Pues alguien sí la tiene: el asesino. Él consigue la precisión que a ustedes les falta.

—Dudo que sea de manera consciente —Desfosseux se siente irritado por el tono del otro—. Nadie puede establecer eso con semejante certeza... Nadie humano.

Es uno de los problemas fundamentales de la artillería, añade el capitán, desde que fue inventada. Hasta Galileo se ocupó de ello. Averiguar la figura geométrica que siguen los proyectiles bajo unas condiciones determinadas. Y su principal desafío en Cádiz es ése: afrontar los elementos que en un cañón hacen variar la trayectoria de sus bombas. Temperatura del tubo, resistencia y rozamiento del aire, etcétera. Todo eso. Porque una cosa es el aire en reposo, y otra el viento. Los vientos, en este caso. Cádiz es una ciudad donde los vientos tejen un verdadero laberinto.

—No le quepa duda.

—No me cabe. Llevo meses bombardeándola.

El español ha encendido su cigarro inclinándose sobre la vela que arde puesta en la botella. A través de los postigos cerrados —las ventanas de la casa no tienen cristales— llega el sonido de un carruaje que pasa despacio por el camino cercano. Suenan voces de soldados dando el santo y seña, a las que responde la del teniente Bertoldi. A poco vuelve el silencio.

—De ser cierto lo que me cuenta —prosigue Desfosseux—, sólo puede ser cuestión de probabilidades. Ignoro si ese asesino suyo está familiarizado con la ciencia, pero sin duda posee una mente capaz de calcular lo que muchos sabios llevan siglos intentando... Él ve el paisaje con ojos diferentes. Tal vez encuentre cosas, regularidades. Curvas y puntos de impacto. A lo mejor intuye un teorema científico formulado hace un siglo por un matemático llamado Bernoulli: los efectos de la Naturaleza son prácticamente constantes cuando dichos efectos se consiguen en un número grande.

—No sé si lo comprendo muy bien —el policía se ha quitado el cigarro de la boca y escucha con extremo interés—. ¿Habla del azar?

Todo lo contrario, aclara Desfosseux. Él habla de probabilidades. De matemática exacta. Hasta sus actuaciones, el momento y dirección de tiro de sus obuses, dependen de elementos como noche o día, viento, condiciones climáticas y cosas así. Sus artilleros y él, consciente o inconscientemente, también actúan según esas probabilidades.

Se ilumina la expresión del español. Ha comprendido, y por alguna razón eso parece tranquilizarlo. Confirmar lo que tiene en la cabeza.

—¿Me está diciendo que, aunque ni usted mismo controla dónde van sus bombas, éstas no caen al azar, sino según ciertas reglas, o leyes físicas?

—Exacto. En algún código que los hombres todavía somos incapaces de leer, aunque la ciencia moderna se adentra cada vez más en él, la curva descrita por cada una de mis bombas está determinada de una forma tan exacta como las órbitas de los planetas. Entre ellas no hay otra diferencia que la derivada de nuestra ignorancia. Y en tal caso, su asesino...

—*Nuestro* asesino —matiza el otro—. Ya ve que está tan vinculado a usted como a mí.

No hay sarcasmo en su tono. Aparente, al menos. Y vaya forma de dejarme enredar, piensa Desfosseux. Sin embargo, a medida que se interna en sus propios razonamientos, el artillero descubre un singular placer en ello. Un enfoque nuevo, atractivo y muy agradable. Parecido a tantear las claves ocultas de un criptograma. De un misterio técnico.

—Bien. Como quiera... Lo que pretendo decir es que ese hombre sería capaz, a su manera, de calcular con bastante exactitud el marco de probabilidades. Imagine una máquina donde metiera todos esos datos de los que hemos hablado y diese como resultado un lugar exacto y una hora aproximada...

—¿El asesino sería esa máquina?

—Sí.

Una bocanada de humo vela las facciones del policía. Apoya los codos en la mesa, interesado.

—Probabilidades, dice... ¿Eso es calculable?

—Hasta cierto punto. De joven pasé una temporada en París, como estudiante. Todavía no estaba en el Ejército, pero ya me interesaban la física y la química. El año noventa y cinco asistí a algunas de las clases que Pierre-Simon Laplace dio en el Arsenal de Francia... ¿Oyó hablar de él?

—Me parece que no.

Es igual, explica Desfosseux. El señor Laplace todavía vive, y es uno de los más ilustres matemáticos y astrónomos franceses. En aquel tiempo se ocupaba de la química, incluida la pólvora y la metalurgia para la fabricación de cañones. En una de sus clases sostuvo que puede llegarse a la certeza de que, entre varios acontecimientos posibles, sólo ocurrirá uno; pero en principio nada induce a creer que sea éste en vez de cualquier otro. Sin embargo, comparando la situación con otras similares y anteriores, se advierte que algunos de los casos posibles es muy probable que no sucedan.

—No sé —se detiene un momento el artillero— si es demasiado complejo para usted.

Sonríe el otro, torcido. Media cara a la luz de la vela.

—¿Para un policía, quiere decir?... No se preocupe, me las arreglo. Decía que la experiencia permite descartar probabilidades menos posibles...

Asiente Desfosseux.

—Eso es. El método consiste en reducir todos los acontecimientos del mismo tipo a un cierto número de casos igualmente posibles; y luego establecer entre ellos el mayor número de casos favorables al acontecimiento cuya probabilidad se busca... La relación entre estos casos favorables y todos los casos posibles nos da la medida de esa probabilidad. ¿Lo comprende?

—Sí... Más o menos.

—Se lo resumo. El asesino tendría esa capacidad matemática, que ejercería de forma instintiva o deliberada. En determinadas condiciones físicas, descartaría las trayectorias y puntos de impacto imposibles de mis bombas, y reduciría la probabilidad hasta la exactitud absoluta.

—Ah, coño. Era eso.

El policía ha hablado en español, y Desfosseux lo mira, desconcertado.

—¿Perdón?

Un silencio. El otro mira el plano de Cádiz.

—Es una teoría, naturalmente —murmura, como si pensara en cosas lejanas.

—Por supuesto. Pero es la única que, desde mi punto de vista, da una explicación racional a lo que usted ha venido a contarme.

Sigue inclinado el policía sobre el plano. Concentrado. El humo de su cigarro ondula en espirales al rozar la llama de la vela.

—¿Sería posible, en momentos determinados, que usted disparase sobre sectores concretos de la ciudad?

Ha cambiado el gesto, advierte Desfosseux. Sus ojos parecen más duros ahora. Por un momento, el artillero tiene la impresión de verle relucir un colmillo. Como el de un lobo.

—No estoy seguro de que usted comprenda el alcance de lo que me está sugiriendo.

—Se equivoca —responde el otro—. Lo comprendo muy bien. ¿Qué me dice?

—Podría intentarlo, claro. Pero ya le he dicho que la precisión...

Otra chupada al cigarro, con la correspondiente bocanada de humo. El policía parece animarse por momentos.

—Su problema son las bombas —comenta con desparpajo—. El mío, encontrar a un asesino. Yo le doy datos para que atine en lugares concretos. Sectores que le sea fácil tener a tiro —señala el plano—... ¿Cuáles son los más accesibles?

Desfosseux está estupefacto.

—Bueno. Esto es irregular. Yo...

—Qué diablos va a ser irregular. Es su oficio.

El artillero pasa por alto el tono casi insolente del comentario. A fin de cuentas, sin saberlo, el policía ha dado en el blanco. Ahora es Desfosseux quien se inclina sobre el plano, acercando la vela para iluminarlo mejor. Rectas y curvas, peso y espoletas. Alcances. En su mente empieza a trazar parábolas perfectas y puntos de impacto precisos. Algo parecido a recaer en una fiebre crónica y dejarse llevar por ella.

—En las condiciones adecuadas, y con el alcance de que dispongo actualmente, las zonas más accesibles son ésas —su dedo índice sigue el contorno oriental de la ciudad—... Prácticamente toda esta franja, doscientas toesas al oeste de la muralla.

—¿Desde la punta de San Felipe a la Puerta de Tierra?

—Más o menos.

El español parece satisfecho. Asiente sin levantar los ojos. Después señala un punto marcado con lápiz.

—Este lugar queda dentro de esa zona. La calle de San Miguel con la cuesta de la Murga. ¿Podría intentarlo aquí, en días y horas determinados?

—Podría. Pero ya le digo que la precisión...

Desfosseux hace rápidos cálculos mentales. Relaciones de peso y fuerza de la pólvora adecuada, con carga exacta. Podría ser, concluye. Si las condiciones fueran buenas, y sin viento fuerte en contra o de través que desviara los proyectiles o acortase su alcance.

—¿Tienen que estallar?

—Conviene.

El capitán ya está pensando en espoletas, con los nuevos mixtos que ha diseñado y que garantizan su combustión. A esa distancia son fiables. O casi. Lo cierto es que puede hacerse, decide. O se puede intentar.

—No le garantizo precisión, de todas formas... Le diré, en confianza, que llevo meses intentando acertarle al edificio de la Aduana, donde se reúne la Regencia. Y nada.

—Es la zona lo que me interesa. Los alrededores de este punto.

Ahora el artillero no mira el plano, sino al policía.

—Por un momento he pensado si no estará usted loco de remate. Pero me informé bien cuando llegó su carta... Sé quién es y lo que hace.

No dice nada el otro. Se limita a mirarlo callado, con el cigarro humeándole entre los dientes.

—De cualquier modo —añade Desfosseux—, ¿por qué debería ayudarlo?

—Porque a nadie, español o francés, le gusta que maten a muchachas.

No es mala respuesta, concede el capitán en sus adentros. Hasta el teniente Bertoldi estaría de acuerdo con eso. Sin embargo, se niega a seguir moviéndose en ese terreno. El colmillo de lobo que entrevió hace unos instantes disipa cualquier engaño. No es un sujeto humanitario el que tiene delante. Sólo es un policía.

—Esto es una guerra, señor —responde, tomando distancias—. La gente muere a diario, por centenares o miles. Incluso mi obligación como artillero del ejército imperial es matar a cuantos habitantes de esa ciudad me sea posible... Incluido usted, o muchachas como ésas.

Sonríe el otro. De acuerdo, dice su mueca. Reservemos la música para los violines.

—Déjese de historias —dice, brusco—. Usted sabe que debe ayudarme. Lo veo en su cara.

Ahora es el artillero quien se echa a reír.

—Rectifico. Está loco de veras.

—No. Me limito a librar mi propia guerra.

Lo ha dicho encogiéndose de hombros con una simpleza hosca e inesperada. Eso deja pensativo a Desfosseux. Lo que acaba de escuchar puede entenderlo muy bien. Cada cual, concluye, tiene sus propias trayectorias de artillería por resolver.

—¿Qué hay de mi hombre?

El policía lo mira confuso.

—¿Quién?

—El que tiene detenido.

Se relaja el rostro del español. Ha comprendido. Pero no parece sorprenderse por el giro de la conversación. Se diría que lo tenía previsto.

—¿Le interesa de verdad?

—Sí. Quiero que viva.

—Vivirá, entonces —una sonrisa críptica—. Se lo prometo.

—Quiero que nos lo devuelva.

Inclina el otro la cabeza, con aire de estudiar el asunto.

—Eso puedo intentarlo, nada más —dice al fin—. Pero también se lo prometo. Intentarlo.

—Deme su palabra.

El policía lo mira con cínica sorpresa.

—Mi palabra no vale un carajo, señor capitán. Pero se lo enviaré aquí, si está en mi mano.

—¿Qué se propone, entonces?

—Tender una trampa —otra vez reluce el colmillo de lobo—. Con cebo, si es posible.

Un rayo de sol reverbera en el agua e ilumina la ciudad blanca en su cinturón de murallas pardas; como si de pronto esa luz, retenida hasta ahora por las nubes bajas, se derramara en caudal desde lo alto. Deslumbrado por el resplandor súbito, Pepe Lobo entorna los ojos y se inclina más el sombrero hacia adelante, calándoselo bien para que no lo lleve el viento. Está apoyado bajo los obenques de estribor y tiene una carta en las manos.

—¿Qué piensas hacer? —pregunta Ricardo Maraña.

Hablan aparte y en voz baja. De ahí el tuteo en cubierta. El primer oficial de la *Culebra* está de codos sobre la regala, junto a su capitán. La balandra se encuentra fondeada a poca distancia del espigón del muelle, aproada a un viento fuerte del sursudeste que orienta su botalón hacia Puntales y el saco de la bahía.

—Todavía no lo he decidido.

Maraña inclina ligeramente la cabeza a un lado, el aire escéptico. Resulta evidente que desaprueba todo aquello.

—Es una idiotez —dice—. Nos vamos pasado mañana.

Pepe Lobo vuelve a mirar la carta: cuatro dobleces, sello de lacre, letra elegante y clara. Tres líneas y una firma: Lorenzo Virués de Tresaco. La trajeron hace poco más de media hora dos oficiales del Ejército que llegaron en un bote alquilado del muelle, ceremoniosos en sus casacas pese a las salpicaduras del agua, con guantes blancos y los sables entre las piernas, sentados muy tiesos mientras el botero remaba contra el viento y pedía permiso para engancharse a los cadenotes. Los militares —un teniente de ingenieros y un capitán del regimiento de Irlanda— no quisieron subir a bordo, sino que desde el mismo bote despacharon el negocio y se marcharon sin esperar respuesta.

—¿Cuándo tienes que contestar? —se interesa Maraña.

—Antes del mediodía. La cita es para esta noche.

Le pasa la carta al primer oficial. Éste la lee en silencio y se la devuelve.

—¿Tan grave fue el asunto?... De lejos no lo parecía.

—Lo llamé cobarde —Lobo hace un ademán fatalista—. Delante de toda aquella gente.

Maraña sonríe apenas. Lo mínimo. Como si en vez de saliva tuviera en la boca escarcha helada.

—Bueno —dice—. Es problema suyo. No tienes necesidad.

Los dos marinos se quedan inmóviles y callados bajo los obenques, donde aúlla el viento, contemplando el muelle y la ciudad. Alrededor de la balandra pasan, rizadas, velas de todas clases: cuadras, latinas, al tercio. Los botes y las pequeñas embarcaciones van y vienen sobre los borreguillos del agua, entre los barcos mercantes grandes, mientras las fragatas y corbetas inglesas y españolas, fondeadas más lejos para resguardarse de la artillería francesa, se balancean sobre sus anclas, agrupadas en torno a dos navíos británicos de setenta y cuatro cañones, con las velas aferradas y las gavias bajas.

—Es mal momento —dice Maraña de pronto—. Salimos de campaña, después de tanto tiempo perdido... Toda esta gente depende de ti.

Se ha vuelto a medias para señalar la cubierta. El contramaestre Brasero y el resto de los hombres embetunan la jarcia firme y las juntas de la tablazón, que luego lavan y pulen con cepillos y piedra arenisca. Pepe Lobo observa sus rostros tostados, sudorosos, idénticos a los que pueden verse tras los barrotes de la Cárcel Real —en realidad, de allí vienen algunos—. Torsos tatuados y trazas inequívocas de chusma de mar. En las últimas cuarenta y ocho horas, la dotación se ha visto reducida en dos hombres: uno apuñalado ayer, durante una reyerta en la calle Sopranis, y otro ingresado en el hospital, con morbo gálico.

—Me vas a conmover, piloto. Con lo de nuestra gente... Me vas a partir el corazón.

Ríe ahora con más franqueza Maraña, entre dientes, y al cabo se interrumpe, estremecido por la tos desgarrada y húmeda. Inclinándose sobre la borda, escupe al mar.

—Si saliera mal —dice Lobo—, tú harías bien mi trabajo a bordo...

El teniente, que recobra el aliento, ha sacado el pañuelo de una manga y se lo pasa por los labios.

—No fastidies —murmura con voz todavía opaca—. Me gustan las cosas como están.

Un trueno por la parte de babor, a dos millas. Casi al mismo tiempo, una bala de cañón, disparada hace diez segundos en la Cabezuela, rasga el viento sobre el palo de la *Culebra*, en dirección a la ciudad. Todos en cubierta levantan la cabeza y siguen con la vista la trayectoria del proyectil, que cae más allá de la muralla, sin ruido ni efectos aparentes. Visiblemente decepcionada, la tripulación vuelve a sus tareas.

—Creo que voy a ir —decide Lobo—. Tú vienes de padrino.

Asiente Maraña, como si eso fuera de oficio.

—Hará falta otro más —sugiere.

—Tonterías. Contigo tengo de sobra.

Otro trueno en la Cabezuela. Otro desgarro del aire que hace a todos alzar las cabezas. Tampoco esta vez se aprecian daños en la ciudad.

—El sitio que propone no es malo —comenta Maraña, ecuánime—. En el arrecife de Santa Catalina, a esa hora, hay bajamar escorada... Eso os deja tiempo y espacio para despachar el negocio.

—Con la ventaja de que, al ser extramuros, no nos afectan demasiado las ordenanzas de la ciudad... Queda margen legal donde acogerse.

Ladea la cabeza Maraña, vagamente admirado.

—Vaya. Lo estudió bien, ese soldadito aragonés. Se nota que te tiene ganas —mira a Lobo con mucha calma—... Desde lo de Gibraltar, supongo.

—Soy yo quien le tiene ganas a él.

Lobo, que sigue mirando en dirección al mar y la ciudad, advierte de soslayo que su primer oficial lo observa con mucha atención. Cuando se vuelve hacia él, aparta la mirada.

—Yo usaría pistola —sugiere Maraña—. Es más rápido y limpio.

De nuevo lo interrumpe un acceso de tos. Esta vez el pañuelo se tiñe de salpicaduras rojizas. Lo dobla con cuidado y vuelve a metérselo en la manga, el aire indiferente.

—Oye, capitán. Tú tienes un par de cosas que hacer a bordo, todavía. Responsabilidades y demás. Sin embargo...

Se detiene un instante, ocupado en sus pensamientos. Como si hubiera olvidado lo que iba a decir.

—Yo tengo la baraja muy sobada. Nada que perder.

Luego se estira sobre la regala, flaco y pálido, cual si buscara provisión del aire limpio que le escasea en los pulmones deshechos. El elegante frac ajustado y negro, de buen paño y largos faldones, acentúa su aspecto distinguido, equívoco, de muchacho de buena familia caído allí por simple azar. Observándolo, Lobo piensa que el Marquesito cumplió veintiún años hace dos meses, y que no alcanzará veintidós. Hace todo lo posible por evitarlo.

—Con la pistola soy bueno, capitán. Mejor que tú.

—Vete al diablo, piloto.

La orden, o la sugerencia, resbala en la impasibilidad de Maraña.

—A estas alturas igual me da jugar con cincos que con ases —comenta con su habitual frialdad—... Es mejor que acabar escupiendo sangre en una taberna.

Alza una mano Pepe Lobo. No le agrada el giro de la conversación.

—Olvídalo. Ese individuo es asunto mío.

—Me gustan ciertas cosas, ya sabes —una sonrisa indefinible, un punto cruel, tuerce la boca del teniente—. Andar por el filo.

—No a mi costa. Si tienes tanta prisa, tírate al agua con una bala de cañón en cada bolsillo.

Se queda callado el otro, como si considerase en serio las ventajas e inconvenientes de la propuesta.

—Es la señora, ¿verdad? —dice al fin—. Ése es el asunto.

No se trata de una pregunta, por supuesto. Los dos corsarios permanecen un rato callados, sobre la borda, mirando en la misma dirección: la ciudad que se extiende ante ellos como un enorme barco que, según la luz y el mar, unas veces parece hallarse a flote y otras estar varado en los arrecifes negros que afloran bajo las murallas. Al rato, Maraña saca un cigarro y se lo pone en la boca.

—Bueno. Espero que mates a ese cabrón. Por las molestias.

La oficina de Intendencia de la Real Armada está en un edificio de dos plantas de la calle principal de la isla de León. Hace una hora y media que Felipe Mojarra —chaquetilla parda, pañuelo de hierbas en la cabeza, navaja cerrada en la faja y las alpargatas puestas— aguarda en el estrecho pasillo del piso bajo, entre una veintena de personas: marinos de uniforme, paisanos, ancianos y mujeres vestidas de negro con niños en brazos. Hay neblina de tabaco y rumor de conversaciones. Todas giran en torno a lo mismo: pensiones y sueldos que no llegan. Un infante de marina con casaca corta azul y correaje amarillo cruzado al pecho, que se apoya con descuido en una pared sucia de huellas de manos y manchas de humedad, monta guardia frente al despacho de Pagos e Intervención. Al rato, un escribiente de la Armada asoma la cabeza por la puerta.

—El siguiente.

Algunos miran a Mojarra, que se abre paso y entra en la oficina con un buenos días que nadie responde. De tanto venir, conoce bien el sitio: el pasillo, el despacho y a quienes lo ocupan. Allí, tras una mesa pequeña cubierta de papeles y rodeada de archivadores, sobre uno de los cuales hay media hogaza de pan y una botella de vino vacía, un alférez trabaja asistido por un escribiente. El salinero se detiene ante la mesa. Conoce a ambos de sobra —el alférez siempre es el mismo, aunque los escribientes rotan—; pero sabe que, para ellos, el suyo no es sino un rostro más entre las docenas que reciben cada día.

—Mojarra, Felipe... Vengo a ver cómo va lo del pago por la captura de una cañonera.

—¿Fecha?

El salinero da los detalles pertinentes. Sigue en pie, pues nadie le ofrece la silla que hay en un rincón: está puesta deliberadamente aparte, para evitar a quienes entran la posibilidad de sentarse. Mientras el escribiente busca en los archivadores, el alférez vuelve a ocuparse de los documentos que tiene sobre la mesa. Al poco, el otro le pone delante un libro de registro abierto y un cartapacio con papeles manuscritos.

—¿Mojarra, ha dicho?

—Eso es. También figura a nombre de Francisco Panizo y de Bartolomé Cárdenas, ya fallecido.

—No veo nada.

Es el escribiente quien, de pie junto al alférez, señala una línea en el registro. Al reparar en ello, el otro abre el cartapacio y busca entre los documentos que contiene hasta dar con el adecuado.

—Sí, aquí está. Solicitud de premio por captura de una cañonera francesa en el molino de Santa Cruz... No hay resolución, por el momento.

—¿Cómo dice?

El alférez encoge los hombros sin levantar la vista. Tiene los ojos saltones, el pelo escaso, y necesita un afeitado. Aire de fatiga. Por el cuello de la casaca azul, desabotonada con descuido, asoma una camisa poco limpia.

—Digo que está sin resolver —responde con indiferencia—. Que no se ha tramitado por la superioridad.

—Pero el papel que hay ahí...

Una ojeada despectiva, breve. De funcionario ocupado.

—¿Sabe leer?

—No muy bien... No.

El otro golpetea con una plegadera sobre el documento.

—Esto es una copia del oficio original: la solicitud de usted y de sus compañeros, que todavía no ha sido aprobada. Necesita la firma del capitán general, y luego la del interventor y el tesorero de la Armada.

—Pues ya tendría que estar, creo yo.

—Mientras no se lo denieguen, puede darse por satisfecho.

—Ha pasado mucho tiempo.

—Y a mí qué me cuenta —con gesto hastiado, áspero, el alférez señala la puerta con la plegadera—. Ni que el dinero fuera mío.

Dando por terminado el asunto, baja de nuevo la vista a sus papeles. Pero la alza enseguida, al advertir que el salinero no se mueve.

—Le he dicho...

Se interrumpe al observar el modo en que Mojarra lo mira. Luego observa las manos colgadas por los pulgares en la faja, a uno y otro lado de la navaja que hay metida en ella. Las facciones duras, curtidas por el sol y los vientos de los caños, del hombre que tiene delante.

—Oiga, señor oficial —dice el salinero sin alterar el tono—. Mi cuñado murió por esa lancha francesa... Y yo estoy luchando en la Isla desde que empezó la guerra.

Lo deja ahí, sosteniendo la mirada. Su calma sólo es formal. Suelta una inconveniencia más, está pensando, y puede que te lleve por delante y me busque la ruina. Como hay Dios. El alférez, que parece penetrarle el pensamiento, dirige una rápida mirada a la puerta tras la que se encuentra el infante de marina. Después recoge velas.

—Estas cosas son así, llevan su tiempo... La Armada está mal de fondos, y es demasiado dinero.

Esta vez suena distinto. Forzado y conciliador. Más suave. Cauto. Son tiempos inseguros, con eso de la Constitución en marcha; y nunca sabe uno a quién puede encontrarse en mal momento por la calle. De pie con el cartapacio entre los brazos, el escribiente asiste a la escena sin despegar los labios. Mojarra cree advertir un secreto regocijo en el modo con que mira de reojo al superior.

—Pero somos gente necesitada —argumenta.

Hace el alférez un ademán de impotencia. Ahora parece sincero, al menos. O desea parecerlo.

—¿Usted cobra su paga, amigo?

Asiente el salinero, desconfiado.

—A veces. Con algún socorro en comida.

—Pues tiene suerte. La comida, sobre todo. Esa que está en el pasillo también es gente necesitada. No pueden combatir ni valen para nada, así que ni eso les dan... Écheles un vistazo al salir: marinos viejos en la miseria porque no cobran su pensión, mutilados, viudas y huérfanos sin socorro ninguno, sueldos que nadie paga desde hace veintinueve meses. Cada día entran por esa puerta casos más graves que el suyo... ¿Qué espera que haga yo?

Sin responder, Mojarra se dirige a la puerta. En el umbral se demora un instante.

—Atendernos con humanidad —responde, hosco—. Y no faltar al respeto.

En el arrecife que la bajamar deja al descubierto, quinientas varas más allá del castillo de Santa Catalina, junto a la Caleta, un farol puesto en el suelo irregular de piedra ostionera ilumina de lejos a dos hombres inmóviles, de pie a quince pasos uno de otro y cada cual en un extremo del diámetro del círculo de luz. Los dos tienen la cabeza descubierta y van sin abrigo. Lo usual sería que estuviesen en mangas de camisa o con el torso desnudo —demasiada tela en el cuerpo aumenta el riesgo de fragmentos e infecciones en caso de recibir un balazo—, pero son las dos de la madrugada y hace frío. Poca ropa encima haría temblar el pulso a la hora de apuntar, aparte de la posibilidad de que un estremecimiento pueda ser mal interpretado por los testigos de la escena: cuatro hombres que, envueltos en sobretodos y capas, se recortan en los destellos lejanos del faro de San Sebastián formando grupo aparte, silenciosos y solemnes. De los dos enfrentados, uno viste casaca de uniforme azul, calzón ceñido del mismo color y botas militares; el otro va de negro. De ese color es, incluso, el pañuelo que oculta el cuello de su camisa. Pepe Lobo ha decidido seguir el consejo experto de Ricardo Maraña: cualquier color claro es una referencia para que el otro apunte. Así que ya sabes, capitán. De negro y de perfil, menos blanco para una bala.

Muy quieto, mientras espera la señal, el corsario intenta relajarse. Respira pausado, aclarando los sentidos. Esforzándose por no tener en la cabeza más que la figura que el farol ilumina enfrente. Su mano derecha, caída a lo largo del cuerpo, mantiene contra el muslo el peso de una pistola de llave de chispa de cañón largo, apropiada para el asunto que lo ocupa. La gemela está en la mano del adversario, al que Pepe Lobo no puede distinguir del todo bien, pues se encuentra, como él mismo, en el límite del círculo de luz, alumbrado desde abajo por el farol que le da un aspecto fantasmal, indeciso entre la luz y la sombra. La visión de ambos mejorará en un momento, cuando llegue la señal y los adversarios caminen acercándose al farol, cada vez más iluminados mientras avanzan. Las reglas acordadas por los padrinos son sencillas: un solo tiro a discreción, con libertad del momento para hacer fuego a medida que se aproximen uno al otro. Desde lejos, quien dispare antes tendrá la ventaja de la primera oportunidad, pero también el riesgo de errar el tiro en la distancia. Quien lo haga de cerca tendrá a su favor mayor facilidad para acertar, pero la desventaja de recibir el disparo si espera demasiado antes de apretar el gatillo. Es como jugar cartas a las siete y media: pierde lo mismo el que se pasa que quien se retrasa y no llega.

—Prepárense, caballeros —dice uno de los padrinos, grave.

Sin volver el rostro, Pepe Lobo mira de soslayo al grupo: dos oficiales amigos de su adversario, un cirujano y Ricardo Maraña. Testigos suficientes para demostrar luego que nadie fue asesinado y que todo se llevó a cabo fuera del recinto de la ciudad, con arreglo a las normas del honor y la decencia.

—¿Dispuesto, señor Virués?

Aunque no sopla viento, y del mar tranquilo sólo viene el rumor leve del agua que sube y baja entre las rocas, Pepe Lobo no escucha la respuesta del otro; pero se percata de que éste inclina brevemente la cabeza, sin dejar de mirarlo a él. Por sorteo, Lorenzo Virués tiene el mar a la espalda, mientras que Lobo se encuentra en la parte del arrecife que lleva a la Caleta y a los muros en forma de media estrella del castillo de Santa Catalina. La marea, que pronto empezará a subir, puede llegar dentro de quince minutos a la caña de las botas. Para entonces se supone que todo estará resuelto; y uno de los dos, si no ambos, tumbado sobre la piedra húmeda donde ahora la luz del farol reluce en los charcos dejados por el mar al retirarse.

—¿Dispuesto, señor Lobo?

Despega los labios el corsario —con dificultad, pues tiene la boca seca— y pronuncia el escueto «sí» de rigor. Nunca se ha batido en duelo antes, pero disparó contra otros hombres y se enfrentó a ellos a sablazos en la locura de un combate naval, caminando sobre cubiertas resbaladizas de sangre mientras cañonazos enemigos hacían volar metralla y astillas. En un oficio como el suyo, con la existencia como único patrimonio que arriesgar en el modo de ganarse el sustento, vida y muerte son palabras sujetas a los naipes que reparte la Fortuna. La suya, esta noche, es la indiferencia técnica de quien frecuenta el lance. La misma que, por razones de oficio, Lobo le supone al adversario. Rencillas y palabras aparte, sabe que no es el qué dirán lo que trae aquí a Virués, sino la vieja cuenta pendiente, también aplazada por su parte desde lo de Gibraltar, agravada en los últimos tiempos con detalles suplementarios.

—Prepárense para avanzar, caballeros... A mi señal.

Atento, antes de expulsarlo todo del pensamiento y concentrarse en levantar la pistola y recorrer la distancia, por la mente de Pepe Lobo cruza una última idea: hoy desea mucho vivir. O, con más exactitud, matar a su adversario. Borrarlo del mundo para siempre. El corsario no se bate espoleado por un supuesto honor que, a estas fechas de su vida y profesión, lo trae sin cuidado. Allá el honor, su charlatanería y sus grotescas consecuencias —qué endiabladamente incómodo resulta siempre— para quien pueda permitírselo. Él ha venido al arrecife de Santa Catalina con intención de pegarle un tiro a Lorenzo Virués: un buen pistoletazo en mitad del pecho que borre de su cara la expresión, altanera y estúpida, de quien mira el mundo con la simpleza del tiempo viejo. De quien ignora, por nacimiento o por suerte, lo difícil que es la vida cuando uno se mueve por su parte de sombra, y el mucho frío que hace afuera. En cualquier caso —piensa Lobo por última vez, antes de concentrarse en su propia vida o muerte—, ocurra lo que ocurra, Lolita Palma creerá que fue por ella.

—¡Adelante!

Todo es ahora, en torno, sombra y penumbra, oscuridad que rodea como un telón negro el círculo de luz cuya intensidad ve Lobo aumentar cuando camina en dirección a su centro, despacio, procurando moverse más de lado que de frente, atento al hombre que, moviéndose a su vez, se destaca más iluminado y más cerca. Un paso. Dos. Se trata de afirmar los pies y apuntar continuamente. A eso se reduce todo, ahora. No es la cabeza, sino el instinto, el que calcula la distancia y la oportunidad de abrir fuego; lo que retiene el dedo crispado que roza el gatillo, luchando con el impulso de disparar antes de que lo haga el otro. De apresurarse y madrugar. Así se mueve el corsario, prudente, con los dientes apretados y la sensación extrema de que los músculos del cuerpo se le contraen solos, aguardando el impacto seco de un trozo de plomo. Tres pasos, ya. O quizá sean cuatro. Aquello parece, o es, el camino más largo del mundo. El suelo es irregular, y a la mano alzada que sostiene la pistola, con el brazo horizontal y ligeramente flexionado en el codo, le cuesta mantener en línea de tiro la silueta del adversario.

Cinco pasos. Seis.

El fogonazo sobresalta a Pepe Lobo. Tan concentrado se halla en la aproximación y en mantener apuntada la pistola, que no escucha el disparo. Sólo advierte el resplandor súbito en el arma de su adversario, mientras él hace un esfuerzo violento por no apretar a su vez el gatillo. La bala pasa a una pulgada de su oreja derecha, con su zumbido siniestro de moscardón de plomo.

Siete pasos. Ocho. Nueve.

No siente nada especial. Ni satisfacción, ni alivio. Sólo la certeza de que podrá vivir, según parece, algún tiempo más de lo previsible hace cinco segundos. Al fin ha conseguido no disparar, en contra de lo que suele ocurrir en tales casos, y mantiene apuntada la pistola mientras sigue avanzando. A medida que lo hace, a la luz del farol junto al que está a punto de llegar, puede ver la cara desencajada de Lorenzo Virués. El militar se ha detenido, todavía con la pistola humeante a medio bajar, como indecisa entre el momento del disparo y la certeza del fracaso y el desastre. El corsario sabe perfectamente lo que se hace en estos casos. También lo que no se hace. Siempre existe la posibilidad, bien vista en sociedad, de tirar sin avanzar más, o hacerlo al aire, enfriado ya el calor del momento. Pasado el punto crucial del intercambio de tiros, a menudo simultáneo, ningún caballero honorable hace fuego de cerca y en frío.

—¡Por Dios, señor! —exclama uno de los padrinos.

Tal vez sea una reconvención, piensa Lobo. Una llamada al honor o una súplica de clemencia. Por su parte, Virués no abre la boca. Tiene los ojos fijos, como magnetizados, en el cañón de la pistola que se le acerca. No deja de mirarlo en ningún momento; ni siquiera cuando, llegando ante él, Pepe Lobo baja el arma hasta su muslo derecho, a quemarropa, aprieta el gatillo y le rompe el fémur de un balazo.

La noche es casi oscura, con un leve resplandor de luna, ya en descenso, que ilumina las terrazas blancas y las torres vigía de los edificios altos. Hay un farol municipal encendido a lo lejos, por la parte de las Descalzas; pero su luz no llega hasta el estrecho soportal bajo el que está Rogelio Tizón. La hornacina donde el arcángel aplasta al diablo, espada en mano, casi no se distingue entre las tinieblas, en lo alto de la esquina de la calle San Miguel con la cuesta de la Murga.

Una figura apenas visible, de contornos claros, se mueve despacio, recortándose a trechos en la luz lejana del farol. Tizón la observa mientras se aproxima, pasa bajo la hornacina del arcángel y se aleja calle arriba. Tras aguardar un poco, observando el cruce en todas direcciones y sin ver a nadie más, el comisario vuelve a recostarse en la pared. Está siendo una noche larga, como era de esperar. Una de varias, se teme. Pero la principal virtud de un cazador es la paciencia. Y esta noche anda de caza. Con cebo móvil.

La figura de contornos claros vuelve a acercarse a la esquina, ahora desandando camino, en dirección contraria. En el silencio absoluto de la calle, sin luces en las celosías de las ventanas, suena el ruido de pasos lentos, desganados. Si el ayudante Cadalso no se ha dormido, estima el comisario, debe de estar viendo el cebo, que habrá llegado hasta el lugar donde también él se encuentra al acecho, vigilando ese tramo de calle desde la ventana de una botica situada en la plazuela de la Carnicería. Del lado opuesto del recorrido se ocupa otro agente situado en la esquina de la calle del Vestuario, por la parte hacia donde queda el farol de las Descalzas. Cubren así, entre los tres, una manzana de casas y las embocaduras de las calles adyacentes, con la esquina del arcángel como eje principal. El plan original incluía a otros hombres por los alrededores, abarcando un área mayor; pero la posibilidad de que un despliegue excesivo llame demasiado la atención disuadió a Tizón a última hora.

El cebo se detiene junto a un portal, recortada su figura en el contraluz del farol lejano. Desde su escondite, el comisario aprecia nítidamente la mancha clara del mantón blanco que sirve, al mismo tiempo, de señuelo para el asesino y de referencia visual para él y sus agentes. Por supuesto —con Tizón de por medio, esto no extrañaría a nadie—, la muchacha ignora el peligro que corre y su papel real en la aventura. Es una jovencísima prostituta de la Merced; la misma que hace tiempo el comisario vio desnuda boca abajo, tumbada en un catre inmundo mientras él recorría su espalda con la contera del bastón y se asomaba a sus propios abismos. Simona, se llama. Ahora tiene dieciséis años y su aspecto con buena luz es menos inocente y fresco que entonces —todo ese tiempo ejerciendo en Cádiz deja su huella—; pero conserva, al golpe de vista, el aire frágil de su pelo casi rubio y la tez clara, joven. A Tizón no le ha costado mucho convencerla: quince duros a su chulo —un tal Carreño, rufián conocido—, con el pretexto de atraer a hombres casados de la vecindad para luego chantajearlos a gusto. O algo de eso. Si el mentado Carreño llegó a tragarse el embuste, carece de importancia; embolsó los duros y la benevolencia futura del comisario sin preguntar, siquiera, si aquello tendría que ver con las historias de mujeres asesinadas que a veces corren por la ciudad. Eso no es asunto suyo, y menos si está de por medio Rogelio Tizón. Además, como dijo al dar su acuerdo, las putas están para eso, caballero. Para ser putas y servir a los señores comisarios rumbosos. En cuanto a Simona, encajó la situación con el fatalismo de quien acepta sumisa cuanto su hombre —el de turno, el que sea— dispone. A fin de cuentas, lo mismo para vecinos casados que para solteros y militares con o sin graduación, a ella lo mismo le da pasear de noche por una calle que por otra. Se va a rascar las mismas pulgas.

La mancha clara del mantón ha vuelto a moverse calle abajo. Rogelio Tizón la sigue con la vista hasta la esquina de la calle del Vestuario, donde la ve detenerse, silueta inmóvil contra la luz lejana del farol. Hace un rato se cruzó con ella un hombre cuya presencia alertó al comisario; pero resultó un transeúnte más, al que la muchacha, convenientemente prevenida, no prestó atención. Sus instrucciones son precisas: no abordar a nadie, manteniéndose a la expectativa. Tres son los hombres que hasta ahora pasaron cerca, y sólo uno se detuvo a dirigirle algunas obscenidades antes de seguir su camino.

Pasa el tiempo, y Tizón está cansado. Con gusto se sentaría en un peldaño, al amparo del portal, apoyando la cabeza en la pared para echar una cabezada. Pero sabe que es imposible. Mientras piensa en ello, alberga la esperanza de que también Cadalso y el otro agente resistan la tentación de cerrar los párpados. Las imágenes de la calle, las sombras y la mancha clara del mantón paseando de arriba abajo, se entrecruzan en su cabeza, próxima a la duermevela, con recuerdos de las muchachas muertas. Con escenas de la ciudad en el tablero cuyos escaques parecen todos negros esta noche. Esforzándose por mantener los ojos abiertos, Tizón echa hacia atrás el sombrero y desabotona el redingote, para espabilarse con el fresco nocturno. Maldito sea todo. Mataría por fumarse un cigarro.

Cierra un momento los ojos, y al abrirlos ve que la muchacha está cerca. Ha venido a situarse a su lado de modo natural, como parte de las idas y venidas. Se detiene a un paso del portal, vuelta hacia la calle, el mantón sobre los hombros y la cabeza descubierta, sin hacer nada que delate la presencia del policía; con disimulo y discreción, comprueba éste mirando el contorno de sus hombros entre la suave claridad que la luna mantiene en la parte alta de las casas y el resplandor del farol que arde calle abajo.

—No tengo suerte esta noche —dice la muchacha en voz queda, manteniéndose de espaldas.

—Lo estás haciendo muy bien —susurra él, en el mismo tono.

—Creí que ese último iba a pararse, pero no lo hizo. Se conformó con mirarme y pasar de largo.

—¿Pudiste verle la cara?

—Muy poco. El farol estaba demasiado lejos... Me pareció fuerte, con cara de buey.

La descripción retiene un instante el interés del comisario. Una de las cuestiones que se planteó en los últimos tiempos es de qué modo el rostro de un individuo puede relacionarse con su carácter e intenciones. Entre los muchos caminos que estuvo tanteando a ciegas, figuran las ideas contenidas en un libro que Hipólito Barrull le dio a leer hace unos meses: la *Fisiognomía* de Giovanni della Porta. Un tratado escrito hace doscientos años, pero interesante para un policía: hasta qué punto es posible adivinar las cualidades y defectos de un individuo a partir de sus rasgos físicos. Se trata de una especie de arte conjetural —llamarlo ciencia sería excesivo, matizó el profesor al prestarle el libro— mediante el que los seres humanos peligrosos, inclinados al crimen o al delito, tendrían tendencia a mostrar tales predisposiciones a través del rostro y el cuerpo. En su momento, Tizón devoró aquellas páginas; y luego anduvo por Cádiz en guardia continua, desconfiado y penetrante, intentando situar el rostro del asesino entre los miles con que se cruzaba a diario. Buscando cabezas picudas como signo de maldad, frentes estrechas delatando a estúpidos e ignorantes, cejas ralas y unidas proclives al vicio, dientes caballunos propensos al mal, orejas malvadas de macho cabrío, narices corvas de impudicia y crueldad —lo de la cara de buey o vaca tenía que ver, recuerda Tizón, con pereza y cobardía—. El experimento acabó una mañana de sol; cuando, al detenerse ante el escaparate de una tienda de abanicos a encender un cigarro, el comisario vio reflejado su rostro en el cristal y cayó en la cuenta de que, según las teorías fisiognómicas, su nariz aguileña denotaría, sin discusión, magnanimidad y nobleza. Aquella misma tarde devolvió el libro a Barrull y no volvió a pensar en el asunto.

—Si quiere, señor comisario, lo entretengo un poco.

Simona ha hablado en un susurro. Sigue dándole la espalda, vuelta hacia la calle cual si estuviera sola.

—Una paja se la hago rápido —añade.

A Tizón no le cabe duda de la eficaz presteza de la joven, pero no tarda más de tres segundos en descartar la idea. No está, decide, el aceite para buñuelos.

—Quizás en otra ocasión —susurra.

—Como prefiera.

Indiferente, Simona camina de nuevo hacia la calle de San Miguel, adentrándose en la penumbra hasta que sólo se distingue la mancha clara del mantón que se aleja.

Rogelio Tizón aparta la espalda de la pared y cambia de postura, desperezando los miembros entumecidos. Luego mira el cielo nocturno, más allá de la esquina de la casa donde está la hornacina del arcángel. Un tipo singular, ese francés, se dice una vez más. Con sus cañones, trayectorias de tiro y desconfianza inicial; y al fin, su curiosidad técnica imposible de ocultar, imponiéndose a todo. Sonríe el policía recordando la forma en que el capitán de artillería solicitó los últimos datos, las precisiones sobre lugares ideales de impacto y el modo de transmitir todo eso de un lado a otro de la bahía. Ojalá esta noche cumpla su palabra.

Vuelven las ganas de cerrar los párpados, estado indeciso donde se mezclan imágenes de la noche y pesadillas de la memoria. Carne desgarrada, huesos desnudos, ojos abiertos, inmóviles, velados por una tenue capa de polvo. Y una voz distante, de acento y sexo impreciso, que murmura extrañas palabras como *aquí*, o *a mí*. Da el policía una breve cabezada y alza la vista bruscamente, con sobresalto. Mira ahora hacia la calle de San Miguel, esperando ver aparecer de nuevo la mancha clara del mantón. Por un momento creyó ver un bulto negro que se moviera. Una sombra deslizándose pegada a la fachada opuesta de las casas. La duermevela, concluye, crea sus propios fantasmas.

No ve el mantón. Quizá Simona se ha detenido al final de la calle. Inquieto al principio, preocupado después, escudriña las tinieblas. Tampoco se oyen los pasos de la muchacha. Conteniendo el impulso de salir de su resguardo, Tizón asoma la cabeza con prudencia, intentando no dejarse ver mucho. Nada. Sólo la oscuridad a ese lado del ángulo de calles y el resplandor distante del farol al otro extremo. En cualquier caso, ella debería estar de vuelta. Es demasiado tiempo. Demasiado silencio. La imagen del tablero de ajedrez vuelve a dibujarse ante sus ojos, en la noche. La sonrisa despiadada del profesor Barrull. No vio esa jugada, comisario. Se le escapó de nuevo. Cometió un error, y pierde otra pieza.

El ramalazo de pánico lo acomete cuando ya está fuera del portal, corriendo a oscuras por la acera hacia la esquina en sombras. El mantón aparece al fin: una mancha clara abandonada en el suelo. Tizón pasa por encima, llega a la esquina y se detiene mirando en todas direcciones, mientras intenta penetrar las tinieblas. Sólo el vago resplandor de lo que queda de luna, ya oculta del todo tras las azoteas, dibuja en tonos azulados los hierros de los balcones y los rectángulos oscuros de puertas y ventanas, e intensifica el negro de los lugares profundos, los ángulos ocultos de la calle silenciosa.

—¡Cadalso! —grita, desesperado—. ¡Cadalso!

A su voz, uno de los rincones sombríos, oquedad que se prolonga como una hendidura siniestra hacia lo más oscuro de la plazuela, parece agitarse un instante, como si alguna de sus formas cobrase vida. Casi al mismo tiempo se abre una puerta con estrépito detrás del comisario, un rectángulo de luz diagonal corta la calle como un tajo de cuchillo, y las zancadas de Cadalso resuenan violentas, acercándose. Pero Tizón ya corre otra vez, ahora zambulléndose a ciegas en el lugar donde, a medida que se acerca, alcanza a distinguir un bulto agazapado que, de pronto, se divide en dos sombras: una inmóvil en el suelo y otra que se aparta con rapidez, pegada a las fachadas de las casas. Sin detenerse en la primera, el comisario intenta dar alcance a la segunda; que al cruzar la calle, alejándose en dirección a la esquina de la Cuna Vieja, se recorta en la claridad por un instante: figura negra y veloz que corre sin ruido.

—¡Alto a la Justicia!... ¡Alto!

Se iluminan algunas ventanas próximas con velas y candiles, pero Tizón y la sombra a la que persigue ya las han dejado atrás, cortando rápidamente por la plazuela de la calle de Recaño hacia el Hospital de Mujeres. El esfuerzo hace arder los pulmones del policía, molesto además por el bastón —ha perdido el sombrero en la carrera— y el largo redingote que le estorba las piernas. La sombra a la que persigue se mueve con increíble rapidez, y cada vez le cuesta más mantener la distancia.

—¡Alto!.., ¡Alto!... ¡Al asesino!

La distancia es ya insalvable; y la esperanza de que algún vecino o transeúnte casual se una a la persecución, mínima. Pasan demasiado deprisa por las calles, es noche de invierno y casi las dos de la madrugada. Tizón siente que empiezan a fallarle las fuerzas. Si al menos, piensa con angustia, hubiera traído una pistola.

—¡Hijo de puta! —grita impotente, deteniéndose al fin.

Se ahoga. Y ese último grito le da la puntilla. Respirando con el ronco estertor de un fuelle roto, encorvado mientras boquea en busca de aire para sus pulmones en carne viva, Tizón va a apoyarse en el muro del hospital y allí se desliza poco a poco hasta quedar sentado en el suelo, mirando aturdido la esquina por donde desapareció la sombra. Permanece así un buen rato, recobrando el aliento.

Al cabo, con mucho esfuerzo, se levanta y camina despacio, renqueando sobre sus piernas doloridas, de vuelta a la plazuela de la Carnicería, donde hay ventanas iluminadas y vecinos en camisa y gorros de dormir asomados a ellas o parados en los portales. La muchacha está atendida en la botica, informa Cadalso, saliendo a su encuentro con una linterna sorda en la mano. Simona ha vuelto en sí con sales y compresas de vinagre. El asesino sólo llegó a darle un golpe, haciéndole perder el conocimiento.

—¿Pudo ver su cara?... ¿Algún detalle?

—Está demasiado asustada para aclararse la cabeza, pero parece que no. Todo fue rápido y desde atrás. Apenas lo sintió llegar cuando el otro le tapó la boca... Cree que era un hombre no muy grande, pero ágil y fuerte. No vio nada más.

De nuevo vuelta a empezar, se dice Tizón con desaliento. Aturdido de frustración y cansancio.

—¿Dónde quería llevarla?

—No lo sabe. Ya digo que se desmayó con el golpe... Por el sitio, yo creo que la arrastraba a la galería que hay detrás del almacén de cuerdas y espartos cuando le caímos encima.

Aquel plural indigna al comisario.

—¿Le caímos?... ¿Dónde estabas tú, animal?... Tuvieron que pasarte por delante de las narices.

El otro no abre la boca. Contrito. Tizón lo conoce de sobra, e interpreta correctamente los hechos. Aun así, no da crédito.

—No me digas que te habías dormido...

El silencio del ayudante se prolonga hasta lo culpable. Otra vez parece un mastín grande, torpe y mudo, esperando con las orejas gachas y el rabo entre las piernas la zurra del amo.

—Oye, Cadalso...

—Dígame.

Lo mira con fijeza, reprimiendo el deseo de partirle el bastón en la cabeza.

—Eres un imbécil.

—Sí, señor comisario.

—Me voy a cagar en tu padre, en tu madre y en las bragas de la Virgen.

—Donde a usted le parezca bien, don Rogelio.

—Cafre. Tonto del culo.

Tizón está furioso, sin querer encajar todavía la derrota. Casi al alcance de la mano, estuvo esta vez. A punto de caramelo. Al menos, se consuela, el asesino no tiene motivos para sospechar que se tratara de una trampa. Pudo ser un encuentro casual con una ronda. Un imprevisto. Nada, en fin, que le impida volver a intentarlo. O en eso confía el comisario. Resignado al fin, mascando todavía el despecho, mira alrededor: los vecinos siguen asomados a portales y ventanas.

—Vamos a ver a la muchacha. Y diles a ésos que se metan dentro. Hay peligro de que...

Lo interrumpe un largo quejido del aire. Raaaas, hace, en dirección a la calle de San Miguel. Como si de pronto alguien rasgara con violencia una tela sobre su cabeza.

Entonces, a cuarenta pasos, estalla la bomba.

15

En Cádiz, algunas ordenanzas reales y municipales se promulgan sólo para no cumplirlas. La que limita el exceso de manifestaciones públicas en Carnaval es una de ellas. Aunque oficialmente no hay bailes, música ni espectáculos públicos autorizados, cada cual despide la carne antes de Cuaresma a su manera. Pese a que en las últimas semanas se han intensificado los bombardeos franceses —muchas bombas, sin embargo, siguen sin estallar o caen al mar—, las calles hormiguean de gente: el pueblo bajo celebrándolo en sus barrios, y la buena sociedad haciendo el recorrido tradicional entre saraos particulares y jolgorio de cafés. Pasada la medianoche, la ciudad abunda en disfraces, máscaras, jeringazos de agua, polvos y papelillos de colores. Las familias y grupos de parientes y amigos van de una casa a otra, cruzándose con cuadrillas de negros esclavos y libres que recorren las calles mientras tocan música de tambores y cañas. En la discusión —larga y áspera, incluidas las Cortes— sobre si la ciudad debe ignorar el Carnaval y mantenerse austera a causa de la guerra, o si conviene demostrar a los franceses que todo sigue su curso normal, se imponen los partidarios de lo último. En las terrazas hay faroles de papel con candelillas, visibles desde el otro lado de la bahía; y algunos barcos fondeados han encendido sus fanales, desafiando las bombas enemigas.

Lolita Palma, Curra Vilches y el primo Toño caminan cogidos del brazo por la plaza de San Antonio, esquivando risueños a los grupos de máscaras que meten bulla. Los tres van disfrazados. Lolita lleva un antifaz ancho de tafetán negro, que sólo deja su boca al descubierto, y viste de arlequín, con un dominó blanco y negro, de capucha, puesto por encima. Curra, fiel a su estilo, luce con desparpajo una casaca militar, una saya con tres andanas de flecos y madroños, un gorro de cantinera de tropa y una careta de cartón con bigotes pintados. El primo Toño lleva una máscara veneciana y va de majo torero: marsellés de alamares, calzón muy apretado y redecilla en el pelo, y lleva embutidos en la faja, en lugar de faca albaceteña, tres cigarros habanos y una petaca de aguardiente. Los tres salen del baile del Consulado Comercial, donde han pasado un buen rato con música y refrescos en compañía de algunos amigos: Miguel Sánchez Guinea y su mujer, Toñete Alcalá Galiano, Paco Martínez de la Rosa, el americano Jorge Fernández Cuchillero y otros diputados liberales jóvenes. Ahora, con la excusa de tomar el aire escoltadas por el primo Toño, las dos amigas aprovechan para dar un paseo, disfrutar del ambiente callejero y ver a otra clase de gente.

—Vamos al café de Apolo —propone Curra Vilches.

Es el único día del año en que las mujeres entran sin obstáculos en los cafés gaditanos; para ellas se reservan las confiterías, menos masculinas de maneras, con sus sorbetes y bebidas frías, sus vitrinas de dulces y sus aguamaniles de caoba.

Protesta el primo Toño. Estáis locas, dice. Yo en la cueva de los lcones, con dos mujeres guapas. Dios mío. Os van a comer vivas.

—¿Por qué? —se burla Lolita Palma—. Vamos escoltadas por un majo.

—Por un matador de toros bravos —puntualiza Curra Vilches.

—Además —añade Lolita—, con las máscaras nadie sabe si somos guapas o feas.

Suspira escéptico el primo, resignado a su suerte, mientras toman la dirección del edificio que está en la esquina de la calle Murguía.

—¿Feas?... Sois palomitas sin hiel, niñas. A estas horas, en Cádiz y en Carnaval, ninguna mujer parece fea.

—¡La ocasión de mi vida! —bate palmas Curra Vilches, festiva.

Lolita Palma ríe agarrada al brazo de su primo.

—¡Y de la mía!

Pasan los tres junto a las calesas y carruajes particulares alineados a un lado de la plaza, cuyos cocheros esperan bebiendo en corro de un pellejo de vino, y cruzan el umbral, bajo el tímpano de hierro forjado con la lira que da nombre al establecimiento. El de Apolo es el café habitual del primo Toño; y cuando entran, el encargado lo reconoce pese al disfraz, saludándolo con deferencia mientras se inclina al recibir un duro de plata.

—Una mesa con buena vista, Julito. Donde estén cómodas las señoras.

—No sé si quedará alguna libre, don Antonio.

—Te apuesto otro duro a que no la encuentras... Y lo pierdo.

Reluce una segunda moneda en la palma del encargado, que la hace desaparecer con presteza, vista y no vista, en un bolsillo de su mandil.

—Veremos qué puede hacerse.

Cinco minutos después, rodeados de gente, los tres están sentados bebiendo rosolí de canela, ellas, y una botella de pajarete el primo Toño, en sillas que acaban de disponerles en torno a una mesa de tijera que un mozo del café trajo en alto, colocada junto a las columnas del patio principal. El establecimiento tiene cuatro plantas, dedicadas las dos de arriba, a las que se accede por la calle Murguía, a pensión y alojamiento de viajeros. En las dos de abajo se encuentran el patio principal y el primer piso, con el comedor y varias salas donde suelen hacer tertulia los diputados liberales más exaltados. Hoy, la parte baja hierve de animación. Hay mucha luz, con arañas y candelabros por todas partes que hacen relucir adornos, rasos, bordados y lentejuelas. Desde arriba arrojan papelillos de colores, trompetean matasuegras y vejigas, y una orquesta de cuerda toca alegre música bajo los arcos del fondo. No hay baile, pero mozos con bandejas de bebidas van de un lado a otro mientras se ríe, canta y charla animadamente de mesa a mesa. Las conversaciones, las risas y el humo de cigarros hacen el ambiente achispado y espeso. Lolita Palma lo mira todo, divertida, mientras el primo Toño —se ha subido la máscara a la cabeza para ponerse los lentes— fuma y hace entrechocar los vasos, y Curra Vilches, con su desenfado habitual, apunta picantes comentarios sobre los vestidos, disfraces y personas que hay alrededor.

—No te pierdas aquella de corpiño verde y pelucón blanco. Para mí que es la cuñada de Pancho Zugasti.

—¿Tú crees?

—Lo que yo te diga... Y ese que le come la oreja no es el marido.

—Qué bruta eres, Currita.

Hay muchos hombres, como es usual en el café. Gaditanos, militares de paisano y forasteros. Pero no pocas mujeres comparten las mesas situadas en el patio y en las salas laterales, o se asoman a las barandillas del primer piso. Algunas son señoras respetables con maridos, parientes y amigos. Otras —Curra Vilches las disecciona con gracia y sin piedad— no lo parecen tanto. El Carnaval desmonta barreras, dejando en suspenso buena parte de las convenciones que, durante el resto del año, la ciudad mantiene con rigor extremo. Cádiz sigue abierta a todos, en estos tiempos convulsos que la convierten en una España en miniatura; pero cada cual conoce el lugar que le corresponde. Cuando se ignora o se olvida, no falta quien lo haga saber. Lo mismo con guerra y Cortes que sin ellas, los disfraces y la alegría carnavalesca no bastan para igualar lo imposible. Puede, piensa Lolita Palma, que algún día esos jóvenes filósofos liberales, los de las discusiones de café, los discursos políticos y las tertulias donde se barajan ilustración, pueblo y justicia, lo cambien todo. O puede que no. Al fin y al cabo, en San Felipe Neri se sientan sacerdotes, nobles, eruditos, abogados y militares. No hay allí comerciantes, tenderos ni pueblo bajo, aunque se diga hablar en nombre y representación de todos ellos. El rey sigue prisionero en Francia, y la soberanía nacional, tan debatida, no es más que unos cuantos pliegos de papel con el nombre de futura Constitución. Hasta en la común algarabía del café de Apolo, eso resulta evidente. Gaditanos, españoles, juntos pero no revueltos. O sólo hasta cierto punto.

—¿Otra copita?

—Bueno —Lolita se deja servir más licor—. Pero tú quieres destruir mi reputación, primo.

—Pues mira a Curra... No hace ascos.

—Es que ella tiene poquísima vergüenza.

Sigue lloviendo confeti desde el piso de arriba, con efectos de nevada multicolor entre la luz de las bujías. Quitándose un guante, Lolita Palma retira unos papelillos de su copa y bebe despacio, a sorbos. Son muchas las máscaras que alcanza a ver desde donde está sentada: elegantes o no, delicadas, ingeniosas o vulgares; pero también gente vestida de diario, a cara descubierta. Y mientras pasea la vista por el salón, observando rostros e indumentarias, descubre a Pepe Lobo.

—¿Ése no es tu corsario? —pregunta Curra Vilches, que por casualidad ha seguido la dirección de su mirada.

—Sí, es él.

—¡Oye!... ¿Dónde vas?

Nunca llegará a saber Lolita Palma —aunque se lo preguntará el resto de su vida— qué la llevó esta noche de Carnaval en el café de Apolo a levantarse, para sorpresa del primo Toño y Curra Vilches, y acercarse a la mesa de Pepe Lobo al amparo del antifaz y la capa de dominó. Puede que sea la tercera copa de rosolí la que le inspira esa audacia; o tal vez la embriaguez por cuya orilla se desliza, tan ligera y serena que afila sus sentidos en vez de embotárselos, provenga de la música, la nevada de papelillos de colores que llena de espacio corpóreo, irreal, entre las voces alegres y el humo de tabaco que flota en el aire, la distancia que los separa. El capitán de la *Culebra* está solo, aunque Lolita observa al acercarse que sobre el mármol de su mesa hay una botella y dos vasos. Viste la habitual casaca azul con botones dorados, abierta sobre un chaleco blanco y una camisa cuyo cuello rodea un ancho corbatín negro, y observa el ambiente del café con aire divertido, aunque un poco al margen; sin participar demasiado en la alegría que lo rodea. Al percatarse de una presencia cercana, Lobo alza la vista y ve a Lolita, justo en el momento en que ella se detiene. Los ojos verdes del marino, chispeantes a la luz de las bujías, la recorren de abajo arriba, hasta el antifaz y la capucha de seda negra que ella se ha subido mientras se acercaba. Luego vuelve a mirarla de arriba abajo. Es evidente que no la reconoce.

—Buenas noches, máscara —dice sonriendo.

El gesto, súbito, abre una brecha blanca entre las patillas espesas y morenas, en la piel atezada por el mar. Sin levantarse ni dejar de mirarla, Lobo se inclina un poco sobre la mesa, vierte aguardiente en su vaso y se lo ofrece a Lolita; y ésta, excitada por su propio atrevimiento —siente en ella las miradas horrorizadas de Curra Vilches y el primo Toño, que la vigilan de lejos—, lo acepta y lo lleva a los labios, bajo el antifaz, aunque apenas lo prueba: es un aguardiente fuerte, que quema la boca; con vago sabor a anís. Después le devuelve el vaso al marino, que sigue sonriendo.

—¿Eres muda, máscara?

Hay curiosidad en su tono, ahora. O interés. Lolita Palma, que se pregunta a quién pertenecerá el segundo vaso que hay en la mesa, permanece en silencio por miedo a que su voz la delate, con la agradable sensación de libertad, lindante con la osadía, que su disfraz le proporciona; y también con la certeza de que aquello no puede prolongarse mucho. Empieza a ser demasiado inconveniente. Y peligroso. Sin embargo, para su sorpresa, comprueba que está a gusto de esa manera, de pie ante la mesa de Pepe Lobo, mirándolo de cerca con descaro tras la protección del antifaz. Disfrutando de la proximidad de esos ojos que reflejan la luz, su cara de corsario crudo y guapo, la sonrisa paradójicamente seria y tranquila, tan masculina en su boca que ella siente deseos de tocarla. Lástima que no haya baile aquí, se dice atolondrada. No me importaría bailar, y es algo que puede hacerse sin hablar. Sin las incómodas palabras, que tanto atan y a tanto comprometen.

—¿No quieres sentarte?

Niega con la cabeza, a punto ya de volver la espalda. En ese momento ve al teniente de la *Culebra*, el joven llamado Maraña, que se acerca desde lejos, entre las mesas. De él era el otro vaso. Es hora de irse, confirma. De regresar con Curra Vilches y el primo Toño, al mundo de lo razonable. Sin embargo, iniciado ya el movimiento de retroceso, Lolita Palma hace algo impremeditado, de lo que ella misma se escandaliza. Dejándose llevar por el impulso que la hizo levantarse y venir hasta aquí, rodea despacio la mesa y la silla donde está sentado Pepe Lobo, y mientras pasa a su espalda desliza un dedo de la mano enguantada por los hombros del marino, rozando el paño de su casaca. Después, al irse, tiene ocasión de advertir, de soslayo, la mirada desconcertada que el hombre le dirige.

El camino hasta su mesa se hace interminable. A la mitad, siente una presencia a su lado. Una mano la toma por la muñeca.

—Espera.

Ahora sí que tengo un problema, piensa mientras se detiene y vuelve el rostro, repentinamente serena. Los ojos verdes están a una cuarta de los suyos, mirándola intensamente. Lolita lee en ellos curiosidad, y también asombro.

—No te vayas.

Ella sostiene su presencia próxima sin alterarse. El licor que circula suavemente por sus venas le facilita un arrojo y una sangre fría desconocidos hasta hoy. La mano del hombre, que aún no ha soltado su muñeca, es firme y la sujeta con la presión justa, sin oprimir demasiado. Reteniéndola más con el ademán que con la fuerza. Esa mano, piensa ella fugazmente, disparó contra Lorenzo Virués, dejándolo inválido para el resto de su vida.

—Suélteme, capitán.

Es entonces cuando Pepe Lobo la reconoce. Lolita puede seguir en sus facciones cada una de las fases del proceso: sorpresa, incredulidad, estupor, embarazo. La muñeca ha quedado libre.

—Vaya —murmura él—. Yo...

Por alguna oscura razón, ella disfruta de su momento de triunfo. De la confusión del hombre, cuya sonrisa se ha extinguido igual que si mataran de golpe una luz. Ahora él vuelve el rostro a uno y otro lado, pensativo, como si buscara comprobar cuánta de la gente que los rodea participaba del engaño. Después la mira muy serio. Seco.

—Lo siento —dice.

Se diría un muchacho al que acaban de reprender, decide ella. Vagamente conmovida por cierta ráfaga de inocencia que ha creído advertir, un instante, en la expresión del corsario. Una breve mirada, tal vez. La manera casi infantil de abrir un poco más los ojos, desconcertado. Quizá miraba así de niño, piensa de pronto. Antes de marcharse al mar.

—¿Se divierte, capitán?

Ahora es él quien no responde, y Lolita siente una excitación interior, singular. La certeza de un vago poder sobre el hombre que tiene delante. Algo que parece diluido en sus atavismos de mujer, hechos de carne y de siglos. Observa la barba que, tras un afeitado de hace varias horas, empieza a despuntar, oscureciendo el mentón duro, sólido, entre las patillas que llegan casi hasta las comisuras de la boca. Por un instante se pregunta a qué olerá su piel.

—Ha sido una sorpresa encontrarlo aquí.

—Pues imagínese la mía.

Los ojos verdes han recobrado su aplomo. Vuelven a chispear en ellos las bujías de la sala. Curra Vilches, suponiendo que algo no va como es debido, se ha levantado de la mesa y viene hasta ellos. Lolita alza una mano, tranquilizándola.

—Todo está bien, cantinera.

La mirada de Curra va de uno a otro, interrogante, a través de los agujeros de su máscara.

—¿Seguro?

—Completamente. Dile al torero borrachín que voy a tomar un poco el aire... Hay demasiado humo aquí.

Un silencio. Después, la voz de la amiga suena estupefacta.

—¿Sola?

Imagina Lolita su boca abierta bajo la máscara de cartón con el mostacho pintado, y está a punto de echarse a reír. No es corriente embarullarle los papeles a Curra Vilches.

—Tranquilízate. Me escoltará el caballero.

Rogelio Tizón se hace a un lado para esquivar el cubo de agua que le arrojan desde una ventana; y luego, resignado a lo inevitable, se abre paso entre un grupo de mujeres disfrazadas de brujas que le propinan algunos escobazos guasones al pasar por la esquina de la calle de los Tres Hornos. El barrio es popular, artesano y menestral, con casas de vecinos de los que hacen vida en la calle y se conocen todos, y muchas terrazas con cobertizos alquilados a refugiados y a forasteros. Algunas calles están iluminadas a trechos con estopas encendidas que humean espirales oscuras y aceitosas. Pese a la prohibición de bailar afuera —diez pesos para los infractores masculinos y cinco para las mujeres, según el último bando municipal—, la gente se asoma a los balcones a tirar agua y saquetes de polvo a los transeúntes, o se congrega abajo en animados grupos, jaleando con guitarras, bandurrias, trompetillas, matasuegras y carracas. Hay risas y bromas en todas las conversaciones, marcadas por el acento y el buen humor de las clases bajas gaditanas. Un par de veces se cruza el comisario con una cuadrilla de negros libres que van y vienen al ritmo de tambores y cañas, cantando en jerga espesa de cadencias caribeñas:

> *Mi ma'e no quié*
> *que vaya a la plasa*

po'que lo sordao
me dan calabasa

Se abalanza sobre Tizón un muchacho vestido con albornoz moruno y babuchas, armado con una vejiga hinchada al extremo de un palo y dispuesto a golpearlo con ella; pero aquél, harto, le corta el paso con un bastonazo.

—Vete por ahí —dice— o te arranco la cabeza.

Se escabulle cabizbajo el otro, impresionado por el tono y la mirada furibunda del policía, y éste continúa entre la gente, estudiando las máscaras que hay alrededor. A veces, cuando ve a una muchacha, la sigue de lejos un trecho, comprobando quién se acerca o camina detrás. En ocasiones la vigilancia se prolonga varias calles, atento Tizón a cada máscara que se cruza; dispuesto a percibir la actitud sospechosa, el indicio que lo decida a abalanzarse sobre ella, arrancar el antifaz o la careta y descubrir las facciones, mil veces imaginadas en sus pesadillas —cada vez duerme peor, entre sobresaltos que mezclan realidad e imaginación—, del hombre al que anda buscando. Otras veces no son mujeres jóvenes, sino algún disfraz o apariencia extraña lo que llama su atención, y entonces a quien sigue es a esa persona, acechándole cada movimiento. Cada paso.

En la calle del Sol, junto a la capilla, un hombre atrae su interés. Viste largo sayal negro, se cubre con capuchón y una careta blanca, y está inmóvil, mirando a la gente. Algo en su actitud despierta la suspicacia del comisario. Quizá, concluye éste mientras se detiene al amparo de los que pasan, sea su modo de mantenerse aparte: aislado, ajeno al jolgorio callejero. Aquel sujeto mira como desde afuera, o desde lejos. Demasiado distante, concluye el policía, para alguien que se disfraza en Carnaval y sale a divertirse. Ése no parece divertirse en absoluto. No como los demás. La cabeza encapuchada se mueve lentamente de un lado a otro, siguiendo el paso de quienes circulan por la calle. No parece inmutarse cuando tres jovencitas con las caras pintadas de negro, vestidas con colchas de colores y sombreros de paja, se acercan riendo y le echan agua con una jeringa, para escapar después corriendo calle arriba. Sólo las mira alejarse.

Sorteando con disimulo a los transeúntes, Rogelio Tizón se aproxima despacio al enmascarado. Éste sigue inmóvil, y por un momento parece fijarse en el comisario. Entonces aparta el rostro y echa a andar. El movimiento puede ser casual, decide Tizón. Y puede que no. Apretando el paso para no perderlo de vista, lo sigue hasta la calle del Sacramento. Allí, cuando está a punto de acercarse más y acorralarlo, impaciente, dispuesto a arrancarle la careta, el otro se reúne con un grupo de hombres y mujeres disfrazados que lo saludan por el nombre y celebran su aparición. Entre carcajadas, alguien saca una bota de vino, y el recién llegado se echa atrás la capucha y la máscara para beber alzando los brazos, con un largo chorro bien dirigido al gaznate, mientras, con una intensa sensación de ridículo, el policía pasa de largo.

Olores. A pescado frito, aceite de buñuelos y azúcar quemado. Hay farolillos de papel con candelitas encendidas en las casas humildes, chatas y alargadas, del barrio pescador de la Viña. En la calle de la Palma, recta y larga, esos puntos de luz parecen luciérnagas alineadas en la oscuridad. Su tenue resplandor perfila los contornos de grupos de vecinos entre rumor de conversaciones, entrechocar de vasos, risas y cantes. En la esquina de la Consolación, junto a un candil puesto en el suelo que apenas ilumina sus piernas, dos hombres y una mujer disfrazados con sábanas que parecen mortajas canturrean una copla sobre el rey Pepino; que, aseguran con voz ebria, lleva en su equipaje varias botellas para el camino.

—No suelo venir por aquí —dice Lolita Palma, que lo observa todo.

Pepe Lobo se interpone entre ella y un grupo de muchachos que pasa con estopas encendidas, vejigas y jeringas de agua. Después se vuelve a mirarla.

—Podemos volvernos, si quiere.

—No.

El antifaz de tafetán negro, que la mujer todavía lleva puesto, oscurece por completo su rostro bajo la capucha del dominó. Cuando está mucho tiempo callada, Lobo tiene la impresión de caminar en compañía de una sombra.

—Es agradable... Y hace una noche espléndida para esta época del año.

De vez en cuando, como ahora, la conversación recae en el tiempo, o en detalles insustanciales de lo que ocurre alrededor. Eso pasa cuando los silencios se prolongan demasiado, en el callejón de palabras que ninguno llega —se atreve, es quizá la palabra justa— a pronunciar del todo. Lobo sabe que también Lolita Palma es consciente de eso. Resulta grato, sin embargo, mecerse en tales silencios, como en la indolente lasitud de este paseo nocturno sin prisa ni objeto aparente. En la tregua tácita,

cómplice, que la noche de Carnaval despoja de responsabilidades. Es así como el corsario y la mujer pasean desde hace media hora, sin rumbo, por las calles de Cádiz.
A veces, el azar de los pasos, la irrupción de un grupo de
gente o el sobresalto de una máscara que sopla junto
a ellos una trompetilla o un matasuegras, los lleva a acercarse sin proponérselo, rozándose en la oscuridad.

—¿Sabía, capitán, que las danzas de las bailarinas de
Gades hacían furor en la antigua Roma?

Están en el cruce con la calle de las Carretas, a la luz
de un farol de sebo. Ante la puerta entreabierta de un colmado —dispuesta para meterse dentro si asoman los rondines—, unas mujeres disfrazadas bailan en un corro de
majos, marineros y gitanos. El coro de palmas que las ja-
lea mantiene el compás y hace innecesaria otra música.

—No lo sabía —admite Lobo.

—Pues ya ve. Los romanos se las rifaban.

El tono de Lolita Palma es ligero, dueño de sí; como
el de una anfitriona que mostrase la ciudad a un visitante
forastero. Y sin embargo, piensa Lobo, soy yo quien la escolta. Me pregunto de dónde saca toda esa serenidad.

—En otro tiempo —añade ella al cabo de un momento— también me habría tenido que ocupar de eso, me
temo... Palma e Hijos, exportación de bailarinas.

Se interrumpe, riendo suavemente, y hasta entonces
el corsario no logra establecer con certeza que ella hablaba en broma.

—Bailarinas —repite Lobo.

—Eso es. Ellas y el atún en escabeche nos daban fama
y dinero a los gaditanos... Pero las señoritas tuvieron menos suerte que el atún: el emperador Teodosio prohibió

sus danzas por demasiado lascivas. Según san Juan Crisóstomo, nunca les faltaba el diablo por pareja.

Siguen adelante, alejándose del baile. Sobre ellos, en la amplia porción de firmamento que la anchura de la calle deja al descubierto, se agolpan las estrellas. En cada cruce que dejan a la izquierda, Pepe Lobo nota la brisa de poniente suave, ligeramente húmeda: viene de la muralla cercana y del Atlántico, que se encuentra a trescientos pasos, tras la plataforma de Capuchinos.

—¿Le gusta la gente de Cádiz, capitán?

—Alguna.

Unos pasos en silencio. A veces Lobo escucha el roce suave de la seda del dominó. De cerca percibe el aroma del perfume, distinto al que suelen usar las mujeres de su edad. Éste es dulce y agradable, en todo caso. Fresco. Poco intenso. Bergamota, piensa absurdamente. Nunca olió la bergamota.

—Hay quien me gusta, y hay quien no me gusta —añade—. Como en todas partes.

—Sé poco sobre usted.

Suena a lamento. Casi a reproche. El marino, que le da la mano para ayudarla a esquivar un carro con los varales apoyados en el suelo, mueve la cabeza.

—La mía es una historia convencional. El mar como solución.

—Usted vino muy joven de La Habana, ¿verdad?

—Decir que vine es exagerar. Me fui, más bien... Venir es volver de allí con unos miles de reales, un criado negro, un loro y cajones de cigarros.

—¿Y un mantón de seda china para una mujer?

—A veces.

Lolita Palma da unos pasos en silencio.

—¿Nunca compró uno?

—A veces.

Han dejado atrás la calle de la Palma y su doble fila de luciérnagas. Ahora hay menos gente, y ante ellos se extiende la explanada en sombras de San Pedro, con la mole cuadrada y oscura del Hospicio a la derecha. Lobo se detiene, dispuesto a volver sobre sus pasos, pero Lolita Palma sigue adelante, en dirección al mar cercano que recorta la muralla en una penumbra azulada. A intervalos, ésta se vuelve resplandor amarillo con los destellos del faro de San Sebastián.

—Recuerdo —ella parece pensativa— que en cierta ocasión le oí decir que sólo un tonto se embarcaría por gusto. ¿De verdad no ama el mar?

—¿Bromea?... Es el peor lugar del mundo.

—¿Por qué sigue en él, entonces?

—Porque no tengo otro sitio adonde ir.

Llegan al baluarte, asomándose a la Caleta. Cerca de ellos se aprecia una garita y el bulto oscuro de un centinela. Hay faroles que iluminan a trechos el semicírculo de arena blanca, y de los colmados de tablas y lona de vela pegados a la muralla sube rumor de música, risas y jaleo. En la penumbra, sobre el fondo negro del agua inmóvil, destacan los trazos claros de los botes varados en el limo de la orilla; y algo más adentro, las siluetas de las lanchas cañoneras fondeadas. En Cádiz, piensa Pepe Lobo, todo termina en el mar.

—Me gustaría poder bajar ahí —dice ella.

Casi se sobresalta el corsario. Incluso en Carnaval y con máscara, los antros de la Caleta, con sus marineros, soldados, mujerzuelas y música, no son adecuados para una señora.

—No es buena idea —dice, embarazado—. Quizá deberíamos...

—Tranquilícese —la oye reír—. Era sólo un deseo, no una intención.

Se quedan en silencio, apoyados en el antepecho de piedra. Respirando, cerca uno del otro, el aire húmedo que huele a limo y a sal. Lobo siente junto a su hombro derecho la presencia física de ella. Casi puede sentir la tibieza del cuerpo. O la imagina.

—¿Espera un golpe de fortuna? —pregunta Lolita Palma, volviendo a la anterior conversación.

Es una forma de definirlo, piensa Lobo. Un golpe de fortuna. Al cabo de un momento asiente, serio.

—Lo busco. Sí. Entonces le daré la espalda al mar para siempre.

—Creía... Vaya —ella parece sinceramente sorprendida—. Que le gustaba vivir así. La aventura.

—Creyó mal.

Otro silencio. De pronto, Lobo siente el impulso de hablar. De explicar lo que siempre le fue indiferente explicar a nadie, antes.

—Vivo así porque no puedo vivir de otra manera —añade al fin—. Y eso que usted llama la aventura... Bueno. Cambiaría todas las aventuras del mundo por unas talegas de onzas de oro... Si un día logro retirarme, compraré una tierra lo más lejos posible del mar, donde éste no se vea... Con una casa y un emparrado bajo el que sentarme por las tardes a ver ponerse el sol, sin la incertidumbre de si garreará el ancla, o de los rizos que debo tomar a las velas para pasar la noche tranquilo.

—¿Y una mujer?

—Sí... Bueno. Quizás. Puede que también una mujer.

Se calla, confuso. La pregunta la ha formulado ella en tono desapasionado. Frío. Como una parte más de la enumeración expuesta por Lobo. Y es precisamente esa neutralidad —¿natural o deliberada?— lo que desconcierta al corsario.

—Parece a punto de conseguir algo de eso —estima Lolita Palma—. Hablo de reunir dinero suficiente. De retirarse tierra adentro.

—Puede que sí. Pero hasta el final nunca se sabe.

El faro situado sobre el castillo, al extremo del arrecife de San Sebastián, los ilumina a intervalos con su luz. El bulto negro del centinela de la garita se mueve despacio, paseando a lo largo de la muralla. Lolita Palma, que conserva subida la capucha del dominó, se ha quitado la máscara. Lobo observa el perfil, iluminado periódicamente por el resplandor lejano.

—¿Sabe lo que me gusta de la gente de mar, capitán?... Que ha viajado mucho y hablado poco. Que sabe lo que vio con los ojos, aprendiendo muchas cosas sin estudiarlas en los libros... Ustedes los marinos no necesitan demasiada compañía, pues siempre han estado solos. Y tienen ese poco de ingenuidad, o inocencia, del que baja a tierra como quien entra en un lugar inseguro, desconocido.

Lobo la escucha con sincera sorpresa. Así lo ven otros, se dice. Así es como lo ve ella.

—Usted tiene una bonita idea de mi oficio, pero inexacta —responde—. Alguna de la peor gentuza que conocí estaba dentro de un barco, y no sólo en el castillo de proa. Y desde luego, si permite que se lo diga, nunca la dejaría a solas con mi tripulación...

Casi un respingo, y de nuevo el viejo tono:

—Sé cuidarme de sobra, señor.

El orgullo de los Palma. Sonríe el corsario entre dos destellos del faro.

—No se trata de lo que usted sepa.

—Trato a marinos desde pequeña, capitán. Mi casa...

Obstinada. Segura de sí. La claridad distante recorta ahora el perfil voluntarioso. Ella mira el mar.

—Nos conoce de visita, señora. Y de lo que ha leído en libros.

—Sé mirar, capitán.

—¿De verdad?... ¿Y qué ve cuando me mira?

Se queda en suspenso, ligeramente entreabierta la boca. Roto el difícil equilibrio en que mantenía la conversación. Ahora parece desconcertada, y eso hace que Lobo se conmueva con un sentimiento extraño, próximo al remordimiento. De cualquier modo, la pregunta no había sido hecha para obtener respuesta.

—Escuche —dice el corsario—... Tengo cuarenta y tres años, y soy incapaz de dormir dos horas seguidas sin despertarme a cada momento intentando averiguar dónde estoy, y si el viento ha rolado. Tengo el estómago hecho polvo de las comidas infames a bordo, y dolores de cabeza que duran varios días... Cuando estoy mucho rato en la misma postura, mis articulaciones crujen como las de un anciano. Los cambios de tiempo hacen que me duelan todos los huesos que me rompí, o me rompieron. Y puede bastar un temporal, el descuido de un piloto o un timonel, un instante de mala suerte, para que lo pierda todo de golpe. Sin contar la posibilidad de...

Se calla. Lo deja ahí. Piensa ahora en la mutilación y la muerte, pero no desea ir más allá. No quiere hablar de eso. De los miedos reales. En realidad se pregunta por qué ha dicho todo lo anterior. Qué desea justificar ante la mujer. O qué pretende desmontar. Destruir, pese a sí mismo. Tal vez el deseo de volverse hacia ella, mandarlo todo al diablo y estrecharla fuerte entre sus brazos.

El centinela ha vuelto a su garita, y por un momento relumbra allí el resplandor de un cigarro al encenderse. El faro lejano ilumina a intervalos la muralla en forma de media estrella de Santa Catalina, descubriendo también la lengua rocosa que se adentra en el mar y el bote de ronda que pasa despacio, vigilando las cañoneras. Lolita Palma mira en esa dirección.

—¿Por qué le hizo aquello a Lorenzo Virués?

Parece que la mención a los huesos rotos le haya hecho recordar el incidente. Pepe Lobo la mira con dureza.

—No le hice nada que él no se buscara.

—Me contaron que no se condujo usted...

—¿Como un caballero?

El corsario ha reído al hablar. Ella se queda un rato en silencio.

—Usted sabía que es amigo mío —dice al fin—. De mi familia.

—Y él sabía que soy capitán de un barco suyo. Vaya una cosa por la otra.

—Lo de Gibraltar...

—Al diablo con Gibraltar. Usted no sabe nada de aquello. No tiene derecho...

Una brevísima pausa. Después ella habla con apenas un murmullo, en voz muy baja.

—Tiene razón. Por Dios que la tiene.

El comentario sorprende a Pepe Lobo. La mujer está inmóvil, el perfil obstinado vuelto hacia el mar y la noche. El centinela, que sin duda los ve desde su garita, rompe a cantar una copla. Lo hace en tono bajo, sin alegría ni pena. Un quejido oscuro, gutural, que parece venir de muy lejos a través del tiempo. Lobo apenas entiende lo que dice.

—Creo que deberíamos irnos —sugiere el corsario.

Ella niega con la cabeza. Casi dulce, otra vez.

—Sólo es Carnaval una vez al año, capitán Lobo.

De pronto parece joven y frágil, de no ser por su mirada, que en ningún momento titubea ni se desvía de los ojos del marino cuando éste se inclina sobre ella y la besa en la boca, muy despacio y sin violencia, como si le diese oportunidad de retirar el rostro. Pero ella no lo retira, y Pepe Lobo siente la suavidad deliciosa de sus labios entreabiertos, y el temblor súbito del cuerpo de la mujer, desvalido y firme a la vez, cuando lo rodea y estrecha entre los brazos. Permanecen así los dos unos instantes, cobijada ella en el dominó, del que ha caído la capucha sobre su espalda, envuelta en el abrazo del hombre, callada y muy quieta, sin cerrar los ojos ni dejar de mirarlo. Después se aparta y le pone una mano en la cara, con suavidad, ni para rechazarlo ni para atraerlo. La mantiene así, con la palma abierta y los dedos extendidos tocando el rostro y los ojos del hombre, igual que una ciega que quisiera retener sus rasgos en la mano tibia. Y cuando la retira al fin, lo hace lentamente. Como si le doliera cada pulgada de distancia interpuesta entre su mano y la piel del corsario.

—Es hora de regresar —dice, serena.

Simón Desfosseux está durmiendo mal. Pasó mucho tiempo en vela antes de acostarse, haciendo cálculos sobre el diseño de una nueva espoleta de combustión lenta en la que trabaja —sin mucho éxito— desde hace semanas, y también sobre el último mensaje recibido del otro lado de la bahía: una comunicación del comisario de policía español proponiendo un nuevo sector de la parte oriental de Cádiz donde dirigir algunos tiros en días y horas concretos. Ahora, con los ojos abiertos en la oscuridad de su barraca, el artillero tiene la sensación de que algo no marcha como es debido. Durante el inquieto sueño le pareció percibir sonidos extraños. De ahí su incertidumbre al despertar.

—¡Guerrilleros!... ¡Guerrilleros!

El grito próximo lo hace incorporarse en el catre, sobresaltado. Era eso, entonces, descubre con un ramalazo de angustia. Los ruidos que oyó mientras dormía corresponden a crepitar de disparos. Ahora distingue nítidamente los fusilazos, mientras busca a tientas los calzones y las botas, se remete la camisa de dormir lo mejor que puede, coge el sable y una pistola y sale afuera, tropezando con todo. Apenas asoma, resuena un estampido y lo ciega el fogonazo de una explosión, cuyo resplandor ilumina los cestones situados sobre las trincheras, los blocaos de madera y los barracones de la tropa: uno de ellos, allí donde surgió la llamarada, empieza a arder con violencia —seguramente han arrojado dentro un artificio de alquitrán y pólvora—, y el contraluz del incendio recorta las siluetas próximas de soldados a medio vestir que corren en todas direcciones.

—¡Están dentro! —grita alguien—. ¡Son guerrilleros y están dentro!

A Desfosseux, que ha creído reconocer la voz del sargento Labiche, se le eriza la piel. El recinto artillero es un pandemónium de carreras, gritos y fogonazos de tiros, de sombras, luces, reflejos y siluetas que se mueven, se agrupan o se enfrentan unas con otras. Resulta imposible distinguir quién es amigo y quién no lo es. Intentando mantener la cabeza fría, el capitán retrocede con la espalda pegada al cobertizo, se asegura de que no tiene enemigos cerca, y mira hacia la posición fortificada donde están Fanfán y sus hermanos: en la trinchera protegida por tablones y fajinas que lleva hasta allí, hay fogonazos de tiros y relucir de sables y bayonetas. Se lucha cuerpo a cuerpo. Entonces comprende al fin lo que ocurre. Nada de guerrilleros: es un golpe de mano desde la playa. Los españoles han desembarcado para destruir los obuses.

—¡Aquí! —aúlla—. ¡Venid conmigo!... ¡Hay que salvar los cañones!

Es por Soult, piensa de pronto. Naturalmente. El mariscal Soult, comandante en jefe del ejército francés de Andalucía, ha relevado personalmente a Víctor al mando del Primer Cuerpo, y se encuentra de inspección oficial en la comarca: Jerez, El Puerto de Santa María, Puerto Real y Chiclana. Hoy duerme a una milla de aquí, y mañana tiene previsto visitar el Trocadero. Así que el enemigo ha decidido madrugar, dándole la bienvenida con una función nocturna. Conociendo a los españoles —a estas alturas, Simón Desfosseux cree conocerlos bien—, es probable que se trate de eso. Lo mismo ocurrió el año pasado, cuando la visita del rey José. Así que maldita sea su estampa: la de ellos y la del mariscal. A juicio del capitán de artillería, nada de aquello debería ser asunto suyo, ni de su gente.

—¡A la batería!... ¡Socorred la batería!

Como respuesta al reclamo, una de las sombras que se mueven cerca descerraja un tiro que le falla por dos palmos y levanta astillas en el cobertizo, a su espalda. Desfosseux se retira de la luz, prudente. No se decide a acometer con sablazos, pues sabe que los españoles son temibles en el cuerpo a cuerpo. Está harto de ver navajas enormes, de esas que hacen clac-clac-clac al abrirse, en sus peores pesadillas. Y tampoco quiere descargar, con resultado incierto, su única pistola. La duda se la resuelven varios soldados que acuden corriendo y la emprenden a tiros y bayonetazos con los enemigos hasta despejar el camino. Buenos chicos, piensa el capitán uniéndose a ellos con alivio. Gruñones y poco de fiar en momentos de inactividad y tedio, pero siempre animosos a la hora de batirse.

—¡Venid! ¡Vamos a los cañones!

Simón Desfosseux es el extremo opuesto de un héroe del Imperio. Su idea de la gloria bélica de Francia es relativa, y ni siquiera se considera un soldado; pero cada cosa tiene su lugar y su momento. La cercanía del combate a sus preciados obuses Villantroys-Ruty, entre los que desde hace algunos días se cuentan otras piezas fundidas en Sevilla sobre las que el artillero alberga sólidas esperanzas —Lulú y Henriette, las ha bautizado la tropa—, lo pone fuera de sí, sólo con imaginar que Manolo ponga las manos en sus bronces inmaculados. De modo que, a la cabeza de media docena de hombres, con el sable por delante en previsión de algún mal encuentro, el capitán corre a la posición atacada, que es un caos de fogonazos, gritos y golpes. Allí se combate cuerpo a cuerpo en una confusión enorme. Al resplandor de otra gran llamarada que se levanta sobre los cobertizos, Desfosseux reconoce al teniente Bertoldi, en camisa, que pelea a culatazos con una carabina cogida por el cañón.

Suenan cerca —demasiado cerca, para espanto del artillero— gritos en español. *Vámonos*, parece que dicen. *Vámonos*. Un pequeño grupo de sombras, agazapadas hasta ese momento en la penumbra, se destaca de pronto y corre al encuentro de Simón Desfosseux. Éste no tiene ocasión de establecer si se trata de enemigos que atacan o se retiran; lo cierto es que vienen justo en su dirección, y cuando están a cuatro o cinco pasos brillan breves fogonazos y algunas balas pasan zurreando junto al capitán. También reluce acercándose desnudo, rojizo por el incendio distante, metal de bayonetas o navajas. Con una aguda sensación de pánico al ver que le viene todo eso encima, Desfosseux levanta la pistola —una pesada año IX de culata gruesa—, dispara un tiro a bulto, sin apuntar, y se pone a dar sablazos a voleo, con objeto de mantener alejados a los atacantes. La hoja del sable está a punto de alcanzar a uno de ellos, que pasa muy cerca del capitán, agachada la cabeza, tira un rápido navajazo que sólo roza la camisa de dormir de Desfosseux, y se aleja corriendo en la oscuridad.

No es fácil huir casi a ciegas, con la faca abierta en una mano y el fusil descargado en la otra. El largo Charleville francés estorba mucho a Felipe Mojarra mientras corre alejándose de la batería; pero su pundonor salinero le impide dejarlo atrás. Un hombre que se vista por los pies no regresa sin su arma, y él nunca abandonó la suya, por mal que anduvieran las cosas. En este tiempo, los fusiles no sobran. Por lo demás, el ataque a la Cabezuela ha sido un desastre. Algunos de los compañeros que corren cerca, en la oscuridad, intentando ganar la playa y los botes que deben estar allí, esperando —ojalá no se hayan ido, piensa con angustia el salinero—, gritan ¡traición!, como de costumbre cuando las cosas vienen mal dadas, y la incompetencia de los jefes, la falta de organización y la poca vergüenza ponen a la gente a los pies de los caballos. Todo fue torcido desde el principio. El ataque, previsto a las cuatro de la madrugada, tenían que llevarlo a cabo catorce zapadores ingleses, mandados por un teniente, con una partida de veinticinco escopeteros de la Isla, apoyados por cuatro lanchas cañoneras del apostadero de punta Cantera y media compañía de cazadores del regimiento de Guardias Españolas, que se encargarían de proteger en la playa el ataque y el reembarque de la fuerza. Sin embargo, a la hora señalada los cazadores no se habían presentado, y los botes que aguardaban en la oscuridad de la bahía, frente a la Cabezuela, con los remos envueltos en trapos para atenuar el chapoteo, corrían peligro de ser descubiertos. Entre seguir adelante o retirarse, el teniente de los salmonetes decidió no esperar más. *Gou ajead*, le oyó decir Mojarra. O algo así. Quería, murmuró alguien, su chorrito de gloria. El desembarco empezó bien en la oscuridad, sin luna, con los escopeteros desparramándose en silencio por la playa y los primeros centinelas franceses degollados en sus puestos antes de que dijeran esta boca es mía; pero luego se complicaron las cosas sin saber cómo —un disparo aislado, después otro, y al final, alarma general, incendio, tiroteo y bayonetazos a mansalva—, de manera que al poco rato ingleses y españoles luchaban, ya no por destruir la batería enemiga, sino por salvarse ellos mismos. Es lo que hace en este momento Felipe Mojarra: correr como un gamo hacia la playa, por su vida, a riesgo de tropezar en lo oscuro y romperse la cabeza. Con la navaja empalmada en una mano y la otra sin soltar el fusil. Mientras piensa, resignado por su carácter y por su raza, que algunas veces se gana y con frecuencia se pierde. Aunque esta noche no quisiera perder. Del todo, al menos. El salinero es consciente de que, si resulta capturado, su vida no valdrá una moneda de cobre. Las ropas civiles, para todo español que cae armado en manos gabachas, suponen sentencia automática de muerte. Los mosiús se ensañan especialmente con los prisioneros sin uniforme, a los que tratan de guerrilleros aunque hayan combatido como soldados regulares y lleven la escarapela roja cosida en el gorro o en la ropa junto a las estampas de santos, medallas y escapularios. Fue así como Felipe Mojarra perdió a dos primos suyos hace tres años, después de la batalla de Medellín, cuando el mariscal Víctor —el mismo que hasta hace poco estuvo al mando del asedio de Cádiz— hizo fusilar a cuatrocientos soldados españoles, casi todos heridos, que no vestían otra cosa que sus pobres ropas de campesinos.

Siente el salinero arena bajo los pies, esta vez calzados con alpargatas —de noche nunca se sabe dónde pisas ni qué te clavas—. Suelo blando y claro. La playa está ahí mismo, y la orilla, con la marea alta, a sólo cincuenta pasos. Algo más adentro en la bahía, entre fogonazos que se reflejan en el agua, las cañoneras españolas tiran a intervalos

contra Fuerte Luis y la parte oriental de la playa, protegiendo ese flanco a los que se retiran. Mojarra, que conoce
los riesgos de mantenerse mucho tiempo al descubierto,
lo que siempre expone a recibir un balazo de amigos o de
enemigos, corre desviándose un poco a la izquierda, en
busca de la protección de los muros desmantelados del
fuerte de Matagorda. Los tímpanos le baten por el esfuerzo y empieza a faltarle el resuello. Por la playa, a su alrededor, ve pasar otras sombras veloces: ingleses y españoles
mezclados, que también intentan ganar la orilla. Más allá
del fuerte relucen, como sartas de triquitraques, fogonazos
de fusilería francesa. Algunas balas perdidas pasan zum-
bando cerca, y uno de los tiros de las cañoneras, que queda corto y pega con mucho estruendo en el caño chico de
la playa, levanta un resplandor que recorta en la noche los
muros negros y desmochados. Corriendo a su amparo, el
salinero da alcance a alguien que avanza delante; pero,
antes de llegar a su altura, zurrea otra descarga enemiga
y la silueta se desploma. Mojarra pasa velozmente a su
lado, sin detenerse ni poner más atención que la de no tropezar con el bulto caído, alcanza el resguardo del muro de
Matagorda, recobra el aliento y dirige una ojeada ansio-
sa a la playa mientras cierra la cachicuerna y se la mete en
la faja. Hay una lancha no demasiado lejos: su forma alargada es visible justo en la orilla. A los pocos instantes, un
fogonazo de las cañoneras la recorta claramente en el agua
negra, con remos en alto, hombres a bordo o chapoteando
para encaramarse a ella. Sin pensarlo, Mojarra se cuelga el
fusil a la espalda y sale disparado hacia allí. La arena blanda no facilita las cosas, pero logra correr lo bastante rápido
para meterse en el agua hasta la cintura, agarrarse a la

regala de la lancha e izarse a bordo, ayudado por unas manos que lo cogen por la camisa y los brazos, y tiran de él.

—¡Traición! —siguen gritando algunos.

Llegan más fugitivos que suben como pueden, amontonándose en la embarcación silueteados por el fondo lejano del incendio. Al dejarse caer entre los bancos, Mojarra pisa a un hombre, que emite un alarido de dolor y palabras incomprensibles en inglés. Intentando apartarse de él, mientras se incorpora, el salinero le apoya, sin querer, una mano en el torso, que nota desnudo. Eso arranca al inglés un nuevo grito, más fuerte que el anterior. Al retirar la mano, Mojarra advierte que en la palma se le ha adherido, desprendiéndose del cuerpo del otro, un enorme trozo de piel quemada.

Llueve como si las nubes oscuras y bajas tuvieran espitas abiertas, y por ellas se derramaran torrentes. El violento temporal de agua y viento que azotó Cádiz por la mañana ha dado paso a un aguacero intenso, continuo, que lo empapa todo repiqueteando en los toldos, las fachadas de las casas y los extensos charcos, formando regueros en la arena echada sobre el pavimento para que no resbalen los cascos de los caballos. De los balcones cuelgan banderas mojadas y guirnaldas de flores deshechas por la lluvia. Al resguardo del portal de la iglesia de San Antonio, entre la gente que se protege con hules y paraguas o se agrupa por centenares bajo los toldos y en los balcones, Rogelio Tizón observa la ceremonia que, pese a la lluvia, se desarrolla en el dosel levantado en el centro de la plaza. España, o lo que de ella simboliza Cádiz, ya tiene Constitución. Se presentó de modo solemne esta mañana, sin que el mal tiempo desluciera el festejo. El peligro de las bombas francesas, que desde hace semanas caen con más precisión y frecuencia, desaconsejaba celebrar la procesión de diputados y autoridades, y el tedeum previsto en la catedral. Se temía, con razón, que los enemigos pusieran de su parte para señalar la fecha. De modo que se trasladó el acontecimiento a la iglesia del Carmen, frente a la Alameda, fuera del alcance artillero enemigo, donde el gentío entusiasmado —la ciudad en pleno está en la calle, sin distinción de oficios ni condición— aguantó a pie firme las turbonadas de viento, el agua inclemente y hasta el desgarro repentino de un árbol robusto, que cayó sin causar daños; no haciendo el suceso sino aumentar el alborozo popular, mientras sonaban las campanas de todas las iglesias, atronaba la artillería de la plaza y los navíos fondeados, y la extensa línea de baterías francesas respondía desde el otro lado. Celebrando allí, a su manera, que hoy, 19 de marzo de 1812, es día del santo de José I Bonaparte.

Ahora, entrada la tarde, continúa el protocolo previsto, y Rogelio Tizón está sorprendido del aguante de la gente. Después de pasar la mañana azotados por el temporal, los gaditanos acompañan bajo el aguacero, entusiasmados, la lectura solemne del texto constitucional, que ya se ha hecho dos veces: frente al edificio de la Aduana, donde la Regencia dispuso un retrato de Fernando VII, y en la plaza del Mentidero. Cuando la tercera ceremonia acabe frente a San Antonio, la comitiva oficial, seguida por el público y recorriendo las calles orilladas de gente, se trasladará al último lugar previsto: la puerta de San Felipe Neri, donde aguardan los diputados que esta mañana hicieron entrega a los regentes de un ejemplar de la Constitución recién impreso —*La Pepa*, como ya la bautizan en honor a la fecha—. Y es curioso, observa Tizón mirando en torno, de qué manera el acontecimiento suscita, al menos por unas horas, unanimidad general y común entusiasmo. Como si hasta los más críticos con la aventura constitucional cedieran al impulso colectivo de alegría y esperanza, todos aceptan con gusto los fastos del día. O parecen hacerlo. Con sorpresa, el policía ha visto hoy a algunos de los monárquicos más reaccionarios, contrarios a cuanto huela a soberanía nacional, participar en la solemnidad, aplaudir con todos, o al menos tener buen semblante y la boca cerrada. Incluso dos diputados rebeldes, un tal Llamas y el representante de Vizcaya, Eguía, que se negaban a acatar el texto aprobado por las Cortes —el primero por declararse contrario a la soberanía de la nación, y escudándose el otro en los fueros de su provincia—, firmaron y juraron esta mañana, como los demás, cuando se les puso en la coyuntura de hacerlo o verse desposeídos del título de españoles y desterrados en el plazo fulminante de veinticuatro horas. Después de todo, concluye con sorna el comisario, también la prudencia y el miedo, y no sólo el contagio del entusiasmo patrio, hacen milagros constitucionales.

Ha acabado la lectura, y la solemne comitiva se pone de nuevo en marcha. Con las tropas formadas a lo largo de la carrera y presentando armas mientras la lluvia arruina los uniformes de los soldados, la comitiva desfila hacia la calle de la Torre, escoltada por un piquete de caballería y a los compases de una banda de música que el agua torrencial desluce y acalla, pero que la gente agolpada a lo largo del recorrido saluda con alegría. Cuando el cortejo pasa cerca de la iglesia, Rogelio Tizón observa al nuevo gobernador de la plaza y jefe de la escuadra del Océano, don Cayetano Valdés: serio, flaco, erguido, con patillas que le llegan al cuello de la casaca, el hombre que mandó el *Pelayo* en San Vicente y el *Neptuno* en Trafalgar viste uniforme de teniente general y camina impasible bajo el aguacero, llevando en las manos un ejemplar de la Constitución encuadernado en tafilete rojo, que protege lo mejor que puede. Desde que Villavicencio pasó a la Regencia y Valdés ocupó su despacho de gobernador militar y político de la ciudad, Tizón sólo se ha entrevistado con éste una vez, en compañía del intendente García Pico y con resultados desagradables. A diferencia de su antecesor, Valdés tiene ideas liberales. También resulta individuo de trato directo y seco, impolítico, con las maneras bruscas del marino que durante toda su vida estuvo sobre las armas. Con él no valen tretas ni sobreentendidos. Desde el primer momento, al plantearse el asunto de las muchachas muertas, el nuevo gobernador puso las cosas claras a intendente y comisario: si no hay resultados, exigirá responsabilidades. En cuanto al modo de llevar las investigaciones sobre ése o cualquier otro asunto, también aseguró a Tizón —de cuyo historial parece bien informado— que no tolerará la tortura de presos, ni detenciones arbitrarias, ni abusos que vulneren las nuevas libertades establecidas por las Cortes. España ha cambiado, dijo antes de despedirlos de su despacho. No hay vuelta atrás ni para ustedes ni para mí. Así que más vale que nos vayamos enterando todos.

Observando con ojo crítico la comitiva, el comisario recuerda las palabras del hombre que camina erguido bajo la lluvia y se pregunta, con malsana curiosidad, qué ocurrirá si vuelve el rey prisionero en Francia. Cuando el joven Fernando, tan amado por el pueblo como desconocido en su carácter e intenciones —los informes particulares de que dispone Tizón sobre su conducta en la conjura de El Escorial, el motín de Aranjuez y el cautiverio en Bayona no lo favorecen mucho—, regrese y se encuentre con que, durante su ausencia y en su nombre, un grupo de visionarios influidos por las ideas de la Revolución francesa ha puesto patas arriba el orden tradicional, con el pretexto de que, privado de sus monarcas —o abandonado por ellos— y entregado al enemigo, el pueblo español pelea por sí mismo y dicta sus propias leyes. Por eso, viendo proclamar la Constitución entre el fervor popular, Rogelio Tizón, a quien la política tiene sin cuidado, pero que posee larga experiencia en hurgar dentro del corazón humano, se pregunta si toda esa gente a la que ve aplaudir y dar vivas bajo la lluvia —el mismo pueblo analfabeto y violento que arrastró por las calles al general Solano y haría lo mismo con el general Valdés, llegado el caso—, no aplaudiría con idéntico entusiasmo la moda opuesta. También se pregunta si, cuando vuelva Fernando VII, aceptará éste con resignación el nuevo estado de cosas, o coincidirá con quienes afirman que el pueblo no pelea por una quimérica soberanía nacional, sino por su religión y por su rey, para devolver España a su estado anterior; y que atribuirse y atribuirle tal autoridad no es sino usurpación y atrevimiento. Un disparate que el tiempo acabará poniendo en su sitio.

En la plaza de San Antonio sigue lloviendo a mares. Entre ruido de cascos de caballos y música festiva, el cortejo se aleja despacio bajo las banderas y colgaduras que chorrean agua en los balcones. Recostándose bajo el pórtico de la iglesia, el comisario saca la petaca y enciende un cigarro. Luego mira con mucha tranquilidad el gentío alborozado que lo rodea, las personas de toda condición que aplauden entusiasmadas. Lo hace tomándole medida a cada rostro, como para fijárselos en la memoria. Se trata de un reflejo profesional: simple previsión técnica. A fin de cuentas, liberales o realistas, lo que se debate en Cádiz no es sino un estilo nuevo, diferente, de la eterna lucha por el poder. Rogelio Tizón no ha olvidado que hasta hace poco, siguiendo órdenes superiores y en nombre del viejo Carlos IV, metía en la cárcel a quienes introducían folletos y libros con ideas idénticas a las que hoy pasea el gobernador encuadernadas en tafilete. Y sabe que con franceses o sin ellos, con reyes absolutos, con soberanía nacional o con Pepa la cantaora sentada en San Felipe Neri, cualquiera que mande en España, como en todas partes, seguirá necesitando cárceles y policías.

Al anochecer se intensifica el bombardeo francés. Sentada ante la mesa del gabinete botánico, caldeado por un brasero, Lolita Palma escucha el retumbar cercano entre el temporal de agua y viento. La lluvia sigue cayendo con fuerza, reavivándose en rachas que aúllan arañando la muralla y las fachadas de las casas e intentan abrirse camino por el trazado perpendicular de las calles próximas a San

Francisco. Parece que la ciudad entera se balancee al extremo del arrecife que la mantiene anclada a la tierra firme, a punto de ser desarbolada de sus torres por el viento, anegada por la cortina de agua que se funde, en la oscuridad, con las olas que el Atlántico empuja contra la bahía.

Asplenium scolopendrium. La hoja de helecho tiene casi un pie de largo y dos pulgadas de ancho. A la luz de un quinqué, Lolita Palma la estudia con una lupa de mango de marfil y gran aumento, observando las fructificaciones que forman líneas paralelas, oblicuas al nervio principal. Se trata de una planta común y muy hermosa, descrita ya por Linneo y frecuente en los bosques españoles. En la casa de la calle del Baluarte hay dos soberbios ejemplares de esa variedad, puestos en macetas en el mirador acristalado interior que Lolita utiliza como invernadero.

Otra explosión. Retumba todavía más próxima, casi al extremo de la calle de los Doblones, amortiguada por los edificios interpuestos y el ruido de la lluvia y el viento —esta noche son tan intensos el temporal de agua y el bombardeo francés, que la campana de San Francisco que avisa de los fogonazos en la Cabezuela permanece en silencio—. Indiferente, Lolita Palma coloca la muestra de helecho en un herbario de cartón, protegida entre dos grandes hojas de papel fino, deja la lupa y se frota los ojos fatigados —pronto necesitará lentes, sospecha—. Después se pone en pie, pasa junto al armario acristalado donde guarda la colección de hojas secas y toca la campanilla de plata que hay sobre una mesita, junto a la librería. Mari Paz, la doncella, aparece al momento.

—Me voy a acostar.

—Sí, señorita. Ahora mismo lo preparo todo.

Otro estampido lejano, esta vez ciudad adentro. La doncella murmura «Jesús» mientras se santigua saliendo del gabinete —luego irá a dormir a la planta baja, donde la servidumbre se refugia en las noches de bombardeo—, y Lolita se queda inmóvil, absorta en el rumor del viento y la lluvia. Habrá esta noche, piensa, muchas velas y lamparillas encendidas ante las imágenes religiosas, en las casas de los marinos.

A través de la puerta, desde el pasillo, un espejo le devuelve su imagen: cabello recogido en una trenza, vestido sencillo de estar en casa, gris y con el único adorno de un encaje en el cuello redondo y las mangas. Entre la penumbra del pasillo y la luz del quinqué a su espalda, la apariencia de la mujer que se mira en el espejo parece la de un viejo cuadro. Con un impulso que al principio es de vaga coquetería y luego se torna lento y reflexivo hasta congelarse en sí mismo, levanta las manos hasta la nuca y permanece en esa postura, inmóvil, contemplándose mientras considera que podría tratarse de los retratos que el tiempo oscurece en las paredes de la casa, en el claroscuro de muebles, objetos y recuerdos familiares. El rostro de un tiempo pasado, irrecuperable, que se diluyera como un fantasma entre las sombras de la casa dormida.

Bruscamente, Lolita Palma baja las manos y aparta los ojos del espejo. Después, con urgencia súbita, se acerca a la ventana que da a la calle y la abre con violencia, de par en par, dejando que el temporal empape su vestido, mojándole a ráfagas el rostro.

Los relámpagos iluminan la ciudad. Sus latigazos de luz rasgan el cielo negro mientras los truenos se confunden con el tronar de la artillería francesa y la respuesta sistemática, cañonazo a cañonazo, que devuelve imperturbable el fuerte de Puntales. Con carrick encerado y sombrero de hule, Rogelio Tizón recorre las calles de la zona vieja, esquivando los regueros que caen de las azoteas. La fiesta prosigue en las tabernas y colmados de la ciudad, donde la gente que aún no se ha retirado a sus casas celebra la jornada. A su paso, tras portones y ventanas, el comisario oye entrechocar de vasos, cantos, música y vivas a la Constitución.

Un estampido resuena muy cerca, en la plaza de San Juan de Dios. Esta vez la bomba ha estallado al caer, y su onda expansiva estremece el aire húmedo y hace vibrar los vidrios en las ventanas. Tizón imagina al capitán de artillería cuyo rostro ahora conoce, orientando sus cañones hacia la ciudad en vano intento de estropear la alegría gaditana. Curioso individuo, ese francés. Por lo demás, Tizón ha cumplido su parte del extraño trato. Hace tres semanas, después de mover hilos difíciles y convencer con el dinero oportuno a la gente adecuada, el comisario consiguió que el taxidermista Fumagal fuese devuelto al otro lado de la bahía, camuflado en un canje de prisioneros. O, para ser exactos, devuelto lo que queda de él —un fantasma demacrado y tambaleante— tras una larga estancia en el sótano sin ventanas de la calle del Mirador. También el francés ha cumplido, y sigue haciéndolo. Como un caballero. Por tres ocasiones, en días y horas convenidos, algunos disparos de sus obuses cayeron más o menos donde Tizón esperaba que cayeran; sin resultado hasta ahora, excepto demoler dos casas, herir a cuatro personas y matar a una. Y cada vez, en las proximidades, rondaba el policía con cebos renovados —merced a la guerra y la necesidad, muchachas jóvenes no faltan en Cádiz—, aunque en ninguna ocasión apareció alguien a quien pudiera tomarse por el asesino. En cualquier caso, las condiciones atmosféricas de los últimos días, con lluvia y vientos que no son de levante, favorecen poco el asunto. Tizón, a quien sus obsesiones no impiden advertir lo cogido con alfileres que tiene todo aquello, no se ilusiona demasiado; pero tampoco abandona la partida. Siempre hay, piensa, más posibilidades de atrapar una presa con la red tendida, aunque la malla sea poco segura, que no usar red ninguna. Por otra parte, a fuerza de patear la ciudad atento a los indicios, comparando las circunstancias conocidas con otras de características semejantes, el policía —o más bien la extraña certeza que guía sus actos en los últimos tiempos— ha ido estableciendo una relación de lugares que supone favorables a lo que espera. Y desea. El método es complejo, casi irracional a veces; y ni el propio Tizón está seguro de su eficacia. En ello se mezclan experiencias anteriores con íntimas sensaciones: lugares con casas, patios o almacenes abandonados, solares protegidos de miradas indiscretas, calles que permiten resguardarse y desaparecer con facilidad, ángulos callejeros donde el viento se comporta de la misma forma en determinadas condiciones, y donde Tizón ha llegado a advertir el desasosiego —físicamente real o imaginario, en eso sigue sin ponerse de acuerdo con Hipólito Barrull ni consigo mismo— de la repentina ausencia de aire, sonido y olor, semejante a penetrar por un instante en una estrecha campana de vacío.

Los endiablados vórtices, o como de veras se llamen, o lo que sean: remolinos de horror ajeno y propio. Es cierto que, con los medios de que dispone, al comisario le es imposible cubrir todos esos lugares al mismo tiempo. Ni siquiera está convencido de que muchos otros, semejantes, no escapen a su cálculo. Pero sí puede, y lo hace, establecer un sistema de controles aleatorios. Algo parecido, por volver al símil del pescador, a calar la red en lugares donde no es seguro que haya pesca, pero donde sabe, o cree saber, que acuden los peces. Y cada día, con cebo o sin él, Tizón visita esos sitios, los estudia en el plano de la ciudad hasta aprenderse cada rincón de memoria, organiza discretas rondas de agentes y recurre a los ojos y oídos de una trama de confidentes que, si antes tuvo siempre a punto, ahora mantiene alerta con experta, y eficaz, combinación de propinas y amenazas.

El arco del Pópulo es uno de esos puntos inquietantes. Pensativo, el policía contempla la bóveda del pasadizo. El lugar, situado a espaldas del Ayuntamiento, es céntrico, transitado y con casas de vecinos y comercios abiertos en las proximidades; aunque esta noche la tormenta no deje ver más que postigos cerrados en la oscuridad y chorros de agua que caen por todas partes. Sin embargo, Rogelio Tizón *sabe* que ésta es una de esas marcas en el mapa-tablero de ajedrez que le quitan el sueño por las noches y el sosiego durante el día: siete piezas comidas por el adversario y sólo un amago de su parte. Durante dos noches mantuvo aquí la vigilancia con su cebo correspondiente —una joven reclutada en la calle de Hércules—, sin resultado. Y aunque el asesino no acudió a la cita, la bomba sí lo hizo al fin, cayendo la pasada madrugada a pocos pasos, en la plazuela de la calle de la Virreina. Por eso, pese a la lluvia y el cansancio de la jornada, el policía ronda sin decidirse a volver a casa. Aunque las condiciones no son adecuadas, con el aguacero, el viento y los relámpagos, él sigue dando vueltas bajo la lluvia, escudriñando cada rincón y cada sombra, en el permanente esfuerzo por comprender. Por ver el mundo con una mirada idéntica a la del hombre al que busca.

Por un momento, a la parva luz de la lamparilla encendida bajo la imagen sagrada que hay en una de las paredes del pasadizo, bajo las tinieblas del arco, el policía ve una sombra. Hay allí un bulto oscuro que antes no estaba, y eso dispara su instinto y sus sentidos, alertándolo como un perro que presintiera la caza. Con mucho sigilo, procurando no recortarse en la penumbra de la calle, Tizón se acerca a la pared más próxima para disimularse en ella, confiando en el ruido de la lluvia para acallar el sonido de sus botas en los charcos. Permanece así inmóvil, empuñando firme el bastón con pomo de bronce, mientras siente el agua chorrear por su sombrero y su capote impermeable. Pero el bulto —escorzo de silueta masculina cerca de la lamparilla— sigue quieto. Al fin, el policía decide acercarse con cautela, listo el bastón. Está a mitad del pasadizo cuando no puede evitar que sus pasos resuenen en la bóveda. Entonces el bulto se mueve un poco.

—Maldito vino —dice una voz—. No acaba uno de orinarlo nunca.

El timbre es joven y el tono displicente. Tizón se detiene junto a la silueta, que ahora se destaca con más nitidez en la oscuridad: esbelta y negra. De pronto no sabe qué decir. Busca un pretexto para demorarse un poco, en vez de seguir camino.

—No es sitio para hacer necesidades —dice con sequedad.

El otro parece calcular, en silencio, lo pertinente del comentario.

—No me fastidie —concluye.

Acaba en un golpe de tos. Tizón intenta verle la cara, pero la lamparilla del muro sólo alumbra su contorno. Al cabo escucha rumor de paño —el otro se está abrochando la portañuela, supone— y la luz menuda ilumina el rostro flaco, de ojos oscuros y profundos; un hombre de poco más de veinte años, bien parecido, que observa a Tizón con desdén.

—Métase en sus asuntos —dice.

—Soy comisario de policía.

—Me importa un carajo lo que sea.

Está cerca y huele a vino. A Tizón no le gusta su insolencia, y mucho menos el tono despectivo en que se manifiesta. Por un momento, llevado por los impulsos automáticos del oficio y la costumbre, se plantea poner en danza el pomo del bastón y pasar a mayores. Estúpido lechuguino. En ese momento cae en la cuenta de que le resulta conocido. Barcos, tal vez. De pronto cree recordar a un marino. Oficial, seguramente. De ahí el vino y la chulería. Distinta, en todo caso, del desgarro de marineros, jaques, majos y demás guapeza gaditana. Éste huele más a descaro fino, hastiado. De buena familia.

—¿Algún problema?

La nueva voz ha sonado a su espalda y casi sobresalta al comisario. Un segundo hombre se ha acercado. Al volverse, Tizón ve a su lado a un sujeto moreno, de patillas anchas, que viste casaca de botones dorados. La lamparilla ilumina unos ojos tranquilos, de tonos claros.

—¿Están juntos? —pregunta Tizón.

El silencio del recién llegado supone una respuesta afirmativa. Tizón balancea el bastón en su mano derecha. No hay otro problema, comenta, que los que pueda causar su amigo. El otro sigue mirándolo, inquisitivo. Va sin sombrero, con el pelo mojado de lluvia. La lamparilla hace relucir gotas gruesas y recientes en sus hombros. También huele a taberna.

—Policía, le he oído decir —comenta al fin.

—Soy comisario.

—Y su trabajo es vigilar que nadie eche una meada en la calle, en noches como ésta... Lloviendo a cántaros.

Lo ha dicho con sangre fría y mucha sorna. Mal comienzo. Por su parte, Rogelio Tizón acaba de reconocerlos: son los dos corsarios, capitán y teniente, con los que el verano pasado tuvo conversación nocturna en la Caleta. Una charla tan poco agradable como ésta, aunque menos húmeda. Ocurrió cuando investigaba aquella historia de contrabando y viajes por la bahía que acabó llevándolo hasta el Mulato.

—Mi trabajo, camarada, es el que me parece oportuno.

—No somos sus camaradas —replica el más joven.

Reflexiona brevemente Tizón. Con gusto le abriría la cabeza de un bastonazo al petimetre —ahora recuerda que el encuentro anterior le dejó esas mismas ganas—, pero se trata de gente cruda, y el negocio no iba a resolverse con facilidad. De estos casos sale uno, si nada lo remedia, con los pies fríos y la cabeza caliente. Y más allá, solo en el pasadizo, frente a dos hombres cargados de vino pero no lo bastante, todavía en la fase de firmeza agresiva, peligrosa. Y Tizón, sin un rondín cerca. Con la lluvia, se dice con amargura, estarán todos al resguardo de cualquier taberna. Hijos de la grandísima. De manera que, al hablar de nuevo, procura dar a sus palabras el tono adecuado. Más diplomático.

—Voy detrás de alguien —admite con deliberada simpleza— y me confundí en la oscuridad.

Un relámpago exterior ilumina el túnel como un brusco cañonazo a contraluz, recortando las siluetas de los tres hombres. El de las patillas —capitán Lobo, de la *Culebra*, cae de golpe Tizón— mira al comisario sin decir nada, cual si considerase a fondo lo que acaba de escuchar. Luego hace un breve movimiento afirmativo.

—Ya nos conocemos —dice.

—Tuvimos una conversación —confirma Tizón—. Hace tiempo.

Otro corto silencio. Éste no es de los que amenazan ni parlotean, se dice. Y tampoco el compañero. A poco ve asentir al corsario.

—Estamos en una taberna, ahí mismo, con alguna gente alegre... Mi amigo vino a tomar el aire y aliviarse un poco. Mañana salimos a la mar.

Ahora es Tizón el que asiente.

—Lo tomé por quien no era —admite.

—Todo arreglado, entonces... ¿No?

—Eso parece.

—Entonces, le deseo suerte en su ronda.

—Y yo le deseo suerte en su taberna.

Desde el pasadizo, Tizón ve a los dos marinos, convertidos otra vez en bultos oscuros, salir bajo el aguacero y hundirse en la oscuridad iluminados a trechos por los relámpagos que crujen como disparos y aplastan sus sombras contra el suelo, una junto a otra, bajo la espesa cortina de agua. Entonces el policía acaba de recordar del todo: ese mismo capitán Lobo fue quien hace un par de meses, según cuentan —nadie ha podido probarlo, y los testigos no despegaron los labios—, le pegó un tiro en un duelo a un capitán de ingenieros, en el arrecife de Santa Catalina. El muy correoso cabrón.

16

Claridad de agua y sal. Casas altas y blanquísimas asomadas a los árboles de la Alameda, con macetas llenas de flores entre hierros de balcones y miradores pintados de verde, rojo y azul. Una Cádiz como la de las estampas, comprueba Lolita Palma cuando sale de la iglesia, se acomoda la mantilla blonda que lleva prendida con horquillas en la peineta, y se une a los otros invitados bajo las torres casi mejicanas del Carmen, cubriéndose los ojos con el abanico desplegado y en alto para resguardarlos de la luz. Es un día espléndido, muy apropiado para bautizar al hijo de Miguel Sánchez Guinea. Concluido el ritual, el neonato duerme en brazos de sus padrinos entre rebujo de lienzos y puntillas, rodeado de caricias, parabienes y deseos de una larga y próspera vida que sea tan provechosa para los suyos como para su ciudad. Me lo diste moro y te lo devuelvo cristiano, le está diciendo la madrina al padre de la criatura, como es costumbre. Hasta los cañones franceses parecen celebrar con salvas el acontecimiento, pues empezaron a tirar desde el Trocadero en el momento mismo de acabar la ceremonia. Aunque ahora disparan a diario, el lugar queda fuera del alcance de las bombas;

así que apenas se atiende a ese tronar lejano, monótono, al que la ciudad asediada se acostumbró hace tiempo.

—Que no falte la música —comenta el primo Toño, cortando la punta de un habano.

Lolita Palma mira alrededor. Los invitados, que son numerosos —sombreros ligeros de copa ancha y colores claros, peinetas con mantillas de encaje blancas, doradas y negras según edad y estado civil—, se congregan charlando tranquilamente entre la puerta de la iglesia y el baluarte de la Candelaria; y poco a poco, sin recurrir a los coches y calesas que aguardan en la explanada, caminan por la Alameda hacia el lugar del convite. Las señoras van del brazo de maridos o familiares, los niños corretean sobre la tierra de albero, y disfrutan todos, como si fueran suyos —y en cierto modo lo son—, del paseo y la vista espléndida del mar y el cielo luminosos, impecables, que se extienden más allá de la muralla, hacia Rota y El Puerto de Santa María.

—Cuéntanos lo de anoche, Lolita —pide Miguel Sánchez Guinea—. Dicen que fue un exitazo.

—Sí... Un exitazo y un susto de muerte.

Las conversaciones —de los hombres, en su mayor parte— giran en torno a asuntos de negocios y a los últimos sucesos militares, tan desafortunados para las armas españolas como de costumbre: la caída de Alicante en manos francesas y el desastre sufrido por el general Ballesteros en Bornos. También se comenta el rumor de un próximo ataque enemigo contra la Carraca, que dislocaría el sistema defensivo de la isla de León, amenazando la ciudad; pero a esto último nadie da crédito. Cádiz se siente invulnerable tras sus murallas. Más interés suscita entre ambos

692

sexos el verdadero asunto del día: la obra de teatro que algunos de los presentes vieron ayer en el coliseo de la calle de la Novena. Se estrenaba *Lo que puede un empleo*: juguete cómico de poca importancia pero de cierto ingenio, recién salido de la pluma de Paco Martínez de la Rosa, y muy esperado por estar lleno de alusiones a los serviles antiliberales que, a cambio de prebendas y puestos lucrativos, abrazan ahora con sospechoso entusiasmo las ideas constitucionales. Asistió Lolita desde el palco que tiene abonado, en compañía de Curra Vilches, su marido, el primo Toño y Jorge Fernández Cuchillero. No hubo lleno absoluto, pero hervía la luneta de amigos comunes y correligionarios del autor: Argüelles, Pepín Queipo de Llano, Quintana, Mexía Lequerica, Toñete Alcalá Galiano y los otros. No faltaban señoras. Se aplaudieron muchas situaciones graciosas de la obra; pero el momento culminante fue cuando, a media representación, una bomba francesa pasó rozando el techo del teatro para caer en las cercanías. Alborotose todo y huyeron algunos espectadores, despavoridos; pero otros, puestos en pie, exigieron continuar la representación; que siguió adelante con mucha sangre fría de los actores, entre largos aplausos. Lolita Palma fue de quienes se quedaron hasta el final.

—¿Y no tuviste miedo? —se interesa Miguel Sánchez Guinea—. Curra confiesa que se fue corriendo con su marido.

—Como una bala —confirma la interesada.

Lolita se echa a reír.

—Estuve a punto de irme con ella... Hasta salí del palco. Pero al ver que Fernández Cuchillero, Toño y otros no se movían, me quedé allí como una tonta. Y mientras, pensaba: «Una bomba más y salgo escopetada»... Por suerte no hubo otra.

—¿Y la obra es buena?

—Algo forzada, pero te divierte y se puede ver. El personaje de don Melitón tiene gracia... Ya conocéis a Paco de la Rosa. Con su chispa.

—Y con su pluma —apunta Curra Vilches, cargando la suerte.

—No seas mala, bruja... Los que se quedaron aplaudieron mucho.

—Toma, claro. Porque son de su cuerda.

El convite se sirve en la Posada Inglesa, que está en la plaza de los Pozos de la Nieve, junto al café de las Cadenas: propiedad de un británico afincado en Cádiz, con servidumbre de esa nación, es uno de los locales más elegantes de la ciudad. Allí van llegando los invitados para instalarse en el comedor de arriba, grande y espacioso, con vistas a la bahía y a la casa, muy próxima, del infeliz general Solano, todavía arruinada por el saqueo y el incendio de hace tres años. Para las señoras y niños, sobre grandes charolas de plata mejicana traídas de la vajilla particular de los Sánchez Guinea, hay abundancia de bizcochos mallorquines, melindres, cajitas de Saboya y tortas de crema, acompañados de refrescos de limón, naranja, chocolate con leche a la francesa, té a la inglesa y leche con limón y canela, a la española. Los caballeros disponen además de café, licores y cajas de cigarros recién abiertas. Al poco rato, el piso superior de la posada está lleno de amigos y parientes bulliciosos que festejan al bautizado y a su familia entre rumor de conversaciones y humo de tabaco. Sobre las mesas hay bolsos de raso e hilo de plata, abanicos de nácar, petacas de cuero fino. Todo el alto comercio local está allí, celebrando la continuación de la estirpe de uno de los suyos. Se conocen de siempre, compartiendo desde hace generaciones bautizos, comuniones, bodas y entierros. El consulado comercial en pleno cumple hoy consigo mismo, convencido de ser la auténtica sangre de la ciudad, el músculo poderoso del trabajo y la riqueza locales. La docena de familias que llenan el piso alto de la Posada Inglesa representa a la verdadera Cádiz: dinero y negocios, riesgos, fracasos y éxitos que mantienen viva esta ciudad y su memoria atlántica y mediterránea, clásica y moderna a un tiempo, razonablemente culta, razonablemente liberal, razonablemente heroica. Razonablemente inquieta, también, algo menos por la guerra —negocio, a fin de cuentas— que por el futuro. Y mientras las señoras hablan de niños, de tatas, de sirvientas, de patrones de ropa cosida por sus modistas en la calle Juan de Andas, de las novedades llegadas de Inglaterra a las tiendas elegantes de San Antonio, la calle Cobos y la calle Ancha, de las colgaduras y colchas de coco blanco —última moda para poner en las alcobas— y de la bandera que borda la Sociedad Patriótica de Señoras para obsequiar a los artilleros de Puntales, los maridos comentan la llegada de tal o cual barco, la mala situación financiera de un conocido, los trastornos, incertidumbres y esperanzas que para sus negocios suponen la ocupación francesa y la insurrección creciente, desleal, de las colonias americanas, alentadas con descaro por los mismos ingleses que en Cádiz, a través de su embajador, llevan meses saboteando los progresos constitucionales y favoreciendo al bando servil.

—Habrá que mandar más tropas a ultramar, para reprimir esa deslealtad —dice alguien.

—Esa obscena barbarie —apunta otro.

—Lo malo es que, como de costumbre, lo harán a nuestra costa. Con nuestro dinero.

Tercia un tercer invitado, sarcástico.

—¿Con cuál, entonces?... No hay otro al que puedan hincarle el diente en España.

—No tienen vergüenza. Entre la Regencia, la Junta y las Cortes, nos sangran como a puercos.

Don Emilio Sánchez Guinea —sobrio frac gris oscuro, calzón con medias de seda negra— ha hecho momentáneo aparte con Lolita, al extremo de una mesa situada junto a una ventana abierta al espacio de la bahía. También ellos comentan la mala situación financiera. Después de contribuir el año pasado al esfuerzo de guerra con un millón de pesos, Cádiz se ha visto forzada a participar en nuevos empréstitos, como el de seis millones y medio de reales que hace poco financió las inútiles expediciones militares a Cartagena y Alicante. Ahora corre el rumor —y en materia de impuestos, los rumores siempre resultan ciertos— de que se pretende una nueva contribución directa sobre fortunas, basada en la lista pública de éstas. Y Sánchez Guinea está indignado. En su opinión, airear esos detalles perjudicará tanto a los que llevan bien sus negocios como a los que los llevan mal: los primeros, porque se verán más exprimidos todavía; los segundos, porque los negocios se basan en el buen nombre de la empresa, y hacer pública la mala situación de algunas casas comerciales no las ayudará a mantener su crédito. En todo caso, es delicado calcular riquezas en un momento de estancamiento de los géneros coloniales y poco capital.

—Es una locura —concluye el viejo comerciante— imponer la contribución directa en una ciudad mercantil como ésta, donde no existe otra medida fiable que el prestigio de cada cual... Nadie podrá calcular éste sin meter la nariz en nuestros libros de contabilidad. Y eso es un abuso.

—Desde luego, mis libros no los van a ver —dice Lolita, resuelta.

Se queda pensativa. Sombría. Dura la línea de los labios apretados.

—Ya veré cómo arreglármelas —añade.

Tiene ahora la mantilla sobre los hombros, descubierto el cabello recogido en la nuca y rematado con una peineta de carey. Junto a sus manos, que desmigan sobre el mantel una tortita de almendras, están el abanico cerrado, un portamonedas de terciopelo y un vaso con refresco de leche y canela.

—Se comenta que tienes problemas —dice Sánchez Guinea, bajando la voz.

—Que también yo los tengo, querrá decir.

—Claro. Como yo mismo, y mi hijo... Como todos.

Lolita asiente sin decir nada más. Lo mismo que tantos comerciantes gaditanos, es acreedora del erario público con una deuda de cinco millones de reales, de los que hoy no ha recuperado más que la décima parte: 25.000 pesos. De mantenerse la deuda impagada, eso podría llevarla a la quiebra. Al menos, a la suspensión de pagos.

—Sé de buena tinta, hija mía, que el gobierno ha recibido letras sobre Londres y ha dispuesto del dinero tan lindamente, sin pagar un peso a los acreedores... Lo mismo hizo con los últimos caudales llegados de Lima y La Habana.

—No me sorprende. Por eso me ve usted inquieta... Cualquier golpe serio me encontraría sin liquidez para hacerle frente.

Sánchez Guinea mueve la cabeza con desaliento. También a él Lolita lo encuentra cansado, y ni siquiera el bautizo del nieto parece animarlo. Demasiados disgustos y zozobras minan la tranquilidad del que fue íntimo amigo y socio de su padre. Es el final de una época, le oye decir a menudo. Mi Cádiz desaparece, y yo me apago con ella. No os envidio, a los jóvenes. A los que estaréis aquí dentro de quince o veinte años. Cada vez habla más de jubilarse y dejarlo todo a cargo de Miguel.

—¿Y qué hay de nuestro corsario?

Se le anima el rostro veterano con la pregunta, cual si un soplo de aire marino despejase sus pensamientos. Hasta sonríe un poco. Lolita acerca una mano al vaso de refresco, pero no lo toca.

—No lo hace mal —por un instante dirige una mirada a través de la ventana, a la bahía—. Pero el tribunal de presas tramita despacio. Entre Gibraltar, Tarifa y Cádiz todo va lentísimo... Usted sabe tan bien como yo que la *Culebra* es una ayuda, pero no una solución. Además, cada vez hay menos barcos franceses o del intruso que se arriesguen... Debería ir más allá del cabo de Gata. Haría mejores presas.

Asiente el otro, divertido. Recuerda, sin duda, las reticencias iniciales de Lolita a implicarse en negocios de corso.

—Has acabado tomándotelo en serio, niña.

—Qué remedio —ella sonríe a su vez, irónica consigo misma—. Son tiempos difíciles.

—Pues quizá tengamos nueva caza hecha. Esta mañana señalaron una balandra a este lado de Torregorda, en conserva con otro barco... Podría ser nuestro capitán Lobo, con una presa.

Lolita no se inmuta. También conoce los informes de la torre vigía.

—En cualquier caso —concluye—, debemos procurar que vuelva a salir enseguida.

—A Levante, dices.

—Eso es. Con la caída de Alicante, aumentará allí el tráfico marítimo francés. Y puede usar Cartagena como puerto base.

—No es mala idea... De verdad que no.

Los dos se quedan callados. Ahora es Sánchez Guinea quien mira hacia la ventana, pensativo, y luego pasea la vista por el animado salón. Todo en torno es rumor de conversaciones, parla de señoras, risas y griterío contenido de niños bien educados. El festejo sigue su curso, ajeno a lo inexorable: a la realidad del mundo que se desmorona afuera, y del que apenas llegan hasta aquí, de vez en cuando, los estampidos de los cañones franceses. Miguel Sánchez Guinea, que atiende a los invitados y ha visto a su padre y Lolita Palma conversar aparte, se acerca a la mesa, sonriente, con un cigarro en una mano y una copa de licor en la otra. Pero el padre lo detiene con un gesto. Obediente, Miguel saluda copa en alto y da media vuelta.

—¿Qué hay del *Marco Bruto*?

Don Emilio ha bajado de nuevo la voz. Su tono es afectuoso, muy solícito. De extrema confidencia. La pregunta ensombrece el rostro de la heredera de los Palma. El nombre de ese otro barco le quita el sueño desde hace tiempo.

—Nada todavía. Viene con retraso... Tendría que haber salido de La Habana el quince del mes pasado.

—¿No sabes dónde está?

Hace ella un ademán ambiguo. Sincero.

—Aún no. Pero lo espero de un día para otro.

Esta vez el silencio es largo y significativo. Los dos son comerciantes avezados y saben que un barco puede perderse: el azar del mar, los corsarios franceses. La mala suerte. Los hay que salvan o arruinan a sus fletadores en un solo viaje. El *Marco Bruto*, todavía el mejor bergantín de la casa Palma —280 toneladas, forrado en cobre, armado con cuatro cañones de 6 libras—, navega hacia Cádiz con un cargamento de extraordinaria importancia. Emilio Sánchez Guinea sabe que la embarcación transporta un valioso flete de grana, azúcar, añil y 1.200 lingotes de cobre de Veracruz; a su casa comercial, incluso, corresponde una pequeña parte de la carga. Lo que ignora —los afectos son una cosa y los negocios otra— es que, camuflados bajo los lingotes, el bergantín trae 20.000 pesos de plata propiedad de Lolita, destinados a conseguir liquidez y mantener el crédito local. Su pérdida sería un golpe difícil de superar; con el agravante de que esta vez, por lo delicado de la operación, los riesgos marítimos corren a cargo de Palma e Hijos.

—Te juegas mucho en ese barco, hija mía —dice al fin Sánchez Guinea.

Ella permanece distraída, mirando absorta el vacío. Parece no haber oído las últimas palabras del amigo de su padre. Al poco se estremece casi imperceptiblemente y sonríe preocupada. Triste.

—No lo sabe usted bien, don Emilio... Tal como están las cosas, me lo juego todo.

Ahora, vuelto el rostro a un lado, ella contempla de nuevo el mar por donde llegan a Cádiz fortunas y desastres. A lo lejos, próximas una de otra, las velas de dos barcos dan lentos bordos con el viento nordeste al penetrar en la bahía, intentando mantenerse lejos de las baterías francesas mientras pasan las Puercas y el Diamante.

Ojalá llegue pronto ese bergantín, piensa inquieta. Ojalá llegue.

Apoyado en la amura de babor de la *Culebra*, con el catalejo pegado a la cara, Pepe Lobo observa las velas de la embarcación que se acerca con rapidez desde la punta de Rota: dos palos ligeramente inclinados hacia popa, bauprés con botalón de foque, velas triangulares, latinas, tensas por el viento de través.

—Es un místico — dice—. Un cañón a cada banda y otro de caza. Y no lleva bandera.

—¿Corsario? —pregunta Ricardo Maraña, que está a su lado, mirando en la misma dirección con una mano a modo de visera sobre los ojos.

—Sin duda.

—Al verlo asomar creí que era el falucho de Rota.

—Yo también. Pero la ensenada está vacía... El falucho andará mordisqueando en otros pastos.

Lobo le pasa el largavista a su primer oficial, y éste observa detenidamente la embarcación, cuyas velas ilumina el sol de la tarde.

—No lo habíamos visto antes en estas aguas... ¿Puede ser el de Sanlúcar?

—Puede.

—¿Y qué hace tan a levante?

—Si el falucho anda de caza, éste habrá tomado el relevo por aquí. A ver qué cae.

Maraña sigue mirando por el catalejo. A simple vista puede advertirse ya la maniobra del místico.

—Está probando suerte... Tanteándonos.

Pepe Lobo mira hacia la banda de barlovento, allí donde navega, en conserva de la *Culebra* y marinada por un trozo de presa, la última captura hecha por la balandra: una goleta napolitana de 90 toneladas, la *Cristina Ricotti*, capturada sin lucha hace cuatro días frente a punta Cires cuando se dirigía a Málaga desde Tánger con un cargamento de lana, cueros y carne salada. Para la entrada en la bahía, previendo la presencia de corsarios y la amenaza del fuerte francés de Santa Catalina, que siempre dispara contra los barcos que dan bordos cerca de tierra, Lobo ha dispuesto que la goleta se mantenga a estribor de la *Culebra*, a dos cables de distancia, a fin de protegerla mejor interponiéndose entre ella y cualquier amenaza. Por su parte, la balandra navega prevenida, apuntado su largo bauprés a la ensenada de Rota, ciñendo el viento nordeste con todo el trapo arriba incluido el velacho, sin izar bandera, con media tripulación atenta a brazas y escotas, y el contramaestre Brasero apoyado en el molinete dos pasos detrás del capitán y su segundo: un ojo en la maniobra y otro en los ocho cañones de 6 libras cargados y en batería, con el resto de la gente armada y en zafarrancho desde que la vela enemiga asomó tras la punta de Rota.

—¿Viramos ya o prolongamos el bordo? —pregunta Maraña, cerrando el catalejo.

—Dejémosla así un poco más. El místico no es problema.

Asiente el teniente, que devuelve el catalejo a Lobo y también se gira a echar un vistazo a la goleta que navega a barlovento, manteniendo la distancia convenida y maniobrando con diligencia a cada señal hecha desde la balandra. Maraña sabe, como su capitán, que el corsario enemigo carece de la fuerza suficiente para un combate en regla, pues la desproporción de sus tres cañones frente a los ocho de la *Culebra* convertiría cualquier intento en un suicidio. Pero en el mar nada está decidido hasta el último instante; y el corsario francés, atrevido como lo exige el oficio, hace lo mismo que harían ellos en su caso: se arrima cuanto puede, rondando la posible presa como un depredador cauto, por si un golpe de suerte —un cambio de viento, una mala maniobra, el fuego de Santa Catalina que desarbolase la balandra— se la pusiera entre los dientes.

—No pasaremos los Cochinos y el Fraile con una sola virada —comenta Maraña—. Habría que meterse mucho en Rota.

Ha hablado con su frialdad habitual, como si contemplara la maniobra desde tierra. El suyo es un simple comentario objetivo, sin propósito de influir en las decisiones de su capitán. Pepe Lobo mira hacia la punta de tierra enemiga tras la que asoma la población. Después se vuelve al otro lado, hacia Cádiz, blanca y extensa en su cinto formidable de murallas. Con un vistazo al mar y a la grímpola que ondea tensa en lo alto del único palo de la balandra, calcula fuerza y dirección del viento, velocidad, rumbo y distancia. Para entrar en la bahía esquivando los escollos que hay en su boca, deberán dar todavía un bordo hacia Cádiz, otro hacia la parte de Rota, y otro más hacia la ciudad. Eso significa ponerse dos veces cerca de las baterías francesas, por lo que no puede permitirse errores. En todo caso, lo mejor será tener en respeto al místico, dándole algo en que pensar. Por si las moscas.

—Preparados para la maniobra, piloto.

Maraña se vuelve hacia el contramaestre Brasero, que sigue apoyado en el molinete.

—¡Nostramo!... ¡Listos para virar por avante!

Mientras Brasero da la vuelta y recorre la cubierta inclinada por la escora, situando a la gente, Pepe Lobo informa de sus intenciones al primer oficial.

—Le largaremos una andanada al místico, para mantenerlo lejos... Vamos a hacerlo a media ceñida, aguantando un poco justo antes de cambiar el bordo.

—¿Un solo tiro por pieza?

—Sí. No creo que lo desarbolemos con una andanada, pero quiero darle un buen susto... ¿Se encarga del primer disparo?

Sonríe apenas el teniente. Fiel a su personaje, Ricardo Maraña mira el mar como si, distraído, pensara en otra cosa; pero Lobo sabe que está combinando mentalmente las condiciones de tiro y el alcance de los cañones. Gozando con la perspectiva.

—Cuente con ello, capitán.

—Pues venga. Viramos en cinco minutos.

Extendido el catalejo, procurando adaptar el círculo de visión al movimiento de la cubierta, Pepe Lobo estudia de nuevo el corsario enemigo. Éste ha modificado ligeramente el rumbo, cerrándose una cuarta a su barlovento. Las velas latinas todavía le permiten ceñir un poco más para acercarse a la derrota que la balandra y la goleta harán en los siguientes bordos. En la lente del largavista, Lobo distingue bien sus dos cañones, uno a cada banda, y el largo de caza a proa, asomando por una porta situada a babor del bauprés de foque. Una pieza de 6 libras, quizás. Tal vez de a 8. No supone demasiada amenaza, pero nunca se sabe. Como afirma un refrán inventado por él mismo, en el mar nunca hay precauciones superfluas: un rizo de más es un mal rato de menos.

—¡Apareja a virar!

Mientras la gente de maniobra prepara brazas y escotas, Lobo camina hacia popa, pasando junto a los artilleros que se inclinan sobre los cañones bajo la supervisión del teniente.

—No me dejéis mal —dice—. Delante de Cádiz.

Le responde un coro de risas y bravatas. Los hombres están de buen humor por la presa capturada y la perspectiva de bajar pronto a tierra. Tienen, además, fogueo y experiencia suficiente para comprender que el corsario enemigo no es adversario de su talla. Junto a la chalupa, estibada en cubierta bajo la larga botavara de la cangreja, los hombres libres de maniobra o de cañones disponen las armas adecuadas para el combate a más corta distancia, por si llegara a entablarse éste: fusiles, pistolas y pedreros de bronce que encajan en los tinteros de la regala, listos para ser cargados con pequeños saquetes de metralla. Lobo mira hacer a su gente, complacido. Después de medio año espumando juntos el Estrecho, la chusma portuaria reclutada en los peores lugares de Santa María, la Merced y el Boquete actúa como una tripulación razonable, experimentada, cada vez que la captura de una presa requiere maniobrar con eficacia o, en caso necesario —dos abordajes y cuatro combates serios, hasta la fecha—, pelear de cerca y sufrir bajas. A bordo de la *Culebra*, fieles al contrato firmado, todos arriesgan lo imprescindible, siempre con la perspectiva del botín; pero nadie chaquetea ante las dificultades y peligros. En la balandra no hay héroes, sabe muy bien Pepe Lobo. Ni cobardes. Sólo gente que cumple con su oficio: profesionales resignados a la vida dura de un barco, ganándose el difícil salario del corso.

—¡Señal a la goleta!... ¡Preparada para virar!

Un gallardete rojo sube y baja rápidamente, por estribor, hasta el penol de la verga baja del velacho. En popa, el Escocés y el otro timonel mantienen firme la larga barra, al rumbo establecido. El capitán se sitúa junto a ellos, en la parte de sotavento, agarrado con una mano a la caseta del tambucho y mirando por encima de la regala y la fila de cañones cuyas bocas asoman por las portas. El contramaestre Brasero está al pie del palo, entre la gente de maniobra, vuelto hacia popa y esperando órdenes. Lo mismo hace Ricardo Maraña, situado junto al primer cañón de babor, con la driza que acciona la llave de fuego en la mano derecha y la izquierda alzada para indicar que está listo. Los otros tres cabos cañoneros de esa banda hacen lo mismo.

—¡Que vire la goleta!

Asciende ahora al penol una corneta azul, y al instante la *Cristina Ricotti* se cierra al viento, flameando sus velas. Lobo dirige un último vistazo a la grímpola, al mar y al místico enemigo. Está a menos de tres cables de distancia. Casi a tiro, habida cuenta de que la banda por donde van a disparar es la de sotavento, y queda inclinada por la escora.

—Orza dos cuartas —dice a los timoneles.

Llevan éstos la barra a babor, y el bauprés de la *Culebra* se aparta de la ensenada, apuntando ahora al fuerte enemigo de Santa Catalina. Brazas y escotas acallan de inmediato el ligero flameo de la lona, que ciñe más el viento. El místico ha pasado de quedar por la amura de babor a situarse más al través, dentro del sector de tiro de los cañones.

—¡Iza bandera!

La enseña mercante de dos franjas rojas y tres amarillas, con el escudo central que a la *Culebra* autoriza su condición de corsario del rey de España, sube ahora en su driza, desplegándose al viento. Apenas la bandera llega al pico de la cangreja, Lobo mira a su primer oficial.

—¡Es suyo, piloto! —grita.

Sin precipitarse, agachado tras la mira del cañón para calcular la puntería y el balanceo mientras dirige en voz baja a los artilleros que mueven la pieza con la cuña y los espeques, Maraña aguarda unos instantes con la driza de la llave de fuego en la mano, da al fin un tirón de ésta, y el cañón salta retenido por sus trincas con un estampido y un remolino de humo de pólvora que corre a lo largo de la borda. Cinco segundos después retumban los otros tres; y aún está la humareda deshaciéndose en la aleta de la balandra cuando Pepe Lobo da la orden de cambiar el viento de borda.

—¡Orza a la banda!... ¡Salta escotas!

—Allá va con Dios —dice el Escocés, santiguándose antes de meter la barra a sotavento.

Flamean las velas del bauprés, con la proa yéndose a estribor mientras el viento pasa al otro lado. Bajo el palo, los hombres dirigidos por Brasero bracean a rabiar el velacho para que éste ciña en la nueva dirección.

—¡Caza escotas!... ¡Ahí!... ¡Caña a la vía!

Amurada ahora a babor, ajustándose al nuevo rumbo, la *Culebra* machetea poderosa la marejadilla, en dirección paralela y a un cable de la goleta que navega algo adelantada, a salvo y con sus dos velas cangrejas y el foque tensos, a buena marcha. Ricardo Maraña ya está de vuelta en popa: manos en los bolsillos de su estrecha chaqueta negra y mueca de hastío habitual, como si viniera de dar un aburrido paseo por la playa. Pepe Lobo extiende el catalejo y dirige una mirada al místico enemigo. Éste se queda atrás, atravesado al viento a media maniobra. Con un agujero en la vela de trinquete, que el nordeste desgarra y aumenta de tamaño hasta rifar la lona, rasgándola de arriba abajo.

—Que se joda —comenta Maraña, indiferente.

La partida terminó hace quince minutos, pero las piezas siguen representando la última posición: un rey blanco acorralado por una torre y un caballo negros, y un peón blanco aislado al otro extremo del campo de batalla, a sólo una casilla de coronarse dama. De vez en cuando, Rogelio Tizón dirige una mirada al tablero. Así se siente él, a veces. Acorralado entre escaques desiertos por los que se mueven piezas invisibles.

—A lo mejor un día, en el futuro, la ciencia permite establecer esas cosas —dice Hipólito Barrull—. Pero hoy resulta difícil. Casi imposible.

Entre las piezas comidas hay un cenicero sucio, una cafetera vacía y dos pocillos con posos en el fondo. Es tarde, y en torno a los dos jugadores el café del Correo está desierto. El silencio es inusual. Casi todas las luces del patio están apagadas, y hace rato que los camareros colocaron las sillas sobre las mesas, vaciaron las escupideras de latón, barrieron y fregaron el suelo. Sólo el rincón de Barrull y el comisario permanece al margen, iluminado por una lámpara que cuelga del techo con las velas casi consumidas. El dueño del local asoma a ratos, en mangas de camisa, para comprobar si continúan allí; pero no los incomoda y se retira discretamente. Si quien vulnera las ordenanzas municipales sobre horario de establecimientos públicos es el comisario de Barrios, Vagos y Transeúntes de Cádiz —conocido además por sus malas pulgas—, no hay nada que decir. Doctores tiene la Iglesia.

—Tres trampas, profesor. Con tres cebos distintos... Y nada, hasta hoy.

Se limpia los lentes Barrull con un pañuelo manchado de estornudos de rapé.

—Tampoco ha vuelto a actuar, según me cuenta. Quizá el susto, al verse sorprendido... Puede que no vuelva a matar.

—Lo dudo. Alguien que llega tan lejos no se detiene por un sobresalto. Estoy seguro de que sigue ahí, esperando la ocasión.

El otro se ha calado los lentes. En su mentón despuntan pelos grises de la barba afeitada por la mañana.

—Todavía estoy asombrado con lo de ese militar francés. Conseguir que colabore... Bueno. Asombroso. De cualquier modo, agradezco que me lo haya contado. La prueba de confianza.

—Lo necesito, profesor. Como a él —Tizón ha cogido un caballo negro de la mesa y le da vueltas entre los dedos—. Uno y otro compensan lo que no tengo. Me ayudan a llegar donde no puedo hacerlo solo. Usted con sus conocimientos e inteligencia, y él con sus bombas.

—Increíble. Si esto se supiera...

Ríe el policía entre dientes, seguro de sí. Desdeñoso respeto a la capacidad de saber de la gente.

—No se sabrá.

—¿Y ese oficial francés sigue cooperando?

—De momento.

—¿Cómo diablos pudo convencerlo?

Tizón lo mira con retranca policial.

—Gracias a mi natural simpatía.

Ha puesto de nuevo la pieza de ébano sobre la mesa, con las otras. Barrull mira a Tizón con interés.

—Es cierto lo que le contó sobre Laplace y la teoría de las probabilidades —comenta al fin—. También otro matemático llamado Condorcet se ocupó del asunto.

—No sé quién es.

—Da igual. Publicó un libro, que esta vez no puedo prestarle, porque no lo tengo, titulado *Reflexiones sobre el método de determinar la probabilidad de los acontecimientos futuros*... En francés, claro. Y en él se plantean cuestiones como, por ejemplo, si un suceso ha ocurrido un número determinado de veces en el pasado, y otras veces no ha ocurrido, cuál es la probabilidad de que se produzca de nuevo, o no.

El comisario, que acaba de sacar su petaca de piel, se inclina casi confidencial, con un cigarro en la mano.

—Los efectos de la Naturaleza son casi constantes —dice, o más bien recita— cuando se consideran en un número grande... ¿Voy bien por ahí, profesor?

—Vaya —la sonrisa caballuna y amarillenta trasluce admiración—. Era usted un diamante en bruto, comisario.

Tizón, que se ha echado atrás en la silla, sonríe también.

—A fuerza de intentarlo, hasta los tontos aprenden. O aprendemos... ¿Cree que encontraría ese libro en Cádiz?

—Puedo buscárselo, aunque es difícil. Lo leí hace años, en casa de un amigo de Madrid... De todas formas, una cosa es hablar de probabilidades y otra de certidumbres. La distancia entre ambas es grande. Y arriesgada, si la salva la imaginación y no el procedimiento.

Con un gesto negativo, Barrull rechaza la petaca que Tizón le ofrece y saca de un bolsillo del chaleco la cajita de rapé.

—En cualquier caso —prosigue—, comprendo su avidez. Aunque no estoy seguro de que tanta teoría... En fin. Hasta puede ser contraproducente. Ya sabe. Un exceso de erudición asfixia cualquier concepto.

Se calla unos instantes mientras coge una pizca de tabaco molido y lo lleva a la nariz, aspirando fuerte. Después de estornudar y sonarse, mira a Tizón con curiosidad.

—Fue una lástima que se le escapara aquella vez... ¿Cree que sospechó de la trampa?

Niega el policía, convencido.

—No creo. Sucedió de un modo que podía ser casual. Si el asesino actúa en la calle, es normal que tarde o temprano tropiece con alguien que le estorbe un crimen... Era sólo cuestión de tiempo.

—Sin embargo, desde entonces han caído bombas en otros lugares de la ciudad. Con víctimas.

—Ésas no son asunto mío. Quedan fuera de mi jurisdicción, por así decirlo.

Otra mirada pensativa del profesor. Analítica, quizás.

—En cualquier caso, usted no es inocente del todo.
Ya no lo es.

—Espero que no se refiera a los crímenes.

—Claro que no. Hablo de esa sensibilidad que lo hace coincidir con el asesino en alguna clase de apreciacio-
nes. De su extraña acercanza.

—¿Afinidad criminal?

—Por Dios, comisario. Qué horrible suena eso.

—Pero es lo que piensa.

Tras considerarlo en silencio, Barrull responde que
no. Al menos, precisa enseguida, no de ese modo. Él cree,
porque está científicamente demostrado, que entre algunos seres vivos, o entre ellos y la Naturaleza, se establecen
lazos que la razón no alcanza a justificar. Se han hecho experimentos notables con animales, y también con personas.
Eso podría explicar tanto las actuaciones premonitorias
del criminal, asesinando antes de que caigan las bombas,
como las intuiciones del comisario respecto a las intenciones de aquél y los lugares donde actúa.

—¿Pensamiento a distancia, quiere decir?... ¿Magnetismo y cosas así?

Asiente Barrull vigorosamente, y al hacerlo agita la
melena gris.

—Algo de eso hay.

El dueño del café acaba de asomarse otra vez al patio,
para ver si continúan allí. Habría que irse, dice el profesor.
Antes de que Celis reúna valor y nos eche. Usted, comisario,
debe dar ejemplo. Etcétera. Tizón se levanta con desgana,

coge el sombrero de bejuco blanco y el bastón, y se dirigen a la puerta mientras Barrull sigue desarrollando su teoría. Él mismo, cuenta, conoció a unos hermanos cuya mutua sensibilidad era tan absoluta que, si a uno lo aquejaba determinado dolor, el otro mostraba los mismos síntomas. También recuerda el caso de una mujer a la que se le abrieron, el mismo día y a la misma hora, heridas que acababa de sufrir una amiga suya en accidente doméstico, a varias leguas de distancia. Y seguro que el propio Tizón habrá soñado cosas que ocurren más tarde, o vivido situaciones con la certeza de que son repeticiones de hechos anteriores.

—Hay ángulos de la mente —concluye— donde la razón tradicional y la ciencia no han entrado todavía. Yo no digo que usted haya establecido un puente con el cerebro y las intenciones del asesino... Lo que digo es que puede, por razones que ignoro, haber entrado en su territorio. En su campo de sensibilidades. Eso le permitiría percibir cosas que otros no alcanzamos a ver.

Han caminado despacio, hasta la calle del Santo Cristo. Van a oscuras, con la única luz de la luna que ilumina las terrazas y torres encaladas sobre sus cabezas.

—Si eso fuera así, profesor, si mis sentidos hubieran creado ese puente, quizá sea... Bueno. Tal vez mi naturaleza esté inclinada a eso.

—¿Al crimen?... No lo creo.

Da unos pasos Barrull, callado. Parece pensar en ello. Al fin gruñe descartándolo. O queriendo hacerlo.

—Sinceramente, no lo sé. Quizá sea más exacto hablar de capacidad para percibir el horror... Esas cavernas que tenemos dentro los seres humanos... Yo mismo, por ejemplo. Usted me ha hecho notar, y estoy de acuerdo, que cuando juego al ajedrez me convierto en un sujeto desagradable. Cruel, incluso.

—Un desalmado, si me permite la expresión.

Carcajada en la oscuridad.

—Se lo permito.

Más pasos en silencio. Ocupado cada uno en sus consideraciones.

—De ahí a muchachas destrozadas a latigazos hay un largo trecho —dice al fin Tizón.

—Claro. Ninguno de nosotros, supongo, llegaría a eso. Pero usted lleva más de un año obsesionado con este asunto. Tiene razones profesionales, por supuesto. E imagino que también personales, aunque eso no sea cosa mía.

Incómodo, casi irritado, el policía balancea el bastón.

—Algún día quizá le cuente...

—No quiero que me cuente nada —lo interrumpe el otro—. Ya lo sabe. Cada uno es esclavo de lo que dice y dueño de lo que calla... Por otra parte, después de tantos años frente al mismo tablero, he llegado a conocerlo a usted un poco. Lo que busco decirle es que esa prolongada obsesión puede producir ciertos...

—¿Trastornos?

—Secuelas, es la palabra. A mi juicio, un cazador queda marcado por la caza que practica.

Han bajado por la calle Comedias, hasta la taberna de la Manzanilla. Una rendija de luz se filtra por debajo de la puerta cerrada. Barrull señala el local.

—Ya sé que es usted casi abstemio, comisario. Pero me iría bien enjuagar las encías. Tanta hipótesis me da sed... ¿Por qué no abusa un poco más de sus privilegios, ahora en mi beneficio?

Asiente Tizón, que llama con el pomo del bastón en la puerta hasta que asoma el montañés dueño de la taberna, secándose las manos en su blusón gris. Es joven y tiene aspecto cansado.

—Estoy cerrando, señor comisario.

—Pues espérate diez minutos, camarada. Y sirve dos manzanillas.

Se acodan en el mostrador de madera negra por el uso, frente a las grandes barricas oscuras con vinos añejos de Sanlúcar. Al fondo de la tienda, junto a unos jamones y unos toneles de arenques, el padre del dueño cena papas con chocos mientras lee un periódico a la luz de un candil. Barrull levanta su vaso.

—Por la caza, como dije antes.

Tizón lo imita, aunque apenas moja los labios. El profesor bebe a sorbos cortos, alternando los tragos con dos de las cuatro aceitunas que el montañés ha puesto en un platito. A fin de cuentas, sigue diciendo, el del cazador no es un mal ejemplo: alguien que, tras acechar mucho tiempo a un animal, se moviera por el terreno que éste frecuenta, familiarizándose con los lugares donde bebe, duerme y come. Con sus refugios y costumbres. Pasado un tiempo, el cazador imitaría muchos de esos comportamientos, viendo ese espacio como algo personal, también. Se adaptaría al territorio, haciéndolo suyo hasta coincidir irremediablemente con la presa que busca.

—No es un mal ejemplo —admite Tizón.

Barrull, que parece reflexionar sobre cuanto acaba de decir, mira al montañés, que limpia vasos en el fregadero, y luego al padre que sigue leyendo en su rincón. Al hablar de nuevo, baja la voz.

—Alguna vez, conversando sobre esto mismo, usted recurrió al símil del ajedrez. Y posiblemente tenga razón... Esta ciudad es el territorio. El tablero. Un espacio que, le guste o no, ha llegado a compartir con el asesino. Por eso ve Cádiz como no podemos verla los demás.

Mira el plato, aún pensativo, y se come las dos aceitunas de Tizón.

—Y aunque esto acabe alguna vez —añade—, nunca podrá volver a verla como antes.

Saca un monedero para pagar las manzanillas, pero Tizón hace un gesto negativo y llama la atención del montañés. Ponlo a mi cuenta, dice. Salen los dos afuera, caminando despacio en dirección a la plaza del Ayuntamiento. Los pasos resuenan en las calles vacías. Un farol encendido en la esquina de Juan de Andas alarga sus sombras en el empedrado, ante las puertas cerradas de las tiendas de costura.

—¿Qué piensa hacer ahora, comisario?

—Mantener mi plan, mientras pueda.

—¿Vórtices?... ¿Cálculo de probabilidades?

Hay un asomo de amable ironía en el tono, pero Tizón no se molesta por ello.

—Ojalá calcular me fuera posible —responde con franqueza—. Hay algunos sitios que tengo entre ceja y ceja. Los he explorado y llevo días, semanas, estudiándolos en cada detalle.

—¿Son muchos?

—Tres. Uno queda fuera del alcance de los tiros franceses. Por eso lo descarto, en principio... Los otros son más asequibles.

—¿Para el asesino?

—Claro.

Se calla un momento el policía, mientras levanta el faldón de su levita. A la luz ya lejana del farol, muestra la culata de un cachorrillo Ketland de dos cañones que lleva en el lado derecho de la cintura.

—Esta vez no se escapará —comenta, serio—. Y voy prevenido.

Advierte que Barrull lo mira con atención y evidente desconcierto. Tizón sabe que es la primera vez, desde que se conocen, que el profesor lo ve con un arma de fuego.

—¿Ha pensado que con su intervención puede estar modificando el territorio del asesino?... ¿Perturbándole las ideas, o las intenciones?

Ahora es Tizón el sorprendido. Llegan a la plaza de San Juan de Dios, donde sienten la brisa fresca y salina del mar próximo. Hay una calesa parada, con el cochero dormido en el pescante. A la izquierda, bajo el doble pináculo de la Puerta de Mar, iluminado por el lado de tierra con un farol que da tonalidad amarillenta a las piedras de la muralla, los centinelas cambian el turno de guardia. Destacan en la penumbra, ante las garitas, sus correajes blancos y el brillo de las bayonetas.

—No lo había pensado —murmura el policía.

Se queda un rato callado, considerando la nueva perspectiva. Al fin mueve la cabeza, admitiéndola.

—Quizá por eso lleve tiempo sin matar, quiere usted decir.

—Es posible —confirma Barrull—. Puede que su manipulación en lo de las bombas, al modificar, por decirlo de algún modo, el azar ingenuo con que disparaba el artillero francés, esté cambiando el plano mental del asesino. Y lo desconciertc... Quizá no vuelva a matar.

Inclina la cabeza Tizón, lúgubre, mientras se palmea levemente el costado donde siente la dureza de la pistola.

—O quizá termine aceptando el juego —concluye— y venga donde lo espero.

17

Se esponja la última luz de la tarde, dilatándose muy despacio ante la noche de tonos morados que se desliza bajo las terrazas, torres y espadañas. Cuando Lolita Palma llega en calesa al Mentidero, acompañada por su doncella Mari Paz y por el teniente de la *Culebra*, Ricardo Maraña, los cristales de las fachadas orientadas a poniente reflejan el destello rojo que en ese momento se extingue en el mar. Empieza la hora, tan gaditana y amada por ella, de la débil claridad marinera: cuando las voces y los sonidos se oyen amortiguados y lejanos como el martilleo de un calafate en una barca del puerto, los pescadores que vuelven de la muralla pasan bajo las farolas todavía apagadas con sus cañas al hombro, los ociosos regresan de ver ponerse el sol más allá del faro de San Sebastián, y en el interior de las tiendas y portales empiezan a encenderse candelillas, quinqués y candiles que intensifican el efecto de entreluces, salpicando la penumbra indecisa y serena donde la ciudad se recuesta cada día.

Al anochecer, la plaza de la Cruz de la Verdad, conocida por el Mentidero, parece el real de una feria. Ordenando a la doncella y al cochero que esperen en la esquina de la calle del Veedor, Lolita Palma acepta la mano que le ofrece Maraña, baja del coche, se acomoda la mantilla de encaje negro sobre la cabeza y los hombros, y camina en compañía del joven marino entre tiendas de campaña, niños que corretean jugando y familias enteras que, sentadas en el suelo, cocinan en fogones ocasionales y se disponen a pasar la noche al sereno. En las últimas semanas, los bombardeos franceses se intensifican, aumentando su alcance. Ahora las bombas caen con sistemática frecuencia, y aunque el número de víctimas no es excesivo —muchas granadas enemigas siguen sin estallar, y causan pocos daños— los vecinos de las zonas más expuestas aprovechan lo templado de las noches para refugiarse en esta parte de la ciudad, a salvo de la artillería enemiga. Improvisando cobijos con mantas, jergones, lonas y velas de barco, los desplazados ocupan la plaza y parte de la explanada que, contigua, se extiende entre los baluartes de la Candelaria y el Bonete. Cada atardecer convierte así el barrio y la plaza del Mentidero en campamento nómada, donde a las tabernas y colmados tradicionales se añaden ahora los bodegones en plena calle, el vino, la conversación, la música y las canciones con que gaditanos y emigrados sobrellevan hasta la madrugada, entre resignados y festivos, lo incómodo de la situación.

Pepe Lobo está cenando frente al café del Petit Versalles, a la puerta de la pulpería del Negro, situada en la esquina de la calle de Hércules: establecimiento de dudosa fama, especializado en sardinas en espetón, pulpo asado y vino tinto. Cuando llega el buen tiempo, su dueño instala afuera un tablado con tres o cuatro mesas, frecuentadas por marinos y forasteros a los que atraen las mujeres que, al caer la noche, rondan la calle misma y la cercana alamedilla del Perejil. Lolita Palma, que ha visto al corsario, se detiene sin que éste advierta su presencia y deja seguir solo a Ricardo Maraña. Hace más de una hora que busca a Lobo por la ciudad: primero en el despacho de los Sánchez Guinea, donde le contaron que estuvo un rato por la tarde; y después en el puerto, donde se encuentra fondeada la *Culebra*, lista para levar ancla apenas amaine el fuerte noroeste que desde hace dos días sopla en la bahía. Avisado por un botero, el primer oficial de la balandra desembarcó enseguida —cuestión de vida o muerte, dijo ella sin otras explicaciones—, ofreciéndose cortés, tan frío y correcto como suele, para acompañarla hasta el Mentidero, donde le constaba que cenaría su capitán. Ahora, de lejos, Lolita ve al teniente llegar a la mesa de Pepe Lobo e inclinarse a cambiar unas palabras mientras se vuelve en su dirección. El capitán corsario mira con asombro a la mujer y luego dice algo a Maraña, que se encoge de hombros. Lobo deja la servilleta sobre la mesa, se levanta y viene al encuentro de Lolita, sin sombrero, esquivando a la gente. Ella no le concede tiempo para pronunciar el ¿qué hace usted aquí? que apunta en su boca mientras se aproxima.

—Tengo un problema —dice a bocajarro.

El marino parece desconcertado.

—¿Grave?

—Mucho.

Dirige el otro un vistazo alrededor. Incómodo. Su teniente se ha sentado en la mesa y los observa desde allí mientras se sirve un vaso de vino.

—No sé si éste es lugar adecuado —comenta el corsario.

—Da lo mismo —Lolita habla con una serenidad que a ella misma la sorprende—. Los franceses han capturado el *Marco Bruto*.

—Vaya... ¿Cuándo fue?

—Ayer, frente a punta Candor. Una cañonera de la Real Armada trajo esta mañana la noticia. Lo vieron al hacer un reconocimiento de la ensenada de Rota. Están fondeados allí, juntos, el *Marco Bruto* y el falucho corsario que lo apresó... Debía de navegar demasiado cerca de tierra, y el francés le salió al encuentro.

Siente la mirada del hombre, que la estudia preocupado. Ella ha venido resuelta, después de meditar cuanto debe decir. Preparando cada gesto y cada palabra. Su apariencia tranquila, sin embargo, responde sólo a un esfuerzo de voluntad. A una intensa violencia interior. No es fácil encarar la mirada valorativa de los ojos claros que la interrogan. De la boca entreabierta que tiene delante.

—Lo siento —dice Lobo—. Es una desgracia.

—Es más que sentirlo o no sentirlo. Y más que una desgracia, es un desastre.

Lo que viene a continuación nada tiene que ver con un arrebato de sinceridad. Lolita Palma lo cuenta todo porque sabe que es el único camino. La conclusión válida, irremediable, a la que ha llegado. Habla así de la valiosa carga de cobre, azúcar, grana y añil que transporta el bergantín, y también de los 20.000 pesos vitales para la supervivencia inmediata de la firma familiar. Sin contar el valor de la embarcación y los efectos menores que hay a bordo.

—Por lo que he podido averiguar —concluye—, la intención de los franceses era llevarse el barco a Sanlúcar y descargarlo allí; pero el temporal los hizo resguardarse tras la punta de Rota... Se supone que en cuanto cambie el viento levarán el ancla. El muellecito es demasiado pequeño para atracar en él.

El marino se ha erguido un momento, después de escuchar ligeramente inclinado hacia Lolita, en silencio. De nuevo mira a un lado y a otro, y al cabo detiene la vista en ella.

—Esta noroestada puede durar un par de días... ¿Por qué no alijan en la playa?

Lolita Palma no lo sabe. Quizá no se atrevan, con las cañoneras españolas e inglesas tan cerca. Además, la base principal del falucho está en Sanlúcar, y pueden querer llevárselo allí. También hay guerrilleros operando cerca del río Salado. En tales casos, los franceses no se fían del transporte por tierra.

—¿De verdad le interesa lo que digo, capitán?

Esa pregunta la formula con un punto de irritación. Una chispa que roza el despecho. Observa que él ha apartado otra vez la mirada, cual si no dedicara toda su atención a lo que le cuenta, y la dirige a las candilejas y lamparillas que siguen encendiéndose entre dos luces, en los portales y las tiendas de los edificios cercanos. Al cabo de un momento lo ve entornar los párpados.

—¿Me ha estado buscando para contármelo?

Por fin la mira de nuevo. Desconfiado. Así es como mira el mar, concluye ella. O la vida. Y es ahora cuando debo decirlo.

—Quiero que recupere el *Marco Bruto*.

Ha hablado —ha conseguido hacerlo— en voz baja y serena. Después levanta la barbilla y se lo queda mirando con mucha intensidad y fijeza, sin parpadear, mientras intenta disimular el ritmo desordenado de su corazón.

Sería ridículo, piensa atropelladamente, casi alarmada, caerme redonda al suelo. Sin frasco de sales.

—Es una broma —dice Pepe Lobo.

—Usted sabe que no.

Ahora no está segura de que no le haya temblado la voz. Los ojos verdes parecen analizar cada pulgada de su piel.

—¿Ha venido aquí por eso?

No es realmente una pregunta, ni hay sorpresa en tales palabras. Por su parte, Lolita Palma no responde. No podría hacerlo. Se siente minada por una extraña lasitud, casi enfermiza, que la debilita por momentos. Los latidos fuertes e irregulares del corazón se espacian desde hace rato, dilatándose demasiado el tiempo entre unos y otros. Ha llegado hasta donde podía llegar, y lo sabe. Sin duda el corsario también lo sabe, pues tras una vacilación mueve una mano, acercándola al brazo izquierdo de la mujer: lo imprescindible para rozarle ligeramente un codo, como si la invitara a caminar un poco. A moverse. Ella se deja llevar, obediente. Sigue la indicación del gesto leve del hombre. Da unos pasos sin rumbo, y él va a su lado. Al cabo de un momento escucha otra vez su voz.

—Imposible meterse en Rota... Habrán fondeado como de costumbre, en tres brazas y media, entre la punta y las piedras. Protegidos por las baterías de la Gallina y la Puntilla.

No se ha echado a reír, piensa ella con alivio. Tampoco dice ninguna inconveniencia, como llegó a temer. Su escepticismo sólo suena grave. Correcto. Parece sinceramente inclinado a explicarle por qué no puede ser. Por qué no puede hacer lo que le pide.

—Se podría intentar de noche —dice Lolita, fríamente—. Si se mantiene el viento del noroeste, bastará cortar el fondeo y largar alguna vela para que el bergantín derive y se aleje de tierra...

Lo deja ahí, callándose para que calen sus palabras. Para que lo vea como ella lo ve; como lleva todo el día viéndolo, después de grabarse en la cabeza la carta náutica de la bahía que tiene desplegada sobre la mesa de su despacho. Ahora advierte que el marino se ha vuelto a mirarla de lado con especial interés. Admiración, quizás. Puede que un punto expectante, o divertido. Pero el tono de sorpresa parece sincero.

—Vaya. Lo ha estudiado bien.

—Me va todo en ello.

La plaza del Mentidero se estrecha en dirección a la explanada, la muralla y el mar, entre el parque de artillería y los pabellones militares de la Candelaria. Bajo las tiendas de campaña donde las familias refugiadas hacen grupos se encienden más fuegos de leña en los que hierven pucheros. Suena griterío de niños, y también las notas sueltas, melancólicas, de alguien que afina una guitarra. Hay una carbonería en la última fila de casas, con paquetes de escobas atadas con junquillos apoyados en la puerta, donde una mujer mayor con pañoleta negra dormita en una silla. Detrás, a su espalda, una mortecina luz de lámpara de aceite ilumina sacos y serones llenos de carbón.

—En cuanto cambie el viento, el *Marco Bruto* se irá de la ensenada —aventura Pepe Lobo—. Lo que usted pretende sólo sería posible intentarlo cuando esté en mar abierto, lejos de las baterías.

—Puede ser demasiado tarde. Irán prevenidos, quizá con escolta. Eso nos quita la ventaja de la sorpresa.

Detecta Lolita Palma una sonrisa escéptica en la boca del corsario. Desde la noche de Carnaval, nada de lo que tenga que ver con esa boca le pasa inadvertido.

—Es trabajo para la Real Armada, no para nosotros.

Haciendo acopio de sangre fría, Lolita se encara de nuevo con los ojos verdes. El hombre la mira de tal modo que por un instante no sabe qué decir. Por Dios, piensa. Quizá se trata de cómo lo veo hoy. De lo que le estoy haciendo, o quiero que haga. De lo que me propongo hacerle a él, a su barco y a su gente.

—La Armada no va a ocuparse de asuntos particulares —responde ella al fin, con una calma perfecta—. Como mucho, si lográsemos sacar la balandra de la ensenada, algunas cañoneras de la Caleta se acercarían para cubrir desde fuera la retirada... Pero nadie me garantiza nada.

—¿Ha estado en Capitanía?

—Hablé con Valdés en persona. Y eso es lo que hay.

—Pues la *Culebra* es un corsario, no un buque de guerra... Ni el barco ni mi gente están preparados para lo que usted pide.

Han salido al viento de la explanada, junto a la glorieta y el jardincillo medio seco contiguo a los polvorines. Un poco más lejos está la muralla, con sus garitas y cañones envueltos en la claridad violeta que se extingue despacio. El mistral húmedo y salino agita el encaje de la mantilla sobre el rostro de Lolita.

—Oiga, capitán. Le he contado lo de los veinte mil pesos que transporta el *Marco Bruto*, pero hay algo que todavía no he dicho... A las primas habituales que les corresponderían a ustedes por represarlo, añadiré el diez por ciento de esa cantidad.

—¿Cuarenta mil reales?... ¿Habla en serio?

—Completamente. Dos mil pesos limpios. Eso aumentaría en un quinto lo que sus hombres han ganado hasta ahora. Sin contar la parte legal de la represa, como digo.

Silencio valorativo. Prolongado. Ella advierte que Pepe Lobo curva los labios para silbar, pero no lo hace.

—Es importante, por lo que veo —dice el corsario.

—Vital. No creo que Palma e Hijos pueda salir adelante sin reponer esa pérdida.

—¿Tan mala es la situación?

—Angustiosa.

Inesperada, sincera, casi brutal, su propia respuesta la sorprende. Por un instante retiene el aliento, aturdida, sin decidirse a apartar sus ojos del hombre que la mira muy serio. Quizá haya sido un error hablar así, concluye alarmada. Llegar tan lejos. Lo cierto es que ni a don Emilio Sánchez Guinea ni a su hijo Miguel habría hecho nunca semejante confesión. Usado esa palabra. Ni con ellos, ni con nadie. Lolita Palma posee demasiada prudencia y demasiado orgullo. Y conoce su ciudad. En un momento intuye que Pepe Lobo se da cuenta de todo ello, como si estuviera leyendo dentro de su cabeza. Extrañamente, eso la tranquiliza.

—Sería un suicidio meterse ahí —dice el corsario, después de un rato en silencio.

Están parados en el antepecho de la muralla —como la noche de Carnaval, piensa Lolita— y Lobo se ha vuelto a mirar, igual que ella, la enfilación que, por encima del agua que la marea y el viento remueven en la piedra de los

Cochinos, apunta en línea recta a las luces aisladas, temblorosas y tenues en la distancia, que empiezan a encenderse tras la punta de Rota, al otro lado de seis millas de agua rizada en borreguillos de espuma.

—Con este viento duro —continúa el marino—, la única maniobra posible sería arrimarse al castillo francés de Santa Catalina y bajar luego muy cerca de la playa... Significa ponerse tres veces a tiro de los cañones.

—No hay luna. Eso da cierta ventaja.

—También inconvenientes. Riesgos. Como tocar a oscuras en las piedras de las Gallinas... Esa orilla es muy sucia.

Apoya el marino ambas manos en el remate de la muralla como si lo hiciera en la tapa de regala de su barco. Está mirando la bahía, observa Lolita, en actitud similar a la que seguramente adopta cuando está a bordo de la *Culebra*. Su expresión es recelosa y absorta, cual si no diese nada por supuesto ni en el mar ni en la tierra. Como si nunca se fiara de nada, ni de nadie.

—Además —prosigue Lobo—, una vez en el sitio habría que abordar el bergantín y reducir a la gente que tenga... Eso no puede hacerse sin ruido. Descontando que el falucho estará fondeado cerca, y va bien armado: dos carronadas de doce libras y seis cañones de a seis... Usted pretende que yo meta la balandra y a mi gente bajo los cañones de las baterías de tierra, aborde el bergantín y quizá me bata con el falucho...

—Exacto.

Por el amor de Dios, se dice Lolita escuchándose de nuevo. No sé dónde obtengo la frialdad de juicio, pero bendita sea. Toda esta necesidad que me permite hablarle así. La calma que impide que me arroje contra él, obligándolo a abrazarme de nuevo.

El corsario asiente ahora despacio, inclinando mucho la cabeza. Parece llegar a alguna clase de conclusión desconocida para ella.

—No sé qué opinión tiene de mí. Pero le aseguro...

Se calla, o más bien deja morir la frase en un suspiro vago, insólitamente masculino. A Lolita Palma, la voz y el silencio posterior del hombre le erizan la piel. El suyo es un estremecimiento doble: deseo físico y esperanza egoísta. Como un relámpago, ésta se impone sobre aquél, y al cabo sólo queda la avidez de la pregunta mezquina, inevitable.

—¿Puede hacerse?

Pepe Lobo ríe ahora. Suave, contenido, aunque sin intentar disimularlo. Se diría que alguien invisible acaba de contarle algo gracioso, en voz tan baja que Lolita no llegó a oírlo. Esa risa le da esperanza y la sobrecoge al mismo tiempo. Nadie que no haya oído reír al diablo, piensa de pronto, podría hacerlo así.

—Puede intentarse —murmura el corsario—. El mar tiene esas cosas... Unas salen bien, y otras no.

—Es lo que le pido. Que lo intente.

Él baja la mirada hacia el chapoteo del agua, ya casi oscura al pie de la muralla, donde la espuma que el viento bate entre las rocas da a éstas una singular fosforescencia.

—Concédame que es demasiado pedir.

—Se lo concedo.

El corsario sigue mirando las hilachas de espuma luminosa. De todos los hombres del mundo, se dice de pronto Lolita, de todos cuantos conocí y conoceré, es al que mejor conozco. Y sólo me abrazó una vez.

—¿Por qué habría de hacerlo?

Ella tarda en responder, pues aún sigue asombrada por lo que acaba de descubrir. El poder inaudito del que por primera vez es consciente. Todo tan simple, ahora. Tan obvio que la aterra su propia ingenuidad: haberse estrechado sin reservas aquella noche —vieja ya, imposible hoy— contra el pecho del corsario, sintiendo el olor de su cuerpo y, bajo las manos que tanteaban asombradas y torpes, la espalda recia, masculina. Tan firme y sólida como nunca pudo imaginar. Ajena ella, hasta hoy mismo, a las temibles consecuencias que ese breve instante imponía al hombre que mira el mar con la cabeza baja.

—Porque se lo pido.

Lo dice con firmeza, pero también con economía de palabras y entonación. Consciente de que cualquier paso en falso puede hacer que Lobo levante la vista, la mire de un modo distinto, volviendo en sí del sueño de espuma fosforescente, y todo se pierda sin remedio en la noche violácea que empieza a prolongarse en las sombras bajas de la muralla.

—Pueden matarme —murmura él con sencillez conmovedora—. A mí y a toda mi gente.

—Lo sé.

—No sé si ellos querrían hacerlo... Nadie puede obligarlos. Ni siquiera yo.

—Eso también lo sé.

—Usted...

Ha alzado el rostro y la mira con la postrera luz; pero es demasiado tarde para él. Aunque al escuchar esa última palabra Lolita Palma vacila un segundo en su propósito tenaz, siente de inmediato afianzársele la audacia. Y guarda silencio. Sólo viento y rumor de resaca en las piedras.

—Condenación —susurra Pepe Lobo.

A Lolita le parece asombrosa la precisión seca de la palabra. Por eso sigue callada. No son dulces todas las victorias, está pensando. No las que son como ésta.

—Nunca supo nada de mí —dice el corsario.

No es un lamento, observa ella. Sólo una apreciación técnica. Triste, como mucho. O resignada.

—Se equivoca. Lo sé todo sobre usted.

Ha hablado con mayor dulzura de la que desea. Comprenderlo hace que se detenga un instante. Indecisa. De nuevo el brevísimo flaqueo conmovido, tierno por un momento. Demasiado lejos para oler su cuerpo, esta vez.

—Todo —repite, más seca.

Ahora reflexiona sobre lo que ha dicho ella misma, para concluir que es completamente cierto.

—Por eso he venido —añade enseguida—. Porque sé cuanto necesito saber.

Observa que él aparta la mirada. Evitando su rostro, o tal vez rehúye mostrar el suyo.

—Y yo necesito pensarlo... Hablar con mi tripulación. No puedo decirle nada ahora.

—Lo comprendo. Sí. Pero no hay mucho tiempo.

Un chasquido. Él golpea fuerte con las dos manos sobre el remate de la muralla. La doble palmada resuena en la piedra desnuda.

—Escuche. No puedo prometérselo. Tampoco puede exigir que lo haga.

Lo mira Lolita intensamente, casi con sorpresa. Hombres estúpidos, se dice. Incluso él.

—Ya le he dicho que sí. Que puedo.

Retrocede, al ver que da un paso brusco hacia ella.

—Una vez me besó, capitán.

Lo ha dicho como si el recuerdo bastara para tenerlo a raya. Ríe otra vez el marino, pero de modo distinto a como lo hizo antes. Ahora es más fuerte y amargo. A Lolita le desagrada esa risa.

—Y eso —dice él— le da derecho a disponer de mi vida.

—No. Eso me da derecho a mirarlo como lo miro ahora.

—Maldita sea su mirada, señora. Maldita sea esta ciudad.

Da otro paso en su dirección y ella retrocede de nuevo, desafiante. Se quedan de ese modo, inmóviles, uno frente al otro. Observándose casi en penumbra.

—En otro lugar del mundo, yo...

Pepe Lobo se interrumpe de repente. Como si la luz, al extinguirse, le arrebatara las palabras, derrotando cualquier argumento presente o futuro. Sin duda tiene razón, piensa ella conmovida. Y se lo debo.

—También yo —responde con suavidad.

No hay cálculo en eso. Su voz ha sonado queda, como un gemido sincero que se deslizara mansamente entre ambos. Ya no puede ver los ojos del otro, pero comprueba que mueve la cabeza, descorazonado.

—Cádiz —le oye decir en voz muy baja.

—Sí. Cádiz.

Sólo entonces se atreve y lo toca, con el ademán tímido de una niña que se aventurase cerca de un animal encolerizado. Apoya en el brazo del hombre una mano ligera, como si no pesara. Y nota bajo los dedos, a través del paño de la casaca, estremecerse los músculos tensos del corsario.

Plano del puerto de Cádiz levantado por el brigadier de la Real Armada don Vicente Tofiño de San Miguel. Pepe Lobo se encuentra de pie, inclinado sobre la representación impresa de la bahía, calculando distancias con un compás de puntas abierto en la medida de una milla, tomada de la escala que figura en la parte superior derecha. A la luz de una lámpara de cardán atornillada en el mamparo, la carta náutica está desplegada en la mesa de la estrecha camareta, bajo la lumbrera cuyos cristales cubre una delgada capa de sal. Eso enturbia la visión del cielo estrellado, limpio de nubes, que gira muy despacio sobre el eje de la Polar, más allá de la prolongada botavara con la vela baja, aferrada, y el único palo de la balandra. Crujen suavemente mamparos y baos cada vez que una ráfaga más intensa del viento noroeste que sopla afuera, silbando en la jarcia, tensa el cabo de fondeo y la *Culebra* se sacude con un estremecimiento vivo, borneando lentamente a babor y estribor, sobre el ancla que reposa en tres brazas de arena y fango, enfilada entre la punta del espigón de San Felipe y las piedras de los Corrales.

—La gente está reunida arriba —dice Ricardo Maraña, que acaba de bajar desde cubierta por la escala del tambucho.

—¿Cuántos faltan?

—Acaba de llegar el contramaestre con ocho hombres más... Sólo quedan en tierra seis.

—Podría ser peor.

—Podría.

Acercándose a la mesa, Maraña echa un vistazo a la carta. Las puntas del compás, girando entre los dedos de Pepe Lobo, recorren sobre el grueso papel la distancia exacta —tres millas— que separa la balandra de la batería francesa situada al extremo oriental de la ensenada de Rota, en el fuerte francés de Santa Catalina. Desde allí, la costa describe hacia poniente un doble arco de cinco millas que forma la ensenada: del fuerte al pequeño cabo de la Puntilla, y de éste a la punta de Rota. El capitán de la *Culebra* ha trazado un círculo a lápiz sobre cada una de las seis baterías ocupadas por los franceses que defienden esa costa: además de Santa Catalina, con sus piezas de largo alcance, están marcadas en la carta las de Ciudad Vieja, Arenilla, Puntilla, Gallina y los cañones de 16 libras que los imperiales tienen instalados en el muellecito de Rota, delante del pueblo.

—A esa hora nos favorecerán la oscuridad y la marea —explica Lobo—. Podemos hacerlo amurados a babor, ciñendo hasta el bajo de la Galera... A partir de ahí daríamos bordos para arrimarnos a la Puntilla y bajar después pegados a la playa, atentos a la sonda, ganando todo el barlovento posible. La ventaja es que nadie espera enemigos por ese lado... Si alguien nos ve, tardará en darse cuenta de que no somos franceses.

El primer oficial sigue inclinado mirando la carta, inexpresivo. Pepe Lobo advierte que estudia con atención los tres círculos a lápiz que bordean la ensenada en su extremo de la izquierda. El joven no dice nada, pero él sabe lo que está pensando: demasiados cañones y demasiado cerca. Para llegar a su objetivo, la *Culebra* deberá deslizarse en la oscuridad, pasando por delante de muchas bocas de fuego. Bastará un centinela suspicaz, un cohete luminoso o un bote de ronda para que una de esas baterías les tire a bocajarro. Y los costados de roble de la balandra, rápida y ligera como una muchacha, no son los de un navío de línea. El castigo que puede encajar antes de venirse abajo es limitado.

—¿Qué opinas, piloto?

El joven hace un gesto vago. Pepe Lobo sabe que su actitud sería la misma si le propusieran navegar directamente hasta Santa Catalina y trabarse a cañonazos con las piezas de grueso calibre del fuerte.

—Si allí rola el viento —dice—, aunque sea un par de cuartas, no podremos acercarnos al fondeadero.

Ha hablado indolente, como suele. Con el habitual distanciamiento técnico. Y ni una palabra sobre las baterías. Sin embargo, como su capitán, Maraña sabe que, si no queda todo resuelto antes del amanecer y los cañones franceses los sorprenden con luz, ni la *Culebra* ni la posible presa saldrán nunca de la ensenada.

—Entonces, mala suerte —dice Lobo—. Pasaremos de largo y adiós muy buenas.

Se incorporan los dos, y Pepe Lobo guarda la carta. Después observa a Ricardo Maraña. Éste no ha hecho ningún comentario desde que su capitán le confió la intención de rescatar el *Marco Bruto*. Todas sus preguntas han sido profesionales, referentes a la maniobra de hacerse a la mar y la manera en que tripulación y barco deben disponerse para ejecutar lo previsto. Ahora, abotonada hasta el cuello la estrecha y elegante chaqueta de largos faldones, el teniente se conduce con su aire de hastío habitual; como si lo que han de resolver en las próximas horas no fuese más que un trámite común. Una maniobra rutinaria y enojosa.

—¿Qué dice la gente?

Maraña encoge los hombros.

—Hay de todo. Pero los cuarenta mil reales extra y la perspectiva del botín de represa ayudan mucho.

—¿Alguien quiere volver a tierra?

—No, que yo sepa. Brasero los tiene bajo control.

—Lleva tu pistola, piloto. Por si acaso.

Abriendo un armario del mamparo, el capitán coge un arma cargada y se la mete en el cinto, bajo la casaca. No está más preocupado de lo habitual, pero sabe que el momento delicado puede darse ahora, con la seguridad de tierra cerca; cuando todo está por emprender y aún hay tiempo para formularse preguntas y comentarlas con los compañeros. Aunque navegue bajo el escudo del castillo y el león coronados, un barco corsario carece de la disciplina rigurosa de la Real Armada, y la distancia entre descontento y motín resulta más fácil de franquear. Después, una vez hechos a la mar, navegando y en el calor de la acción, cada hombre actuará como suele, atento a la maniobra y al combate. Peleando por el barco y por su vida. Por su interés. Todos han pasado muchos meses a bordo, soportando penurias y peligros. Se les debe dinero, y lo perderían de incumplir el contrato de rol. Demasiado tarde para volverse atrás.

Ricardo Maraña aguarda al pie de la escala, ahogando la tos con un pañuelo. Pepe Lobo admira una vez más la fría imperturbabilidad de su segundo. A la luz de la lámpara de petróleo, sus labios exangües, sobre los que acaba de pasar el lienzo que, como de costumbre, retira con salpicaduras oscuras, parecen todavía más pálidos. La fina línea de éstos se curva en un brevísimo apunte de sonrisa cuando Lobo llega a su lado y adopta el tono formal que usan en cubierta:

—¿Está listo, piloto?

—Lo estoy, capitán.

Pepe Lobo, a punto de subir por el tambucho, se detiene un momento.

—¿Hay algo que decir?

Se acentúa la sonrisa del otro. Es distante y fría, como suele. Idéntica a la que, en tugurios de mala muerte, aflora cuando baraja cartas sobre un tapete cubierto de monedas; dinero del que se desprende con la misma facilidad con que lo gana, sin pestañear, impávido ante el azar como ante la vida con la que sus pulmones deshechos libran una carrera suicida. Para llegar a tan perfecta indiferencia, decide Lobo, se requiere una larga decantación de estirpe. Muchas generaciones de perdedores, o de buena crianza. Posiblemente, de ambas.

—¿Por qué iba a decir nada, capitán?

—Tiene razón. Subamos.

Cuando salen a la cubierta, resbaladiza de humedad bajo el cielo estrellado, la tripulación forma grupos de bultos negros a proa, entre el palo y el grueso arraigo del bauprés. El viento, cuya dirección no ha cambiado, sigue soplando fuerte en la jarcia, que vibra tensa como las cuerdas de un arpa. Algunas luces de la ciudad brillan cercanas, encendidas por la banda de babor, más allá de las siluetas negras de los cañones de 6 libras trincados en sus portas.

—¡Nostramo!

La figura maciza del contramaestre Brasero les viene al encuentro.

—A la orden, capitán.

—¿Gente?

—Cuarenta y uno sin contarlos a ustedes dos.

Camina Pepe Lobo hasta la bomba de achique, situada tras el molinete del ancla. Los hombres se apartan para dejarle paso mientras se apagan las conversaciones. No puede ver sus rostros, y ellos tampoco ven el suyo. El viento no basta para disipar el olor que se desprende de cuerpos y ropas: sudor, vómito, vino de taberna abandonada hace apenas una hora, humedades de mujer sucia y reciente. El olor que, desde la más remota Antigüedad, acompaña a todos los marinos del mundo cuando regresan a bordo.

—Vamos a traernos un barco —confirma Lobo, alzando la voz.

Después habla durante apenas un minuto. No es hombre de discursos, ni su gente aficionada a ellos. Se trata, además, de corsarios; no de infelices reclutados a la fuerza en un buque de guerra, a los que hay que leer cada semana la ordenanza de la Real Armada para meterles en el cuerpo el temor a Dios y a los oficiales, amenazándolos con penas corporales, incluida la de muerte, y por añadidura con todos los castigos del infierno. A gente como ésta sobra con hablarle de botines, a ser posible detallando cantidades. Y eso hace. Brevemente, con frases cortas y claras, recuerda lo que han ganado hasta ahora, el dinero pendiente del tribunal de presas y los 40.000 reales que, además de la prima habitual de represa, se repartirán entre todos, aumentando en una quinta parte lo que cualquier marinero raso ha ganado desde que se enroló. Al otro lado hay corsarios franceses, concluye, y tal vez la *Culebra* pase un mal rato cerca de tierra; pero la noche, el viento y la marea echarán una mano. Y en la retirada —aquí aventura la posibilidad como segura, adivinando la mirada silenciosa y escéptica de Ricardo Maraña— las cañoneras aliadas cubrirán el regreso.

—De paso —remata— daremos una andanada a ese falucho cabrón que tienen allí los gabachos.

Risas. Lobo se calla y camina hacia popa sintiendo las palmadas que le dan sus hombres en los brazos y la espalda. Deja el resto del asunto a los viejos reflejos; a los lazos que la prolongada campaña de corso ha tejido entre él y la tripulación. Se trata menos de afectos y disciplina que de obediencia y eficacia práctica. De la certeza de saberse mandados por un capitán prudente, afortunado, que sólo arriesga lo justo, mantiene a salvo presas, barco y gente de a bordo, y gestiona bien, en tierra, cada fruto de la campaña. Confirmando a todos que trabajos y peligros tienen su precio. Ésa es la lealtad que Pepe Lobo espera esta noche de sus hombres: la precisa para navegar a oscuras hasta el fondo de la ensenada, maniobrar con diligencia, batirse de modo adecuado y regresar con el *Marco Bruto* a remolque.

Al llegar a la escala, situada junto al cañón número tres de estribor y a la altura de la lancha estibada en cubierta, Lobo se inclina sobre la regala, hacia la figura que aguarda abajo, en un botecillo abarloado al casco de la balandra: un empleado de la casa Palma, viejo marinero que suele hacer de enlace con tierra cuando fondean en el puerto.

—¡Santos!

Se remueve el otro, abajo. Dormía.

—¡A sus órdenes, señor capitán!

—Zarpamos. Lleve el aviso a su señora.

—¡Como una bala!

Chapotean los remos en el agua mientras el bulto oscuro del botecillo se abre del costado, remando con el viento de través rumbo al espigón del muelle. Pepe Lobo sigue camino hasta popa, donde pasa junto a la barra del timón, trincada al centro, y se apoya en el coronamiento donde reposa la botavara, junto al cofre de instrumentos y señales. La madera está mojada; aunque, pese al viento que se impregna de humedad en la bahía, la temperatura es razonable. Con la chaqueta desabrochada sobre la camisa, Lobo saca la pistola que lleva al cinto y la mete en el cofre. Después se queda mirando la ciudad dormida tras la franja de sus murallas, el doble pináculo en sombras de la Puerta de Mar, más allá del espigón del muelle. Las siluetas de los barcos fondeados y las escasas luces que se reflejan en el agua negra, entre los borreguillos de espuma que riza el mistral.

Quizá ella esté despierta a esta hora, piensa. Tal vez se encuentre sentada con un libro en las manos, alzando en ocasiones la vista para comprobar qué hora es. Para imaginar lo que en este momento hacen él y sus hombres. Tal vez cuenta las horas, inquieta. O puede —lo más probable, por lo que Lobo cree saber de ella— que duerma ajena a todo, indiferente; soñando con aquello, sea lo que sea, que ocupe el sueño de las mujeres dormidas. Por un momento el corsario imagina la tibieza de su cuerpo, la expresión al abrir los ojos por la mañana, la pereza de los primeros movimientos, la luz del sol que entra por la ventana al iluminar su rostro. Ese sol que, posiblemente, algunos de los hombres que ahora están a bordo de la *Culebra* no verán levantarse nunca.

Lo sé todo sobre usted. Ésas fueron las palabras que ella le dirigió en la muralla, entre dos luces, mientras le pedía que metiese su barco y a su gente bajo los cañones de la ensenada de Rota. Sé cuanto necesito saber, dijo, y eso me da derecho a pedir lo que le pido. A mirarlo como lo miro. Apoyado en la teca húmeda, el corsario recuerda ahora cómo esa mirada, bajo los pliegues traslúcidos de la mantilla agitada por el viento, iba velándose en la penumbra violeta mientras asomaban palabras calculadas y frías, precisas como la escala graduada de un sextante. Al tiempo que él, torpe como lo fueron siempre los hombres enfrentados al enigma racional de la carne, la muerte y la vida, veía apagarse su rostro en la noche sin atreverse a besarlo una vez más. Sin llevarse, en el minucioso camino hacia la nada que está a punto de recorrer —que ya empezó, en realidad, inclinado sobre la carta náutica que tiene abajo—, otra cosa que la voz y la certeza física de la mujer, su consistencia cálida e inalcanzable entre las sombras que se adueñaban de sus destinos. En otro lugar del mundo, yo. Eso fue cuanto llegó a decir él antes de interrumpirse; y no añadió apenas nada, pues con esa confesión singular, nunca hecha antes, todo quedaba establecido entre ambos, resignado al curso de lo inevitable. Dispuesto el viaje sin miradas atrás, ni queja alguna. Sólo era ya otro hombre, uno más, alejándose por caminos sin retorno y mares sin vientos de vuelta. Sin miedos ni remordimientos, pues nada quedaría y nada era posible llevarse. Pero ella tuvo que hablar, al fin, en el último instante. Y eso lo alteraba todo. Aquel «también yo», tan desconsolado como la luz violeta extinguiéndose en la bahía, sonaba a estremecimiento ancestral, de siglos. A lamento de mujer sobre las murallas de una ciudad antigua: certeza de regreso imposible que hace más mortal la propia muerte. Y la mano apoyada en su brazo, leve como un suspiro, no hizo más que sentenciarlo sin remedio.

—La gente está lista, capitán.

Olor a humo de tabaco, pronto desvanecido en el viento. La silueta delgada y oscura de Ricardo Maraña se destaca en el coronamiento, con la brasa de un cigarro a la altura del rostro. La cubierta empieza a animarse entre sonido de pies descalzos, voces de hombres, crujidos y chirriar de motones y cuadernales.

—Pues disponga maniobra. Nos vamos.

—A la orden.

Se aviva la brasa del cigarro mientras el primer oficial da media vuelta.

—Ricardo... Eh... Piloto.

Un silencio breve. Desconcertado, tal vez. El teniente se ha detenido.

—Dígame.

Su voz delata asombro. Del mismo modo que jamás se tutean ante la tripulación, nunca, ni si quiera en tierra, Pepe Lobo lo había llamado antes por su nombre de pila.

—Va a ser un viaje corto y duro... Mucho.

Otro silencio. Al fin suena la risa del teniente en la oscuridad, hasta interrumpirse en un golpe de tos. El cigarro describe un arco rojizo sobre la borda y se extingue al caer al mar.

—Métanos en Rota, capitán. Después, que el diablo reconozca a los suyos.

En su barraca, en mangas de camisa zurcida y poco limpia, junto a la escasa luz de un cabo de vela medio consumida, Simón Desfosseux moja la pluma en el tintero y registra cálculos e incidencias en un grueso cuaderno que lleva metódicamente, a modo de diario técnico de campaña. Cada día hace lo mismo al concluir la jornada, minucioso como suele, anotando ecuánime cada éxito y fracaso. En los últimos días, el artillero está satisfecho: ciertas mejoras en la gravedad específica de las bombas, aplicadas tras mucho tira y afloja con el general D'Aboville, aumentan su alcance. Recurriendo a granadas completamente esféricas y pulidas, desprovistas de espoleta y con la carga de pólvora sustituida por 30 libras de arena inerte, los obuses Villantroys-Ruty consiguen desde hace dos semanas llegar a la plaza de San Antonio, corazón de la ciudad. Eso supone un alcance efectivo de 2.820 toesas, gracias al delicadísimo equilibrio entre la arena y el plomo que, cuidadosamente vertido en capas sucesivas en la recámara del proyectil, compensa las 95 libras que pesan las bombas actuales, disparadas con una elevación de cuarenta y cinco grados. Es cierto que, como van sin pólvora ni espoleta, no estallan nunca; pero al menos caen donde deben caer, más o menos, con desviaciones esporádicas —todavía preocupantes para Desfosseux— de hasta medio centenar de toesas, tomando como referencia la enfilación de los campanarios de la iglesia. Tal como andan las cosas, resulta razonable; y justifica que el *Monitor*, para satisfacción del mariscal Soult, haya publicado, sin mentir demasiado —sólo un tercio de mentira—, que el ejército imperial bombardea todo el perímetro de Cádiz. En lo que se refiere a las otras granadas, las que estallan, una ingeniosa combinación de mixtos, estopines y fulminantes de nueva invención —fruto, también, de interminables cálculos y arduo trabajo con Maurizio Bertoldi—, hace posible que, en condiciones adecuadas de viento, temperatura y humedad, una de cada diez alcance ahora su objetivo, o los alrededores, con la espoleta encendida el tiempo suficiente para estallar como es debido. Los informes que llegan de Cádiz, pese a que mencionan más susto y destrozo que víctimas, bastan para cubrir el expediente y tener tranquilo al mariscal; aunque, para su íntima mortificación, Desfosseux siga convencido de que, si lo dejaran usar morteros de gran calibre en lugar de obuses, y bombas de mayor diámetro con espoletas grandes en vez de granadas, los logros en alcance serían parejos a la eficacia destructora, y sus proyectiles arrasarían la ciudad. Pero, lo mismo que el ausente mariscal Víctor, Soult y su estado mayor, ateniéndose con mucha prudencia a la voluntad del emperador, siguen sin querer oír una palabra de morteros; mucho menos ahora que Fanfán y sus hermanos llegan a donde deben llegar, o casi. El propio duque de Dalmacia —título imperial de Jean Soult— felicitó hace unos días a Desfosseux durante una inspección en el Trocadero. Contra lo que suele ocurrir, el duque estaba de buen humor. Un correo, de los que logran cruzar Despeñaperros sin que los guerrilleros los cuelguen de una encina y les saquen las tripas, había traído periódicos de Madrid y París con la mención al nuevo alcance de los bombardeos; y también la noticia de que el convoy con el último botín de cuadros, tapices y joyas saqueado por Soult en Andalucía había llegado sano y salvo al otro lado de los Pirineos.

—¿De verdad no quiere que lo ascienda, capitán?

—No, mi general —impecable taconazo de circunstancias—. Aunque se lo agradezco mucho. Prefiero seguir con la misma graduación, como saben mis superiores inmediatos.

—Vaya. ¿Le dijo usted eso mismo a Víctor?

—Sí, mi general.

—¿Lo oyen, caballeros?... Vaya tipo raro.

Cierra Desfosseux el cuaderno y se queda pensativo, considerando otro asunto. Al cabo consulta su reloj de bolsillo. Luego abre la caja de munición vacía que usa como escritorio y saca la última comunicación, recibida esta misma tarde, del policía español. Tras un silencio de dos semanas, ese extraño individuo vuelve a pedirle que dentro de cinco días, pasadas las cuatro de la madrugada, haga algunos disparos dirigidos a un lugar concreto de la ciudad. La carta incluye un croquis del área donde deben caer las bombas; y el capitán, que conoce el trazado de Cádiz mejor que sus propias manos, no necesita un plano para determinarlo: está dentro del sector de las granadas que estallan, y puede alcanzarse sin problemas mientras no sople un poniente demasiado fuerte. Se trata de la plazuela de San Francisco, situada junto al convento y la iglesia del mismo nombre. Un objetivo relativamente fácil con carga convencional de pólvora y espoleta, siempre que las bombas —a veces parecen pensar por su cuenta, las malditas— no decidan desviarse a la derecha, a la izquierda, o quedarse cortas y caer en el mar.

Pintoresco sujeto ese comisario, piensa el artillero mientras prende fuego a una esquina del papel y lo deja consumirse en el suelo. Poco simpático, desde luego. Con su cara de águila sombría y los ojos relucientes de violencia contenida, traspasados de determinación y venganza insatisfecha. Desde el encuentro clandestino junto a la playa, Simón Desfosseux no ha respondido por escrito a las comunicaciones del español. Lo considera inútil y arriesgado. No para él, que puede justificarse con la excusa de un confidente que lo ayuda a determinar objetivos, sino por la seguridad del propio individuo. No son tiempos para equívocos, ni matices. Duda el artillero que las autoridades del otro bando aceptaran como natural que uno de sus policías, en connivencia con el enemigo, oriente algunos de los disparos que caen en la ciudad, destrozan bienes y se cobran vidas. Son riesgos que ese Tizón parece asumir con despego; pero Desfosseux no desea aumentarlos con una indiscreción suya. Ni siquiera el fiel Bertoldi, que echó una mano cuando la entrevista, está al corriente de lo que se habló: todavía cree habérselas con un espía o confidente. En lo que al capitán se refiere, éste se ha limitado a cumplir su parte del acuerdo, arreglándoselas para que, en las fechas y horas requeridas, el sargento Labiche y sus hombres dirijan unos cañonazos a los lugares indicados, siempre con granadas provistas de pólvora y espoleta. Se trata de bombardear, a fin de cuentas. Puestos a ello, lo mismo da que los proyectiles caigan en un sitio que en otro. En cuanto a la historia de las muchachas muertas, imagina que, en caso de éxito del comisario, éste le enviará alguna comunicación sobre el particular. De cualquier modo, Desfosseux sigue dispuesto a mantener el compromiso. No indefinidamente, claro. Todo tiene su límite.

Poniéndose en pie, el artillero consulta de nuevo el reloj. Después coge casaca y sombrero, apaga la vela y, tras apartar la manta que cubre la entrada de su barraca, sale afuera, a la oscuridad. El cielo está lleno de estrellas, y el viento noroeste agita las llamas de un vivac próximo, donde varios soldados de guardia calientan un puchero con el habitual brebaje de cebada tostada y molida con pretensiones de café, que ni huele a café, ni sabe a café, ni lleva dentro un solo grano de café. El chisporroteo del fuego ilumina, con su danza rojiza, los cañones de los fusiles y los rostros fantasmales donde bailan sombras y reflejos.

—¿Una taza, mi capitán? —pregunta alguien, cuando pasa junto a ellos.

—Luego, si acaso.

—Para entonces no quedará una gota.

Deteniéndose, Desfosseux acepta el pichel de hojalata que le ofrecen, y con él en la mano camina en la oscuridad, atento a dónde pone los pies, hacia la torre de observación que se alza a pocos pasos. La noche es agradable, pese al viento. El verano llega con grandes calores a orillas de la bahía, marcando el mercurio hasta cuarenta grados centígrados a la sombra, y con millones de mosquitos procedentes de las aguas bajas y estancadas atormentando noche y día al ejército imperial. Por lo menos, se dice Desfosseux mientras moja los labios en el brebaje caliente, el noroeste ha ahuyentado el temible bochorno de días anteriores: el otro viento llamado aquí solano, o siroco, que viene de África trayendo fiebres malignas y noches sofocantes, secando arroyos, matando plantas y enloqueciendo a las personas. Dicen que la mayor parte de los asesinatos cometidos en esta tierra, criminal por naturaleza, ocurren mientras sopla el solano. El último caso escandaloso sucedió hace tres semanas, en Jerez. Un teniente coronel de dragones que vivía amancebado con una española —muchos jefes y oficiales se permiten ese lujo, mientras la tropa se desahoga en los burdeles o violando mujeres por su cuenta y riesgo— fue muerto a puñaladas por el marido de ésta, funcionario municipal y hombre ordinariamente pacífico, juramentado del rey José, sin que pudiera establecerse otra motivación que la personal. Bajo la influencia del viento cálido que hace hervir la sangre y trastorna la cabeza.

Apura Simón Desfosseux el poso del brebaje, deja el pichel vacío en el suelo y sube por la crujiente escala que lleva a la plataforma del observatorio, convertida en blocao merced a gruesos tablones de pino chiclanero. Dentro de cinco minutos, el teniente Bertoldi hará con la batería de Fanfán los últimos disparos previstos hoy contra diversos lugares de la ciudad, entre ellos la plaza de San Antonio, San Felipe Neri y el edificio de la Aduana, cumpliendo lo que desde hace meses se ha convertido en programa fijo: unas cuantas bombas disparadas al límite de alcance con la primera luz de la mañana, y nuevos bombardeos a la hora de comer, a la de cenar y de madrugada. Simple rutina diaria: las bombas hacen más daño que antes, pero nadie espera que cambien nada. Ni siquiera el duque de Dalmacia. Asomándose a una aspillera, Desfosseux observa melancólico el paisaje: la gran extensión de la bahía y las poquísimas luces de la ciudad dormida, con el lejano faro de San Sebastián destellando en la distancia. Hay algunas ventanas iluminadas por la parte de la isla de León, y las fogatas de los dos ejércitos se prolongan a lo lejos en forma de arco, por los caños hasta Sancti Petri, delimitando una línea de frente que no se ha movido un palmo en los últimos catorce meses, desde la batalla de Chiclana. Ni se moverá ya, si no es hacia atrás. Con las malas noticias que llegan del resto de la Península, la derrota del mariscal Marmont ante Wellington en los Arapiles y la entrada de los ingleses en Salamanca, los rumores de un repliegue hacia el norte empiezan a correr por el ejército de Andalucía.

En cualquier caso, Cádiz sigue ahí. Tras quitar la tapa al ocular de un moderno catalejo nocturno Thomas Jones montado en trípode, de tubo grueso y casi un metro de longitud —ha costado medio año y agotador papeleo conseguirlo para la Cabezuela—, Desfosseux recorre con la potente óptica los contornos oscuros de la ciudad, deteniéndose en el edificio de la Aduana, donde reside la Regencia. Además del oratorio de San Felipe, lugar de reunión del parlamento rebelde —más lejos y de difícil alcance—, la Aduana es uno de sus objetivos favoritos. Después de muchos intentos, titubeos y fallos, el artillero ha logrado centrar el tiro sobre el edificio, colocándole encima algunas bombas bien dirigidas. Ésa es también su intención esta noche, si Bertoldi anda fino de pulso y el viento noroeste no complica las trayectorias.

Cuando Simón Desfosseux está a punto de apartarse del ocular, una sombra pasa despacio por el círculo de la lente. Moviendo el catalejo hacia la derecha, el capitán la sigue un trecho, curioso. Al fin comprueba que la sombra, aumentada y aplastada por la potencia del instrumento óptico sobre la superficie inmensa y negra de la bahía, son las velas de un barco que, con todo el trapo izado y ciñendo el viento, navega silencioso en la oscuridad, como un fantasma.

En la torre vigía de la terraza, refrescada por el viento que penetra de frente por la ventana del lado norte, Lolita Palma mira también por un catalejo. La línea de la costa, donde mueren las estrellas que salpican el firmamento, apenas se distingue en la ancha negrura de la bahía. Bajo el horizonte sombrío, entintado por la oscuridad algo más intensa que acompaña a la última hora de la noche, no hay otras luces que el destello periódico del faro de San Sebastián, a la izquierda, y algunos débiles puntos luminosos —las luces de Rota— semejantes a estrellas muy bajas, amortiguadas y temblorosas en la distancia.

—Quiere romper el alba —comenta Santos.

Mira Lolita hacia la derecha, en dirección a levante. Más allá de las alturas sombrías de Chiclana y la eminencia de Medina Sidonia, el horizonte vira hacia una levísima línea azulada donde empiezan a apagarse los astros. Esa claridad naciente tardará más de una hora en alejar las tinieblas de la bahía; allí donde ella mira sin resultado desde hace rato, el alma en vilo, esforzándose por penetrar la oscuridad. Al acecho de cualquier indicio revelador de que la *Culebra* pueda estar cerca de su objetivo. Pero no hay otra cosa que la noche. El catalejo no muestra nada particular, y todo parece tranquilo. Puede haberlos retrasado el viento, concluye inquieta. La necesidad de dar demasiados bordos para acercarse. O tal vez les haya sido imposible entrar en el saco de la ensenada, viéndose obligados a navegar hacia el mar abierto. Desistiendo del intento.

—Si los hubieran descubierto, lo sabríamos.

Asiente la mujer sin despegar los labios. Sabe que el viejo marinero tiene razón. Toda esa calma indica que, esté donde esté la balandra, nadie la ha localizado todavía. De lo contrario, hace rato que alguna de las baterías francesas situadas entre el fuerte de Santa Catalina y Rota habría hecho fuego, y el viento que viene de esa orilla traería ruido de combate. El silencio, sin embargo, es absoluto, fuera del rumor del mistral que corre libre, aullante a trechos, por la bahía.

—Meterse ahí no es fácil —añade Santos—. Eso lleva su tiempo.

Asiente otra vez, incierta. Desazonada. Cuando las rachas soplan con excesiva violencia a través de la ventana abierta, tiembla de frío a pesar de la toquilla de lana que lleva —cofia de seda recogiéndole el cabello, chinelas de tafilete— encima de la bata. Hace dos horas que no abandona la torre, y casi toda la noche la ha pasado en vela. La última vez subió tras descabezar un sueño breve e inquieto, sin llegar a conciliarlo del todo, mientras el sirviente se quedaba de guardia con instrucciones de comunicarle la menor novedad. Al poco rato subía de nuevo, impaciente, requiriendo el catalejo. Ahora tiene las manos y el rostro ateridos, sigue destemplada por la larga espera, y los ojos le lagrimean de tanto forzar la vista pegados al visor del catalejo. Recorre cuidadosamente la línea negra de la costa, de derecha a izquierda, deteniendo el círculo de visión en el saco sombrío de la ensenada: allí sólo hay oscuridad y silencio. La idea del *Marco Bruto* y su carga perdidos para siempre, fallida la única ocasión de recobrarlos, la llena de angustia.

—Me temo que no hay nada que hacer —murmura—. Algo les habrá impedido llegar.

La voz de Santos suena paciente, con la antigua flema de la gente de mar hecha a la cara o cruz de su destino.

—No diga eso... El capitán conoce su oficio.

Una pausa. Golpea el viento en fuertes ráfagas que hacen agitarse y gualdrapear la ropa tendida en las terrazas próximas como sudarios de fantasmas enloquecidos.

—¿Me permite fumar, doña Lolita?

—Claro.

—Con su permiso.

A la breve luz del chisquero con que el sirviente enciende un cigarro liado, Lolita Palma observa las duras arrugas que surcan su cara. Pepe Lobo, piensa, estará ahora rodeado de rostros idénticos a éste: hombres curtidos, tallados por el mar. Puede, sin esforzarse en absoluto, imaginar al corsario —si es que no ha renunciado a la empresa y aún sigue adelante— escudriñando la oscuridad ante la proa de la balandra. Atento a cualquier sonido más allá del viento y el crujir de madera y lona, mientras el susurro del sondador encaramado en la serviola cuenta las brazas de agua que hay bajo la quilla y todos aguardan, crispados por la tensión que ata lenguas y seca bocas, el resplandor de una andanada enemiga que barra la cubierta.

Otra racha de mistral húmedo aúlla sobre las terrazas y llega hasta la ventana de la torre vigía. Temblando bajo la toquilla, la mujer siente ahora, preciso y concreto como una herida, el hueco de los gestos que nunca hizo; el silencio de todas las palabras que no pronunció mientras la penumbra del último atardecer —sólo han transcurrido unas horas, y parece goteo de años— velaba las facciones del hombre cuyo recuerdo la estremece: un trazo blanco sobre la piel atezada, doble reflejo de uva mojada en los ojos claros, ausentes, absortos en la noche que se apropiaba implacable de sus sentimientos y sus vidas. Quizá él regrese cuando todo termine, se dice de pronto. Quizá yo pueda, o deba. Aunque no. Tal vez nunca. O sí. Tal vez siempre.

—¡Allí! —exclama Santos.

Sobresaltada, Lolita Palma mira en esa dirección. Entonces contiene el aliento mientras se le eriza la piel. A través de la bahía, el viento arrastra un rumor sordo y monótono, apagado, como truenos muy lejanos. En la ensenada de Rota, sobre la superficie negra del mar, relucen diminutos fogonazos.

Astillas, relampagueo de disparos y hombres que gritan. Cada vez que encaja otra andanada, la *Culebra* tiembla como si estuviera viva, o muriendo. Desde que la balandra apartó al fin su proa de la aleta del bergantín, cayendo a babor en el lecho del viento, Pepe Lobo no ha tenido tiempo de averiguar cómo le van las cosas a Ricardo Maraña y su trozo de abordaje. Apenas el último de ellos se encaramó al *Marco Bruto* —fue un milagro no partir el bauprés en la silenciosa aproximación final a oscuras, pese a ir ya contra el viento—, Lobo pasó a ocuparse del barco sin luces que les disparaba por la banda de estribor. No esperaba encontrar a nadie en ese lado, y el súbito aviso de que había algo fondeado a sotavento y a estribor de la presa lo sorprendió en el último instante, cuando ya no podía alterar la maniobra: un barco armado, de pequeño porte. Posiblemente, el místico corsario que rondaba la bahía, y que en las últimas horas también echó el ancla ahí. Su cañonazo único, aislado, delató a los atacantes antes de tiempo;

pero a estas alturas da igual. Hay otras cosas de las que ocuparse. El místico, si es que se trata de él, deriva con el fuerte viento, suelto el fondeo, hecho una hoguera desde que la *Culebra*, apenas Maraña y dieciséis hombres pasaron al abordaje del *Marco Bruto*, le incendió algo a bordo tras largar por estribor, a bocajarro, una andanada de cuatro cañones de 6 libras.

El problema está a babor del bergantín abordado; o más bien allí donde, tras caer por esa banda a sotavento, Pepe Lobo ve ahora los fogonazos de cañones y fusilería que dispara el falucho corsario, fondeado muy cerca. En la oscuridad, Lobo no puede ver bien su propia arboladura; pero el resplandor del místico incendiado, que sigue derivando con el viento, y los fogonazos intermitentes de los cañonazos de la *Culebra*, muestran la jarcia cada vez más picada y la lona que trasluce o se tensa arriba, en el fuerte viento: desgarrada en parte la gran vela mayor, trabado el pico a medio palo, y sin otra maniobra útil que la trinqueta. En la cubierta llena de cabuyería enredada y astillas, recortados en el brutal contraluz de los cañonazos, los tripulantes de la balandra intentan ayustar brazas y drizas rotas para mantener la capacidad de maniobra, mientras los artilleros limpian, cargan y asoman de nuevo por estribor las cuatro piezas dispuestas con doble bala. Pepe Lobo recorre la batería empujando a los remisos, ayudando a tirar de los palanquines que trincan las cureñas.

—¡Disparad!... ¡Disparad!

Llora pólvora quemada, y sus gritos se ahogan en el estruendo del combate. Están muy próximos al falucho enemigo, que sigue fondeado y haciéndoles un fuego muy vivo. Tres cañones de 6 libras y una carronada de 12 a cada banda, como sabe Pepe Lobo. La carronada tira con metralla, y a esa distancia sus disparos tienen efectos devastadores en la cubierta de la balandra. A cada impacto que recibe, el casco se estremece con sacudidas que hacen oscilar la arboladura, cuyos obenques bailan rotos y sueltos. Hay demasiados hombres tirados en cubierta: los que caen muertos o heridos y los que se agazapan, aterrados, intentando protegerse de los tiros y astillazos que zumban por todas partes. Lobo se alegra de haber largado al mar la lancha antes de entrar en la ensenada, pues a bordo se habría convertido, bajo los impactos, en astillas mortales para quien estuviese cerca.

—¡Si queréis volver, seguid disparando!

Más fogonazos. Tras cada estampido, los cañones rebrincan retenidos por sus bragueros. Empieza a sentirse la falta de gente. El trozo de abordaje para el *Marco Bruto* dejó las piezas sin hombres suficientes, incluso antes de empezar el combate. Los que aún pelean, tosen y secan sus ojos lagrimeantes mientras mascullan obscenidades al tirar de los palanquines y poner de nuevo los cañones en batería. Lobo se une a ellos, desollándose las manos en las trincas, tirando con desesperación. Después acude a popa sorteando tablazón rota y cuerpos caídos. Una sensación confusa, de falta de control y desastre inminente, empieza a hacerle perder la serenidad. El viento se lleva la humareda de los disparos con rapidez, y puede distinguir, cada vez más próxima, la esbelta silueta negra del barco fondeado, con su banda de estribor punteada de fogonazos de artillería y relampaguear de mosquetes. Por suerte, piensa atropelladamente, está demasiado cerca, y las baterías de la costa no se deciden a disparar, temiendo darle al falucho.

—¡Caña a la banda! ¡Todo a la banda!... ¡Si nos trabamos con él, no saldremos de aquí!

Uno de los timoneles —o su despojo, troceado como en el tajo de un carnicero— está tirado contra el trancanil de babor. El Escocés empuja la barra hacia el lado opuesto, con todas sus fuerzas. Pepe Lobo intenta ayudarlo, pero resbala en la tablazón cubierta de sangre. Cuando se incorpora, una bala de cañón golpea el casco a la manera de un gigantesco puñetazo, con un crujido seco, tajando en la cubierta una brecha larga, semejante a un hachazo. Lobo, que ha caído de nuevo, cierra los ojos y los abre en pocos segundos, aturdido. Al resplandor de los fogonazos y del místico que deriva incendiado, ve que la caña oscila libremente, de un lado a otro, y que el Escocés gatea debajo con las tripas a rastras, pisándoselas con las rodillas, mientras chilla como un animal. Poniéndose en pie, el capitán lo aparta de un empujón y coge la barra, pero ésta no responde. La *Culebra* está sin gobierno. En ese momento, simultáneamente, ocurren varias cosas: un cohete con bengala asciende desde la costa, iluminando la ensenada; al mismo tiempo, la vela mayor de la balandra se rifa de arriba abajo, el palo cae con un chasquido largo, de árbol tronchado, y mientras de lo alto llueven cabos, zunchos, motones, lona y astillas, el costado del barco cruje y se inmoviliza contra el del falucho enemigo, trabándose la jarcia rota del uno en el otro.

Ya no hay órdenes que dar. Ni a quien dárselas. Impotente, con la última luz de la bengala que se apaga en el cielo, Pepe Lobo ve morir al contramaestre Brasero cuando intenta retirar los restos de drizas, escotas y vela que han caído sobre los cañones: un tiro de metrallá le lleva media cabeza. De barco a barco, borda con borda, la gente se fusila a quemarropa con fuego de mosquete, trabuco y pistola. Dejando la barra del timón, Lobo se vuelve hacia el cofre del coronamiento, saca el arma cargada que tiene allí y empuña un alfanje. Mientras lo hace, oye estampidos lejanos y mira por encima de la borda, en dirección al mar, donde distingue piques de espuma desmoronándose. Las baterías francesas empiezan a disparar desde la playa. Por un momento se pregunta si intentan darle a la *Culebra*, pese a que sigue aferrada con el falucho. Entonces, en el contraluz cada vez más débil del místico incendiado que sigue alejándose, ve pasar muy despacio y muy cerca de la balandra moribunda la silueta oscura del *Marco Bruto*, largada al viento la gavia de trinquete y tensas las escotas, con una figura delgada e impasible erguida en la popa, en la que cree reconocer a Ricardo Maraña.

Indiferente, el capitán corsario se vuelve hacia lo que queda de su barco. Lo irreparable del desastre le devuelve la calma. Sólo advierte ya fogonazos, humo y ruido entre un enredo de lona, cabos rotos y cuerpos mutilados, crujido de tablas que se parten, zumbar de balas y metralla, gritos y blasfemias. La entena de mesana del falucho enemigo ha caído también sobre la balandra, aumentando la confusión de la cubierta, donde cada destello del combate reluce sobre un barniz rojo, espeso y brillante. Se diría que un dios borracho acabara de verter allí innumerables cubos de sangre.

Un tiro de carronada con metralla barre la popa, chasquea al pegar en la tablazón del tambucho y levanta una nube de astillas. Entumecido por un frío repentino, Pepe Lobo mira abajo con asombro y palpa sus calzones ensangrentados: el líquido es caliente, pegajoso, y sale a borbotones regulares, igual que si lo echase fuera una bomba de achique. Vaya, se dice. Era eso, entonces. Curiosa forma de vaciarse. Y éste es el modo en que ocurre, concluye mientras le fallan las fuerzas y se apoya en el tambucho destrozado. No se acuerda de Lolita Palma, ni del bergantín que Ricardo Maraña ha puesto a salvo. Sólo piensa, antes de caer, que ni siquiera le queda un palo donde izar bandera blanca.

18

La niebla incomoda mucho a Rogelio Tizón. El sombrero y la levita, abotonada hasta el corbatín, gotean humedad, y cuando se pasa una mano por la cara siente mojados el bigote y las patillas. Reprimiendo el deseo de fumar, el policía maldice entre dientes, largo y prolijo, entre bostezo y bostezo. En noches como ésta, Cádiz parece sumergirse a medias en el mar que la rodea, como si no estuviera definida la línea que separa el agua y la tierra firme. En esa penumbra difusa, agrisada por un estrecho halo de luna que marca el contorno de los edificios y los ángulos de las calles, la bruma moja el empedrado y los hierros de rejas y balcones, y la ciudad parece un barco fantasma varado en la punta de su arrecife.

Como de costumbre, Tizón ha preparado la trampa con cuidado. Los fracasos anteriores —se trata del tercer intento en lo que va de mes, y el octavo desde que empezó todo— no le han hecho bajar la guardia. Sólo queda un farol encendido iluminando un trecho del muro encalado del convento de San Francisco, que se prolonga hasta la esquina de la calle de la Cruz de Madera. Allí, la turbiedad de la niebla ligera y baja se espesa en una penumbra indecisa, con rincones en sombras. Desde hace casi media hora, tras pasar un buen rato a este lado de la plaza, el cebo se mueve por aquella parte. Los cazadores están convenientemente distribuidos, cubriendo las inmediaciones: son seis agentes, Cadalso entre ellos, jóvenes casi todos y de buenas piernas, provistos cada uno de pistola cargada y silbato para pedir ayuda en caso de persecución o incidencias. También el comisario lleva la suya: el cachorrillo de dos cañones, listo para disparar, bajo el faldón de la levita.

Hace poco sonaron tres explosiones lejanas por la parte de San Juan de Dios y la Puerta de Tierra; pero ahora el silencio es absoluto. Guarecido en un portal próximo a la esquina del Consulado Viejo, Rogelio Tizón se quita el sombrero y apoya la cabeza en la pared. Estar inmóvil con esta humedad nocturna le roe los huesos, mas no se atreve a moverse por no llamar la atención. Se haría demasiado visible. El halo de luna y el farol encendido en el muro del convento dan una tenue claridad entre rojiza y gris a este lado de la plaza, multiplicándola en los millones de gotitas de agua suspendidas en la atmósfera. Resignado, el comisario cambia el apoyo de su peso de una pierna a la otra. Ya voy estando, piensa con irritación, demasiado viejo para todo esto.

No ha vuelto a haber crímenes desde la noche en que Rogelio Tizón persiguió al asesino hasta perder su rastro. No está seguro de la causa. O aquél se asustó con el incidente, o la intervención posterior del comisario, al actuar en los lugares de caída de las bombas y disponiendo artificialmente las presas —también la de esta noche es una prostituta joven—, puede haber trastornado su manera de actuar. El extraño esquema de sus cálculos y previsiones. A veces se atormenta Tizón pensando que quizás el criminal no vuelva a intentarlo nunca; y esa idea lo sume en una desolación exasperada y furiosa. Pese al tiempo transcurrido, a la inutilidad del esfuerzo, a la suma de noches en vela tendiendo redes que a la madrugada retira vacías, su instinto le repite que está en el buen camino, que la perversa sensibilidad del asesino coincide en cierto modo con la suya, y que uno y otro andan cruzándose constantemente, como líneas inevitables en el extraño mapa de la ciudad que ambos comparten. Enjuto el rostro, enfebrecidos los ojos por las constantes vigilias y litros de café, crispado por la obsesión que se ha convertido en móvil principal de su trabajo y su vida, Tizón vive desde hace tiempo mirando alrededor, desconfiado, agresivo, olfateando el aire a la manera de un sabueso enloquecido, a la busca de señales sutiles cuyo código sólo conocen él y el asesino. Que tal vez ronda por ahí, pese a todo, mirando los cebos de lejos pero sin decidirse a meter la cabeza en el resorte que lo atrape. Taimado y cruel, al acecho. Y tal vez, incluso —puede que esta misma noche—, vigila a los vigilantes y sólo espera a que bajen la guardia. O quizá, concluye otras veces el policía, la partida de ajedrez se esté jugando ya a un nivel distinto, de desafío mental. De inteligencias sutiles, enfermas. Como dos jugadores de ajedrez que no necesitaran mover las piezas sobre el tablero para desarrollar las siguientes jugadas de la partida que los empeña. En tal caso, puede que sea sólo cuestión de tiempo que uno de los adversarios cometa el error. Esa eventualidad, en lo que a él se refiere, asusta a Tizón. Nunca tuvo tanto miedo de fracasar. Sabe que no podrá mantener la situación indefinidamente; que los lugares sensibles de la ciudad son demasiados. Hay un exceso de azar en todo esto, y nada impide al asesino actuar en uno mientras él acecha en otro. Sin contar con que el artillero francés que colabora al otro lado de la bahía puede cansarse del juego y abandonarlo en cualquier momento.

Ruido de pasos en el pavimento húmedo. Rogelio Tizón se aprieta contra el interior del portal, disimulando más su presencia. Dos sujetos con marsellés y montera pasan bajo la luz brumosa del farol del convento y se alejan en dirección al cruce de la calle de la Cruz de Madera con la del Camino. Tienen andares de majos jóvenes y van a cuerpo. Imposible ver sus caras. El comisario los sigue con la vista hasta que desaparecen por el otro lado: allí donde, hace dos semanas, Tizón se quedó inmóvil una noche, mirando en torno, atento a la ausencia de sonido y a la delgada cualidad del aire, en el centro de una de esas imaginarias campanas de vacío donde el comisario penetra con la satisfacción íntima, perversa, de quien ve confirmado el otro espacio secreto de la ciudad. La traza geométrica, invisible para los demás, del plano que comparte con el asesino.

Ahora le parece ver moverse a una mujer entre la niebla. Sin duda se trata del cebo, que camina, siguiendo sus instrucciones, hacia esta parte de la plaza: una joven de diecisiete años reclutada por Cadalso en la Merced, de la que el comisario ni siquiera se ha preocupado de averiguar el nombre. Al cabo de un instante confirma que es ella. Viene despacio, siguiendo el muro del convento para hacerse ver en la luz, como se le dijo que hiciera, antes de volver atrás, a la zona de sombra. Su caminar hastiado, profesional, desazona al policía. Esto no va a funcionar, se dice mientras observa la silueta de la muchacha acentuar sus contornos en la penumbra brumosa. La idea lo hiere como un golpe en la cara. Ya es todo demasiado evidente, maldita sea. Demasiado burdo. A estas alturas, por repetida, la táctica equivale a poner medio queso entero a la vista en una ratonera: a poco que haya rondado por la ciudad en noches anteriores, el asesino sabrá lo suficiente para no picar el anzuelo. De nuevo, piensa Tizón, tengo acorralado mi rey en una esquina del tablero, y las carcajadas del otro resuenan por la ciudad. Ni vórtices, ni bombas. Debería irme a la cama de una vez, y acabar con todo. Estoy cansado. Harto.

Por un momento considera salir del escondite, encender un cigarro, estirar las piernas y sacudirse la niebla perra que araña sus huesos. Sólo la paciencia profesional lo retiene. Hábitos resignados del oficio. La muchacha ha llegado bajo el farol, y tras quedarse allí un rato da la vuelta para desandar camino. De la niebla que espesa al fondo de la plaza se ha destacado una sombra. Tizón, alerta, advierte que se trata de un hombre que camina solo, a lo largo del muro del convento; y que según se aproxima a la mujer se aparta a un lado, cediéndole el paso. Lleva sombrero redondo y un capotillo oscuro, corto. Se cruza con la muchacha sin mirarla ni cambiar palabra y sigue adelante, acercándose al portal donde se encuentra oculto el policía. En ese momento, cuando aún no ha llegado a su altura, suena lejos, hacia la calle de la Cruz de Madera, un grito masculino ronco y violento, en el que el comisario cree reconocer la voz de Cadalso. Un instante después vibra el pitido agudo de un silbato, seguido por otro, y por otro. Estupefacto, Tizón observa a la mujer, que se ha detenido, iluminada todavía por la luz difusa del farol, mirando hacia el sector oscuro. Qué diablos ocurre, se pregunta. Por qué el grito y los silbatos. Al fin, reaccionando, abandona su escondite y sale apresurado, empuñando el bastón. Entonces ocurren dos cosas: cuando lo ve aparecer, la muchacha —que sabe de su presencia a este lado de la plaza— viene hacia él, asustada. Al mismo tiempo, el hombre que estaba a punto de cruzarse con Tizón agacha la cabeza y sale corriendo. Por un brevísimo instante, el comisario se queda perplejo. Es su instinto de policía el que elige de modo automático, centrando la atención en el hombre que corre. Y entonces, en dos o tres zancadas, lo reconoce. Corría igual la noche de la cuesta de la Murga, con Tizón a la zaga: veloz, silencioso y baja la cabeza. El descubrimiento paraliza un momento al comisario: tiempo suficiente para que el otro pase cerca y siga corriendo calle abajo, entre la niebla, calado el sombrero y con el capotillo corto ondeando a su espalda como las alas de una rapaz nocturna. Entonces, olvidándose de los silbatos y de la muchacha, el policía saca el pistolete, echa atrás el doble percutor, apunta con toda urgencia y oprime uno de los dos gatillos.

—¡Al asesino! —grita después del fogonazo—. ¡Al asesino!

O la bala ha dado en carne, o el fugitivo resbala sobre el empedrado húmedo: Tizón lo ve caer y levantarse de nuevo, con asombrosa agilidad, en la esquina misma de la calle de San Francisco. Ahora el policía corre detrás, a pocos pasos. Va cuesta abajo, y eso lo ayuda. De improviso, el fugitivo tuerce a la derecha y se pierde de vista. Lo sigue Tizón a la carrera, pero al doblar la esquina sólo ve la calle vacía, en la penumbra gris de la niebla que lo moja todo. Es imposible, decide, que haya llegado al otro extremo. Deteniéndose, mientras procura recobrar el aliento y serenarse, estudia la situación. Cuando ordena las ideas, comprueba que se encuentra en el tramo alto de la calle del Baluarte, que cruza con la de San Francisco. El silencio es absoluto. Tizón saca del bolsillo el silbato y se lo lleva a los labios; pero tras un titubeo renuncia a usarlo de momento. Con mucho cuidado, procurando apoyar el talón antes que la suela de las botas para no hacer ruido, se mueve por el centro de la calle, cauto como un cazador, mirando a uno y otro lado con el cachorrillo en la mano derecha y el bastón en la izquierda; ensordecido por el batir del pulso que le retumba en los tímpanos. A su paso encuentra puertas cerradas o portales vacíos —muchos vecinos los dejan abiertos en esta época del año—, y durante un trecho, desesperado, amargo hasta blasfemar entre dientes, está seguro de haber perdido la partida. Una de las últimas casas, situada en la parte izquierda y cerca de la esquina, tiene el portal abierto, largo y profundo, en forma de casapuerta cerrada por la habitual verja al fondo. Con cautela, Tizón se apoya en la pared húmeda y asoma la cabeza en la oscuridad, escudriñando el interior. Apenas se recorta en el hueco, una sombra surge con brusquedad, lo aparta de un empujón y se precipita a la calle, no sin que antes el comisario le dispare a bocajarro el segundo tiro de la pistola, con un breve fogonazo que el capotillo del otro oculta, mientras brota de sus labios un gruñido casi animal, desesperado y violento. Tambaleándose por el golpe, cae Tizón al suelo, lastimándose un codo. Se incorpora en cuanto puede y corre tras el fugitivo, que ha doblado la esquina; pero al llegar a ésta ve la calle desierta en la claridad brumosa del halo de la luna. Al perseguido parece, de nuevo, habérselo tragado la niebla.

Reprimiendo el impulso de seguir corriendo, el comisario se detiene, respira hondo y reflexiona. Es imposible que el otro haya logrado llegar a la siguiente esquina, concluye. La calle es demasiado larga. Parte de ella, además, está ocupada por la iglesia del Rosario. Esto significa que, en vez de seguir huyendo, el fugitivo ha buscado refugio en otro portal; y éstos no son muchos en ese tramo. El lugar puede ser casual, o tal vez vive allí mismo, en alguna casa próxima. Es probable, además, que vaya herido. Quizá necesite un escondite provisional para mirarse el balazo. Para estar un rato quieto y reponerse. O desfallecer. Sin perder de vista la calle en ningún momento, el policía estudia las casas una por una, mientras procura imaginar qué habría hecho él. Está seguro de que su gente ha oído los tiros y no tardará en acudir. Y esta vez sí, concluye. Ahora el lobo ha mordido la presa y no está dispuesto a soltarla. No, al menos, mientras pueda hacer algo para acorralarla un poco más. Lo primero es rodear el lugar, el tiempo necesario. Cerrar la red. Que nadie salga de allí sin registrarlo bien de arriba abajo.

Parado entre la niebla, Tizón se guarda en el bolsillo la pistola, se lleva el silbato a la boca y emite un largo pitido, tres veces. Después enciende un cigarro y espera a que llegue su gente. Mientras aguarda, intenta ordenar los hechos. Reconstruirlo todo. Entonces se pregunta qué habrá ocurrido antes, en la parte oscura de la plaza. Por qué el grito de Cadalso, si es que de verdad era él, y los primeros toques de silbato.

En la salita de recibir de la planta baja, entre las estampas marineras enmarcadas sobre el friso de madera oscura, el leve tictac del reloj inglés de péndulo llena los silencios. Éstos son muchos y desconcertados. Pausas de asombro y horror. Sentada en la butaca tapizada de vaqueta, Lolita Palma retuerce un pañuelo entre los dedos. Tiene las manos juntas en el regazo del vestido azul oscuro, de mañana, ceñido al talle con botonadura de azabache negro.

—¿Cómo la encontraron? —pregunta, estremeciéndose.

El policía —comisario Tizón, ha dicho al presentarse— está sentado en el borde del sofá, rígido, con el sombrero a un lado y el bastón apoyado en las rodillas. Su levita marrón, de corte vulgar, está tan arrugada como los pantalones. El rostro se ve demacrado: párpados enrojecidos, cercos oscuros en los ojos, mentón sin afeitar bajo las frondosas patillas que se unen con el bigote. Una mala noche, sin duda. Sueño y cansancio. La nariz aguileña, fuerte, recuerda la de un ave rapaz. Un águila cruel, peligrosa y fatigada.

—Por casualidad, en el patio del almacén de leña... Uno de nuestros hombres entró para hacer una necesidad y vio el cadáver en el suelo.

Habla mirándola a los ojos, pero ella nota su incomodidad. De vez en cuando el policía dirige un vistazo rápido al reloj de la pared, como si el pensamiento se le escapara a otra parte. Se diría que está deseando abreviar la charla. El trámite enojoso que lo ocupa allí.

—¿Estaba muy... maltratada?

El otro hace un gesto ambiguo.

—No la violentaron, si es a lo que se refiere. Por lo demás... Bueno... No fue una muerte agradable. Ninguna lo es.

Se calla, dejando a Lolita Palma imaginar el resto. Ella se estremece de nuevo. Incrédula, todavía. Asomada, a su pesar, al borde de un abismo inesperado. Dolor y negro espanto.

—Era sólo una niña —murmura, aturdida.

Sigue retorciendo el pañuelo. No quiere flaquear, y lo ha evitado hasta ahora. No delante de este hombre. Ni de nadie. El primo Toño, que ha venido corriendo al enterarse, sí está arriba con Curra Vilches y otros amigos y vecinos, destrozado. Tirado en un sillón y llorando como un chiquillo.

—¿Han capturado al que lo hizo?

El mismo gesto que antes. La pregunta parece acentuar la incomodidad del comisario.

—Estamos en ello —responde, neutro.

—¿Es el que hizo eso a otras mujeres?... Corría el rumor hace unos meses.

—Es pronto para establecerlo.

—He sabido que al poco rato cayó una bomba casi en el mismo sitio... ¿Es verdad que mató a dos personas y malhirió a tres?

—Eso parece.

—Qué desafortunada casualidad.

—Muy desafortunada. Sí.

Lolita Palma advierte que el policía mira con aire distraído las estampas de las paredes, como queriendo cambiar el rumbo de la conversación.

—¿Por qué salió de casa la muchacha?

Se lo explica en pocas palabras: iba a un recado, a la botica de la Cruz de Madera. El mayordomo, Rosas, está en cama, enfermo. Hacían falta unos remedios, y él mismo pidió a Mari Paz que fuera a buscarlos.

—¿Sola y a esa hora?

—No era muy tarde. Serían las diez, o poco más. Y la botica está ahí mismo, a tres manzanas... Fuera de los bombardeos franceses, éste siempre fue un barrio tranquilo. Muy respetable y seguro.

—¿A nadie le preocupó que no volviera?

—No nos dimos cuenta. Ya se había cenado en casa... El mayordomo estaba dormido en su cuarto, y yo arriba, en mi gabinete. No pensaba bajar y no la necesitaba.

Se interrumpe mientras rememora lo de anoche: ella en la habitación del piso alto, ignorante de lo que en ese momento le ocurría a la infeliz muchacha. Ocupada, hasta muy tarde, en el papeleo oficial ocasionado por la recuperación del *Marco Bruto* y la pérdida de la *Culebra*. Moviéndose como una autómata desprovista de alma, reacia a pensar en nada que no fuesen los aspectos prácticos del asunto. Secos los ojos, muy lento el corazón. Y también, pese a todo, asomada a la ventana, a ratos, entre las macetas de helechos, mirando el halo de luna sobre la niebla. Recordando la mirada color de uva mojada de Pepe Lobo. Concédame que es demasiado pedir, había dicho él. En otro lugar del mundo. Yo.

—Es terrible —se lamenta—. Espantoso.

El tono del policía suena rutinario. Con sequedad profesional.

—¿Tenía novio?... ¿Pretendientes?

—No, que yo sepa.

—¿Y familia en Cádiz?

Mueve Lolita la cabeza. La joven, cuenta, era de la isla de León. Gente pobre, honrada. Trabajadores de las salinas. El padre es una buena persona. Felipe Mojarra, se llama. Sirve en la compañía de escopeteros de don Cristóbal Sánchez de la Campa.

—¿Sabe lo que ha pasado?

—Le he mandado aviso con mi cochero, que lleva una carta mía para que sus superiores le permitan venir... ¡Pobre hombre!

Se queda absorta, abatida. Húmedos los ojos, al fin. Imagina el dolor de esa familia. La desgraciada madre. Su chiquilla, muerta de aquel modo atroz. Con diecisiete años.

—Increíble. Espantoso e increíble. ¿Es cierto lo que me han contado?... ¿Que la torturaron antes de matarla?

El policía no dice nada. Sólo la mira inexpresivo. Ella siente ahora, sin remedio, una lágrima resbalar hasta la barbilla.

—Por Dios —gime.

Se avergüenza de mostrar debilidad ante un extraño, pero no puede evitarlo. Su propia imaginación la maltrata. Aquella pobre niña.

—Quién podría...

Se ahogan las palabras. Roto el dique, las lágrimas brotan copiosas, mojándole la cara. Incómodo, el comisario desvía de nuevo la vista, carraspea. Al fin coge bastón y sombrero y se pone en pie.

—En realidad, señora —dice casi con suavidad—, puede cualquiera.

Ella se lo queda mirando desde la butaca, sin comprender. De qué me habla, piensa. A quién se refiere.

—Encontrarán al asesino, espero.

Una mueca casi animal crispa la boca del otro. Reluce allí un diente de oro, esquinado. Un colmillo.

—Si no se tuercen las cosas, estamos a punto de cogerlo.

—¿Y qué harán con ese canalla?

La mirada dura y fría del hombre traspasa a Lolita Palma como si fuese más allá, lejos. A lugares turbios, inexplicables, que sólo él puede ver.

—Justicia —responde en voz muy baja.

Toda la luz del sur en unos pocos pasos, bajo un cielo tan limpio y azul que hiere la vista. La calle del Rosario no parece la misma de anoche: blanco de cal, dorado de piedra marina y macetas con geranios en los balcones. Entre esa claridad, desaliñado, sudoroso, con huellas de insomnio en la cara, el ayudante de Rogelio Tizón agacha la cabeza a la manera de un perrazo enorme y torpe.

—Le juro que hacemos todo lo posible, señor comisario.

—Y yo te juro que os mato, Cadalso... Como se haya escapado, os arranco los ojos y meo en vuestra calavera.

Parpadea el esbirro, fruncido el ceño, considerando seriamente lo que la amenaza tiene de exagerado y de real. No parece ver claro el límite.

—Hemos registrado la calle, casa por casa —dice al fin—. Y ni rastro. Nadie sabe nada. Nadie lo ha visto... Lo único que hemos confirmado es que está herido. Usted le dio lo suyo.

Camina un poco Tizón, balanceando el bastón. Furioso. Hay hombres de guardia a los extremos de la calle y en las puertas de algunas casas: una veintena de agentes y rondines repartidos por el lugar, controlándolo todo bajo la mirada de los vecinos que curiosean desde balcones y ventanas. Cadalso señala un portal próximo a la esquina.

—Cuando puso una mano ahí, dejó una huella de sangre. Y otra más allá.

—¿Habéis comprobado que no sea un vecino?

—Con el padrón municipal y la lista del barrio. Nombre por nombre —Cadalso señala a la gente asomada—. Aquí nadie está herido. Y nadie salió anoche después de las diez.

—Eso no puede ser. Yo mismo lo encajoné en este sitio. Y no me moví hasta que llegaste dando pitidos, con todos esos inútiles.

Ha ido hasta el portal y observa la mancha pardusca en el quicio encalado. Tres dedos y la palma de una mano. Al menos, piensa con retorcida satisfacción, uno de sus dos tiros hizo carne. El pájaro lleva plomo en el ala.

—¿No pudo escapársele entre la niebla, señor comisario?

—Te digo que no, coño. Lo seguí de cerca, y no tuvo tiempo de llegar al final de la calle.

—Pues tenemos acordonadas las dos manzanas de casas, a derecha e izquierda.

—¿También los sótanos?

La duda ofende, expresa el gesto mohíno del esbirro. A estas alturas del oficio.

—Cribados. Hasta la leña y el carbón hemos removido.

—¿Y las terrazas?

—Registradas todas. Una por una. Todavía tenemos gente arriba, por si acaso.

—No puede ser.

—Pues ya me dirá.

Golpea Tizón el suelo con la contera del bastón, impaciente.

—Estoy seguro de que en algo habéis metido la pata.

—Le digo que no. Créame. Todo se hizo como ordenó. Yo mismo me aseguré de eso —se rasca la cabeza el esbirro, desorientado—. Si al menos le hubiera visto usted la cara...

—Habérsela visto tú, cuando te pasó por delante de las narices. Idiota.

Baja la cabeza el otro, dolido. Menos por el insulto que por el escepticismo de su jefe. Desentendiéndose del ayudante, Rogelio Tizón camina calle abajo, mirando a todas partes.

—Alguien se habrá descuidado —murmura—. Seguro.

El otro le ha ido detrás, gachas las orejas. Pegado a sus talones como un chucho fiel tras el amo que le pega.

—Todo podría ser, señor comisario —concede al fin—. Pero le juro que se ha hecho lo mejor posible. Anoche lo rodeamos todo con mucha rapidez. No pudo ir lejos.

Un estampido cercano. Una bomba acaba de caer en el Palillero. Cadalso da un respingo, mirando en esa dirección, y la mayor parte de los curiosos se retiran de balcones y ventanas. Indiferente, concentrado en lo suyo, Rogelio Tizón ha llegado ante la fachada de la iglesia del Rosario. Como muchas de Cádiz, ésta no es un edificio exento de los del resto de la calle, sino integrado bajo la cornisa general de las casas. Sólo las torres destacan sobre el grueso portón de la entrada, abierto de par en par. Anoche estaba cerrado. Tizón se asoma al recinto, observando el púlpito y las naves laterales. Al fondo, bajo el retablo, brilla la lamparilla del sagrario.

—Además —prosigue Cadalso, reuniéndose con él—, si me permite decirlo, yo mismo he tomado esto... Vaya. Un asunto personal. La impresión que me dio entrar a mear en el patio y tropezarme con la pobre chiquilla... Jesús. Ya oyó el grito que di, avisando a la gente. Y menos mal que usted estaba cerca del sujeto. Si no, habría escapado otra vez.

Sacude la cabeza el comisario, incrédulo y furioso. A medida que pasan las horas, todo vuelve a oler a derrota. Una vieja conocida, en este caso. Más de lo que puede soportar.

—Se ha escapado, de todas formas. Conmigo o sin mí.

Alza una mano el esbirro, torpe como suele. Por un momento, Tizón cree que va a ponérsela a él en el hombro. Le abro la cabeza de un bastonazo, piensa. Si lo hace.

—No diga eso, señor comisario —al ver la expresión de su jefe, el otro deja la mano quieta, a medio camino—. Habrá alguna manera. Con un tiro de pistola en el cuerpo, como va, no puede estar lejos... En algún sitio tendrá que curarse. O esconderse.

Ni para blasfemar tengo fuerzas, concluye Tizón. De lo cansado. De lo harto que estoy de todo esto.

—En algún sitio, dices.

—Eso mismo.

Calle abajo, contiguo a la puerta del Rosario, se encuentra el oratorio de la Santa Cueva. Bajo el frontón triangular de la entrada, la puerta está abierta.

—¿Registrasteis esto también?

Otro gesto dolido. De nuevo la duda ofende, dice sin decirlo.

—Naturalmente.

Rogelio Tizón se asoma un momento al zaguán, echa un vistazo distraído y se dispone a seguir camino. De pronto, a punto de retirarse, algo atrae su atención y lo hace mirar otra vez. Se trata de un objeto situado al final de la doble escalera que baja a la cueva, en el tramo izquierdo de ésta. El comisario lo conoce como cualquier gaditano, pues forma parte de la decoración convencional del recinto. Está ahí desde toda la vida, o casi. Sin embargo, las circunstancias hacen que lo vea ahora desde una perspectiva distinta. Asombrosa.

—¿Qué pasa, señor comisario?

Rogelio Tizón no responde. Sigue mirando, paralizado por la sorpresa, la vitrina que está situada al pie de la escalera izquierda, sobre un suelo enlosado en blanco y negro, idéntico a un tablero de ajedrez. En el interior de la vitrina hay un Ecce Homo; un Cristo de los muchos que exhiben las iglesias de la ciudad, como las de Andalucía y de toda España, representado en plena pasión. Entre Herodes y Pilatos. En su género, el de la Santa Cueva es particularmente expresivo: atado a la columna del suplicio, tiene la carne desgarrada por innumerables llagas rojas, surcada de sangrantes desgarrones hechos a latigazos por sus verdugos. La imagen posee un exagerado aspecto agónico, de indefensión y sufrimiento absoluto. Y entonces, como si alguien le rasgase un velo en el pensamiento, cae el comisario en la cuenta de lo que significa aquello. Lo que representa. Fundada hace treinta años por un sacerdote de origen noble, ya fallecido —el padre Santamaría, marqués de Valdeíñigo—, la Santa Cueva es un oratorio subterráneo privado, que se abre a modo de sótano bajo una pequeña iglesia de planta elíptica. La parte de

abajo está consagrada a las prácticas ascéticas de una cofradía religiosa conocida en la ciudad: gente de dinero
o buena posición social, muy escrupulosa en la obser-
vancia de la ortodoxia católica. Tres veces por semana, los
cofrades rinden allí culto a los sacramentos y a las de-
vociones tradicionales, con un rigor extremo. Eso incluye
penitencia con azotes. Flagelaciones para mortificar la
carne. Para domarla.

—¿Qué hay de la cueva? —pregunta.

Un silencio desconcertado. Tres segundos exactos.
Tizón no mira a su ayudante, sino el suelo ajedrezado al
pie del Cristo.

—¿La cueva?

—Eso he dicho. Hay una capilla arriba y una cueva
abajo. Por eso se llama así... ¿Comprendes?... Santa por lo
de santo, y cueva porque hay una cueva. No querrás que te
lo dibuje.

Se apoya el esbirro sobre un pie y luego sobre el otro.
Confuso.

—Creí...

—A ver. Venga. Dime qué carajo creíste.

—Las puertas de abajo están siempre cerradas. Según el vigilante, sólo tienen llave los veintitantos cofrades.
Ni siquiera él.

—¿Y...?

—Pues eso —el otro encoge los hombros, evasivo—.
Que nadie pudo entrar ahí anoche. Sin llave.

—Excepto un cofrade.

Nuevo silencio. Esta vez es más largo y embarazoso
que antes. Cadalso mira a todas partes menos a los ojos de
su jefe.

—Claro, señor comisario. Pero son gente respetable. Religiosa. Quiero decir que el sitio es...

—¿Privado?... ¿Santo?... ¿Inviolable?... ¿Fuera de toda sospecha?

Todo el corpachón del ayudante parece a punto de pasar al estado líquido.

—Hombre... Tanto como eso...

Lo interrumpe Tizón, un dedo en alto.

—Oye, Cadalso...

—Diga, señor comisario.

—Me cago en tu puta madre.

Tizón se olvida del esbirro. Lo sacude ahora un largo escalofrío, que se prolonga como un suspiro reprimido y silencioso. Casi placentero. Al inicial gesto de sorpresa, al posterior arranque de ira, los releva ahora una mueca lobuna, concentrada. El ademán de un animal adiestrado que al fin detecta —o recobra— una huella caliente. De pronto, todo es menos intuición que certeza. Bajando por la escalera bajo la mirada dolorida del Cristo azotado, el comisario siente bombear su propia sangre, lenta y fuerte, desvaneciendo la fatiga. Es como si acabara de pasar de nuevo por uno de esos lugares imposibles, o improbables, donde el silencio se torna absoluto y el aire queda en suspenso. La campana de cristal: el vórtice que lleva al siguiente escaque del tablero de la ciudad y su bahía. Acaba de ver la jugada. Y entonces, en lugar de precipitarse, de lanzar una exclamación de júbilo o gruñir satisfecho ante la perspectiva del rastro recuperado, el comisario pisa en diagonal el enlosado blanco y negro sin despegar los labios, muy lentamente, mirándolo todo sin desdeñar un solo indicio, mientras saborea la sensación que le cosquillea en los dedos apretados en torno al bastón. Se acerca así a la puerta cerrada de la cueva. Ojalá, piensa de pronto, este momento de felicidad extrema no se agotara nunca.

—Si quiere, hago abrir —propone Cadalso, que va detrás—. Es cuestión de un momento.

—Calla, joder.

La cerradura es convencional, de llave grande. Como tantas. Tizón saca del bolsillo su juego de ganzúas y descorre el pestillo en menos de un minuto. Cosa de niños. Con un chasquido, el paso queda libre, abierto a una cueva sin luz exterior. Tizón nunca ha estado allí antes.

—Trae una vela de la capilla —le ordena a Cadalso.

De abajo sube olor a humedad y a recinto cerrado: un aire cuya frialdad se intensifica y envuelve a Tizón a medida que entra en la cueva, alumbrado por el ayudante, que va detrás con un grueso cirio encendido y en alto. La sombra del comisario se desliza hacia el interior, proyectándose en las paredes. Cada paso resuena en la oquedad. A diferencia de la capilla superior, la cueva carece de decoración: sus paredes son desnudas y austeras. Es allí donde los disciplinantes de la cofradía ejecutan sus ritos. Sobre uno de los arcos, la luz que sostiene el esbirro ilumina una calavera y dos tibias pintadas en el techo. Debajo hay una mancha seca y parda. Un rastro de sangre.

—Virgen Santa —exclama Cadalso.

El hombre está agazapado al fondo de la cueva, contra un ángulo del muro: un bulto oscuro que resopla y gime entre dientes, como una bestia acosada.

—Con su permiso, mi capitán.

Simón Desfosseux aparta el ojo derecho del ocular del telescopio Dollond, todavía con la imagen de las torres de la iglesia de San Antonio impresas en la retina: 2.870 toesas y sin llegar a ellas, concluye con melancolía. Alcance máximo, 2.828. Ninguna bomba francesa de las caídas sobre Cádiz ha ido más lejos. Ni irá nunca, ya.

—Adelante, Labiche. Recoja.

Con la asistencia de dos soldados, el sargento desmonta el telescopio y pliega las patas del trípode, metiéndolo todo en sus fundas. Los demás instrumentos ópticos de la torre observatorio están cargados en carromatos. El Dollond se dejó hasta el final, para observar los últimos tiros disparados desde la Cabezuela. El postrero lo hizo Fanfán hace veinte minutos. Una bomba de 100 libras con lastre de plomo y carga inerte que quedó corta de alcance y apenas rebasó las murallas. Triste final.

—¿Ordena alguna cosa más, mi capitán?

—No, gracias. Pueden llevárselo.

Saluda el sargento y desaparece escala abajo, con sus hombres y el equipo. Mirando por la tronera vacía, Desfosseux observa el humo que se alza vertical —no hay un soplo de viento— en la luz menguante del atardecer, sobre buena parte de las posiciones francesas. A lo largo de toda la línea, las tropas imperiales desmantelan sus posiciones, queman equipo, clavan la artillería de sitio que no pueden llevarse y la echan al mar. La salida de Madrid del rey José y el rumor de que el general Wellington ha entrado en la capital de España, ponen al ejército de Andalucía en situación difícil. La consigna es ponerse a salvo al otro lado de Despeñaperros. En Sevilla han empezado los preparativos de evacuación, arrojando al río los depósitos de pólvora de la Cartuja y destruyendo cuanto se puede en la fundición, maestranza y fábrica de salitre. Todo el Primer Cuerpo se retira hacia el norte: acémilas, carretas y carros cargados con botín de los últimos saqueos, convoyes de heridos, intendencia y tropas españolas juramentadas, poco fiables para dejarlas en retaguardia. En torno a Cádiz, las órdenes son encubrir ese movimiento con un continuo bombardeo desde las posiciones de los caños de Chiclana y los fuertes costeros que van de El Puerto a Rota. En lo que a la Cabezuela se refiere, sólo una pequeña batería de tres cañones de 8 libras seguirá tirando hasta el último momento sobre Puntales, para mantener al enemigo ocupado. El resto de artillería que no puede evacuarse va al agua, al fango de la orilla, o será abandonado en los reductos.

Raaaas. Bum. Raaaas. Bum. Dos cañonazos españoles rasgan el aire sobre la torre y van a reventar cerca de los barracones donde, a estas horas, el teniente Bertoldi habrá quemado todo documento oficial y papel inútil. Simón Desfosseux, que agachó la cabeza al oír pasar las granadas, se yergue y echa un último vistazo al castillo enemigo de Puntales. A simple vista —media milla de distancia— puede distinguir la tozuda bandera española que, acribillada de metralla, no ha dejado de ondear allí un solo día. La guarnición está integrada por un batallón de Voluntarios, artilleros veteranos y algunos ingleses que atienden la batería alta. El nombre completo del fuerte es San Lorenzo del Puntal; y hace unos días, durante la celebración del santo patrono, Desfosseux y Maurizio Bertoldi vieron asombrados, a través de la lente del catalejo, a los defensores firmes durante la ceremonia, impávidos en formación pese al fuego que les hacían desde la Cabezuela, vitoreando mientras se izaba la bandera.

Y, al fondo, a la derecha, Cádiz. El capitán contempla la ciudad blanca, recortada en el crepúsculo rojizo: el paisaje que, de tanto estudiarlo a través de una lente o en los trazos de los mapas, conoce mejor que el de su casa y su patria. Simón Desfosseux desea no regresar nunca a este lugar. Como las de miles de hombres, su vida se ha malgastado en la bahía durante los treinta meses y veinte días de asedio: estancada en el tedio y la impotencia, descomponiéndose como en el fango sucio de un pantano. Sin gloria, aunque esa palabra le sea indiferente. Sin éxito, satisfacción ni beneficio.

Raaaas. Bum. Otra vez. Y otra. La batería de 8 libras sigue disparando contra Puntales, y el fuerte español devuelve el fuego. Más tiros enemigos pasan cerca del observatorio; y el capitán, tras agachar de nuevo la cabeza, decide irse de allí. Mejor no tentar el azar, piensa mientras baja por la escala. Tendría poca gracia toparse en el último instante con una bala de cañón. Así que se despide mentalmente del panorama, con 5.574 disparos de artillería de diverso calibre hechos desde la Cabezuela contra la ciudad: es lo que figura en sus registros de operaciones, destinados ahora al polvo de los archivos militares. De esa cifra, sólo 534 bombas han llegado a Cádiz, en su mayor parte con lastre de plomo y sin pólvora. Las otras quedaron cortas y cayeron al mar. Los daños infligidos a la ciudad tampoco harán ganar a Desfosseux la Legión de Honor: algunas casas arruinadas, quince o veinte muertos y un centenar de heridos. La sequedad del mariscal Soult y su estado mayor cuando el capitán fue convocado a hacer balance final de las operaciones, deja poco lugar a dudas. No cree que nadie vuelva a ofrecerle un ascenso, nunca.

La Cabezuela es un caos. Todas las retiradas lo son. Aquí y allá hay equipo roto y tirado por tierra, armones y cureñas del tren de batir que arden en piras donde se arroja cuanto podría aprovechar el enemigo. Gastadores provistos de picos, palas y hachas lo destrozan todo, y un pelotón de zapadores minadores, bajo el mando de un oficial de ingenieros, coloca guirnaldas de pólvora y alquitrán para incendiar los barracones, o dispone cargas y mechas. El resto de infantes, artilleros y marinos, con la indisciplina natural del momento, va de un lado a otro: apresurados e insolentes, roban cuanto pueden, cargando en los carromatos sus equipajes y lo que han saqueado en las últimas horas por los pueblos y caseríos próximos, sin que se preste demasiada atención a los merodeadores que violan, roban y matan. El voluminoso equipaje de los generales, con sus queridas españolas instaladas en carricoches requisados en Chiclana y El Puerto, salió hace tiempo para Sevilla con una fuerte escolta de dragones; y el camino de Jerez está atestado de carros, caballerías y tropa mezclada con gente civil: familias de oficiales franceses, juramentados y colaboracionistas que temen verse abandonados a la venganza de sus compatriotas. Nadie quiere ser el último, ni caer en manos de los guerrilleros que ya se concentran y merodean como alimañas crueles, cada vez más atrevidos, venteando el pillaje y la sangre. Ayer mismo, veintiocho heridos y enfermos franceses, abandonados sin escolta entre Conil y Vejer, fueron capturados por los lugareños, envueltos en haces de paja rociada con aceite, y quemados vivos.

Cuando llega al pie de la escala, el capitán observa que cuatro zapadores colocan cargas inflamables alrededor de los puntales de la torre observatorio. Hace mucho calor, y sudan a chorros en las casacas azules de solapas negras mientras disponen guirnaldas de alquitrán y pólvora. Algo más lejos, el oficial de ingenieros, un teniente grueso que se enjuga la frente y el cuello con un pañuelo sucio, mira trabajar a sus hombres.

—¿Queda alguien arriba? —le pregunta a Desfosseux cuando éste pasa por su lado.

—Nadie —responde el artillero—. La torre es toda suya.

Hace el otro un gesto afirmativo, indiferente. Tiene los ojos acuosos e inexpresivos. Ni siquiera ha saludado al observar la graduación de Desfosseux. Después grita una orden. Mientras se aleja de él sin mirar atrás, el capitán oye el resoplido de la pólvora al inflamarse; y, enseguida, el crepitar de las llamas que ascienden por los puntales y la escala. Cuando llega al reducto de los obuses ve allí a Maurizio Bertoldi, que mira hacia la torre.

—Ahí van dos años de nuestras vidas —comenta el piamontés.

Sólo entonces se vuelve el capitán a echar un vistazo. El observatorio es una antorcha que arde entre una humareda negra que sube recta al cielo. Los de la otra orilla, piensa, tendrán qué admirar esta noche. Fuegos artificiales y luminarias de punta a punta de la bahía: toda una fiesta de despedida, con pólvora del emperador.

—¿Cómo van las cosas por aquí? —pregunta.

Su ayudante hace un ademán vago. Se diría que las expresiones ir bien o ir mal no tienen mucho que ver con todo aquello.

—Ya están clavados los veinticinco cañones de a cuatro que abandonamos —informa—. Labiche tirará al agua cuantos pueda... Lo demás está quemado o hecho picadillo.

—¿Qué hay de mi equipaje?

—Listo y cargado, como el mío. Salieron hace rato. Con la escolta.

—Bien. Pero tampoco perderíamos gran cosa, usted y yo.

Se miran los dos oficiales. Doble sonrisa triste. Cómplice. Llevan mucho tiempo juntos y no hacen falta más palabras. Los dos salen de allí tan pobres como vinieron. No ocurre lo mismo con sus jefes: esos generales rapaces que se llevan los vasos sagrados de las iglesias y los cubiertos de plata de las casas elegantes donde se alojaron.

—¿Qué órdenes hay para el oficial que se queda con los cañones de a ocho?

—Seguirá disparando hasta que todos hayamos salido de aquí; no vaya a ser que a Manolo se le ocurra desembarcar antes de tiempo... A medianoche lo clavará todo y se irá.

Suelta el ayudante una risita escéptica.

—Espero que aguante hasta entonces, y no salga por pies antes de tiempo.

—Yo también lo espero.

Un estampido enorme en la costa, dos millas al noroeste. Un hongo de humo negro se levanta sobre el castillo de Santa Catalina.

—También ésos se dan prisa —apunta Bertoldi.

Mira Desfosseux el interior del reducto de los obuses. Los gastadores han pasado por allí: las cureñas de madera están rotas a hachazos y desmontadas las de hierro. Los gruesos cilindros de bronce yacen tirados por tierra, semejantes a cadáveres tras un combate sangriento.

—Como usted temía, mi capitán, sólo hemos podido llevarnos tres obuses. No tenemos gente ni transporte... El resto hay que dejarlo.

—¿Cuántos ha echado Labiche al agua?

—Uno. Pero ya no tiene medios para llevar hasta allí los otros. Ahora vendrán los zapadores a ponerles una buena carga dentro y taponar la boca. Por lo menos, intentaremos agrietarlos.

Salta Desfosseux al interior, entre las fajinas y tablones rotos, acercándose a las piezas. Le impresiona verlas de ese modo. El pobre Fanfán está allí, tumbado sobre los restos de su afuste. Su bronce pulido, los casi nueve pies de longitud y uno de diámetro, hacen pensar en un enorme cetáceo oscuro, muerto, varado en tierra.

—Sólo son cañones, mi capitán. Fundiremos más.

—¿Para qué?... ¿Para otro Cádiz?

Turbado por una singular melancolía, Desfosseux acaricia con la punta de los dedos las marcas del metal. Los cuños de fundición, las huellas recientes de martillazos en los muñones. El bronce está intacto: ni una grieta.

—Buenos chicos —murmura—. Leales hasta el final.

Se levanta, sintiéndose como un jefe traidor que abandonara a sus hombres. Continúa el fuego de las piezas de 8 libras en la batería baja. Una granada española, disparada desde Puntales, revienta a treinta pasos, haciéndolo agacharse de nuevo mientras Bertoldi, con reflejos de gato, salta desde el parapeto y le cae encima, entre piedras y cascotes que rebotan muy cerca. Casi al mismo tiempo suenan gritos allí donde cayó la bomba: algunos desgraciados acaban de llevarse lo suyo, deduce Desfosseux mientras el ayudante y él se levantan, sacudiéndose la tierra. También es mala suerte, piensa. A última hora y con los carromatos de sanidad militar en Jerez, por lo menos. Todavía no se ha disipado la polvareda, cuando ve aparecer sobre el parapeto al teniente de ingenieros con varios de sus hombres, que transportan pesados cajones con herramientas y cargas de demolición.

—Parece que disfruten, esos cabrones.

Dejando a Fanfán y sus hermanos a merced de los zapadores, el capitán y su ayudante abandonan el reducto y cruzan la pasarela que lleva a los barracones, donde todo empieza también a arder. El calor del incendio es insoportable, y da la impresión de que las llamas hagan ondular el aire en la distancia, donde filas desordenadas de jinetes, artilleros e infantes que empujan carros y cargan toda clase de bultos convergen en la marea azul, parda y gris que se desplaza lentamente por el camino de El Puerto. Doce mil hombres en retirada.

—Nos queda un paseíto —comenta Bertoldi, resignado—. Hasta Francia.

—Más lejos, me temo. Dicen que ahora toca Rusia.

—Mierda.

Simón Desfosseux mira atrás por última vez, en dirección a la ciudad lejana, inalcanzable, que enrojece despacio en el crepúsculo de la bahía. Ojalá, piensa, aquel extraño policía haya encontrado al fin lo que buscaba.

Noche de levante en calma. Ni una ráfaga de brisa en el aire cálido e inmóvil. No hay ruidos, tampoco. Sólo las voces de dos hombres que conversan en voz baja, en la penumbra de un farol puesto en el suelo, entre los escombros del patio del castillo de Guardiamarinas. Junto al boquete del muro que da a la calle del Silencio.

—No me pida tanto —dice Hipólito Barrull.

A su lado, Rogelio Tizón se calla un instante. No le pido nada, responde al fin. Sólo su versión de los hechos. Su enfoque del asunto. Usted es el único con la lucidez suficiente para darme lo que necesito: el punto racional que aclare el resto. La mirada científica que ordene lo que ya conozco.

—No hay mucho que ordenar, en mi opinión. No siempre es posible... Hay claves que nunca estarán a nuestro alcance. No en este tiempo, desde luego. Harán falta siglos para comprender.

—Jabonero —murmura el comisario entre dientes.

Está decepcionado. Confuso, todavía.

—Un maldito y simple jabonero —repite, tras un instante.

Siente en él la mirada del profesor. Un destello del farol en el doble reflejo de los lentes.

—¿Por qué no?... Eso apenas tiene que ver. Es cuestión de sensibilidades.

—Dígame qué le parece.

Aparta el rostro Barrull. Es evidente su incomodidad por estar allí. Hace rato que ésta supera a su curiosidad inicial. Desde que subió del sótano del castillo, su actitud es distinta. Evasiva.

—Sólo he hablado con él durante media hora.

Tizón no dice nada. Se limita a esperar. Al cabo de un momento ve cómo el otro mira alrededor, a las sombras del viejo edificio oscuro y abandonado.

—Es un hombre obsesionado por la precisión —dice al fin Barrull—. Seguramente la familiaridad de su oficio con la química tiene mucho que ver... Maneja, por decirlo así, un sistema propio de pesos y medidas. En realidad es hijo de nuestro tiempo... De pleno derecho, además. Un espíritu cuantificador, diría yo. Geométrico.

—No está loco, entonces.

—Ésa es palabra de doble filo, comisario. Un cajón de sastre peligroso.

—Descríbamelo mejor, entonces. Defínalo.

Ojalá pudiera, responde el profesor. Él sólo consigue imaginar una pequeña parte, nada más. Cuando dice obsesionado con la precisión, eso significa muy cuidadoso con los detalles. Y más si se tiene una mente matemática. Sin duda es el caso. Ese hombre posee ambas características. Aunque nunca recibió educación científica, es un matemático natural. Capaz de ver las regularidades, las leyes que subyacen detrás de una gran cantidad de datos de todo tipo: aire, olor, viento, ángulos urbanos...

—Usted sabe a qué me refiero —concluye.

—¿Por qué mata?

—Quizá la soberbia tenga algo que ver... Rebelión, también. Y resentimiento.

—Es curioso que diga lo del resentimiento. Ese hombre tuvo una hija... Murió hace doce años, durante la epidemia de fiebre amarilla. A los dieciséis.

Barrull lo mira ahora con interés. Y cautela. Tizón mueve ligeramente la cabeza. Mira a un lado y luego a otro, llenándose los ojos de sombras.

—Como la mía —añade.

Recuerda fríamente el largo interrogatorio, abajo. El estupor de Cadalso cuando le ordenó llevar allí al jabonero, y no a los calabozos de la calle del Mirador. La cura superficial del balazo, alojado en el hueso de la cadera derecha. Las preguntas y los gritos de dolor, al principio. La impresión de Hipólito Barrull cuando Tizón lo hizo bajar al sótano ruinoso del castillo. Su horror y desconcierto iniciales. Usted lleva diez años diciendo que es mi amigo, profesor. Demuéstrelo. Tiene media hora para rascarle el alma a este sujeto, antes de que lo encare con todos sus demonios y los míos.

—Continúe, por favor. Diga lo que piensa.

Tarda Barrull algún tiempo en responder, mientras Rogelio Tizón considera la conversación a la que asistió abajo hace un rato, apoyado en la pared mientras fumaba un cigarro. Observando al profesor que, sentado en una silla desvencijada, a la luz de un candil de aceite, hablaba con el hombre aprisionado con grilletes de hierro en las muñecas y los tobillos, tirado sobre un viejo jergón puesto en el suelo y con un mal vendaje en torno a la cintura. Aquel rumor de palabras en voz baja, susurros casi siempre, mientras la llama aceitosa hacía brillar la piel grasienta del jabonero y relucía en sus pupilas dilatadas por una gota de láudano —una sola— vertida en un vaso de agua. Quiero tenerlo lúcido y sin demasiado dolor, había explicado Tizón. Capaz de razonar. Sólo un rato y para que ustedes charlen. Después dará lo mismo que le duela o no.

—Está claro que ese hombre se rebela ante nuestra visión prosaica del mundo —dice al fin Barrull—. Para él, fabricar jabones no es un simple trabajo, sino alta precisión: requiere combinar con exactitud absoluta los diferentes elementos con los que trabaja. Que toca y huele. Y que van a parar a otras pieles, y carnes. De mujeres jóvenes, sobre todo... Las que entraban cada día en su tienda a pedir esto o aquello.

—El hijo de puta.

—No simplifique, comisario.

—¿Insinúa que además de científico es un artista?

—Así se considera él, probablemente. Puede que esa idea lo redima de ser un simple manipulador de sustancias. Podría tener un fondo sensible. Y en función de esa sensibilidad, mata.

Sensibilidad. La palabra arranca a Tizón una risa agria.

—Ese látigo trenzado de alambre... Lo tenía allí abajo, con él. Lo encontramos en la cueva.

—Supongo que la cofradía de disciplinantes le dio la idea.

—Ni siquiera es miembro numerario. En la Santa Cueva sólo admiten a gente de origen noble... Es el ayudante de ceremonias. Una especie de acólito, o mayordomo.

Mira Tizón el cielo. Sobre los muros mellados y siniestros del castillo en sombras relucen las estrellas. Son frías igual que sus pensamientos, ahora. Nunca se había sentido tan lúcido, piensa. Tan claro respecto al presente y al futuro.

—¿Cómo podía prever lo de las bombas?

—Se adiestró a sí mismo. Fue capaz de intuir que Cádiz es un lugar especial conformado por el mar, los vientos y la estructura urbana que los enfrenta y canaliza. Para él, éste no es sólo un conjunto de edificios habitados por personas, sino un conglomerado de aire, silencios, sonidos, temperatura, luces, olores...

—No íbamos descaminados, entonces.

—En absoluto. Usted lo demostró. Igual que ese hombre, compuso en su mente un mapa peculiar de la ciudad, hecho de tales elementos. Una ciudad paralela. Oculta.

Sobreviene un largo silencio, que el policía no quiere interrumpir. Al cabo, Barrull se mueve un poco en la penumbra del farol. Inquieto.

—Diablos —dice—. Esto es complicado, comisario... Sólo puedo imaginar. Apenas he hablado con él media hora. No estoy seguro de que mezclarme en esto...

Alza una mano Tizón, descartando excusas. Además impaciente. No es tiempo lo que le sobra esta noche.

—Las bombas... Dígame dónde aparecen el después y el antes.

Esta vez el silencio es breve. Reflexivo. Barrull está de nuevo inmóvil. Puedo aventurar una teoría, responde al fin. Una simple idea sin base científica. Cuando los cañones franceses empezaron a tronar, el complejo mundo del químico-jabonero habría ido desarrollándose en direcciones insospechadas. Quizás al principio temió ser víctima de una bala de cañón. Quizás acudía a ver los lugares de los impactos, atraído por la satisfacción de haber escapado indemne. Pudo ser que, al repetirse una y otra vez, ese sentimiento de alivio diera paso a otros.

—¿Al deseo de exponerse? —pregunta Tizón—. ¿De arriesgar?

—Es posible. Tal vez quiso situarse al extremo de la curva de artillería, en la parte peligrosa... Su instinto, su sensibilidad, lo empujaban a influir en ella.

—Matando.

—Sí. ¿Por qué no?... Considérelo: una vida humana en lugares donde habían caído bombas que no mataban. Compensando el error de la ciencia. Colaborando con la técnica imperfecta, gracias a su sentido de la precisión. De ese modo, una vida y el lugar de impacto de una bomba coincidirían con exactitud absoluta.

—¿Y cómo dio el paso para anticiparse?

La luz del farol ilumina, desde abajo, una mueca en el rostro equino de Barrull. Casi parece una sonrisa.

—Como lo dio usted, en cierto modo... La obsesión acompañada de sensibilidades extremas genera monstruos. Y la de ese individuo es una de ellas. Dedujo que el azar no existe, y se encontró ansiando predecir con rigor dónde caerían los siguientes proyectiles. Desafiando al engañoso hijo bastardo de la ignorancia.

—Y entonces empezó a pensar.

Observa el policía que Barrull lo mira con interés, como sorprendido por una apreciación exacta.

—Eso es. O creo que fue así. Que sólo hacía eso: pensar y pensar. Y que su inteligencia enfermiza, su sensibilidad extrema, hicieron el resto con una precisión fría. La suya acabó siendo una crueldad...

—¿Técnica?

Es consciente de que lo ha dicho como quien sabe de qué habla. Pero el otro no parece darle importancia al tono. Sigue atento a su propia idea.

—Eso creo —responde—. Técnica, objetiva... Restituía sus derechos al universo, ¿comprende?

—Comprendo.

El policía comprende de veras. Hace rato. Las distancias se están reduciendo de un modo asombroso, resume.

Incluso inquietante. ¿Cuáles fueron las palabras que usó el profesor?... Sí. Ya recuerda: rebelión y resentimiento. Una visión del mundo acorde con la verdad de la Naturaleza. Condición humana y condición del universo. Hormigas bajo la bota de un dios cruel, ajeno a todo. Un brazo ejecutor. Un látigo de acero.

—Ordenaba el caos —está diciendo Barrull— mediante la reducción del sufrimiento a simples leyes naturales. Familiarizado con esta ciudad, el jabonero desplegó en Cádiz su paisaje de nudos sensibles. Puede, incluso, que influyera el sentido del olfato propio de su oficio: aire, aromas. Y entonces se hizo la pregunta... ¿No serían esos puntos destino preferente de las bombas francesas, condicionadas por la dirección y confluencia de, por ejemplo, los vientos?... De modo que estudió, como después hizo usted, los lugares de impacto. Compuso así, en su cabeza, un mapa de los puntos en que habían caído bombas y les atribuyó probabilidades. De ese modo, el mapa mental se coloreó con zonas que representaban probabilidades mayores o menores... Su mente matemática analizó ese territorio y vio cosas, irregularidades, curvas y trayectorias. Identificó huecos que se iban a llenar. En esa fase, ya no pudo volver atrás. Era probabilidad, no azar... Era matemática exacta.

Tizón lo interrumpe con perversa satisfacción.

—No tan exacta —dice—. Se equivocó una vez. En la calle del Laurel no cayó después ninguna bomba.

—Eso hace más razonable nuestra teoría. Le otorga su cuota de error. Su margen... ¿No le parece?

Tampoco ahora responde el policía. Recuerda su desconcierto. La espera inútil y la tentación de replantearlo todo. Y los propios errores sobre el tablero, en cadena. Incluido el último: un gambito de dama.

—El caso —prosigue Barrull— es que, en aquellos huecos que esperaban su bomba, el jabonero asesinó... No se trataba ya de corregir las imprecisiones de la ciencia o la técnica. Ni siquiera de llenar con dolor ajeno el vacío de su hija perdida... Quería confirmar, una y otra vez, que él, humilde artesano, había accedido a los arcanos del conocimiento.

—De ahí el desafío final.

—Así lo creo. Supo que le andaban detrás, y aceptó el juego. Por eso esperó tanto tiempo sin matar de nuevo. Acechando al que acechaba. Y cuando se creyó dispuesto, decidió comerle una pieza distinta de la que usted esperaba. Lo hizo, pero le salió mal por sólo unos minutos.

La carcajada del policía resuena entre los muros negros del castillo. Tan siniestra como el paisaje.

—Las ganas de orinar de Cadalso... ¡El azar!

—Exacto. El jabonero no previó ese cálculo de probabilidades.

Se quedan los dos en silencio. El aire sigue inmóvil, sin un soplo de brisa. El cielo es un telón negro acribillado de alfilerazos.

—Estoy seguro —añade Barrull, tras unos instantes— de que ni siquiera sentía placer cuando mataba.

—Es probable.

Ruido de pasos. Dos sombras se perfilan al otro lado del hueco, viniendo de la calle. Una, grande, maciza, se adelanta un poco, recortándose en la penumbra. Tizón reconoce a Cadalso.

—Está aquí, señor comisario.

—¿Venís solos?

—Sí. Como usted ordenó.

El policía se vuelve hacia Hipólito Barrull.

—Voy a pedirle que se vaya, profesor... Le estoy muy agradecido. Pero ahora debe irse.

Lo mira Barrull preocupado. Inquisitivo. Dos nuevos reflejos del farol en el cristal de los lentes.

—¿Quién es el otro?

Titubea Tizón un instante. Qué más da, concluye. A estas alturas.

—El padre de la última muchacha muerta.

Retrocede Barrull, cual si pretendiera resguardarse de algo en la oscuridad. Interponer distancia. Un caballo en el tablero, piensa el policía. Retirándose con sobresalto de una casilla peligrosa.

—¿Qué pretende hacer?

Es una de esas preguntas que, en el fondo, agradecen no tener respuesta. Y Tizón no se molesta en darla. Está tan sereno que, pese a la noche cálida, siente las manos frías.

—Váyase —dice—. Usted nunca estuvo aquí. Nada sabe de esto.

Tarda el otro un poco en moverse. Al fin da un paso hacia Tizón, y eso le ilumina el rostro. Sombras de abajo arriba, doble reflejo en el cristal. Grave.

—Tenga cuidado —susurra—. Los tiempos son distintos, ahora. La Constitución... Ya sabe. Nuevas leyes.

—Sí. Nuevas leyes.

Se estrechan la mano: un contacto firme, prolongado por parte de Barrull, que observa a Tizón como si lo hiciera por última vez. Por un momento parece a punto de añadir algo, y al cabo encoge los hombros.

—Fue un honor, comisario. Ayudar.

—Adiós, profesor.

Vuelve el otro la espalda, casi con brusquedad, pasa por el hueco del muro y desaparece en la calle del Silencio. Saca Tizón la petaca de cuero y coge un cigarro mientras se aproximan Cadalso y la otra sombra. La luz del farol puesto en el suelo ilumina, junto al esbirro, a un hombre de mediana estatura y aspecto humilde que da unos pasos y se queda inmóvil, en silencio.

—Puedes irte —le ordena Tizón a su ayudante.

Obedece Cadalso, retirándose por el hueco del muro. Después, el comisario se vuelve hacia el recién llegado. Un brillo de metal, observa, reluce en su faja.

—Está abajo —dice.

La escalera de caracol se hunde en lo profundo como la espiral negra de una pesadilla. Felipe Mojarra baja por ella a tientas, apoyadas las manos en el muro húmedo y frío, sorteando los escombros acumulados en los peldaños. A veces se detiene a escuchar, pero sólo percibe el aire enrarecido de la oquedad donde se interna. El asombro y el dolor —a todo habitúan el paso de las horas y la costumbre de la vida misma— hace rato que cedieron espacio a una desesperación absoluta, irreparable, tranquila como un estero de agua quieta en la noche. Nota la boca seca y la piel acorchada, insensible a todo excepto al estremecimiento periódico del pulso que late, lento y muy fuerte, en las muñecas y en las sienes. A veces ese batir parece detenerse unos instantes, y entonces experimenta un singular vacío dentro del pecho, como si la respiración y el corazón mismo se paralizasen.

Sigue el salinero bajando peldaños. Una imagen permanece nítida ante sus ojos, o dentro de ellos, por más que parpadee y los cierre mientras desciende al vértigo por esta espiral sombría que parece no acabar nunca: carne muerta y desnuda, impersonal, puesta sobre el mármol blanco de una mesa. Aún le roe la garganta su propio gemido de estupor; la queja desesperada, ronca y rebelde, ante lo inexplicable, lo absurdo de todo aquello. Lo injusto. Y luego, como una gota de hielo frío en las entrañas, la desolación de no reconocer, en ese cadáver pálido y desgarrado que olía a vísceras abiertas, lavado con cubos de agua que todavía encharcan el suelo del depósito municipal, el cuerpecito tibio y dormido que en otro tiempo estrechó entre sus brazos. El olor a fiebre suave, a sueño. A la carne menuda y cálida de la niña pequeña a la que ya nunca podrá recordar tal como era.

Una claridad abajo, en los últimos peldaños. Felipe Mojarra se detiene, una mano apoyada en la pared de la escalera, mientras aguarda a que su corazón recobre los latidos y el pulso vuelva a la normalidad. Al fin respira hondo un par de veces y recorre el último tramo. Da éste a una estancia abovedada y vacía, que un velón de sebo muy consumido, puesto en una hornacina del muro, ilumina a medias. La luz indecisa muestra a un hombre, desnudo a excepción de una manta puesta sobre los hombros y un vendaje sucio que rodea su cintura. Está sentado sobre un jergón roto, con la espalda contra la pared; tiene la cabeza baja, recostada en los brazos que cruza encima de las rodillas, como si dormitara, y grilletes de hierro en las manos y los pies. Al verlo, Mojarra siente que le flaquean las piernas y se agacha despacio, sentándose en el último peldaño de la escalera. Permanece así largo rato, inmóvil, mirando al otro. Al principio, éste no da señales de advertir su presencia. Al fin levanta el rostro y mira al salinero, que se enfrenta a un desconocido: mediana edad, pelo rojizo, piel moteada. Verdugones de golpes en todo el cuerpo. Los ojos tienen cercos oscuros, de dolor y falta de sueño. Del labio inferior, partido por una brecha grande, se extiende hasta la barbilla una costra de sangre seca.

Ninguno dice nada. Se miran un momento, y luego el otro inclina la cabeza sobre los brazos, indiferente. Felipe Mojarra espera a que se llene el vacío de su corazón y después se pone en pie, con mucho esfuerzo. Carne menuda y cálida, recuerda. Olor tibio de niña dormida. Cuando abre la navaja y ésta resuena con el chasquido de siete muescas en el silencio del sótano, el hombre encadenado levanta la cabeza.

Rogelio Tizón fuma apoyado en el muro. La luna, que empieza a asomar tras las almenas desmochadas de la torre del castillo de Guardiamarinas, derrama una claridad lechosa que da relieve a los escombros y piedras sueltas del patio. La brasa del cigarro del policía, reanimándose a intervalos, es lo único que parece vivo en él; sin ese punto luminoso, pese al farol cuya última luz se extingue en el suelo, un observador confundiría al comisario con las sombras entre las que se mantiene inmóvil.

Los alaridos cesaron hace rato. Durante casi una hora, Tizón los estuvo escuchando con curiosidad profesional. Llegaban amortiguados por la distancia y los gruesos muros, procedentes de la escalera del sótano cuyo hueco se abre en la oscuridad, a pocos pasos. Unos eran gritos cortos, secos: gemidos rápidos sofocados en el acto. Otros sonaban más prolongados: estertores de agonía que parecían interminables, quebrados al final como si quien los emitía agotase en ellos su energía y su desesperación. Ya no se oye nada, pero el comisario sigue sin moverse. Esperando.

Unos pasos lentos e indecisos. Una presencia próxima. La sombra ha salido del hueco de la escalera y se mueve insegura, acercándose a Tizón. Al fin se detiene a su lado.

—Ya está —dice Felipe Mojarra.

Su voz suena cansada. Sin comentarios, el policía saca un cigarro de la petaca y se lo ofrece, tocándole el hombro para que preste atención. El otro tarda en reaccionar. Repara al fin, y lo coge. Tizón rasca un mixto en la pared y acerca la llama. A la luz del fósforo estudia la expresión del salinero, que se inclina un poco para encender el habano: las patillas enmarcando sus facciones duras y los ojos que miran al vacío, aún absortos en horrores propios y ajenos. También observa el leve temblor de los dedos húmedos y rojos que manchan de sangre el cigarro.

—No sabía que se pudiera gritar sin lengua —dice al fin Mojarra, echando el humo.

Parece realmente sorprendido. Rogelio Tizón ríe en la oscuridad. Lo hace como suele: lobuno, peligroso, descubriendo el colmillo. Un destello de oro a un lado de la boca.

—Pues ya lo ha visto. Se puede.

Epílogo

Llueve sobre la ensenada de Rota. Es una llovizna cálida, de verano —el cielo despejará por el sudoeste antes del atardecer—, que puntea con minúsculas salpicaduras el agua inmóvil. No hay un soplo de viento. El cielo plomizo, bajo y melancólico, se refleja en la superficie de la bahía, enmarcando la ciudad lejana como el grabado o el cuadro de un paisaje sin más colores que el blanco y el gris. En un extremo de la playa, donde la arena se interrumpe en una sucesión de rocas negras y madejas de algas muertas, hay una mujer que mira los restos de un barco varado a poca distancia de la orilla: un pecio desarbolado, en cuya tablazón ennegrecida pueden apreciarse marcas de balazos y huellas de incendio. El casco, donde todavía se adivinan las líneas esbeltas de la eslora original, yace sobre un costado mostrando la obra viva, la cubierta deshecha y parte de la armazón interna de sus cuadernas y baos, semejante a un esqueleto que el paso de los días y el oleaje de los temporales desnuden poco a poco.

Frente a lo que queda de la *Culebra*, Lolita Palma permanece impasible bajo la mansa humedad que cala la mantilla que le cubre la cabeza y los hombros. Tiene un bolso en las manos, apretado contra el pecho. Y desde hace un buen rato, intenta imaginar. Procura reconstruir en su cabeza los últimos momentos de la embarcación cuyos restos tiene delante. Sus ojos tranquilos van de un lado a otro, calculan la distancia a tierra, la presencia cercana de las rocas que emergen del agua, el alcance de los cañones que hasta hace poco ocuparon las troneras vacías de los fuertes que circundan la ensenada. También reconstruye en su imaginación la oscuridad, la incertidumbre, el estrépito, el resplandor de los fogonazos. Y cada vez que logra establecer algo, entrever una imagen, adivinar una situación o un momento concretos, inclina un poco la cabeza, conmovida. Asombrada, a su pesar, de lo grande, oscuro y temible que encierra el corazón de algunos hombres. Después alza otra vez el rostro y se obliga a mirar de nuevo. Huele a arena húmeda, a verdín marino. En el agua de color acero, los círculos concéntricos de cada fina gota de lluvia se dilatan y extienden con precisión geométrica, entrecruzándose unos con otros, cubriendo el espacio entre la orilla y el casco muerto de la balandra.

Lolita Palma vuelve al fin la espalda al mar y camina en dirección a Rota. Hacia la izquierda, por la parte donde el espigón del muelle se adentra en el mar, hay algunas embarcaciones pequeñas fondeadas, con las velas latinas izadas, puestas a lavar bajo la lluvia, que cuelgan de las entenas como ropa mojada. Junto al muelle destacan los restos de una fortificación desmantelada, sin duda una batería artillera de las que protegían ese lugar de la costa. Todavía se marchitan allí los restos de las guirnaldas de flores con que los gaditanos coronaron sus parapetos el día mismo de la retirada francesa; cuando, bajo un sol espléndido y con todas las campanas de la ciudad tocando a gloria, centenares de barquitos cruzaron la bahía mientras un enjambre de caballerías y carruajes tomaba el camino del arrecife, transportando a los vecinos que festejaban la liberación con una gigantesca romería a las posiciones abandonadas. Aunque tampoco faltara, pese al júbilo oficial, alguna disimulada contrariedad por el final de una época de lucrativas especulaciones mercantiles, inquilinatos y subarriendos de viviendas. Como atinadamente apuntó el primo Toño entre dos botellas de vino de Jerez —que por fin llega a Cádiz sin restricciones—, al ver alguna cara larga entre sus conocidos, no siempre la patria está lejos del bolsillo.

Al otro lado del arco de la muralla, cuesta arriba, las calles roteñas muestran todavía las huellas del estrago y el saqueo. El cielo ceniciento, el aire húmedo y la llovizna que sigue cayendo acentúan la tristeza del paisaje: casas derribadas, calles cortadas por escombros y parapetos, escenas de miseria, gente arruinada por la guerra que mendiga bajo los soportales o malvive entre los muros de casas sin techo, cubiertas con lonas y precarios cobertizos de tablas. Hasta las rejas de las ventanas han desaparecido. Como todos los pueblos de la comarca, Rota quedó devastada durante los últimos robos, asesinatos y violaciones cometidos en la retirada francesa. Aun así, varias mujeres de la localidad se fueron voluntariamente con los imperiales. De un grupo de catorce, capturadas por la guerrilla cerca de Jerez cuando viajaban con carros de intendencia rezagados, seis fueron asesinadas y ocho expuestas a la vergüenza pública con las cabezas rapadas, bajo un cartel rotulado: *Putas de los gabachos*.

Pasando entre la iglesia parroquial —puertas rotas e interior vacío— y el castillo viejo, Lolita Palma se detiene, titubea buscando orientarse, y luego toma una calle a la izquierda, en dirección a un edificio grande que conserva restos del viejo enfoscado blanco y almagre que en otro tiempo cubrió sus muros de ladrillo. Bajo el arco de entrada aguarda el criado Santos fumando un cigarro, con un paraguas plegado bajo el brazo. Al ver aparecer a su ama, el viejo marinero deja caer el cigarro y acude al encuentro abriendo el paraguas, pero Lolita lo rechaza con un gesto.

—¿Es aquí?

—Sí, señora.

El interior del edificio —antiguo almacén de vinos, todavía con algunas grandes barricas ennegrecidas junto a los muros— está iluminado por ventanucos estrechos, situados muy arriba. La luz fantasmal y gris, casi ausente, da al recinto un ambiente de tristeza extrema, intensificada por el olor áspero a cuerpos mutilados, enfermos y sucios, que emana del centenar de infelices que yacen en dolientes hileras, sobre delgados jergones de hojas de maíz o simples mantas extendidas en el suelo.

—No es un sitio agradable —comenta Santos.

Lolita Palma no responde. Se ha quitado la mantilla para sacudir las gotas de lluvia, y está ocupada en contener la respiración, procurando que el espectáculo y el hedor nauseabundo que impregna el aire no la afecten hasta perder el dominio de sí misma. Al verla entrar, un ayudante de cirujano de la Real Armada, joven y de aspecto fatigado, con un mandil sucio sobre el uniforme azul y las mangas de la casaca subidas, viene a su encuentro, presenta sus respetos y señala un lugar al fondo de la nave. Dejando atrás al ayudante de cirujano y a Santos, la mujer continúa sola, hasta llegar a un jergón arrimado a la pared junto al que acaban de colocar una silla baja de enea. Sobre el jergón hay un hombre inmóvil, tumbado de espaldas y cubierto hasta el pecho por una sábana que moldea el contorno de su cuerpo. En el rostro demacrado, cuya flaqueza remarca una barba cerrada que nadie afeita desde hace días, la mirada brilla intensa, con relumbres de fiebre. Hay también una fea cicatriz violácea, ancha, que parte en dos la mejilla hirsuta, desde la comisura izquierda de la boca hasta la oreja. Ya no es un hombre guapo, piensa Lolita con un sentimiento de piedad. Ni siquiera parece él.

Se ha sentado en la silla, el bolso en el regazo, acomodando los pliegues de la falda y la mantilla húmedas. Los ojos febriles la han visto acercarse, siguiéndola en silencio. Ya no son verdes sino más oscuros, a causa de la extrema dilatación de las pupilas —drogas, sin duda, para soportar el dolor—. La mujer aparta un momento los suyos, incómoda, bajando por el cuerpo cubierto por la sábana hasta el hueco que ésta deja adivinar bajo la cadera derecha: una pierna amputada a un palmo de la ingle. Por unos instantes se queda mirando ese vacío, fascinada. Cuando alza de nuevo la vista, comprueba que los ojos del hombre no han dejado de observarla un momento.

—Traía dispuestas muchas palabras —dice ella al fin—. Pero no me sirve ninguna.

No hay respuesta. Sólo la mirada intensa y oscura. El brillo de fiebre. Lolita se inclina un poco sobre el jergón. Al hacerlo, una gota de lluvia se desliza por su rostro desde la raíz del pelo.

—Le debo mucho, capitán Lobo.

El hombre permanece en silencio, y ella estudia de nuevo sus facciones: el sufrimiento ha pegado la piel a los huesos de los pómulos, y las calenturas agrietaron los labios, cubriéndolos de costras y llagas. Incluido el brutal arranque de la cicatriz. Esa boca me besó una vez, piensa conmovida. Y gritó órdenes durante el combate que presencié desde mi terraza, al otro lado de la bahía. Puntos luminosos de cañonazos en la noche.

—Nos ocuparemos de usted.

Es consciente del plural apenas lo pronuncia, y advierte que también Pepe Lobo ha reparado en él. Eso suscita en ella una especial congoja. Un desconcierto desolado e íntimo. Así, la palabra irreparable queda anclada en el aire, intrusa inoportuna entre la mujer y el hombre que sigue mirándola. Observa entonces una leve contracción en la boca torturada del corsario. Un amago de sonrisa, concluye. O quizás algo a punto de decirse, y no dicho.

—Éste es un lugar terrible. Voy a procurar que lo saquen de aquí.

Mira alrededor, desazonada. El olor —también él huele de ese modo, piensa sin poder remediarlo— se vuelve insoportable. Parece pegarse a la ropa y a la piel. No logra habituarse, de manera que saca del bolso el abanico, lo despliega y se da aire. Al cabo de un momento, repara en que se trata del que lleva pintada la estampa del drago: el árbol cuyo ejemplar no llegaron a contemplar juntos, como planeaban. El símbolo, tal vez, de lo que nunca pudo ser y nunca fue.

—Vivirá, capitán... Saldrá adelante. Hay una buena cantidad de... Bueno. Hay dinero que espera. Usted y su gente lo ganaron de sobra.

Los ojos febriles, que observan el abanico que ella ha dejado de mover, parpadean un instante. Se diría que para el corsario, las palabras *vivir* y *salir adelante* no tengan relación directa.

—Yo y mi gente —murmura.

Ha hablado, al fin, con voz ronca, muy baja. Sus pupilas dilatadas y oscuras contemplan la nada.

—Vaya donde vaya —añade.

Lolita se inclina un poco más hacia él, sin comprender. De cerca huele agrio, comprueba. Derrotado. A sudor viejo y sufrimiento.

—No hable así. Tan triste.

Mueve el otro ligeramente la cabeza. Lolita observa sus manos, inmóviles sobre la sábana. La piel pálida y las uñas largas y sucias. Las venas azules, hinchadas bajo la piel.

—Los cirujanos dicen que se recupera bien... Nunca faltará quien cuide de usted, ni medios para vivir. Tendrá lo que siempre quiso: un trozo de tierra y una casa lejos del mar... Le doy mi palabra.

—Su palabra —repite él, casi pensativo.

La contracción de la boca mutilada responde al fin a una sonrisa, observa la mujer. O más bien una mueca absorta. Casi indiferente.

—Yo estoy muerto —dice de pronto.

—No diga tonterías.

Ya no la mira. Hace rato que dejó de hacerlo.

—Me mataron en la ensenada de Rota.

Quizá tenga razón, concluye Lolita. Un cadáver fatigado, que pudiera hablar, sonreiría exactamente así. Como ahora lo hace Pepe Lobo.

—Estoy enterrado en esa playa, con veintitrés de mis hombres.

Ella se vuelve a un lado y a otro como si reclamara ayuda, violentándose para contener la congoja que se le agolpa en el pecho. Conmovida por su propia compasión. De pronto se ve en pie, sin pretenderlo, cubriéndose la cabeza con la mantilla.

—Nos veremos pronto, capitán.

Sabe que no es cierto. Lo sabe todo el tiempo, paso a paso, mientras se aleja cada vez más deprisa, recorriendo la nave entre las hileras de hombres tendidos en el suelo, hasta que aspira al fin una bocanada de aire fresco y húmedo, sale al exterior y camina sin detenerse hasta la orilla del mar, frente a la ciudad blanca y gris difuminada en la distancia, bajo la lluvia que le salpica el rostro de lágrimas frías.

La Navata, diciembre de 2009

Agradecimientos

El asedio es una novela, no un libro de Historia. Eso hizo posibles pequeñas libertades a la hora de adaptar alguna fecha, nombre, carácter o suceso real a las necesidades de la narración. Por lo demás, debo agradecer la valiosa ayuda de numerosas personas e instituciones, destacando entre ellas a Óscar Lobato, José Manuel Sánchez Ron, José Manuel Guerrero Acosta y Francisco José González, bibliotecario del Observatorio de la Armada. El director del Museo Municipal de Cádiz, el Ayuntamiento de San Fernando y Luisa Martín-Merás, del Museo Naval de Madrid, pusieron a mi disposición cartografía y documentos de extraordinaria utilidad, y mis amigos de las librerías gaditanas Falla y Quorum me tuvieron al corriente de cuanto se publicó en los últimos años sobre el Cádiz del asedio francés y la Constitución. Juan López Eady, capitán de navío e ingeniero hidrográfico, hizo de guía en momentos oportunos. Gracias al experto asesoramiento de Esperanza Salas, bibliotecaria de Unicaja, rastreé en los periódicos de 1810 a 1812 algunos datos fundamentales sobre barcos, fletes e incidencias portuarias. Mi viejo amigo el librero anticuario Luis Bardón localizó varios libros clave de la época, el historiador gaditano Alberto

Ramos Santana y su mujer, Marieta Cantos, leyeron amablemente el manuscrito, e Íñigo Pastor dio el visto bueno profesional a las finanzas de Lolita Palma. Es de justicia mencionar, entre otros, los trabajos especializados de María Nélida García Fernández, Manuel Bustos Rodríguez, María Jesús Arazola Corvera, María del Carmen Cózar Navarro, Manuel Guillermo Supervielle y Juan Miguel Teijeiro, que fueron de mucha ayuda para introducirme en la mentalidad, costumbres y actividad de la clase comerciante gaditana de principios del xix. Mi agradecimiento incluye a la ciudad de Cádiz y sus habitantes, por su acogida siempre afectuosa, su colaboración y su cálida simpatía.

A. P-R.